HEYNE BÜCHER

MARSHA CANHAM

UNTER DEM WÜSTENMOND

Roman

Deutsche Erstausgabe

WILHELM HEYNE VERLAG
MÜNCHEN

HEYNE ROMANE FÜR »SIE«
Nr. 04/215

Titel der Originalausgabe
UNDER THE DESERT MOON

Aus dem Amerikanischen
von Annette Charpentier

Printed in France 1998
Umschlagillustration: Franco Accornero/Agentur Schlück
Umschlaggestaltung: Atelier Ingrid Schütz, München
Satz: Buch-Werkstatt GmbH, Bad Aibling
Druck und Bindung: Brodard & Taupin

ISBN 3-453-12406-5

PROLOG

»Laßt sie nicht entkommen!«

Aubrey duckte sich und kroch tiefer in das Dickicht, ohne auf die scharfen Dornen zu achten, die wie tausend spitze Lanzen in ihre nackten Arme drangen. Sie betete, daß die Schatten tief genug waren, um sie zu verbergen. Ihr Herz klopfte wild, atmen konnte sie nur noch mühsam und stoßweise, und es klang eher wie ein Schluchzen, wenn sie nach Luft rang, die sie brauchte, damit ihre Beine sie nicht im Stich ließen.

Ringsum hörte sie Stimmen: rechts, links, vor ihr und hinter ihr. Sie saß in der Falle. Nicht einmal die Dunkelheit würde sie noch lange schützen können, denn am Horizont zeigte sich bereits ein fahler Streifen Rosa. Mit dem Heraufziehen des Morgens war sie in der spärlichen Vegetation entlang des Flußbetts von überall her zu sehen: nackt und allem ausgesetzt.

Aubrey schluchzte wieder auf, als sich ihr baumwollenes Nachthemd an einem Dornbusch verfing. Das Geräusch, als es riß, klang durch die Nacht wie ein Schrei, und sie duckte sich noch dichter auf den Boden und kroch auf Händen und Knien weiter über den rauhen Boden.

»Da drüben!« schrie jemand kaum dreißig Schritte hinter ihr, schien sich aber in die entgegengesetzte Richtung zu bewegen.

Aubrey schluckte den Kloß herunter, der sich ihr vor Schreck in der Kehle gebildet hatte, und lehnte die Stirn an die kühle Rinde eines Baums. Sie war dankbar für eine kurze Ruhepause, doch sie konnte nur mühsam verhindern, daß ihre Zähne nicht laut aufeinanderklapperten; das leiseste Geräusch würde verraten, daß sie sich hier im Flußbett versteckte.

Vor einer Stunde waren sie aufgetaucht, die sechs Männer – so verstohlen wie der Tod in der Nacht. Sie waren professionell vorgegangen – Männer, die wußten, was sie wollten. Zwei hatten die Schlafquartiere angesteuert, zwei hatten im Hof Wache gestanden, während die letzten beiden Killer geräuschlos zu den Schlafzimmern im zweiten Stock geschlichen waren. Noch ehe das erschrockene Paar schläfrig die Augen öffnete, hatten sie die Gewehrmündungen auf Jonathan und Luisa Grangers Bett gerichtet.

Sie hatten sich nicht die geringste Mühe gegeben, ihre Gesichter und damit ihre tödliche Absicht zu verbergen: Einer der Eindringlinge hatte eine Lampe angezündet und auf einen Tisch neben dem Bett gestellt.

»N'abend, Granger. Schön, Sie zu Hause anzutreffen.« Diese Worte drangen zischend durch verfärbte, lückenhafte Zähne. Die rotgeäderte, knollige Nase des Mannes wirkte in dem flackernden Lampenlicht grotesk, ebenso wie die pockennarbige Haut unter dem dick verschwielten, halbgeschlossenen Auge.

»Was zum Teufel willst du, Holwell?« wollte Jonathan wissen. »Was fällt dir ein, hier mitten in der Nacht einzudringen?«

»Wir haben eine Botschaft von Mr. Fleming für Sie. Scheint so, als habe er eine vernünftige Abstandssumme für Ihr Land geboten, das Doppelte von dem, was die anderen Mistbauern bekommen haben. Scheint so, als hätten Sie den Mann mit Ihrer Weigerung beleidigt. Haben ihn in Schwierigkeiten gebracht, weil Sie die anderen gegen ihn aufgehetzt haben. Und Mr. Fleming läßt sich nicht gern in Schwierigkeiten bringen.«

Aubrey, die von der fremden rauhen Stimme wachgeworden war, trat aus ihrem Zimmer und blieb in dem schwachen Lichtflecken, der auf den Gang fiel, stehen. Eines ihrer Augen war zunächst blind, weil sie mit der Faust den Schlaf fortrieb, und das andere brauchte einen Moment, um die Szene zu begreifen, die sich am Ende des Ganges abspielte und die nicht aus einem Alptraum stammte, sondern sehr echt war. Der Mann, den ihr Vater abschätzig als Scud Holwell erkannt hatte, stand mit einem Gewehr über ihren Eltern. Ein zweiter Schütze, den sie an seinem dichten weißen Haar und der fast völlig farblosen Haut erkannte, stand mit dem Rücken zum Gang, aber auch unter seinem Arm bemerkte sie den Lauf eines Gewehrs.

»Mr. Fleming will die Besitzurkunde, Granger«, sagte Holwell mit aalglatter Stimme. »Und zwar noch heute abend.« Jonathans Arm, den er um die Schultern seiner Frau gelegt hatte, verspannte sich. Er war nackt bis zur Hüfte; das rotblonde Haar auf seiner Brust wirkte, als stünde sein Oberkörper in Flammen.

»Ich habe Fleming bereits meine Antwort gegeben, Holwell. Die Ranch ist nicht zu verkaufen. Selbst wenn ich die Urkunde hier hätte – und das habe ich nicht –, würde man mich niemals dazu bekommen, sie zu überschreiben.«

»Ach, wirklich?« grinste Holwell und warf einen lässigen Blick auf die Gegenstände, die auf dem Tisch lagen. »Komisch, daß Sie das sagen. Einige Ihrer schmierigen Freunde haben das gleiche gemeint ... ehe Whitey un' ich sie vom Gegenteil überzeugt haben.«

Ohne eine Warnung schoß seine Hand vor und fegte die kleinen Fläschchen mit den Glasstopfen und andere mühsam zusammengetragene Schätze vom Tisch, so daß sie in einem Scherbenhaufen am Boden endeten. Ebenso gleichgültig zog er nun die oberste Schublade auf und wühlte darin herum. Einiges warf er auf den Boden, anderes, wie ein feines, seidenes Tuch, steckte er sich in sein von Schweiß und Öl verschmiertes Hemd.

»Ich habe doch gesagt, die Urkunde befindet sich nicht im Haus!« rief Jonathan mit lauter Stimme, um den unvermittelten Aufschrei seiner Frau zu übertönen.

Holwell blickte von Jonathan zu Luisa und dann auf das reich geschnitzte Kästchen aus Sandelholz, das er aus der Schublade gezogen hatte. Es war verschlossen, aber das war kein Problem für ihn: Er schlug mit seinem Pistolenknauf kurz auf die Messingscharniere, öffnete dann mit dem Daumennagel rasch den Deckel, nickte zufrieden und stieß einen langgezogenen, bewundernden Pfeifton aus.

»Na, wenn das nicht hübsch ist ...« sagte er und nahm eine glänzende Smaragdbrosche aus dem mit rotem Samt ausgeschlagenen Kästchen.

»Bitte«, flüsterte Luisa und ignorierte den warnenden Griff ihres Mannes am Arm. »Die Brosche hat meiner Mutter gehört, und davor ihrer Mutter. Es ist das einzige Erinnerungsstück, das ich von ihnen habe, und alles, was ich meiner Tochter einmal vererben kann.«

»Alles, was Sie haben, eh?« Scud Holwells Mund verzog sich zu einem spöttischen Grinsen. »Das würde ich eigentlich nicht sagen, Senora.«

Luisa Granger war eine klassische Schönheit, die stolzes, kastilisches Blut widerspiegelte. Ihre olivfarbene Haut umgab lebhafte, weit auseinanderstehende blaue Augen. Ihr Haar fiel dicht und lang in glänzenden, rabenschwarzen Locken bis zur Hüfte. Die Geburt von drei Kindern hatte ihrer schlanken, grazilen Figur keinen Abbruch getan, noch galt dies für das grobe Flanellnachthemd, das sie nun verhüllte.

Aubrey preßte sich atemlos vor Schreck und Angst an die Wand auf dem Gang und hielt die eiskalten Finger vor den Mund, um den Schrei zu ersticken, als sie sah, wie Holwell langsam auf die Bettseite ihrer Mutter trat.

»Vielleicht können Sie mir sagen, wo Ihr Mann die Urkunde aufbewahrt, Senora«, murmelte er. »Vielleicht ist es Ihnen dieses Schmuckstück hier wert?«

Luisa erstarrte und gab sich Mühe, nicht vor dem abstoßenden Geruch seines Körpers und Atems zurückzuweichen, als er sich zu ihr beugte.

»Nein«, stammelte sie. »Ich weiß nicht ... wo sie ist.«

»Das glaube ich aber nicht.«

»Laß sie in Ruhe, Holwell«, warnte Jonathan mit hart gespannten Muskeln, die Entfernung zu seinem Gewehr abschätzend, das halb vom Vorhang verborgen neben dem Bett stand. »Sie weiß von nichts.«

»Vielleicht stimmt es ja. Aber dann könnte sie uns vielleicht helfen, Sie zu überzeugen, mit uns zu kooperieren?«

Jonathan versteifte sich, aber das genügte, daß der Albino in einer raschen, geschmeidigen Bewegung und nur einen Herzschlag später Jonathan Granger seine Gewehrmündung an die Kehle setzte.

»Die Urkunde ist in der Stadt«, sagte Jonathan. »Ich bewahre sie in der Bank auf.«

Holwell seufzte und fuhr mit seinen dicken Fingern über die glänzenden, blauschwarzen Locken Luisas.

»Ich sagte doch, sie ist nicht hier im Haus!« schnaubte Jonathan nun, aber seine Worte klangen erstickt, weil Whitey die Doppelmündung tiefer in die weiche Haut unter seinem Kinn bohrte.

»Vielleicht habe ich den Eindruck, daß Sie lügen«, sagte Holwell beiläufig. »Vielleicht glaube ich einfach nicht, daß ein Chicofreund gescheit genug ist, seine Urkunde sicher in einem Banksafe aufzubewahren ... besonders, da die Bank in Santa Fe Mr. Fleming gehört.« Er grinste über den bestürzten Gesichtsausdruck Jonathans. »Das tut sie nämlich seit heute nachmittag. Und er brauchte einfach nur die Unterlagen durchzugehen, um festzustellen, wer sein geschätztester Kunde ist. Ich will verdammt sein, wenn Ihr Name nicht unter den ersten war, die ihm auffielen.«

»Und all das ... für ein Stück Land?« fragte Jonathan.

Holwell zuckte gleichgültig die Achseln und streichelte wieder Luisas Haar. Sie entzog sich seinen Händen und preßte sich dichter an ihren Mann.

»Nicht nur eins, Granger, und das wissen Sie genau. Sie sind der Kern aller Probleme für Mr. Fleming. Wenn Sie das Land überschreiben, folgen die anderen nach. All diese verfluchten Bauern und Mistkratzer werden dann ein für allemal von hier verschwinden. Und was Ihr Land angeht – Hölle, Sie haben doch die Wasserrechte für fast das ganze Tal!«

»Ich hab' Fleming bereits gesagt, daß ich nichts unternehmen werde, um den Fluß aufzustauen oder umzuleiten.«

»Darum geht es aber nicht. Mr. Fleming möchte gern derjenige sein, der die Entscheidungen trifft. Wie lange werden diese blöden Bauern wohl zusehen, wenn sein Vieh auf den besten Weiden grast. Wie lange wird es dauern, ehe sie Stacheldraht ziehen und Dämme bauen, um das Wasser umzuleiten? Vieh braucht Fressen, Vieh braucht Wasser. Diese verdammten Mexiko-Campesinos machen uns mit ihren verdammten Schafen ohnehin genug Kopfschmerzen, da brauchen wir nicht noch eine Herde großäugiger Kornbauern, die uns wegen ein paar zertrampelter Felder Ärger machen.«

»Die Mexikaner waren aber zuerst hier«, gab Jonathan wütend zurück. »Und ihre verdammten Schafe auch.«

»Ja, aber wir sind zuletzt gekommen. Doch ich bin nicht hier, um mit Ihnen zu streiten, Granger, daher geben Sie uns einfach das, was wir wollen, und Ihre Frau hier wird den morgigen Tag erleben.«

»Du bist nicht so dumm, uns umzubringen, Holwell«, knirschte Jonathan. »Das Tal ist im Moment ein Pulverfaß. Wenn du uns umbringst, bricht hier ein regelrechter Krieg aus. Nicht einmal ein Feigling wie Fleming würde das gern sehen.«

Holwell holte tief und ausgiebig Luft. Dann hob er mit einer einzigen raschen Bewegung seine Pistole hoch und schlug mit dem Knauf fest gegen Jonathans Schläfe. Benommen sank der Rancher zurück, doch er merkte noch, wie Luisa aus seinem schützenden Arm gerissen wurde. Wankend erhob er sich vom Bett und versuchte sie zu erreichen, wurde aber von einem zweiten Schlag von Whiteys Gewehrlauf getroffen. Dieser Hieb riß eine tiefe Wunde in seine Wange. Ein Blutstrom schoß über sein Gesicht. Benommen blieb er halb auf dem Bett, halb auf dem Boden liegen, und seine Wunde färbte das weiße Leintuch scharlachrot.

»Hilf dem Bastard auf die Füße!« zischte Holwell. »Sorg dafür, daß er die Augen offen behält. Wir werden ja sehen, wie lange es dauert, bis er zu reden anfängt.«

Holwell steckte seine Pistole ins Halfter, griff mit zwei

Fäusten nach Luisas Nachthemd und riß es vom Ausschnitt bis zum Saum auf. Sie schrie auf und versuchte, sich seinem Griff zu entwinden, aber seine Hand umkrallte eine dicke Strähne ihres langen, schwarzen Haars, bog ihren Kopf mit einem schmerzhaften Ruck nach hinten und schlug ihn gegen die Wand. Dann preßte er seinen Körper lüstern gegen sie und lachte, als ihre Hände wehrlos auf seine Brust trommelten.

»Sieht ja aus, als hätten wir da eine richtige Wildkatze gefangen, Whitey. Verdammt ...« Mit dem vernarbten, mißgestalteten Lid glotzte er gierig und grapschte mit seiner behaarten Hand nach einer ihrer festen, prallen Brüste. »Was für ein Anblick für mein müdes, altes Auge!«

Whitey Martins farblose Augen verschwammen, als er sah, wie Holwells Mund sich über die sich windende Frau beugte. »Boss mag nicht, wenn du zuviel herummachst«, knirschte er. Seine Stimme hatte bei einem gescheiterten Versuch, sich zu erhängen, Schaden genommen und paßte nun perfekt zu seinem skelettartigen Körper und seiner kalkweißen Haut.

»Der Boss ist aber nicht hier«, grunzte Holwell. »Woher soll er erfahren, was hier passiert, wenn du es ihm nicht sagst?«

»Hier sind doch Kinder im Haus, oder? Die haben doch Augen und Ohren. Oder?«

»Nein!« schrie Luisa und hielt abrupt inne bei ihrem verzweifelten Versuch, Holwells feuchtem, stinkendem Mund zu entkommen. »Nein, bitte! Laßt sie in Ruhe! Sie haben doch nichts getan. Sie haben nichts hiermit zu tun!«

Holwell grinste. »Habe gehört, eine ist eine kleine Hure. Wenn sie nach ihrer Mama schlägt ...« Dann fuhr eine schwielige Hand grob zwischen Luisas Beine, und seine restlichen Worte wurden von ihrem Schmerzschrei übertönt. Aubrey schoß von der schützenden Wand weg, als sei die Täfelung plötzlich glühend heiß geworden. Sie war mit ihren dreizehn Jahren alt genug, um zu wissen, was ein Mann wie Holwell von einer Frau wollte und wie er es erreichen würde. Ihr Magen verkrampfte sich vor Angst, und sie überlegte in ihrem dunklen Versteck panisch nach einem Ausweg. Wohin konnte sie fliehen? Wo konnte sie sich verstecken?

Die Zwillinge! Zuerst mußte sie die Brüder in Sicherheit bringen. Das würden Mama und Papa von ihr erwarten.

Jeremy und Jasons Zimmer befand sich im vorderen Teil des Hauses, und ihr Fenster ging auf die gepflegte Rasenfläche, die Luisa liebevoll der rauhen Ebene abgetrotzt hatte. Aubreys Zimmer lag nach Osten zum Fluß und zur majestätisch aufragenden Sangre de Cristo-Kette. Zwischen dem Haus und den Vorbergen konnten zwei fünfjährige Jungen, die sich dort oft einen Spaß daraus machten, sich in einen Kojotenbau einzugraben, tausend Verstecke finden, aber um sie aus dem Haus zu schaffen, mußte sie sie zuerst in ihr Zimmer bringen.

Aubrey schob sich Zoll für Zoll über die Dielen. Mit ihrem Nachthemd fühlte sie sich im Lichtschein, der aus dem Zimmer drang, so strahlend hell wie ein Leuchtturm. Ebenso rasch, wie die Furcht in ihr aufgeflammt war, war diese von Wut ersetzt worden, die nun in einer heißen Welle in ihr hochstieg, ihre Wangen rötete und die klaren blauen Augen vor Trotz funkeln ließ. Wie konnten diese Bestien es wagen, ins Haus ihres Vaters einzudringen! Wie konnten sie es wagen, ein Gewehr auf ihn zu richten und ihn in seinen eigenen vier Wänden zu bedrohen! Wenn sie doch nur selbst ein Gewehr hätte ... wenn sie eins aus dem Arbeitszimmer ihres Vaters holte ...?

Jonathan Granger war zu Recht stolz auf das Ranchhaus, das er mit eigenen Händen gebaut hatte und sorgfältig instand hielt. Als Aubrey vorsichtig den Messingknauf drehte, um die Tür zum Zimmer der Zwillinge zu öffnen, bewegten sich die gutgeölten Scharniere ohne das geringste Quietschen.

Doch es war das Geräusch von knarrendem Holz direkt über ihr, bei dem sie zusammenzuckte und aufkeuchte.

Der fünfjährige Jason Granger stand direkt hinter der

Tür, sein Bruder wie sein Schatten auf der anderen Seite. Mit gesammelter Kraft stemmten die beiden einen dicken Holzbalken hoch.

»Wir hätten dich umbringen können«, verkündete Jason gelassen. Er warf Jeremy einen Blick zu, der heftig zustimmend nickte, ehe sie den Balken ablegten. »Wir haben das Schreien gehört und wollten nachsehen, aber dann dachten wir, es wären Räuber, daher sind wir hiergeblieben, damit Papa sich keine Sorgen zu machen braucht, daß sie uns erschießen. Sind sie wieder fort? Hat Papa sie weggejagt?«

»Nein, *queridos*«, flüsterte Aubrey und legte einen Finger an die Lippen, damit sie still blieben. »Die Räuber sind noch nicht wieder fort. Ihr müßt noch eine Weile ganz tapfer sein.«

»Ich will zu Mama«, jammerte Jeremy.

»Ich auch«, meinte Jason, der sichtlich gegen Tränen ankämpfte.

»Nein, nein, die *yanquis* sind ganz schlimme Menschen, und Papa ist sehr wütend. Er würde noch wütender werden, wenn wir im Weg wären. Wir müssen aus dem Haus rennen und Hilfe suchen.«

Mit diesen Worten schob Aubrey sie zur Tür und brachte die ersten Regungen einer tränenreichen Meuterei mit einem Kniff in den Arm zum Schweigen. Sie mußten sich beeilen. Viel Zeit hatten sie nicht, ehe die Männer sie suchen würden.

»Schnell«, zischte sie und scheuchte sie über den Gang in ihr Zimmer. Es war eine warme Nacht, und sie hatte die Läden vor ihrem Fenster offen gelassen. Der Mond schien viel zu hell, aber das war nicht zu ändern. Die Äste einer stämmigen alten Ulme reichten bis an die Hausmauer, und schon war Jason aus dem Fenster geklettert und rutschte über den dicksten Ast, während Aubrey Jeremy auf die Fensterbank hob, ihm einen flüchtigen Kuß gab und ihm viel Glück wünschte.

»Rennt so schnell ihr könnt zu den Taylors. Ich komme sofort hinter euch her, und dann können wir um die Wette rennen, wer zuerst bei dem Lehmhaus ist.«

»Das gewinnen wir«, erklärte Jeremy aufgeheitert. »Wir gewinnen immer, wenn wir mit dir um die Wette rennen.«

»Dann gebt euch heute nacht besondere Mühe, denn ich werde wie der Wind lossausen.«

Jeremy nahm die Herausforderung an, schob sich aus dem Fenster und kletterte geschickt an dem knorrigen Stamm herab. Aubrey sah ihnen nach, bis sie an den Koppeln vorbei und im Dickicht aus Dornbüschen und Kakteen verschwunden waren, das das Flußbett säumte.

Als sie Luisa stöhnen hörte, wandte sich Aubrey von dem mondbeschienenen Hof ab. Es war ein leiser, klagender Laut, wie das Stöhnen eines sterbenden Tiers, der nicht abbrach, so daß sich Aubreys Nackenhaare sträubten. Sie warf noch einen sehnsüchtigen Blick hinter den Zwillingen her, doch dann trieb sie etwas durch die Tür auf den Gang. Kurz darauf starrte sie in das helle Licht, das aus dem Schlafzimmer ihrer Eltern drang.

Luisa Granger lag ausgestreckt auf dem Bett unter dem mächtigen Körper von Scud Holwell. Blut aus der aufgerissenen Lippe war auf ihr Haar und den Körper getropft. Ihre Schreie ertönten im Takt mit den wilden Stößen Holwells – Schreie vor unermeßlicher Scham und Schmerz.

Aubrey drückte die Hand vor den Mund, um den eigenen Schrei und ihr Entsetzen zu unterdrücken: Jonathan Granger gelang es gerade, den von der Szene abgelenkten Whitey Martin beiseite zu schieben, und er sprang auf Holwell zu. Seine Hände umklammerten den Stiernacken des Scharfschützen, und seine Wut verlieh ihm die Kraft, ihn von seiner Frau zu zerren und das häßliche Gesicht einmal, zweimal mit seinen Fäusten zu bearbeiten, die so hart waren wie Granit. Holwells Nase war nun eine einzige blutige Masse, und als er zurückflog gegen das hölzerne Fußende des Bettes, splitterte es unter seinem Gewicht. Inzwischen war Whitey Martin wieder so weit zur Besinnung gelangt, um Jonathan von hinten anzuspringen, doch die Wut des Ranchers hatte nun ihren Höhepunkt erreicht, und ein Hammerschlag in den Bauch schleuderte den Albino gegen die Wand. Jonathan sprang zu seinem Gewehr, hob es auf und spannte den Hahn in einer einzigen flüssigen Bewegung.

Zwei Gewehrschüsse ertönten gleichzeitig und hallten durch das kleine Zimmer wie eine Explosion. Jonathan stand mit brennenden Augen neben dem Bett: Aus seiner Gewehrmündung kräuselte sich feiner Rauch im Lampenschein. Scud Holwell duckte sich am Fußende des Bettes, die Pistole reglos in einer Hand, die von seinem eigenen Blut gerötet war. Einen langen Moment erschien es, als hätten beide Männer verfehlt, aber dann sah Aubrey, wie der Brustkorb ihres Vaters blutig aufklaffte. Er riß den Mund auf und fuchtelte mit den Händen wild ins Leere. Noch ehe er auf dem Boden aufschlug, war er nicht mehr am Leben.

Holwell starrte auf seinen zerfetzten Oberarm und kam kaum dazu zu fluchen, als Luisa sich auf ihn stürzte und mit den Fingernägeln eine blutige Linie von seiner Stirn bis zum Kinn riß. Vor Schmerz aufbrüllend schlug er blindlings mit der Hand zu, die noch die Pistole hielt. Der Lauf traf Luisa an der Schläfe und wischte den Kopf so scharf zur Seite, daß es wie ein weiterer Schuß klang.

Jemand schrie.

Es dauerte lange, bis Aubrey erkannte, daß der Schrei ihrer eigenen Kehle entfuhr – ein sonderbares, entsetzliches Geräusch, bei dem beide Männer zusammenfuhren. Sie drehten sich um und starrten mit aufgerissenen Mündern auf den Gang hinaus.

Aubrey trat aus dem Lichtkreis – immer noch schreiend, immer noch auf den zusammengesunkenen Körper des Vaters und die weit offenen, leblosen Augen ihrer Mutter starrend. Und dann rannte sie plötzlich los. Irgendwie gelangte sie auf den Hof und lief auf das schützende Flußbett und das dichte Kakteengebüsch zu. Ihre Füße flogen nur so über den Sand, als schnappe der Teufel selbst nach ihren Fersen, und dennoch kam ihr der Lauf vor, als saugte zäher Sirup an ihren Knöcheln, der sie zu einem panischen Kriechen zwang, auf das Gebüsch zu, das noch hundert Schritte von ihr entfernt lag.

Irgendwo weiter hinten hörte sie eine Explosion, dann ein Pfeifen und einen heißen Luftstrom, der ihr Haare und Kopfhaut zu versengen schienen. Noch ein Schuß und noch einer platzten in die Mondstille, untermalt von Rufen und den wütend donnernden Schritten der Männer, die hinter ihr her waren.

Sie jagte auf die Koppel zu, duckte sich unter der niedrigsten Querstange her und riß sich dabei die Knie und Handflächen auf. Die Pferde sprangen aufgescheucht zur Seite, als sie an ihnen vorbeirannte; Schreie und unruhiges Schnauben verfolgten sie, bis sie auf der anderen Seite in die Schatten des Schlafhauses gelangte.

»Laßt sie nicht entkommen!«

Jetzt rannten die Männer über den Hof auf das Flußbett zu, um ihr den Weg abzuschneiden. Scud Holwell war der letzte unter ihnen, aber wohl am wildesten entschlossen, sie einzuholen.

»Fangt die kleine Hure!« schrie er. »Laßt sie ja nicht entwischen!«

Aubrey stürzte sich in das dornige, sperrige Gebüsch und vergrub sich in der tiefsten Mulde. Ringsum waren Stimmen zu hören: rechts, links, vor und hinter ihr. Sie saß in der Falle. Sie mußte entkommen und ihre Schmerzen ignorieren, die Steine und scharfen Dornen, die in ihre Haut eindrangen, die Stacheln, die ihr Arme und Gesicht zerkratzten und in denen sich ihr Nachthemd immer wieder verfing.

»Da drüben!«

Die Stimme ertönte nur dreißig Schritte hinter ihr, bewegte sich aber in die entgegengesetzte Richtung. Aubrey schluckte, um den Kloß zu vertreiben, der ihr vor Entsetzen in die Kehle gestiegen war, und lehnte sich mit der Stirn gegen die kühle Rinde eines Baumes. Doch die Rinde bewegte sich, der Baum trat zur Seite, und der Schatten nahm die Gestalt von Scud Holwell an. Er lachte, als er ihr entsetztes Gesicht sah. Sein lautes, brüllendes Triumphgeheul übertönte

Aubreys Schreie, als die blutbespritzten Hände nach ihr griffen. Um sich tretend und sich wild wehrend schleppte er sie aus dem Gebüsch und warf sie in einen Kreis grinsender, lüsterner Gesichter. Der Albino war der einzige, der sie ausdruckslos ansah; die anderen verschlangen sie mit gierigen Blicken, als Holwell sie vorschob und ihr das wirre schwarze Haar aus dem Gesicht strich.

»Na, was haben wir denn hier, Jungs?«

Aubreys Brüste waren mit ihren dreizehn Jahren bereits deutlich zu erkennen und versprachen reife Weiblichkeit. Ihre Taille war schmal, die Beine lang und geschmeidig wie die eines jungen Füllens. Sie hatte das Haar ihrer Mutter geerbt: Glänzende schwarze Wellen umrahmten ein Gesicht, das zu großer Schönheit zu reifen versprach. Auch die Augen hatte sie von der Mutter: Sie waren von tiefem, violettem Blau, blitzten und brannten vor lebhaften Emotionen und konnten auch nicht von größter Vorsicht gezähmt werden. Nun funkelten sie fast schwarz vor Haß, Haß, den Holwell zu genießen, der seine bösartige Lust nur noch weiter anzufachen schien.

»Genau wie die Mama, Jungs«, sagte er mit belegter Stimme. Dann fuhr er sich mit dem Handrücken über den Mund, um das geronnene Blut wegzuwischen, das aus seiner zerschlagenen Nase getropft war, und grinste: »Die hier wird uns nicht um unser bißchen Spaß betrügen.«

Einer der anderen Schützen zerrte ungeduldig an seiner Hose. »Verschwende keine Zeit, Holwell. Man wird das Feuer bald entdecken, und dann kommt bestimmt jemand nachsehen.«

Aubrey drehte sich um und erkannte nun, warum sie die Gesichter der Männer so deutlich sehen konnte. Die Fenster im ersten Stock des Hauses glühten im Feuerschein: Orangegelbe Flammen sprangen an den Vorhängen hoch und breiteten sich von Stuhl zu Stuhl fort. Sie verbrannten ihr Haus, um ihre Spuren zu verwischen, um dem Sheriff weiszumachen, der Tod ihrer Eltern sei ein Unfall gewesen. Sie hatten offensichtlich nicht die Absicht, irgendwelche Zeugen am Leben zu lassen, die diesen »Unfall« bestreiten würden, und diese Sicherheit akzeptierte Aubrey mit einer Gelassenheit, die ungewöhnlich für ihr Alter war.

»Schau dir an, wie sie die Krallen bereit hält, um sich zu wehren«, knurrte Scud. »Gott, das wird ein Spaß.«

Aubrey schrie vor Schmerz auf, als Holwell nach ihrem Haar griff und ihren Kopf daran herumriß. Dann preßte sich sein schleimiger Mund auf ihren, und bei dem sauren Geschmack seiner fauligen Zähne und dem Blut wurde ihr übel. Seine andere Hand befingerte ihre Brüste und zwickten eine Knospe, bis sie vor Schmerz anschwoll und steif wurde. Aubrey trat um sich, wehrte sich wild und ignorierte den eigenen Schmerz. Voll Haß bearbeitete sie seine Augen, Ohren und die bereits blutenden Schrammen, die ihre Mutter in seine Haut gegraben hatte. Aber sie besaß vielleicht ein Zehntel seiner Bärenkraft, und er schlug ihr verächtlich grunzend mit der Handfläche ins Gesicht und beförderte sie in den Sand zu seinen Füßen.

Benommen rollte sie sich auf die Knie und begann, blindlings aus dem hellen Feuerkreis fortzukriechen. Doch schon umklammerten rauhe Hände ihre Knöchel und rissen sie zurück. Man warf sie auf den Rücken, andere Hände zerrten ihre Arme nach hinten und zwangen sie flach auf den Boden. Sie hörte, wie Tuch riß, und spürte die kühle Nachtluft auf ihrer nackten Haut. Doch dann gelang es ihr, ein Bein freizubekommen, und sie erlebte einen kurzen Moment der Befriedigung, als sie den Fuß in Holwells Lenden jagen konnte – doch es war nur ein kurzer Sieg. Zwei weitere heftige Schläge machten sie halb besinnungslos. Beim dritten, brutalen Hieb in den Magen krümmte sie sich vor Schmerz und Übelkeit.

Gierige Hände spreizten ihre Glieder.

Grobe Finger drangen in sie ein, betatschten sie und deuteten an, welcher Horror ihr bevorstand, während Holwell langsam seine Hose aufknöpfte und sie herabzog.

»Das Spiel ist vorbei, Süße«, murmelte er geil. »Du kannst gern weiterkämpfen, wenn dir das lieber ist, aber das Spiel ist vorbei!«

»Scud! Hierher!«

Whitey Martin deutete mit einem fahlgelben Finger auf die Schatten neben dem Schlafgebäude. Sechs gesattelte Pferde – ihre eigenen – donnerten in die Dunkelheit, angetrieben von zwei kreischenden kleinen Teufeln, die sie mit Stöcken und Steinen bearbeiteten.

»Heiliger Geist!« fluchte Holwell und rollte sich von Aubrey herab. »Holt die verdammten Pferde ein! Und die verfluchten Knirpse!«

Vier der sechs Männer, die Aubrey umringt hatten, rannten nun hinter den aufgescheuchten Pferden her. Holwell zog sich fluchend die Hose wieder hoch und stampfte auf die Scheune zu, zog die Pistole und fuhr mit ihr suchend durch die Finsternis. Dem Mann, den man als Bewacher bei Aubrey zurückgelassen hatte, wurden plötzlich Gesicht, Augen, Nase und Mund von einem Hagel scharfer Steinchen und Erdklumpen bombardiert. Er taumelte zurück und gab Aubrey die Chance, die sie brauchte. Sie griff nach der Pistole in seinem Halfter, spannte sie und feuerte ab.

Die Explosion des Rückschlags aus der schweren Waffe und das überraschte, schmerzhafte Aufbrüllen des Getroffenen reichten aus, um ihren Beinen neue Kraft zu verleihen. Sie stolperte nur einmal und verlor dabei die Pistole, kam aber wieder auf die Beine und rannte los, sich des Feuersturms hinter ihr kaum bewußt. Etwas Heißes, brennend Scharfes durchdrang ihren Arm, aber sie lief weiter. Mit fliegenden Schritten stürzte sie sich in das Flußbett. Glasartige Steine und Splitter schnitten ihr in die Fußsohlen – doch sie lief weiter.

Verzweiflung schenkte ihren Beinen Ausdauer und Tempo; Blut strömte an ihrem Arm herab, und ihre Lungen schrieen nach Luft, aber sie rannte weiter auf den einzigen Ort zu, an dem die Zwillinge sein konnten. Es war ihr Geheimversteck, ein Spalt in dem Lavagestein, der zu einer tiefen Höhle von der Größe und Form eines Riesenmauls führte. Mit der gleichen Sicherheit, mit der sie wußte, daß die Sonne morgens über dem Kamm der *Sangre de*

Cristo-Berge aufging, war ihr klar, daß die beiden dort auf sie warteten.

Sie sah im Mondlicht die Felsen und das Geflecht der Felsspalten, die die Brocken wie Blitze zu durchfahren schienen. Die Höhle lag dort, im tiefsten Schatten, und sie hatte fast den Eingang erreicht, als sich eine Gestalt von den Felsen löste und ihr den Weg versperrte.

Es war Holwell!

Er grinste sie an; das Blut aus seinen Wunden hatte sein Hemd rot durchweicht, hatte die gebogenen Krallen seiner Fingernägel verfärbt, mit denen er nun ihre Haut aufriß, als er nach ihr griff. Aubrey öffnete den Mund zu einem Schrei, aber kein Laut entfuhr ihr. Sie schrie wieder ... und wieder ...

Aubrey saß kerzengerade im Bett, durchnäßt vom eigenen Schweiß, ausgekühlt bis auf die Knochen und zitternd, denn das Fenster war unter einem eisigen Windstoß aufgeflogen. Ihre Wangen waren tränenüberströmt, die Hände fest zu Fäusten geballt. Nun konnte sie die Luft, die sich in ihren Lungen angestaut hatte, stoßweise ausatmen, und es dauerte eine ganze, panische Weile, bis sie die vertrauten, harmlosen Konturen ihres Hotelzimmers erkannte.

Wieder der Traum!

Es war das zweite Mal in den vergangenen zwei Wochen, daß sie daraus erwacht war. Zum zweitenmal hatte sie benommen und zitternd vor Entsetzen erlebt, was sie in die tiefsten Abgründe ihrer Seele verbannt zu haben geglaubt hatte. Genauso plötzlich, wie sie die Kälte überkommen hatte, erstickte nun eine trockene Hitze ihre Kehle und engte ihr die Brust ein, bis sie nicht mehr atmen konnte. Aubrey erhob sich aus dem Bett und taumelte zum Fenster. Einen Moment lang mühte sie sich mit den häßlichen Karovorhängen ab, bis es ihr gelang, sie beiseitezuziehen und das verzogene Fenster ein paar Zoll höherzuschieben. Schon legte sich die Dämmerung über die Lawinen aus goldenen und lila Wolken, die über den Himmel rollten, und Aubrey sank auf die Knie und sog die scharfe, frische Luft in sich ein, als hinge ihr Leben davon ab.

Wieder der Traum, der Alp. Am Anfang hatte er sie fast jede Nacht heimgesucht – in dem Fieber, dem Delirium, das den Wundbrand begleitet hatte. Im Laufe der Wochen, Monate und Jahre hatte sie die Vorkommnisse seltener erlebt, doch wenn es sie traf, o Gott, wenn es sie traf, dann durchlebte sie die gleiche Angst, Schmerzen und Schrecken jener Nacht immer wieder in aller Schärfe.

Aubrey stützte die Ellbogen auf die abgeblätterte Fensterbank und legte die Stirn darauf. Sie preßte die Lider fest zu, um die Erinnerungen und Bilder zu verdrängen, die sie in den Nachwehen des Traums heimsuchten, aber es hatte keinen Sinn. Sie mußte sie alle ansehen, sie alle einzeln akzeptieren, ehe es ihr gelang, sie wieder an jenen Ort zu schieben, an der sich alle dunklen Dinge verbargen.

Ihre Brüder hatten nicht in der Höhle auf sie gewartet, noch waren sie in den nächsten drei Tagen aufgetaucht. Inzwischen glühte Aubreys Körper bereits vor Fieber, und sie war hinaus auf die Ebene getaumelt, wo sie fast eine Woche später ein reisender Händler gefunden hatte. Lucius Beebee hatte das zusammengesunkene, ohnmächtige Mädchen zu seinem Wagen getragen, aus nur ihm bekannten Gründen seine Abreise aus Santa Fe beschleunigt und sie bis Taos gepflegt. Dort wollte er sie der Fürsorge der Behörden übergeben, aber als er erfuhr, daß ein Flüchtling, auf den Aubreys Beschreibung paßte, wegen der Morde an ihrer Mutter, ihrem Vater und den kleinen Brüdern gesucht wurde, wußte er, daß sie nirgendwo in Neu-Mexiko sicher sein würde.

Lucius hatte mehrere Tage und Nächte hindurch Aubreys Fieberphantasien gelauscht und richtig geschlossen, daß ihr Wort gegen das Maxwell Flemings stehen würde, wer das Feuer gelegt hatte und warum. Seit seinem eigenen Zusammenstoß mit dem Gesetz aufgrund einer Auseinandersetzung mit Fleming bezweifelte Lucius, daß sie beide lange genug leben würden, um auch nur eine einzige Anschuldigung herauszubringen.

Er brachte sie weiter nach Osten, und bei jeder Stadt und jedem Armeestützpunkt, durch die sie kamen, nahm er sich vor, sie dort abzusetzen, aber es gab immer einen Grund, diese Entscheidung weiter hinauszuschieben. Fort Union war zu kahl und dürr, Upper Springs kaum mehr als eine Wasserstelle. In Dogde City waren alle Frauen Huren. Entlang des Cimarron gab es aufblühende Siedlungen, aber dort machten auch Indianer die Gegend unsicher, und Lucius konnte es nicht mit seinem Gewissen vereinbaren, sie vor dem einen Unheil zu retten und einem anderen auszusetzen. Außerdem schätzte er, je weiter sie nach Osten fuhren, ihre Gesellschaft immer mehr. Nie beklagte sie sich oder jammerte, wenn sie einmal ein oder zwei Tage nichts zu essen hatten. Sie erwies sich sogar als recht geschickt, die Kunden, die seine Ware ansonsten nicht mit einer Kneifzange angefaßt hätten, zu Tränen und Mitleid anzurühren.

Aubrey hatte nichts dagegen, die Rolle des armseligen Kindes zu spielen, genauso wenig, wie es ihr etwas ausmachte, wenn ihr klappriger Wagen den einzigen Schutz vor den Elementen bildete. Lucius Beebee war freundlich zu ihr und kümmerte sich um sie. Gerne teilte er das wenige, was er besaß mit ihr, und übernahm im Laufe der Jahre allmählich die Rolle eines Vaters und Lehrers mit einer Gelassenheit, die ihnen beiden recht war. Nie würde er den Platz von Jonathan und Luisa Granger einnehmen, und man mußte ihm zugute halten, daß er das auch nie versuchte. Aber Aubrey konnte rückblickend mit absoluter Aufrichtigkeit sagen, daß er ihr vermutlich mehr über die Anpassung an die harte Realität des Lebens beigebracht hatte, als sie auf einer großen Ranch Neu-Mexikos gelernt hätte.

Ihre Kindheit hatte sie unempfindlich gegenüber Tod und Gewalt gemacht, und Lucius sah manchmal beunruhigt, wie gelassen sie die Folgen eines blutigen Kampfes betrachten, einer Erhängung zusehen oder ihre letzte Mahlzeit einnehmen konnte. Der Westen war damals wild und ungezügelt, und nur die Härtesten überlebten. Die Schwachen wurden zu Staub, der einfach vom Wind fortgeweht und vergessen wurde.

Aubrey konnte mit der wilden Natur, der Roheit der Leute und den Gefahren fertig werden. Was sie aber nicht akzeptieren konnte, war, daß der Mord an Jonathan Granger vergessen würde. Schlimmer noch war, daß der Mann, der ihn verfügt hatte, Maxwell Fleming, mit dem Blut anderer immer reicher und mächtiger geworden war.

Aubrey hob den Kopf von ihrem Arm und sah überrascht, daß der Himmel vor ihrem Fenster inzwischen hell und klar geworden war. Auf der Straße unten ritten ein paar Männer vorbei, und die Ladenbesitzer riefen einander einen Morgengruß zu, während sie pfeifend ihre Türen und Fenster für das Tagesgeschäft aushängten.

Aubrey schob sich auf die Füße. Ihre Knochen fühlten sich an, als wäre sie neunzig. Langsam trat sie zu dem zerkratzten, staubbedeckten Ankleidetisch in der engen Nische neben dem Bett, und ihr Blick fiel auf einen vergilbten Zeitungsausschnitt, der noch an der gleichen Stelle lag, wo sie ihn am vorigen Abend abgelegt hatte. Immer wieder hatte sie ihn im Schein der Lampe durchgelesen, und genau das hatte vermutlich den Traum ausgelöst. Sie nahm ihn in die Hand und las ihn noch einmal, als hätte sie nicht bereits den Inhalt der zweispaltigen Kolumne Wort für Wort auswendig gelernt. Der Artikel war etwa zwei Monate alt und stammte aus der *Wichita Gazette*. Beim Überfliegen der Seite war ihr Maxwell Flemings Name ins Auge gesprungen und hatte sie wie ein Schlag in die Magengrube getroffen. Er war in die Gegend gekommen, um eine Viehauktion zu organisieren, und hatte an einer vielbesprochenen Versteigerung von Schmuck und Kunstgegenständen teilgenommen, deren Erlös einer europäischen Monarchie zugute kommen sollte, die vom Bürgerkrieg bedroht war.

Entgegen Lucius' Absichten hatte Aubrey ihn überzeugt, nach Wichita zu reisen. Der Gedanke, ihrem Feind nahe zu sein, brannte in ihren Gedanken wie eine Fackel, aber sie hatten das Pech, einen Tag zu spät anzukommen: Fleming hatte sich bereits wieder auf den Weg nach Neu-Mexiko gemacht. Mit ein paar geschickten Fragen hatten sie herausgefunden, welchen Weg er nahm, und wenn Lucius nicht gestürzt wäre und sich die Schulter ausgerenkt hätte, hätten sie ihn leicht einholen können.

Aubrey legte den Zeitungsausschnitt zurück auf die Kommode und starrte ihr Ebenbild in dem fleckigen Spiegel an.

Wann genau sie den Entschluß getroffen hatte, nach Santa Fe zurückzukehren, vermochte sie nicht zu sagen. Es hatte vermutlich nie einen Zweifel daran gegeben, daß sie eines Tages zurückkommen würde. Jedenfalls hatte Lucius in keiner Weise überrascht gewirkt, als sie es ihm ruhig verkündete.

»Und was hast du vor, wenn du dort bist?« hatte er gefragt. »Willst du ihn zu einem Duell herausfordern?«

Aubrey hatte trotzig das Kinn vorgeschoben. »Ich muß dorthin. Ich muß ihn Auge in Auge sehen.«

»Ja, ja, aber ich kenne dich gut genug, um dir zu sagen, daß du nicht damit zufrieden sein wirst, ihn einfach nur zu sehen. Du willst vor ihn treten, ganz dicht, und ihm in die Augen spucken.«

»Willst du damit sagen, daß ich ihn einfach erschießen soll?« fragte sie trocken.

»Hah! Denkst du vielleicht, er läßt dich dazu nahe genug an ihn heran? Ganz Neu-Mexiko ist doch in einen Krieg um Vieh und Land verwickelt; der Mann würde dich sofort kaltblütig abknallen, noch ehe er dir guten Tag sagt. Und wenn du denkst, du könntest einfach ins Büro des Sheriffs gehen und Maxwell Fleming eines Mordes anklagen, der zehn Jahre zurückliegt, dann sorgst du besser vorher für deine Beerdigung. Schon vor zehn Jahren hat ihm fast ganz Santa Fe gehört, und ich kann mir denken, daß seine Macht inzwischen nicht abgenommen hat, denn die Stadt ist immer reicher und größer geworden. Geh, wenn du willst. Bring dich um, wenn dir danach zumute ist, aber nicht mit mir.«

»Ich habe dich auch gar nicht gebeten, mit mir zu kommen«, sagte sie leise.

»Na gut, denn ich würde ohnehin nicht mitkommen. Ich bin zu alt dafür, mich in einer Kutsche in der Wildnis herumzutreiben. Außerdem ist mir mein Skalp lieb, herzlichen Dank.«

Die Erinnerung an dieses Gespräch verklang in ihren Ohren, und Aubrey beugte sich vor und betrachtete sich kritisch im Spiegel. Ihre Augen waren von dunklen Ringen umgeben, und Schatten trübten die hellblauen Augen zu einem metallischen Grau. Die glatte Haut auf ihren Wangen war straff, aber ihre Lippen waren von blutlosem Rosa, zu einer dünnen, unnachgiebigen Linie verzogen.

In der letzten Woche in Great Bend war sie zum ersten Mal in zehn Jahren allein gewesen. Die vier Wände ihres Hotelzimmers waren zu einem Gefängnis geworden, und sie freute sich, sie weit hinter sich zu lassen.

Im Spiegel schnitt sie sich selbst eine Grimasse, nahm die Haarbürste und versuchte, ihre dicken, feuchten Haarsträhnen zu glätten, die sich wie ein Wasserfall über ihre Schultern den halben Rücken herab ergossen. Sie versuchte, jede Locke und jedes Strähnchen zu erfassen und bändigte sie mit einem strammen Gummi zu einem strengen, schmerzhaften Knoten im Nacken. Dann rubbelte sie sich das Gesicht mit dem lauwarmen Wasser vom vorigen Abend ab und schlüpfte ohne Hast und mit ausdruckslosem Gesicht in das braune, solide Reisekostüm. Trotz des Protests ihrer Füße wurden sie in hochgeknöpfte Stiefelchen geschnürt, die eine Nummer zu klein waren und sie zwangen, kleine, entenartige Schritte zu machen. Dann wurde ein abgeschabter, schlichter Hut auf den Kopf gezurrt; sein einziger Schmuck, eine schlappe Feder, hing ihr traurig über ein Ohr. Eine runde Drahtbrille auf ihrem schmalen Nasenrücken vervollständigte das Bild, und als sie einen Schritt zurücktrat, um sich noch einmal im Spiegel zu betrachten, war sie zufrieden: Weniger anziehend und auffallend konnte sie kaum aussehen als das Wesen, das ihr da eulenartig entgegenblickte.

Dann packte Aubrey, immer noch mit ausdruckslosem Gesicht, ihre Sachen in eine Bügeltasche, warf einen letzten Blick durch das Hotelzimmer, trat hinaus auf den Gang und versperrte die Tür hinter sich.

Erster Teil

Oh, welch ein wirres Netz wir knüpfen,
wenn wir uns erstmals in Täuschung üben.

Sir Walter Scott

1

Aubrey zahlte in der Nische, die als Empfangsraum diente, ihre Rechnung und händigte dem Angestellten ihren Zimmerschlüssel aus. Der Junge sagte weder ein Wort, noch blickte er von dem Buch mit Schauergeschichten hoch, das er las. Ehe Aubrey auf die Straße trat, blieb sie einen Moment auf der Schwelle stehen, um ihre Augen an das grelle Sonnenlicht zu gewöhnen und das letzte Frösteln der vergangenen Nacht zu vertreiben.

Great Bend in Kansas war der letzte große Sammelpunkt auf dem Trail nach Santa Fe und der letzte Rest Zivilisation, den die Siedler erblickten, ehe sie die Große Ebene durchquerten. Fliegende Händler und Kaufleute machten hier gute Geschäfte; jeden Frühling und Sommer stiegen die Preise steil in die Höhe, und sechs Wochen in jedem Jahr waren die Straßen Tag für Tag von den massigen Conestoga-Wagen und sturen Ochsengespannen verstopft. Die Siedler hatten bereits zweihundert Meilen – die leichtesten des Trails – hinter sich, der in Independence, Missouri, seinen Ausgang nahm, aber vor ihnen lagen weitere sechshundert beschwerliche, unwirtliche Meilen, ehe sie im staubigen, sonnenversengten Neu-Mexiko ankamen.

In den letzten drei Tagen hatte sich ein langer Wagenzug vor der Stadtgrenze aufgebaut, der noch vor dem Wochenende Great Bend wieder verlassen sollte. Gerüchte über Goldvorkommen lockten die Menschen in den Bergen nach Westen. Ganze Familien ließen sich von der Vorstellung von freiem Land, klaren Flüssen und dem ungeheuren Reichtum verführen, den man sich angeblich auf einer Ranch nördlich von Texas erarbeiten konnte. Die Atchison-Topeka-Eisenbahn plante bereits, die Strecke in Richtung Westen bis nach Santa Fe auszubauen, um den Exodus zu unterstützen, aber bis dahin gab es nur die Wagenzüge oder die Postkutsche, die die begierigen Abenteurer transportieren konnten. Kalifornien, Colorado und Neu-Mexiko hießen die neuen Länder, in denen man seinen Traum verfolgen konnte, und nur wenige Träumer waren schon hier so entmutigt, daß sie zurückkehrten.

Von Great Bend aus brauchten die Wagenzüge bis zu zwölf Wochen bis nach Santa Fe. Die Conestoga-Wagen waren so schwer beladen, daß man gezwungen war, die weniger gefährliche Route einzuschlagen, die am Cimarron abzweigte. Anschließend zogen sie im Tempo des langsamsten Ochsengespanns am Arkansas-Fluß entlang bis Bents Fort, hielten sich weiter in Richtung Gebirge und überquerten die tiefe Bergpaßfurche am Raton, von wo es hinab ging auf weite Grasebenen und man bei Wagon Mound wieder auf den Haupttrail nach Neu-Mexiko stieß. Die Postkutschen nahmen einen direkteren Weg, was ihnen mehrere hundert Meilen ersparte, indem sie durch Grasland, Wüste und die Indianergebiete fuhren, die aber aufgrund ihres Tempos für sie nicht besonders gefährlich waren. Auf diesem südlichen Trail bestand stets die Gefahr von Überfällen der Apachen und Komantschen, aber in den zwölf Jahren seit Ende des Bürgerkrieges hatte die Armee der Union ihre Anstrengungen darauf konzentriert, die Ebenen zu sichern und die Indianer in ihre Reservate zu verbannen. Alle hundert Meilen gab es einen Armeestützpunkt und regelmäßige Patrouillen zwischen den einzelnen Forts. Dennoch war es eine mühsame Reise: Acht Tage und Nächte in der schnellen Kutsche auf einem narbigen Straßenband mit Furchen bis zu einem Meter tief – und ohne jede Garantie auf sichere Ankunft am Ziel.

»He, Lady. Passen Sie zum Teufel auf, wohin Sie gehen!« Aubrey sprang vor dem Planwagen zurück, der bis auf wenige Zoll an ihr vorbeifuhr und sie in ihren nachdenklichen Plänen störte. Ihr war nicht einmal bewußt geworden, daß sie auf die Straße getreten war – die ein Hinderniskurs von Pferden, Menschen und Wagen darstellte, alle in schrecklicher Eile, irgendwohin zu gelangen.

Aubrey hustete den Staub aus den Lungen und manövrierte sich auf die andere Straßenseite, wobei sie über den Furchen voll Schlamm und Tierkot vorsichtig den Rocksaum hob. Das Büro der Kansas-Postkutsche befand sich am anderen Ende des Plankenganges, und während sie darauf zueilte, behielt sie einerseits den unebenen Bretterweg im Auge, andererseits aber die Gesichter der ihr entgegenkommenden Passanten. Niemand schenkte ihr einen zweiten Blick. Alle waren viel zu versunken in ihre Geschäfte, Feilschereien und Händel mit den Ladenbesitzern, schrieen anderen Passanten etwas zu oder blickten neugierig zu den Balkonen über den Saloons hoch, wo sich die früh aufstehenden Damen auf der Brüstung sonnten und ihre üppigen Waren feilhielten.

Aubrey ignorierte die Anzüglichkeiten und das Gejohle und bahnte sich mühsam ihren Weg zur Tür des Postkutschenbüros.

Ihre Schritte verlangsamten sich wieder, als sie auf gleiche Höhe mit der glänzenden, neuen Abbot-Downing *Concord*-Postkutsche geriet, die vor dem Büro angehalten hatte. Sie war in leuchtendem Rot angestrichen und hatte riesige gelbe Räder; die Tür war geöffnet und die Plane über dem dreieckigen Kofferraum hinten hochgeschlagen. Die *Concord* war eines der besten und modernsten Vehikel: Sechs Personen fanden bequem in ihr Platz, weitere vier auf dem Dach hinter dem Kutschersitz. Sie galt als gut gefedert, weil die Karosse an dicken Lederriemen aufgehängt war, was die schlimmsten Stöße und Schläge abfing und das Ganze schwanken ließ wie ein Schiff. Sechs gleichfarbige Pferde warteten geduldig im Geschirr; ein junger, sauber rasierter Stallbursche stand in der Nähe, den Hut tief ins Gesicht gezogen, die Augen vor Hitze und Langeweile halb geschlossen. Alle fünfzehn, zwanzig Meilen entlang der Strecke hatte die Gesellschaft eine Wechselstation eingerichtet, wo ein frisches Gespann wartete. Bei der Fahrt nach Santa Fe übernachtete man nur zweimal in einer solchen Wegstation. Abgesehen davon würde man Tag und Nacht durchfahren, denn die Sitze ließen sich herabklappen, auf denen die Passagiere abwechselnd schlafen konnten.

Aubrey spürte ein wenig Erleichterung beim Anblick mehrerer runder Hutschachteln, die auf dem Gehsteig auf die Verladung in den Kofferraum warteten. Die Vorstellung, acht Tage und Nächte in ausschließlich männlicher Gesellschaft zu reisen, hatte ihr ganz und gar nicht gefallen. Sie war zwar nicht darauf aus, Freundschaften zu schließen oder sich auf irgendwelche Kameraderie einzulassen, doch eine weitere Frau an Bord würde hoffentlich mehr Ablenkung bieten als männliche Passagiere.

Sie freute sich noch über diesen Gedanken, als sie abrupt stehenblieb – aber diesmal nicht, weil sie sich irgendwie bedroht fühlte, sondern weil all ihre Sinne eindeutig beleidigt wurden.

Aus dem Kutschenbüro am anderen Ende des Plankenwegs trat eine Frau, die von Kopf bis Fuß in leuchtende, grelle Lilatöne gekleidet war. Meter für Meter aus gefärbtem Samt waren zu einem Cape verarbeitet worden, das einen kleinen Sandsturm hervorrief, als sie damit über die Bretter fegte. Bei jedem Schritt blitzte fuchsienrote Seide auf; ein hoher Turm aus Federn tanzte und wippte über modisch-steifen Korkenzieherlocken, die so gelb waren wie Piratengold. Ein Sonnenschirmchen aus Spitze wurde zwischen lila behandschuhten Fingern gedreht. Hochhackige Satinslipper ließen ihre Ankunft weit im voraus erahnen, und für den Fall, daß auch nur ein einziges Paar unschuldiger Augen ihre Anwesenheit bisher ignoriert hatte, gaben ihre geschminkten roten Lippen ein Lachen, wie wenn Kristall zerbricht, von sich, das ihren ohnehin beunruhigend tiefen Ausschnitt ernsthaft unter Druck setzte.

Hinter ihr spazierte unauffällig ein schlanker, dunkeläugiger Mann, der von Kopf bis Fuß in schwarzes Tuch gehüllt war. Er folgte der Frau nicht in das Reisebüro, sondern verharrte einen Moment bei der Tür; mit einem raschen Blick erfaßte er die Wirkung seiner Begleiterin auf die von ihrem Anblick wie benommenen Viehtreiber und

Fußgänger, die ihr großäugig und mit offenem Mund nachstarrten.

Sein umherschweifender Blick kam erst zum Stillstand, als Aubrey vor ihm stand. Eine volle Minute lang starrten sie einander an – aber dann fuhren seine Augen, ebenso schwarz wie sein teurer Anzug, gleichgültig an dem unschmeichelhaften Schnitt ihres Reisekostüms herab und blieben auf der Bügeltasche hängen.

»Planen Sie zufällig, mit der Morgenkutsche zu reisen?« Aubrey gelang ein Nicken.

»Dann gestatten Sie mir, daß ich mich als einer Ihrer Mitreisenden vorstelle. Darby Greaves«, sagte er und verbeugte sich schwungvoll. »Agent und Manager der berühmten Magenta Royale, dem Stolz von New Orleans.«

Er sprach seinen Namen und Titel so laut aus, daß die vorbeifahrenden Kutscher ihn noch über dem Gerumpel ihrer riesigen, eisenbeschlagenen Räder hören konnten. Dann warf er erneut einen Blick in die neugierige Menge, als müßte jeder den Namen kennen und vor Privileg, sie gesehen zu haben, tot umfallen. Besonders von Aubrey erwartete er nun die üblichen neugierigen Fragen voller Begeisterung und Ehrfurcht, damit er wie ein wahrer Theatermensch Ruhm und Talente seines Singvogels rühmen konnte.

»Es freut mich, Ihre Bekanntschaft zu machen, Mr. Greaves«, sagte Aubrey trocken. »Wenn Sie mich jetzt bitte entschuldigen. Ich muß mich noch um weitere Reisevorbereitungen kümmern.«

Einen Moment lang verharrte sein strahlendes Lächeln wie festgeschrieben auf seinem gutgeschnittenen Gesicht. Im nächsten Augenblick aber, als Kichern aus der Zuschauermenge ertönte, löste es sich auf, und mit plötzlicher Härte konzentrierte sein Blick sich schärfer auf die bebrillte Jungfer.

»Entschuldigen Sie«, sagte Aubrey noch einmal und zog eine Braue hoch, um anzudeuten, daß er ihr im Weg stand. Doch statt zur Seite zu treten, beugte er sich dichter zu ihr und stützte sich mit einer Hand am Türrahmen ab.

»Tut mir leid, aber ich habe Ihren Namen nicht verstanden.«

Aubrey wich vor dem starken Whiskeydunst seines Atems leicht zurück. Sie erwog rasch, ob sie sich einfach an ihm vorbeischieben und seine Grobheit ignorieren sollte, aber ein Mann, der schon so früh morgens seinen Whiskey brauchte, war bestenfalls unberechenbar.

»Blue«, antwortete sie knapp. »Aubrey Blue.«

»Aubrey Blue«, murmelte er langsam. »Das klingt irgendwie verlockend, etwa wie Magenta Royale … aber … immerhin ist ihr Name nur ein Künstlername. Den ich selbst erfunden habe, wenn ich ehrlich sein darf. Und Ihrer?«

Sein heißer Atem so dicht vor ihr jagte ihr einen Schauder den Rücken herab. »Meiner?«

»Aubrey – das ist ein ungewöhnlicher Name. Ich habe eigentlich keine Ahnung, woher er stammt. Das Blue paßt bemerkenswert gut zu der erstaunlichen Farbe Ihrer Augen. Den hätte selbst ich nicht besser aussuchen können.«

Die Objekte seiner Bewunderung verdunkelten sich daraufhin beträchtlich und starrten auf den Arm, den er vor der Tür ausgestreckt hatte. Dann hoben sie sich langsam, weil Magenta Royale aus den Schatten trat.

»Wenn du mit deinem Theater fertig bist«, sagte sie keck, »haben wir ein kleines Problem, das deiner Aufmerksamkeit harrt.«

»Theater?« Greaves ließ den Arm fallen und lächelte. »Seit wann ist es denn Theater, wenn ich deinen guten Namen bekannt mache und deinen phantastischen Ruf weiter verbreite. Ist das nicht meine Aufgabe?«

»Werbung nennst du diese alberne Vorstellung? Ich nenne es ein paar Punkte für die eigene Reputation sammeln.«

»Aber wirklich, meine Liebe.« Greaves unterdrückte ein Gähnen. »Wir erlauben doch nur unseren guten Manieren, zum Vorschein zu kommen.«

»Meine Manieren sind genau so, wie es heute morgen erforderlich ist, lieber Darby – ganz im Gegensatz zu deinen.« Dann warf sie einen kühlen abschätzenden Blick in Aubreys

Richtung. »Sie können jetzt gehen, Schätzchen. Greaves ist mit Ihnen fertig.«

Aubrey errötete tief. Als sie sich an den beiden vorbeischob, hörte sie die begleitenden Kommentare, fast wie sie es erwartet hatte:

»Wirklich, Darby, selbst du hast mehr drauf, als eine solche x-beinige alte Jungfer anzuquatschen, die vermutlich noch im Bett ein Hemd und einen Wollschlüpfer trägt.«

»Ich habe Schlimmere gesehen«, nölte er.

»Du hast mit Schlimmeren geschlafen«, erwiderte sie knapp. »Aber sie haben alle nur einmal *Baah* gesagt und sich stillschweigend am nächsten Morgen wieder in den Stall verzogen.«

Aubrey trat vor die hohe Schalterklappe und versuchte, sich in den paar Augenblicken, ehe der Beamte sie bemerkte, wieder zu beruhigen.

»Karte?«

»Ich habe eine Karte«, antwortete sie. »Nach Santa Fe. Fährt die Kutsche pünktlich ab?«

»Wann haben Sie die Karte gekauft?«

»Letzten Mittwoch.«

»Eh?« Der Mann hob den Kopf und spähte durch seine Brille auf sie herab. »O ja. Ich kann mich an Sie erinnern. Die Schullehrerin. Sie hatten gerade die Kutsche verpaßt und haben die Karte gekauft, um sich einen Platz zu sichern.« Dann brach er ab und schnaubte verächtlich. »Herzlich willkommen zum heutigen Ansturm. Bisher sind es nur Sie und die andere Dame ... falls die es sich nicht noch anders überlegt. Scheint, sie will eine Kutsche ganz für sich allein. Stell sich das mal einer vor!«

Aubrey sah sich in dem kleinen Büro um und bemerkte erstaunt, wie leer die Bänke waren. In der Vorwoche hatten überall ungeduldige Reisende gesessen, und mehr Menschen hatten gewartet, als alle Kutschen in Richtung Westen befördern konnten.

»Komantschen«, erklärte der Mann. »Gerüchten zufolge befinden sie sich wieder auf dem Kriegspfad. Genau die Art

Nachricht, bei der die Leute lieber zu Hause bleiben. Sie können sich die Weisheit vielleicht selbst zu eigen machen, Missy, und warten, bis die Armee die Chance hatte, die Burschen wieder abzukühlen.«

»Ich … kann nicht länger warten. Ich muß sobald wie möglich nach Santa Fe. Fährt die Kutsche denn?«

»O ja, fahren tut sie«, versicherte ihr der Angestellte. »Kann nur nicht mit Sicherheit sagen, wann. Scheint, der Kutscher hatte am Little River auf der Herfahrt einige Probleme.«

»Was? Was sagen Sie da?« Mit diesen Worten wurde Aubrey unzeremoniell von einem kleinen, rundgesichtigen Gentleman beiseite geschoben, der sich nun vor den Schalter drängte.

»Entschuldigen Sie, mein guter Mann, aber habe ich gerade gehört, daß die Kutsche vielleicht heute nicht abgeht?«

Der Schalterbeamte beugte den Kopf vor, um den Mann über den Rand seiner Brille zu mustern. Der Neuankömmling hatte eine lebhafte Gesichtsfarbe, die ebensosehr der Hitze draußen wie dem Umfang seiner Taille zuzuschreiben war. Ein Kranz aus grauen Haaren flockte unter dem Rand seines Derbyhutes hervor; sein Mund war von einem beeindruckenden, buschigen Schnurrbart fast völlig verborgen, dessen Enden gewachst und zu perfekten kleinen Spiralen hochgezwirbelt waren.

»Sie haben gute Ohren, Mister. Genau das habe ich gesagt.«

»Allmächtiger … warum diese Verzögerung?«

»Kann ich nicht mit Sicherheit sagen, aber ich hörte, daß der Fahrer seine Knarre verloren hat. Und kein Mensch ist so blöd, sich ohne Knarre in das Rothaut-Gebiet zu wagen, nichtmal Stinkefinger Jim Brody.«

Diese Nachricht schien für den kleinen Mann zuviel auf einmal. Er schob seinen Hut zurück und tupfte sich mit einem riesigen weißen Taschentuch die kahle Platte seines Schädels trocken.

»Eine Knarre? Wir sind gezwungen, unsere Pläne zu ändern, weil einer Ihrer Fahrer sein Gewehr verloren hat? Kann er nicht im Geschäft nebenan ein neues kaufen?«

Der Schalterbeamte kniff die Augen zusammen. Bewußt bedächtig nahm er nun seine Brille ab und polierte die Gläser sorgfältig mit einem Hemdzipfel. Sie sahen kaum sauberer aus, als er sie wieder auf den Nasenrücken setzte, dann blickte er seinen Kunden herausfordernd an.

»Mister ... woher sind Sie?«

»Pennsylvania. Pittsburgh, Pennsylvania.«

»Und was genau haben Sie da in dem Metallköfferchen bei sich?«

»Ich ... eh ... habe Qualitätsprodukte, die gerade in den Oststaaten auf großen Erfolg gestoßen sind.«

»Jemals westlich des Mississippi gewesen?«

»Warum ... äh, nein. Bisher hatte ich noch nicht das Vergnügen.«

»Hätte ich nicht gedacht«, höhnte der Schalterbeamte.

Der Reisende versteifte sich. »Sehen Sie mal, mein Guter, wenn das ein Versuch ist, mehr Geld aus mir herauszuquetschen ...«

Der Beamte seufzte und schüttelte den Kopf. »Ich sagte, der Kutscher hat seine Knarre verloren, Sir. Jede Kutsche, die hier abfährt, hat zwei Männer oben auf dem Bock – oder sie fährt nicht. Der eine lenkt, der andere hält das Gewehr im Anschlag. Und wenn der Kutscher den anderen verliert, dann gibt er einen Pfifferling um Qualitätsprodukte, Fahrpläne etcetera, oder ...« Er deutete wütend auf Aubrey. »... oder um eine Schar rotznasiger mexikanischer Kids, die ihr ABC nicht lernen. Ha'm Sie mich jetzt endlich verstanden, Mister?«

»Oh, jaja. Ja, ich verstehe.« Wieder fuhr das leinene Viereck über den glänzenden Schädel. »Aber ich muß ganz einfach vor dem Monatsende nach Santa Fe. Ich muß einfach.«

»Kann ich nichts dran ändern, Mister. Erst, wenn ich irgendwie von Jim Brody gehört habe. Na, zum Teufel, vielleicht steckt er ja nebenan beim Eisenwarenhändler und kauft sich ein neues Gewehr.« Der Mann kicherte über seinen eigenen Witz. »Aber andererseits ist er vielleicht eher im *Silver Dollar* und schlürft sich durch sein Pint Whiskey.«

Darby Greaves, der die Unterhaltung bislang ignoriert zu haben schien, richtete sich nun aus seiner zusammengesunkenen Haltung auf. »Eine empfehlenswerte Idee, wenn man es recht bedenkt. Magenta, meine Liebe, was hältst du davon, wenn wir beide hinüber zu *Silver Dollar* gehen und zusehen, ob wir ein Engagement für dich finden, das nicht so weitab von aller Zivilisation liegt.«

Magentas Gesichtsausdruck blieb unverändert, und niemand sonst hörte ihre Antwort, die sie mit fast unbewegten Lippen zischte: »Ein Schritt in den Saloon, und ich schieße dir persönlich durch beide Knie, Darby Greaves. Man zahlt mir fünftausend Dollar für die Gelegenheit, in der neuen Opernhalle von Santa Fe zu singen, und du wirst mir niemals, ich wiederhole: niemals eine solche Möglichkeit mit einer Flasche Whiskey versauen.«

»Die Gelegenheit besteht meiner Meinung nach eher darin«, erwiderte er ungerührt, »skalpiert zu werden ... oder Schlimmeres. Hast du nicht gehört, wie er sagte, die Komantschen seien auf dem Kriegspfad?«

»Gütiger Gott, wir schreiben immerhin 1877. Es gibt keine Komantschen mehr. Die sind doch entweder alle tot oder in Reservate verbannt. Und ich will verflucht sein, wenn ein paar bodenlose Gerüchte meine bisher größte Erfolgschance zunichte machen.«

Dann fegte Magenta mit einem geübten Schwung ihrer wippenden goldenen Locken durch den vollen Raum, wobei ihre voluminösen Röcke eine kleine Staubwolke aufwirbelten. Am Schalter beugte sie sich vor und erlaubte dem verdutzten Beamten einen ungehinderten Blick in die Tiefen ihres Dekolletés.

Aubrey zog sich seufzend auf eine der Holzbänke zurück. Sie stellte ihre Bügeltasche auf den Boden und versuchte, nicht daran zu denken, was eine weitere Verzögerung ihren Nerven und Plänen antun würde. Das Gemurmel von Stimmen ausblendend, starrte sie aus dem fliegenverdreckten Fenster, aber hinter der dicken Schmutzschicht war nicht viel zu sehen. Nach kurzer Zeit schweifte ihr Blick zu der Ankündigungstafel an der Wand neben ihr. Dort war ein ganzes Mosaik aus Papierfetzen angeklebt oder angenagelt, darunter eine Werbeanzeige für eine Wunderkur, von der einem das Haar wuchs, die Warzen abheilten und bei heißem Wetter persönliches Ungemach verhinderte. Ein Waffenschmied namens Kugel hatte seine Werbung auf ausgeschnittene Bilder von Pistolen gedruckt, aus denen sich sogar künstlicher Rauch kräuselte. Daneben hing eine Warnung vor einem Trickbetrüger-Paar, das man zuletzt im großen Staat Louisiana gesehen hatte. Darunter waren ordentlich aufgereiht die Plakate von gesuchten Verbrechern, einige mit grob gezeichneten Gesichtern, andere mit dem unheilverkündenden »Tot oder lebendig« quer darüber gedruckt.

»Ein faszinierender Querschnitt unserer Gesellschaft, finden Sie nicht?«

»Wie bitte?« Aubrey blickte neben sich und wurde von einem strahlenden Lächeln unter einem Schnurrbart begrüßt.

»Die Ankündigungen.« Der stämmige Handelsreisende deutete auf die Tafel. »Kleine Ausschnitte des Lebens, die man hier in aller Ruhe betrachten kann.«

»Ja«, murmelte sie. »Faszinierend.«

»Ich habe zufällig gehört, daß Sie Lehrerin sind. Ein bewundernswerter Beruf, Miss …?«

»Blue«

»Miss Blue.« Er tippte sich an die Hutkrempe und verbeugte sich knapp. »Armbruster P. Shillingsworth, zu Ihren Diensten.«

Als er den Mund öffnete, um weiterzusprechen, unterbrach ihn ein plötzlicher Aufruhr hinter ihm unvermittelt. »Oh! O du liebe Güte!«

Zwei Neuankömmlinge waren in der Tür aufgetaucht, und ihre Gegenwart bewirkte drinnen wie draußen völliges, tiefes Schweigen. Der erste Mann war groß und breit genug, daß seine Silhouette fast das grelle Sonnenlicht im Türrahmen ausblendete. Er trug ein Wildlederhemd mit offenem Kragen und Kordhosen, aber beides war weder neu noch sauber. Messingblondes Haar fiel ihm lang und strähnig bis über den Kragen, und die ungekämmten Wellen umrahmten ein Gesicht, das von Sonne und Wetter zu einem warmen Braunton gegerbt war. Die Augen unter der breiten Krempe seines Hutes waren schiefergrau und fuhren lässig durch den stickigen kleinen Raum, beobachteten abschätzig und taten alles mit einem ironischen Zucken der Lippe ab.

Nicht ganz so leicht zu akzeptieren war für die Wartenden im Postkutschenbüro der Anblick des zweiten Mannes: Ein Indianer von der Großen Ebene. Er war fast ebenso hochgewachsen wie der weiße Mann und in jeder Hinsicht ebenso beeindruckend, wenn man ihn nach seinen stählernen Muskeln beurteilte, die sich unter dem Lederhemd deutlich abzeichneten. Seine markanten Züge wirkten wie aus Granit gemeißelt und verrieten ebensowenig Gefühl. Glattes, glänzendes schwarzes Haar fiel ihm bis zur Mitte des Brustkorbs herab; einige dünne Strähnen waren von den Schläfen aus zu Zöpfen geflochten. Seine Augen waren abgrundtiefe braune Teiche, die in ihrer Intensität bedrohlich wirkten und nicht im geringsten zögerten, es mit jedem starren Blick, der ihn begrüßte, aufzunehmen.

Der weiße Mann trat zum Schalter und nickte dem Beamten verbindlich zu. »Wann geht die nächste Postkutsche ab?«

»Ich ... nun ... eh ...« Der nervöse Blick des Schalterbeamten tanzte zwischen dem Kunden und dem Indianer hin und her. »Ich sagte gerade zu diesen guten Leutchen hier, daß ich ganz und gar nicht sicher bin, wann die nächste abgeht.«

»Aber dem Fahrplan zufolge fährt eine um zehn, oder?«

»Nun, ah ... ja.«

»Und das ist der Wagen, der draußen bereits wartet, nicht wahr?«

»Ich ... uh ... ja. Ja. Sicher.«

»Gehe ich recht in der Annahme, daß immer noch der Brauch herrscht, daß die Kutschengesellschaft die Plätze für die Fahrt verkauft?«

»Nun ja ...«

»Gut. Wieviel kosten zwei Karten noch Fort Union?«

Der Beamte zögerte wieder, und sein Blick tanzte zwischen dem stummen Indianer und dem prallen Lederbeutel hin und her, den der Weiße aus der Tasche zog. Das solide Klimpern von Münzen bewirkte, daß er sich die Lippen leckte und mit einem Finger nervös an der Innenseite seines Kragens entlangfuhr.

»Sind ... äh, sind diese Plätze für Sie und Ihren ... äh, Freund?«

Der Fremde lächelte. Seine Stimme klang täuschend freundlich, gefärbt vom vertraut klingenden Akzent der Großen Ebene, aber in seinen Augen lauerte zunehmende Feindseligkeit, als wisse er genau den Grund für das Zögern des Beamten und wolle ihm die Sache ganz und gar nicht leichter machen.

Dann schob er mit einer Fingerspitze den Hut zurück und stützte sich mit einem Ellbogen auf die Theke. »Vermutlich haben Sie guten Grund zu der Frage, wo immerhin nur zwei Personen vor Ihnen stehen.«

»In welchem Fall ...«, der Beamte schluckte, »... wir vor der Tatsache stehen, daß ich Ihnen keine Fahrkarte verkaufen kann.«

»Ist die Kutsche den vollbesetzt?«

»Nein ... ah, ich meine ... ja.«

Die grauen Augen hefteten sich mit einem bohrenden Blick auf ihn. »Was nun ... ja oder nein?«

»Tatsache ist, Mister, daß die Kansas Stage Company einfach keine Rothäute in ihren Kutschen erlaubt.«

»Wie bitte?« Der Rancher beugte sich weiter über die Theke.

Bei dieser Bewegung traten winzige Schweißperlen auf die Stirn des Schalterbeamten. »Ich glaube, ich habe Sie nicht richtig verstanden.«

Der Beamte räusperte sich und rückte seine Brille zurecht: »Ich habe die Vorschriften nicht gemacht, Mister. Ist Politik und Gesellschaft, und ich lasse mich nicht rauswerfen, weil ich die Vorschriften nicht beachtet habe.«

»Kommen Sie, Mr. …?«

»Gibbon«, warf Magenta mit weicher Stimme ein. Sie war hinter den Mann getreten und freute sich nicht nur über das Unbehagen des Schalterbeamten, sondern auch über den äußerst interessanten Blick auf die harten, glatten Muskeln, die die Nähte des Lederhemdes fast zum Platzen brachten. »Sein Name ist Sidney Gibbon.«

Der Mann erwiderte das einladende Lächeln mit einem dankbaren Grinsen, ehe er sich wieder dem Schalterbeamten zuwandte.

»Nun, Mr. Sidney Gibbon, das Geschäft ist doch dieser Tage so schlecht, daß Sie dankbar sein sollten, überhaupt Kunden zu haben, die bereit sind, zu zahlen. Ein weniger umgänglicher Bursche als ich könnte doch die Kutsche einfach vor der Stadt anhalten und darauf bestehen, daß man *ihn* dafür bezahlt. Mir selbst könnte es kaum gleichgültiger sein, wo ich einsteige, ob hier oder zehn Meilen weiter, aber mein Freund, der hat es sich nun einmal in den Kopf gesetzt, daß sie ihn zutiefst beleidigt haben. Haben Sie schonmal einen Ute-Krieger beleidigt, Mr. Gibbon?«

Der Beamte schüttelte den Kopf. »K-k-kann ich nicht sagen, Mister, und auch nicht, daß ich besonders scharf darauf bin, aber Vorschriften sind Vorschriften … und außerdem muß ich an die anderen Passagiere denken. Ich bezweifle, ob ihnen die Vorstellung recht ist, daß eine Rothaut mitfährt.«

Der Rancher verzog nachdenklich den Mund. Dann wandte er sich an die Wolke aus lila Seide und gefärbten Straußenfedern und wartete, bis sich Magentas Augen von seinem offenstehenden Hemd gelöst hatten und ihm in die Augen sahen. »Ma'am, haben Sie irgendwelche Einwände, daß mein Freund und ich Sie auf der Fahrt begleiten? Ich weiß, es ist eine lange Fahrt in größter Enge, aber ich kann

Ihnen versichern, daß Sun Shadow und ich sehr verträglich sind. Wenn es die Gelegenheit verlangt, können wir uns ganz zivilisiert benehmen.«

Magenta lächelte. »Und andernfalls?«

Nun war er an der Reihe, langsam und abschätzend das üppige Fleisch zu betrachten, das das lila Korsett fast sprengte. Zwei gute Handvoll pro Stück, dachte er, genug, um einen Mann Hunderte von Meilen lang zu beschäftigen.

Magenta bemerkte das Interesse in seinem Blick und befeuchtete die Lippen. »Ich habe keinerlei Einwände gegen Ihre Gesellschaft, Sir. Im Gegenteil, ich bin sicher, wir alle würden uns mit Ihnen an Bord viel sicherer fühlen ... nicht wahr, Darby?«

Greaves hatte schon die ganze Zeit, seit die beiden das Büro betreten hatten, den Indianer angestarrt. Er gab sich keine Mühe, seine Verachtung und sein Mißtrauen gegenüber einer Rasse zu verbergen, die er sogar minderwertiger als Sklaven fand.

»Darby?« wiederholte Magenta.

»Nein«, antwortete der Mann leise. »Keine Einwände.«

»Na also ...« Der Hüne spreizte seine Finger, ehe er das Wort wieder an Sidney Gibbon richtete. »Sie haben es selbst gehört. Keine Einwände.«

»Das sind aber nicht die einzigen Passagiere«, gab der Beamte verkniffen und nach dem letzten Strohhalm greifend zurück. »Die Schulmamsell und der Handelsvertreter da drüben haben beide eine Karte gekauft.«

Die grauen Augen fuhren wieder durch den Raum und fanden den schnieken kleinen Mann mit dem Derbyhut. Noch ehe er seine Frage stellen konnte, stürzte der Handelsreisende sich ihm entgegen und rief mit bestätigend wippendem Schnurrbart: »Keine Einwände, Sir, keine einzigen. Und mein Name ist Shillingsworth. Armbruster P. Shillingsworth. *Der* Name für Korsetts und Halter, Hosenträger und Stützen für alle Körperteile ... äh ... nicht, daß Sie oder Ihr Freund so aussehen, als bräuchten Sie irgendwelche Stützen. In der Tat, nein.«

Der Rancher suchte nun nach der letzten Stimme und blickte zum Fenster. Aubreys braunes Kammgarnkostüm verschmolz perfekt mit dem braunen Hintergrund des Büros, und diese Unauffälligkeit wurde durch einen Strahl aus schwachem Sonnenlicht verstärkt, der sie wie eine tanzende Wolke umgab und fast alles an ihr auslöschte – außer ihr blasses Gesicht und die aufblitzende Brille.

Aubreys Blick hingegen war in keiner Weise getrübt. Die Augen, die er leicht zusammengekniffen hatte, um besser zu sehen, wer als letzte eine Stimme abgab, wirkten so kühl und ungerührt wie ein Winterhimmel. Sein Haar war sehr dicht, aber von einer ungeduldigen Hand geschnitten, so daß die Spitzen strähnig über den Kragen fielen. Die Schultern unter dem Wildleder waren breit und kräftig. Sein Mund war unverhohlen sinnlich und in teuflischer Arroganz schamlos geschwungen – ohne Zweifel eine Folge von zu vielen Jahren des Genusses der Art von Reizen, wie sie in Magenta Royals Augen glänzten. In seiner ganzen Erscheinung erweckte er den Eindruck eines Liebhabers zügelloser Ausschweifungen, so als hätte er die vergangenen paar Tage in einem zerwühlten warmen Bett verbracht, und als hätte er nichts dagegen, dorthin zurückzukehren.

Aubreys Einschätzung entsprach der Wahrheit mehr als sie es wissen konnte oder wollte, denn der Rancher hatte tatsächlich den größten Teil der vergangenen zehn Tage mit den üppigen Schönheiten in Great Bends größtem Bordell verbracht. Ganz unschuldig hatte er vergessen, wieviele weiße, lange Beine sich begierig um seine Hüften geschlungen hatten, ebenso wie er sich an keine der vielen verschwommenen Gesichter, Körper und Brüste erinnern konnte, die er mit fanatischer Hingabe angebetet hatte.

Er war allerdings ziemlich sicher, daß keine von ihnen eine abgenutzte Metallbrille getragen oder sich in einer Tweedrüstung seiner Lust dargeboten hatte – die einzigen deutlich erkennbaren Zeichen der faden, verstaubten Schulmamsell vor ihm. Diese ernüchternde Realität hätte allerdings viel eher als die ärgerlichen Vorschriften der Kutschengesellschaft ausgereicht, ihn sofort wieder in die Arme von Madame Pearls Schönheiten zu treiben, hätte nicht die Wolke aus lila Satin ausgleichend danebengestanden.

»Ma'am? Verzeihen Sie, aber ich hatte Sie nicht gesehen.«

Aubrey spürte mehr als nur ein Paar Augen auf ihrem Gesicht und senkte rasch die Lider, um jedweden Blickkontakt zu vermeiden.

»Kein Grund, sich zu entschuldigen, Sir, und ich habe nichts dagegen, daß Sie und Ihr Begleiter mit uns fahren.«

»Sehr verbunden.« Der Rancher wandte sich nun wieder dem Schalterbeamten zu und tappte mit einem langen, schwieligen Finger auf das Holz. »Zwei Karten nach Fort Union, wenn ich bitten darf.«

»Ich sagte doch, ich mache hier nicht die Vorschriften«, erklärte Gibbon und lief plötzlich rot an. »Die Gesellschaft sagt, keine Indianer, und das heißt, keine Indianer. Wenn Sie es mit Mr. H. P. Naglinger im Hauptbüro besprechen wollen, bitte sehr. Das Telegrafenamt ist oben an der Hauptstraße. Wenn er sagt, er habe nichts dagegen, dann verkaufe ich Ihnen in Teufels Namen zwei Karten nach China, wenn Sie das wollen.«

Das, was darauf hätte passieren können, wurde durch einen ungeheuren Energiewirbel an der Hintertür verhindert, der eine neue Staubwolke aufrührte und vom Echo eines wilden Fluchs begleitet wurde. Ein kleiner drahtiger Winzling von einem Mann, der nach billiger Pomade und noch billigerem Whiskey roch – beides ein Anlaß für Magenta, nach einem parfümierten Taschentuch zu greifen und zurückzuweichen – näherte sich nun dem Schalter. Hosen und Hemd waren vor Schweiß und Schmutz steif und das Gesicht fast völlig hinter einem wilden, nur teilweise gestutzten Bart verborgen, der unter den Schichten aus Staub und ausgespucktem Tabaksaft eine beliebige Farbe haben mochte. Tief in die Stirn gezogen trug er einen stark in Mitleidenschaft gezogenen *Hardee,* dessen knittrige Krempe auf gleicher Höhe saß wie die Schlitze, die seine Augen waren.

»Na, Gibby?« Ein dicker Strahl Tabaksaft landete genau

auf dem Rand des Spuckbeckens, während er sich mit dem Ärmel die Lippen abwischte. »Schon eine Knarre gefunden?«

Gibbon straffte sich wie zum Kampf. »Nein. Nein, habe ich noch nicht. So komisch das vielleicht klingt, habe ich hier inzwischen eine Menge zu tun gehabt, und ...«

»Ohne eine Knarre fahre ich nirgendwo hin. Man kann doch nich' von einem erwarten, sechshunnert Meilen ohne Knarre und Ablösung zu fahren. Die Kutsche bleibt also einfach da stehen wo sie steht, bis ich eine habe. Und wenn's bis Sonntag dauert.«

»Nun hör mir mal gut zu, Jim Brody«, sagte Gibbon – erleichtert, sich von dem hünenhaften Rancher abwenden zu können. »Du hast zugesagt, die Kutsche nach Santa Fe zu fahren ...«

»Ich kenne meinen Job, Junge. Tu' das doch schon seit fünf Jahren.«

»Dann solltest du auch wissen, daß du, wenn du deinen Mitkutscher verloren hast, selbst dafür verantwortlich bist, einen neuen zu finden.«

»Hab' doch gesucht, du verfluchter Schreibtischhengst. Will doch keiner – sich wegen einer blöden Kutsche nach Santa Fe erschießen oder skalpieren zu lassen.« Er schob den Pfriem in die andere, bereits stark ausgebeulte Backe und zog eine Grimasse. »Un' ich eigentlich auch nich'. Nich' für die Handvoll Kuhscheiße, die ich dafür bekomme.«

»Vielleicht können mein Freund und ich Ihnen behilflich sein?« warf der Blonde nun ein.

»Hoh!« Jim Brody hob den Kopf und blickte mit zusammengekniffenen Augen an seiner Nase entlang, als sähe er das beeindruckende Männerpaar zum erstenmal. »Nach Santa Fe unterwegs?«

»Fort Union eigentlich ... falls wir das kleine Problemchen mit den Vorschriften der Gesellschaft lösen.«

Stinkefinger Jim Brody blickte den Ute an und schnaubte.

»Vorschriften, eh? Auf die Vorschriften scheiße ich. Wie heißt du, junger Mann?«

»McBride«, antwortete der Weiße. »Christian McBride.«

»McBride.« Brody rollte den Namen über die Zunge, als schmecke er schales Brot. »Den Namen hab' ich schonmal irgendwo gehört.« Dann spähte er wieder in das sonnengebräunte Gesicht und kaute ein paarmal hektisch auf seinem Pfriem herum. »Yep. Ich kenne den Namen ... weiß aber nich' mehr, woher. Sucht man dich vielleicht, McBride?«

»Nicht, daß ich wüßte.«

»Mmmmh.« Brody kratzte seinen zerlausten Kopf und nickte dem Indianer zu. »Kann einer von euch vernünftig schießen?«

»Mittelmäßig bis ausgezeichnet«, lautete die lässige Antwort.

»Und diese Rothaut ... Komantsche?«

»Ute.«

»Ute! Kann nich' sagen, daß ich von denen schonmal einen zu Gesicht bekommen habe. Kann nich' sagen, daß es mich einen Dreck schert. Meine Ma hat mir immer gesagt, traue keiner Rothaut und keiner Hure: Sobald du denen den Rücken zukehrst, ziehen die das Messer gegen dich ... Also ...« Er neigte den Kopf und spuckte aus dem Mundwinkel aus. »Du und der Indianer können mitkommen, solange einer von euch mit mir auf dem Bock fährt. Mir ist egal, welcher. Der andere muß dem alten Gibby aber die Karte bezahlen, bevor dem eine Ader platzt. Bye ...« Er deutete mit dem Daumen auf Sun Shadow. »Spricht er englisch?«

»Ein bißchen«, nickte McBride.

»Sag es ihm am besten in seinem eigenen Kauderwelsch, damit wir keine Mißverständnisse haben: Ich jag' ihm so 'ne dicke Kugel in den Bauch, daß seine Scheiße drei Länder weiter fliegt, wenn er mir nur ein bißchen komisch kommt. Hat er das begriffen?«

»Ich bin sicher.«

»Na gut.« Brody kratzte sich heftig in einer Achselhöhle und brüllte über den gestammelten Protest des Schalterbeamten hinweg: »Am besten erleichtern sich die Passagiere noch die Blase. Wir fahren in zehn Minuten ab.«

2

»Alles einsteigen. Und daß ja keiner mit seinen verdammten Schuhen auf die Sitze tritt!«

Brody nahm dem Pferdeburschen die Zügel aus der Hand und sprang mit drei zierlichen Sätzen auf den Kutschbock. Dann heftete er seinen Blick böse auf den Indianer, wiederholte seine vorher geäußerte Drohung und ließ die Augen über das zusätzliche Gepäck und die Post schweifen, die auf dem Dach angeschnallt worden waren. In dem kleineren Stauraum unter seinem Sitz stand eine große grüne Kiste mit der Aufschrift *Wells, Fargo & Co.*, und er rüttelte noch einmal vorsorglich am Schloß, ob sie auch ordentlich versperrt war. Dann steckte er eine doppelläufige, abgesägte Zehner-Flinte neben sich auf den Sitz, die der Ute jedoch ignorierte, denn ihm war seine eigene sechzehnschüssige Henry-Automatik auf dem Schoß lieber.

Dann fuhren Brodys rotgeränderte Augen über die Zuschauermenge, von denen einige den bewaffneten Indianer auf dem Kutschbock einer *Concord*-Kutsche recht beunruhigt betrachteten.

»In Ordnung, ihr rattenohriger, mäuseschwänziger, schweinebäuchiger Pferdeersatz …« Drei der sechs Tiere im Gespann spitzten bei dieser geknurrten Anrede die Ohren. »Denkt ja nich', daß einer von euch um das Gesocks rumtritt, das zu verdammt blöde ist, um nich' im Weg zu stehen. Schmeißt sie um, gottsverdammt, und beim nächsten Mal überlegen sie es sich, ob sie uns mitten im Weg stehen wollen!«

Diese kehlige, an das Pferdegespann gerichtete Warnung hatte die Wirkung, daß Männer wie Frauen, die vor der Kutsche auf der Straße standen, aus dem Weg sprangen. Auf die zusätzliche Aufforderung reagierten sie jedoch mit entrüsteten Schreien, denn er schürzte die Lippen und spuckte einen Spritzer Tabaksaft über die Köpfe des Leitgespanns hinweg. Ein Stiefelfuß löste die Handbremse, er entrollte die Peitsche und nahm die Zügel auf. Die Pferde legten sich ins Geschirr, alle Riemen spannten sich, und die Metallschnallen klirrten wie ein Schlüsselbund.

»Hüüüüüüüha!«

Dann schlängelte sich die Peitsche über den Pferdeköpfen durch die Luft, und das Ende aus geflochtener Seide knallte laut.

Aubrey machte es sich in der Kutsche bequem, die nun langsam hin- und herwiegend anfuhr und mit ihren riesigen Rädern über die staubige Straße rollte. Man hatte ihr und Magenta die besten Plätze in Fahrtrichtung überlassen. Normalerweise hätte der Platz für drei gereicht, aber die ausladenden Spitzen, Rüschen und Unterröcke, die das Kleid der Sängerin schmückten, nahmen fast die gesamte gepolsterte Lederbank ein.

Shillingsworth, Greaves und McBride hatten sich auf der gegenüberliegenden Bank niedergelassen, aber aufgrund der natürlichen Neigung der Kutsche, nach hinten zu kippen, mußten sie die Beine ausstrecken, um das Gleichgewicht zu halten. Der Handelsvertreter hatte dabei die größten Schwierigkeiten, denn er hatte die kürzesten Beine, und obwohl Aubrey dadurch mehr Beinfreiheit genoß, rutschte er zweimal völlig von seinem Sitz und landete in einem Bündel zu ihren Füßen. Dem versuchte er vorzubeugen, indem er sich mit beiden Händen an den Fensterrand klammerte, aber das bewirkte bloß, daß er zuweilen unvermittelt und heftig gegen die Tür flog. Man mußte ihm zugute halten, daß er niemals zu lächeln aufhörte, und jedesmal, wenn die Kutsche in das gemächliche Rollen zurückfiel, konnte er die Finger lange genug von der Fensterkante lösen, um seine Dose mit Zitronendrops herumzureichen.

Er hatte eine Frau und acht Kinder, vertraute er ihnen bereits nach zehn Minuten an, und er hoffte, am Ende seiner diesjährigen Reise, wenn er nach Pennsylvania heimkam, wieder Vater zu werden. Das sei der Grund, warum er so dringend, noch vor Ende des Monats, nach Santa Fe mußte. Mit ein bißchen Glück würde er seine Geschäfte dort rasch abschließen und zur Geburt des Kindes wieder bei seiner Frau sein.

Darby Greaves schluckte dies und alle anderen persönlichen Informationen mit einem gesunden Schluck aus seiner Taschenflasche, die mit Whiskey gefüllt war. Er hatte die zehn Minuten vor Abfahrt der Kutsche aus Great Bend genutzt, um mehrere große Flaschen von dem groben Schnaps zu kaufen und genoß ihn nun trotz Magentas drohender Blicke.

Ebenso unglücklich war die Sängerin über die Fahrkünste von Jim Brody. Ihr mißbilligendes Kreischen und Kichern klang ja auf den ersten paar Meilen, als sie in den Schoß des Ranchers fiel, noch erträglich, aber selbst den Spaß, seine großen Hände zu spüren, wenn er ihr wieder auf ihren Platz half, wurde sie langsam überdrüssig. Ihr Kreischen verkam rasch zu gemurmelten Flüchen und erregte in Aubrey mehr als nur einen leisen Verdacht, daß die zierliche Chanteuse ihre Karriere wohl eher im Hinterzimmer eines Saloons begonnen hatte.

Was den Rancher anging, so hätte Aubrey unter anderen Umständen gefallen, was sie sah oder zumindest spürte, denn sie fühlte sich durch seine Anwesenheit beruhigt. Er trug einen doppelläufigen 45er *Peacemaker*-Colt um die schmalen Hüften geschnallt. Beide Läufe waren ungewöhnliche neun Zoll lang. Aber etwas anderes an ihm – seine Haltung, wie er mit seinem Blick Aufmerksamkeit forderte – sagte ihr ganz klar und deutlich: Armee. Ob der Einfluß der Vergangenheit oder der Gegenwart angehörte, konnte sie nicht bestimmen; aber ihn direkt zu fragen hätte mehr Aufmerksamkeit auf sie gelenkt, als sie wollte oder von den schiefergrauen Augen brauchte.

Die hatten sie in den paar Sekunden, in denen er ihr höflich in den Wagen half, genügend erregt. Er hatte den Hut in der Hand gehalten, die Sonne hatte auf den messingfarbenen Wellen gespielt, die sein Gesicht umrahmten, und sie hatte tatsächlich unverhofft den Atem angehalten. Ohne den Schatten des breitkrempigen Huts wirkten seine Augen verstörend direkt. Jedesmal, wenn er merkte, daß sie ihn ansah, wurde sie verlegen – gleich, aus welchem Grund. Gottseidank hatte der Beamte im Kutschenbüro angenommen, sie sei Lehrerin – ein Eindruck, den alle akzeptiert hatten, ohne daß Aubrey dies bestätigt oder verneint hätte. Der Rancher hatte offensichtlich nichts erkannt, was Zweifel daran auslöste: Sie war für ihn eine vertrocknete Jungfer, die nach Westen zog, um ihr Glück zu suchen. Er schien zufrieden zu sein, Magenta jedesmal aufzufangen, wenn sie in seinen Schoß flog, und sich einen Spaß daraus zu machen, auszuprobieren, wie kühn seine Hände werden durften, ehe die bernsteinfarbenen Tigeraugen sich senkten.

Trotz Brodys Peitsche und seiner gebrüllten Drohungen dauerte es fast eine Stunde, die erste halbe Meile zu bewältigen, und als sie endlich den Stadtverkehr hinter sich ließen und durch die offene Landschaft rollten, war der kleine Fahrer so gereizt, daß er um jeden Preis die verlorene Zeit aufholen wollte. Ohne Mitleid für seine Passagiere ließ er die Peitsche durch die Luft knallen und jagte das Gespann mitleidslos über die grobe Straße, die irgendwann auf den Santa Fe-Trail stieß.

Außerhalb der Stadt folgte diese Route dem klarblauen Band des Arkansas-Flusses. Die Ebenen zu beiden Seiten waren von üppig grünem wildem Weizen und Gräsern bedeckt, die in der warmen Brise wogten wie die Wellen des Meeres. Riesige Krähenschwärme erhoben sich kreischend, wenn die Kutsche vorbeidonnerte, und in der Ferne zog eine Gruppe Reiter die Hüte und begrüßte die *Concord* auf ihrem Weg, ehe sie weiter auf ihr Ziel zuritten.

Ständiger Verkehr zu allen Jahreszeiten hatte tiefe Furchen in den Weg gegraben, was die Fahrt für die Passagiere sehr beschwerlich gestaltete. Nicht wenige junge Abenteurer hatten im Verlauf der Jahre Essen, Zähne und nicht selten ihre Würde verloren, wenn sie sich aus dem Kutschenfenster lehnten und zusahen, wie der Boden unter ihnen in wahnsinnigem Tempo vorbeirollte. Die meisten Fahrer waren höflich und gewissenhaft, sich wohl bewußt, daß sie ihren Lohn letztendlich den zahlenden Passagieren verdankten. Sie fuhren langsamer über die schlimmsten Stellen und ersparten den Passagieren dadurch blaue Flecken und Prellungen an Hüften, Rücken und Köpfen. Stinkefinger Jim Brody gehörte nicht nur zu den unduldsamsten Fahrern, er war auch der stolze Inhaber des Rekords für die schnellste Fahrt zwischen Great Bend und Santa Fe – ein Rekord, den er seiner Meinung nach leicht unterbieten konnte, wenn die Leute nicht so versessen darauf wären, zu essen und zu schlafen. Er war eigentlich recht beliebt unter jenen, die nie das Privileg hatten, mit ihm zu fahren – wie jene Reiter, von denen sie auf fast jeder Meile ihres Wegs einem begegneten, die über die Ebene auf sie zurasten und Brody zu einem Wettrennen herausforderten. Er nahm die Aufforderung jeweils mit einem Jubelruf an – ein Laut, den die drinnen bald als Signal erkannten, sich an allem Möglichen abzustützen und festzuhalten.

Lange, ehe Brodys Bedürfnis, die verlorene Zeit einzuholen, beschwichtigt war, hörten sie den lauten Ton einer Trompete, die die nächste Wechselstation in knapp einer Meile Entfernung ankündigte. Das frische Pferdegespann war bereits angeschirrt und wartete auf sie, als sie in einer Staubwolke anhielten, und in weniger als zehn Minuten waren die erschöpften, schaumbedeckten Tiere weggeführt, und das neue Sechserteam kaute ungeduldig auf den Trensen.

Jim legte den zweiten Abschnitt in etwas vernünftigerem Tempo zurück und brauchte bis zur nächsten Wechselstation wenig mehr als zwei Stunden. Diesmal wurden die Passagiere aufgefordert, sich die Beine zu vertreten, ihr Mittagsbrot zu essen, falls sie etwas dabei hatten, oder ein Lunchpaket von dem Stationsvorsteher zu kaufen.

Magenta, deren Löckchen inzwischen verrutscht waren und deren Cape über den Boden schleifte, blieb schwankend im Schatten der Kutsche stehen, während die anderen hinter ihr ausstiegen. Als der erste Schmerz beim Strecken der geprellten Glieder verflogen war, begann sie langsam und entsetzt, ihr Äußeres zu inspizieren. Bald geriet sie in einen solchen Zustand ungläubiger Empörung, daß Jim, der ein paar Schritte weiter vor sich hinkicherte, sich mit einem neuen Tabakpfriem belohnte.

»Ruiniert!« keuchte sie und deutete auf einen Riß im Saum. Der Schmutz, der ihr von den Fingern flog, entlockte ihr weitere Schreie und Protest. »Mein Gott. Sieh sich das einer an. Es ist ruiniert! Völlig ruiniert!«

Aubrey, die als nächste ausstieg, geriet auch als erste in Blickkontakt mit den funkelnden Bernsteinaugen. »Ich bin sicher, eine feste Bürste löst bestimmt den meisten Staub. Und den Riß bemerkt man kaum. Ein paar Stiche, und es ist wieder wie neu.«

»Neu?« schnappte Magenta. »Sie sprechen wohl aus Erfahrung, oder? Vermutlich sind Sie in ihrer Freizeit Näherin?«

»Nein«, erwiderte Aubrey gelassen. »Aber ich nehme gelegentlich Nadel und Faden in die Hand.«

»Aber nach dem charmanten Kostüm zu urteilen, das Sie da anhaben, wohl mit nicht viel Geschick und auch nicht allzu häufig.«

Aubrey öffnete den Mund, schloß ihn dann aber wieder, ohne etwas auf diesen Sarkasmus zu erwidern. Sie sah, wie Armbruster Shillingsworth sich auf einen nahen Stein fallen ließ, und nahm das als Vorwand, sich der Überheblichkeit Magentas zu entziehen.

»Geht es Ihnen nicht gut, Mr. Shillingsworth?«

Der kleine Mann tupfte sich immer wieder die tropfnasse Stirn ab und saugte geräuschvoll an einem Zitronendrops.

»Oh, jaja. Geben Sie mir ein paar Minuten – wenn mein Magen sich entschieden hat, wo er sein will. Ich versichere Sie, ich bin mehr als nur flüchtig mit den schrecklichen Umständen von Kutschenfahrten vertraut. Es scheint nur jedesmal länger zu dauern, bis sich mein Innenleben daran gewöhnt hat.« Dann rülpste er leise und betupfte seine Schläfen. »Bin nicht mehr der jüngste, wissen Sie.«

»Versuchen Sie es doch mit einem Schluck Wasser«, sagte

eine tiefe Baritonstimme hinter Aubrey. Ein in Büffelleder gehüllter Arm griff an ihr vorbei und bot eine Kelle Wasser an, die er gerade aus dem Brunnen der Station gezapft hatte.

»Danke sehr, Mr. McBride. Das ist sehr freundlich von Ihnen.« Shillingsworth nahm die Kelle entgegen und atmete vor Erleichterung tief aus, als das kühle Wasser das Brennen in seiner Kehle linderte. Doch diese Erleichterung war nur von kurzer Dauer, denn im nächsten Augenblick zündete sich McBride eine schwarze *Cheroot* an, und der Rauch trieb direkt ins Gesicht des Handelsreisenden. Es erblaßte von Rosa zu Spinnwebgrau. Dann preßte er eine Hand auf den Mund, sprang auf die Beine und taumelte hinter ein nahes Gebüsch.

»Wie rücksichtsvoll«, sagte Aubrey und warf dem Rancher einen vernichtenden Blick zu.

McBride zuckte gleichgültig die Achseln. »Besser jetzt als später in der Kutsche.«

Noch ehe Aubrey eine Antwort geben konnte, traf sie eine zweite Rauchwolke voll ins Gesicht, und sie spürte, wie sich ihr Magen unangenehm umzustülpen schien.

»Vielleicht setzen Sie sich besser, Miss ... eh ... Blue, nicht wahr?«

»Danke«, sagte sie mit gepreßter Stimme. »Aber ich bin sehr wohl in der Lage, mich um mich selbst zu kümmern, Mr. McBride.«

»Das sehe ich.« Er warf die Zigarre fort und umfaßte ihren Ellbogen, weil es so aussah, als würde sie gleich kopfüber in die Büsche stürzen. Er hielt sie fest und stützte sie, bis sie sich auf dem Stein niederlassen konnte, den der Handelsvertreter gerade geräumt hatte. McBride nahm den Becher, den Shillingsworth zur Seite geworfen hatte, kehrte zum Brunnen zurück und füllte ihn erneut.

Aubrey nahm die Kelle grollend an. Genau so ärgerlich wie seine Manieren war die Tatsache, daß der Rancher von der erstickenden Hitze kaum berührt schien – noch von der Reisekrankheit. Jacke und Hemd trug er vorn achtlos offen und zeigte damit mehr harte Muskeln, als in einer gemischten Gruppe eigentlich akzeptabel war. Sein Hut beschattete zwar sein Gesicht, aber Aubrey hatte das Gefühl, auch ohne ihn wäre er nicht einmal höflich genug, mit den anderen zu schwitzen.

Sie hingegen hatte das Gefühl, die Hitze staue sich unter all den Kammgarn- und Leinenschichten, die sie am Leib trug. Sie spürte jede einzelne Fischbeinstange ihres Korsetts, die sich in ihr Fleisch bohrte und die Feuchtigkeit zu kleinen Rinnsalen kanalisierte, wo die Haut von der Hitze am stärksten juckte. Unglücklich fächelte sie sich mit dem zusammengefalteten Taschentuch Luft zu und wünschte sich, allein zu sein, um sich nach Herzenslust kratzen zu können.

»Sie sollten etwas essen«, riet ihr McBride nun und bückte sich, um seine Zigarre aufzuheben. »Geben Sie Ihrem Magen etwas zu tun, statt ihn herumhüpfen zu lassen.«

Aubrey blickte stirnrunzelnd zu ihm hoch, und er grinste sie an. »Vermutlich befolgen Sie Ihre Ratschläge auch selbst?«

»Ja.«

»Dann lassen Sie sich um Himmelswillen nicht von mir davon abhalten.«

McBrides Hand mit der Zigarre hielt mitten in der Luft inne. Das Mädchen in dem schlecht sitzenden Tweed wirkte verkniffen und zerknittert. Ihr kleines Zugeständnis an die Damenmode – die schlaffe Feder auf dem Hut – hatte vor ein paar Meilen den letzten Seufzer getan, als ein Holpern der Kutsche ihren Kopf unvermittelt gegen die Wand geschleudert hatte. Die Feder war nun abgebrochen und der Hut oben eingebeult. Ihre Brille rutschte immer wieder auf den Nasenrücken, und der behandschuhte Finger, mit dem sie sie immer wieder hochschob, hatte einen Schmutzstreifen auf der Haut hinterlassen.

Seit sie in Great Bend abgefahren waren, hatte sie kaum so viel Laute von sich gegeben wie eine Maus, und nun forderte sie ihn auf, er solle sich verziehen und sich anderswo amüsieren. Er war nicht sonderlich begabt im Entgegennehmen von Befehlen, gleich wie unschuldig die befehlende

Person auch sein mochte. McBride reckte sich daher und stellte einen Fuß auf den Stein neben sie. Dann verlagerte er lässig das Gewicht nach vorn und sah mit geneigtem Kopf auf sie herab. Sein Mund nahm einen Ausdruck irgendwo zwischen Belustigung und Ironie an.

Aubrey fühlte sich unter seinem Blick sehr unbehaglich, hielt ihm aber so lange wie möglich stand, ohne ihm die Befriedigung einer Antwort zu geben. Jeder Fetzen Intuition und weiblicher Instinkte warnte sie vor einer offenen Herausforderung seiner männlichen Eitelkeit, doch irgendwie stand auch ihr eigener Stolz hier auf dem Spiel. Es war deutlich zu sehen, daß er von Frauen nicht viel hielt. Vermutlich dachte er überhaupt nie über sie nach, es sei denn, an ihre Eigenschaften von der Hüfte abwärts. Ebenso klar war, daß er viel eher daran gewöhnt war, daß Frauen bei ihm Schlange standen, um seine Aufmerksamkeit zu erregen, statt fortgescheucht zu werden wie eine lästige Fliege.

»Sie starren mich an, Mr. McBride. Wünschen Sie noch etwas?«

Jetzt waren seine Augen auf gleicher Höhe mit ihren – grau und fest. Es war ein langer, nachdenklicher Blick, bei dem Männer gewöhnlich zur Pistole greifen und Frauen sich vor Schreck an die Kehle fassen. Aber diese Frau hier zuckte nicht einmal. Sie fühlte sich weder von seiner offenen Abschätzung, seiner Nähe, noch von seiner Männlichkeit im geringsten eingeschüchtert.

Dann verflüchtigte sich sein Lächeln und nahm einen sarkastischen Zug an.

»Sie müssen mir verzeihen, Ma'am. Meine Manieren sind vermutlich in den letzten Jahren ein wenig eingerostet – nicht daß in Leavenworth große Nachfrage nach gesellschaftlichem Schliff geherrscht hätte.«

»Leavenworth? Sie waren in Leavenworth stationiert?«

Lässig wurde eine Braue hochgezogen. »Stationiert? Na, das ist aber eine feine Art, es auszudrücken.«

Aubrey fächelte sich mit dem Taschentuch Luft zu. »Leavenworth ist doch ein Armeestützpunkt, nicht wahr?«

»Ja, Ma'am.« Endlich sog er an seiner Zigarre und blies einen feinen blauen Rauchstrahl aus. »Es ist aber auch ein Gefängnis.«

Das Taschentuch hörte auf zu wedeln, und sie blickte zu ihm hoch. Ihre Pupillen wirkten durch die Brillengläser riesig. »Gefängnis? Sie waren da ... im Gefängnis?«

Bei diesem Wechsel in ihrem Gesichtsausdruck glänzten die grauen Augen auf, und sein Kinn verspannte sich, was den zynischen Ausdruck und seine Verachtung verstärkte. Leavenworth war ein Gefängnis für die schlimmsten, gefährlichsten Verbrecher – die gerade eben dem Henker entkommen und zu langen Jahren harter Arbeit begnadigt worden waren. Er hatte ihr das mitgeteilt, um sie zu schockieren, und das war ihm gelungen. Eine feine Röte überzog ihr Hals und Wangen und wärmten ihren Teint so, daß er ihr am liebsten die Brille abgenommen hätte, um die Wirkung im Rest des Gesichts zu sehen. Warum glaubten alle Schulmamsells nur, daß sie so spießig und armselig wie möglich aussehen mußten?

»Was brachte Sie zu der Annahme, ich sei bei der Armee?« fragte er nun, und sein Blick fiel neugierig auf den dicken schwarzen Knoten in ihrem Nacken.

Aubrey fuhr sich mit der Zungenspitze über die Lippen, um sie zu befeuchten. Sie spürte die Hitze in ihren Wangen und seinen prüfenden Blick. Es hatte sie nicht zu dieser Unterhaltung gedrängt, und eigentlich wollte sie sie nicht länger fortsetzen als unbedingt nötig. Wenn er doch bloß ginge!

»Ich ... weiß es nicht ... Sie sahen sehr ... diszipliniert aus.«

Weiße Zähne blitzten auf, als er laut auflachte.

»Diszipliniert. Jawohl, Ma'am, man kann schon sagen, daß fünf Jahre im Steinbruch einem eine gewisse Disziplin verleihen.«

Aubrey faltete die Hände fest im Schoß zusammen. Ihr Unbehagen verstärkte sich, ohne daß sie etwas dagegen unternehmen konnte. Sie vermochte nicht zu verhindern, daß er seinen schwarzen Humor auf ihre Kosten an ihr ausließ.

Sie warf einen Blick zur Station, aber die anderen waren alle hineingegangen – alle außer dem Handelsvertreter, der immer noch würgend und mit Heftigkeit um Gnade flehend hinter den Büschen hockte.

Ihr blieb als einziges, aufzustehen und fortzugehen, aber Hitze und Sonne hatten ihren Verstand beeinträchtigt, und sie fühlte sich von der Art des Ranchers verletzt wie von einem bösen Insekt.

»Fünf Jahre sind eine lange Zeit, Mr. McBride«, sagte sie tonlos. »Vermutlich haben Sie Schlimmeres begangen, als nur einen Mangel an Etikette.«

Er biß auf das Ende seiner Zigarre und beugte sich noch dichter zu ihr. Seine Stimme senkte sich zu einem verschwörerischen Murmeln: »Man behauptete, ich hätte einen Menschen umgebracht. Glücklicherweise konnte mein Anwalt den Richter überzeugen, daß ich ihn nur zufällig getötet hatte.«

»Sie wollen mir sagen, Sie hätten zufällig einen Mann getötet, und dafür hat man Sie fünf Jahre ins Gefängnis gesteckt?«

Ihre Stimme war voll Sarkasmus, und McBride grinste. »Nein Ma'am. Es war eher so, daß ich den falschen Mann zufällig tötete, weil der, auf den ich gezielt hatte, aus der Schußlinie trat.«

Aubrey holte tief Luft und stand auf. Sie war größer als die meisten Frauen, doch der Rancher ragte immer noch einen ganzen Kopf über ihr auf. Er hatte massige Schultern – die Muskeln hatten sich zweifelsohne in den Jahren im Steinbruch tüchtig entwickelt –, und seine Arme waren dick wie die Äste eines Baumes. In seinem Schatten fühlte sie sich winzig und verletzlich – ein Gefühl, das sie auch in bester Gesellschaft nicht gerade genoß.

»Ich fürchte, Sie haben mich auf dem falschen Fuß erwischt, Mr. McBride. Ich bin zwar beeindruckt, daß Sie gerade mir diese Dinge anvertrauen, aber ich habe wirklich keine Ahnung, warum Sie glauben könnten, daß es mich interessiert.«

Damit wollte sie sich an ihm vorbeischieben, aber da schoß eine Hand vor und hielt sie am Arm fest. Sein Griff war sanft, aber fest, und zwang sie, stehenzubleiben und in sein Gesicht zu blicken, das sie kalt, hart und gleichgültig anstarrte.

»Vielleicht wollte ich Ihnen nur eine freundliche Warnung erteilen, Miss Blue.«

»Eine Warnung? Wovor?«

»Davor, daß nicht jeder Mann so ist, wie er nach außen hin wirkt.« Er brach ab und lockerte seinen Griff. »Was sagte der Schalterbeamte noch, daß Sie Lehrerin sind?«

Aubrey glättete ihren Ärmel und strich über eine imaginäre Falte mit mehr Sorgfalt, als der einfache Tweed es erforderte. »Das haben Sie richtig verstanden.«

»Und Sie planen, in Santa Fe Unterricht zu geben?«

Kaum merklich nahm sie eine strengere Haltung ein – in der Hoffnung, eher ärgerlich zu wirken als in die Ecke gedrängt. »Nun, ja … in der Klosterschule von San Miguel.«

Warum hatte sie das bloß gesagt? Warum eine Lüge mit weiteren Lügen ausschmücken? Nicht, daß er überhaupt wissen konnte, ob San Miguel eine Schule hatte oder nicht. Und warum hatte sie überhaupt das Bedürfnis, ihre Lüge auszuschmücken? McBride brauchte doch nicht zu wissen, was sie in Santa Fe vorhatte – und wollte es wohl auch gar nicht erfahren.

»San Miguel?« überlegte er. »Die Missionsstation? Sind Sie denn Missionarin?«

Sie warf ihm einen wütenden Blick zu. »Ich bin Lehrerin. Missionsstationen brauchen auch Lehrer, wissen Sie.«

Er zog eine Grimasse. »Ja, aber niemand braucht so dringend eine Stelle. Warum gehen Sie nicht an einen zivilisierteren Ort wie Washington oder Boston? Es muß doch tausend andere Städte geben, die Ihnen zur Auswahl stehen?«

»Ich habe mir aber Santa Fe ausgesucht«, antwortete sie gleichmütig, aber innerlich aufgebracht über den Spott in seiner Stimme.

»Ahhh. Die Verlockungen des Westens. Sanfte Musik, reiche Viehzüchter, mit Gold gepflasterte Straßen. Ich hoffe, Sie sind nicht allzu enttäuscht, wenn sie morgens aufwachen und feststellen, daß Ihre einzigen Bettgenossen Kakerlaken sind: Es ist kein einfachen Leben, Miss Blue.«

»Ich fürchte mich nicht vor Herausforderungen, Mr. McBride.«

»Ja, dann – wenn Sie eine Herausforderung wünschen, dann werden Sie nicht enttäuscht sein. Und wenn ich Padre Sebastian gut kenne, dann werden Sie härene Kleider tragen und sich mit den schmierigen Campesinokindern abgeben, kaum, daß Sie dort angekommen sind. Padre Sebastian ... er leitet doch die Missionsstation noch, oder?«

Gütiger Gott. Es wurde immer schlimmer. »Sie ... sind wohl schonmal in Santa Fe gewesen?«

»Ein paarmal.« Er grinste leicht. »Der gute Padre besuchte häufig die Saloons, um seine Schäfchen zu bekehren. Grüßen Sie ihn von mir, er wird sich an mich als einen seiner gescheiterten Versuche erinnern.«

»Ich bin sicher, er freut sich, Ihnen eine Novenz für Ihre Seele anzubieten, Mr. McBride«, erwiderte sie spitz.

»Er soll auch für Sie eine beten, wenn er schon dabei ist, aber ehrlich gesagt, ob härenes Hemd oder nicht, ich kann mir nicht vorstellen, daß Sie es auch nur einen Monat dort aushalten – und das ist in der Annahme, daß Sie überhaupt dorthin gelangen.«

»Und warum sollte ich nicht dorthin gelangen?« fragte sie wütend.

»Nun, zum ersten fahren wir in ein oder zwei Tagen in die Wüste. Sie denken vielleicht, hier ist es heiß und unangenehm ... aber ehe wir normalere Grade erreichen, wird es noch viel schlimmer. Das hier ...«, er zupfte mit Daumen und Zeigefinger an der schweren Wolle ihrer Jacke, »damit schwitzen Sie mehr Flüssigkeit aus, als sich Ihr Körper leisten kann. Mit diesen sittsamen Kleidern kommen Sie keine zehn Meilen weit.«

Zwei heiße Flecken tauchten auf Aubreys Wangen auf,

und sie hielt den Blick lieber gesenkt, um ihre zunehmende Wut vor seiner Belustigung abzuschirmen.

»Offensichtlich bedeutet Ihr Mangel an Manieren nicht völlige Unkenntnis der Damenmode, Sir. Ich bin wiederum erstaunt, mich in Ihrer Schuld zu sehen, denn ich bin sicher, ich hätte niemals daran gedacht, meine Kleidung dem Klima anzupassen, ohne Ihre Expertenmeinung zu Rate zu ziehen.«

Sein Grinsen kehrte mit teuflischer Häme zurück. »In diesem Fall, Miss Blue, lassen Sie es mich bitte wissen, falls ich Ihnen beim Ablegen irgendwelcher Gewänder behilflich sein kann. Ich stehe jederzeit zu Ihrer Verfügung.«

Aubreys Wangen glühten nun tiefrot. Sie hörte, wie ihr das Blut in den Ohren sauste und die Wut in den Schläfen pochte. Auf ein perlendes Lachen hin warf sie einen kurzen Blick auf die Tür zur Station, wo Magenta Royale gerade in einer Wolke aus lila Satin in die Sonne trat.

»Darf ich vorschlagen, dieses Angebot an anderer Stelle zu machen, Mr. McBride. Ohne Zweifel haben Sie dort mehr Glück.«

»Mehr Glück«, stimmte er trocken zu. »Und besseren Erfolg.«

Aubrey ballte die kleinen Hände zu Fäusten und sprach mit zusammengebissenen Zähnen: »Wenn Sie mich jetzt bitte entschuldigen wollen. Ich möchte sehen, ob Mr. Shillingsworth etwas braucht.«

McBride hob die Hand und berührte seinen Hutrand spöttisch mit einem Finger. Sie wandte sich um und stürmte mit aller Würde, die sie aufbieten konnte, in ihrem zerbeulten Hut mit der abgeknickten Feder und ihrem Kammgarnrock davon, der sich sofort in den nadelspitzen Disteln verfing. Mit einem Tritt und einem heftigen Fluch gelang es ihr, sich zu befreien, und beide Reaktionen standen in so krassem Gegensatz zur steifen Prüderie einer echten Schulmamsell, daß Christian McBride wie angewurzelt stehenblieb und verdutzt hinter ihr herstarrte.

Mit breitem Grinsen blickte er ihr nach, bis er jemanden

neben sich bemerkte. Der Ute hatte sich mit seiner üblichen Geschmeidigkeit genähert, so daß sich nicht einmal ein Lüftchen geregt hatte, um seine Ankunft anzukündigen.

Sein Kopf war selbst in der prallen Sonne unbedeckt, und sein Haar glänzte blauschwarz auf der bronzenen Haut. Ein reich verzierter Donnervogel aus Silber mit eingelegten Türkisen hing schimmernd an einem Band um seinen Hals. Der Talisman hatte sich bei der holprigen Fahrt mit Jim Brody auf dem Kutschbock aus dem Lederhemd gelöst.

»Deine Jahre dort haben dir die Zunge gefährlich gelockert, McBride«, bemerkte Sun Shadow in singendem Schoschonisch. »Oder ist es etwa deine Absicht, daß der Wind die Nachricht von deiner Begnadigung dir voraus nach Santa Fe trägt, noch ehe die Kutsche dort ankommt ...?«

»Ich habe nicht den geringsten Zweifel, daß meine vorzeitige Entlassung dort bereits Tagesgespräch ist.«

»Aber du warst nie jemand, der mehr sprach als unbedingt nötig, und wenn du wolltest, daß sich ein Rock hebt, dann noch viel weniger.«

»Dieser bestimmte Rock würde sich vor nichts heben, außer vor einem Pulverfaß«, schnaubte McBride abfällig. »Und die Belohnung wäre so süß wie Galle und Essig.«

»Ich habe schonmal bemerkt, daß du Essig Wein vorziehst. Vielleicht ist der Singvogel mehr nach deinem Geschmack.« McBride wußte, daß das leise Zittern in der Stimme des Ute eigentlich einem lauten Lachen gleichkam und antwortete stirnrunzelnd: »Ja, vielleicht. Vielleicht sollte ich ihr aber auch verraten, daß der mächtige Ute-Häuptling eine Stelle sucht, in die er nicht nur seine Nase stecken will. Sie scheint Herausforderungen zu schätzen, und ich habe keinen Zweifel, daß deine Frau es mir danken würde, wenn ich dich mit ein paar gestutzten Federn wieder nach Hause bringe.«

Nur die braunen Augen des Ute zeigten eine Spur Beunruhigung, als der Rancher sich entfernte, und sie wurden auch nicht gelassener, als Aubrey unbeobachtet aus den Büschen wieder auftauchte und wohl unfreiwillig die Unterhaltung mitbekommen hatte. Weder ihre Augen noch ihr Gesichtsausdruck verrieten, daß sie auch nur ein Wort des Gesprächs verstanden hatte. Dennoch ärgerte es ihn, zu sehen, wie ihr Blick auf den Donnervogel fiel, der auf seinem Hirschlederhemd baumelte.

»Gestohlen«, sagte er in knappem Schoschonisch. »Von der Brust einer weißen Hure.«

Die blauen Augen begegneten seinen gelassen und boten ihm ein höfliches Lächeln an. »Ich fürchte, ich verstehe Sie nicht … ist Mr. Brody bereit zur Abfahrt?«

Die dunkleren Augen zogen sich zu Schlitzen zusammen. »Sie gehen besser zu den anderen da drinnen«, riet er, immer noch in seiner Muttersprache. »In solchen Büschen lauern gerne Klapperschlangen.«

»Verzeihen Sie … verzeihen Sie, Mr …?«

Aber er hörte nicht hin. Mit einem verächtlichen Nicken wandte sich Sun Shadow ab und ging zurück zur Kutsche. Aubrey schloß langsam den Mund und drückte die Lippen so fest zusammen, daß sie wie eine dünne, gepreßte Linie wirkten.

»Empfindliche Wesen, diese Wilden«, sagte Shillingsworth, der nun neben sie trat. Er war blaß, und seine Hände, die das Taschentuch an die Stirn drückten, zitterten, aber sein Magen grummelte nicht mehr wie ein Vulkan, und die Erde schwankte auch nicht mehr unter seinen Füßen. »Sagte Mr. McBride nicht, er verstünde Englisch?«

»Er hat es verstanden«, erwiderte Aubrey leise. »Er wollte nur feststellen, ob ich *ihn* verstehen kann.«

»Sie? Ob Sie dieses Kauderwelsch verstehen? Das ist aber ein weit hergeholter Verdacht, finden Sie nicht?«

Nicht ganz so weit hergeholt, dachte sie, wenn er gewußt hätte, daß ihr Vater Umgang mit den Ute und Navajos gepflegt hatte, weil er überzeugt gewesen war, nur Kommunikation ermögliche ein friedliches Zusammenleben. Aber sie lächelte nur und sagte: »Sie sind sehr mißtrauisch. Und nicht ohne einen gewissen Sinn für Humor. Wenn einer von uns, sagen wir, von einer Klapperschlange gebissen würde, würde er ganz wahrheitsgemäß behaupten, er habe uns vor dem Nest gewarnt.«

»Klapperschlangen?« rief Shillingsworth. Er trat einen raschen Schritt von dem Gebüsch fort, als sei es plötzlich in Flammen ausgebrochen. »Oh, du liebe Güte. Sie wollten doch wohl nicht sagen, daß er das getan hat? »Oh, du liebe Güte. Sie wollten doch wohl nicht sagen, daß er das getan hat?«

»Nein«, murmelte Aubrey, und ihr Blick wanderte zu McBride, der mit Magenta Royale im Schatten stand. »Die einzigen Klapperschlangen in dieser Gegend befinden sich ganz offen im Freien.«

3

Nach den ersten achtundvierzig Stunden der Reise war Aubreys Nacken schmerzhaft verspannt. Immer wieder hatte sie Krämpfe in den Beinen, und sie taten von der ständigen Notwendigkeit weh, sich gegen das Rütteln der Kutsche abzustemmen. Ihr Rückgrat schmerzte bei jedem Versuch, sich aufzurichten, und das Ein- und Aussteigen wurde dadurch zu einer unaussprechlichen Qual.

Die Wechselstation außerhalb von Fort Dodge wirkte auf sie wie ein Palast, obwohl sie nur ein schlichtes Bretterhaus war mit einem gestampften Lehmfußboden und schmalen, vom Hauptraum abgeteilten Schlafnischen. Hauptgebäude, Ställe und Koppeln lagen nur zwanzig Meter vom Arkansas-Fluß entfernt und in Sichtweite des Armeestützpunkts in einer knappen Meile Entfernung auf der kargen Ebene.

Man wies Aubrey eine der Zellen an, und sie streckte sich dankbar auf der harten Pritsche aus, fürchtete aber, nie wieder aufstehen zu können. So monoton und anstrengend es war, tagsüber in der Kutsche zu sitzen, war das doch nichts im Vergleich zum Holpern und Rumpeln durch die Dunkelheit, wenn sie versuchte, ein wenig zu schlafen. Die Männer hatten galanterweise fast die ganze Nacht auf dem Dach verbracht und Aubrey und Magenta ermöglicht, die Sitze drinnen auszuklappen und in ein Bett zu verwandeln. Aber es gab nichts, an dem man sich festhalten konnte, abgesehen von einer harten Holzkante, die verhinderte, daß sie kopfüber auf den Boden rollten, wenn die Kutsche einen unvermuteten Sprung tat.

Sie war felsenfest davon überzeugt, daß Jim Brody keinerlei Skrupel haben würde, die zweite Nacht durchzufahren, wären nicht die nächsten sechzig Meilen zwischen dem Arkansas und dem Cimarron öde Wüste gewesen. Ein unausgeschlafener Fahrer konnte ohne genügend Sicht bei Nacht leicht den Weg verfehlen, was für Tiere und Passagiere in der Hitze und den endlosen Sanddünen das sichere Verhängnis bedeutete.

Man hatte die *Concord* in Vorbereitung für die Wüstendurchquerung ins flache Uferwasser gefahren, wo sie die Nacht über bleiben würde, damit die Räder sich so weit wie möglich mit Wasser vollsaugten. Auf den hinteren Kofferraum hatte man zusätzliche Wasserfässer geschnallt, und die Pferde würden durch kräftige Maultiere ersetzt, die unter den harschen Bedingungen mehr Ausdauer hatten und genügsamer waren. Mitten in der Wüste gab es eine Station, wo sie die Maultiere wechseln und falls nötig mehr Wasser aufnehmen würden, aber sie lag im Herzen des Indianergebiets, und sehr häufig raubten die Komantschen und Kiowa-Krieger die Ersatztiere und verunreinigten das Wasser – ein Ausdruck ihrer Mißbilligung über die Anwesenheit des weißen Mannes auf ihrem Land.

Nach einer knappen halben Stunde auf der Pritsche erwies sich Aubreys Angst vor völliger Lähmung als unbegründet, denn ein verlockendes Aroma zog durch die Ritzen in der dünnen Bretterwand und kündigte die erste warme Mahlzeit an, die sie alle seit Besteigen der *Concord* in Great Bend genießen würden. Einer nach dem anderen tauchten die übernächtigten, ungewaschenen Reisenden, die mit leerem Blick in die Station getaumelt waren, an dem geschrubbten Holztisch auf – so eifrig und ausgehungert wie Kinder vor einem Fest.

Magenta Royale war, was niemanden überraschte, Mittelpunkt der Gesellschaft. Sie hatte sich umgezogen und den lila Satin gegen ein gerüschtes Gewand aus flaschengrünem Brokat eingetauscht. Sämtliche gelben Löckchen saßen an ihrem Platz, und ihr Rouge war zu seiner vollen Pracht aufgefrischt. Aubreys dickes braunes Kostüm, das die anstrengenden Reisebedingungen aus schierer, eiserner Hartnäckigkeit gut überstanden hatte, zeigte sich nun ebenso eifrig darauf bedacht, allen Staub in sich zu halten, so daß es heftig kratzte und die erstickende Wirkung der schon längst untergegangenen Sonne in sich eingefangen zu haben schien. Ihr Nasenrücken war rot und gereizt, weil die Nickelbrille immer wieder darauf herabrutschte, und wo vorher ihr Hut gesessen hatte, sah man nun einen dunklen Kreis aus jettschwarzem Haar, weil diese Stelle vor Schmutz und Staub geschützt geblieben war.

Sie setzte sich ans Tischende, so weit von den anderen entfernt, als es ohne Aufsehen zu erregen möglich war. Der Handelsvertreter ließ seinen rundlichen Leib auf einen Stuhl ihr schräg gegenüber fallen und überließ Greaves, Magenta Royale und dem Rancher das andere Ende.

Jim Brody hatte bereits erklärt, er sei so ausgehungert, daß er das Pferdegespann verspeisen würde, und hatte sich tatsächlich eine Riesenportion von dem Wildbraten mit Mesquitebohnen und Maisfladenbrot gegriffen, noch ehe die Frau des Stationsleiters die Teller der anderen gefüllt hatte. Sun Shadow, der ebenso ausgeruht und geschmeidig wirkte, wie zu Beginn der Reise, war mit den anderen hereingekommen, aber nur, um seinen Teller von der Wirtin entgegenzunehmen und sich eine Tasse dampfend heißen Kaffee einzuschenken. Als Jim Brody sah, daß der Indianer seine Mahlzeit lieber draußen verzehrte, schabte er die Reste seiner ersten Portion zusammen, füllte sich den Teller erneut und schlich sich hinter dem Ute ins Freie.

Die beiden hatten in den beiden Tagen und der einen Nacht gemeinsam auf dem Kutschbock eine Art Arbeitsverhältnis gebildet. Brody hatte seiner ganzen Veranlagung nach mit den übrigen Passagieren nichts gemein und fühlte sich in Gegenwart des schweigsamen Ute recht wohl. Er fummelte und kaute aber jedesmal heftig an seinem Pfriem, wenn McBride seinen Platz auf dem Dach einnahm, und mit stillschweigender Übereinstimmung wurden diese Phasen immer kürzer. Jim wurde immer leicht nervös, wenn er Sun Shadow nicht im Blick hatte, als warte er ständig auf den Moment, in dem dessen Wildheit durchbrechen und der ansonsten gelassene, friedliche Indianer mit einem markerschütternden Schrei auf ihn springen und nach seinem Skalp greifen würde.

Was Sun Shadow anging, so schien er Brodys Mißtrauen mit leichter Ironie zu dulden. Außerdem hatte er sich bei den wenigen Malen, in denen er im Kutscheninnern gesessen hatte, unglaublich unwohl gefühlt, vorwiegend wegen Magentas taktloser Forderung, daß er auf dem Boden sitzen müsse – aber auch unter Darby Greaves' starrem Blick und ständigem Hin- und Herrücken, damit die *Smith & Wesson* mit dem Elfenbeinknauf gut für den Indianer sichtbar war, die in einem Schulterhalfter eng an seine Rippen gebettet lag.

McBride hätte sich gern als Dritter zum Dinner unter dem Sternenhimmel gesellt, wenn Magenta Royale nicht darauf bestanden hätte, daß die »kultivierteren« Mitglieder der Reisegesellschaft zusammen essen sollten, angeblich, um einander besser kennenzulernen, aber vermutlich eher, damit sie ihr Publikum mit einer langen Liste ihrer Leistungen auf der Bühne fesseln konnte. In der Kutsche war es ihr nicht möglich, ihr Repertoire zum besten zu geben, da man sich dort nur in voller Lautstärke miteinander unterhalten konnte.

Große Becher Kaffee, so schwarz wie Kohle und so dick, daß die Zuckerkristalle an der Oberfläche schwammen, begleiteten die Mahlzeit. Er hatte die gleiche belebende Wirkung auf Herz- und Pulsschlag wie der halbe Quart Whiskey, den Darby Greaves zum Essen zu sich nahm. Magenta, die den Kaffee nach dem ersten, brennend heißen Schluck ablehnte, bestand darauf, daß er die zweite Hälfte der Flasche mit den anderen teilte. Trotz ihrer wiederholten Versicherung, daß kaum jemals Schnaps über ihre Lippen kam, leerte sie das erste Glas und auch fast das zweite, ehe sie gerade so lange mit dem Sprechen aufhörte, um zu essen. Armbruster Shillingsworth war mehr als gewillt, die Pausen zu füllen.

»Mr. Brody meinte, wir lägen sehr gut in der Zeit.«

Aubrey blickte von ihrem Wildsteak auf. »Wirklich, Mr. Shillingsworth. Ich muß sagen, das überrascht mich gar nicht.«

»Bruster, bitte«, lächelte er. »Bitte, Sie alle ...« Er warf einen Blick in die Runde. »Nennen Sie mich Bruster. Es rollt viel leichter von der Zunge. Und da wir noch eine ganze Weile zusammen reisen ...«

»Ja, genau, wie ich gerade sagte«, warf Greaves ein. »Entfernung ist kein Hindernis, wenn es um die Kunst geht. Miss Royale und ich reisen auf Bitten eines sehr einflußreichen Patrons nach Santa Fe, und hoffentlich wird es ein sehr langes, sehr lukratives Engagement am Golden Eagle Emporium.«

»In einem Saloon?« fragte Bruster unschuldig.

»Es ist ein Opernhaus«, schnappte Magenta. »Mit einer beeindruckenden Bühne und der modernsten Ausstattung im ganzen Westen.«

Greaves nahm selbstzufrieden einen Schluck Whiskey. »Scheint, der Besitzer war zufällig bei einer von Miss Royales Vorstellungen zugegen. Er bot ihr eine ungeheure Summe für das Privileg, daß Magenta seine Bühne ziert, und hat sich einfach nicht abweisen lassen.«

»Ganz gewiß ein Mann von unbestechlichem Geschmack«, warf Bruster rasch ein.

»Maxwell Fleming ist sicher nicht in puncto Geschmacklosigkeit bekannt.«

Die Erwähnung von Flemings Namen traf Aubrey völlig unerwartet und unverhofft. Sie ließ klirrend das Messer fallen und starrte wie alle anderen auf die winzigen Blutstropfen, die aus ihrem Daumen quollen.

»W-wie dumm von mir«, stammelte sie. »Es tut mir leid. Bitte fahren Sie fort.«

»Ich weiß kaum noch, was ich gesagt habe«, murmelte Greaves trocken.

»Sie sprachen gerade über die Vorzüge von Maxwell Fleming«, ertönte die tiefe, gedehnte Stimme von Christian McBride. Seine Bemerkung war an Darby Greaves gerichtet, aber die rauchgrauen Augen ruhten neugierig auf Aubreys Wangen, die plötzlich kreidebleich waren.

»Mr. Fleming ist, wie ich hörte, einer der einflußreichsten Männer in Neu-Mexiko«, warf Magenta ein. »Ich glaube, er ist mit dem neuen Gouverneur gut befreundet, einem Mr. Axtail, Oxtail ...«

»Axtell«, half McBride mit leichtem Grinsen aus. »Der Gouverneur heißt Axtell.«

»Egal wie.« Magenta wedelte ungeduldig mit ihren lackierten Fingernägeln. »Jedenfalls konnten wir herausfinden, daß Mr. Fleming fast alle Häuser in Santa Fe gehören.«

»Ganz zu schweigen von den Leuten.«

»Verzeihen Sie?« McBride hatte so leise gesprochen, daß Magenta die Gelegenheit ergreifen und sich vorbeugen konnte, nicht nur, um anzudeuten, daß die Bemerkung nur für ihre Ohren bestimmt gewesen war, sondern auch, um ihm einen ungehinderten Blick auf das üppige weiße Fleisch zu bieten, das über den Rand ihres Korsetts quoll. »Sagten Sie, Sie kennen ihn?«

McBride genoß den Anblick – wie beabsichtigt – und zögerte dann mit seiner Antwort, um einen Blick in Aubreys Richtung zu werfen. »Unsere Wege haben sich das eine oder andere Mal gekreuzt«, gestand er dann.

»Dann sind Sie schonmal in Santa Fe gewesen?«

»Ich bin in Neu-Mexiko geboren und aufgewachsen, Ma'am.«

»Wirklich? Wie interessant. Darby, mein Lieber, ist das nicht interessant?«

»Ungeheuer.«

Magenta schoß Greaves einen wütenden Blick zu, lächelte dann aber wieder und schmeichelte dem Rancher: »Jetzt bin ich verwirrt, Mr. McBride. Sie haben aber keine Karte für die ganze Strecke nach Santa Fe gebucht?«

»Ich heiße Christian. Und ich fürchte, ich habe vorher noch andere Geschäfte zu erledigen.«

»Zuerst? Bedeutet das ... Christian ... daß Sie vielleicht die Zeit finden und meine Vorstellung im Golden Eagle ansehen kommen? Ich werde dort mindestens einen Monat gastieren, hoffentlich aber länger, falls mich das Publikum ebenso warm empfängt wie das Klima.«

»Ich glaube nicht, daß Sie sich darum Sorgen machen zu brauchen. Ich wäre nicht im geringsten überrascht, wenn Sie dort jeden Abend vor ausverkauftem Haus singen.«

»Wirklich?« schnurrte sie, das Wort auf mehrere Silben ausdehnend. »Und ich habe mir schon Gedanken gemacht, daß es in Santa Fe nur kleine Bauern und Pächter gibt, die nicht bereit sind, ein paar Pfennige auszugeben, um mich singen zu hören.«

»Ganz im Gegenteil. In Santa Fe blühen die Geschäfte. Ich kann mir denken, daß die Stadt voll von reichen *yanquis* ist, die sich nur allzugern von ihren Doppeladlern oder Goldnuggets trennen ... umso lieber, wenn sie in Gesellschaft einer lächelnden, schönen Frau sind. Rancher, Geschäftsleute, Handelsvertreter – ganz zu schweigen von den Händlern und Goldgräbern – hungern immer nach ein paar zivilisierten Erinnerungen an Zuhause. Und dann gibt es noch Männer wie wir, die schon längere Zeit nicht mehr die schlichten Freuden des Lebens genossen haben ...« Aubrey hielt die Augen bewußt gesenkt, spürte aber, wie er einen weiteren Blick in ihre Richtung warf. »Also, meiner Meinung nach, werden Sie dort überhaupt keine Probleme haben.«

»Na, Sie haben vermutlich recht. So hatte ich das noch gar nicht bedacht ... Männer, die sich nach dem Anblick und den Tönen sehen, die sie zurückgelassen haben, Liebende, die wegen der Suche nach einem großen Traum auseinandergerissen wurden … ein Traum, den man nur zum Preis großer Einsamkeit kaufen kann.« Magentas Augen verschleierten sich dramatisch. Dann erhob sie sich langsam, die Hände fest vor der Brust zusammengepreßt: »Verlorene Liebe, ferne Geliebte. Ja … ja, ich glaube, Sie haben mir genau die richtige Inspiration gegeben, die ich brauche. Ich habe immerhin mehrere herzzerreißende Balladen in meinem Repertoire, die perfekt dazu passen.«

Dann seufzte sie und stellte sich die Jubelrufe und den stürmischen Applaus vor, sank dann wieder auf ihren Platz und richtete ihre großen, bernsteinfarbenen Augen auf das amüsierte Gesicht des Ranchers.

»Danke, Mr. McBride«, flüsterte sie.

»Christian.«

»Danke … Christian. Aber sagen Sie mir, gibt es dort echte Musiker, oder muß ich mich mit einem schlichten Gitarristen zufrieden geben?«

McBride rollte eine *Cheroot* zwischen Daumen und Zeigefinger hin und her und starrte Magenta an. »Diese ›schlichten‹ Gitarristen pflegen wohl die schönste Musik der Welt zu spielen, Ma'am. Ich bin sicher, Sie finden mehr als bloß ausreichende Begleitung für Ihren Gesang. Wenn Sie mich jetzt bitte entschuldigen …« Sein Stuhl scharrte vom Tisch weg. »Es war ein langer Tag, und der Morgen kommt früh genug. Ich denke, ich rauche mir noch eine und hole soviel Schlaf wie möglich nach.«

Damit nickte er, nahm seinen Hut von der Stuhllehne und setzte ihn beim Gang zur Tür energisch auf den Kopf. Magentas Tigeraugen schätzten seinen langen Schritt ab, und als er verschwunden war, tauchte sie eine lackierte Fingerspitze in ihr Whiskeyglas und leckte sie nachdenklich ab.

»Er beschreibt Santa Fe aber sehr verlockend, nicht wahr?«

»Habe das Gefühl, daß es nicht Santa Fe ist, das du plötzlich so verlockend findest«, murmelte Greaves mit belegter Stimme.

Magenta holte scharf Luft und wandte sich zu ihm. »Und was genau meinst du damit?«

»Ich meine, mit einer noch deutlicheren Einladung hätte der Mann inzwischen mehr als nur seine Nase in deinen Ausschnitt gesteckt.«

Sie zog die fein gezupften Brauen hoch und lächelte mit zusammengepreßten Lippen. »Aber Darby, mein Schatz, höre ich da vielleicht ein wenig Eifersucht?«

»Eifersucht auf was?« spottete er. »Auf einen Cowboy, der mit seinem eigenen Indianerjungen herumreist? Oder meinst du die schreckliche Vorstellung, daß ich meinen Platz in deinem Bett auf ein paar Nächte verliere?«

Stumpfes Rot quoll unter Magentas gepuderter Haut auf. Sie zog die Augen zu schmalen, gelben Schlitzen zusammen, und ihre Knöchel, die das Glas hielten, wurden fahl.

»Ich hätte mich vermutlich inzwischen an die Tatsache gewöhnen sollen, daß deine Vulgarität in direktem Verhältnis zum konsumierten Whiskey steht.«

Greaves lächelte sie schief an. »Darüber hast du dich doch noch nie beklagt. Je vulgärer, umso besser, habe ich immer gedacht.«

»Du bist ja betrunken«, erwiderte sie kalt.

»Noch nicht ganz«, erklärte er und hob sein Glas spöttisch wie zu einem Trinkspruch. »Aber ich gebe mir die größte Mühe.«

»Dann nimm doch deine Flasche und versuch anderswo dein Glück. Du beginnst mich zu langweilen.«

»Whoww! Genau das wollte ich auch«, meinte Greaves und mühte sich auf die Beine. Dann schnappte er die Flasche vom Tisch und folgte ohne ein weiteres Wort McBride hinaus in die Dunkelheit.

»Ein hoffnungsloser Trinker«, zischte Magenta, während er noch in Hörweite war. Sie war sich der anderen Anwesenden aber bewußt, klappte ihren Fächer auf und fächelte sich damit so heftig zu, daß die paar Krümel, die auf Brusters Teller übriggeblieben waren, auf seinen Schoß flogen. »Ich gebe immer wieder nach, weil er einmal ein sehr guter

Freund von mir war. Nun, wir alle haben unser Kreuz zu tragen, und meins heißt Darby Greaves.«

»Er scheint aber in gewisser Weise nett«, versuchte Bruster zu trösten. Unter dem starren Blick von Magenta, der anstelle einer Antwort erfolgte, schluckte er allerdings rasch den letzten Schluck Kaffee und verzog sich in seine Kabine.

»Männer«, schnaubte Magenta. »Ich schwöre, ich weiß nicht, was ich manchmal von ihnen halten soll. Was aber nicht heißen soll, daß wir ohne sie auskämen, nicht wahr?«

Aubrey sah auf und merkte plötzlich, daß sie als einzige noch mit Magenta Royale am Tisch saß. Außerdem waren deren kohlschwarz umringte Augen auf sie gerichtet und warteten entweder auf eine Zustimmung oder Widerspruch.

»Ich ... weiß es nicht.«

»Nein, vermutlich nicht. Na, dann nehmen Sie mich beim Wort, die meisten sind bloße Angeber und Schaumschläger. Ganz, ganz selten trifft man mal einen echten Mann, einen, der genügend Mumm hat, sich dem Leben zu stellen, um sich das zu nehmen, was er will, ohne zum Teufel erstmal zu fragen. McBride zum Beispiel, ich wette, der fragt niemanden um Erlaubnis, wenn er was vorhat.«

»Auch das weiß ich nicht«, sagte Aubrey und erhob sich.

»Komm schon, Schätzchen«, lachte Magenta. »Tu doch nicht so kuhäugig unschuldig. Das kommt bei mir nicht an. Ich habe gesehen, wie du ihn manchmal ansiehst. Versteh mich nicht falsch, ein direkter Blick ab und zu kann nichts schaden. Und wenn du ihn *nicht* anstarren würdest, wärest du nicht ganz bei Trost. Aber wenn du weiter die Knie zusammenpreßt und puterrot wirst, wann immer ein Mann dich ansieht, dann kommst du nie zu was. Entspann dich ein bißchen. Versuch nicht so zu tun, als würdest du einen Mann lieber zu Fischköder verarbeiten, statt ihm auch nur guten Tag zu sagen. Wenn wir erst in Santa Fe sind, hüpfen die jungen Männer nur so um einen herum und suchen nach einem warmen Bett.«

Aubrey hörte eine Diele knarren und blickte auf Brusters verschlossene Tür.

»Danke«, sagte sie mit gepreßter Stimme. »Ich werde über Ihren Rat nachdenken. Wenn Sie mich jetzt bitte entschuldigen, denn ich glaube, ich möchte noch ein wenig frische Luft schnappen, ehe ich mich zurückziehe.«

Magenta machte eine herablassende Geste, die wohl bedeutete, daß sie nichts dagegen hatte, bei der Aubrey wieder das Blut in die Wangen schoß, ehe sie hinaus in die kühle Nachtluft entkam. Mit wütenden Schritten gelangte sie rasch in einige Entfernung von der Station, von den mondlichtüberfluteten Ställen und Pferchen fort hinab zum Fluß. Sie stieg die steile Böschung hinab und ging ein Stück am sandigen Ufer entlang, bis sie sicher war, außer Sichtweite von allen Augen zu sein, die ihr vielleicht von einem Fenster oder dem Hof nachgesehen hatten. Obwohl mehrere Menschen das Gebäude in den letzten Minuten eilig verlassen hatten, war von niemandem etwas zu sehen, weder beim Fluß noch auf der Ebene ringsum.

Man hatte diese Wechselstation an einen Ort gebaut, wo der Fluß am schmalsten und flachsten war, damit die Kutschen ihn leicht durchqueren konnten. Aubrey ging am Ufer entlang, wo das Wasser nur flach über einen Rand aus Kies und Steinen flutete. Im Mondschein glänzte es wie geschmolzenes Zinn. Die Brise wirbelte kleine Wellen aus Sand auf, bauschte Aubreys Röcke und raschelte in den schlanken Zweigen der nahen Bäume. Sie trat heftig gegen das erste lose Objekt, das sie auf dem groben Sand erspähte – ein Stück Treibholz – und schritt dann wütend mit in die Hüften gestemmten Händen im Kreis herum. Dabei stießen ihre Lippen stumm die Litanei aller Dinge aus, die sie der unvergleichlichen Magenta Royale lieber laut entgegengeschleudert hätte. Der Stern von New Orleans! Es gab Grenzen dafür, was man aushalten konnte, und Magenta und McBride überschritten die Grenze eindeutig.

Noch sechs Tage.

Aubrey nahm ihre Eulenbrille ab und rieb sich die Nase.

Noch sechs weitere Tage, bis die Kutsche in Santa Fe ankam, und noch eine Übernachtung in Taylor Springs. Sie würde es schaffen. Hatte sie in den vergangenen Jahren nicht Schlimmeres aushalten müssen? Und zweifelsohne lag viel Schlimmeres vor ihr, wenn sie am Ziel ankam.

Sie spürte, wie sich Gänsehaut kühl auf ihren Armen ausbreitete und wurde sich bewußt, wie sie über die helle, sichelförmige Narbe am Oberarm strich, wo die Kugel aus Scud Holwells Gewehr sie gestreift hatte. Zurück nach Santa Fe! Nach all diesen Jahren ging sie zurück. War das allein nicht schon bemerkenswert?

Die engen Schuhe zwängten ihr die Füße so sehr ein, daß sie hinkend stehenblieb. In einem letzten Aufwallen von Rebellion trat sie wieder aus und jagte damit ein paar Frösche in die Flucht.

»Nanana ... heißt das vielleicht, daß die Schulmamsell ein ziemliches Feuer in sich hat?«

Aubrey wirbelte herum und suchte nach dem Sprecher. Dann bot sich ihr der Anblick von Darby Greaves, der sich aus dem dunklen Braun der Böschung löste. Als er ins Mondlicht trat, glänzte etwas in seiner rechten Hand auf: die Whiskeyflasche, aber viel leerer als beim Verlassen der Station.

»Geht sie dir auch auf die Nerven?« grinste er. »Meine Clara. Muß sich in alles einmischen, wenn es nur eben geht.«

»Ich bin sicher, daß ich keine Ahnung habe, wovon Sie reden, Mr. Greaves. Ich schnappe nur ein bißchen frische Luft.«

»Aber sicher. Na, da sind Sie hier gerade richtig ...« Leicht schwankend machte er mit einer Hand eine ausladende Bewegung zum Horizont. »Hier ist verflucht viel frische Luft, aber sonst nichts.«

Aubrey schob sich vorsichtig zurück, um außer Reichweite des Mannes zu gelangen, wo die Luft in einigem Abstand zu dem Alkoholdunst seines Atems beträchtlich frischer war.

»Ich bin ein Stadtjunge. In New Orleans geboren und aufgewachsen. Die Natur habe ich an der Seite meines Daddys auf den Flußdampfern kennengelernt.«

Aubrey schob sich dichter zum Fluß. »War er Kapitän?«

»Hölle, nein.« Greaves kicherte. »Jefferson Beauregard Greaves war der beste Pokerspieler am ganzen Mississippi. Er setzte sich mit einem Dollar an den Spieltisch und ging mit ein paar tausend fort. Manchmal hat er mich mitgenommen ... um mir seine Tricks beizubringen, wissen Sie. Aber meine Finger waren nie so flink wie seine, und er wurde immer ganz verrückt vor Wut, wenn ich ein einfaches Spiel verpatzte.« Dann starrte er stumm auf das rauschende Wasser, hob die Flasche und trank die letzten beiden Schlucke. Darauf flog die Flasche mit einer raschen Handbewegung in hohem Bogen in die Luft und zerschellte irgendwo in der Dunkelheit auf einem Felsen.

»Clara habe ich auf einem dieser Flußdampfer kennengelernt«, fuhr er leise fort. »Genauer gesagt, vor vier Jahren. Clara Niemand aus Nirgendwo. Auf dem Rücken liegend hatte sie mehr Arbeit als auf der Bühne. Aber ich habe ihr Potential erkannt. Ich habe ihr beigebracht, wie man sich anzieht, wie man geht und redet. Sie hatte Talent, jede Menge, das konnte jeder Narr sehen ... und ein Narr war ich nicht – wenn auch nicht viel mehr. Damals jedenfalls nicht.«

»Sind Sie sicher, daß Sie mir das mitteilen wollen?« fragte Aubrey und warf einen Blick über die Schulter, um zu sehen, wie weit sie vom Flußrand entfernt war.

»Meine liebe Miss Blue. Ich bin ein Mann von unendlicher Weisheit und scharfer Einsichten. Das Wesen Ihres Charakters versichert mir, daß – gleich was wir sagen oder heute nacht tun – unter uns bleibt.«

»Ja, nun gut. So gern ich weiter hierbleiben und mit Ihnen plaudern würde, Mr. Greaves, es war ein langer Tag, und ...«

»Haben Sie vor mir Angst, Miss Blue?«

Sie blieb stehen und begegnete seinem Blick mit einer Direktheit, die ihn völlig überraschte. »Nein, Mr. Greaves. Ich habe keine Angst vor Ihnen. Ich bin nur äußerst müde. Es war ein langer, anstrengender Tag, der durch Sie noch länger und noch anstrengender wird. Und wenn Sie nichts dagegen haben …«

»Nana!« Er kniff die Augen zusammen und zog die Mundwinkel hoch. »Das war ja wohl die längste Rede, die ich bisher von Ihnen vernommen habe.«

»Gute Nacht, Mr. Greaves.«

Sie begann, rasch auf die Böschung zuzugehen, aber kaum war sie an Darby Greaves vorbeigegangen, da stand er schon wieder vor ihr und versperrte ihr den Weg. Als sie ihm ausweichen wollte, bewegte er sich mit ihr, und als sie den Mund öffnete, um zu verlangen, daß er stehenblieb, preßte er grob eine Hand auf ihre Lippen, während sein anderer Arm ihre Taille umschlang und sie fest an seinen Körper drückte.

»Wir wollen doch wohl keine Szene machen, na, Lehrerin? Wir haben beide eine Ahnung, warum du mir heute abend hierher gefolgt bist, und ehrlich gesagt, bist du zwar nicht gerade der Typ Frau, bei der ein Mann ins Schwitzen gerät, aber ich muß zugeben, irgend etwas an dir läßt einem das Blut ein wenig schneller fließen. Ich kann nicht genau sagen, was es ist, aber ich weiß es. Wie ein Jucken, das auch nicht durch kratzen verschwindet.«

Aubrey wand sich und versuchte, die Hände freizubekommen, um sein Gesicht zu zerkratzen, aber er preßte sie fest gegen ihren Körper. Dann trat sie aus und landete einen festen Tritt gegen sein Schienbein, doch ihr Triumph war von kurzer Dauer. Er hob sie hoch und zerrte sie tiefer in die Schatten der Böschung, wo er sie gegen die rauhe Rinde eines Baumes preßte. Ihr Kopf flog gegen den Stamm, und in dem Moment, den sie brauchte, um die Benommenheit abzuschütteln, hatte Greaves seine Hand unter ihre Wolljacke gezwängt und den unvermuteten Schatz dort gefunden.

»He, sieht ganz so aus, als hätten Sie dort ein Geheimnis vergraben, Schulmamsell. Warum in aller Welt halten Sie diese hübschen kleinen Dinger immer so fest unter dem Kammgarn versteckt?«

Aubrey fluchte laut und trat wieder aus: Diesmal traf sie nur Luft, aber sie wand ihre Hände frei, ballte sie zu Fäusten und trommelte gegen seine Brust. Der Schnaps, dem Greaves zugesprochen hatte, machte ihn jedoch immun gegen solche Angriffe, ebenso ihre gedämpften Schreie.

»Das gefällt dir wohl, oder? Na, das hier gefällt dir noch besser!« Er schob sich vor und drückte sich mit dem ganzen Körper gegen sie. Dann fuhr er mit den Lippen über die feine Biegung ihres Halses, leckte über ihr Ohr und stieß seine Zunge in die zierliche Muschel.

Aubrey wehrte sich nun mit aller Kraft gegen die Hände, die ihren Mund und ihre Nase umklammerten. Sie bekam fast keine Luft mehr. In der tiefen Dunkelheit konnte sie kaum etwas sehen. Sie spürte nur die schleimige Nässe im Ohr und hörte seinen rauhen Atem. Entsetzt merkte sie, wie er ihre Brüste knetete und streichelte.

Doch da tauchte hinter ihnen eine dunkle Gestalt aus dem Schatten auf. Greaves stieß einen erstickten Laut aus, und im nächsten Augenblick war sie frei. Er flog auf die Seite und landete so hart, daß er im groben Sand mehrere Meter weit rutschte.

Aubrey stolperte ein paar Schritte von ihm fort, streckte die Arme aus und taumelte auf das Mondlicht zu. Tief und keuchend holte sie Luft und fuhr sich heftig mit einem Ärmel über das Ohr und den Hals, um die ekelhafte Nässe abzuwischen.

»Alles in Ordnung, Ma'am?«

Es war der Rancher. Woher er gekommen war und was er gesehen und gehört hatte, wußte Aubrey nicht, und es war ihr auch egal. Er folgte ihr aus den Schatten der Bäume heraus: Seine breiten Schultern und der weitkrempige Hut bildeten im Mondschein eine willkommene Silhouette.

Noch ehe Aubrey eine Antwort geben konnte, brachte ein Fluch Darby Greaves wieder auf die Beine. Mit stampfenden Schritten stürmte er direkt auf McBride zu, aber der

Rancher erwartete ihn schon, drehte sich leicht und geschickt herum und trat einen Schritt zu Seite, so daß Greaves direkt in seine ausgeholte Rechte hineinlief.

Der Agent krümmte sich vor Schmerzen, der Schlag hatte offensichtlich alle Luft aus seinen Lungen getrieben. Einen Moment hielt er vornübergebeugt inne. Seine Augen traten vor, sein Mund stand weit offen, ehe er schwer auf die Knie sackte und anschließend bewußtlos auf den Rücken fiel.

McBride richtete sich langsam auf. Er spreizte die Finger und schüttelte sie, um seine Armmuskeln zu lockern.

»Höllisch schade um den guten Whiskey, wenn ein Mann ihn nicht vertragen kann«, bemerkte er. Dann blickte er Aubrey an und schob seinen Hutrand zurück, damit sie sein vom Mondlicht überflutetes Gesicht sehen konnte.

»Alles in Ordnung, Miss Blue?« fragte er wieder.

»Ich … glaube ja.« Sie brachte ihre Jacke in Ordnung und fuhr mit einer zitternden Hand über ihr Haar, um die paar Strähnen wieder einzufangen, die sich aus ihrem Knoten gelöst hatten und über ihre Schultern fielen. Der Knoten selbst war verrutscht, die Nadeln hatten sich gelockert: Noch ein paar Bewegungen, und alles würde sich auflösen.

McBride sah stumm zu, wie sie sich abmühte, und fragte sich, ob das ätherische Licht seinen Augen etwas vorgaukelte, oder ob der Körper der Schulmamsell tatsächlich Interessanteres zu bieten hatte, als ihre weiten Kleider und der Brillenblick verhießen. Sie hatte die Arme erhoben, und der dicke Jackenstoff zog sich eng um eine erstaunlich schlanke Taille, während gleichzeitig an anderen Stellen üppige Rundungen zum Vorschein kamen.

»Ich denke, ich muß mich bei Ihnen bedanken, daß Sie zufällig vorbeikamen, Mr. McBride.«

»Was?« Sein Blick fuhr hoch zu ihrem Gesicht.

»Ich habe keine Ahnung, was geschah. Er sprach mit mir, und im nächsten Augenblick …«

»Sie können hier nicht einfach mit Männern, die Sie kaum kennen, im Mondlicht spazierengehen. Nicht mit Betrunkenen jedenfalls.«

»Ich bin doch gar nicht mit ihm hier spazierengegangen«, protestierte sie kühn. »Ich glaubte, ich sei allein, bis er aus den Schatten trat.«

»Hat Ihnen Ihre Mutter nicht beigebracht, immer hinter sich zu blicken?«

Aubrey hielt inne mit ihren Nadeln und Locken und blickte in die markanten, gutgeschnittenen Züge des Ranchers. Diese Bemerkung war zwar nicht offen unhöflich, aber auch nicht sehr freundlich – ebensowenig wie das ärgerliche, unverschämte Lächeln in seinen Mundwinkeln. Die Brise spielte an seinen langen Haaren, die im Mondschein fast silbern wirkten. Noch stärker verwirrte sie, daß die gleiche Brise ihr den frischen, rohen Geruch von Tabak zuwehte und eine schwache Andeutung dessen, daß er tatsächlich schwitzte wie andere Sterbliche auch.

McBride kniff die Augen zusammen. Die langen, schwarzen Haarsträhnen, die sich aus dem altjüngferlichen Knoten gelöst hatten, fielen ihr über die Schultern und endeten in einer dunklen Welle fast an ihrer Hüfte. Das Mondlicht glänzte auf ihrer elfenbeinglatten Haut, und ohne die unschmeichelhafte Brille, die sonst alles beherrschte, konnte er sehen, daß ihre Brauen so fein geschwungen waren wie die Flügel eines Erzengels. Ihre Augen waren kornblumenblau, erinnerte er sich, und bislang hatte er angenommen, daß sie durch die dicken Brillengläser verzerrt wirkten – aber sie waren tatsächlich so riesig. Das einzige, was die Brille verzerrt hatte, war die Form, und nun erkannte er, daß ihre Augen groß und verstörend direkt blickten, umgeben von absurd langen Wimpern.

Die Erkenntnis, wie schön sie war, wischte alle anderen Gedanken aus seinem Kopf. Der formlose, braune Kammgarnrock verschwand mit einem Zwinkern und wurde von einem Bild langer, geschmeidiger Glieder ersetzt, von Hüften, die sich sanft von der schmalen Taille aus schwangen. Ein zweites Zwinkern stellte die Wollumhüllung wieder her, aber es war geschehen. Normalerweise war er, was Frauen anging, nicht so schwer von Begriff, daher schob er seine gegenwärtige Kurzsichtigkeit auf die langen Jahre im Gefängnis. Dieser Frau war es tatsächlich gelungen, ihn zu täuschen. Außerdem vermutete er, daß sie sich ihrer Schönheit durchaus bewußt war und sie ganz absichtlich verschleierte.

Da lenkte ein Stöhnen ihre Aufmerksamkeit auf die zusammengesunkene Gestalt auf dem Kies. Er war immer noch bewußtlos, aber sein Magen reagierte auf die Wirkung von zu viel Alkohol und dem heftigen Zusammenstoß mit McBrides Faust. Der Rancher hörte ein ersticktes Gurgeln, trat mit einem verächtlichen Schnauben zu dem Mann und rollte ihn auf die Seite, damit er nicht an seinem Erbrochenen erstickte.

Da fiel sein Blick auf etwas Glänzendes in der Nähe, und er hob Aubreys Brille auf, doch nachdem er sie einen Moment nachdenklich befingert hatte, ließ er sie heimlich in die Tasche gleiten.

»Vielleicht ist das eine weitere Lektion für Sie, Miss Blue«, bemerkte er gleichgültig, als er wieder neben sie trat. »Die Männer hierzulande sind nicht sehr geduldig und wohlerzogen.«

»Wie Sie selbst«, ergänzte sie trocken.

Er hakte die Daumen in den Hosenbund und sagte mit einem kurzen Blick zu Greaves: »Haben Sie mir nicht vor einem Moment noch gedankt, daß ich Sie von ihm befreit habe?«

»Er war betrunken. Sonst wäre ich mit ihm fertiggeworden. Und da Sie nach den Lektionen meiner Mutter gefragt haben, Mr. McBride, hat Ihre Ihnen niemals beigebracht, daß es höchst unhöflich ist, in den Schatten herumzulungern und anderen Leuten nachzuspionieren, ohne Ihre Anwesenheit preiszugeben?«

In seinen Augen glitzerte es schwach auf. »Wenn ich richtig unhöflich sein wollte, dann hätte ich angeboten, Sie für ihn festzuhalten. Ich habe nur eingegriffen, weil Ihr Gequietsche mich vom Schlaf abgehalten hat.«

»Dann muß ich mich entschuldigen«, sagte sie steif.

»Wenn ich das nächste Mal angegriffen werde, gebe ich mir bestimmt Mühe, Ihnen keine Unannehmlichkeiten zu bereiten.«

»Da wäre ich Ihnen sehr verbunden, Ma'am«, grinste er und salutierte spöttisch.

Aubrey wirbelte auf den Absätzen herum und legte die Entfernung zur Station mit wütenden, weitausholenden Schritten zurück. McBride folgte ihr in nachdenklichem Abstand und mit der Absicht, ihr die Brille sofort zurückzugeben, falls sie stolperte und aufs Gesicht fiel. Aber sie stürzte nicht. Sie stolperte nicht einmal über die tückisch halb herausragenden Wurzeln, die kreuz und quer über die Böschung verliefen.

Der einzige Zusammenstoß erfolgte an der Tür des Stationshauses mit Magenta Royale.

»Nun, ich hab' schon fast gedacht, da unten spiele sich eine Party ab«, erklärte die Sängerin.

»Und falls nicht, dann wissen Sie sicher, wie man eine veranstaltet«, schnappte Aubrey und schob sich ohne ein weiteres Wort an der Frau vorbei.

Magenta zog leicht irritiert die Brauen hoch. Sie sah Aubrey nach, wie sie in einem Wirbel aus braunem Kammgarn die Tür zu ihrer Schlafzelle hinter sich zuschlug. Dann drehte sie sich um und starrte neugierig hinaus ins Mondlicht. McBrides beachtliche Silhouette hob sich leicht vor dem Fluß und dem sternenübersäten Himmel ab, und Magenta lächelte trocken.

»Die alberne Gans. Das kommt davon, wenn man einen zu guten Rat erteilt.«

Dann rückte sie lässig ihren Ausschnitt zurecht und löste mehrere Knöpfe aus den Schlaufen, damit es so aussah, als würde ein tiefer Atemzug das Ganze sprengen. Sie hatte die plötzliche Vision von McBrides Händen auf ihrer Haut und erbebte vor Vorfreude, aber als sie wieder zum Fluß hinabblickte, war er verschwunden. Sie schaute nach links und rechts, sie reckte den Hals und stellte sich auf die Zehenspitzen, aber es war keine Spur von ihm zu entdecken. In der

Annahme, daß er nicht weit entfernt sein konnte, trat Magenta auf den Hof. Doch nach ein paar Schritten, kurz vor der Koppel, blieb sie abrupt stehen.

Darby würde rasend werden, wenn sie sich dem Rancher an den Hals warf. Er war ohnehin kreuzwütend darauf, wie sie mit ihm flirtete, aber statt etwas dagegen zu unternehmen, hatte er sich irgendwohin verzogen und nährte seine Wut mit Whiskey. Und sie ... nun, sie hatte sich doch nicht umsonst die ganze Mühe gegeben, sich zu waschen und zu pflegen und zu frisieren. Wenn Darby nicht ein bißchen gesunde Neckerei vertragen konnte, dann gab es andere, die es aushielten und vermutlich besser darauf reagierten. Nach dem Aussehen und der Größe von McBride zu urteilen gelangte der bestimmt an Stellen, von denen Darby nur zu träumen wagte, und zwar mit jener entzückenden Grobheit, nach der sie sich manchmal sehnte, weil es sie an früher auf dem Flußdampfer erinnerte. Damals hatte sie große, häßliche und ungeschliffene Männer am liebsten gehabt. Darby hatte sie angeblich davor »gerettet« und war für den Anfang ein ganz passabler Liebhaber und gerissener Agent gewesen. In der letzten Zeit allerdings hatte der Whiskey ihn schlaff gemacht, und er war im Bett zu nicht viel zu gebrauchen. Ein paar Stößchen hier und da, und schon war er stolz auf seine Leistung.

Es war nicht das erste Mal, daß Magenta ihn aufgefordert hatte, sich bis zur Bewußtlosigkeit zu betrinken. Seit Great Bend hatte sie ein Auge auf McBride geworfen und genügend mit ihm geflirtet, um zu wissen, daß er inzwischen zu allem bereit war. Und Hölle – wenn er die Schulmamsell mit fliegenden Schritten und in Panik zurück in die Station getrieben hatte, dann war er mehr als bereit, ja geradezu verzweifelt und offensichtlich nicht sonderlich wählerisch. Magenta lächelte, hielt dann aber inne.

Wollte sie ihn aber dann? Sie war nie gern für jemanden die zweite Wahl gewesen, so lange sie zurückdenken konnte, und erst recht nicht nach einer x-beinigen Jungfer mit einer spitzen Zunge und nicht genug Mumm, um sich besser darzustellen.

Vielleicht, vielleicht ließ sie Christian McBride noch ein wenig länger im eigenen Saft schmoren. Vielleicht sollte sie lieber abwarten, bis er auf sie zukam, wenn ihm seine Hose zu eng und seine Situation zu qualvoll wurde, um weiterhin einer vertrockneten Jungfrau nachzujagen.

Gut ... der Theorie nach. Aber was sollte sie in der Zwischenzeit machen, um sich von den Beschwerlichkeiten der Reise abzulenken?

Sie stieß einen leisen frustrierten Seufzer aus und wandte sich zurück zum Haus. Im Stall brannte eine Laterne, und die Tür war einen Spalt geöffnet, so daß ein Strahl auf die Planken davor fiel. Dort stand der Maultiertreiber und erleichterte sich – ein großer, grober Mann mit langen, affenartigen Armen, die dick und mächtig von den Schultern herabhingen. Beim Umdrehen zuckte er zusammen, weil er das Rascheln ihrer Röcke auf dem trockenen Lehmboden gehört hatte. Magentas Blick fiel auf ein Glied von ebenfalls beträchtlicher Länge, das bis zur Hälfte seines Schenkels herabreichte und aus dem die letzten dampfenden Tropfen quollen.

Sie starrte darauf, bis ihr die Knie schwach wurden. Der Bursche erwiderte ihren Blick – auf das feste weiße Fleisch, das mit jedem Atemzug rosiger und üppiger zu werden schien. Verlegen spürte er die sofortige Reaktion und versuchte, sich mit einer haarigen Hand zu bedecken, merkte jedoch überrascht, daß Magenta ihn davon abhalten wollte.

»Kann ich ... Ihnen irgen'wie helfen, Ma'am?«

Magenta befeuchtete ihre Lippen.

»Wenn ich es recht bedenke«, hauchte sie. »Ja.«

4

Sie war verschwunden.

Aubrey suchte überall, schüttelte ihre Rockfalten aus, drehte die Jackentaschen von innen nach außen, aber sie blieb verschwunden.

Diese verfluchte Brille war zwar nur ein kleiner Bestandteil ihrer Kostümierung, trug aber nicht unwesentlich zu dem Gefühl bei, sich in ihrer Verkleidung sicher zu fühlen. Ganz bewußt hatte sie das dickrandigste, häßlichste Modell erstanden, das sich finden ließ, weil sie genau wußte, wie unattraktiv, unscheinbar und uninteressant sie damit wirkte – ganz zu schweigen von ihrer Tapsigkeit, wenn sie Entfernungen falsch einschätzte, ständig stolperte oder sich an irgend etwas stieß.

Frustriert und den Tränen nahe ließ sich Aubrey auf der schmalen Pritsche nieder. Sie hatte in der vergangenen Nacht nur sehr wenig, eigentlich gar nicht geschlafen und war so müde, daß sie am liebsten geweint hätte. Ein paar Überraschungen hatte sie auf dieser Fahrt durchaus einkalkuliert – denn wann verlief jemals etwas genau nach Plan? Aber McBride stellte sich als ein Ärgernis heraus, das sie immer gereizter machte, und Greaves würde ihr ebenfalls weitere Unannehmlichkeiten bereiten, wenn er die Gelegenheit dazu bekam. Magenta hatte sich der Schulmamsell gegenüber bislang bloß amüsiert verhalten und sich nicht von ihr bedroht gefühlt, aber das auch nur, weil sie Aubrey niemals für eine Rivalin halten würde.

Aubrey hielt einen kleinen Silberspiegel hoch und betrachtete stirnrunzelnd ihr Ebenbild. Lucius hatte immer gesagt, ihre Augen seien das Auffallendste und Schönste an ihr. Sie waren groß und ausdrucksvoll, und sie hatte gelernt, sie wirksam einzusetzen: Stirnrunzeln hatte sich in Lächeln verwandelt, Wut in Mitgefühl, Mißtrauen in Tränen. Selbst Lucius hatte sie ein paarmal so manipuliert, daß er sich gefragt hatte, ob er nun von ihr die Wahrheit gehört hatte oder nur eine geschickte Variante davon.

Aubrey ließ den Spiegel sinken und schaute aus dem Fenster. Das ausgefranste Mulltuch, das als Vorhang diente, wehte leicht in der ständigen Prise, die von den Kansas-Ebenen herüberwehte. Der Himmel war noch dunkel, und nur die feinste, schimmernde Andeutung eines helleren Lichts am Horizont deutete an, daß der Morgen nur einen Atemzug weit weg war. Sie mußte die verfluchte Brille gestern abend irgendwo am Flußufer verloren haben, was bedeutete, daß sie entweder dort nachschauen oder sich fügen mußte, ohne sie weiterzureisen.

So eine ärgerliche Kleinigkeit.

Wieder blickte sie in den Spiegel und hauchte stumm einen Fluch. Selbst wenn sie das Haar ganz streng nach hinten bürstete und zu einem Knoten aufsteckte, wenn ihr Teint durch das braune Kammgarn fahl erschien, würde es nicht reichen. Magenta hatte einen zu geübten Blick und einen katzenartigen Instinkt. Es wäre genau so, als würde man einem Geier ein Stück Fleisch vor dem Schnabel hin- und herbaumeln lassen. McBrides Eitelkeit hatte sie bereits herausgefordert, er würde sie nicht mehr in Ruhe lassen und hinter ihr her sein wie die Katze hinter der Maus, bis sie einen weiteren kleinen Fehler beging. Greaves hatte bereits gesagt, daß irgend etwas mit ihr nicht stimme, aber McBride würde es mit Sicherheit *wissen*. Ihn konnte niemand zum Narren halten.

Aubrey ließ den Spiegel wieder sinken, steckte ihn mit der Haarbürste in ihre Bügeltasche und starrte auf ihre Füße. Sie bewegte die schmerzenden Zehen, die nun von den zu engen Schuhen Blasen hatten, und überlegte, wie wunderbar es wäre, barfuß zum Fluß zu gehen und knietief durch das kalte, rauschende Wasser zu waten.

Sie seufzte, zog dann mit einer Bitte um Verzeihung an ihre Zehen die mörderischen schwarzen Wollstrümpfe wieder hoch und griff nach den Schuhen. Es grenzte an Agonie, die Füße hineinzuzwingen und die Knöpfe zu schließen, aber sie schaffte es. Dann zog sie die Tür einen Spalt breit auf, sah sich um, ob schon jemand wach war und ging dann auf Zehenspitzen auf den Hof hinaus.

Die Luft war noch erfrischend kühl und feucht vom Tau, der sich über Nacht auf den Gräsern und Büschen gesammelt hatte. Der Lichtrand am Horizont glühte nun rosa und versprach einen weiteren klaren, heißen Tag unter der Wüstensonne. Ein paar welke Blätter raschelten vorbei, und eine feine Sandschicht, fast wie Nebel, fegte über den harten Lehmboden des Hofes und ergoß sich über die Böschung in den Fluß. Auf der Koppel wieherte leise ein neugieriges Pferd, aber als Aubrey daran vorbeiging, senkte es den Kopf und nahm das wichtigere Geschäft wieder auf, sich an einem Zaunpfosten zu reiben.

Vorsichtig bahnte sie sich einen Weg die Böschung hinab und folgte dem Fluß bis zu der Stelle, an der Greaves sie angegriffen hatte. Der Agent war nirgendwo zu sehen, aber sie fand die aufgewühlte Stelle im Sand, wo er gelegen hatte. Sie begann ihre Suche dort, wo sie hin- und hergestampft war, fand aber nichts außer glänzenden Steinen und abgebrochenen Zweigen. Dann richtete sie den Blick auf das dunkle Gebüsch. Der Himmel wurde jeden Moment heller, aber immer noch hingen Schatten über der Böschung, Schatten, die so tief und dunkel waren, daß sich ihr die Nackenhaare sträubten. Sie hatte den Bäumen den Rücken zugewandt und alle Sinne darauf ausgerichtet, einen möglichen Beobachter wahrzunehmen – und wenn das Greaves war, dann hatte sie nicht die geringste Absicht, eine Wiederholung von gestern abend zu erleben.

Dann griff sie so unauffällig wie möglich in die Rocktasche und schloß die Finger um eine 22er *Derringer*, die sie vorsorglich aus der Bügeltasche mitgenommen hatte. Sie legte den Zeigefinger um den Hahn und wartete, bis der Beobachter erkannte, daß sie seine Gegenwart gespürt hatte.

»Suchen Sie was?«

Aubrey schloß die Augen, löste die Finger von dem Perlmuttgriff und zog sie aus der Tasche, während sie sich umdrehte, um dem Rancher ins Gesicht zu sehen.

»Schlafen Sie eigentlich nie, Mr. McBride?«

»Immer nur mit einem Auge. Das ist eine Angewohnheit, die ich mir im Laufe der Jahre zulegen mußte.« Als er aus den Schatten trat, sah er genau so aus wie immer … nur war sein Kopf nun unbedeckt und sein Hemd stand offen bis zur Taille. Sie hatte ihn offensichtlich beim Waschen im Fluß gestört, denn sein Gesicht und Hals waren feucht, und kleine

Rinnsale liefen über die wie gemeißelt wirkenden Muskeln seines Brustkorbs. Die meisten Männer, ob Cowboys oder Städter, fand man nur selten in der Sonne, ohne daß sie das Hemd bis zum Hals zugeknöpft hatten, mit dem Ergebnis, daß sie vom Hals aufwärts bronze gebräunt waren, aber am Rest des Körpers milchweiß. Die Kleiderordnung in Leavenworth war offensichtlich nicht sehr streng gewesen, denn seine Bräune dehnte sich bis zur Hüfte aus. Der einzige Anflug von Blässe zeigte sich über einer wulstigen Narbe, die von seiner linken Brust quer bis zum Bauch verlief. Es war ein häßliches Mal, das von einer furchtbaren Wunde stammen mußte. Rührte die Verletzung von einem Messer her, einem Säbel ... oder einer Axt? Es war nicht die einzige Narbe auf seinem gegerbten Torso. Feinere Male überzogen die Haut an mehreren Stellen – typisch für das recht brutale Leben in den amerikanischen Grenzlanden.

Bis zu diesem Moment hatte sie noch keinen Gedanken an sein Alter oder seine Herkunft verschwendet. Er hatte gesagt, er sei in Neu-Mexiko geboren und aufgewachsen – eine Gemeinsamkeit, über die sie bewußt nicht weiter nachgedacht hatte, aber mehr hatte er auch nicht über sich preisgegeben. Sein Alter? Es konnte irgendwo zwischen Mitte zwanzig und Mitte dreißig liegen – schwer zu sagen in Anbetracht seiner harten Jugend auf den kargen Ebenen bis zu den fünf Jahren schwerer Arbeit in Leavenworth. Außerdem trug er seine Pistolen tief um die Hüften geschnallt, was darauf hindeutete, daß es sich nicht bloß um zufälliges Beiwerk handelte. Die befehlende Haltung, die sie ursprünglich auf eine Armeeausbildung geschoben hatte, konnte auch auf einen Mann hinweisen, der seinen Lebensunterhalt mit dem Gewehr verdiente. Wer zum Teufel war dieser Christian McBride, und was suchte er in der Postkutsche nach Santa Fe?

»Ich könnte Sie vermutlich das gleiche fragen«, murmelte er.

»Was?« Ihr Blick fuhr hoch.

»Ihre Schlafgewohnheiten. Ich hätte gedacht, sie würden

fast so lange schlafen, bis die Kutsche wieder aus dem Hof rollt.«

»Oh. Ja, nun ... ich habe hier gestern Abend etwas verloren. Und da ich nicht sicher war, wann Mr. Brody aufbrechen will, hielt ich es für besser, so früh wie möglich hier zu suchen.«

»Ah.« Er trat dichter zu ihr und nahm etwas aus der Tasche. »Suchen Sie vielleicht das hier?«

In seiner schwieligen Hand lag ihre Brille. Die Drahtbügel waren säuberlich über die Gläser geklappt.

»Ich habe sie gestern abend gefunden, als ich Greaves vor sich selbst rettete«, gab er zu. »Ich hatte mir gedacht, daß Sie danach suchen würden ... allerdings sah es, als sie zurück zur Station eilten, mitnichten so aus, als bräuchten Sie sie dringend.«

Aubrey ignorierte diese Andeutung und konzentrierte sich auf das vorige. »Sie sagten, Sie hätten sie gefunden, ehe ich zurück ins Haus ging?«

»Greaves war praktisch darauf gefallen.«

»Und warum haben Sie sie mir nicht gleich zurückgegeben?«

Er grinste lässig. »Ich habe mir gedacht, ich warte mal, wie dringend Sie sie brauchen.«

»Und haben die ganze Nacht hier gewartet?« fragte sie ungläubig.

»Schlafen kann ich hier ebensogut wie anderswo. Allerdings wurde Greaves ziemlich ärgerlich, schien aber auszunüchtern, als ich ihn in den Fluß rollte.«

»Warum?«

Sein Grinsen verbreiterte sich. »Ich sagte bereits, ich habe es nicht gern, wenn ich gestört werde.«

Aubrey verschränkte die Finger eng ineinander. »Ich meine, warum haben Sie meine Brille behalten? Warum haben Sie die ganze Nacht hier gewartet, und was könnte es Sie überhaupt angehen, wie sehr ich sie brauche oder nicht?«

McBrides Blick zuckte zum östlichen Horizont, wo rote

und goldene Lichtfinger immer weiter über den Himmel griffen.

»Sagen wir mal, ich bin ein neugieriger Bursche.«

»Neugierig? Neugierig auf was?«

Er kniff die Augen zusammen und bewunderte die Wirkung, die das zunehmende Morgenlicht auf ihr Gesicht hatte. Sie war ohne die Panzerrüstung des Wolljacketts gekommen und trug nur eine strahlend weiße, hochgeschlossene Bluse, in der der leichte Wind spielte, was ihn jedoch nicht davon abbrachte, die Aufmerksamkeit auf ihre schmeichelnden Kurven zu lenken. In ein paar weiteren Minuten würde er wissen, ob der Mond seinen Augen etwas vorgegaukelt hatte, aber eigentlich konnte er bereits genug erkennen, um sich befriedigt recht zu geben.

»Greaves sagte gestern abend, irgend etwas an Ihnen stimme nicht.«

»Greaves war gestern abend betrunken – selbst ein dürrer Kaktus wäre ihm nicht ganz geheuer erschienen. Wenn Sie nichts dagegen haben, hätte ich jetzt gern meine Brille wieder ...«

McBrides Hand schloß sich über den Augengläsern und entzog sich ihrer. Er hatte das sanfte rosa Glühen auf ihren Wangen auf das Morgenrot geschoben, aber mit stärker werdendem Licht sah er, daß sie wütend war. Es ärgerte ihn immer noch, daß es ihm nicht früher aufgefallen war. Sie spielte ihre Rolle sehr gut, und das war ein Trost, aber warum sie sogar hier draußen in der Wüste so besessen darauf war, so schrecklich wie möglich auszusehen, blieb ihm ein Rätsel. Ihre eisblauen Augen hefteten sich jetzt starr auf ihn.

»Darf ich Sie fragen, was für ein Spiel Sie da spielen, Mr. McBride?«

»Nicht aus Virginia«, überlegte er laut, »und auch nicht aus den Carolinas.«

»Wie bitte?«

»Ihr Akzent. Klingt nicht nach dem Norden und nicht nach dem Süden. Sie haben das Temperament einer entrüsteten Südstaatenschönheit, aber den eisigen Blick einer Yankee-Frau.«

Aubrey blickte ihn weiter fest an. Sie fühlte sich zwischen zwei Impulsen heftig hin- und hergerissen: Der eine riet ihr, sich einfach umzudrehen und fortzugehen, der zweite, mit dem Fuß aufzustampfen und ihren Ärger herauszubrüllen – und dann fortzugehen.

Statt dessen atmete sie tief und empört aus. »Mr. McBride ...«

»Christian!«

»*Mister McBride* ... ich würde schrecklich gern zurück ins Haus gehen und meine Sachen packen. *Alle* meine Sachen, auch meine Brille.«

»Sie haben mir immer noch nicht verraten, wie dringend Sie sie brauchen.«

Aubrey wandte sich um und blickte zum Fluß, um sich zu beruhigen, ehe sie wieder zu McBride zurücksah. Ein trockenes, verächtliches Lächeln umspielte ihre Mundwinkel. »Und wie dringend sollte ich sie benötigen, Mr. McBride – damit Sie zufrieden sind?«

»Schmeicheln Sie sich nicht, Schulmamsell«, erwiderte er ernst. »Sie haben nichts, was ich von Ihnen wollte, und nichts, das ich Ihnen nicht wegnehmen könnte, falls ich das wollte.«

»Darauf würde ich mich nicht verlassen, McBride,« sagte sie. »Bessere Männer als Sie haben es versucht und mußten mit leeren Händen wieder gehen. Behalten Sie doch die verdammte Brille. Sie brauchen sie mehr als ich, wenn auch nur, um über die eigene Arroganz hinwegzusehen.«

Sie begann, sich zu entfernen, doch daraus wurden nur wenige Schritte, ehe der Rancher mit einem Fluch neben sie trat. Er wollte nach ihrem Arm greifen, doch ehe es ihm gelang, war sie herumgewirbelt und richtete die entsicherte, gespannte *Derringer* auf ihn.

McBride blieb stocksteif stehen. Schock flammte in seinem Blick auf, als er die Waffe sah. Eine instinktive Reaktion durchfuhr seine Arme, aber er mußte den eingefleischten

Reflex unterdrücken, selbst nach der Waffe zu greifen. Er starrte auf die *Derringer* – eine bösartige, ausgezeichnete Waffe mit gleich vier geladenen Kammern, und die schlanke weiße Hand hielt sie ohne das geringste Zittern und ohne jedes Zögern.

»Ein interessantes Objekt für eine Lehrerin, und bestimmt ebenso praktisch – wie Schiefertafel und Kreide.«

»Machen Sie ja nicht den Fehler, zu denken, daß ich sie nicht benutzen will oder kann«, sagte sie tonlos.

Er breitete beide Arme aus und trat einen langsamen, lockeren Schritt zurück. »Sie haben das Spiel gewonnen, Ma'am.«

Aubreys Augen funkelten auf. »Danke. Nun möchte ich gerne meine Brille haben, falls Sie nichts dagegen haben.«

Er warf einen Blick auf die Brille, die immer noch zusammengeklappt in seiner Hand lag, und streckte sie ihr mit einem kapitulierenden Lächeln entgegen. Einen Moment lang hielt er sie über Aubreys ausgestreckte Hand, doch im letzten Moment bewegte er sich ein kleines Stück, so daß sie an ihrer Hand vorbei in den Sand fiel. Sofort trat er immer noch lächelnd einen Schritt vor und zerstampfte das Glas und den Metallrahmen mit dem Absatz.

Aubrey keuchte empört auf, als seine Faust ihre Hand umklammerte und ihr die *Derringer* entwand. Ihre andere Hand fuhr blitzschnell mit gekrümmten Fingern hoch, um sich in sein Gesicht zu krallen, aber darauf war er ebenfalls vorbereitet. Er umfing ihr Handgelenk mit lachender Leichtigkeit und drehte es ihr ebenso wie das andere auf den Rücken.

»Und jetzt«, knirschte er, »teilen wir die Karten neu aus, und dann wollen wir mal sehen, wer die meisten Asse in der Hand hält.«

Er brachte beide Handgelenke in eine seiner stählernen Fäuste und preßte sie fest gegen ihren heißen Rücken, während seine andere Hand nun an den Nadeln zerrte, die ihr Haar im Nacken zusammenhielten. Aubrey wand sich fluchend, aber er verschärfte nur den Druck auf die Handgelenke, so daß sie vor Schmerz fast den Atem anhielt und die Qual nun empört und stumm duldete.

Das Haar löste sich und ergoß sich in dicken, glänzenden Strähnen den halben Rücken herab. Da wand sie sich abrupt in seinen Armen und warf die Locken über die Schulter, so daß sie durch sein Gesicht peitschten.

»Laß mich los, du Hundesohn!«

»Auch die Sprache ist interessant«, überlegte er. »Bringen sie einem das in Miss Rohrstocks Akademie für junge Lehrerinnen bei?«

Aubreys Winden und Wenden brach für knappe zehn Sekunden ab, und ihre Blicke trafen sich in unausgesprochenem Verständnis.

»Geh zur Hölle, McBride«, schleuderte sie ihm dann entgegen.

»Danke, aber da habe ich bereits fünf Jahre zugebracht, und ich habe nicht die geringste Absicht, sie wiederzusehen.«

Seine Finger, die ihre Handgelenke wie ein eiserner Schraubstock umklammerten, schienen ihr in keinster Weise Schmerzen ersparen zu wollen. Er hielt sie so dicht an sich gepreßt, daß sie den heißen Moschusgeruch seiner Haut spüren und den erdigen Duft des Lederhemdes riechen konnte. Sie konnte die feinen Wassertröpfchen an seinen Haarspitzen erkennen und den feuchten Glanz auf seinen Muskeln, was den Eindruck hervorrief, als steige Dampf von seinem harten Fleisch auf. Obwohl er zu dicht bei ihr stand, versuchte sie einen allerletzten, vergeblichen Ausbruch, ehe sie atemlos an ihm zusammensackte. Ihre Brüste wogten von der Anstrengung, ihr Gesicht war gerötet und die Zähne vor Zorn fest zusammengebissen.

»Fertig?« erkundigte er sich teilnahmsvoll.

»Lassen Sie mich los.«

»Noch nicht ganz. Wir haben das Spiel noch nicht zuende gespielt.«

»Das ist kein Spiel, McBride, und Sie tun mir verdammt weh!«

»Und was soll Ihre Schauspielerei?«

»Was?«

»Kommen Sie. Sie sind doch keine altjungferliche Schulmamsell. Das machen Sie zwar ziemlich gut, das muß ich gestehen, aber Sie hätten sich noch ein bißchen besser vorbereiten müssen.«

»Ich habe keine Ahnung, was Sie meinen«, erwiderte sie frostig.

»Ich aber ganz genau.«

»Ich bin Lehrerin. Zumindest werde ich es sein, wenn wir in Santa Fe ankommen. Denn die Klosterschule in ...«

»San Miguel? Ja, ich weiß. Sie haben es mir erzählt.«

»Dann weiß ich nicht ...«

»Zum einen, Miss Blue, gibt es keine Klosterschule in San Miguel. Sie wurde '67 niedergebrannt. Und der einzige Padre Sebastian, den ich dort kannte, war ein verschrumpelter alter mexikanischer Halbidiot, der behauptete, durch den ganzen Llano Estacado gewandert und sich vierzig Tage und Nächte von nichts anderem als der Weisheit Jesu ernährt zu haben.«

Aubrey öffnete den Mund und schloß ihn wortlos wieder. Er hatte sie mit dem ältesten Trick der Welt hereingelegt, und sie sah förmlich, wie Lucius innerlich stöhnte und vor Ärger den Kopf schüttelte. Doch dann vertrieb sie dieses Bild und erwiderte trotzig seinen Blick.

»Sie sind aber lange im Gefängnis gewesen, Mr. McBride. Schulen kann man wieder aufbauen. Und neue Priester werden vom Seminar hergeschickt, um sie zu übernehmen.«

Es war ein schwacher Versuch, den beide nicht sonderlich überzeugend fanden.

Aber seine grauen Augen schmolzen, als sein Blick auf die sinnliche Fülle ihre Lippen fiel. Als er die Wirkung des klaren Morgenlichts auf ihre Haut und ihr Haar betrachtete, wußte er ohne jeden Zweifel, daß nicht nur die jahrelange Entbehrung weiblicher Reize sein Blut so zäh fließen ließ, daß es fast gerann. Sie entsprach vielleicht nicht dem Schönheitsideal der Nordstaaten, wo man eine milchweiße Haut und helles Haar bevorzugte, aber die Kombination aus erstaunlich blauen Augen und dem jettschwarzen Haar war umwerfend. Sie hatte eine gerade Nase und einen festen kleinen Mund, der für bessere Dinge gemacht schien als zum Schmollen, und er versuchte, ihn sich vorzustellen, wenn er nicht vor Entrüstung verkniffen war, sondern weich und feucht vor Leidenschaft bebte.

»Wir haben nicht viel Zeit«, meinte er nun, »und ich habe nicht viel Geduld – gehen wir daher davon aus, daß Sie wirklich Lehrerin sind. Aber welcher andere Grund führt Sie nach Santa Fe?«

»Anderer Grund?« fragte sie rasch – erregt durch seinen fühlbar fester werdenden Griff um ihre Taille.

»Ich bin nicht dumm, Miss Blue.«

»Aber Sie können gut so tun als ob, McBride.«

Er kniff die Augen zusammen und sah sie scharf an. »Wie bitte?«

»Denken Sie doch mal nach, McBride. Warum würde eine Frau in den Westen ziehen? Eine alleinstehende Frau, ohne große Aussichten, ohne Familie, ohne Fähigkeiten, außer dem, was man ... in Miss Rohrstocks Akademie für junge Lehrerinnen lernen kann?«

Nun war McBride an der Reihe, sie anzustarren. »Sie ziehen in den Westen, um einen Mann zu finden?«

Aubrey schloß die Augen, in der Hoffnung, gequält auszusehen, und schwankte sogar ein wenig wie besinnungslos in seinen Armen.

»Mußten Sie das so brutal ausdrücken?« hauchte sie dann.

Er sah, wie die dichten schwarzen Wimpern vor Tränen aufglänzten und die volle Unterlippe unfreiwillig erzitterte. Plötzlich war sie ganz Unschuld und Zimperlichkeit, und ein besserer Mann als Christian McBride hätte sich bittere Vorwürfe gemacht oder wenigstens die Erkenntnis verabscheut, daß sie darauf aus war, sich einen Mann zu angeln ... falls er nur einen einzigen Moment geglaubt hätte, daß das ihr Vorhaben war.

»Sie sind wirklich eine gute Schauspielerin«, murmelte er. »Wirklich außerordentlich.«

Die schwarzen Wimpern hoben sich ein wenig, und sie sah in das spöttisches Halblächeln, das über sein gutgeschnittenes Gesicht spielte. Darüber hinaus spürte sie eine subtile Veränderung in seinem Körper – da er sie so eng an sich gepreßt hielt, hätte sie von der Hüfte abwärts gefühllos sein müssen, um das nicht zu spüren. »Bitte ... lassen Sie mich los.«

»Bitte?« Er zog eine sandfarbene Braue hoch. »Ist das ein neuer Takt, der zu dem tränenreichen Bekenntnis paßt?«

»Mr. McBride ...«

»Christian.«

»Mr. McBride ... ich weiß nicht, was Sie von mir wollen.« Ihre Stimme zitterte ganz leicht, und ihr Echo fuhr McBride wie ein Prickeln den Rücken herab und löste eine unerwartete Reaktion aus. Die Härte in seinen Lenden überraschte ihn ganz und gar nicht, denn in den letzten beiden Wochen, seit seiner Entlassung aus Leavenworth, hatte jede Person, die einen Rock trug, das Potential, in diesem Körperbereich höchste Aufmerksamkeit zu erregen. Aber das hier hatte eine andere Ursache. Etwas, das er nicht genau definieren konnte. Etwas, was er mit Sicherheit weiter untersuchen wollte.

Aubrey sah die Antwort auf ihre Frage in seinen Augen und versuchte wieder, sich von ihm zu befreien, aber seine Hand umfaßte plötzlich ihr Kinn und zwang ihr Gesicht hoch zu ihm. Er zog sie noch enger an sich und hielt erst inne, als ihre Münder nur noch einen Hauch voneinander entfernt waren und er nichts anderes mehr wahrnahm, als das tiefe, bodenlose Blau ihrer Augen.

»Nein ...!«

McBrides Mund erstickte den Protestschrei, fing ihn auf und beendete ihn mit einer solchen Leichtigkeit, daß Aubrey weder Luft bekam noch das Gefühl hatte, je wieder welche zu bekommen. Sie versuchte, eine weitere Bitte zu keuchen, aber das gab ihm nur die Gelegenheit, die feste

Barriere ihrer Lippen zu durchbrechen, um seine Zunge dorthin zu schieben, wo sie am wenigsten erwünscht war und am stärksten schockierte. Aubrey wehrte sich mit aller Kraft und versuchte erneut, sich ihm zu entwinden, aber das provozierte ihn bloß – was sie hätte wissen müssen. Seine Hand fuhr von ihrem Kinn in ihr Haar und vergrub sich in den dicken Locken.

Aubreys Abwehr wurde nun schwächer. McBrides Kuß war ebenso zynisch und kompromißlos wie der Mann selbst, doch jegliches Gefühl, das darin fehlte, ersetzte er durch unglaubliches Geschick. Er wußte genau, wie er ihrem Mund begegnen mußte, daß die anderen Körperteile vor Neid ganz heiß wurden. Er wußte, wie er mit Lippen und Zunge ihren Widerstand brechen konnte, bis träge, fließende Wellen des Schwindels drohten und sie ohne eine Faser Kraft oder Gegenwehr in seinen Armen erschlaffte.

Irgendwann in diesen Minuten des Taumels entdeckte sie, daß er ihre Handgelenke freigegeben hatte, aber die fest zusammengeballten Fäuste, die sie nun gegen ihn erhob, erschlafften, als sie auf die eisenharten Muskeln seines Arms stießen. Und als sie sich in das Wildleder klammerte, es von den Schultern riß, wurden ihre Hände zu Verrätern, die seinen sündhaft-männlichen Körper berührten.

McBrides Mund drückte sich nun noch besitzergreifender auf ihre Lippen, und seine Arme preßten sie heftiger an sich. Sein Atem fuhr ihm rauh und trocken durch die Kehle, und das Blut begann in seinen Schläfen zu pochen. Sein Herz hämmerte gegen ihre Brust, doch sein Körper wehrte sich dagegen, daß ihm beim bloßen Gedanken an ihre langbeinige Geschmeidigkeit der Atem irgendwo in der Kehle steckenblieb.

Aubrey gelangte in einer heißen Welle der Panik wieder zur Besinnung. Ihre Haut brannte, wo er sie berührt hatte. Noch nie in all ihren dreiundzwanzig Jahren war sie so geküßt worden, und wenn der schamlose, lüsterne Trieb, der ihr Bauch und Lenden überflutete, der Beweis der Macht war, die ein Mann über solche Dinge ausüben konnte, dann wollte sie nie mehr in ihrem ganzen Leben so geküßt werden! Von niemandem! Und ganz bestimmt nicht von Christian McBride!

Wieder zwang sie ihre Hände zu Fäusten und schaffte es endlich, McBrides Aufmerksamkeit damit zu erlangen. Der Kuß endete, wie er begonnen hatte. Seine Finger hielten ihr Kinn, und sein Blick starrte eindringlich in ihre Augen. Einen kurzen, unbewachten Augenblick lang lag in ihnen keine Arroganz, wie zuvor, keine überhebliche Kühnheit und ganz bestimmt keine klinische Neugier.

Er hatte nicht damit gerechnet, daß sie ihm so gefallen würde. Hatte nicht damit gerechnet, sie so zu begehren …

Aubrey taumelte aus seinen Armen und trat dann entschieden zwei Schritte zurück, ohne auf Widerstand zu stoßen. Sie bebte immer noch von den Empfindungen, die er in ihr ausgelöst hatte, und wischte sich mit dem Handrücken über den Mund, als könne sie den brennenden Abdruck seiner Lippen auslöschen.

»Sie haben mehr mit Greaves gemein als Ihnen bewußt ist, McBride,« sagte sie keuchend. »Ihr seid beide Schweine!«

»Ich habe nie das Gegenteil behauptet«, entgegnete er gleichmütig.

Aubrey trat einen weiteren Schritt zurück. Und noch einen. Er unternahm diesmal nichts, um sie aufzuhalten, und erst, als sie sich vollständig umgedreht hatte und am Ufer entlang rannte, stieß er einen leisen Fluch aus und spreizte die Finger, um die Erinnerung an ihre Zartheit zu vertreiben. Leider gab es kein so leichtes Gegenmittel für die pulsierende Spannung in seinen Lenden, und er fluchte erneut auf alle Frauen, während er sein Hemd abstreifte und rasch in die eiskalte Strömung trat. Als das Wasser ihm bis an die Schenkel reichte, tauchte er kopfüber in die Fluten und blieb dort solange, bis der Fluß alle verbliebenen fleischlichen Begierden gründlich aus ihm herausgespült hatte.

5

»Macht euch nix vor«, sagte Jim Brody. »Ich habe schon vor einer Meile gerochen, daß was im Busch ist, und da haben wir die Sauerei: direkt vor uns!«

Er hielt die Kutsche etwa eine Meile vor der nächsten Wechselstation an. Die schwärzeste Finsternis umgab sie, denn es war die gespenstische Phase, ehe sich der Mond bereiterklärte, aufzugehen, und die Sterne waren noch zu schüchtern, um viel Licht zu verbreiten. Vor ihnen erstreckte sich die Wüste wie ein heller Samtteppich, ohne irgendwelche erkennbare Formen oder Erhebungen, die die Monotonie unterbrochen hätten. Nichts regte sich. Kein Licht zeigte sich in der flachen Senke des Tals, wo eigentlich die Wechselstation auftauchen mußte.

Die Passagiere fielen in bleiernes Schweigen, als Brody die »Sauerei« vor ihnen angekündigt hatte. Während des ganzen, unglaublich langen, unglaublich verhexten Tages hatten sie nichts als Probleme erlebt. Es begann mit einem Sandsturm, der von irgendwoher urplötzlich über sie hinweggefegt war, und endete damit, daß eines der Maultiere lahmte.

Der Sturm hatte sie ohne jegliche Vorwarnung überfallen – niemand hatte ihn erwartet, außer Stinkefinger Jim Brody, der in seinen »privaten Teilen« ein Jucken verspürt und den Horizont hinter ihnen solange abgesucht hatte, bis er die schwarze Wolke wild auf sie zurollen sah. Er hatte befohlen, die Jalousien vor den Wagenfenstern herabzulassen, und war dann in einem Höllentempo losgerast, bis sie an der abfallenden Seite von ein paar Felsen Schutz gefunden hatten. Mit Hilfe von McBride und Sun Shadow hatte er die Zugtiere ausgespannt und sie nahe bei einem anderen Felsen mit gefesselten Beinen angebunden. Damit vermied er das Risiko, daß sie in Panik gerieten und mit der Kutsche im Schlepptau durchbrannten. Doch eines der Maultiere hatte etwas dagegen gehabt, als Jim einen Sack über seine Augen und Ohren binden wollte, hatte gegen einen Stein ausgeschlagen und sich eine Wunde zugezogen, die es später daran hinderte, weiter im Gespann zu ziehen.

Der Sturm selbst war von kurzer Dauer gewesen, aber sehr heftig. Ein Mahlstrom von heißem, wirbelndem Sand war über sie hinweggefegt und hatte ihnen trotz der schützenden Taschentücher und Lederjalousien stechende, glasartige Nadeln in Mund, Nase und Augen getrieben. Die Passagiere hatten sich hustend und würgend eng aneinanderdrängen müssen, und Magenta hatte bei jedem neuen Stoß, der die Kutsche in den Lederriemen ihrer Aufhängung zum Schaukeln brachte, am lautesten und längsten gejammert. Als es vorbei war, waren die Sitze und der Boden mit einer dicken Sandschicht bedeckt. Die Kofferraumplane war abgerissen, und das Gepäck lag in einem Halbkreis auf dem Boden verstreut. Einer von Magentas Koffern war an den Scharnieren auseinandergebrochen. Ihre Unterröcke, Korsetts und Leibchen waren weggeweht worden und schmückten nun manch eine Kaktusschönheit im Umkreis von einer Meile der abziehenden Sand- und Windwolke.

Auf der Straße lagen ebenfalls mehrere Zoll frischer, feiner Sand, und als die Maultiere sich beruhigt hatten, wieder angeschirrt waren und die *Concord* wieder losrollte, schafften sie kaum mehr als ein paar Meilen in der Stunde. Die riesigen gelben Räder mahlten und quälten sich durch den Sand, der sich in den Furchen abgelagert hatte, und die Maultiere mußten sich ordentlich ins Zeug legen, um die tief einsinkende Kutsche durch fußhohe Sandberge zu ziehen. Die Passagiere sahen sich oft gezwungen, auszusteigen und in der schwülen Hitze zu Fuß weiterzugehen – begleitet von Magentas ununterbrochenen Klagen.

Erschöpft, verschwitzt und schmutzig waren sie schließlich in die Nähe der Wechselstation gelangt – gute sechs Stunden später als geplant –, um zu hören, daß Jim schon wieder von einer neuen Katastrophe sprach.

»Mach' diese Fahrt jetzt seit sechs Jahren«, murmelte Jim. »Und jedesmal, wenn es Schlamassel gab, hab' ich das vorher gerochen. Und jetzt haben wir wieder Schlamassel, der so scharf riecht wie der Arsch einer Hure nach einem Viehauftrieb.«

»Was für Schlamassel, Mann«, fragte Sun Shadow leise, aber er wußte die Antwort bereits. Auch er hatte schon den ganzen Tag die Anzeichen dafür bemerkt.

»Indianer.« Er warf dem Ute einen scharfen Blick zu.

»Vermutlich Komantschen. Diese Teufel treiben sich seit einer Weile ständig hier herum. Man kann kaum pissen geh'n, ohne daß einer seinen Kopf aus dem nächsten Busch steckt und dir einen überzieht. Haben den letzten Wagenzug überfallen, der hier durchkam, eigentlich nur wegen der Tiere. Wir ha'm kein Essen dabei, daher lassen sie die Kutschen in Ruhe – bisher jedenfalls.«

Sun Shadow sah, wie McBride neben dem Fahrer auftauchte, erhob sich geschmeidig von seinem Platz und landete mit weichem Aufprall im Sand. Sie unterhielten sich knapp und leise in Schoschonisch, bis sich Jim von seinem hohen Bock beugte und seinen Tabaksaft zwischen die beiden spuckte.

»Ihr seid beide dazu da, mir Deckung zu geben. Mehr verlange ich nicht. Kein Grund, weiter zu gehen. Ich habe euch lieber als Begleitung auf dem Rückweg dabei, statt euch jetzt zu verlieren.«

»Du verstehst meine Sprache, alter Mann?« fragte Sun Shadow in seinem Dialekt.

»Fast so gut wie du Englisch sprichst, mein Junge.«

Sun Shadow gestattete sich ein trockenes Grinsen, während McBride auf die vor ihnen liegende Dunkelheit wies. »Dann bist du auch der Meinung, daß sich dort noch Komantschen herumtreiben und uns inzwischen gehört und gesehen haben.«

»Jawohl.«

»Und du bist einverstanden, daß die Maultiere nicht mehr weiter zu ziehen brauchen. Den Trip zurück nach Fort Dodge schaffen sie heute abend nicht mehr, und gegen die indianischen Ponies haben wir nicht die geringste Chance.«

Jim holte scharf Luft und spuckte aus. »Genau.«

»Die Komantschen«, bemerkte Sun Shadow verächtlich, »bleiben nie lange nach einem Überfall. Sie rennen fort wie ängstliche Kinder, um sich unter dem Rock der Mutter zu verstecken.«

»Er will wohl sagen, daß wir weiterziehen sollen?« fragte Brody.

»Wir meinen beide, daß wir uns die Lage zumindest ansehen sollen«, antwortete McBride.

»Was geht da draußen vor sich?« wollte Greaves wissen, dessen Gesicht im Fenster erschien. »Wenn ihr da Entscheidungen trefft, die uns alle angehen, dann sollten wir an der Diskussion teilnehmen.«

Jim Brody schnaubte. »Vielleicht geht es euch was an. Kann ja auch sein, daß du was wirklich Wichtiges zu sagen hast. Kennst dich wohl mit den Rothäuten aus, wie?«

»Indianer!« schrillte Magenta aus dem dunklen Innenraum der Kutsche. Einen Moment darauf schob sie den Kopf durch das Fenster, daß sich ihre blonden Löckchen über den Holzrand ergossen. »Sagten Sie Indianer?«

»Ich sagte, was ich sagte, Lady. Wollen Sie vielleicht mit uns kommen auf einen kleinen Gang zu den Bäumen da unten?«

»Sie meinen, sie warten da draußen auf uns?« keuchte sie. »Um uns anzugreifen?«

»Nicht, wenn sie wüßten, daß Sie in der Kutsche sitzen«, knurrte Jim leise. »Dann wären sie schon durch halb Texas geflüchtet.«

»Stimmt es?« fragte Magenta Christian McBride mit flehender Stimme. »Werden wir nun von den Wilden angegriffen?«

»Wie Sun Shadow sagte«, erklärte dieser mit erstaunlicher Geduld. »Die Komantschen schlagen zu und rennen fort. Wenn sie uns angreifen wollten, hätten sie das schon auf der Straße getan. Andererseits sind es aber vielleicht gar keine Komantschen. Es könnten auch Kiowa oder Apachen sein, und in dem Fall ...« Er zuckte die Achseln und überließ es Magenta, sich selbst eine Meinung zu bilden.

»Sie scheinen eine Menge über die Angewohnheiten der Indianer zu wissen«, meinte Greaves mißmutig. »Vielleicht zu viel.«

Es war das erste Mal, daß er McBride seit dem Vorfall am Flußufer direkt ansprach, und der Rancher hatte gegen diese bewußte Mißachtung nicht das geringste einzuwenden gehabt. Im nüchternen Zustand hatte sich der Agent damit zufrieden gegeben, ihn aus seiner Ecke der Kutsche wütend anzustarren, aber seit dem Sandsturm trank er wieder regelmäßig und wurde mit jedem Schluck streitsüchtiger.

»Und was soll diese Bemerkung bedeuten?« fragte McBride leise.

»Nichts. Nur daß Sie und Ihr *Bruder* hier ein wenig zu scharf darauf sind, uns zu verlassen, um die Gegend abzusuchen. Könnte es vielleicht sein, daß sie bereits wissen, was da draußen auf uns wartet? Könnte es sein, daß da unten Freunde auf sie warten und die ganze Zeit geplant haben, die Beute mit Ihnen zu teilen?«

McBride starrte Greaves schweigend an. Als er schließlich etwas sagte, hatte er seine Worte sorgfältig überlegt und gab sie mit einer Stimme von sich, die so gefährlich eisig war wie die dünne Schicht ersten Frosts.

»Ich werde Ihre Dummheit diesmal noch ignorieren, Greaves, aber ich warne Sie nun: Wenn Sie mich noch ein einziges Mal schief ansehen, dann schlitze ich Ihnen die Zunge aus dem Hals und stecke sie in den nächsten Ameisenhaufen.« Dann wandte er sich zu Jim und sagte mit leiser Stimme. »Bleib, wo du bist. Sun Shadow und ich gehen voraus und sehen uns um. Wenn alles in Ordnung ist, geben wir ein Lichtsignal. Falls nicht, oder wenn du Schüsse hörst, dreht um und macht euch aus dem Staub.«

»Aber wo werden wir auf Sie warten Christian?« fragte Magenta atemlos.

McBride starrte an Greaves vorbei, während er seine *Peacemakers* zurechtrückte und die Riemen des Halfters enger um die Schenkel schnallte. »Ein freundlicher Gedanke,

Ma'am, aber wenn da unten Komantschen sind, ist das, was sie von uns übriglassen, das Warten nicht wert.«

Dann klappte er seine Winchester auseinander und überprüfte, ob sie voll geladen war. Anschließend verschmolzen die beiden mit so leisen Schritten mit der Schwärze der Nacht, daß in der unirdischen Stille nicht einmal ein trockener Zweig knackte, und waren verschwunden.

»Arschloch!« zischte Magenta und schlug Greaves mit der geballten Faust auf die Schulter. »Wirst du es nie lernen, dein großes Maul zu halten?«

»Wer sagt hier, daß ich vielleicht unrecht habe? Du mußt doch zugeben, daß die beiden ein starkes Paar abgeben. Ich habe verdammt noch nie gesehen, wie sich ein Weißer mit einem von denen abgegeben hat.«

»Und ich habe verdammt noch nie jemanden gesehen, der überhaupt etwas durch den Boden einer Whiskeyflasche sieht.«

»Na, ich gucke mir zumindest mehr an als nur den Wulst zwischen seinen Beinen«, höhnte er.

»Entschuldigen Sie bitte«, sagte Aubrey und schob sich an den beiden vorbei aus der Kutsche. Bruster folgte ihr dicht auf den Fersen und überließ die Sängerin und ihren Agenten ihrem Streit.

Jim Brody war von seinem Bock abgestiegen und stand bei den beiden vordersten Maultieren. Seine knorrige Hand streichelte eine der rauhen Schnauzen.

»Würde diese beiden Windbeutel am liebsten abknallen«, murmelte er, als er Aubrey neben sich wahrnahm. »Und das tue ich vielleicht auch, wenn sie nicht bald ihr Maul halten. Aber möglicherweise brauch ich das nich', wenn der große Bursche zurückkommt un' das für mich übernimmt. Geräusche setzen sich in der Wüste weit fort.«

So heiß es den Tag über gewesen war, hatte sich die Wüste nach Anbruch der Dunkelheit rasch abgekühlt, und Aubrey, die ihr braunes Wolljackett eine Stunde nach Verlassen von Fort Dodge vor Hitze abgelegt hatte, zitterte nun in der dünnen Baumwollbluse, die ihr nur ungenügend Schutz bot.

»Glauben Sie wirklich, daß uns Gefahr droht?«

»Weiß nich', Miss. Hab' hier schon viele alte Knochen gesehen – von Menschen und anderem Getier. Und alle säuberlich abgefressen, in einigen steckten noch die Pfeile, wo vorher der Bauch gewesen war.«

Aubrey warf dem Kutscher einen kurzen Blick zu. Der Stumpen seines *Hardee*-Hutes reichte ihr kaum bis an die Schulter. Der Pfriem in seiner Backe war dicker als alles andere an seiner drahtigen Gestalt, und er kaute daran mit der Entschiedenheit einer Hausfrau am Butterfaß. »Ich könnte mir denken, Mr. Brody, daß Sie nicht länger hier warten würden, wenn Sie wirklich überzeugt wären, daß es hier Komantschen gibt.«

Er runzelte die Stirn und sah ihr direkt in die klaren blauen Augen. Die ließ sich nicht so leicht Angst einjagen. Jammerte und heulte auch nicht so wie die andere, was sie fast erträglich machte.

»Gab wohl 'nen Kampf hier, glaube ich«, sagte er schließlich, spuckte aus und wischte sich das Kinn ab. »Der Geruch von 'nem Überfall bleibt in der Luft hängen wie ein Fluch, aber man kann nicht genau sagen, ob es gestern oder vor zwei Tagen passiert ist. Habe keine Zeichen gesehen, aber der Sturm hat sie vielleicht verweht und fortgetragen.«

»Zeichen?«

»Yep. Die Komantschen hinterlassen immer Zeichen. Wie 'ne Unterschrift, könnte man sagen, eine Botschaft an alle, die vorbeikommen. Einer von denen, ein ganz schlauer, hieß Quanah Parker, der tobt sich in den letzten Monaten in ganz Texas bis zum Red River aus. Hier im Norden hat er sich noch nich' blicken lassen, aber das bedeutet nich', daß er nich' hier sein könnte. Und so einem würde ich nich' gern den Rücken zukehren. Parkers Scherze sind noch 'ne Spur gemeiner als die der anderen.«

Aubrey schauderte unfreiwillig und starrte weiter in die Dunkelheit.

»Meinen Sie, es geht gut aus?«

»Kann ich wirklich nich' sagen. Der Indianer ist clever,

und der Große is' auch nich' gerade träge. Wenn es zum Schlimmsten kommt, kann ich mich auf die beiden verlassen.«

»Ich meine, das haben wir bereits, Mr. Brody.«

Er spähte zu ihr hoch und verzog das Gesicht zu einer Grimasse. »Hab's noch nie gemocht, wenn mich einer *Mister* nennt, und damit will ich auch jetzt nich' anfangen. Jim reicht völlig.« Dann brach er ab und kicherte lüstern. »Es sei denn, Sie wollen meinen Spitznamen benutzen.«

Aubrey lächelte unsicher. »Darf ich Sie fragen, wie es dazu kam, daß man Sie ... eh ...«

»Stinkefinger Brody nennt?« Wieder kicherte er, und sein Bart wackelte heftig, als er den Pfriem von einer Backe in die andere schob. »Habe Felsen gesprengt«, sagte er stolz. »Hab' das ganze Jahr über Löcher in Felsen gebohrt und mit Schwarzpulver gefüllt, dann hübsch nachgestopft, ehe ich die Zündschnur gelegt habe. Die Ladestöcke mocht' ich aber nie leiden un' hab' immer nur meinen großen Stopfer benutzt.« Er hielt seinen dicken Zeigefinger hoch, so daß sie die kurze, abgestumpfte Spitze bewundern konnte. »Und der ist dabei verdammt schwarz geworden und stinkt von dem Pulver zum Himmel.«

»Und daher kommt der Name«, vermutete Aubrey.

»Yep. Und is' hängengeblieben.« Er hakte die Daumen in seinen Gürtel und grinste verlegen. »Burschen erzähle ich allerdings immer eine andere Geschichte, wenn Sie mich verstehen.«

Aubrey wurde eine Antwort erspart, weil aus dem Kutscheninnern ein besonders harter Schlag und ein Aufschrei ertönte. Jim fluchte und zog seine Pistole, schlich sich zur Kutschentür und riß sie weit auf. Sein Auftauchen und ein besonders wilder Fluch hatten die gewünschte Wirkung, und die beiden Insassen verstummten, allerdings nicht ohne den zusätzlichen Druck von kaltem Gewehrmetall an Darbey Greaves Schädel.

Aubrey seufzte und versuchte, wenigstens einen Teil des Schmutzes und der Erschöpfung aus den Augenwinkeln zu reiben. Bruster war nirgendwo zu sehen, daher ging sie ein paar Schritte weiter und ließ sich auf einen der kleineren Felsbrocken fallen. Dort blieb sie eine ganze Weile sitzen und maß das träge Verstreichen der Minuten, indem sie den langsamen Pfad des aufgehenden Mondes beobachtete. Er war dreiviertelvoll, dick und glänzte wichtigtuerisch. Stumpfes, geisterhaftes Licht ergoß sich über die Ebene und das Tal. Nun waren mehr Konturen der Kraterwüste auszumachen, geätzt von zahllosen Furchen und Erhebungen, die alle eine Wechselstation sein konnten, ebenso wie die Schattenrisse der hohen Kakteen sämtlich Gestalten stumm beobachtender Indianer sein mochten.

McBride und Sun Shadow waren wohl inzwischen bei der Station angekommen.

Und wenn Jim Unrecht hatte?

Wenn die Komantschen dort noch warteten? Wenn sie McBride und Sun Shadow zum Schweigen gebracht hatten, noch ehe diese einen Warnschuß abgeben konnten? Wenn die beiden, während sie noch hier saß und über Alternativen nachdachte, gerade schreckliche, blutdürstige Foltern erdulden mußten? Ihr kamen lauter Geschichten über die Grausamkeiten in den Sinn, die die Komantschen an Weißen verübt hatten. Und Sun Shadow? Seine Qualen würden noch schrecklicher ausfallen.

Aubreys Phantasie drohte schon, sich in allen, lebhaften, schrecklichen Einzelheiten zu ergehen, als sie einen winzigen Lichtpunkt sah, der ihr über die Ebene hinweg zufunkelte. Ein zweites Licht, das in einem Bogen hin und her geschwungen wurde, brachte sie auf die Beine, aber als sie zur Kutsche zurückkam, hatte Brody es bereits erspäht, nahm die Zügel des Gespanns und machte sich bereit, die Kutsche hinab ins Tal zu lenken.

»Das sind sie doch, oder? Sind sie in Sicherheit?«

»Das werden wir wohl bald herausfinden«, meinte Jim. »Alles an Bord! Und weckt den netten Jungen nich'. Ich habe ihn überzeugt, seinem Hirn eine Pause zu gönnen.«

»Er hat ihn geschlagen!« zischte Magenta Aubrey und

Bruster zu, als sie wieder einstiegen. »Dieser gemeine, schreckliche kleine Mann hatte wahrhaftig die Stirn, einen zahlenden Passagier anzugreifen!«

Aubrey nahm ihren Platz wieder ein und blickte gelassen auf Greaves' zusammengesackte Gestalt.

Wenige Minuten später kam die *Concord* vor dem niedrigen Lehmgebäude rumpelnd zum Stillstand, das als Kutschposten und Wechselstation diente. Ställe und Koppeln waren größer als das Haupthaus, weil der Hauptzweck darin bestand, frische Tiere und Wasser für die zweite Etappe der Wüstendurchquerung bereitzuhalten. Es gab keine besonderen Unterbringungsmöglichkeiten für die Passagiere, da man nicht damit rechnete, und der Innenraum wurde hauptsächlich von riesigen Wasserfässern eingenommen, die am Cimarron oder am Arkansas gefüllt wurden. Das Dach bestand aus getrocknetem Lehm und Präriegras, aber ein Teil war zusammengesackt und offen. Es gab eine schmale Tür vorn und zwei Schlitze von Fenstern, die mit schweren Schlagläden innen und außen gesichert waren.

»Ganz wie zu Hause«, murmelte Magenta in die Runde. »Ich sehe aber niemanden«, meinte sie dann gereizt. »Wo sind denn die anderen?«

Aubrey blickte aus dem Kutschenfenster, und ihr fiel sofort die unheimliche Stille auf. Die Senke war verlassen. Die Tür hing schief in den Angeln und war einladend offen gelassen worden. Stumpfgelbes Licht ergoß sich auf den staubigen Hof.

»Oh, um Himmels willen, man könnte hier getrost verrecken, ohne daß einem auch nur die geringste Höflichkeit erwiesen wird«, murrte Magenta und griff nach der Türklinke.

»Warte, Clara«, warnte Aubrey und griff die Frau am Arm.

»Wie bitte?«

Aubrey war sich nicht sicher, ob Magentas Entrüstung sich auf den Griff nach ihrem Brokatärmel bezog oder darauf, daß sie mit ihrem richtigen Namen angesprochen worden war – aber das war Aubrey jetzt egal.

»Warten Sie, bis wir jemanden sehen, den wir kennen …«

»Lassen Sie mich sofort los. Wie können Sie es wagen!«

»Es ist vielleicht nicht sicher«, wandte Aubrey ein. »Warten Sie noch ein paar Augenblicke.«

Die Kutsche schwankte leicht, und dann sah Aubrey, wie Jim Brodys geduckte Gestalt vorsichtig durch die Dunkelheit um die Station herumschlich.

»Lassen Sie mich los, Sie alberne Gans!« schrie Magenta und zerrte ihren Arm los. »Wenn ihr die ganze Nacht hier draußen hocken wollt, dann macht das, aber ich gehe jetzt hinein.«

Sie stieg in einem Wirbel zerknitterten Brokats aus der Kutsche und schritt über den Pfad auf die Tür der Station zu. Dann rief sie in ihrem hohen Singsang: »Halloo!«, und als niemand eine Antwort gab, trat sie über die Schwelle und verschwand im Haus.

»Was ist los?« flüsterte Bruster. »Was geht hier vor?«

»Nichts geht hier vor«, erwiderte Aubrey grimmig. »Und genau das gefällt mir nicht. Das Licht … die offene Tür …« Sie biß sich stirnrunzelnd auf die Lippen. »Jim ist nach hinten gegangen, und Magenta ist drinnen, aber …«

Der Schrei ertönte laut, rein und schmerzhaft deutlich durch die kühle Nachtluft. Aubreys Haut prickelte vom Nacken an abwärts, und sie fluchte leise, als ihre Hand in die Tasche fuhr und ihr wieder einfiel, daß ihre Pistole nicht mehr da war.

Bruster bewegte sich als erster. Er schob den bewußtlosen Darby Greaves zur Seite und nahm sich eine von dessen *Smith & Wessons.* Nach kurzer, stummer Debatte nahm er den anderen und reichte ihn Aubrey, ehe sie aus der Kutsche stiegen.

»Bleiben Sie hier«, flüsterte er mit zitternder Stimme.

»Ich versuche, Mr. Brody zu finden und biete ihm meine Hilfe an, wenn ich kann.«

»Um Himmels willen – nein!«

Aber er war bereits mit einer bemerkenswerten Geschmeidigkeit für einen Mann seiner Statur und Veranlagung in den Schatten verschwunden.

Aubrey wollte nicht allein im Dunkeln mit einem bewußtlosen Trinker zurückbleiben. Sie folgte Bruster aus der Kutsche und blieb einen Moment mit so laut klopfendem Herzen stehen, daß es ihr in den Ohren pochte. Sie überlegte, was sie tun konnte. Jim und Bruster waren auf der Hinterseite des Gebäudes, und bisher hatte sie keinen Laut von dort vernommen. Magenta war drinnen verschwunden. McBride und der Ute mochten überall und weiß Gott in welchem Zustand sein.

Sie zwinkerte, und einen Moment lang verwandelte sich die Wechselstation in ein zweistöckiges Farmhaus aus Lehmziegeln. Flammen schlugen aus den Fenstern, und Scud Holwell und seine Männer schlugen drinnen auf ihren Vater mit Gewehrknäufen ein und vergingen sich an ihrer Mutter.

Dann zwinkerte sie wieder, und kühle Wüstenluft umgab sie. Sie schob sich mit äußerster Vorsicht auf die offene Tür vor, wobei sie sich so weit wie möglich aus dem Lichtkreis hielt, der aus der offenen Tür auf den Boden fiel. Als sie ohne Zwischenfall die Mauer erreichte, riskierte sie einen Blick ins Innere. Der Raum schien leer, abgesehen von einem Durcheinander aus umgestürzten Stühlen, einem umgekippten Tisch, zerschmettertem Geschirr und über den Boden verstreuten Resten einer Mahlzeit.

Direkt gegenüber der Tür sah sie die zersplitterten Überreste von einem Dutzend Wasserfässern. In einem steckte der gefiederte Schaft eines Pfeils.

Aubrey holte tief Luft, um ihre Nerven zu beruhigen, und trat über die Schwelle. Dann preßte sie sich flach gegen die Wand und blieb lange dort stehen, um intensiv zu lauschen.

Anschließend trat sie einen vorsichtigen Schritt vor ... noch einen ... und schob sich an der rauhen Wand der Station weiter, bis der hintere Teil des Raumes zu sehen war.

Die Pistole hielt sie mit beiden Händen direkt vor sich, bereit, beim geringsten Anlaß abzudrücken. Der Lauf folgte ihrem Blick vom Tisch auf einen großen Kamin und vom Kamin zu der Axt, die in der Wand steckte: Schaft und Klinge waren blutverschmiert.

Beim Anblick des getrockneten Bluts stieß sie mit dem Zeh an einen Haufen Scherben. Entsetzt blickt sie herab. Einen Moment später nahm sie eine Bewegung im hinteren Teil des Raums wahr.

Ihr Finger zuckte an den Hahn, während sie die Pistole auf die plötzlich sichtbare Hintertür richtete. In der letztmöglichen Sekunde erkannte sie McBride und riß den Lauf zur Seite, aber Greaves hatte aufgrund seiner Erfahrung als Glücksspieler den Hammer eingekerbt, so daß er beim leisesten Druck abging. Aubrey hörte die Explosion und spürte den Rückschlag. Ein paar Sekunden lang konnte sie nichts sehen, weil scharfer, weißer Rauch vor ihre Augen trieb, und als er sich verzogen hatte, sah sie, wie McBride auf das Einschußloch starrte, das zwei Zoll neben seiner Schläfe in der Wand zu sehen war.

Niemand regte sich.

Aubrey sah, wie sein Blick zu ihrer Hand zuckte, und erkannte, daß ihr Finger immer noch um den Hahn gekrümmt war. Keuchend stieß sie die Luft aus, die sie angehalten hatte, und senkte die Pistole. Sie entglitt ihren Fingern und fiel mit einem dumpfen Schlag auf den gestampften Lehmboden.

»Ich hätte Sie umbringen können«, flüsterte sie.

McBride trat durch den Raum auf sie zu. Dabei steckte er eine seiner *Peacemakers* zurück ins Halfter, und sie erkannte mit Schrecken, daß er in weniger Zeit, als sie gebraucht hatte, zufällig abzudrücken, gezogen und angelegt hatte, um das Feuer zu erwidern.

»Sie hätten *mich* fast umgebracht,« meinte sie nun wahrheitsgetreuer.

»Gut für Sie, daß ich mich gerade duckte.« Er beugte sich vor und hob die *Smith & Wesson* auf. »Was haben wir denn da, wieder eines von ihren netten Accessoires?«

»Sie gehört Greaves.« Dann riß sie die Augen auf und blickte gehetzt zur Hintertür. »Lieber Gott, Bruster hat die andere. Er weiß bestimmt nicht, daß der Hahn geschärft ist.«

»Beruhigen Sie sich …« McBride umfaßte sanft ihren Arm.

»Bruster ist in Ordnung. Alle sind in Ordnung.«

»Aber Magenta … wir hörten sie schreien.«

»Sie hat etwas gesehen, was nicht für ihre Augen bestimmt war.«

Aubrey blickte auf, und McBride schien recht zufrieden, seine Hand auf ihrem Arm liegen zu lassen. »Die Station wurde vor zwei, vielleicht drei Tagen überfallen. Wir haben den Leiter draußen und den Pferdeburschen drinnen gefunden. Beide boten keinen schönen Anblick. Wir haben die Lampen angezündet und die Leichen nach hinten gebracht, um sie zu bedecken, ehe die Kutsche hier ankam, aber wir hatten nicht mit den anderen drei Leichen gerechnet, die neben der Koppel lagen. Jim tauchte als erster auf und hat uns geholfen. Dann kam Miss Royale und, nun, wie ich sagte, sie boten keinen hübschen Anblick nach drei Tagen in der Hitze und mit den Fliegen …«

»Und als wir gerade glaubten, alles im Griff zu haben, stürzte Bruster aus den Büschen, warf einen Blick darauf und fiel neben Magenta in Ohnmacht. Ich wollte die anderen aufhalten … und da wurde mir fast das Ohr abgeschossen.«

Aubrey war sich seiner Hand auf ihrem Arm bewußt. Sie spürte außerdem die unerwartete Zärtlichkeit seiner Finger, als er einen Schmutzfleck von ihrer Wange wischte. Er stand dicht genug vor ihr, daß sie seine Körperwärme fühlen konnte, dicht genug, um den schmalen weißen Rand heller Haut an seinem Haaransatz zu sehen, auf den die Sonne niemals traf.

Sie öffnete leicht die Lippen, obwohl ihr in aller Welt nichts einfiel, was sie hätte sagen können. Sie konnte an nichts anderes denken, als an das überwältigende Bedürfnis, sich einfach an ihn zu lehnen und zu spüren, wie seine starken Arme sie an seine Brust zogen.

Da lachte er leise und schob einen Finger unter ihr Kinn. »Bei Gott, Frau, du hast dir ja wohl den schlechtesten Zeitpunkt der Welt für einen Kuß ausgesucht!«

Aubrey zuckte zusammen und wollte rasch einen Schritt zurücktreten, doch hinter ihr war die Wand. »Das will ich überhaupt nicht!«

»Nein? Gut, daß Sie es mir gesagt haben. Denn ich wäre dem Wunsch fast gefolgt.«

»Ich bin überrascht, daß Sie sich diesmal von einem schlichten Nein abhalten lassen.«

»Und das enttäuscht Sie?«

»Wohl kaum.«

Sein Grinsen vertiefte sich. »Leider gerate ich mitten in einer Beerdigung nicht oft in Kußlaune. Aber vielleicht beim nächsten Mal ...«

»Es wird kein nächstes Mal geben, Mr. McBride«, entgegnete sie. »Aber sollte es sich ergeben, dann werde ich mir keine Mühe geben, den Lauf wegzureißen.«

»Lauf wegreißen?« Er kniff die Augen zusammen und betrachtete die beiden klaren Kreise aus strahlendem Blau, die ihn gelassen anstarrten. »Sie sind ja eine richtige Belle Starr! Eine Banditenkönigin der Indianergebiete?«

»Mein Vater war der Meinung, daß eine Frau wissen müsse, wie sie sich verteidigen kann«, entgegnete sie gleichmütig. »Er hat mir schon als kleines Mädchen das Schießen beigebracht.«

»Hat er Ihnen auch Tips über das Schärfen von Abzugshähnen beigebracht? Und wie man sich eine vierläufige 22er zurechtschneidet? Nicht gerade eine übliche Waffe für die Büchertasche einer Schulmamsell.«

»Sie eignet sich gut für meine Zwecke.«

»Und die wären ...?«

Sie seufzte tief. »Haben Sie vor, Sie mir wiederzugeben?«

»Hängt davon ab.«

»Wovon?«

»Ob Sie vorhaben, meine Fragen zu beantworten.«

»Bisher haben Sie noch keine gestellt, die eine Antwort verdiente.«

McBride beugte sich vor und preßte die Handflächen neben ihrem Kopf an die Wand. »Habe ich Ihnen schon gesagt, wie gerne ich Geheimnissen auf die Spur komme? Nun ... daran habe ich fast ebensoviel Spaß wie daran ...« Sein Blick fuhr zu den paar schwarzen Haarsträhnen, die sich um ihren Hals schlängelten. »... wie daran, die Haare einer Frau zu lösen und mit den Fingern hindurchzufahren.«

Aubrey begegnete standhaft seinem Blick. »In welchem Fall ich in Zukunft doppelt so viele Haarnadeln benutzen werde.«

»Doppelte Herausforderung«, bemerkte er. »Und das doppelte Vergnügen, sie herauszuziehen.«

»Eine Handvoll Stahlnadeln werden kaum dazu beitragen, das Geheimnis zu lösen.«

»Ahhh, aber wenn Sie dann aussehen wie heute morgen, dann ist es mir eigentlich verdammt egal.«

»Sie wollen also sagen ... wenn ich meine Haare herablasse und Ihnen einen Kuß erlaube ... dann lassen Sie mich in Frieden?«

»Das ist eine interessante Theorie. Sollen wir es versuchen?«

Ihr Blick wanderte herab auf seinen Mund und fand das sarkastische Lächeln – ganz, wie sie es erwartet hatte. Er war wie ein ungezogener Schuljunge, der am meisten das haben wollte, was er nicht bekommen konnte. Was würde passieren, wenn er es bekam? Er würde sich bedienen und sie dann mit einem herzhaften Klaps auf den Hintern fortschicken – kein Zweifel. Und daran war sie nicht interessiert. Nicht an ihm und auch nicht an seinen unaufrichtigen Verführungsversuchen. Aber warum flatterte es in ihrem Bauch, warum zittern ihr die Hände? Warum fühlte sich ihr Mund so zärtlich und lüstern an wie heute morgen, nachdem er sie geküßt hatte, und warum schmerzte ihr Körper tatsächlich an manchen Stellen, an denen sie nie Schmerz vermutet hatte? Aber Schmerz war es eigentlich auch nicht, eher ein ... Sehnen, ein heißes, pulsierendes, drängendes Sehnen, und sie wollte nicht daran denken, was ihr Körper forderte, damit es wieder verschwand. Sie brauchte ein sichereres Thema, etwas, das die Hitze in seinem Blick auslöschte.

Also räusperte sie sich und versuchte zu ignorieren, wie er mit einem Lächeln ihre Gedanken erraten hatte. »Meinen Sie, wir haben noch mehr Probleme mit Indianern?«

»Ich vermute, daß sie sich schon eine Weile wieder verzogen haben.«

»Heißt das, daß wir weiterfahren? Daß wir nicht zurückkehren?«

»Haben Sie es denn nicht eilig, nach Santa Fe zu kommen?«

»Doch, natürlich. Ich möchte so schnell wie möglich dorthin.«

»Natürlich«, murmelte er. »Sie wollen ja doch keinen der verfügbaren, ledigen Halbidioten verpassen, die noch ohne einen Ring herumtaumeln ... oder hatten Sie einen bestimmten Mann im Sinn?«

Aubreys Brauen schoben sich einen Zoll weit hoch. »Wollen Sie sich vielleicht selbst als Kandidaten vorschlagen, Mr. McBride?«

»Ich?« Jetzt wirkte er echt erschrocken und zuckte zurück.

»Wohl kaum, Ma'am.«

»Aber Sie scheinen ein so ungewöhnliches Interesse an meinem Wohlergehen zu haben, daß ich nur eine Absicht dahinter vermuten kann. Und dieser Vorfall heute morgen am Fluß ...«

»Vorfall? Das war kein Vorfall, das war ein Kuß. Das war nichts.«

Sie betrachtete ihn kühl. »Da, wo ich herkomme, Mr. McBride, bedeutet ein Kuß etwas. Ebenso wie der Vorschlag, ihn zu wiederholen. Mir ist klar, daß ein Mann wie

Sie sich in der Illusion wiegt, daß die Frauen sich nur so auf ihn stürzen, um seine Gunst zu erhaschen, aber ich finde, Sie nehmen sich nicht allzuviel Zeit für eine Umwerbung, und das finde ich nicht sehr anziehend.«

»Nicht …? Verdammt nochmal«, fluchte er leise.

»Wie auch immer«, fügte sie mit ihrem vornehmsten Akzent hinzu. »Solange Sie sich in Zukunft vorsehen und mich nicht allzusehr belästigen …«

Christian sah ihr mit offenem Mund zu, wie sie mit hochgerecktem Kinn aus dem Gebäude schritt. Er wollte ihr fast schon folgen, um ihr diesen überheblichen Gesichtsausdruck auszutreiben, und schritt ihr tatsächlich nach bis zur Tür. Doch dort blieb er stehen und starrte hinaus auf die gespenstische Mondlandschaft. Die Kutsche saß wie ein dunkler, stiller Brocken in den Schatten. Die Maultiere standen wie aus Stein gemeißelt still, und nur ihre schotenförmigen Ohren zuckten ab und zu, um vereinzelte Laute aufzufangen.

Aubrey war nirgends zu sehen, aber McBrides Augen fuhren über die ungeheure, dunkle, kahle Schönheit der Wüstenlandschaft, und er strengte alle Sinne an, um über dem Geräusch des vom Wind hochgepeitschten Sands etwas zu hören.

Da schnaubte eines der Maultiere und senkte den Kopf, um seine Aufmerksamkeit auf ein Bündel Präriegras zu lenken. McBride entspannte sich ebenfalls und schüttelte die Spannung mit einem saftigen Fluch ab. Er warf einen Blick hinter sich und wußte, daß er zurückgehen und die Leichen begraben sollte, doch vorher nahm er sich noch ein paar Augenblicke, um sich mit dem scharfen Geschmack von frischem Tabak davor zu wappnen.

Er zündete ein Streichholz an dem gespaltenen Türrahmen an und hielt die Flamme ans Ende seiner *Cheroot*. Dann hielt er das brennende Streichholz in der gewölbten Hand und starrte solange in das helle, heiße Zentrum, bis der Schwefel ausgebrannt war.

Eine Abfuhr hätte er begriffen. Viele hatte er bisher nicht

erlebt, aber er erkannte jedesmal sehr rasch die Logik: Hände weg, faß mich nicht an. Meine Keuschheit oder mein Leben. Und er hatte sich einer Frau gewiß niemals aufzwingen müssen, egal, wie stark sein Bedürfnis oder wie die Situation war. Er hatte es gern, wenn Frauen warm und bereitwillig waren und ihm gefallen und zu Gefallen sein wollten. Beim Gedanken, sich mit einer einzigen Frau irgendwo niederzulassen – gleich welcher – fuhr ihm ein kalter Schauder über den Rücken ... ein Schauder, der seinen Magen zu einem Eisblock erstarren ließ, weil er die kalte Mündung eines Gewehrlaufs in seinem Nacken spürte.

»Du könntest jetzt tot sein, *yanqui*«, zischte Sun Shadow. Der Rancher fluchte laut auf und schwieg dann, bis seine Nerven sich wieder beruhigt hatten.

Der Ute grinste und senkte sein Gewehr. »Dir macht was zu schaffen, McBride?«

»Nichts, mit dem ich nicht fertig werden kann.«

»Du bist so gut mir ihr fertig geworden, daß sie dir fast den Kopf von den Schultern gerissen hat.«

Christian sog an seiner Zigarre und runzelte die Stirn. »Sie verwirrt mich«, gab er schließlich zu.

»Alle Frauen verwirren dich, mein Freund.«

»Sie verbirgt irgend etwas. Ich will einfach nur wissen, was.«

»Verbirgt etwas?« Sun Shadow neigte den Kopf, als ein Kojote weit draußen in der Wüste aufheulte. »Etwas, das so wichtig ist, daß du alles vergißt, was du hier zum Überleben brauchst? Dich hätte gerade ein Büffel angreifen können, und du hättest es erst gemerkt, wenn du seinen Atem im Gesicht gespürt hättest.«

»Büffel bewegen sich aber nicht im eigenen Schatten.«

»Noch würde sich ein Mensch, dem sein Leben lieb ist, dadurch verraten, indem er einen Schuß abgibt oder ein Streichholz anzündet.«

»Der Schuß war ein Unfall, dazu konnte ich nichts.«

»Und so, wie du jetzt in der Tür stehst, das Licht im Rücken – ist das vielleicht auch ein Unfall?«

McBride war entsetzt und spürte zum erstenmal seit er sich überhaupt erinnern konnte, wie ihm die heiße Röte der Verlegenheit in die Wangen schoß, bis sie in Flammen zu stehen schienen. Er trat rasch in den Schatten neben der Tür und zertrat die *Cheroot* mit dem Stiefelabsatz.

»Du verdammter Besserwisser«, knurrte er.

Sun Shadow grinste. »Du wußtest einmal genau so viel wie ich, *yanqui*. Die Jahre im Gefängnis haben dich verweichlicht.«

»Verweichlicht? Ich wüßte gern, wie weich du nach fünf Jahren hinter Gittern wärest.«

»Das würde mir nie passieren, *yanqui*«, gab der Ute gelassen und überzeugt zurück. »Sie hätten mich niemals lebendig geschnappt.«

McBride erwiderte den festen Blick des Utes. In Sun Shadows Worten lag weder Verachtung noch Sarkasmus – es war eine einfache Feststellung, die lediglich die völlige Verachtung für das Rechtssystem des weißen Mannes widerspiegelte. McBride hatte diesem Gesetz und seinen Anwälten vertraut und für dieses Fehlurteil teuer bezahlen müssen. Sun Shadow hatte noch nie einem Gesetz außer seinem eigenen getraut, und er hatte diese fünf Jahre so frei wie ein Adler in seinem Berghorst verbracht.

Warum er sich nicht mehr dort aufhielt, war ein Thema, das beide Männer bisher nicht angeschnitten hatten.

»Ich hätte selbst den Weg nach Hause gefunden, weißt du. Du brauchtest nicht das Risiko einzugehen, mir entgegenzukommen.«

»Wir sind Blutsbrüder, McBride«, erwiderte der Ute schlicht. »Dein Vater war auch mein Vater. Ich habe einmal versucht, dich wegen einer Beleidigung zu töten, aber du warst hartnäckig und wolltest nicht sterben, und wenn die Götter einem Mann so zulächeln, dann müssen sie guten Grund dazu haben. Ich werde meinen Blick auf dir ruhenlassen, *yanqui*, bis ich diesen Grund kenne.«

»Und dann?«

»Dann ...« Sun Shadow brach ab und drehte den Kopf in

die Richtung, aus der erneut der Schrei eines Kojoten die Luft zerriß. Diesmal klang es viel näher und viel zu gelassen, um eine Klage an den Vollmond darzustellen. Der Ute hockte sich nieder und freute sich, daß er McBride nicht erst darauf aufmerksam machen mußte.

»Zwei Späher?« fragte Christian.

»Mehr.«

»Wie viele?«

Sun Shadow schüttelte den Kopf.

»Nun ...« McBride starrte hinaus in die Wüstennacht. »Und was wollen sie wohl?«

6

»Ich bin dafür, zurückzufahren«, bemerkte Greaves entschieden. »Sie haben gesagt, daß wir noch ein ganzes Stück Wüste durchqueren müssen, ehe wir die nächste Station erreichen, wo wir Wasser nachfüllen und die Tiere auswechseln können?«

»Genau das isses«, grunzte Jim.

»Dann brauchen wir doch wohl kaum weiterzudiskutieren, oder? Wir müssen uns für den Weg mit dem geringsten Risiko entscheiden.«

»Ge-nau! Und daher reden wir darüber. Wir sind auf halber Strecke zwischen Wasser und frischen Pferden. Wir stecken halbwegs zwischen diesem Teufelsloch und dem, für das wir uns entscheiden – und die verfluchten Rothäute sind immer zwei Schritte hinter uns.«

Bruster betupfte sich die Stirn und sog hektisch an einem Zitronendrops. »Müssen Sie so schreien, Mr. Brody?«

»Scheint der einzigste Weg, daß er auf mich hört«, erklärte Jim. »Es sei denn, er hört überhaupt nich' auf mich, und dann kann ich ihn mit einem Schlag wieder in den Schlaf befördern.«

Bruster schob sich rasch zwischen die beiden Männer.

»Gewaltausbrüche lösen überhaupt nichts, Mr. Brody. Mr. Greaves, wir müssen in aller Ruhe und vernünftig darüber reden, was wir tun sollen und wie wir uns verteidigen, falls sich die Komantschen wirklich noch da draußen aufhalten.«

Die Männer standen vor der Reihe zerstörter Wasserfässer, die Frauen saßen ein wenig abseits, und im schwachen Licht der Laterne konnte man kaum mehr ausmachen als ihre beiden Profile. McBride hatte die Beerdigung unvermittelt abgebrochen und alle in der Station versammelt, darunter auch den mißmutigen Darby Greaves, der Jim Brody und den Rancher ununterbrochen anfunkelte. Sun Shadow war in die Dunkelheit hinausgeschlichen, um sich die »Kojoten« genauer anzusehen, und vor einer Weile mit der Nachricht zurückgekehrt, daß sich mindestens drei, vielleicht vier unerwünschte Besucher draußen in der Wüste aufhielten.

»Der nächste Stop ist Middle Springs, nicht wahr?« fragte McBride und rieb sich nachdenklich mit dem Daumen übers Kinn.

»Dreißig Meilen südlich von hier – je nach Maultierarsch.«

»Und der Arkansas?«

»Liegt dreißig Meilen nach Nordost, gleiches Maultier, gleicher Arsch.«

»Aber das ist das Gebiet, das wir bereits durchquert haben. Daher wissen wir zumindest, was auf uns zukommt«, meinte Bruster hoffnungsvoll.

»Weiß man doch nie«, schnaubte Jim. »Zehn Minuten, nachdem wir vorbei waren, kann sich da alles verändert haben. Ihr habt ja selbst gesehen, was nach dem kleinen Wirbelsturm passierte.«

»Aber die Indianer …«

»Der Himmel steh mir bei, du Hausierer, wenn Sie jetzt sagen wollen, da wären keine Rothäute gewesen. Die haben doch Pferde, und die rennen verdammt schnell in alle möglichen Richtungen, in die sie ein Komantsche auf dem Kriegspfad nur treibt.«

»Und was ist mit den Soldaten?« fragte Magenta mit zusammengebissenen Zähnen. Spannung und Angst hatten eindeutig bei ihr Spuren hinterlassen. Ihre gelben Löckchen hingen schlaff und stumpf vom Staub und der Hitze des langen Tages herab, der dicke Lidstrich um die Augen war verschmiert, und sie sah jetzt aus, als sei sie verprügelt worden.

»Sicher gibt es regelmäßige Patrouillen entlang der Postkutschenroute, besonders, wenn sie wissen, daß die Komantschen unterwegs sind. Mit unserer Verspätung werden sie doch nach uns Ausschau halten.«

»Selbst, wenn eine Kavalleriepatrouille in weniger als einer Meile vorbeizieht«, meinte McBride darauf sachlich, »käme sie immer noch zu spät, um uns beizustehen, wenn wir tatsächlich angegriffen würden.«

»Wollen Sie vielleicht sagen, daß wir in beiden Richtungen keine Chance haben?« fragte sie entsetzt.

»Das habe ich nicht gesagt. Ich habe nur gemeint, daß wir uns auf niemanden verlassen können als auf uns selbst.«

»Und auf die angeborene Hartnäckigkeit der Rothäute, das zu beenden, was sie angefangen haben«, fügte Jim trocken hinzu.

»Aber warum müssen wir überhaupt von hier fort?« fragte Magenta mit schriller Stimme. »Wir sind hier doch viel sicherer. Wenn sie uns angreifen, können wir uns hier doch viel besser verteidigen als auf freier Strecke.«

»Fünf Menschen haben bereits das gleiche gedacht«, entgegnete Christian grob. »Sie haben ja gesehen, was mit denen passiert ist.«

»Und was bringt Sie auf die Idee, daß sie uns einfach weiterfahren lassen?« fragte Aubrey leise.

»Das will ich auch nicht behaupten ...« Er hielt inne, weil Greaves fluchte und verärgert die Hände hob. »... aber es besteht eine gute Chance, daß sie uns ziehen lassen. Jim zufolge haben sie in der letzten Zeit nie Kutschen angegriffen, denn wir haben nichts dabei, was sie wollen oder gebrauchen können. Er scheint auch einen der Gemordeten hier zu kennen – einen Indianerspion namens Hawkins.«

»Eine verfluchte Schlange war der«, warf Jim ein.

»Es könnte sein, daß die Komantschen eigentlich hinter ihm her waren, um mit ihm abzurechnen, und wenn das so ist …«

Er zuckte die Achseln, und zehn kurze Sekunden lang gestattete sich Aubrey, es zu glauben. Aber seine grauen Augen blickten zu ruhig, zu direkt, und sie beobachteten ihre Reaktion und verglichen sie mit der jämmerlich hoffnungsfrohen Erleichterung, die sich auf Magentas Zügen spiegelte.

»Sie meinem, wenn sie nur hinter ihm her waren, lassen sie uns in Frieden?«

McBride sah Magenta an. »Kann sein, Ma'am. Kann sein.«

»Na, dann …«, meinte Bruster und atmetet tief aus, »sollten wir uns hier vielleicht so schnell wie möglich aus dem Staub machen. Und da ich nicht viel über die Komantschen weiß, noch mich in irgendeiner Weise befähigt fühle, hier eine Meinung zu irgend etwas abzugeben, übertrage ich Ihnen gern meine Stimme, Mr. McBride.«

Christian lächelte kurz. »Ich bin genau so Passagier wie Sie, Bruster. Ich kann hier nur Vorschläge machen. Die letztendliche Entscheidung liegt bei Jim.«

Brody schob sich seinen *Hardee* in den Nacken und kratzte sich am Schädel. »Ich hör' mir die Vorschläge ja gern an, Bursche, aber ich kann nich' sagen, daß sie mir gefallen.«

McBride warf einen Blick zu Sun Shadow, der mit seinem Karabiner im Arm an der Tür stand.

»Zunächst mal: Wenn es nicht der ganze Kriegerstamm ist, mit dem wir es zu tun haben, sondern nur ein paar Späher, die zurückgeblieben sind, dann wird es eine Weile dauern, bis sie die Nachricht ins Lager zurückschicken. Dann dauert es wieder eine Weile, bis sie entschieden haben, ob sie noch einen Überfall wagen. Wenn ich etwas vorschlagen darf, dann sollten wir diese Verzögerung nutzen und so viele Meilen wie möglich zwischen uns und diese Station bringen. Wie lange dauert es normalerweise von hier bis Middle Springs?«

»Drei, vielleicht vier Stunden ... aber nur mit einem frischen, gesunden Gespann. Wir haben es mit fünf erschöpften Maultieren zu tun – das sechste ist zu lahm, um seinen Teil ziehen zu können und verlangsamt unser Tempo.«

»Dann lassen wir es frei und fahren mit fünfen. Außerdem laden wir alles überflüssige Gepäck aus der Kutsche, damit die Tiere so wenig wie möglich zu ziehen haben. Wir lassen alles, was nicht absolut nötig ist, hier – Gepäck, Koffer und so weiter ...«

»Alle meine Koffer?« fragte Magenta entsetzt. »Aber meine Kleider, meine Wäsche ... sicher meinen Sie nicht *alles*?«

»Sie können ja mit dem Zeugs hier bleiben«, schlug Jim vor, lachte dann höhnisch auf und spuckte in den Staub zu seinen Füßen. »Kann mir keiner zum Vorwurf machen, daß ich nicht lieber Unterröcke mitnehme als Wasser.«

»Er hat Recht, wissen Sie«, meinte Bruster vermittelnd.

»Ein paar Kleider sind wohl kaum ihr Leben wert.«

Magenta warf ihm einen vernichtenden Blick zu. »Wenn ich Ihren Rat brauche, Sie kleine Backpflaume, dann frage ich danach.«

Brusters Halsmuskeln zuckten heftig, um das verschluckte Zitronenbonbon freizubekommen, doch das gelang ihm erst, als er bereits blutrot angelaufen war.

Aubrey maß einen Augenblick lang den Abstand zwischen ihr und Magenta und hätte beinahe alles gegeben, um der Frau die Augen auszukratzen. Dieser Wunsch mußte sich auf ihrem Gesicht gespiegelt haben, denn Magenta hob beunruhigt eine Braue.

»Gott sei meiner Seele gnädig, wenn unsere Schulmamsell nicht gleich einen Wutanfall bekommt.«

»Wenn ich einen Anfall bekomme«, gab Aubrey warnend zurück, »würden Sie das als erste merken.«

»Hören Sie auf«, befahl McBride. »Das letzte, was wir jetzt brauchen, ist Streit unter den Frauen.«

Magenta fügte sich sofort der Autorität in seiner Stimme

und überließ es Aubrey, die grauen, warnenden Augen wütend anzustarren. Sie wandte sich von ihm ab, spürte aber die Hitze in seinem Blick, der ihr quer durch den Raum folgte.

»Wenn wir weiterwollen, dann machen wir uns am besten bald aus dem Staub«, verkündete Jim knurrig. »Die Rothäute nehmen sich nicht allzulange Zeit, um sich zu entscheiden. Darauf könnt ihr Gift nehmen.«

Die Kutsche wurde am hellen Vormittag angegriffen. Sie waren nicht so weit gekommen, wie sie gehofft hatten, noch konnten sie so schnell wie erwartet fahren. Stinkefinger Jim haßte es, die Tiere bis an ihre Grenzen anzutreiben, denn sie hatten in der trockenen Hitze und dem Sandsturm am Vortag schon genug gelitten und lehnten sich jetzt gegen jeden Peitschenknall auf. Die Nachtfahrt durch die Wüste mochte zwar kühler sein, aber es war auch doppelt so gefährlich, weil lange Strecken des Wegs in Tintenschwärze versanken, denn die Mondschatten wurden immer länger und breiter. Eine Weile noch war es hell genug, um die fehlenden Laternen auszugleichen. Die Dünen und Hügel waren von porzellanweißem Licht überflutet, und der Sand glitzerte wie ein zugefrorener See. Aber als der Mond rasch am Himmel herabzusinken begann, fiel sein Schein von hinten auf sie, und die Maultiere bekamen Angst vor den eigenen Schatten.

Zweimal machten sie Rast, während McBride und Sun Shadow auf eine Anhöhe stiegen, um festzustellen, ob man ihnen folgte. Es war eigentlich vergebliche Mühe, allerdings hatten die Passagiere nach ihrer Rückkehr ein paar Momente, in denen sie sich beruhigter fühlen konnten. Das und die ersten Zeichen des Morgens am Horizont überdeckte fast die Frustration, als ein weiteres Maultier lahmte, nachdem es in einem Schlagloch auf der Straße gestolpert war, das im Dunkeln nicht zu sehen gewesen war.

Sun Shadow, der auf dem Kutschendach saß, spürte das Herannahen der Komantschen, noch ehe er sie tatsächlich erblickte. Jim stellte den Instinkt des Utes in keiner Weise in

Frage. Er ließ die Peitsche über die Köpfe der vier verbliebenen Maultiere knallen und weckte sie mit einer Flut besonders drastischer Flüche aus ihrer trägen Lethargie, so daß sie die Ohren flach anlegten und jede verbliebene Unze Kraft aus sich herausholten. Die *Concord* flog über den holprigen Weg, rüttelte die Passagiere hellwach und entlockte ihnen mehrere beunruhigte Schreie, als einer von ihnen schwer zu Boden stürzte.

Als Christian McBride das unverkennbare Heulen der angreifenden Indianer hörte, griff er nach der Winchester-Automatik zu seinen Füßen. Er nutzte die Zeit, bis die Indianer in Schußweite kamen, um den Hahn des Karabiners zu überprüfen und weitere Munition in Reichweite zu legen.

Greaves kaute nervös auf seinen trockenen Lippen und war zur Abwechslung einmal nüchtern. Er saß starr aufgerichtet auf seinem Platz und kniff die Augen fest zusammen. Glänzender Schweiß trat auf seine Stirn.

Armbruster Shillingsworth mühte sich gerade ab, wieder auf seinen Sitz zu klettern und nahm den pflichtschuldig dargebotenen Arm McBrides dankbar entgegen.

»Sie haben eine Waffe?«

»Ich ... uh ...«

McBride zog eine seiner *Peacemakers* und schob sie dem Handelsvertreter in die patschnasse Hand. »Die ist vielleicht nicht so scharf wie Greaves' aber zuverlässig.«

»Oh ... nun ... oh ...«

Christian ignorierte sein Gestammel, streckte die Hand aus, nahm Magentas Arm und zog sie vor. »Auf den Boden mit Ihnen ...« Dann warf er einen Blick auf Aubrey. »... und Sie auch. Die Komantschen sind bekanntlich schlechte Schützen, und die Kutschenwände sind so dünn, daß Sie leicht von Querschlägern getroffen werden könnten.«

»Wenn Sie mir meine Waffe wiedergeben würden ...«, begann Aubrey.

»Sie wollen sich nützlich machen? Hier, nehmen Sie diese Munition und laden Sie die Waffen nach.«

»Aber ...« Sie wollte gerade sagen, daß sie an einem der Fenster nützlicher sein würde, aber McBride hielt es für den Beginn einer Beschwerde und zog sie unzeremoniell vom Sitz, so daß sie auf dem Boden landete.

»Verzeihen Sie mir, daß ich nicht bitte gesagt habe.« Aubreys Antwort wurde von dröhnendem Gewehrfeuer übertönt. Sun Shadow lag flach ausgestreckt auf dem Kutschendach, um nicht allzu deutlich zur Zielscheibe zu werden, und schoß nun auf die rasch näherstürmenden Reiter. Mehr als ein Dutzend raste in der Staubwolke hinter der Kutsche her. Diejenigen mit Gewehren oder Pistolen feuerten aus einigem Abstand, diejenigen mit Pfeil und Bogen hingen geduckt auf ihren Ponys und trieben sie zu immer größerem Tempo an. Christian übernahm das eine Fenster und zielte sorgfältig und geübt – er brauchte weniger als eine Sekunde, um die Winchester anzulegen und abzudrücken. Magenta lag auf dem Boden zusammengerollt, hielt sich beide Hände über die Ohren und kreischte. Die leeren Gewehrhülsen regneten nur so auf sie herab. Bruster und Greaves leerten beide ihre Waffen in einem wilden Feuerhagel, der nichts traf außer Steine und Erde, und als sie es geschafft hatten, nachzuladen, war das Kriegsgeheul schon neben der Kutsche zu hören. Die Reiter preschten auf beiden Seiten der dichten Staubwolke um die mahlenden Räder herum und verteilten sich fächerförmig. McBride leerte seinen Karabiner und schnappte ihn auf, ehe er ihn Aubrey zum Nachladen herabwarf. Statt dessen nahm er den *Peacemaker*-Revolver und nahm seinen Platz beim Fenster wieder ein, zuckte aber sofort wieder zurück, als ein Schuß die Tür durchsplitterte und in das Holz über seinem Kopf sank.

»Hundesohn!« murmelte er. »Greaves! Sie sind auf Ihrer Seite!«

Aubrey hörte die Warnung und sah eine verschwommene Bewegung, als Darby Greaves sich weit hinauslehnte. Er feuerte zwei rasche Schüsse ab und grinste vor Befriedigung, doch dann schrie er auf, zuckte ins Wageninnere und preßte eine blutige, verletzte Hand an die Brust. Ohne nachzudenken schnappte Aubrey die Waffe, die seiner Hand entglitt. Sie mühte sich rasch auf die Knie, dann auf den Sitz, schob sich an der zusammengesackten Gestalt vorbei und übernahm seine Position am Fenster.

Ein paar Sekunden lang war sie entsetzt und starr vor Schreck. Die Komantschen heulten und schrieen ohrenbetäubend, während sie auf beiden Seiten neben der Kutsche herdonnerten. Ihre Gesichter und Oberkörper waren mit rotblauen und gelben Streifen und Blitzen bemalt; die Pferde waren ähnlich verziert, und in ihre Mähnen und Schweife waren rote Stoffbänder geflochten.

Aubrey starrte in die Augen eines einschüchternden, wildbemalten Kriegers, dessen vierschrötiger, starker Körper mit dem seines Ponys verschmolzen zu sein schien, so daß die mahlenden Muskeln zu einem einzigen Wesen zu gehören schienen. Da er das Tier mit den Schenkeln lenkte, behielt er die Hände frei, mit denen er einen alten Armeekarabiner anhob und auf das blasse Gesicht im Kutschenfenster zielte. Als er sah, daß es das Gesicht einer Frau war, zögerte der Krieger gerade eben lange genug, um den Kopf zurückzuwerfen und verächtlich zu lachen – ein Lachen, das sich in einen würgenden Blutstrom verwandelte, weil Aubreys erster Schuß ihm den Hals wegriß.

Sie sah ihn stürzen, nahm sich aber nur einen winzigen Moment, um zu schaudern, ehe sie einen weiteren Krieger aufs Korn nahm und erschoß. Die Indianer waren nun dicht genug herangekommen, um mit Pfeil und Bogen zu zielen, und drei häßlich gezahnte Pfeile sprangen in den Holzrahmen der Tür, so daß das Innere mit einem Splitterregen übergossen wurde. Aubrey spürte etwas Warmes an Kinn und Hals herabtröpfeln, achtete aber nicht weiter darauf, während sie die Kammern der Waffe leerte und nachlud.

Die Komantschen schwenkten ab und konzentrierten sich nun darauf, Jim Brody oder Sun Shadow zu erledigen. Einige von ihnen versuchten, die Maultiere abzudrängen, aber der Ute hatte ihre Absicht früh genug erkannt und es gelang ihm die Angreifer auszuschalten, ohne selbst mehr als nur einen Kratzer abzubekommen.

Wie auf ein verabredetes Zeichen hin schwenkte der Überfalltrupp nun von der Postkutsche ab und kam in einer dichten Wolke aus heißem Sand und Staub zum Stillstand.

Aubrey sah, wie sie in der Ferne immer kleiner wurden und traute kaum ihren Ohren und Augen, als ihr klar wurde, daß das Feuer aufgehört hatte.

»Wir haben es geschafft!« schrie Bruster. »Sie sind stehengeblieben, bei Zeus! Wir haben sie in die Flucht geschlagen!«

»Darauf würde ich mich nicht verlassen«, meinte McBride grimmig. Er schlug eine Handvoll frischer Patronen aus dem Kasten und lud sie in die heiße Kammer der Winchester.

»Laden Sie besser nach. Sie kommen wieder.«

Der Befehl klang so unmißverständlich, daß niemand einen Widerspruch wagte. Benommen von der Gewalt des Gefechts, folgte Aubrey und lud ihre Waffe nach. Dann legte sie die schwere Pistole in den Schoß, um das Pochen in ihrer Brust zu beruhigen.

»… draußen.«

»Was?« Aubrey nahm alle ihre Gedanken zusammen und wandte sich an McBride. Was tat er? Lieber Gott, er hatte die Tür geöffnet und wollte …

»Nein!« Sie umklammerte die Fensterbank, als ein tiefes Schlagloch die Kutsche wie trunken auf eine Seite schwanken ließ. »Sind Sie verrückt? Sie können nicht hinaus. Die bringen Sie um!«

McBride blickte sich um, ehe er sich aus der schmalen Tür schob. Seine grauen Augen blitzten, und seine Zähne zeigten sich in einem breiten Grinsen, als er die Sorge in Aubreys Augen erkannte.

»Ich komme wieder«, versprach er, und dann schwang er sich außer Sichtweite.

Sie versteifte sich in Erwartung des Schreis und des dumpfen Aufschlags, wenn er von der Kutsche fortgerissen würde. Aber als kein Schrei erfolgte und auch kein Aufprall, ließ sie wieder Luft in ihre Lungen und wagte einen kurzen Blick aus dem Fenster.

»Mein Gott, ist es vorbei?«

Magenta Royale. Aubrey hatte sie völlig vergessen.

Sie lag dicht an den Boden gepreßt und hielt sich immer noch die Hände an den Kopf mit den plattgedrückten Lokken. Sie hatte geweint, und zwei schwarze Rinnsale liefen ihr bis zum Kinn.

»Ist es vorbei?«

»McBride scheint davon nicht überzeugt zu sein«, erwiderte Aubrey und richtete ihre Aufmerksamkeit wieder auf die öde Landschaft, die am Fenster vorbeiraste. Es war nichts von den Verfolgern zu sehen, aber sie hatte das unangenehme Gefühl, daß McBride sich nicht oft irrte. Außerdem hatte sie selbst eine fürchterliche Ahnung, warum die Komantschen sich zurückgezogen hatten. Die Maultiere waren inzwischen völlig ausgelaugt und wurden trotz der fast ständig knallenden Peitsche und Brodys größter Anstrengung, sie weiterzutreiben, immer langsamer.

»Wir sind vom Weg abgebogen«, sagte sie stirnrunzelnd.

»Oh, mein Gott!« stöhnte Magenta. »Ich hätte diesem Wahnsinn niemals zustimmen sollen. Darby, ich hätte nie einverstanden sein sollen, mich in diese gottverlassene Wildnis zu wagen, und ich hätte mich nie von dir überzeugen lassen dürfen, das sei das beste! Schau sich das einer an! Wie wir aussehen!«

Sie stöhnte erneut, als sie den verletzten Darby sah, der neben ihr zusammengesunken war. »Darby, Darby paß doch auf! Das ganze Blut auf meinem Rock!«

Greaves grunzte, als ihm ein spitzer Ellbogen in die Rippen fuhr. Nun kam Bruster dem Agenten zu Hilfe, löste die verletzte Hand von dessen Brust und untersuchte die Verletzung. Mehrere Finger trugen eine blutige Wunde, die von der Handfläche bis zum Handgelenk verlief.

»Ist nicht allzu schlimm«, meinte Bruster fröhlich. »Wird bald wieder völlig in Ordnung sein.«

»Was wissen Sie denn schon?« röchelte Darby. »Sind Sie Arzt, wenn Sie nicht gerade Korsetts verkaufen?«

Bruster, der gerade sein großes weißes Taschentuch hervorgezogen hatte, um es als Verband anzubieten, überlegte sich diese Geste noch einmal und reichte es statt dessen Aubrey. Als sie ihn verdutzt anblickte, beugte er sich vor, drückte das Leinen an ihre Wange und zeigte ihr den dunklen Blutfleck darauf.

»Ist nur ein Kratzer«, versicherte er ihr. »Sicher von einem Holzsplitter.«

Aubrey dankte ihm mit einem schwachen Lächeln. Dann hörte man ein Scharren an der Kutschenseite, und einen Moment später tauchten zwei Stiefel in der Tür auf, gefolgt von McBride, der von dem Schaukeln völlig unberührt schien.

»Die beiden oben sind in Ordnung«, sagte er. »Und hier drinnen?«

Greaves band sich gerade das eigene Taschentuch um die Hand und fand die Frage keiner Antwort würdig.

»Bruster?«

»Oh, gut. Alles in Ordnung. Ein paar Kratzer, aber sonst ziemlich am Leben, Miss Blue meinte, wir seien vom Weg abgebogen?«

»Jim fährt auf eine Felsgruppe zu. Bietet nicht viel Dekkung, aber wenigstens etwas … Sie sind ja verletzt!«

Aubrey blickte auf und merkte, daß der Rancher sie anstarrte. »Das ist … nichts«, stammelte sie – schockiert, wie ihr Körper auf die Besorgnis in seiner Stimme reagierte, und noch schockierter wegen der Erleichterung, die sie empfunden hatte, als er heil und sicher wieder durch die Tür geklettert war. »Nur ein Kratzer.«

»Lassen Sie mal sehen.«

»Wirklich, es ist nur …« Sie zuckte zurück, aber seine Hand griff bereits nach ihrer und löste sanft das Taschentuch von ihrer Wange. Es war wirklich nur ein Kratzer, und er hatte bereits zu bluten aufgehört, aber er nutzte die Gelegenheit, um die langen schwarzen Haarsträhnen beiseite zu schieben, die sich in dem wilden Getümmel gelöst hatten. Ihre Blicke trafen sich und verschmolzen miteinander, und erfreut sah er, wie Verlegenheit wieder ein bißchen Farbe in ihre Wangen brachte.

»Dann hatte sie also recht?« schluchzte Magenta. »Wir werden nochmal angegriffen?«

Christian ließ die Hand fallen und wandte sich an die anderen. »Wenn das die gleiche Bande ist, die die Station überfallen hat – und ich habe keinen Grund, etwas anderes anzunehmen –, dann sind sie vermutlich nicht aus reinem Vergnügen hinter uns her. Die wollen Blut sehen, und zwar unseres.«

Magenta erblaßte und vergrub wieder das Gesicht in den Händen, als die Kutsche holpernd und schlingernd zum Stehen kam.

»Wir scheinen dazusein, Leute«, verkündete McBride munter. »Nehmt so viel Munition mit, wie ihr tragen könnt.«

Er stieg als erster aus und half anschließend den anderen. Dann sicherte er die Umgegend, während sie in die relativ gute Deckung von ein paar riesigen Felsbrocken und Sandsteinbergen rannten. Es war heiß und staubig; die Sonne war nur noch als blendend weiße Scheibe am Himmel zu sehen, wo sie in knapp einer Stunde den Zenit erreichen würde. Die Felseninsel war etwa hundert Meter breit und ungefähr halb so hoch und bot zahlreiche natürliche Vorsprünge und Nischen, von denen aus man sich gut verteidigen konnte.

Sun Shadow verschwand in dem Geröll, nachdem er sich rasch mit McBride beraten hatte, und tauchte kurze Zeit später auf einem Vorsprung hoch über ihnen wieder auf. Oben auf dem Gipfel mußte ein trockener Wind wehen, denn seine langen schwarzen Haare fegten nach vorn über seine Schultern, während sein Blick reglos über die Ebene schweifte, um die Komantschen auszuspähen.

»Sun Shadow wird uns rechtzeitig warnen«, sagte McBride, »aber wir haben nicht mehr als fünf Minuten, um uns hier bereit zu machen. Bruster – genau über Ihnen ist ein Felsvorsprung, der gute Deckung und Sicht bietet. Steigen Sie da hinauf, und nehmen Sie diese beiden mit sich …« Er deutete auf Darby und Magenta. »Wir haben nicht unbegrenzt Munition zur Verfügung, daher muß jeder Schuß sitzen.«

Bruster nickte, und zum erstenmal erhob sich kein Protestgeschrei seitens der Sängerin und ihrem Agenten. Greaves wurde noch einen Moment von McBride zurückgehalten, der so leise auf ihn einredete, daß Aubrey es kaum gehört hätte, wenn nicht die Angst all ihre Sinne geschärft hätte.

»Was immer auch geschieht, sorgen Sie dafür, daß die Frau ihnen nicht lebend in die Hände fällt.«

Es dauerte ein paar weitere Sekunden, bis Greaves begriff, was McBride sagte, und dann warf er einen Blick auf Magenta und anschließend auf seine *Smith & Wesson*, die er in der unverletzten Linken hielt.

»Das könnte ich nie,« flüsterte er.

»Denken Sie es sich so, Greaves. Sie wird ohnehin sterben, aber es würde ein viel quälenderer und schrecklicherer Tod sein als eine Kugel im Kopf. Da draußen stehen Quanah Parker und seine fröhlichen Burschen. Der macht keine Gefangenen, er liebt es nun mal, seine Opfer lange und laut schreien zu lassen.«

Darby wurde graufahl im Gesicht. »Und … wir anderen?«

»Machen Sie sich keine Sorgen.« McBrides Mundwinkel verzogen sich zu einem trockenen Grinsen. »Um Sie kümmere ich mich persönlich.«

Darby riß die Augen auf und wischte sich mit dem Handrücken über den Mund. Dann trat er einen, zwei Schritte zurück, wandte sich um und eilte den Pfad hinauf hinter Bruster und Magenta her.

»Verfluchtes Arschloch«, knurrte Brody. »Nichts als Schlamassel, seit wir abgefahren sind. Der scheißt sich noch ehe die Sonne untergeht in die Hosen.«

Christian grinste den drahtigen Kutscher an. »Vermutlich suchen Sie sich Ihren Standort lieber selbst aus?«

»Und wenn die Roten mich kriegen?« jammerte er in gespieltem Falsett.

Das Grinsen verbreiterte sich. »Hat nicht genügend Haare auf dem Kopf für einen anständigen Skalp und nicht genug Fleisch, um ihn zu braten. Vermutlich lassen sie ihn einfach liegen.«

Jim kicherte und duckte sich in eine Nische, die von zwei riesigen Felsbrocken überschattet wurde.

»Wie kann man in einer solchen Lage so dumme Witze machen?«

Christian warf einen Blick zurück über die Schulter. Hinter ihm stand Aubrey: groß, schlank, schwarze Haarsträhnen naß vor Schweiß auf der Haut klebend, die Augen groß und blau in einem staubigen Gesicht, das vor Angst und Zorn rot angelaufen war. Er schwang seinen Munitionsbeutel über die Schulter und nahm sie bei der Hand.

»Es geht hier nicht um Witze, Miss Blue. Es geht ums Überleben. Wenn Sie fest glauben, daß Sie sterben, dann werden Sie das auch.«

»Denken Sie mal an unsere Umstände. Keine Lage ist jemals ganz eindeutig.«

Er hielt inne bei seinem Aufstieg und sah sich um, ehe er auf einen natürlichen Vorsprung rechts von ihnen wies.

»Ich habe gehört, was Sie über Quanah Parker sagten.«

»Ach ja?« Er war direkt hinter ihr, ihr dicht auf den Fersen, und sie konnte nicht stehenbleiben, um ihn anzusehen.

»Woher wollen Sie wissen, daß er es ist? Wer ist er überhaupt?«

»Er ist ein Halbblut, das sich hier beweisen will, daß in ihm mehr rotes als weißes Blut fließt. Scheint, er hat sich geschworen, ehe er sein Volk in die Reservate befiehlt, würde er lieber sterben und halb Texas mit sich ziehen. Er ist sogar in Leavenworth berüchtigt, denn da schieben die Offiziere ihren Dienst, denen es nicht gelungen ist, ihn zu schnappen.«

Aubrey griff nach der Felskante und lehnte sich dankbar an den heißen Stein. McBride sah sich nochmal um und grunzte zufrieden. Dann setzte er den Munitionsbeutel ab und lehnte die Winchester an einen schmalen Felsvorsprung. Er schnallte eine der beiden Flaschen ab, die er über der Schulter trug, und nahm einen tiefen Zug, ehe er sie Aubrey reichte.

Das Wasser war lauwarm und schmeckte nach Erde, aber es erfrischte die spröden Lippen und die ausgedörrte Kehle. Sie sah zu, wie McBride sorgfältig sein Gewehr und die beiden *Peacemakers* überprüfte und war von seiner fast liebevollen Handhabung der todbringenden Waffen eigenartig fasziniert.

»Meinen Sie, daß Greaves es schaffen würde?«

Obwohl er wußte, was sie meinte, nahm er sich ein wenig Zeit, ehe er antwortete:

»Magenta einen langen, qualvollen Tod zu ersparen?«
»Man weiß nie, zu was ein Mann fähig ist – bis er es tut.«

»Und Sie?« fragte sie sanft. »Sind Sie dazu fähig?«

McBride sah sie an. »Ich würde es nicht zulassen, daß man Ihnen etwas Grausames antut, Miss Blue. Jedenfalls nicht, wenn ich es irgendwie verhindern kann.« Dann hielt er inne, griff wieder nach ihrer Hand und reichte ihr etwas Kaltes, Metallisches. »Doch vielleicht fühlen Sie sich besser, wenn sie auf das hier zurückgreifen können.«

Es war ihre vierläufige 22er, die er ihr am Fluß abgenommen hatte. Im Vergleich zu seinen Colts wirkte sie wie ein Spielzeugding, aber die Kammern waren geladen, und das Blei war ebenso tödlich, wenn sie einigermaßen genau abgedrückt wurde.

»Außerdem«, fuhr McBride mit verlegenem Stirnrunzeln fort, »war das meiste für Greaves selbst bestimmt. Er kommt mir so vor, als würde er besser kämpfen, wenn er genau weiß, daß er sterben wird. Wenn er glaubte, daß wir eine gute Chance hätten, hier lebend rauszukommen, würde er sich vermutlich irgendwo in einem Loch verkriechen und seinen Kopf retten.«

»Dann glauben Sie also, daß wir eine Chance haben?« fragte sie atemlos.

Er überlegte sich die Antwort einen Moment und grinste dann. »Nicht die leiseste Chance. Aber ich habe die feste Absicht, mich bis zum letzten Tropfen zu wehren.«

Seine Arroganz war nun besser zu ertragen, und Aubrey mußte unfreiwillig fast lächeln. Sie hatte immer noch schreckliche Angst, und das Herz klopfte ihr in der Brust wie ein wildes Ding, das sie einfach nicht zähmen konnte, aber es war irgendwie beruhigend, zu wissen, daß McBride ihr im schlimmsten Fall helfen würde. Er war kein Mann, der sich den Regeln anderer unterwarf, die über sein Schicksal bestimmen wollten.

»Sind Sie immer so selbstsicher, Mr. McBride?«

Er seufzte und zog eine Braue hoch. »Sind Sie immer so eigenwillig, Miss Blue? Können Sie mich nicht ein einziges Mal, ehe ich sterbe, Christian nennen?«

Sie zögerte, und plötzlich überkam eine große Schwäche ihre Beine. »Ich … weiß nicht …«

»Genau«, sagte er. »Sie wissen nichts.«

Und noch ehe sie wußte, was geschah, lag sie in seinen Armen und wurde an seine Brust gezogen. Sein Mund beherrschte ihre Lippen mit einer warmen, verzehrenden Leidenschaft, und seine Zunge erstickte rasch allen Widerstand. Doch viel war da nicht zu überwinden. Ihre Lippen waren vielmehr ebenso begierig und suchend wie seine, und statt ihn von sich zu stoßen, schauderte sie vor Lust, sich tiefer und tiefer in seine schützende Umarmung hineinzudrängen. Sein Mund verlangte mehr, und sie gab es ihm. Das dumpfe Dröhnen ihres Blutes wurde lauter und lauter, als er sie fest an sich preßte, so eng, daß sie sein Herz an ihrem pochen hörte. Für einen Moment lösten sich ihre Lippen, aber nur so lange, bis er seine Finger in ihrem Haar vergraben konnte, um sie zurückzuziehen. Seine Lippen schmerzten vor Sehnsucht nach ihr, und mit einem Fluch, so leise, wie die sanfteste Zärtlichkeit, fuhr er eine flammende Linie über ihre Wange und an dem feingeschwungenen Hals entlang.

»Bei Gott, Frau, du suchst dir wohl immer die schlimmsten Zeitpunkte aus ...«

Aubrey keuchte auf und schob sich aus seinen Armen. Ihre Haut stand in Flammen: Die Brüste, der Rauch und ihre Schenkel tobten vor Gefühlen, die sie in keiner Weise unter Kontrolle bringen konnte. Er sah ihre Hilflosigkeit und verfluchte seine eigene, denn das Blut toste verwirrend durch seine Adern und löschte jegliche Vernunft aus.

Aubrey suchte nach etwas – ein Wort vielleicht, das einen plausiblen Grund für ihr irres Verhalten bieten könnte – doch als sie die Augen von seinem zwingenden Blick löste, sah sie die gestaffelten Linien der Komantschenkrieger auf der Ebene. Sie standen gerade außer Schußweite und starrten hinauf auf ihre jämmerliche Bastion.

»Christian ...« keuchte sie.

Aber er blickte in eine andere Richtung, auf einen Punkt irgendwo über ihnen: in die kühlen, verächtlichen Züge von Sun Shadow. Und als dieser sich sicher sein konnte, seine Meinung über McBrides Benehmen vollständig klar gemacht zu haben, wirbelte er auf dem Absatz herum und war verschwunden, zurück auf seinen Ausguck oben auf den Felsen.

Christian fluchte, rückte sich den Hut zurecht und zog ihn tief ins Gesicht in der Hoffnung, die Röte in seinen Wangen zu überdecken. Dann richtete er sämtliche Aufmerksamkeit auf die Indianer unter ihnen und blickte mit zusammengekniffenen Augen in die grelle Mittagshitze, die der Wüstensand flirrend zurückwarf.

Im Vordergrund waren dreiundzwanzig Reiter aufgereiht, die Ponys so still wie Statuen, die Kämpfer ebenso beeindruckend wild wie die karge Schönheit der Wüste, die sich hinter ihnen ausbreitete. Eine kleinere Dreiergruppe stand ein Dutzend Schritte hinter ihnen: Zwei hielten mit Federn, Zöpfen und ledergerahmten Spiegeln verzierte Skalpstangen, die in der Sonne aufblitzten. Der dritte Mann war größer und wirkte selbst aus dieser Entfernung gebieterischer als die anderen. Gesicht, Arme und Oberkörper waren in leuchtendem Indigo bemalt, er saß auf einem reinweißen Hengst.

»Du hast mich gefragt, woher ich weiß, daß es Quanah Parker ist? Da ist er. Der große Bursche mit der blauen Kriegsbemalung.«

Aubrey merkte, wie sie instinktiv – trotz ihres kompromittierenden Verhaltens vor einigen Augenblicken – dichter an McBride rückte. »Wird er den Überfall befehligen?«

»Es liegt nicht allein an ihm. Er überläßt die Entscheidung den beiden Medizinmännern, die neben ihm stehen. Sie werden bereits die Geister befragt haben und warten nun auf eine Art Zeichen. Er weiß, daß er uns nicht anzugreifen braucht, sondern einfach nur zu warten braucht, bis wir erledigt sind. Scheiße!«

Wie auf ein Stichwort hin brachen vier Krieger aus der Reihe aus und rasten voran, aber nicht, um den Angriff einzuleiten.

Sie ritten lediglich dicht genug heran, um die vier verbliebenen Maultiere zu erschießen und heulend und kreischend vor Triumph wieder abzuziehen.

McBride hörte den Antwortschuß aus einem Zehner und vermutete, daß hier Jim Brody seine Meinung über eine so gemeine Taktik ausdrückte, fluchte nochmal und riß dann sein Gewehr hoch, um sorgfältig am Lauf entlang zu blikken. Noch ehe die Späher wieder außer Schußweite waren, drückte er zweimal ab. Einer aus dem Quartett griff sich an die Brust und fiel seitlich vom Pferd. Sein Fuß verfing sich im Steigbügel, und das Tier schleppte ihn mehrere hundert Meter weit über den steinigen Boden.

Dann preschten die anderen vor. Ihre Schreie hallten von den Felsen wider und verschmolzen mit dem Knallen der Gewehrschüsse und dem Donnern der Hufe. Christian feuerte die Winchester ab, bis der Lauf rauchte und seine Hand von der Hitze Blasen bekam. Die Komantschen griffen in Gruppen von höchstens sechs Männern an, während die anderen sie waffenschwingend und laut anfeuernd umkreisten. Sie kamen dicht genug heran, um den Feind zu verspotten und die Karabiner abzufeuern. Wenn ihre Gewehre leer waren, ritten sie zurück in den Kreis, an der frischbewaffneten neuen Gruppe vorbei, die nun an ihrer Stelle zur Attacke ansetzte.

Staub erhob sich in dichten, weißen Wolken und verzerrte alles, bis auf die lauten Schreie sterbender Menschen. Der Gestank von Schweiß, Blut und Pulver hing schwer in der Luft, würgte einen in der Kehle, brannte in den Augen und legte sich wie ein undurchsichtiger Schleier um die Felseninsel. Aubrey feuerte ab, ohne nachzudenken, lud nach und sah mit leeren Augen dem Wahnsinn aus angreifenden, kreisenden und erneut angreifenden Indianern zu. Sie konnte McBride neben sich hören und sehen, bis er sich weiter auf dem Felsvorsprung entlangschob und außer Sichtweite sprang, weil er eine bessere Position fand, um ihnen den Rücken freizuhalten.

Die Anzahl der gefallenen Komantschen stieg: Vier, fünf, sieben sich windende Körper lagen im roten Schlamm des eigenen Blutes. Acht, neun ... jemand unter den weißen Verteidigern war ein bemerkenswerter Scharfschütze, und das entging den Komantschen wohl kaum, denn allmählich sammelten sie sich außer Schußweite und kreisten umeinander. Die beiden Medizinmänner hielten sich neben dem tobenden Anführer gleichmütig abseits. Aubrey nutzte die kurze Pause, um die Hülsen aus dem Colt zu schlagen, und lud ihn ebenso rasch wieder, wie ihre Finger sich nur bewegen konnten. Als sie einen Kasten mit Kugeln umstieß, zischte sie vor Wut über ihre Ungeschicklichkeit, sie ritzte sich beim Grapschen nach den Kugeln die Haut an den Knöcheln auf, ehe sie in den Felsnischen verschwanden. Mit dem Ärmel wischte sie sich über die Stirn und merkte kaum, daß sich Blut mit dem Schweiß vermischt hatte. Dann verspannte sie sich, denn die Komantschen stürmten wieder vor. Sie schienen verglichen mit ihrem anfänglichen Blutdurst etwas gemäßigter, hingen nun eher an den Seiten der Ponys und feuerten unter dem Schutz der Tierhälse und -köpfe ab. Außerdem schossen sie nun gezielter, denn die

Kugeln pfiffen dichter und näher um sie her. Aubrey spürte das Zischen von heißer Luft an der Wange und zuckte zurück, als das Geschoß am Felsen hinter ihr abprallte und sie wieder nur knapp verfehlte.

Eines der stämmigen Ponys bäumte sich unter einer Gewehrkugel auf und schleuderte den Reiter in den Staub. Der Indianer erhob sich und schwang seine Kriegskeule, doch dann taumelte er nur noch ein paar Schritte weiter, ehe er heulend zusammenbrach.

Dann sammelten sich die Komantschen wieder und blickten zurück zu dem schimmernden Sandsteinhügel. Sie schwenkten die Waffen mit dem bedrohlichen Versprechen, wiederzukommen, und donnerten dicht auf den Fersen der beiden zurückweichenden Medizinmänner davon.

Aubrey brach auf dem heißen Stein zusammen. Sie ließ die schwere Pistole auf den Fels gleiten und legte die Stirn auf die verschränkten Arme. Dann holte sie in tiefen, bebenden Stößen Luft und genoß die scharfe Hitze in der Kehle – dankbar, daß sie genug Verstand gehabt hatte, sich nicht ihren Gefühlen hinzugeben.

Dann hob sie langsam den Kopf. Die Stille war so undurchdringlich, daß sie fast das leise Wehen des Staubs ringsum hören konnte. Nichts regte sich da unten. Nichts regte sich auf der Ebene. Kein Kopf hob sich vorsichtig aus seinem Versteck, um zu sehen, ob andere überlebt hatten.

Mein Gott, sie konnten doch nicht alle …

Dann hörte sie hinter sich scharrende Schritte und weinte fast vor Erleichterung.

»Christian, ich …«

Als sie sich umdrehte, erstarrten ihr die Worte in der Kehle. Weniger als eine Armeslänge entfernt sah sie das gleichmütige, haßerfüllte Gesicht eines blutüberströmten Komantschenkriegers.

7

Christian McBride warf die letzte leere Patronenhülse fort und senkte langsam seine Winchester. Dann sah er der wirbelnden Staubwolke nach, die sich hinter dem triumphierenden Abzug der Komantschen langsam senkte. Sie hatten triumphiert, obwohl sie zahlreiche Krieger in ehrenhaftem Kampf gegen den Feind verloren hatten – aber der Feind hatte nun keine Möglichkeit mehr, die Kutsche aus der Wüste herauszuziehen, und ohne Transport waren sie – wenn nicht zu Schlimmerem – zu tagelanger Agonie in der grausamen Hitze verdammt.

Das war keine angenehme Vorstellung.

Er seufzte und wischte sich den Schweiß von den Schläfen. Sein Hut lag ein paar Schritte weiter weg, von einer Kugel, der es fast gelungen war, seinen Kopf zu treffen, dorthin gefegt. Dann betupfte er vorsichtig die Stelle, aus der ein dünnes Rinnsal Blut rann, und zog eine Grimasse, als er unfreiwillig Salz und Schmutz in die frische Wunde brachte. Da er Sun Shadows Zeichen gesehen hatte, die Luft sei wieder rein, traf ihn der Schrei völlig unvorbereitet.

Er ertönte hinter dem Vorsprung, wo er Aubrey zurückgelassen hatte, und als er auf den vorstehenden Stein zuhechtete, hörte er schon das Füßescharren und die erstickten Laute eines Kampfes.

Der Komantsche hielt Aubrey eng an die Brust gepreßt. Den einen muskulösen Arm hatte er ihr um den Hals gelegt, mit dem anderen beabsichtigte er gerade, ihre Kleider aufzuschlitzen.

Die Knöpfe ihrer Bluse waren bereits aufgesprungen, ihr Hemd war aufgerissen, und zwei hellrote, blutige Kratzer zeichneten sich deutlich auf der hellen Haut ihres Busens ab. Sie konnte unter dem mächtigen Arm kaum atmen und kaum mehr gegen ihn ausrichten, als sich schwach gegen die Eisenfaust zu wehren, die sie hielt.

Der Komantsche erblickte McBride und hob rasch das Messer an Aubreys Kehle. Ein Grinsen verzerrte sein flaches, kupferfarbenes Gesicht. Sein vierschrötiger Oberkörper war mit Ochsenblut bemalt, das lange, dunkle Haar war eingefettet und mit Kalikostreifen geflochten.

McBride spürte, wie ihn eiskalte Ruhe überfiel.

Sein Gewehr war leer, aber das konnte der Indianer kaum wissen, als er seine Waffe deutlich sichtbar auf dem Vorsprung vor sich ablegte. Die blutunterlaufenen Augen glühten wie zwei Fackeln und ihnen entging nicht die kleinste Fingerbewegung, als McBride nach der Lederscheide an seiner Hüfte griff.

»Entspann dich«, sagte McBride leise zu Aubrey. »Er wird dir nichts tun, wenn er mich haben kann. Wenn der Hurensohn dich losläßt, sollest du alles vergessen, was du jemals über die Erziehung einer Dame gehört hast, und fortrennen wie der Wind.«

Der Komantsche kniff die Augen zusammen. Er sah, wie der andere das Messer zog und begriff die Herausforderung. Er zog die Lippen zurück, bleckte die gelben, vorstehenden Zähne und knurrte tief in der Kehle seine Antwort darauf. Aubrey wurde heftig auf die Seite geschleudert und war im gleichen Moment vergessen, als der Komantsche sich auf McBride stürzte.

Christian wich dem ersten Angriff geschickt aus, aber der Indianer, der mit einer solchen Bewegung deutlich gerechnet hatte, zog sich rasch zurück und stieß wieder vor. McBride brauchte einen kostbaren Augenblick, um sich den ausgezeichneten Reflexen seines Widersachers anzupassen, und in genau diesem Sekundenbruchteil erwischte ihn ein rasiermesserscharfer Hieb quer über die Rippen.

Aubrey mühte sich unter Schmerzen auf die Knie. Ihr Haar hatte sich gelöst, als der Komantsche nach ihr gefaßt hatte, und fiel ihr nun über die Schultern. Ihre Stirn war aufgeschabt und brannte vor Hitze und Angst. Die *Peacemaker* und die kleine *Derringer* lagen vorn auf dem Felsvorsprung neben McBrides Gewehr, aber um dorthin zu gelangen, mußte sie an den Kämpfern vorbei. Sie wehrte sich gegen den Schwindel und die Übelkeit, zog sich mühsam hoch und klammerte die Fingernägel in den Felsen, um sich abzustützen, aber in dem Moment, als sie ihr linkes Bein belastete, gab es unter ihr nach, und sie fiel mit einem Schmerzschrei wieder zu Boden.

McBride spürte noch zwei weitere Mal das gräßliche Gefühl des Stahls, der in sein Fleisch drang – beide Male, weil er einen winzigen Fehler begangen hatte. Gesicht und Hals waren nun schweißüberströmt, das Hemd klebte ihm in dunklen, nassen Flecken am Rücken, und seine Schenkel schmerzten unter der Anstrengung des Anschleichens, Umkreisens, Vorschießens und Zurückweichens, um erneut anzugreifen. Er kannte sich in diesem Spiel gut aus – denn er hatte es oft mit Sun Shadow, seinem Lehrer, geübt, und in der letzten Zeit, in Leavenworth hatten Kämpfe für ihn zwischen Überleben und Verhungern entschieden.

Aber er konnte die Tatsache nicht übersehen, daß er rasch ermüdete. Schlafmangel und nicht genügend Anpassung an die trockene Hitze der Wüste verlangten ihren Zoll, und diese Erkenntnis spiegelte sich in den Augen des Komantschen. Er mußte etwas unternehmen, und zwar rasch, sonst würde der Indianer ihn einfach umlegen, wenn er so oft genug getroffen worden war, daß er schließlich hilflos in die Knie sank. Mit einer raschen Bewegung, die dem Komantschen ein respektvolles Knurren entlockte, setzte er zu einem vorgetäuschten linken Schlag an, zuckte aber im letzten Augenblick zurück und schaffte es, den ungeschützten Bauch des Indianers zu treffen. Die Klinge kam tropfnaß wieder zum Vorschein, und er sah, wie der Indianer taumelte und sich kaum gegen den harten Stiefel wappnen konnte, der die Wunde nun voll traf. Der Komantsche schrie und warf sich mit dem ganzen Körpergewicht dagegen, so daß der Stiefel samt Fuß sich drehten und Christian mit dem Gesicht auf den Stein fiel. Er sah den silbernen Blitz der Klinge auf sein Gesicht zusausen und rollte sich unbeholfen auf die Seite. Die Klinge schoß weniger als einen Zoll vor Christians Kehle durch die Luft, prallte auf dem Stein ab und fuhr in seinen Schultermuskel. McBride schnaubte vor Schmerz und stieß sein eigenes Messer vor, bis er spürte, wie es durch Fleisch und Knochen drang. Er sah den unendlich verdutzten Ausdruck in dem bronzenen Gesicht, bis der Indianer den letzten Atemzug tat und reglos liegen blieb. Christian holte tief und geräuschvoll Luft und wuchtete den Körper von sich. An seinen Händen und seinem Hemd klebte Blut, das vorwiegend von dem Komantschen stammte, und er wischte in den paar Minuten, die er brauchte, um wieder zur Besinnung zu gelangen, so viel wie möglich ab. Dann nahm er aus dem Augenwinkel eine Bewegung wahr, wandte den Kopf und sah Aubrey, die zusammengesunken vor dem Felsen hockte.

»Warum zum Teufel bist du nicht fortgerannt, wie ich es dir gesagt habe?« fragte er mit rauher Stimme. »Kannst du nicht einmal einem Befehl ohne Widerspruch folgen?«

Aubrey gab keine Antwort. Ihre Augen waren groß und rund und glänzten vor Tränen. Ihre Bluse und das Hemd waren aufgerissen – der weiße Stoff von den Wunden auf ihrer Brust rot gefleckt.

McBrides Gesicht verzog sich in Selbstvorwürfen; er rückte neben sie und wischte sich noch einmal die Hand ab, ehe er versuchte, ihre Bluse zu schließen.

»Bist du verletzt?«

Aubrey keuchte auf, umklammerte die Stoffetzen und schob seine Hand fort, ehe er sie berühren konnte. »Nein! Ich bin nicht verletzt.«

Er kniff die Augen zusammen. »Und warum zum Teufel bist du nicht fortgerannt?«

»Weil ich mir bei dem Sturz irgendwie den Knöchel verzerrt habe.«

Er starrte sie noch einen Moment an, senkte dann aber den Blick, hob den Saum des formlosen Tweedrocks und fuhr mit einer Hand über den zierlichen Knöchel.

»Bleib still sitzen«, befahl er ihr barsch. »Wir haben keine Zeit für Anstand.«

»Anstand ist mir völlig egal«, gab sie zurück, »aber du betatschst das falsche Bein.«

Er warf ihr einen eisigen Blick zu und richtete die Aufmerksamkeit dann auf das andere Knie, die Wade und den Knöchel. Die schwarzen Wollstrümpfe und derben Schuhe entlockten ihm ein weiteres Stirnrunzeln, und er zog ihr beides aus, ohne nach ihrer Erlaubnis zu fragen.

Nach einer vorsichtigen Untersuchung, die Aubrey dennoch mehrfach ein unfreiwilliges Stöhnen entlockte, seufzte er und lehnte sich auf den Absätzen zurück.

»Es ist Gott sei Dank nichts gebrochen. Du hast dir vermutlich nur den Knöchel gestoßen oder verzerrt, als du auf den Stein aufschlugst. Aber das da wirst du eine Weile nicht tragen können«, meinte er, auf den Schuh und den Strumpf deutend.

»Nicht, daß ich begreifen kann, warum du die jemals tragen wolltest. Konntest du nichts Häßlicheres finden?«

Aubrey biß sich auf die Unterlippe und versuchte die eisigen Schauder zu ignorieren, die ihr den Rücken herabliefen. Ihr nackter Fuß lag in seinem Schoß, und seine Hand umfaßte immer noch ihren Knöchel. Seine langen, gebräunten Finger bildeten einen starken Kontrast zu ihren hellrosa Zehen und der schmalen Wade. Sein Kopf war unbedeckt, und sein Haar glänzte metallisch wie reifer Weizen in der Sonne. Weniger als zwei Meter von ihnen entfernt lag ein toter Komantsche, auf dessen Hemd und Hose das Blut trocknete.

... an alle möglichen Dinge denken sollen hätte sie, an alles andere, nur nicht an die Hitze, die seine Hand auf ihrem Bein auslöste und die bis in den Bauch abstrahlte.

Dann trafen sich ihre Blicke und versenkten sich ineinander, und sie richtete sich verlegen auf.

»Danke«, murmelte sie. »Es geht mir schon besser.«

»Meinst du, du kannst aufstehen?«

»Ich ... glaube, ja.«

McBride stand als erster auf – und das war nicht leicht, denn jeder Muskel seines Körpers schmerzte. Dann griff er nach Aubreys Hand, zog sie neben sich, und obwohl sie ihm nun hätte danken und sich aufrichten sollen, hielt er sie weiterhin und festigte seinen Griff sogar, so daß sie gezwungen war, ihn wieder anzublicken.

Aber er sah nicht auf ihr Gesicht. Er starrte auf den zerrissenen Stoff ihrer Bluse. Ihre Brüste drängten das Tuch auseinander, und ein prachtvoller Blick auf das feste runde Fleisch bot sich ihm, den er zwei Atemzüge lang genoß, bis sie zusammenzuckte, die Hand löste und sich bedeckte.

»Du müßtest die Wunden auswaschen«, murmelte er und riß die rauchgrauen Augen von dem Anblick. »Es wäre jammerschade, wenn etwas so Schönes unnötig vernarbte ...«

Aubrey war scharlachrot angelaufen. »Mr. McBride, Sie sind kein Gentleman.«

»Na, das klingt immerhin besser als Schwein«, grinste er. »Sollen wir mal nach den anderen sehen? Sie werden sich fragen, was aus uns geworden ist, auch wenn wir vielleicht keinen Heller darum geben, was aus ihnen geworden ist.«

Aubrey errötete noch tiefer, falls das überhaupt möglich war, lehnte seine ausgestreckte Hand ab, zuckte aber zusammen, als sie allein loshumpelte. McBride sah ihr einen Moment lang zu, wie sie mit dem schlimmen Fuß humpelte und gleichzeitig versuchte, ihre Kleider zusammenzuhalten – und mußte lachen.

»Sie sind eine erstaunliche Frau, Miss Blue.«

»Danke.«

»Aber ich habe wirklich keine Zeit, auf Ihren Stolz Rücksicht zu nehmen.« Mit diesen Worten hob er sie auf die Arme und hielt sie fest an die Brust gepreßt. Aubrey sah ihn verwirrt an, als seine Hände ein wenig fester zugriffen als nötig und seine Finger sich in gespielter Unschuld um ihren Busen legten. Aber sie vergaß ihre Bedenken rasch, als er durch die engen Felsspalten und Vorsprünge abwärts stieg. Sie schlang die Arme um seinen Hals, klammerte sich ängstlich an ihn, preßte fest die Augen zusammen und vergrub das Gesicht in dem tröstenden Duft seines Lederhemdes.

8

Als ersten aus ihrer Gruppe sahen sie Jim Brody. Er kniete neben den getöteten Maultieren und streichelte mit seiner schwieligen Hand den noch warmen Hals eines der Tiere. Zwei Tränenbäche rannen aus seinen Augenwinkeln in den struppigen Bart, und als McBride sich näherte, blickte er ihn an, ohne sich dafür zu schämen, daß ihm mehr an diesen zähen, treuen Tieren lag als an den meisten Menschen. Armbruster Shillingsworth hockte neben der gestrandeten Kutsche. Sein rundes Gesicht war naß vor Schweiß, der ihm in schmutzigen Rinnsalen am Hals herabrann und seinen Kragen durchfeuchtete. Trotz der Hitze war er leichenblaß, und da er irgendwann in dem Gefecht seinen *Derby* verloren hatte, strahlte sein kahler Schädel in der Sonne wie ein Leuchtfeuer. Magenta und Greaves saßen etwas abseits, zu benommen, um miteinander zu streiten. Sun Shadow schritt die Reihe der gefallenen Komantschen ab, drehte sie auf den Rükken und bohrte sein Gewehr in die kleinen Lederbeutel, die einige von ihnen am Gürtel trugen.

»Raubt er sie etwa aus?« schrie Aubrey entsetzt.

»Er sucht nach allem, was für uns von Nutzen sein könnte«, antwortete McBride scharf. »Feuersteine, Zündhölzer, Munition. Sie haben bei einem Überfall gewöhnlich nicht allzuviel dabei, aber wir brauchen alles, was wir finden können, daher …« Er ließ sie auf einem Flecken mit dürrem Gras runter und bedeutete ihr, sich auf einen niedrigen Stein zu setzen.

»Aber Tote ausrauben …«

»Meinen Sie, sie würden nicht das gleiche mit uns machen, wenn die Sache anders ausgegangen wäre? Denken Sie daran, daß wir es hier mit ganz anderen Spielregeln zu tun haben, Miss Blue. Überleben steht ganz oben auf der Liste, und gute Manieren finden sich erst ziemlich weit unten.«

Damit ließ er sie zurück und ging zu Sun Shadow hinüber.

Aubrey warf einen Blick auf das Gemetzel und erschauerte. Die Leichen hatten bereits ein wächsernes Aussehen angenommen, nach ein paar Stunden in dieser Hitze würde der Gestank unerträglich werden. Dann hörte sie einen Schrei und zuckte zusammen, aber es war nur ein großer schwarzer Geier, der neugierig über ihnen kreiste.

»Es dauert nie lange, bis sie eine Tragödie riechen, nicht wahr?« murmelte Bruster neben ihr.

Aubrey band ihre Bluse so gut sie konnte zusammen und bemerkte erst dann, wie seltsam Bruster seinen Arm hielt.

»Sind Sie verletzt?«

»Nein, es ist nichts. Es blutet nichtmal ... viel.«

»Ziehen Sie den Rock aus und lassen Sie mich nachsehen.«

»Kein Grund zur Sorge, glauben Sie mir. Es scheint ein Einschuß- und ein Ausschußloch zu geben, und das ist viel besser, als es hätte sein können.«

Aubrey seufzte. »Noch ein Held ist so ungefähr das letzte, was ich jetzt brauche.«

»Wie bitte?«

»Sie haben mich doch verstanden. Ihre Wunde blutet vielleicht jetzt kaum, aber das kann sich verschlimmern. Auch wenn Sie jede Stunde nur ein paar Tropfen Blut verlieren, sind Sie in kürzester Zeit schwach wie eine neugeborene Katze, und wem können sie dann noch nützen? Weder sich selbst noch uns!«

»Oh. Oh, ja. Ich ... verstehe ... Dann, ja, nun, dann tun Sie, was Sie für das Beste halten.«

Bruster zog sein Jackett aus, und Aubrey brauchte ungefähr ebenso lange, um sich auf die Beine zu mühen. Dann rollte er den Ärmel hoch, und sie forderte ihn auf, sich auf den Stein zu setzen, den sie gerade freigemacht hatte. Die Wunde war so sauber, wie eine Schußwunde nur sein kann; die Kugel hatte fast nur Gewebe getroffen und den Knochen und die Hauptadern verfehlt. Aubrey blickte sich nach McBride um, doch dieser war wieder den Hang hinaufgestiegen, um die Waffen und Munition einzusammeln, die sie zurückgelassen hatten.

»Ich suche mal in der Kutsche, ob ich etwas zum Verbinden finden kann.«

Bruster nickte. Beim Anblick der Wunde war er noch blasser geworden – bisher hatte er sie nur gefühlt.

Aubrey humpelte unter Schmerzen zur *Concord,* doch ebensosehr wie unter dem verletzten Knöchel litt sie unter dem glühend heißen Sand unter ihrer Fußsohle. Wundersamerweise war das große Wasserfaß, das sie auf den Kofferraum geschnallt hatten, nicht zu Schaden gekommen, und Aubrey hob den Deckel und nahm eine Kelle voll heraus. Sie trank einen Schluck und wollte sich dann ein paar Tropfen über ihren verschwitzten Hals träufeln.

Da griff eine Hand nach ihr und verhinderte im letzten Augenblick, das mehr als nur ein paar Tropfen ihre Haut benetzte.

»Das Wasser, das Sie jetzt verschwenden, könnte später den Unterschied zwischen Leben und Tod bedeuten.«

Aubrey starrte in Sun Shadows wütende braune Augen. Sie waren denen so ähnlich, die sie vor kurzem in brutaler Lust angefunkelt hatten, daß sie einen Moment brauchte, um sich in Erinnerung zu rufen, daß der Ute ein Freund war, kein Feind.

»Tut mir leid«, hauchte sie. »Das war dumm von mir ... ich habe nicht daran gedacht ...«

Dann sah er die Blutspritzer auf ihrer Bluse und runzelte die Stirn. »Sind Sie verletzt?«

»Ich ... nein, nein, es war nur ...« Sie blickte auf und riß sich zusammen. »Mein Knöchel schmerzt, das ist alles. Ich suche nach Verbandszeug für Bruster. Er hat eine Schußwunde. Ich dachte, Mr. Brody hat vielleicht einen Verbandskasten oder so etwas ... für Notfälle.«

Sun Shadow ließ ihr Handgelenk los. »Der Händler hat gut gekämpft. Er hat einen guten Blick und eine sichere Hand. Hat wohl nicht immer Frauenkleider verkauft.«

Aubrey hielt den Atem an und kämpfte gegen das ausgesprochen unangenehme Gefühl an, daß er sie durchschaut hatte, genau wußte, wer sie war und warum sie hier draußen in der Wüste saß.

»McBride sagte, auch Sie hätten sich gut geschlagen.«

Aubrey versuchte ein Lächeln. »Was immer ich tat, es geschah aus reiner Angst.«

»Nur Narren kennen keine Furcht.« Das war eine schlichte Bemerkung, aber ehrlich genug, um ihr eine leise Röte in die Wangen zu treiben.

Sie blieb bei der Kutsche stehen – schwitzend, elend und sich albern fühlend, während Sun Shadow den Kofferraum durchsuchte, aber der war abgesehen von ein paar Decken und der Expreßkiste leer, auf deren Mitnahme von der letzten Wechselstation Jim Brody bestanden hatte. Unerschrocken trat er zur Tür der Kutsche. Sein langes Haar fiel wie ein dunkler Silberschleier über seine Schultern, und nach einem Moment tauchte er mit einer kleinen Reisetasche und einem Lederbeutel wieder auf, in dem es verdächtig klingelte.

Er reichte ihr die Tasche, doch ehe Aubrey einen Blick hinein werfen konnte, trat Magenta Royale mit raschen Schritten auf sie zu und entriß sie ihr.

»Was zum Teufel haben Sie damit vor?« bellte sie.

»Wir wollten nachsehen …«

»Das habe ich mir gedacht!« Magenta hielt die Tasche eng an den Busen gepreßt. »Ich bin noch nicht tot, und schon denken Sie, Sie können sich die Beute teilen.«

Aubrey war völlig verdutzt. Magentas Gesicht war von Tränenspuren und Schmutz gezeichnet. Der süßliche Geruch, der von ihr ausging, stammte von dem Blut, mit dem ihr seidenes Oberteil über und über bespritzt war. Das Haar hing ihr strähnig über die Schultern, und ihre Hände, die die Tasche umklammerten, zitterten sichtlich.

»Bruster ist verletzt«, erklärte Aubrey mit mehr Geduld, als sie eigentlich aufbringen konnte. »Ich habe gedacht, in der Tasche sei vielleicht Stoff oder Tücher, die ich als Verbände benutzen könnte.«

»Verbände!« schrie Magenta. »Aus meinen Seidentüchern? Vermutlich wollten Sie die dann noch mit meiner Perlbrosche feststecken? In dieser Tasche ist nichts, was Sie gebrauchen können. *Nichts*! Wenn Sie so scharf darauf sind, Krankenschwester zu spielen, dann müssen Sie verflucht nochmal Ihre eigene Wäsche dazu benutzen.«

»Ich habe nichts dabei«, entgegnete Aubrey mit zusammengebissenen Zähnen. »Meine Sachen sind alle zurückgeblieben.«

Magentas goldene Augen fuhren über Aubreys zerrissene Bluse und die provisorischen Knoten, die die Aufmerksamkeit nur stärker auf die Kurven darunter lenkten. »Ich sehe allerdings, daß Sie trotz dieser Unannehmlichkeit ganz gut zurechtkommen ... oder haben Sie Spaß daran, vor den Wilden halbnackt herumzutrippeln?«

Damit drehte sie sich um und stolzierte davon. Stumpf glänzten ihre schlaffen blonden Löckchen über der grünen Seide.

»Ich hole die Tasche für Sie«, meinte Sun Shadow, dessen Hand locker auf dem Messergriff lag.

»Nein, ist schon gut«, seufzte Aubrey fast bedauernd. »Vermutlich sind Seidentücher nicht sehr gut für diesen Zweck. Kann ich einen Moment Ihr Messer borgen?«

Nach einem Moment voll unangenehmer Spannung fuhr das Messer ohne das leiseste Flüstern aus der Scheide und fiel schwer auf ihre ausgestreckte Handfläche. Es war eine schöne, tödliche Waffe: Die Klinge war so scharf geschliffen, daß die Schneide fast nicht zu erkennen war.

Aubrey beugte sich vor und sah daher glücklicherweise nicht das entsetzte Gesicht des Indianers, als sie sein geliebtes Mordwerkzeug benutzte, um ein Stück von ihrem Unterrock abzuschneiden.

»Danke.« Sie gab ihm das Messer wieder und blickte zögernd auf die Wasserkelle. »Glauben Sie, wir haben ein paar Tropfen, um Brusters Wunde zu säubern?«

Die klaren braunen Augen flackerten zu Bruster, dann zu dem Lederbeutel auf der Trittstufe. Er öffnete ihn, nahm eine Flasche von Greaves Whiskey heraus und bot sie Aubrey an.

»Nehmen Sie das hier. Der Spieler hat genug davon.«

Sie sah, wie Greaves sich erhob und bereits protestierend den Mund spitzte, aber ein einziger, warnender Blick von Sun Shadow reichte, daß er seine Absicht aufgab, und Aubrey ging mit der Flasche und der Wasserkelle zu Bruster, der still in der heißen Sonne auf einem Stein saß.

McBride kam wieder zurück, als sie Brusters Arm verbunden hatte.

»Jim übernimmt die erste Wache«, sagte er. »Wie geht es dem Arm, Bruster?«

Bruster lächelte schwach. »Abgesehen von diesen schrecklichen Fliegen, die entschlossen scheinen, mich zu Tode zu quälen ...«, sagte er und brach ab, um nach ein paar dieser Insekten zu schlagen. »Geht es mir bemerkenswert gut. Miss Blue hat Engelsfinger ... aber – meine Güte, Sie müssen Ihre eigenen Wunden verbinden, mein Lieber. Hoffentlich ist das nicht alles Ihr Blut?«

»Nein«, lächelte der andere. »Nicht alles.«

Aubrey erinnerte sich an das vor Blut triefende Messer des Komantschen. »Ich helfe Ihnen aus dem Hemd und tue, was ich kann.«

Zum ersten Mal seit Beginn ihrer stürmischen Bekanntschaft schien er zu zögern, seine Kleider auszuziehen.

»Machen Sie sich um mich keine Sorgen«, entgegnete er brummig. »Ich habe mich beim Rasieren schon schlimmer geschnitten.«

»Trotzdem, Mr. McBride, es würde nicht schaden, wenn Miss Blue Ihnen die Wunden auswäscht, damit Sie sich ja keine Infektion zuziehen.« Bruster wischte sich bei dieser Bemerkung die Stirn mit dem gerüschten Teil eines zerrissenen Unterrocks.

»Es wäre keine gute Idee, wenn Sie jetzt krank würden – nein, nein.«

»Sieht wohl nicht so aus, als würden Sie beide mich in Ruhe lassen, bis ich nachgebe«, meinte McBride gereizt. »Also machen Sie schon, wenn es Sie glücklich macht.«

Er legte die verschiedenen Waffen, die er mitgebracht

hatte, neben sich und befreite sich von dem Lederhemd. Seine nackten Arme und der muskulöse Torso wirkten wie aus solider Bronze gehämmert. Die Narbe, die Aubrey zuvor im Mondschein aufgefallen war, verlief in einem scharfen Bogen von der Brust über den Bauch und bot unter der gnadenlos grellen Sonne einen noch erschreckenderen Anblick. Aber als er sich umwandte, sich setzte und ihr den Rücken mit seinem Gitternetz aus Narben bot, fuhr ihre Hand unfreiwillig an den Mund, um einen Schrei zu unterdrücken.

»Kein hübscher Anblick, nicht wahr?« fragte er, weil er den Grund für ihr Schweigen erkannte.

»Wie … wer hat Ihnen das angetan? Und warum?«

»Sagen wir einfach, daß die Mitglieder des Nachbarschaftsclubs in Leavenworth nicht besonders freundlich zu mir waren. Können wir anfangen?«

Aubrey tauchte einen sauberen Streifen Leinen in das Wasser und begann mit der Schulterwunde. Das Messer des Komantschen hatte einen tiefen Muskelstreifen weggehackt, und die Wunde hatte stark geblutet, begann jedoch bereits, in der Hitze eine dünne Narbe zu bilden. Ein zweiter Schnitt über die Rippen war nur halb so schlimm, aber verdiente sicher nicht das schiefe Lächeln, das auf seinem Gesicht erschien, als sie sich vorbeugte, um das verkrustete Blut und den Schmutz abzuwaschen. Der Kratzer auf seinem Kopf war seine geringste Verletzung, aber als sie sich an ihr zu schaffen machte, wurde sein Grinsen noch breiter.

»Mr. McBride …?«

Er hob den Blick, und sie senkte ihren und holte scharf Luft als sie den Grund für seine Belustigung sah. Einer der Knoten über ihrer Brust hatte sich gelöst, was ihm jedesmal, wenn sie sich vorbeugte, um seine Wunden zu säubern, einen sehr schönen Anblick bot.

Aubrey tauchte das Leintuch in Whisky und preßte es auf die Kopfwunde.

»Jesus!« Er zuckte zusammen, als die Flüssigkeit auf der

Kopfhaut brannte, und ehe sie es noch einmal versuchen konnte, griff er nach ihrem Handgelenk. »Danke, Miss Blue, ich denke, wir sollten jetzt Schluß machen, ehe Ihr Heiligenschein mitsamt Ihren Knöpfen verschwindet.«

Sie warf das Tuch auf ihn und wirbelte herum, um davonzustolzieren, wurde aber vom Anblick Sun Shadows abgelenkt, der mit dem Pony eines toten Komantschen am Zügel hinter den Felsen auftauchte.

»Verdammt nochmal«, murmelte McBride. »Wo hast du denn das gefunden?«

»Jim Brody hat es von oben erspäht. Es gehörte dem Krieger, den du erledigt hast.«

McBride schlüpfte wieder in sein Hemd, trat zu dem kleinen Pferd und ließ anerkennend eine Hand über dessen muskulösen Hals gleiten. »Haben wir eine Chance, die anderen einzufangen?«

Sun Shadow zog lediglich eine Braue hoch.

»Nun ... dann versuchen wir besser, das hier zu verstecken, damit die Komantschen sich nicht versucht fühlen, es zurückzuholen.«

»Zurückholen?« fragte Aubrey. »Sie meinen ... es ist noch nicht vorbei? Sie sind noch nicht wirklich weitergezogen?«

McBride erwog gerade eine ausweichende Antwort, aber unter ihren festen blauen Augen verwarf er sie.

»Parker ist nicht der Typ, der leicht aufgibt. Er wird zurückkommen. Vielleicht nicht heute, vielleicht nichtmal morgen, aber zurückkommen wird er.«

»Morgen?« Magenta taumelte herbei – immer noch die Reisetasche umklammernd. Sie und Greaves waren durch den Anblick des Pferdes aus ihrem schmalen Schattenstreifen gelockt worden, aber McBrides Worte hatten ihr Interesse rasch in Entsetzen verwandelt. »Was meinen Sie mit morgen? Sie erwarten doch wohl nicht, daß wir die ganze Nacht hierbleiben?«

McBride betrachtete die Frau mit echter Neugier. »Wohin sollten wir denn gehen? Und wie bitte schön sollen wir das anfangen? Die Maultiere sind tot, wir haben keine Möglichkeit, die Kutsche weiterzuziehen ...«

»Wir haben doch ein Pferd«, schrie sie panisch.

»Ja, das haben wir. Ein einziges Pferd ... und sieben Personen – von denen einige verletzt sind. Selbst wenn wir alle gesund wären und uns mit dem Reiten abwechselten, würden die Komantschen nicht zulassen, daß wir die nächste Deckung erreichen – ganz zu schweigen von den zehn Meilen bis nach Middle Springs.«

»Wollen Sie damit sagen, daß wir einfach hier warten, bis sie uns wieder angreifen?« wollte Greaves wissen.

»Wir haben hier ausreichend Schutz. Das Wasser in dem Faß und den Kanistern reicht für zwei Tage, und die Munition reicht aus, um uns ziemlich gut verteidigen zu können, falls wir das müssen. Ich würde sagen, wir haben die beste Überlebenschance, wenn wir hierbleiben.«

»Diese Unterhaltung klingt abscheulich vertraut, McBride. Scheint nur, daß Sie Ihre Meinung ein wenig geändert haben. Scheint mir, daß es besser gewesen wäre, wenn wir Ihren letzten Rat ignoriert hätten und in der letzten Wechselstation geblieben wären.«

»Die Entscheidung haben Sie doch mitgetragen«, gab Christian gleichmütig zurück. »Ebenso wie jetzt. Die Tatsache, daß wir alle noch am Leben sind, heißt doch, daß wir die richtige Entscheidung trafen.«

»Vielleicht, aber ganz sicher können wir da nicht sein, oder?« höhnte Greaves.

»Nein, das können wir nicht.«

»Und wir wissen nicht einmal, ob es die Wechselstation in Middle Springs noch gibt. Sie wurde vielleicht genauso überfallen wie die letzte, und dann sind wir den ganzen Weg umsonst hierhergekommen, haben die Maultiere verloren, die Kutsche und vermutlich auch unser Leben – und alles für nichts und wieder nichts. Aber vermutlich haben Sie schon wieder einen brillanten Plan, uns aus der Patsche zu helfen.«

»Nein, habe ich nicht.« McBride lächelte ihn kühl an. »Ich dachte, das überlasse ich diesmal Ihnen.«

Damit wandte er sich auf dem Absatz um, nahm seine Winchester und seine Colts und setzte sich entschieden den Hut auf den Kopf, ehe er zwischen den Felsen verschwand. Sun Shadow starrte Greaves rätselhaft an und lief hinter McBride her, nachdem er das Pony sicher an einem Ast der Krüppeleiche festgebunden hatte.

»Oh, du liebe Güte,« murmelte Bruster. »Meint ihr, die kommen wieder?«

Greaves schnaubte. »Wohin könnten sie schon gehen? Wer hat sie überhaupt zum Anführer bestimmt? Wir brauchen McBride und seine verdammte Rothaut nicht, um uns Befehle zu geben. Und ganz ehrlich gesagt, traue ich ihnen nicht. Clara hat eine Menge wertvollen Schmuck bei sich, der es reizvoll macht, die Komantschen hinter uns herzuschicken und uns allen die Kehle aufzuschlitzen, damit es aussieht wie ein Indianerüberfall.«

Aubrey seufzte. »Mr. Greaves, wenn einer von den beiden Ihnen die Kehle aufschlitzen wollte, dann hatten sie vermutlich kaum bis jetzt damit gewartet.«

»Ach, wirklich?« Mit hochgezogenem Mundwinkel starrte der Agent unverschämt auf die notdürftige Reparatur von Aubreys Kleid. »Kann ja sein, aber ich bin keinesfalls überrascht, daß Sie sich hier auf seine Seite schlagen. Sie beide scheinen ja sehr gut miteinander auszukommen. Sie sehen jeden Tag weniger aus wie eine Lehrerin und er immer mehr wie eine Katze, die an der Sahne genascht hat.«

Aubrey starrte hart und kalt zurück. Sie hatte große Mühe, ihre Wut im Zaum zu halten, so daß ihre Nerven zum Zerreißen gespannt schienen. Sie blickte von Greaves zu Magenta, die zum erstenmal zu bemerken schien, daß sie keine Nickelbrille mehr trug, daß sich weiche Locken um ihre Schultern ringelten und ihre schlanke Gestalt nicht mehr unter braunem Kammgarn und einer schlichten weiß gestärkten Bluse versteckt war.

Selbst Bruster wirkte leicht schockiert, doch er erholte sich rasch und versuchte, die Situation einigermaßen zu retten. »Na, ich jedenfalls kann nur freimütig zugeben, daß ich schon Probleme hätte, uns aus dieser Klemme herauszuführen, und falls Sie keine Erfahrung im Kampf gegen Indianer haben, Mr. Greaves, muß ich sagen, daß ich mich Mr. McBride und seinem Gefährten anschließe. Mr. Brody scheint den beiden uneingeschränkt zu trauen, und ich könnte mir denken, daß er über diese elenden Grenzlande mehr vergessen hat, als wir alle zusammen jemals hoffen können, zu lernen.«

»Sie trauen denen also, eh? Aber das und ein falscher Nickel bringen Sie nirgendwo hin.«

»Nein, Mr. Greaves«, gab Bruster gelassen zurück. »Genau zu dem gleichen Nirgendwo, falls Sie weiterhin nur Ihren Mund statt Ihren Verstand benutzen.«

Greaves spuckte verächtlich in den Sand zu seinen Füßen. Dann nahm er Magenta beim Arm und ging los, aber nur, um nach wenigen Schritten anzuhalten, zur Kutsche zu gehen und seinen Lederbeutel aufzuheben. Er steckte ihn unter seinen heilgebliebenen Arm, und dann zogen sich Magenta und er in den flachen Schatten zurück. Beide hatten die Köpfe gesenkt und flüsterten heftig miteinander.

Aubrey war zu wütend, um die Hitze oder den Sand unter ihrem nackten Fuß zu spüren. Sie erlaubte Bruster jedoch, sie zur Kutsche zu führen. Dort setzte sie sich auf die Trittstufe. Ihr Gesicht war von der Hitze gerötet, und ihre Haare klebten in feuchten Strähnen an Schläfen und Hals.

Bruster warf einen Blick in die Runde, um sich zu vergewissern, daß sie allein waren, ehe er seinen massigen Körper neben sie senkte.

Ein heißer Windstoß fegte an ihnen vorbei, der nur kurz das leise Dröhnen der hungrigen Fliegen übertönte. Die Sonne stand als Feuerball direkt über ihnen, und Bruster legte ein kleines Leintuch auf seinen Kopf. Hitze. Stille. Fliegen.

Dann warf er einen Seitenblick auf Aubrey und rutschte auf der schmalen Stufe unruhig hin und her. Seine Armwunde pochte und sein Bauch fühlte sich an wie ein Vulkan kurz vor dem Ausbruch.

»Sag ja nichts«, zischte sie.

»Was denn, meine Liebe. Ich wollte nichts sagen.«

»Dann hast du es gedacht. Daß dies von Anfang an ein Fehler war und daß ich auf dich hätte hören sollen, als du versucht hast, es mir auszureden.«

Lucius Armbruster Beebee kicherte so klug ironisch wie ein alter Weiser und rückte seinen Arm in der provisorischen Schlinge zurecht, die er aus seiner Weste gebastelt hatte. Wie das Glück es wollte, war es der gleiche Arm und die gleiche Schulter, die er sich vor einem Monat ausgerenkt hatte: ein vernünftiger, praktischer Grund, sich nicht auf dieses vom Pech verfolgte Unternehmen zu wagen.

»Was ich sagte – um genauer zu sein – war, daß bei unserer Arbeit die Gefühle stets ein schlechter Berater sind, und von allen Gefühlen ist Rache die Hure, die einen zudem noch mit einer heimlichen Krankheit ansteckt.«

»Du wolltest ja nicht mitkommen. Du wolltest nie was damit zu tun haben.«

»Ich konnte dich doch wohl nicht allein auf diese Fahrt lassen, oder? Was für ein Partner wäre ich dann? Was für ein Schutzengel? Ich passe jetzt schon fast zehn Jahre auf dich auf, habe dir alles beigebracht, was ich wußte, habe dich gelehrt und dich erzogen ... wie konnte ich dich einfach in eine Kutsche setzen und in den Kampf gegen den mächtigen Drachen ziehen lassen? Hmmmh? Du mußt mich für einen ganz schön dämlichen Narren halten.«

»Oh, Bruster ...« Sie griff nach seiner Hand. »Du bist weder dämlich noch ein Narr, und ich bin dir für alles dankbar, was du für mich getan hast. Ich habe keine Ahnung, wie ich es dir jemals zurückzahlen kann ...«

»Nein, nein. Du hast meinem Leben einen neuen Sinn gegeben, Aubrey Blue. Als ich dich da draußen in der Wüste fand – Gott möge es verhüten, daß wir uns jetzt wieder in ähnlichen Umständen finden, eh? Damals warst du halb verhungert, halb verblutet und von so schrecklichen Teufeln besessen, daß es einen erwachsenen Mann umgehauen hätte. Dich aber nicht. Du hast dich ans Leben geklammert und mir gezeigt, was für eine kostbare, unersetzliche Sache das ist, und später, als du immer stärker und klüger und so schön wurdest wie der hellste Stern am Himmel, da hast du mir großzügig von deiner Kraft mitgegeben und einem alten Narren wie mir das Gefühl geschenkt, daß ihm die Welt immer noch zu Füßen liegt.«

»Du bist der beste Mensch, der mir jemals begegnet ist, Bruster, und das bleibt auch so.«

»Ich war gut zu dir«, gestand er bescheiden ein. »Aber ich bin noch nie *das* Tagesthema in fünf Staaten gewesen – erst, als mir ein Kind mit Nerven aus Stahl und Augen wie die reine Unschuld gezeigt hat, was wahre Kunst ist.«

»Wir haben ein paar Kartenspiele gewonnen, ein paar wertlose Aktien verkauft ...« Sie lächelte wehmütig und zitierte:

»Das und ein falscher Nickel bringen einen nirgendwohin.«

»Ahh, das würde ich nicht so schnell behaupten. Dein Mr. McBride scheint mir nicht der Typ, der seine Karten auf den Tisch legt, noch ehe ausgeteilt ist.«

»Er ist nicht *mein* Mr. McBride«, sagte sie kühl. »Und dem entgeht nicht viel. Ihm hat schon eine Stunde nach unserer Abfahrt aus Great Bend die Nase gejuckt.«

»Glaubst du, er ahnt, daß es eine Verbindung zwischen dir und mir gibt? Ich dachte, wir hätten scharf aufgepaßt.«

»Das haben wir auch, und ich glaube nicht, daß er etwas gemerkt hat. Allerdings ...«

Bruster hob fragend eine Braue.

»Er ... scheint entschlossen, zu beweisen, daß ich nicht die bin, die ich vorgebe zu sein. Geheimnisse reizen ihn, sagt er jedenfalls, aber bisher hat er jede einfache Lösung, die ich ihm angeboten habe, geschluckt.«

»Könnte er zum Problem werden?«

»Nein, nur ärgerlich. Er verbirgt selbst ein paar Geheimnisse, aber ich bezweifle, ob er in zwei Wochen noch meinen Namen weiß.«

Bruster schürzte die Lippen und blickte mit zusammengekniffenen Augen hoch; er trotzte der gnadenlosen Sonne gerade eben so lange, bis er die drei Gestalten oben auf dem Felsen über ihnen ausmachen und erkennen konnte. Alle drei – McBride, Sun Shadow und Jim Brody – waren aufgrund ihrer verschiedenen, höchst unterschiedlichen Kennzeichen genau auszumachen, aber auf McBrides hochgewachsener, kraftvoller Silhouette ruhte sein Blick am längsten.

Aubrey Blue hatte noch nie zugelassen, daß das Interesse an einem Mann ihre Angelegenheiten beeinträchtigte – nicht, daß Bruster überhaupt ein Mann einfiel, der ihr Interesse geweckt hätte. Sie war klug und geschickt, blieb auch noch in der schlimmsten Lage gerissen und kühl, und er hatte nicht den geringsten Zweifel, daß ihre zielstrebige Entschlossenheit, Maxwell Fleming aufzusuchen und zu vernichten, keine Einmischung dulden würde – gleich aus welcher Richtung ... aber der Rancher hatte auf sie Eindruck gemacht. Trotz ihrer barschen Entgegnung könnte sich der Mann in ein Problem verwandeln, falls sie seine Anziehungskraft unterschätzte oder nichts dagegen unternahm.

Bruster seufzte und wischte sich die Stirn ab. Er hatte nie den Wunsch gehegt, Vater zu werden, niemals geplant, eine feste Bindung einzugehen oder Verantwortung für ein Leben zu übernehmen, außer für sein eigenes ... und aus genau diesen Gründen saß er nun hier, schwitzend wie ein Glas Gurken, im Kampf gegen Indianer und sich darum sorgend, ob sich eine junge Frau in einen verdammt gutaussehenden Fremden verliebte. »Ich hätte auf mich selbst hören sollen, als ich das als eine schlechte Idee bezeichnete«, meinte er mürrisch. »Ich hätte dich dir selbst überlassen sollen, statt hinter dir herzurennen wie eine alte Glucke.«

Er wirkte so niedergeschlagen, daß Aubrey ihr Lächeln lieber unterdrückte. »Dir ist es allerdings gut gelungen, mich zu überraschen – ja, zu schockieren, als du in Great Bend plötzlich in dem Postkutschenbüro auftauchtest. Du hättest mich zumindest warnen können.«

»Ich wollte dich nur auf die Probe stellen, meine Liebe.

Wenn du in dieser Situation das Gesicht nicht hättest wahren können, hättest du keine Chance gehabt, dich gegen Maxwell Fleming zu stellen. Außerdem ...« Er seufzte theatralisch. »... brauchst du mich in diesem verfluchten Mekka aus dünnem Whiskey und Spanischen Fliegen – wenn auch nur, um dich Lily Cruise Montana anständig vorzustellen.«

»Bist du sicher, daß sie noch in Santa Fe ist? Wird sie sich überhaupt an dich erinnern?«

»An mich erinnern?« Brusters Augenbrauen hoben sich sehnsüchtig in die Höhe. »Ich hoffe doch sehr, daß sie sich an mich erinnert, denn ich sehe sie so deutlich vor mir, als hätten wir uns erst gestern getrennt. Die süße Lily. So zart wie ein Schmetterling, mit dem Gesicht eines Engels. Die einzige Frau, die ich kenne – Anwesende natürlich ausgeschlossen –, die mein Herz zum Rasen brachte, wenn sie nur ein Kartenspiel in die Hand nahm. Eine Schönheit. Eine seltene, ätherische Schönheit, mit einer Haut so weiß wie die Blütenblätter einer Gardenie, und so geschickten Händen, daß sie einen Mann nackt ausziehen konnte, ohne daß er auch nur das Geringste gemerkt hätte. Ja, meine süße Lily lebt noch in Santa Fe. Sie hat – aus schierer Notwendigkeit – einen anderen Namen angenommen, denn es gibt jede Menge rachsüchtige Ratten, die sie vor Gericht zerren und für ihre vergangenen Taten verantwortlich machen wollen, obwohl sie sich schon lange, wie ich hörte, aus dem Spiel zurückgezogen hat.«

»Wie kannst du da so sicher sein, daß sie uns hilft?«

Bruster lächelte. »Ein Blick auf dich, meine Liebe, und sie kann nicht widerstehen. Du wirst sie an sich selbst erinnern, als sie noch zwanzig Jahre jünger war: Klug und mit scharfem Verstand, so gerissen wie ein Puma, mit einem ebenso wachen Auge für ein leichtes Spiel, wie ich jemals das Vergnügen hatte, kennenzulernen. Und Lily wird in einen Spiegel blicken und beneiden, was ihr da entgegensieht. Du wiederum wirst die Chance haben, in deine eigene Zukunft zu blicken, aber so Gott will, wird die besser, als nur Rüschen und Bänder für gelangweilte reiche Rancherfrauen zu nähen.«

»Es hat nichts Ehrenrühriges, Näherin zu sein.«

»Habe ich das vielleicht gesagt? Ich meinte nur, daß für Lily Cruise Montana, die den Glanz und den Ruhm eines viel rauschenderen Lebens gekannt hat ... Näharbeiten ebenso langweilig sein müssen, wie einer Staubwolke zuzusehen.«

Der Name Lily Cruise Montana hatte bei seiner ersten Erwähnung nichts für Aubrey bedeutet, noch tat er das jetzt. Sie hatte angeblich in den Bergarbeiterstädten in Missouri und Dakota gearbeitet und Brusters glühenden Berichten zufolge unsterblichen Ruhm in den Spielhallen von San Francisco errungen, ehe sie zu einem Leben von unaussprechlicher Langeweile und Respektabilität in Neu-Mexiko gefunden hatte. Daß Aubrey nie von Lily Montana gehört hatte, hatte sie anfangs kaum beunruhigt; sie kannte kaum die Hälfte jener Namen, denen Lucius Armbruster Beebee als Pionieren und Helden ihrer Profession huldigte.

»Dona Dolores Tules«, sagte Bruster nun und schüttelte leicht den Kopf. »Witwe und Näherin. So müssen wir wohl alle enden, denke ich.«

Aubrey tupfte mit dem Handrücken über die feinen Schweißperlen, die sich auf ihrer Oberlippe gebildet hatten. »Weiß diese ... Dona Dolores Tules ... daß wir kommen?«

»Nun, ah ...«

Aubrey drehte sich langsam um, und ihr Blick bewirkte, daß sich Bruster verlegen mit einem Finger zwischen Hals und Kragen rieb. Es bewirkte noch etwas – eine Angewohnheit, auf die er immer wieder zurückfiel, wenn er ein wenig Glück brauchte oder betete: Es war ein Talisman, ein wertloses kleines Schmuckstück, das er vor Jahren beim Kartenspiel gewonnen hatte. An einem Ende hing eine schwarzweiße Hasenpfote, am anderen ein paar silberne Würfel, die mit winzigen Glassplittern besetzt waren. Er hatte sie stets bei sich. Niemals würde er an einem Glücksspiel teilnehmen, ohne zuerst die Hasenpfote zu reiben, und er sagte nur selten die Wahrheit, wenn er sich intensiv auf die Würfel konzentrierte. In diesem Augenblick betrachtete er sie so aufmerksam, als hätte er sie noch niemals zu Gesicht bekommen.

»Bruster … sie weiß nicht, daß wir kommen, nicht wahr?«

»Nun, ahh …« Er räusperte sich ausgiebig. »Ich habe kaum einen Sinn darin sehen können, ihr ein Telegramm zu schicken, nachdem ich mich entschlossen hatte, dich zu begleiten. Und es erschien mir auch weiser, ihr nicht allzuviel Zeit zum Nachdenken über die weniger angenehmen Aspekte unserer Zusammenarbeit zugeben. Aber du brauchst dir um ihre Loyalität oder Bereitschaft keine Sorgen zu machen, einem alten Freund auszuhelfen. Lily und ich schulden einander einiges.«

»Was denn?« fragte Aubrey.

»Herzensangelegenheiten«, versicherte er und umklammerte fest die Hasenpfote. »Wie immer – Herzensangelegenheiten.«

9

»Wir denken daran, daß einer von uns mit dem Pony versucht, sich bis zur Wechselstation in Middle Springs durchzuschlagen.«

McBride und Jim Brody waren von ihrem Ausguck oben auf dem Felsen herabgekommen, als die Sonne den Höhepunkt ihrer Wut überschritten hatte und auf den Horizont zuzugleiten begann. Sie hatten keine weiteren Komantschen erblickt, abgesehen von dem gelegentlichen Aufblitzen eines Spiegels in der Ferne oder einer Staubwolke von einem wendenden Späher.

Sie hatten sich etwa eine Stunde lang mit vereinter Kraft bemüht, die Leichen aus dem Weg zu schaffen – aber in ihren Gedanken blieben sie dennoch da. Dann hatte Jims praktische Seite die Oberhand gewonnen, und er hatte aus einem Hinterschenkel von einem der Maultiere Steaks geschnitten, die nun über einem offenen Feuer brieten, während er dem Rancher bei seiner grausigen Aufgabe half. Dann servierte er jedem Passagier einen Spieß mit gebratenem Fleisch und den Worten, sie könnten es herunterwürgen, um zu überleben oder an Hunger sterben – das wäre ihm völlig egal. Das Wasserfaß hatte man von der Kutsche herabgenommen und an einen geschützten Platz gestellt, wo es nicht durch einen Querschläger oder Indianerpfeil getroffen werden konnte. Jim hatte genügend Kanister und andere Behälter von der letzten Wechselstation mitgenommen, von denen er nun jedem einen gab, nicht ohne zu bemerken, daß alle eine Füllung pro Tag bekämen, die sie sich entweder vernünftig einteilen oder auf einmal runterschlucken könnten – das wäre ihm ebenso egal.

Das Tageslicht hatte die Nerven und die Laune der Passagiere gerade eben in Schach gehalten, aber als nun die Sonne unterging, regte sie mehr als nur die kühle Nachtluft aus ihrem Grimm.

Die Sandsteinfestung, auf der noch die letzten Sonnenstrahlen lagen, glühte rosa vor dem ungeheuer weiten dunklen Himmel. Es herrschte ein kühles, blaues Licht, das die feuchten Überreste der Tageshitze in dünnen Schichten einfing und aufschimmern und erglänzen ließ wie fließendes Wasser. McBrides Haar brannte in Gold und tiefstem Bernstein – ein eindrucksvoller Kontrast zu den Sandsteinfelsen, die in den verschiedensten Tönen aus Rosa, Rot und Ochsenblut schimmerten. Er hielt den Hut in der Hand, als er vor sie trat, und stellte einen Fuß auf einen Felsen.

»Das ist unsere beste Chance – daß einer von uns vorausreitet und versucht, Hilfe zu finden. Ein Mann auf einem schnellen Pferd schafft die Entfernung in einem Bruchteil der Zeit, die wir brauchen würden, wenn wir alle loszögen.«

»Aber die Komantschen«, fragte Bruster. »Können die einen einzelnen Mann nicht viel schneller ausschalten?«

»Das ist das Risiko«, gestand McBride. »Aber die Alternative ist, daß wir uns hier verschanzen und darauf warten, bis sie uns einen nach dem anderen erledigen. Leute, macht euch nichts vor: Wir haben heute morgen verdammtes Glück gehabt. Die Tatsache, daß sie noch nicht wieder aufgetaucht sind, weist nur darauf hin, daß sie sich ganz genau überlegen, wie sie uns morgen angreifen werden.«

»Und wer, bitte schön, soll gehen?« fragte Greaves höhnisch. »Als wüßten wir das nicht bereits?«

McBride lächelte ihn offen an. »Ich hatte zuallererst an Sie gedacht, Greaves, aber dann fiel mir ein, daß Ihre Hände nicht sicher genug sind, um die Zügel zu halten. Außerdem wären Sie mit Sicherheit nicht nüchtern genug, um in einer geraden Linie dorthin zu kommen.«

Greaves rieb sich das bandagierte Handgelenk. Seine Nasenflügel wurden blaß vor Haß. »Und wenn Sie oder die Rothaut losziehen, wer will da wissen, ob Sie wirklich Hilfe suchen, wenn Sie es einmal von hier weg geschafft haben?«

»Darby, um Himmels willen«, zischte Magenta. »Halt die Klappe.«

»Wenn nur Sie hier zurückblieben, Greaves, wäre das sicherlich eine Versuchung«, erwiderte McBride und betrachtete die glühende Spitze seiner Zigarre. »Aber wir haben nur ein Pferd, und ich habe leider auch nicht das kürzeste Los gezogen.«

»Mit anderen Worten, die Sache ist bereits entschieden.«

»Da es bei dieser Entscheidung realistisch nur um drei Personen ging, haben wir die Sache übernommen, um den anderen die Heldenrolle zu ersparen.«

»Aber ist das wirklich gerecht, Mr. McBride?« protestierte Bruster. »Keiner von Ihnen ist dazu verpflichtet, dieses Risiko für uns alle zu übernehmen.«

»Ein großzügiger Gedanke, Bruster, und wir schätzen ihn sehr, aber Sie könnten den Schmerz im Arm keine hundert Meter weit aushalten, und ich kann uns auch nicht gerade sehen, wie wir auf dem Felsen hier stehen und einer der

Frauen nachwinken. Da blieben nur Jim, Sun Shadow und meine Wenigkeit.«

»Ich vertraue mein Leben keiner verfluchten Rothaut an!« erklärte Greaves.

»Das brauchen Sie auch nicht«, gab McBride breit grinsend zurück. »Sie vertrauen es mir an – genau hier.«

»Und was ist mit den Soldaten?« jammerte Magenta. »Ich bin immer noch überzeugt, daß inzwischen eine Patrouille nach uns sucht. Wir sind bei allen Stationen zwischen hier und Santa Fe zwei Tage überfällig. Selbst wenn die nächste auch überfallen wurde, die danach ist sicherlich beunruhigt – oder die übernächste. Jemand muß sich doch inzwischen um uns Sorgen machen!«

»Wie ich bereits sagte, die Armee könnte schon in voller Besetzung unterwegs sein, aber sie wüßten ja nicht, wo sie uns suchen sollten.«

»Wie meinen Sie das – wüßten nicht, wo sie uns suchen sollten? Wir sind doch in Sichtweite von der Hauptroute – würden sie nicht einfach da entlang reiten, bis sie uns gefunden haben?«

Aubrey sah, wie Jim hinter dem breiten Rücken des Ranchers Deckung suchte, und hatte eine bedrückende Ahnung, was McBride als nächstes sagen würde, noch ehe er die Worte dazu fand.

»Ich muß gestehen, daß wir uns nicht auf der Hauptroute befinden, Magenta. Jim hat eine Abkürzung genommen, die er manchmal durch die Wüste einschlägt, wenn er den Trip um ein paar Meilen verkürzen will.«

»Mit anderen Worten«, keuchte Magenta entsetzt, »wir haben uns verirrt.«

»Wir haben uns nich' verirrt, wenn man selbst noch weiß, wo man is'«, knurrte Jim. »Ich weiß, wo wir sind, nur sonst keiner.«

»Die ... Armee könnte uns also in diesem Augenblick suchen, und zwar auf der Straße, wo wir eigentlich *sein müßten*?«

»Jim wird sich direkt nach Westen wenden und wieder

auf die Hauptroute stoßen, ehe er nach Middle Springs reitet.«

»Jim?« schrie Magenta. »Sie wollen diesem verschlagenen, großschnäuzigen kleinen Bastard das einzige Pferd geben und vertrauen auf ihn, daß er die Armee mit hierher zurückbringt?«

McBride starrte in die funkelnden Bernsteinaugen, bis er sich vor Abscheu abwenden mußte. Die ehemalige Schönheit, die vielleicht einst Aufsehen erregen und ihr Publikum bezaubern konnte, hatte unter Hitze und Hysterie stark gelitten. Ihre Wangen waren eingefallen und von der Sonne verbrannt, die Augen geschwollen und gerötet von ihren Weinausbrüchen und dem ewigen Gejammere. Große dunkle Halbmonde aus Schweiß waren unter ihren Achseln zu sehen, und der Saum ihres Kleides war eingerissen, schmutzig und von Sand und Geröll zerfetzt. Aubreys schlichte weiße Bluse und der praktische Rock hatten die Strapazen im Vergleich dazu gut ausgehalten – trotz des Komantschenangriffs, Hitze und Staub. Ihr Haar hatte sich allerdings gegen alle weiteren Versuche, es zu bändigen, aufgelehnt, fiel in weichen mitternachtsdunklen Locken um ihre Schultern und verspottete sogar das schmale Leinenband, mit dem sie versucht hatte, es im Nacken zusammenzubinden. Die Sonne hatte auch ihre Haut gefärbt, aber nicht zu jenem schmerzhaften Kirschrot, das die hellhäutigere Magenta Royale erdulden mußte. Sie hatte einen natürlichen Braunton, der auf eine exotische Abstammung irgendwo in der Familie hindeutete ... spanisch vielleicht, oder ...

McBride runzelte die Stirn. *Spanisch*?

Ein dünner Rauchfaden kräuselte sich von seiner Zigarrenspitze empor und brannte ihm in den Augen. Dabei wurde er aus seinen Gedanken herausgerissen, zwinkerte und starrte Magenta wütend an.

»Jim ist der beste Mann für diesen Job. Er kennt die Gegend und die Gewohnheiten der Komantschen. Wenn jemand hier ausbrechen kann, dann er, und wenn er es schafft, Miss Royale, dann verdient er nicht bloß Ihren Dank, sondern auch Ihren absoluten Respekt … und ich werde persönlich dafür sorgen, daß er den auch bekommt.«

Magenta holte vor Schock scharf Luft und krallte ihre Finger in Darbys Arm. »Willst du das einfach so hinnehmen, wie der da mit mir redet?«

Das Licht war fast verschwunden. Nur noch das brennende Rot des Sandsteins, die fahle Wüste und die funkelnden Augen von Greaves hoben sich von der zunehmenden Dunkelheit ab.

»Im Moment, meine liebe Clara, habe ich keine andere Wahl.«

»Darby!«

»Komm, meine Liebe. Die Atmosphäre wird mir ein wenig zu selbstgerecht.«

Aubrey holte bewußt erst wieder Luft, als Greaves und Magenta sich entfernt hatten und McBrides Hand sich von der *Peacemaker* an der Hüfte löste. Seine bohrenden grauen Augen folgten dem Paar jedoch, und Aubrey mußte ihn am Arm berühren, ehe er und Jim merkten, daß sie in der Düsternis immer noch neben ihnen stand.

»Wann wird Jim losreiten?«

»Wir haben Vollmond. Aber er geht bereits auf, daher wird es gegen ein, zwei Uhr in der Frühe schön dunkel sein. Wir lassen oben auf dem Felsen ein Feuer brennen, damit Quanah Parker denkt, daß wir noch hier sind, und umwickeln die Hufe des Ponys mit Stoff, um das Geräusch zu dämpfen. Mit ein bißchen Glück kann er es schaffen. Wenn er sich in den Schluchten und Senken hält, könnte er lange vor dem Morgendämmern in Middle Springs sein.«

»Ist es so nahe?« flüsterte sie. »Zehn Meilen – oder hundert. Das ist einerlei, wenn man weiß, daß an einer Skalpstange ein leerer Platz auf einen wartet.«

Aubrey trat von dem heißen Feuer zurück und sah zu, wie die orangegelben Flammen in den Himmel leckten und hellrote Funken in die Dunkelheit tanzten. Das Knistern und

Prasseln des trockenen Holzes schien ebenso laut wie Gewehrfeuer, aber leise im Vergleich zu Jim Brodys Schnarchen. Er hatte sich neben der Feuergrube ausgestreckt und schlief tief und fest: Sein Mund stand weit offen, und er atmete tief ein, so daß seine Bartenden mit jedem Zug in den Mund gesogen und wieder ausgeblasen wurden. Es waren noch ein paar Stunden bis zu seinem Aufbruch, und er wollte die Zeit lieber schlafend verbringen, als sich Sorgen zu machen.

Eine schöne Philosophie, wenn man den Kriegerstamm der Komantschen vergessen konnte, der irgendwo da draußen in der Wüste auf ihn wartete.

Brusters Armwunde hatte wieder zu bluten angefangen, weil er darauf bestanden hatte, McBride beim Holzsammeln zu helfen und den Kutschensitz zum Verfeuern zu zerkleinern. Als Aubrey das letzte Mal nach ihm gesehen hatte, war er in unruhigen Schlaf gefallen, hatte aber, abgesehen von der Hitze des schweren Sonnenbrands auf Wangen und Nase, kein Fieber. Magenta und Greaves hatten sich ihre Decken und Flaschen geschnappt und sich irgendwo in eine Nische verzogen; der Ute stand Wache, und McBride …

Aubrey blickte zur Felsspitze hoch, aber dort waren jenseits des Feuerscheins in der Dunkelheit nur Sterne zu sehen; tanzende Schatten und geisterhafte Muster stummer Spitzen und zerklüfteter Felsbrocken umringten sie.

Wo mochte McBride wohl sein? Wie eine große Raubkatze hatte er sich allein fortgeschlichen – und das konnte sie ihm in dieser Gesellschaft kaum zum Vorwurf machen.

Aubrey zog die Decke enger um die Schultern. Weiter weg vom Feuer wurde es kühl, und sie wollte schon wieder dichter an die Flammen rücken, als sie eine winzige rote Lichtspitze neben einem Felsen erspähte. Sie wartete, bis es wieder aufglühte, und hatte Mühe, das winzige Funkeln vor dem Teppich aus Sternen auszumachen, die den Hintergrund bildeten. Aber da war es wieder. Die kleine rote Blüte von glühender Asche. McBride beendete dort seine Zigarre, die er sparsam zuvor nur halb geraucht hatte.

Er hielt da draußen Wache.

Wartete er?

Aubrey blickte hoch zu den Sternen und dann über die Schulter zurück zum goldenen Feuerschein. Sie starrte über den kühlen, fahlen Sand, der so weiß unter dem Mondlicht wirkte, daß es Schneewehen hätten sein können. Dann blickte sie wieder zu dem abseits stehenden Felsen und stellte sich vor, direkt in seine stahlgrauen Augen zu schauen.

Der Kuß heute morgen: Sie hatte ziemlich viel daran gedacht. Sie hatte sich nicht gewehrt, hatte nicht dagegen angekämpft und ihm nicht den geringsten Widerstand geleistet. Mehr noch, sie hatte sich gewünscht, er würde nie enden, er würde sie nie wieder loslassen, und hatte es nicht verhindern können, daß ihr Körper jedesmal in Erinnerung daran brannte, wenn sie ihn sah. Man hätte ihre Reaktion auf Angst schieben können – Angst vor dem drohenden Verhängnis hatte sicher zu dem Bedürfnis beigetragen, sich an einen warmen Menschen zu drängen. Ja, aus Angst hatte sie sich an ihn geklammert und auf seinen Kuß reagiert, als stünde ihre Seele in Flammen.

Jetzt aber hatte sie keine Angst, doch seine Kraft, seine Stärke und seine schroffe Selbstsicherheit zogen sie an wie das Licht die Motten. Obwohl sie immer noch daran festhielt, er sei ein gefährliches Ärgernis und ein Mann, der viel zu neugierig war, konnte sie das sehnsüchtige Bedürfnis nicht loswerden, nahe bei ihm zu sein.

Um nicht allein zu sein. Um ein für allemal herauszufinden, welche Gefahr Christian McBride für ihre Pläne in Santa Fe darstellte.

Unruhig zog sich Aubrey tiefer in den Schatten zurück. Sie ging nun auf Strümpfen, weil es viel leichter war, als mit einer nackten Sohle und einem Knöpfstiefel zu laufen. Ihr Knöchel schmerzte nur, wenn sie daran dachte, und sie versuchte, an nichts zu denken, als sie sich vorsichtig um den Felsvorsprung schob.

Nach mehreren Pausen und während sie sich fragte, ob

dies vielleicht sehr dumm sei, kam sie zu der Stelle, an der sie meinte, McBrides Zigarre gesehen zu haben. Natürlich war er nicht mehr da. Der Stein war kalt und nackt; nur das leise Summen des Windes leistete ihr hier Gesellschaft. Entweder hatte er sie kommen gesehen – vermutlich eher gehört –, oder er war überhaupt nie hier gewesen.

»Hatte ich Ihnen nicht aufgetragen, auf das Feuer aufzupassen?«

Aubreys Herz tat einen gewaltigen Sprung, als sie rasch herumwirbelte. Er stand direkt hinter ihr, so nahe, daß ihre Hände sein Lederhemd berührten. Von seinem Gesicht konnte sie nicht viel erkennen, denn sie standen auf der Abseite der Felseninsel, wo das Mondlicht nicht hingelangte, aber es waren genügend Sterne am Himmel, deren gesammelter Widerschein von den Steinen und dem Sand reflektiert wurde und den schroffen Felsen und Steinen Konturen verlieh.

»Ich habe darauf aufgepaßt«, sagte sie und wich einen Schritt zurück. »Und fand, daß es in Ordnung war.«

McBrides Hand fuhr an die Hüfte: Sie sah das Aufblitzen des blauen Stahls einer Messerklinge. »Ich hätte gedacht, daß Sie heute morgen gelernt hätten, an diesem Ort nicht einfach ohne Ankündigung herumzuschleichen.«

Sie hörte das leise Rascheln, als das Messer wieder in die Scheide glitt, und spürte, wie ihr Herz wiederum einen raschen Satz tat. »Es tut mir leid. Ich habe nicht daran gedacht. Ich wollte nur eine Weile allein sein. Sie können das wohl von all den Leuten hier am besten verstehen?«

Sie spürte es eher, als daß sie sah, wie ein Grinsen seine Züge entspannte.

»Schließt das Bedürfnis nach Abgeschiedenheit mich ein? Wollen Sie mir etwa sagen, daß unser Waffenstillstand heute morgen nur vorübergehend war?«

»Ich … Waffenstillstand?«

Seine Hand bewegte sich wieder, aber dieses Mal spürte Aubrey den Hauch Wärme von seinen Fingern, als sie eine widerspenstige Locke von ihrem Gesicht strichen.

»Ich dachte, wir wären über das Stadium hinaus, in dem

Sie mir ständig eine geladene Pistole an den Kopf halten wollten.«

»Mr. McBride ... ich ...«

Da stöhnte er auf und ließ sich unvermittelt gegen den Felsen fallen. »Und ich weiß genau, daß Sie mich heute morgen Christian genannt haben. Ich weiß es hundertprozentig.«

Sie biß sich auf die Lippe, unangenehm berührt von der Erinnerung, wie viel heute morgen geschehen war. Jetzt verschärfte sie diesen Fehler nur noch. Allerdings konnte er nicht wissen, daß sie ganz bewußt diesen Weg eingeschlagen hatte, aber ...

»Was wollten Sie also von mir?«

»Von Ihnen?«

Er nahm seinen Hut ab und fuhr mit den Fingern durch sein Haar. »Sie haben sich nicht gerade den leichtesten Weg ausgesucht, wenn sie Abgeschiedenheit suchten.«

»Mr. McBride, wenn Sie damit sagen wollen ...«

»Eine Unterhaltung ... ein wenig menschliche Wärme – das ist doch kein Verbrechen. Ich hatte sogar gehofft, ein paar Minuten mit Ihnen allein zu sein. Ich ... habe kein Talent für Entschuldigungen, und Komplimente machen ist auch nicht gerade meine Stärke, aber ich wollte Ihnen sagen, daß Sie sich heute sehr gut geschlagen haben. Sie haben keine Panik gezeigt, keine unnötigen Fragen gestellt. In der Kutsche und später ... hier ... waren Sie einfach großartig.«

Aubrey biß sich kräftiger auf die Lippe und schwankte leicht unter dem Ansturm wohliger Gefühle, die diese Worte bei ihr auslösten.

»Danke«, flüsterte sie. »Aber wie ich schon zu Sun Shadow sagte, alles was ich tat, geschah aus Angst.«

Er schien ein wenig überrascht. »Sie haben mit Sun Shadow gesprochen?«

»Ja, warum? Ist das so ungewöhnlich?«

»Wenn er Ihnen geantwortet hat, ja. In Gegenwart der meisten Frauen blickt er einfach nur böse vor sich hin – ausgenommen bei seiner Frau.«

»Er ist verheiratet?«

McBrides Grinsen wurde breiter. »Ist das etwas so Seltenes?«

»Nein, natürlich nicht«, erwiderte sie errötend. »Nur ... ich habe einfach nicht daran gedacht, das ist alles.«

»Na, er ist sogar sehr verheiratet und hat vier Söhne, die seine stolze Tradition fortsetzen. Ein fünftes ist unterwegs, hat er mir erzählt, und ich hoffe, es wird eine Tochter, nur damit der überhebliche Bastard ehrlicher lebt.«

»Sie sind sehr gute Freunde, nicht wahr?«

Einen Moment lang betrachtete er seinen Hut, den er langsam in den Händen drehte. »Wir waren einst die schlimmsten Feinde. Ich habe ihn ein halbes Jahr lang verfolgt und bin seinen Kugeln und seinem Skalpmesser ausgewichen. Als wir uns schließlich begegneten, gab er mir das hier.« Seine Finger fuhren über die Narbe, die seinen Hals und seine Brust verunzierte. »Und neuen Respekt für die Bedeutung des Wortes ›Überleben‹. Ich weiß nicht, was ich ihm gab, außer großer Schande, Wut und Schmerz.«

»Das verstehe ich nicht.«

McBride holte tief Luft und stieß sie geräuschvoll wieder aus. »Er erfuhr es erst, als ich ihn fand und es ihm sagte, daß wir den gleichen Vater haben. Das ist eine schreckliche Beleidigung für jeden Indianerkrieger, und ganz besonders für einen so wilden, stolzen Häuptling ... nicht, daß mich diese Neuigkeit besonders gefreut hätte. Wenn man hört, wie im Testament des eigenen Vaters ein fremder Name auftaucht, ist das schon mehr als genug. Und wenn man dann herausfindet, daß der Mann Anführer einer Bande war, die unsere Ranch jahrelang überfallen hatte ... Auch Blutsbande werden unter solchen Umständen schwach.«

»Aber es ist ihnen offensichtlich gelungen, diese Differenzen zu bereinigen.«

McBride sah auf und hielt in der Bewegung inne. »Wir fanden einen dritten, gemeinsamen Feind, den wir haßten.«

»Und Sie?« fragte er nach einer Weile. »Gibt es bei Ihnen zu Hause Brüder oder Schwestern?«

»Warum?« fragte sie, sofort mißtrauisch geworden.

»Kein besonderer Grund«, protestierte er unschuldig.

»Interessiert mich nur einfach. So unterhält man sich doch gewöhnlich, oder? Ich erzähle Ihnen ein bißchen über mich, dann reden Sie über sich.«

»Und dann stellen Sie zu viele Fragen, und wir streiten uns, und eins führt zum andern.« Sie schüttelte den Kopf. »Ehrlich gesagt, traue ich Ihrer Vorstellung von einer freundschaftlichen Unterhaltung nicht. Vielleicht gehe ich jetzt besser zurück ...«

»Aubrey ...?« Er streckte die Hand aus und berührte sie am Arm, als sie gerade an ihm vorbeigehen wollte. »Mit dir streiten ist heute nacht das letzte, was ich mir wünsche. Glaub mir, ich verspreche, dir keine weiteren Fragen zu stellen. Wir brauchen überhaupt nicht zu reden, wenn du nicht willst. Wir können uns einfach hierhersetzen und stumm das Spektakel betrachten.«

»Welches Spektakel? Was meinen Sie damit?«

»Hier haben wir die besten Plätze«, sagte er und deutete auf den schrägen Felsen hinter ihnen. »Wenn ich verspreche, nur reine, anständige Gedanken zu haben und die Hände in der Tasche zu behalten, bleibst du dann bei mir?«

»Ich weiß immer noch nicht, von was Sie reden.«

»Das kann ich nicht erklären. Ich muß, es dir zeigen.«

Er streckte die Hand aus, und Aubrey starrte einen Moment lang darauf. Ihn bewußt zu berühren war das letzte, was sie wollte, aber als sie die schmalen, starken Finger sah, konnte sie nur ihre eigene kleine Hand schüchtern hineinlegen. Als ihre Haut nicht unmittelbar darauf entflammte und ihr Arm dem Druck seiner Hand standhielt, mußte sie unfreiwillig lächeln.

McBride, der den schwachen Schein ihres Lächelns sah und den kalten Schauder spürte, der ihren Arm entlang lief, beherrschte sich, um keine anzügliche Bemerkung zu machen. Sie war so schreckhaft wie ein Füllen, und er hatte nicht die geringste Absicht, sie wieder zu verscheuchen. Gleichzeitig mußte er sich in Erinnerung rufen, daß ein wenig Vertrauen ja schön und gut war, aber zu viel konnte ausgesprochen gefährlich werden. Für sie beide.

Er hielt ihre Hand fest und half ihr den Stein hinauf. Beim Klettern um die runde Kuppe warnte er sie, aufzupassen. Aubrey sah eine Nische in der glatten symmetrischen Oberfläche und eine flache Senke, die aus dem Sandstein herausgerieben war und die der Wind mit Sand gefüllt hatte. Ein dunklerer Fleck in der Mitte erwies sich als Decke, und daneben lagen McBrides Gewehr und sein Halfter.

»Setz dich«, forderte er sie auf und ließ sich ebenfalls nieder.

Aubrey blickte sich um und zog ihre Decke enger um die Schultern. Sie fühlte sich ein wenig unsicher hier oben, am Rand des kleinen Sandsteinplateaus. Die Wüste lag mehr als dreißig Meter unter ihnen, und über ihnen gab es nichts mehr als das sternenübersäte Gewölbe des Himmels.

»Du verstellst mir die Sicht«, sagte Christian leise.

Aubrey ließ sich vorsichtig am Rand seiner Decke nieder und steckte die Füße unter den Rocksaum. Da draußen auf der Ebene war nichts zu sehen – kein Licht, kein Feuer – weder Tänzerinnen noch akrobatische Bären.

»Da«, flüsterte er und deutete nach oben.

Aubrey neigte den Kopf zurück und sah gerade noch den verglühenden Schweif einer Sternschnuppe.

»Ich habe schon an die zwei Dutzend gezählt«, sagte er und fügte dann locker hinzu: »Man sieht sie noch besser, wenn man sich hinlegt.«

Damit streckte er sich aus, verschränkte die Arme im Nacken und die langen Beine an den Knöcheln, und Aubrey konnte an nichts anderes mehr denken als an den schlanken, starken Körper neben ihr. Sein Hemd stand offen und gab die glatten Muskeln von Schultern und Brustkorb frei, und sie spürte den lächerlichen, schwindelerregenden Drang, ihre Hände unter das Leder zu schieben und den harten, glänzenden Torso mit den Fingerspitzen zu berühren. In ihren Wangen stieg eine neue, andere Wärme auf, und ihr war verstörend klar, daß sie die beherrschte, gleichgültige Rolle nicht mehr weiterspielen konnte, die sie so gut geübt hatte. Sie konnte ihn ohne den Ekel ihrer Alpträume berühren und von ihm berührt werden. Sie konnte den Körper eines Mannes betrachten und bewundern; sie würde sich immer an seine Lippen erinnern und wissen, was Lust war.

Ihre Wangen brannten nun heißer. Ihr Herz begann, in einem seltsamen neuen Rhythmus zu klopfen, und um ihre Unsicherheit zu überspielen, legte sie sich zurück auf die Decke, merkte aber, wie sein Blick ihr folgte. Der Sand unter ihr war kühl und samtig weich, und die kleinen Wellen paßten sich rasch ihrem Körper an. Sie blickte direkt nach oben, und es war, als würde der Boden unter ihr plötzlich zurückweichen, als umgäbe sie keine Wüste mehr, kein Felsgestein, das ihnen Schutz bot. Es gab nur noch endlose schwarze Leere ringsum, eine riesige, glitzernde Wildnis, die sie lockte, den Körper zurückzulassen und hinauf in die Sterne zu schweben.

»Ich glaube, das habe ich im Gefängnis am meisten vermißt«, sagte McBride leise. »Du hattest Recht mit dem Bedürfnis nach Abgeschiedenheit – sowas gibt's da nicht. Hölle, es gab Zeiten, in denen ich dachte, ich würde niemals wieder frische, reine Luft atmen, ich würde nie wieder frei sein.« Er hielt inne und lachte dann rauh auf. Der Laut schien von weither zu stammen. »Es gibt einen Felsen in Arizona, etwa eine Meile hoch. Und wenn ich im Schmutz und dem Gestank meiner Zelle lag, dann habe ich mir immer vorgestellt, ich läge oben auf dem Stein, nur noch der Wind und den Himmel über mir und die Adler. Ich glaube … das allein hat mir am Ende den Verstand gerettet.«

Aubrey ließ sich vom Klang seiner Stimme treiben, die ihre Freude, Wärme und Sensibilität am ganzen Körper zu verstärken schien. Sie hatte als Kind oft auf den Sandbergen gelegen und sich vorgestellt, daß sie auf den schaumigen Rücken einer Wolke ritt, aber sie waren nahe bei der Erde geblieben, und es bestand nie die Gefahr, von den geisterhaften Galeonen fortgeweht zu werden. Die Sterne waren so weit entfernt. Sie erhob die Hand mit gespreizten Fingern und streckte sie so hoch sie konnte, als habe dieses mitternachtsblaue Meer eine Substanz …, als gäbe es etwas Wirkliches, Echtes zu fassen, das sie zurückhielt und verhinderte, daß sie in den leeren Raum hineinschwebte.

Sie keuchte auf, als ein grellweißes Licht über den Himmel jagte, und wieder, als es direkt durch ihre Finger zu zischen schien. Sie spürte heiße, kindliche Tränen in den Augen und hätte es weder sich selbst, noch dem Mann neben ihr erklären können, der nun seine Hand ausstreckte, seine Finger zwischen ihre schob und sie wieder zur Erde brachte, ehe sie sich völlig verloren glaubte.

»Man darf sich bei einer Sternschnuppe etwas wünschen«, murmelte er.

»Hast du dir etwas gewünscht?«

»Aber sicher. Es hat zwei Dutzend Sternschnuppen gedauert, aber jetzt bis du endlich hier.«

Das kam so leise heraus, daß sie sicher war, sich verhört zu haben; es verstärkte ihren Schwindel nur, statt ihn zu lindern.

Rasch setzte sie sich auf. Das Herz in ihrer Brust tobte, der Atem klang rauh in ihrer Kehle, die ihr plötzlich trocken erschien. Sie starrte auf ihre bestrumpften Füße und befahl ihnen, aufzustehen, aber sie wollten nicht gehorchen. Sie spürte, wie ihr die Decke von den Schultern genommen wurde, und befahl ihren Händen, sie zu schnappen, aber sie waren zu sehr damit beschäftigt, einander zu umschlingen, um sich Mut zu machen.

Lange, gebräunte Finger streichelten nun die Masse ihrer schwarzen Locken um ihre Schultern und zogen sie langsam herunter auf die Seite. Dann drückte er seine Wange in das seidige Gewirr und senkte die Lippen auf die warme, glatte Biegung ihres Halses. Seine Zunge malte ein träges Muster über ein Ohrläppchen, und Aubrey schloß zitternd die Augen. Das Zittern breitete sich über ihre Brust und den Bauch aus und erreichte schließlich ihre Schenkel.

»Bitte«, flüsterte sie. »Bitte nicht …«

Sein Atem tönte laut an ihrem Ohr, aber es verlor sich fast sofort wieder, als seine Zunge sich in die feinen Windungen bohrte. Aubrey versuchte, den Kopf zu wenden, aber da war plötzlich seine Hand in ihrem dicken Haar und zwang sie, sich der köstlichen Qualen weiter auszusetzen. Eine andere Hand umfing einen Moment lang ihr Kinn, ehe sie der größeren Verlockung nachgab: Heiß und kühn glitt sie langsam nach unten, malte die sanfte Rundung ihrer Brust und alle Kurven weich nach und strich mit seinem breiten, schwieligen Daumen über ihre gespannte Brustknospe. Alle Kraft verließ nun Aubreys Schultern, und sie ließ sich gegen ihn sinken. Er küßte ihre Schläfe, ihre Wange, ihr Kinn, liebkoste ihre Mundwinkel, und sein Angriff war geschickt und sicher.

»Du hast versprochen ... deine Hände ... in den Taschen zu behalten.«

Seine Lippen lösten sich einen Moment, und er blickte auf sie hinab: Seine Augen, Nase und Mund waren kaum mehr als dunkle Öffnungen, umhüllt von Schatten. Aubreys Gesicht hingegen war von Sternenlicht überstäubt. Ihre Augen schimmerten, und die Lippen glänzten voll und einladend. Die Biegung ihres Halses war perlweiß und lenkte den Blick hinab, wo seine Hand die Knoten fand, die ihre Bluse hielten.

»Ich habe gelogen«, antwortete er schlicht. »Ich habe keine Taschen.«

Damit senkte er seine Lippen auf ihre und erstickte ihr Keuchen mit raschem, heftigem Druck. Aubrey hob eine Hand, um ihn fortzustoßen, aber statt auf Leder stieß sie auf seine glatten, harten Muskeln.

Da öffnete sie die Lippen, und sein Kuß drang tiefer und wurde köstlich feucht und verlockend. Seine Zunge drang in sie hinein, streichelte, neckte sie und schickte eine Flut an Gefühlen abwärts, wo sie den Wellen der Lust begegneten, die seine suchenden Finger auslösten. Aubrey zog die Beine an und rollte sich eng zusammen in der Hoffnung, die Hitze einzudämmen, aber es hatte keinen Sinn.

Sein Mund verzehrte sie, seine Hände schälten all ihre Abwehr fort, und sein Körper ... sein Körper strahlte eine solche Hitze, Kraft und Leidenschaft aus!

Christian war überrascht über die Stärke seiner eigenen Leidenschaft. Seine Finger zitterten vor Begierde, so daß er sie kaum dazu bringen konnte, die Knoten zu lösen, statt sie einfach von ihrem Körper loszureißen. Der schwarze Nebel ihres Haares blendete ihn, ihr Geschmack auf seinen Lippen berauschte ihn über alle Vernunft hinaus. Es war Wahnsinn, das zu wollen, was er wollte, auf einem Steinbett, eine Million Meilen vom nächsten Ort entfernt. Sie war verschreckt und empfindsam unter den Nachwirkungen eines langen, gefährlichen Tages, und er wußte, daß er ihre Schwäche schändlicherweise ausnutzte. Er wußte es, verdammt, ebenso wie er wußte, daß sie ihn zweifelsohne am Morgen dafür hassen würde.

Aber warum sollte ihn das kümmern? Was bedeutete sie schon für ihn – nur ein Geheimnis, eine Herausforderung, eine Ablenkung mit blitzenden blauen Augen und einem Mund, der zum Küssen wie geschaffen schien. Sie hatten kaum eine Chance, von diesem Felsenelend wegzukommen, und daher konnte es ihm egal sein, was sie am nächsten Morgen über ihn dachte oder empfand. Er wollte sich bloß in ihrer Wärme und Feuchtigkeit vergraben und den Rest der Welt in der Hölle schmoren lassen, so lange es ging.

Er stöhnte auf, als sich endlich der letzte Knoten löste. Dann schob er die verknitterten Stoffschichten beiseite und umfaßte den weißen, weichen Hügel ihrer nackten Brust und preßte sie eng an sich, als der Schock der unerwarteten Intimität ihren Körper durchzuckte. Was für zarte Haut! Kühl und schwer füllte die Brust seine Hand, die im Mondlicht reinweiß wirkte.

Wieder senkte sich sein Mund herab, und die Faust, die noch in ihrem Haar verfangen war, zwang ihren Kopf zurück, bis sie nicht mehr gegen seinen Körper gelehnt lag, sondern neben ihm ruhte. Als seine Hand fester zugriff und seine Begierde die Bewegung rauher als beabsichtigt ausfallen ließ, als er sich über sie schob, mischte sich zum erstenmal ein Schmerzgefühl in ihre Lust.

Aubreys Augen wehrten sich gegen die betäubende Schwere ihrer Wimpern, als sie mit benommener Faszination beobachtete, wie sein Mund sich einen langsamen Weg zu ihrer Brust suchte. Er legte sich heiß um ihre Brustknospe, und seine Zunge spielte mit der erregten Spitze, bis ihre Nervenenden so gereizt waren, daß sich ihr Körper gegen diese köstliche Folter aufbäumte.

Christian erstickte ein weiteres Stöhnen, indem er sie an sich preßte. Sie wollte das gleiche wie er, er spürte ihre Hingabe in dem unruhigen Klammern ihrer Hände und in den windenden Regungen ihres Körpers. Seine Hand fuhr an ihren Schenkeln herab, dann zwischen sie, und er verfluchte den dicken braunen Stoff. Er fluchte über den Verschluß an der Taille, den er nicht finden konnte, und über die dicken Falten, die steif und unnachgiebig zwischen ihnen lagen. Er griff weiter hinab und zog den Saum über ihre Knie hoch.

Endlich fand seine Hand ein schlankes nacktes Knie. Dann hörte er sie leise aufkeuchen, suchte aber hartnäckig weiter und hielt ihr Bein mit seinem Knie unter sich fest.

Aubrey wand sich wieder, und erneut durchtoste ihn die Hitze seiner Lust. Seine Ungeduld wurde nun von Ärger gefärbt, und seine Finger sperrten sich gegen ihre Versuche, ihm den Weg zu verstellen.

»Das Spiel ist vorbei, Aubrey«, sagte er heiser. »Es hat Spaß gemacht, aber ich denke, wir beide wissen nun, daß es vorbei ist.«

Das Spiel ist vorbei.

Das Spiel ist vorbei, du süße Kleine …

Aubrey riß die Augen auf und starrte in den schwarzen Himmel über ihr. Sie hörte die Stimme aus dem Traum in den Ohren. Es waren Scud Holwells Stimme und Scud Holwells rauhe, unnachgiebige Hände, die ihr Flehen ignorierten und ihre Anstrengungen, den Schmerz und das Entsetzen zu vermeiden.

Das Spiel ist vorbei, du süße Kleine …

»Nein!« keuchte sie. »Nein ...!«

Sie riß den Kopf zur Seite, merkte aber, daß ihr Haar am Boden festgehalten wurde. In wachsender Panik ballte sie die Hände zu Fäusten und schlug damit um sich wie eine Wildkatze. Sie trat wild aus, ihr Körper bäumte sich auf und wehrte sich gegen das massige Gewicht, das sie zu Boden zwang.

Christian bekam zwei heftige Hiebe an den Kopf, aber erst der dritte, ein kratzender Angriff auf seine Schulterwunde vom Messer des Komantschen brachte ihn dazu, sich in plötzlicher, sternenübersäter Agonie nach hinten zu bäumen. Er fiel vor Schock zur Seite, und in dem Zeitraum, den seine Gefühle brauchten, um von Lust zu Schmerz zu wechseln, hatte sich Aubrey auf die andere Seite der Senke gerollt. Sie wäre weiter geflüchtet, wenn sich nicht ihre Beine im Rocksaum verfangen hätten und wenn die Stimme hinter ihr sie nicht plötzlich wieder zurück in die Wirklichkeit gebracht hätte.

»Jesus Christus!« keuchte McBride, der sich vor brennendem Schmerz krümmte. »Jesus Christus!«

Das helle Haar, die breiten, abfallenden Schultern, die langen, gebräunten Finger, die den Arm vor Schmerz umklammerten, gehörten nicht zu Scud Holwell. Sie gehörten nicht zum Schrecken des Traums, und Aubrey drückte ihre kalten Finger auf den Mund und wartete darauf, bis die stahlgrauen Augen sie in der Dunkelheit wieder fanden.

»Tut mir leid«, flüsterte sie. »Christian ... es tut mir so leid ...«

Wortlos, denn er war immer noch so wütend, daß er sich kaum ein paar Worte zutraute, griff McBride unter das Lederhemd und betastete die Wunde. Seine Finger waren naß von frischem Blut, das nun im Mondlicht aufglänzte.

»Es tut mir leid«, wiederholte sie, und ihre Stimme zitterte ebenso stark wie ihre Hände, die sie nun senkte, um die Bluse zusammenzuhalten. »Ich weiß nicht ... was über mich kam.«

Christian starrte sie wütend an. »Yeah, aber das nächste

Mal, wenn das wieder über dich kommt, dann versuch einfach, nein zu sagen.«

Aubrey spürte brennende Schamröte in ihren Wangen. »Ich habe doch gesagt, wie leid es mir tut. Und ich habe nein gesagt, wie ich mich erinnern kann, aber du hast nicht auf mich gehört. Du ... hast einfach weitergemacht. Du wolltest nicht aufhören.«

»Ich hatte nicht gedacht, daß du mir bis hierher gefolgt bist, um über das Wetter zu sprechen«, erwiderte er grob. »Und wenn das der Fall gewesen sein sollte, dann hättest du beide Beine fest auf dem Boden lassen sollen.«

Sie senkte den Kopf und zuckte unter seiner Wut und seinem Sarkasmus zusammen. Sie hätte sich nie vom Feuer entfernen sollen, niemals seine Aufforderung annehmen dürfen, sich neben ihn unter die Sterne zu legen. Lieber Gott, kein Wunder, was er gedacht hatte – es hätte nur wenig daran gefehlt, und sie wäre nackt vor ihn getreten.

»Ich ... es ist nur ... ich will nicht berührt werden.«

»Du willst nicht *berührt* werden?«

Er sah sie lange mit zusammengekniffenen Augen an. Dann stieß er einen leisen Fluch aus. »Das reicht nicht, Miss Blue. Ich weiß, wenn einer Frau gefällt, was ich mit ihr anfange, und du, du hattest jede Sekunde deinen Spaß daran.«

Aubrey starrte ihn über den Schatten zwischen ihnen an, las den Vorwurf in seinen Augen und wußte, daß Leugnen nutzlos wäre, nicht wenn ihr Mund sich noch aufgewühlt und zärtlich von seinen Küssen fühlte, wenn ihre Brüste noch in Erinnerung an seine Lippen und Zunge bebten. Nein, er war nicht Scud Holwell, aber er war auch kein Mann, der mit Geduld und Mitgefühl sehr großzügig umging. Er war grob, zynisch und selbstsicher, ein ehemaliger Soldat, Sträfling, indianischer Krieger und Scharfschütze ... nicht der Typ, der die Alpträume begreifen würde, die sie verfolgten, der das Entsetzen und den Ekel verstehen würde, die diese Alpträume bei ihr auslösten. Von einem Mann ohne Schwächen konnte sie kaum erwarten, sie in anderen zu dulden.

Aubrey schmeckte Blut auf ihrer Lippe und blickte auf ihre Hände. Sie klammerten sich immer noch um den Blusenausschnitt, und mit einem leisen, ergebenen Seufzer zwang sie sich, jeden einzelnen Knoten mit größter Sorgfalt wieder zuzubinden.

»Möchten Sie, daß ich mir Ihre Schulter ansehe?« fragte sie leise.

»Nein, Miss Blue, das möchte ich nicht. Ich würde Ihnen nicht empfehlen, mich anzufassen oder mir heute nacht auch nur zu nahe zu kommen – es sei denn, sie wollen flach auf dem Rücken liegen, eine Hand auf ihrem Mund und den Rock hochgeschlagen. Ich würde sagen, Sie haben zehn Sekunden, um sich aus meiner Nähe zu entfernen, sonst denke ich vielleicht, das ist Teil Ihrer Vorstellung und daß Sie eigentlich nicht wollten, daß ich aufhöre, sondern nur nicht wollten, daß es so aussah, daß Sie scharf wie die Sünde auf einen so schlimmen Kerl wie mich waren.«

Aubrey sah ihn benommen an. »Das war nicht der Grund ...«

»Neun Sekunden, Miss Blue.«

»Sie verstehen nicht ...«

»Acht.«

Aubrey mühte sich auf die Knie. Ihr Haar fiel in einer wirren Masse über ihre Schultern und verbarg ihr Gesicht fast völlig, und obwohl es ein Trick gewesen sein konnte, den das schwache Licht spielte, so glaubte Christian doch, das helle Glitzern einer Träne in ihren Wimpern zu sehen.

»Sieben«, sagte er leise.

Aubrey drehte sich um und floh. Er hörte ihre bestrumpften Füße auf dem rauhen Stein und wie der Kammgarnrock sich in den Büscheln aus rauhem Präriegras verfing, die in den Felsspalten überlebt hatten. Seine Schulterwunde pochte heftig, und der Schmerz in seinen Lenden machte ihn wütend – zu verflucht wütend, um mehr zu tun, als ihr nachzusehen, wie sie über der Kuppe verschwand.

Auch gut. In einer Stunde ging der Mond unter, und es würde dunkel genug für Jim Brody sein, sich auf den Weg nach Middle Springs zu machen. Die Schatten der Kakteen, Felsen und Hügel dehnten sich schon geisterhaft verzerrt unter dem Mondlicht aus und verschmolzen miteinander, bis es fast unmöglich war, noch einen hellen Sandflecken zu sehen. Und Christian in seiner Wut und Frustration verpaßte beinahe den einen Schatten, der sich unabhängig von der Mondbahn bewegte – ein Schatten, der die Gestalt des indianischen Ponys annahm, dessen Hufe mit dicken Dekken umwickelt waren und dessen Zügel Darby Greaves hielt.

10

»Nenn mir einen guten Grund, warum ich dich nicht auf der Stelle umbringen soll«, verlangte McBride. Er hatte seinen Revolver gespannt und hielt ihn auf Darbys Kopf gerichtet. Er war dem Mann hinaus in die Wüste gefolgt und hatte ironischerweise bewundert, daß er genügend Verstand aufgewiesen hatte, nicht gleich in vollem Galopp loszurasen, sondern erst, als er die Felsbastion hinter sich gelassen hatte. Etwa nach einer Meile hatte McBride ihn eingeholt – einen Sekundenbruchteil, nachdem sich Sun Shadow aus der Deckung eines Felsens gelöst und den Agenten aus dem Sattel geworfen hatte. Noch im Sprung hatte er sein Messer gezückt und ließ es nun bedrohlich an der Kehle des Mannes aufblitzen. McBride war von hinten auf sie zugesprungen, und nur sein heftiges Zischen hatte den Ute davon abgehalten, die Klinge durch die gespannten Sehnen zu ziehen. »Das Pferd, verdammt! Vergiß diesen Bastard und hol das Pferd zurück!«

Sun Shadow starrte wütend auf Greaves herab und übte gerade eben genug Druck auf die Klinge aus, um eine feuchtrote Warnung auf der Luftröhre des Agenten zu hinterlassen. Greaves jammerte auf, als er den kalten Stahl auf der Haut spürte, aber das war rasch wieder vergessen, als der Ute fortsprang und die neuerliche Bedrohung von McBrides Pistolenlauf ihm den Blick nahm.

»Einen einzigen Grund, du Hund«, knurrte Christian.

»Ich … ich wollte Hilfe holen. Ich war es leid, da herumzusitzen, und wußte, daß ich gut genug im Sattel wäre und mehr nützen würde als bei der Kutsche. Ihr braucht sicher Brodys Knarre, wenn die Komantschen wieder angreifen.«

McBride grinste. »Und das soll ich dir glauben, du Stück Scheiße?«

»Es ist die Wahrheit! Ich schwöre es! Ich wollte Hilfe holen. Fast hätte ich es auch geschafft, wenn du und der verfluchte Wilde mich nicht aufgehalten hätten. Vielleicht ist das überhaupt das Problem – ihr wollt nicht, daß ein anderer den Helden spielt.«

McBride fluchte laut und zerrte Greaves auf die Füße. »Du willst hier den Helden spielen? Herzlich willkommen! Dann fang jetzt an zu laufen, und morgen mittag bereitet man dir in Middle Springs vielleicht einen Heldenempfang!«

»Laufen? Zu Fuß?«

»Zu Fuß oder auf deinem Arsch, das ist mir völlig egal, Greaves, nur bist du von jetzt an allein.«

»Das kannst du nicht machen! Ihr könnt mich doch nicht einfach hier zurücklassen! Was ist mit den Komantschen?«

»Was soll damit sein? Wenn du ihnen zu Pferd entwischen konntest, kannst du es auch zu Fuß. Außerdem kann ein so glattzüngiger Bursche wie du sie ganz leicht überreden. Sei einfach nett zu ihnen, und dann lassen sie dich höchstens einen oder zwei Tage schreien, ehe sie dich umbringen.«

Greaves erblaßte. Er schien unter McBrides Faust zusammenzusacken, aber im nächsten Augenblick griff seine unverletzte Hand unter sein Jackett, um verzweifelt nach seinem Revolver zu greifen. McBride war fast enttäuscht. Mit lachhafter Mühelosigkeit schnappte er die verletzte Hand des Agenten und drückte fest zu. Darby stieß vor Schmerz einen so markerschütternden Schrei aus, daß die beiden schattenhaften Gestalten, die hinter dem Felsen aufgetaucht waren, zurückwichen und Deckung suchten.

Christian hörte das Geräusch ihrer Schritte im Sand und duckte sich rasch nieder. Er überließ Greaves seinem Schmerz, wirbelte herum und zielte auf die Felsen. Beide Colts gingen gleichzeitig los, und der Knall und der blauweiße Pulverrauch folgten einen Sekundenbruchteil, nachdem die Kugeln sirrend vom Stein abgeprallt waren.

»Aufhören! Verdammt nochmal, aufhören! Wir sind Soldaten. Soldaten der Kavallerieabteilung J. Troop der Vereinigten Staaten unter dem Kommando von Leutnant Faraday DesLaurier. Aufhören!«

Christian lag bäuchlings im Sand und hatte die Finger bereits wieder am Abzug. »Zeigt euch, Jungs, aber ganz, ganz langsam!«

Vorsichtig schoben sich zwei Köpfe über den Rand des Felsens. Zwei Soldaten zeigten sich mit erhobenen Armen so weit, bis aus McBrides Kehle ein gutturales Knurren ertönte.

»Soldaten«, keuchte Greaves. Er hockte auf den Knien und hielt seine verletzte Hand, doch beim Anblick der beiden Blauröcke mühte er sich auf die Beine und taumelte auf sie zu, ebensosehr, um die Fremden zu begrüßen, wie, um Abstand zwischen sich und Christian McBride zu schaffen. »Soldaten, Gott sei Dank. Sie haben uns gefunden!«

»Gefunden? Wir haben verflucht nochmal fast auf euch geschossen, bis wir hörten, daß ihr euch in gutem alten Englisch gestritten habt. Können Sie sich identifizieren, ehe Sie näher herankommen?«

»Wir sind Passagiere der Kansas-Postkutsche«, gehorchte Greaves eifrig. »Wir wurden gestern von Komantschen überfallen. Ich war unterwegs, um Hilfe zu holen, als … als … gütiger Gott, kann es sein, daß nur zwei von euch hier draußen unterwegs sind … Wo ist euer Lager? Wo sind die anderen?«

»Da hinten«, gab einer der Soldaten knapp zur Antwort. Sein Mißtrauen stieg wieder an, nachdem kein Grund mehr zu der Angst bestand, daß ihnen im nächsten Moment die Köpfe weggeschossen würden. »Hier ist unsere Patrouillengrenze. Wir dachten, wir hätten eine Rothaut gesehen.«

»Haben Sie vermutlich auch«, sagte Christian, erhob sich langsam und klopfte den Sand von seiner Hose. »Er gehört zu uns. Ein Ute. Er ist hinter unserem Pferd her, aber ich wäre Ihnen sehr dankbar, wenn Sie ihn bei der Rückkehr nicht erledigen würden.«

Wie auf ein Stichwort erschien Sun Shadow mit dem Indianerpony, das gefügig neben ihm hertrottete. Einen Moment später hörte man die donnernden Hufe von einem Dutzend Soldaten, die auf das Gewehrfeuer hin vom Lager hergeritten waren. Sie eskortierten Greaves, McBride und Sun Shadow zum Stützpunkt und stellten sie dem verschlafen aussehenden Leutnant DesLaurier vor. Als dieser von den waffenlosen Frauen und einem verletzten Mann bei der Felsbastion hörte, erteilte er sofort den Befehl, das Lager abzubrechen. Nach einer knappen Stunde, als die ersten Lichtstreifen schon den Himmel erhellten, überquerte der gesamte Trupp von hundertzwanzig Mann in Eiltempo die trockene Ebene.

Die Männer der Abteilung J. Troop waren nicht die einzigen, die die Schüsse gehört hatten. Das Echo des fernen Geknalls hatte die unendliche Stille der Ebene zerrissen, Aubrey aufgeschreckt und bewirkt, daß Stinkefinger Jim ausspuckte, sein Ziel verfehlte und der Tabaksaft auf seinem eigenen Ärmel landete. Er war wachgeworden, als McBride rasch an ihm vorbeirannte, und Jim konnte nur hoffen und spekulieren, daß es die Waffen des Ranchers waren, die dem Agenten in seinem feinen Anzug die Gerechtigkeit der Prärie zuteil werden ließen – und nicht die Pistolen von Quanah Parker, die ein Opfer forderten.

Er, Aubrey und Bruster – der fieberte – nahmen ihre Positionen auf dem Felsen ein, aber Magenta Royale, die panisch nach dem verschwundenen Darby Greaves suchte, sah die Reihe der herangaloppierenden Soldaten zuerst und rannte überglücklich aus dem Schutz der Festung, um sie zu begrüßen.

Jim jubelte laut und feuerte beide Läufe seines Gewehrs als Willkommen in die Luft. Bruster grinste von einem Ohr zum anderen und kniff Aubrey herzhaft ein Auge zu, ehe er Jim nach unten folgte. Aubrey begann als letzte den Abstieg, glücklich genug, um McBride in echter Erleichterung und Freude anzulächeln – ein Lächeln, das jedoch rasch erstarrte, weil der Rancher sie bloß mit einem einzigen, pflichtschuldigen Nicken begrüßte, ehe er seine Aufmerksamkeit den anderen widmete. Er schenkte Magenta sein bestes, charmantestes, schönstes Lächeln und überreichte ihr einen Beutel mit Keksen und einem dicken, gelben Stück Käse. Keiner hatte in den letzten zwei Tagen etwas gegessen – abgesehen von den fast ungenießbaren Maultiersteaks –, und Magenta weinte in echter Rührung beim ersten Bissen in einen weißen, weichen Keks. Ein ganzes Dutzend ergebener Soldaten umflatterte sie wie ein großer blauer Vogel. Einige boten ihr Wasser an, andere Süßigkeiten. Ein paar bemerkten Aubrey und beeilten sich, ihr ähnliche Hilfe und Beistand zu geben, aber ihr stummes, dankbares Nicken und angestrengtes Lächeln standen in keinem Vergleich zu Magentas überschwenglichem Dank und Lob. Die Soldaten, von denen die meisten seit mehr als einem Monat auf Patrouille waren, verfielen Magentas Zauber mit Leichtigkeit, und selbst die abgebrühtesten Veteranen wischten sich die Augenwinkel, als sie von ihrer selbstlosen Tapferkeit angesichts der blutrünstigen Horden angreifender Indianer berichtete.

Das Auftauchen der Männer – so vieler Männer – rief in der blonden Sängerin eine bemerkenswerte Veränderung hervor. Sie betastete unter zahlreichen Entschuldigungen ihr Haar, weinte dramatisch über die beiden Kratzer, die sie an sich finden konnte, und benutzte ihr riesiges Arsenal an weiblichen Tricks, damit ihr gefesseltes Publikum auch gefesselt blieb. Sie brauchte nur einmal zufällig einen muskulösen Arm oder Schenkel zu streifen und hätte alle Welt verlangen können – und diese auch bekommen. Alle sahen in ihren trägen Bernsteinaugen ein wortloses Versprechen, und jeder, dem sie es schenkte, hätte geschworen, daß es nur ihm galt.

Zu Magentas größter Überraschung schien auch Christian McBride seine Distanz abgelegt zu haben und widmete sich ihr nett und aufmerksam. Magentas aufgefrischte Energie war von einem Ausbruch an Großzügigkeit begleitet, und sie war nun mehr als gewillt, seine zuvorige Feindseligkeit zu vergessen. Sie war immerhin der Stern von New Orleans, und die Erkenntnis, daß er teilweise zumindest für ihre Sicherheit verantwortlich gewesen war, mußte ihm Außerordentliches abverlangt haben. Sie vergab ihm sofort sein grimmiges Temperament und die sarkastischen Bemerkungen. Ja, sogar die kurzfristige und unerklärliche Aufmerksamkeit, die er der Schulmamsell gewidmet hatte, verzieh sie ihm. Frauen, die sich wie Männer benahmen und kämpften, waren sicher eine Weile lang faszinierend, aber diese Faszination endete gewöhnlich, wenn die Frau mehr daran interessiert war, die Hosen anzuhaben, statt zu sehen, was drinnen steckte.

Deswegen sorgte Magenta dafür, daß McBride erfuhr, wie außerordentlich dankbar sie war und wie hilflos und weiblich-dumm sie sich bei den zweitägigen Strapazen verhalten hatte. Sie ließ sich sogar zu einer ungewöhnlichen Geste herab, die sicher seine Bewunderung verdienen würde. Sie stellte sich feierlich neben den großen, stoischen Ute und legte ihre zarten Finger auf dessen bronzenen Arm.

»Danke, Sun Shadow. Wir verdanken auch dir viel, und ich hoffe, du kannst in deinem Herzen Vergebung für unsere kleinen Sünden finden. Du hast dein Leben viele Male für uns riskiert und viele Chancen genutzt, bei denen uns das Herz fast stehen blieb. Du bist ein wahrer Stolz deines Volkes und deiner Rasse.«

Sun Shadow warf einen kurzen Blick zu McBride und holte tief Luft, als er den unverkennbaren Spaß in den grauen Augen las. Er wollte die Herablassung dieser dummen *yanqui*-Frau nicht akzeptieren, doch da so viele Soldaten an ihren Lippen hingen – darunter auch Leutnant DesLaurier mit seinen Triefaugen – wäre es unklug gewesen, sie brüsk zu behandeln.

Er ließ sich zu einem knappen Nicken herab und verschränkte die Arme vor der Brust, wodurch er den Kontakt zu der weichen, weißen Hand geschickt unterband.

Magenta war verdutzt, übertrug ihre Gunst kurzerhand auf McBride, legte ihre Hand auf seinen Arm und lächelte rachsüchtig in Richtung des schockiert und wütend dreinblickenden Greaves. Dieser hatte seit der Ankunft der Soldaten vorsichtig Abstand von ihr gehalten, und zwar aus einem verdammt guten Grund. Er hatte sich nämlich nicht die Mühe gemacht, ihr gegenüber zu erwähnen, daß er mit dem Pferd verschwinden wollte. Noch hatte er erwähnt, daß er ihren Beutel mit dem Schmuck sicherheitshalber mitgenommen hatte.

Ihrer Meinung nach stand er vermutlich auch unter Schock, weil er seinen kostbaren Vorrat an Whiskeyflaschen in tausend Scherben zerschlagen vorgefunden hatte. Das war ein kleinlicher Racheakt, kaum ihrer waren Fähigkeiten würdig, aber ebenso wirksam wie ihr offener Flirt mit McBride und dem jungen Leutnant, der das Kommando der Troop-Abteilung hatte.

»Vermutlich trifft mich ein Teil Schuld, daß Sie eine solche Gefahr auf sich nehmen mußten«, sagte DesLaurier und errötete heftig, als Magentas Blick sich verlockend auf ihn richtete. »Meine Männer und ich haben Quanah Parker schon seit Wochen im Auge und waren ihm bereits dicht auf den Fersen – kamen aber immer ein wenig zu spät, um eine Tragödie zu verhindern. Ich fürchte, wir haben ihn sehr weit aus seinem Territorium nach Norden getrieben, und in seiner Verachtung hinterläßt er jetzt eine blutige Spur, der wir folgen dürfen.«

»Da er offensichtlich wußte, wie dicht Sie hinter ihm waren, kam er vermutlich auch nicht zurück, um uns zu erledigen«, erwiderte McBride und zündete sich eine *Cheroot* an.

Magentas Hand lag wie eine feste Klammer auf seinem Arm, die er gern abgeschüttelt hätte, aber er war sich eines anderen wachsamen Augenpaars bewußt, das die kleine Gruppe beobachtete. Im Gegensatz dazu starrte DesLaurier sehnsüchtig und neidisch auf die schlanken weißen Finger. »Ich schwöre, er riecht die wichtigen Botschaften im Wind. Wir haben drei der besten Spurensucher der ganzen Armee bei uns, um Parker zu finden, aber nie kommen wir nahe genug an ihn heran, um frischen Kot zu finden ... äh, bitte verzeihen Sie, Madam. Ich fürchte, wenn wir ihn nicht bald erwischen, wendet er sich wieder nach Süden, und wenn er es zurück ins Oklahoma-Territorium schafft, stehen wir vor einer langen Winterkampagne.«

»Dann sollten wir nicht länger als nötig hier warten. Wenn Sie genügend Pferde erübrigen können, die unsere Kutsche ziehen, sind wir in Nullkommanichts wieder unterwegs.«

»Sie wollen uns wieder allein lassen?« hauchte Magenta, vergaß einen Moment allen Großmut und grub ihre scharfen Fingernägel in McBrides Arm. »Sicher wollen Sie damit nicht sagen, daß der Leutnant uns wieder unserem Schicksal überläßt? Ich könnte das nicht ertragen. Ich könnte es nicht aushalten, nochmal solche Angst zu haben!«

»Ich würde es mir nicht im Traum einfallen lassen, Sie unbegleitet auf die Reise zu schicken, Miss Royale«, versicherte ihr DesLaurier sofort. »Lieber würde ich mir die Hände abschneiden, als so etwas auch nur zu denken. Meine Absicht war es, Sie mit einer Eskorte bis Middle Springs zu geleiten ... oder weiter«, fügte er hinzu, als er die Tränen in Magentas Augen aufglitzern sah. »Den ganzen Weg bis Taylor Springs in Neu-Mexiko, falls nötig, oder bis eine andere Patrouille aus Fort Union Sie übernehmen kann. Glauben Sie mir, Miss Royale, Sie sind jetzt völlig sicher. Quanah Parker ist von jetzt an unsere Sache. Die restliche Route bis Santa Fe ist völlig sicher.«

»Natürlich glaube ich Ihnen«, sagte Magenta, zwinkerte die Tränen von den Wimpern und setzte ein zittriges Lächeln auf. Als sie von McBrides Seite fortglitt und sich an seinen

Arm schmiegte, zogen sich Millionen feinster Blutgefäße im Körper des Leutnants vor Ekstase zusammen. »Wie könnte ich mich nicht bedingungslos Ihrer Fürsorge anvertrauen?«

»Sie meinten, Parker sei ohne anzugreifen an Middle Springs vorbeigezogen?« fragte McBride trocken.

»Ja, Sir. Der Stationsvorsteher steht auf gutem Fuß mit den dortigen Kiowa und Komantschen. Er hatte ausreichend Warnung, daß sich Parker in der Gegend herumtrieb, und schaffte es, sich besser zu verschanzen als im stärksten Fort. Er hat ein paar Stück Vieh verloren und ein paar Schüsse in seine Palisaden abbekommen, aber Parker hätte eine Woche und länger gebraucht, um ihm dauerhaften Schaden zuzufügen. Außerdem hatte uns Sir Percival davon unterrichtet, daß die Postkutsche überfällig war, und schlug vor, entlang dieser Route zu suchen, statt auf der Hauptstrecke. Scheint, er hegt große Bewunderung für Mr. Brodys Gerissenheit und Mumm.«

»Sir Percival?«

»Ja, Sir.« Faraday grinste. »Ein echter Baron – oder Herzog … oder Graf? Er hat die Station vor ein paar Jahren übernommen, und ich will verdammt sein, wenn er nicht jeden Morgen alle Ansässigen »God save the Queen« singen läßt. Er hat seine eigene Kanone – wohl der Hauptgrund, warum Parker sich nicht dichter herantraute – und läßt sich Punkt vier Uhr jeden Nachmittag den Tee servieren. Er wäre entzückt, Ma'am«, sagte er an Magenta gewandt, »eine so berühmte Persönlichkeit wie Sie als Gast aufzunehmen.«

Christian wechselte einen Blick mit Sun Shadow und biß die Zähne fest auf seinem Zigarrenstumpf zusammen.

Teezeremonien und Kanonen, Jungs, die noch nichtmal eine Rasierklinge aus der Nähe gesehen hatten, als Kommandeur einer Armeeabteilung, zwei Frauen, so ärgerlich wie man sie sich nur vorstellen konnte, ein Trinker, ein Korsettverkäufer und ein Kutscher, der jedesmal in Tränen ausbrach, wenn er an den Kadavern seiner Maultiere vorbeikam … lag es an ihm, oder war die ganze Welt verrückt geworden?

Der Wahnsinn wurde noch unwirklicher, als die *Concord* durch den Palisadenzaun von Middle Springs rollte. Die ursprüngliche Wechselstation, die man anstelle eines alten Handelspostens errichtet hatte, war völlig neu ausstaffiert und befestigt worden und dehnte sich nun vergleichsweise weit an einer Biegung des Cimarrons aus. Die trockene, sandige Ebene war zum Fluß hin allmählich grüner geworden. Statt des Brauns, Graus und der staubigen Einöde der letzten sechzig Meilen sah man nun struppiges Gras und die niedrigen, scharfen Hügelkämme, die die Landschaft beiderseits des Cimarrons kennzeichneten. Den Fluß entlang wuchsen üppige Pappeln, Weiden und Balsambäume, blühende Johannisbeeren und Winden; Rittersporn und alle möglichen wilden Blumen tupften die Landschaft gelb, rot und blau und versöhnten den Blick mit der Trostlosigkeit der Wüste.

Der Cimarron selbst toste rasch und tiefblau dahin: ein ebenso willkommener Anblick für die schwitzenden, verschmutzten Reisenden wie die solide Befestigung der Ansiedlung. Innerhalb der stachelbewehrten Anlage gab es eine nagelneue, gut bestückte Wechselstation und eine Schmiede, Ställe, die so groß waren, daß sie eine kleine Herde Pferde und Maultiere beherbergen konnten, und die Station selbst mit ausreichend Zimmern für ein Dutzend Gäste – aber am überraschendsten wirkte wohl das winzige, aber makellose zweistöckige Haus mit einem kleinen, von einem Eisenzaun umgebenen Rosengarten.

Sir Percival Fortesque – ein Herzog, wie sich herausstellte – war mit nicht viel mehr als seinem Titel und einem ausgeprägten Sinn für Abenteuer aus England hier zugewandert. Er war als Passagier auf der Kansas-Linie vor viereinhalb Jahren in Middle Springs ausgestiegen und seitdem dort geblieben. Das bißchen Geld, das er mitbrachte, war in die »Zivilisierung« der Wechselstation geflossen; die hohen Profite, die er in seinem Handel mit den Indianern erzielte, hatten die heruntergekommene Station allmählich in ein kleines Königreich verwandelt.

Er war ein hochgewachsener Mann, der sich steif wie ein Ladestock hielt, einen gewachsten Zwirbelbart und die bleistiftdünne Nase hoch in der Luft trug. Er zierte sich mit einem Monokel, hielt ein Elfenbeinstöckchen unter den Arm geklemmt und zögerte nicht einen Deut, ihn auf den Rücken eines störrischen Maultieres oder das Ohr eines eingeschlafenen Stallburschen sausen zu lassen. Seine Frau, Lady Prudence, war ebenso winzig wie ihr Mann brüsk war, neigte dazu, zu viel zu reden, gab aber kaum jemals etwas von sich, was in dem ständigen Fluß nervöser Erregung verständlich gewesen wäre. Acht winzige Abbilder von Lord Percival und Lady Prudence liefen herum, jedes mit geblähten Nasenflügeln und einem Kopf, der dazu angehalten wurde, sich leicht in die Höhe zu recken.

DesLaurier hatte recht mit seiner Prophezeiung gehabt, daß der Gastgeber und seine Frau vor Ehrfurcht fast überwältigt sein würden, wenn sie von Magenta Royale, dem Stern von New Orleans, erfuhren. Lady Prudence flatterte vor Aufregung und tanzte nervös auf dem schmalen Pfad hin und her, der zum Haus führte, und bestand nach einer händeringenden Unterhaltung mit ihrem Gatten darauf, daß die gefeierte Sängerin es viel angenehmer als Gast in ihrem Haus hätte, statt mit der spartanischen Unterkunft der Station vorliebzunehmen. Magenta wurde hofiert wie eine Angehörige des Königshauses, und Aubrey blieb nichts anderes übrig, als dem schüchternen Lächeln und den Handzeichen eines Indianermädchens zu folgen, das ihr ein Zimmer im Hauptgebäude anwies.

Sie war jedoch nicht beleidigt – wenn überhaupt, dann war sie erleichtert, endlich wieder einmal ungestört zu sein, denn wie alles in Middle Springs streng geregelt war, gab es getrennte Räumlichkeiten für Frauen, und Aubrey konnte sich das größte, kühlste Zimmer aussuchen. Dazu gab es den Luxus einer privaten Badewanne und soviel heißes Wasser und Seife, wie sie nur aushalten konnte. Leider hatte sie kaum die Energie, es zu genießen. Es gelang ihr, die Schichten aus Schmutz und Staub abzuwaschen und in ein sauberes

Hemd zu schlüpfen, das das Indianermädchen ihr gebracht hatte, aber ehe sie sich wieder anziehen oder mehr als eine halbe Tasse der süßen, heißen Schokolade trinken konnte, war sie erschöpft auf ihrer Pritsche eingeschlummert.

Stinkefinger Jim Brody hatte die letzten zehn Meilen durch die Wüste in guter Zeit geschafft, und daher war es kurz nach neun Uhr morgens, als Aubrey die Augen schloß. Das Klingeln einer großen Messingglocke sieben Stunden später weckte sie wieder, aber nicht einmal die Verlockungen von heißem Tee und dünnen Gurkensandwiches konnten sie überzeugen, ihr gemütliches Nest aus Decken und Tüchern zu verlassen. Nur verschwommen nahm sie Magentas klimperndes Lachen im Hintergrund wahr, und einmal glaubte sie, einen Hauch würzigen Tabakduft zu riechen, der mit einem Luftzug in ihr Zimmer wehte. Aber wenn jemand nach ihr gesehen hätte, wenn eine Hand sanft an einer schwarzen Locke gezogen hätte, die über ihre Wangen fiel, hätte sie nicht sagen können, ob sie es wirklich erlebte oder einfach nur träumte.

11

»Laßt sie nicht entkommen!«

Aubrey duckte sich dicht auf den Boden und kroch weiter auf das Dickicht zu. Sie ignorierte die scharfen Dornen und spitzen Zweige der Büsche, die sich ihr in Arme und Beine bohrten. Sie konnte nur beten, daß die Schatten tief genug waren, um sie zu verbergen. Ihr Herzschlag pochte ihr in den Ohren, und ihre Beine waren so schwach, daß sie fürchtete, sie würden unter ihr nachgeben – auch wenn sie eine Chance sähe, auszubrechen und um ihr Leben zu rennen. Ringsum hörte sie Stimmen: vor ihr, hinter ihr, rechts und links – sie saß in der Falle.

Als ihr Nachthemd sich an einem Dornbusch verfing, schluchzte sie auf und duckte sich noch tiefer auf den Boden. Zoll für Zoll schob sie sich auf Händen und Füßen weiter über scharfe Steine und harte Erdklumpen.

»Da drüben!« brüllte jemand.

Die Stimmen bewegten sich in die entgegengesetzte Richtung. Aubrey schluckte den Kloß des Entsetzens herunter, der sich in ihrer Kehle gebildet hatte, und lehnte sich an die kühle Rinde eines Baums, um Luft zu schöpfen. Aber die Rinde bewegte sich: Als sie aufblickte, nahm der Stamm die grotesken Züge und die knollige Statur von Scud Holwell an. »Das Spiel ist vorbei, meine süße Kleine. Dachtest wohl, du könntest uns entwischen, aber das hat nicht geklappt. Das Spiel ist vorbei. Das Spiel ist vorbei.«

Aubrey öffnete den Mund zu einem Schrei, aber kein Laut drang heraus. Sie drehte sich um und rannte wieder los, doch der Boden war plötzlich zu einem schleimigen, klebrigen Sumpf geworden, der sie hinabzusaugen schien – sie konnte ihre Beine nicht mehr bewegen. Vor Schreck und Verzweiflung ließ sie sich fallen und versank mit den Händen in dem Brei. Holwells Lachen ertönte dicht hinter ihr. Sie spürte, wie er sich mit seinem heißen, stinkenden Atem über sie beugte, mit der Hand ihre Locken packte und sie unter sich zerrte.

»Das Spiel ist vorbei, meine süße Kleine«, zischte er. Weitere Worte folgten … weitere Worte, Schmerzen und das erstickende Gefühl, als er ihr seine Zunge tief in den Mund stieß.

»Nein!« keuchte sie, wand sich panisch unter ihm und wehrte sich heftig gegen den Druck seiner Arme, die ihre eng an den Körper preßten. »Nein!«

»Aubrey?«

Nein, nein, das war ein Trick. Er wußte ihren Namen nicht, hatte sie nie zuvor beim Namen gerufen.

»Aubrey, wach auf! Du hast einen Alptraum!«

Wieder wand und wehrte sie sich und schlug wie eine Wildkatze mit den Händen um sich, doch sie traf auf etwas Festes, Solides, das zurückwich und wüster fluchte, als jeder Geist es vermocht hätte. Der Druck auf ihre Schultern ließ nach, und Aubrey konnte blindlings in die Dunkelheit stolpern. Scud Holwells häßliches Gesicht ragte noch einen Moment über ihr auf, ehe es in einem grellen, orangegelben Licht zerplatzte und in eine Million winzigster Teilchen zersprang.

Christian McBride hielt das Streichholz hoch und ließ es lange genug aufflackern, bis Aubreys weit aufgerissene Pupillen sich wieder zusammenzogen und das, was sie in wilde Panik versetzt hatte, verschwunden war. Selbst jetzt noch, als seine Züge vor den Umrissen der stillen Landschaft um den mondüberfluteten Cimarron beleuchtet wurden, brauchte Aubrey eine halbe Ewigkeit, um den Atem auszustoßen, den sie angehalten hatte, und noch einmal so lange, bis ihre Hände, die sie zu Fäusten geformt hatte, sich wieder lösten.

Sie erinnerte sich wieder.

Eine Weile nach Anbruch der Nacht war sie schließlich wach geworden und hatte sich in dem luftlosen, kleinen Zimmer heiß und dem Ersticken nahe gefühlt. Sie hatte Stimmen und Gelächter gehört und wie jemand zur Begleitung eines verstimmten Banjos sang. Da hatte sie sich leise angezogen und war unbemerkt durch die Hintertür der Wechselstation ins Freie geschlüpft. Da die unmittelbare Bedrohung eines Indianerangriffs vorbei war, hatte man das riesige Tor in der Palisadenumzäunung offen gelassen, und sie war angelockt vom Rauschen des Cimarrons hinunter zum Fluß gegangen. Sie war durch das knietiefe Salzgras und die hohen Binsen spaziert und hatte einen nach dem anderen die schlanken gebeugten Stämme der Weiden berührt. Schließlich hatte sie ein abgeschiedenes grasbewachsenes Fleckchen gefunden, hatte die Mokassins abgestreift, die man ihr geliehen hatte, und da sich die Hitze und der Schmutz der Wüste tief in ihre Gedanken eingegraben hatten – wenn nicht auch in ihren Körper –, hatte sie das Karokleid von Lady Prudence abgelegt und war in das tintenschwarze, kalte Wasser gewatet.

Als sie zum Ufer zurückkam, hatte sie sich im Gras ausgestreckt und sich vom Wüstenmond trocknen lassen, wie so oft als Kind. Sie fühlte sich wieder wie ein Kind und verhielt sich auch so, hatte die Augen geschlossen – aber der Alptraum des Kindes, das damals schon halb zur Frau geworden war, kehrte zurück, um sie erneut zu quälen.

So hatte McBride sie gefunden: Ihre entsetzten Schreie hatten ihn aus seiner grübelnden Einsamkeit gerissen, und sie hatten so echt geklungen, daß er in vollem Tempo mit gezückter Pistole zu der Stelle gerannt war. Jetzt kniete er neben ihr, und ein zweites Streichholz verglühte zu Asche, während sich ihre Augen mit Tränen füllten und sie das Gesicht mit beiden Händen bedeckte.

Nun atmete McBride ebenfalls aus und reagierte instinktiv auf das Schluchzen, das ihre schlanke Gestalt schüttelte. Er zog sie an sich und nahm sie in die Arme, und da er auf keinen Widerstand stieß, umfaßte er sie enger und vergrub seine Lippen in ihren mitternachtsschwarzen Locken. Er hielt sie umfangen und wiegte sie sanft, küßte sie immer wieder und flüsterte kaum hörbare Zärtlichkeiten auf Schoschonisch, weil er wußte, sie würde für den beruhigenden Laut seiner Stimme empfänglicher sein als für Worte.

Als ihre Tränen versiegten und das Zittern in ein nur noch gelegentlich bebendes Seufzen überging, lockerte er seinen Griff, strich immer wieder über ihr glänzendes, dikkes Haar.

»Das war aber ein schrecklicher Alptraum«, murmelte er.

»Er ist immer schrecklich«, gestand sie, aber mit gedämpfter Stimme, weil ihr Mund an seinem Hals lag.

»Immer? Hast du ihn schonmal erlebt?«

Sie schwieg lange, ehe sie nickte. »Meine Eltern wurden ermordet, als ich dreizehn war. Ich habe alles mitangesehen. Es … kommt ab und zu wieder, wenn ich Angst habe … oder mir um etwas Sorgen mache.«

Christians Hand hielt still. Das war nicht nur der erste Einblick in ihre Vergangenheit, den sie ihm gewährte, sondern auch das erste Mal, daß sie riskierte, ihm eine verletzliche, gefühlvolle Seite zu zeigen.

»Aber jetzt bist du hier sicher. Hier gibt es nichts, vor dem du Angst zu haben brauchst. Nicht, wenn ich bei dir bin.«

Aubrey seufzte wieder und preßte sich dichter an seine Schulter, wobei ihm beunruhigend klar wurde, daß sie fast nackt war. Das Leinenhemd, das sie trug, war ihr viel zu klein und ließ kaum Spielraum für Phantasien. Es war so kurz, daß es kaum die sanfte Rundung ihres Hinterteils bedeckte, und vorn so tief ausgeschnitten, daß es gerade eben ihre üppigen, warmen Brüste bedeckte, die sich verführerisch an seinen Körper drückten. Das Bild, das das Streichholz von ihr preisgegeben hatte, war ihm tief ins Gedächtnis geprägt, und er fragte sich, wie es ihm jemals gelungen war, sie für häßlich und unscheinbar zu halten. Sie hatte zarte, weiße Schultern, eine schmale Taille, die ein Mann mit zwei Händen umgreifen konnte, und lange, schlanke Beine, die endlos schienen. Jetzt hatte sie sie unter sich geschlungen, und sie hoben sich deutlich von dem dunklen Gras ab. Gern hätte er seine Hand von der Hüfte bis zu ihren Knöcheln gleiten lassen, von der Wade zum Knie und … Ein Schniefen und ein bebender Seufzer brachten seine Gedanken wieder auf sichereres Gelände, und er versuchte, väterlich oder brüderlich zu klingen, auch als sie sich weich in seinen Armen drehte und sich ohne Scheu tiefer in seine Umarmung drängte.

»Wir haben dich zum Tee vermißt. Bruster hat mit einem Mundvoll Hefebrötchen und Sahne sein Bedauern ausgedrückt – oder was immer wir da zu Essen bekamen. Ich habe nach dir gesehen, aber du hattest dich seit Mittag keinen Zoll bewegt, und ich hatte nicht das Herz, dich zu wecken.«

Christian McBride hatte ein Herz? Natürlich – konnte sie es nicht hören, wie es ruhig und gelassen in seiner Brust vor sich hinpochte?

»Du hast nach mir gesehen?« fragte sie zwischen zwei Schluckaufs.

»Mehrmals«, gab er zu.

»Du hast nicht geschlafen?«

Er hob den Mund von ihrem Haar und lächelte ironisch. »Ich schlafe doch nie, wie du weißt.«

»Oh. Ach ja, immer nur mit einem Auge …« Sie hielt inne und schniefte wieder leise. »Ich er … erinnere mich.«

Erneut vergrub er sein Lächeln in ihren Locken und ließ sich von dem süßen, sauberen Duft berauschen. Seine Hände sehnten sich danach, in die wilde schwarze Masse zu greifen und damit über seine nackte Haut zu streichen. Wie es sich wohl anfühlte, wenn sich diese Sturzflut auf seine Brust und seinen Bauch ergoß, wie sah es wohl aus, wenn es sich wie ein Fächer unter ihr ausbreitete und die Locken das Mondlicht auffingen, wenn ihre in Leidenschaft miteinander verschlungenen Körper sich wiegten …

»Verdammt«, murmelte er, weil er merkte, wie sich sein Blut unter diesen Vorstellungen zu regen begann, die weder väterlich noch brüderlich waren. Was zum Teufel stimmte nicht mit ihm? Was zum Teufel hatte diese Frau an sich, daß er sich benahm wie ein grüner Junge, der zum ersten Mal im Leben merkt, wie ihm die Hose zu eng wird? Er war nicht einmal sicher, was ihn anfangs in ihre Nähe getrieben hatte, warum er ihre Brille zertreten und ihr die Nadeln aus dem Haar gezogen hatte. Magenta Royale war viel eher sein Typ – schnell zur Hand, mit lockerer Moral und vulgär, mit einer Zunge wie eine Schlange und einem Körper, der einen Mann auslaugen konnte und sich nicht einmal für den Spaß daran schämte. Mit einer solchen Frau konnte er so grob und vulgär sein wie er wollte, konnte sich lächelnd nehmen, was er wollte und zum Dank bloß nicken. Verantwortung oder die Ablenkung durch ein Gewissen, das sich in seine Vergnügen einmischte, konnte er weder gebrauchen, noch wollte er das. Er wollte auch nicht die Erinnerung an Aubrey Blue, die sein Urteil beeinträchtigte, die ihn mit ihren violetten Augen verfolgte, mit ihrem weichen Schmollmund und ihrem unglaublich verführerischen Körper, der sich jetzt an seinen preßte. Eine Frau wie Aubrey Blue würde eine Liebeserklärung und unsterbliche Zuneigung verlangen, ganz zu schweigen von der Verpflichtung zu der anderen Art Gefängnis, das zu vermeiden er wild entschlossen war: die Ehe.

Er hatte keine Bedenken, derartige Worte zu sagen, wenn eine Frau sie in einer langen dunklen Nacht hören wollte. Aber das war auch alles – bloße Worte. Und das letzte Mal, als er sie ohne nackt zu sein zu einer Frau gesagt hatte, waren deren Brüder ihm mit einem Zehner-Gewehr durch ganz Neu-Mexiko gefolgt. Das war aber sehr lange her, und er hatte immer noch ein paar Schrotkörner im Hintern, die ihn an den feinen Grat erinnerten, der zwischen der Sehnsucht nach einer Frau und bloßem Verlangen liegt.

Bisher hatte er nicht einmal Verlangen empfunden. Er wollte Aubrey Blue, aber zu seinen Bedingungen, nicht ihren, und sicher nicht, wenn es hieß, mehr von sich zu geben als er gewillt war zu verlieren.

Die Hand, die ihr Haar streichelte, hielt im Nacken still, und seine langen Finger erkannten, daß sie das Gesicht hochgewandt hatte und ihn ansah. Ihr Stirnrunzeln deutete an, daß auch ihr langsam klar wurde, wie wenig sie am Leib trug. »Nun, Miss Blue«, murmelte er. »Ich frage mich, was ich nun mit Ihnen anfangen soll.«

»Mit mir anfangen?« hauchte sie im gleichen Atemzug.

»Mmmm. Ich weiß ja, daß Sie sich nicht gern berühren lassen. Aber ich selbst möchte Sie sehr gern anfassen. Ich weiß auch, daß Sie nicht geküßt werden wollen, aber ich möchte Sie furchtbar gern küssen ... küssen und berühren, bis du vergißt, daß du nicht geküßt und berührt werden willst.«

Seine Augen glühten mit einem seltsamen, silbrigen Feuer, das nichts mit dem Mondschein zu tun hatte, und sie spürte, wie ein heißer Schauder ihr das Rückgrat herabrann und sich in ihrem Bauch sammelte. Sie bemerkte auch, daß sich einer ihrer Arme um seinen Hals geschlungen hatte und die Finger achtlos mit seinen hellen Haaren spielten. Er hatte das Lederhemd gegen ein helles Baumwollhemd und Kordhosen eingetauscht, beides unanständig eng, besonders das Hemd, das so knapp saß, daß die meisten Knöpfe offen geblieben waren und seine Muskeln sich deutlich vor ihren Augen abzeichneten. Es hätte ihr Angst einjagen sollen – so viel Männlichkeit, so viel offensichtliche Muskelkraft, so viele frische, verstörende Erinnerungen an seine Hände, seinen Körper, seinen Mund ...

Aubrey blickte auf seinen Mund und spürte, wie die Hitze in ihren Lenden wie eine Flamme nach oben und allen Seiten ausschlug, bis ihr gesamter Körper in sanfter Bewegung zu sein schien, sich überall nach ihm sehnend, pulsierend, kitzelnd, zugleich heiß und kalt ...

»Warum tun Sie mir das immer wieder an, McBride?« fragte sie leise. »Was wollen Sie von mir?«

»Das habe ich doch schon gesagt«, antwortete er und fuhr mit dem Daumen leicht über ihre Lippen, die diese Frage geflüstert hatten. »Einen Kuß.«

»Einen Kuß?« Sie sprach das Wort aus, als habe sie es noch nie zuvor gehört, aber in dem Wissen, daß sie in den Armen eines Mannes lag, dem man in keiner Hinsicht einen Kompromiß zutrauen konnte. »Sie haben mich doch schonmal geküßt. Öfter als mir lieb war.«

Er schüttelte leicht den Kopf, und das Mondlicht glänzte auf seinen dichten Locken. »Meiner Meinung nach nicht annähernd genug.«

Seine Lippen waren dicht vor ihrem Mund. Sie waren zu warm und zu glatt, zu fest und viel zu erfahren darin, wie man die Konzentration einer Frau untergräbt. Aubrey versuchte, den Blick abzuwenden, aber das war unmöglich. Sie versuchte, die Erinnerung daran zu verdrängen, wie diese Lippen hungrig über ihre Haut geglitten waren, aber da schossen nur noch heißere Flammen verwirrter Begierde durch ihren Körper. War es erst gestern abend gewesen, als sie ihn von sich gestoßen hatte? Erst gestern abend hatte sie auf ihn eingeschlagen, hatte ihn gestraft, sie beide für etwas bestraft, das vor langer, langer Zeit passiert war. Sie hatte Angst gehabt vor dem Schmerz und der Brutalität des Akts, der folgen würde, aber in Wirklichkeit hatte seine Berührung sie weder geängstigt, noch war sie brutal gewesen. Wenn überhaupt, hatte sie sich in seinen Armen verloren, ehe sie auch nur entfernt daran gedacht hatte, verschreckt zu sein.

Genau wie jetzt.

Lieber Gott, sie war es so leid, allein zu sein und alles ständig in sich zu verschließen – den Schmerz, die Verletzungen und die Demütigung, die Wut. Sie war es leid, sich niemals sicher zu fühlen, niemals jemandem ihre wahren Gefühle anzuvertrauen – oder überhaupt irgendwelche Gefühle. Nicht einmal Bruster ... der liebe, süße Bruster, er hatte versucht, sie davon zu überzeugen, daß sie von Scud Holwells Taten nicht auf immer geschädigt sein würde, aber sie hatte ihm nicht wirklich geglaubt. Erst, als Christian McBride sie in die Arme genommen und zu der Erkenntnis gezwungen hatte, daß sie mehr als nur Wut in ihrem Leben verdiente ... und vielleicht sogar mehr fordern konnte.

»Ein Kuß«, murmelte sie. »Ich glaube, das würde mir gut gefallen.«

Christian lächelte und gehorchte galant. Seine Lippen legten sich ohne Druck und ohne Forderung auf ihren Mund, zufrieden damit, einfach nur zu spüren, wie ihr Körper die unglaubliche Spannung ablegte und sich langsam in seine Arme schmiegte. Er untersuchte mit der Zunge zärtlich die weichen Formen – selbst nicht ganz sicher, wann aus dieser lockeren Zärtlichkeit mehr werden würde. Das Blut begann heftiger durch seinen Körper zu pulsieren. Er spürte, wie sich ihre Brüste an ihn drängten und ihre Hand seinen Hals fester umschlang und ihn anflehte, sie enger und noch enger an sich zu ziehen.

Aubreys Lippen öffneten sich bereitwillig. Heiße Gefühle spiralten sich durch ihren Körper, unter denen sie vor Lust erbebte. Ihre Hände zitterten, als sie von seinem Hals auf seine Schultern glitten, und sie spürte eine Enge in der Brust, die fröstelnd-erotische Vorahnung, welchen Weg seine Finger nehmen würden ... falls sie es zuließ.

»Aubrey ...« Seine Stimme vibrierte dicht auf ihren Lippen – halb Drohung, halb warnend: »Diesmal werde ich mich nicht zurückhalten können. Wenn du wegrennen willst, dann renn jetzt.«

Eine tosende Welle ergoß sich in ihre Gliedmassen, und

sie öffnete den Mund zum Reden. Sie öffnete ihn, aber die Worte weigerten sich, und er nutzte diesen Moment schamlos aus und küßte sie, wie sie noch niemals zuvor geküßt worden war, bis ihr Verstand sie ebenso verließ wie die Luft zum Atmen.

Eine zarte Haarsträhne wehte über ihre Wange, bewegt von seiner Hand, die an ihrer Schulter herab zum Ellbogen glitt und auf der heißen Fläche zu ruhen kam, wo sich ihre Brust an seine schmiegte. Als seine breite, schwielige Hand zwischen ihren Brüsten lag, flatterten ihre Lider. Ihre Lippen öffneten sich zu einem leisen Stöhnen, als sein Daumen die stolze Erhebung der Brustknospe umfuhr. Sie warf den Kopf zurück und bot ihm in hilfloser Unterwerfung ihren Hals zum Kuß dar – und schob ihn von sich, aber nur so weit, damit seine Hand an der Reihe perlweisser Knöpfe entlang nach unten fahren konnte, die ihr Hemd vorn schlossen.

Aubrey blickte auf, sah in die grauglänzenden Augen, und ein Teil in ihr versuchte, nicht den Hunger zu sehen, der dort brannte. Ein anderer Teil in ihr holte so tief Luft, daß sich der Busen aus dem dünnen Stoff drängte und sich stolz und frei seinem verzehrenden Blick darbot.

Christian hielt den Atem an. Er spürte, wie alle Entschlußkraft ihn verließ, und er vergaß, daß er nicht die Worte sagen wollte, sie solle die seine sein. Seine dunklere Hand verharrte einen Moment über ihrer seidigen hellen Haut, und als er sie berührte, lief eine Welle der Erregung seinen Arm entlang, ebenso intensiv wie das Keuchen, das nun seinen Lippen entfuhr. Er senkte den Kopf und dämpfte den leise flehenden Laut. Seine Hand streichelte ihre Brust, und seine Zunge suchte sich den Weg zur zarten Muschel ihres Ohrs.

Aubrey war sich seiner Stimme bewußt, der stummen, formlosen Worte, die von ihrem Ohr, an ihrer Kehle entlang zu der weichen Ebene ihrer Brust glitten. Dann umschloß sein feuchtheißer Mund ihre Brustwarze, die er lustvoll betastete und knetete, und sie war sicher, sie konnte das Tosen ihres Herzens mit jedem Streicheln seiner Zunge hören. Ihre Glieder wanden und preßten sich zitternd gegen seinen Körper; sie krümmte sich gegen ihn, abwechselnd die Luft anhaltend und sie mit einem trockenen, leisen Wimmern wieder ausstoßend. Und als die Spannung fast unerträglich wurde, als sie spürte, wie seine Hand von ihrer Brust zu ihren Schenkeln glitt, hatte sie keinen Gedanken an Widerstand mehr, nur noch den Drang, durch ihn Erleichterung für die quälende, unruhige Sehnsucht zu finden.

Als sich seine Finger endlich in das daunige Dreieck aus dunklen Löckchen drängten, zuckte sie krampfhaft zusammen. Ihr Stöhnen klang nun rauh und kehlig, und ihr Körper war nur noch ein Meer aus heißen, aufgewühlten Gefühlen, die mit ihrem Entschluß, nicht nachzugeben, noch brennender wurden.

Christian stählte sich, als sich die bebende, feuchte Scham um seine Finger schloß. Er ließ sie langsam in die weiche, nasse Höhlung gleiten und rieb sanft über den winzigen Hügel geballter Nervenenden. An ihren erstickten Schreien erkannte er, wann er tiefer und fester zustoßen mußte. Dennoch strich er so federleicht darüber, wie es ihm nur möglich war. Es war ein grausamer Akt, in dem er sie mit Mund und Händen an den Rand von Ekstase brachte, während sein eigener Körper nach diesem Privileg schrie. Es wurde noch grausamer, als ihre Hüften sich unfreiwillig unter dem Rhythmus seiner Finger zu wiegen begannen – vorsichtig zunächst, aber dann schneller und kühner. Sie bot sich ihm dar, umklammerte ihn, nutzte die Bewegung, um ihre Empfindlichkeit bis zur Explosion zu treiben. Er stöhnte, als sie aufstöhnte, schauderte, als sie erschauderte, und unter leisem Geflüster in Spanisch und Schoschonisch erhob er sich und riß so heftig an seinem Hemd, daß die meisten Knöpfe in die Dunkelheit stoben, um alle Barrieren zu entfernen, die seinen Körper noch von ihrem trennten.

Aubreys Hand umklammerte die langen Grasbüschel, während sie zusah, wie er sich aus dem Hemd schälte und seine Haut wie Bronze unter dem Mondlicht aufglänzte. Ihre Lippen teilten sich zu einem erstickten Seufzer, und sie fragte sich, wohin die Schatten verschwunden waren, staunte über die harten Muskelbündel, während er sich fluchend mit den Hosenknöpfen abmühte. Sie bewunderte seine starken Brustmuskeln, seinen harten, flachen Bauch und seine schmalen Hüften. Seine Beine wirkten wie eine Skulptur aus Muskeln und Sehnen, selbst seine Waden strahlten eine bedrohliche Kraft aus – sein ganzer Körper gebräunt und wettergegerbt, von Jahren in der Sonne und unter Schweiß gehärtet, abgesehen von einem verblüffenden Streifen heller Haut unterhalb seiner Hüfte.

Jetzt, dachte sie, jetzt kommt die Angst wieder und diesmal werde ich sie nicht aufhalten oder verdrängen können. In dem Moment, in dem er mich berührt, wird der Alptraum zur Wirklichkeit, die Angst wird alle Lust auswischen, und ich werde verloren sein … verloren!

Christian streckte die Hand aus und fing mit einer rauhen Fingerspitze die Träne auf, die ihr aus dem Augenwinkel gerollt war. Er wischte sie ab und trug sie in ihr königliches, zerwühltes Haar, während seine Finger ihr Gesicht umfaßten und ihre Lippen langsam an seinen Mund zogen.

Jetzt, dachte sie wild. Jetzt …

Sein Kuß drang tief, kühn und verlockend in sie ein; seine Zunge füllte ihren Mund, zog sich zurück und forderte ihre auf, zu folgen – lud sie ein, das gleiche zu tun. Er zog sie an sich, schlang den Arm um ihre Taille, und nun lag sie enger an ihn gepreßt, als sie es jemals für möglich gehalten hätte – eng genug, um seinen harten Körper zu spüren und zu erkennen, wie sich sein Fleisch ungeduldig aufbäumte. Seine ungeheure Erektion preßte sich in das Tal zwischen ihren Schenkeln und hätte ihr eigentlich Angst einjagen müssen, aber das Aufkeuchen, das ihren Mund von seinem löste, war ein Aufkeuchen vor Lust – so reiner und kompromißloser Lust, daß sie spürte, wie sich ihr Körper für ihn öffnete und aufblühte, wie die taufeuchten Blüten einer Blume.

Es war die Hitze, die sie am stärksten beeindruckte: Die

Hitze seines Körpers, der sich auf ihren legte, die Hitze seiner Männlichkeit, die so dick und nachhaltig war, daß er sie eigentlich hätte versengen, vernichten müssen. Aber sein Glied schien mühelos in sie einzudringen. Er schien einen Moment zu zögern, als erwarte er etwas, was nicht da war, aber der Moment verging, und riß alle Überreste des Zögerns mit sich. Er streckte sich weit in sie, stieß in sie hinein, und sie mußte sich auf die Lippen beißen, um nicht vor Lust laut aufzuschreien. Sie spürte seinen harten, rauhen Atem stoßweise an ihrem Hals, und seine Arme und Brust lagen so gespannt auf ihr, daß sie sich instinktiv wappnete, hochbeugte und zurückreckte, um sich auf das Kommende vorzubereiten. Aber es war natürlich hoffnungslos, und sie erkannte ihre Dummheit mit bebendem Stöhnen. Nichts hätte sie darauf vorbereiten können. *Nichts.*

Er begann, sich zu wiegen, und sie wurde in die Bewegung hineingesogen und ließ sich in den langsamen, bewußten Rhythmus seines Körpers fallen. Ihre Fäuste rissen das Gras in dicken Büscheln aus, ehe sie sich gegen die schwellenden Muskeln seines Torsos preßte. Mit gespreizten Fingern genoß sie seine glatte Haut und staunte über die Kraft und Geschmeidigkeit, die sich bei jedem köstlichen Stoß sammelte und gespannter wurde. Ihre Knie schlangen sich um seine zustoßenden Schenkel, ihre Fersen bohrten sich in die weiche Erde, und sie entdeckte, wie sie ihn noch tiefer in den Abgrund ihres Körpers hineinziehen konnte – eine Entdeckung, die ihn heftig erschaudern ließ. Dann fluchte Christian wieder – oder war es ein Schluchzen? Sie war feucht und eng – eine Agonie aus lustvollem Druck von festen kleinen Muskelsträngen, die sich seiner Form und Dimension anpaßten und ihn mit der puren Zärtlichkeit seidiger Hitze umschlossen. Das Blut dröhnte ihm in den Schläfen und machte ihn blind. Sein Körper zitterte unter der Kraft der eigenen Potenz – einer Kraft, wie er sie noch nie zuvor gespürt hatte. Die Lust durchfuhr ihn in kleinen Wellen, und er griff hinab, um seine Hände unter ihre Knie zu schieben und sie höher zu zwingen, bis sie fast auf ihrem

Körper lagen. So hielt er sie, bis seine Seele selbst sich in sie zu ergießen schien.

Aubrey versuchte, sich von ihm loszureißen und ihre Gedanken – wenn schon nicht ihren Körper – von der drängenden Präsenz in ihr zu befreien, aber es hatte keinen Sinn. Die Hitze war zu stark, zu überwältigend, und sie schrie vor Hilflosigkeit und Hingabe auf. Christian vergrub seine Finger in ihrem Haar und zwang sie, seinen Namen immer wieder dicht an seinen Lippen zu rufen und das Echo ihres eigenen zu schmecken. Ihr entfuhr ein letzter benommener, ungläubiger Seufzer, als Wellen heftigster Ekstase sie mit sich wegtrugen, sie ineinander wirbelten und auf einen unsichtbaren, unbekannten Gipfel zutrieben. Sie konnte nicht mehr atmen, nicht mehr denken, außer an die drängende Intimität der beiden Körper, die zu einem verschmolzen waren. Sie konnte nur dem Kommando seiner Hände und seines Körpers folgen, der sie streichelte, drängte und mit ihr in einen aufbrechenden Mahlstrom reiner Lust schwebte.

Irgendwie fand Christian die Kraft, die Augen zu öffnen und auf Aubreys Gesicht herabzublicken. In dem durchsichtigen Licht der Sterne und des Mondes konnte er gerade eben ihre Lippen sehen, die seinen Namen immer wieder ohne Laut oder Form vor sich hinsagten. In fester Umklammerung bewegte er sich in ihr weiter, bis ihr leises Stöhnen nicht mehr von Hitze und Flammen erregt wurde, sondern durch das warme Wunder geteilter Leidenschaft.

Aubrey lag absolut reglos da; ihr Atem hatte sich endlich wieder beruhigt, und ihr Herzschlag pochte fast wieder normal. Sie lag in der warmen Beuge von Christians Körper mit dem Kopf auf seiner Schulter, eine Hand schlaff auf seiner Brust. Sie war sich nicht ganz sicher, wie sie sich fühlte: benommen, erregt, beschämt oder schamlos. Noch unsicherer war sie darüber, wie sie sich eigentlich zu fühlen hatte. Die Spannung war sicherlich gewichen. Ihre Angst hatte stark abgenommen, wenn sie nicht sogar gänzlich verschwunden war. Es blieb vielleicht eine gewisse Ängstlichkeit, aber mehr davor, was sie als nächstes sagen und tun sollte, statt was bereits gesagt und getan worden war.

Christian schwieg – in Gedanken versunken. Sie glaubte, ab und zu seine dichten Wimpern blinzeln zu hören, als starre er in den Himmel und sei genau so konsterniert wie sie. Die *meiste* Spannung hatte seinen Körper verlassen. Ab und an strich seine Hand gedankenverloren durch ihr Haar, aber insgesamt schien er recht zufrieden, einfach da im Gras im Mondschein zu liegen, der ihre Körper sprenkelte, und den Zikaden im Sumpfgras zuzuhören.

Vielleicht hatte sie eine Weile geschlafen. Der Mond war tief über den Horizont gesunken und nur noch zwischen den unteren Zweigen der Weiden zu sehen. Dort hing er nun dicker und glänzender und sich verabschiedend – am Rand schon verschwommen von den aufsteigenden Bodennebeln.

Christian holte tief Luft und begann, sich sehr, sehr vorsichtig von ihrer Schulter zu lösen. Aubrey war sich noch nicht sicher, wie sie sich ihm stellen würde und hielt daher die Augen in der Hoffnung geschlossen, daß ihre Schläfrigkeit überzeugend wirkte. Er faltete seine Hose zu einem Kissen, um seine Schulter zu ersetzen, und legte sein Hemd über sie, um die verlorene Wärme auszugleichen, ehe er zum Fluß hinabging und in das rasch fließende Wasser watete.

Aubrey lauschte ein paar Minuten lang seinen Bewegungen, aber es war schwer, sie vom Rauschen des Flusses zu unterscheiden. Dann gewann die Neugier die Oberhand über ihre Zurückhaltung. Seufzend erhob sie sich, strich sich ihr schweres Haar aus dem Gesicht und blickte zum Fluß. Da stand er, mitten im Strom, und Kopf und Schultern glitzerten unter einem Wasserschleier, als er untertauchte und ein paar Meter flußabwärts wieder auftauchte.

Das war es also, dachte sie. Sie wußte nicht, ob sie die Stirn runzeln oder lächeln sollte, als sie ihm zusah. Er hatte ihre Angst entschärft. Er hatte ein Jahrzehnt der Alpträume und Angst mit ein paar Handbewegungen ausgelöscht, und tobte jetzt in den raschen Fluten herum wie ein Junge – in glückseliger Unkenntnis des ungeheuren Aufruhrs, den er in ihr ausgelöst hatte.

Aubrey lächelte.

Dann warf sie einen halbherzigen Blick in das Ufergras, konnte aber das Karokleid von Lady Prudence nicht gleich finden. Daher ließ sie die Arme in McBrides Hemd gleiten und lächelte schief, als sie sah, wie die Manschetten mehrere Zoll über ihre Fingerspitzen hinaushingen. Sie rollte sie auf, so gut es ging, und versuchte vorsichtig aufzustehen, nicht ganz sicher, ob ihr überhaupt noch Kraft in den Beinen verblieben war.

In den letzten paar Stunden hatte sich eine trockene, kühle Brise aufgetan, die schwach nach der Wüste roch, die sie überquert hatten. Das Gras unter ihr fühlte sich an wie lange Satinbänder, die sich in ihren Zehen verfingen, ihre Knöchel umglitten und am Ufer, wo es höher wuchs, ihre Waden und Knie umspielten.

Mit einem Auge auf dem Mann, der draußen im Fluß schwamm, watete Aubrey über die glitschigen Steine knietief ins Wasser. Dann bückte sie sich, löste eine herantreibende Pflanze vom Bein und führte eine Handvoll Wasser zum Mund. Es schmeckte kalt und süß nach den fernen Bergen und grünen Wäldern, nach geschmolzenem Schnee und heißer Sonne und unendlicher, ungestörter Wildnis. Dann bespritzte sie sich den Hals und die Kehle und führte eine weitere Handvoll zu ihren Schenkeln – fast zögernd, den Beweis ihrer ausgiebigen Leidenschaft abzuspülen. Sie hätte es wie ein Abzeichen stolz getragen, wenn es gegangen wäre: Eine Plakette, die verkündete, daß sie endlich geheilt war.

Dann lenkte lautes Spritzen ihren Blick zur Flußmitte. McBride hatte sie erblickt und schwamm nun ins flache Wasser zurück. Mühelos teilten seine Arme die starke Strömung. Dann schoß er senkrecht nach unten und legte die letzten paar Züge unter Wasser zurück, um erst wieder aufzutauchen, als seine Füße den Boden berührten und er zum

Ufer gehen konnte. »Kaltes, sauberes Wasser habe ich in den letzten fünf Jahren sehr vermißt, und ich kann gar nicht genug davon bekommen«, sagte er, als er sich ohne Scheu vor ihr aufrichtete: Seine Muskeln waren silbern überglänzt, das Haar hing ihm in dicken, dunklen Strähnen über Gesicht und Hals. Er lachte über ihren verdutzten Gesichtsausdruck und schüttelte den Kopf wie ein frecher Terrier, so daß eine Wolke diamanten aufblitzender Tröpfchen über Aubreys Hemd fiel. »Komm mit. Wo das Wasser ein bißchen tiefer ist, können wir uns gegenseitig den Rücken waschen.«

Aubrey trat zögernd einen Schritt zurück. »Nein ... danke. Ich möchte heute abend nicht mehr naß werden. Es ist jetzt etwas kühl, und ...«

»Ich habe nichts dagegen, dich anschließend zu wärmen, wenn das der einzige Grund ist?«

Er grinste sie mit dem gesammelten Charme eines Vagabundenprinzen an, und Aubrey trat einen weiteren Schritt zurück. »Nein, wirklich nicht, ich will einfach nicht mehr naß werden.«

Er kniff die Augen zusammen, und sein helles Grinsen verbreiterte sich. »Du bist wirklich eine widerspenstige Maus, nicht wahr?«

Aubrey riß die Augen auf und wandte sich zum Ufer, als er schon mit zwei wilden Schritten auf sie zustürzte. Sie schaffte es gerade eben spritzend bis zum Rand, ehe er sie faßte. Sie schrie auf, als sein Arm sie um die Taille griff, aber der Schrei verwandelte sich rasch in helles Lachen. Er wirbelte sie herum und hob sie an seinen nassen Körper.

»Setz mich ab«, keuchte sie. Sie wand sich noch einen Moment, gab aber schließlich mit einem leisen Lachen nach, und da hielt sein großer, breiter Körper inne. Es war das erste Mal, daß er sie lachen gehört hatte, und der Laut gefiel ihm. Es war außerdem das erste Mal seit langem, daß Aubrey gelacht hatte. Sein Blick beunruhigte sie, und ihr Lächeln schwand. Das unsichere Schweigen zwischen ihnen dehnte sich auf eine volle Minute aus, ehe Christian seinen

Mund auf ihre Lippen senkte und es angemessen belohnte. Atemlos und mit leichtem Schwindel drängte sich Aubrey in seine Arme und lachte zögernd erneut auf.

»Bitte setz mich ab. Ich will wirklich nicht nochmal naß werden.«

»Wirklich nicht?« In seinen Augen glitzerte eine Mischung aus Humor und tödlichem Ernst auf. »Dann schlingst du besser die Beine um mich herum.«

»Was?«

Er verlagerte ihr Gewicht in seinen Armen und hob sie höher, so daß ihre Augen auf gleiche Höhe kamen. »Du hast mich gehört. Schling deine Beine um meine Hüften. Wenn du wirklich nicht naß werden willst, mußt du dich eng an mich pressen und dort bleiben.«

»McBride! McBride, um Himmels willen, was machst du ... wohin gehst du?«

Er schritt wieder zur Flußmitte, scheinbar auf die tiefste, schwärzeste Stelle im Wasser zu. Aubrey schlang ihre langen Beine um seine Taille, ärgerte sich aber über sein Lächeln und daß seine Hände ihr Hinterteil zärtlich umfaßten. Das Wasser reichte ihm an die Knie, zu den Schenkeln und Hüften, ehe er unvermittelt kehrtmachte und mitten in einen schwankenden, hohen Wald aus Schilfrohr schritt. Mitten darin gab es eine flache Oase aus Gras und Moos, eine glatte, grüne Insel, umgeben von einem Vorhang sanft wogender Binsen. Ringsum war nichts anderes zu hören als das Rauschen des Flusses; das Licht der mondgetränkten Schatten war blau, kühl und beweglich, so daß sie das Gefühl hatten, unter Wasser zu sein.

McBride kniete sich ins Moos und setzte Aubrey ab, aber statt ihren Körper loszulassen, legte er ihn nur herum, riß den einzigen Knopf auf, der das Hemd vorn zusammenhielt, und ließ die Hände hochgleiten, um die Fülle ihrer Brüste zu umspannen.

»McBride ...«, begann sie mit schwacher Stimme.

Sein Mund nahm den Platz seiner Hände ein, und Aubrey warf den Kopf zurück in das weiche Mooskissen. Sie blickte hoch in den Himmel, der übersät war von Sternen – ein Bild, gerahmt von hohen Binsen. Dann keuchte sie auf und warf den Kopf zur Seite, weil sie nicht wagte, herabzublicken, nicht wagte, den Weg seiner heißen Zunge und Lippen abwärts zu verfolgen, abwärts, wo der Keil seines Körpers dafür sorgte, daß sie ihm diese Freude nicht verweigern konnte – auch wenn sie die Kraft oder Gerissenheit dazu aufgebracht hätte. Sein heißer Atem fuhr nun über ihre Schenkel und dann zwischen sie. Bei der ersten tastenden Berührung seiner Zunge zuckte sie heftig zusammen. Ihre Knie lösten sich wehrlos voneinander und krampften sich dann um seine Schultern, während er mit äußerster Präzision ihre Scham umspielte und jede feuchte Regung, die sie durchzuckte, hartnäckig verstärkte. Er brachte sie an den Rand von Ekstase, zog sich zurück und wiederholte dieses Spiel so oft, bis sie in süßer, bewußtloser Hingabe erschauderte. Erst dann erhob er sich kühn und stark über sie. Die Sterne und seine Leidenschaft ließen seine Augen aufglänzen, als er sie entschlossen umarmte. Seine mit tiefer, kehliger Stimme gemurmelten Zärtlichkeiten klangen sanft und beruhigend, während er begann, sich über ihren Schoß herabzusenken. Seine Hände führten ihre Knie an seine Hüften, ihre Arme um seinen starken Brustkorb.

»Halt mich fest, *querida*«, murmelte Christian. »Hab keine Angst, dir zu nehmen, was du willst.«

»Ich … kann nicht«, keuchte sie. »Ich weiß nicht … was ich tun soll.«

Da lachte er leise und griff entschieden um ihre Taille. Er zeigte ihr genau, was sie zu tun hatte, zog ihre Hüften vor, schob sie zurück, zog und schob mit einer langsamen, wiegenden Bewegung – dankbar jedem Stern über ihnen, daß er seine drängendsten Triebe schon am Ufer befriedigt hatte. Nicht, daß er jetzt beanspruchte, selbstlos wie ein Heiliger zu sein, denn sie war so heiß, so geschmeidig, so feucht, daß seine besten Absichten zunichte wurden. Nachdem es klar wurde, was für eine gelehrige Schülerin sie war, ließ er ihre Hüften los, packte mit beiden Fäusten ihr Haar und zwang ihren Kopf zurück, so daß sie ihm die schwanenweiße Biegung ihres Halses darbot.

Aubrey wiegte sich unter dem Doppelangriff seiner Lippen und seines Körpers. Ihr schwindelte unter der ersten Welle weißglühender Lust und einer so intensiven Hitze und Ekstase, daß sie glaubte, ohnmächtig zu werden.

»Mach die Augen auf«, befahl er ihr. »Sieh mich an.«

Aubrey schüttelte wie trunken den Kopf. Ihr Körper bestand nur noch aus rohen Nervenenden und Empfindungen.

Langsam hob sie die schweren Wimpern. Er wartete: ganz Muskelkraft und bronzene Haut. Seine Arme umgaben sie wie Stahlbänder, seine Schenkel waren wie Felsen unter ihr. Sie blickte hinab, wo ihre weiße Haut sich gegen seinen harten, gespannten Bauch schob und wiegte ... wo eine dunkle Wolke aus Haaren an seinen Lenden sich mit ihren eigenen seidig-schwarzen Locken vermischte.

Schweißnaß blickte sie wieder hoch – sprachlos, hilflos in ihrer Lust, hoffnungslos in den wissenden Tiefen seiner Augen versinkend.

»Ahhh, *mi querida, mi querida*«, röchelte er. »Ich habe dir die Chance zum Wegrennen gegeben, oder?«

Dann senkte er ihren bebenden Körper ins Moos und erstickte ihre rauhen Schreie mit seinen Lippen. In einem letzten, kurzen Aufflackern von Vernunft und trockener Ironie fiel ihm ein, daß er auf seine eigene Warnung hätte hören sollen. Er hätte fortrennen müssen – so weit und so schnell er nur konnte.

12

»Sir Percival hat es geschafft, Jim Brody zu überreden, einen weiteren Tag hierzubleiben«, verkündete Christian, während er seinen Fuß in den Stiefel schob. »Ich will nicht behaupten, daß Magenta damit etwas zu tun hat, aber Lady Prudence ist herumgeflattert wie ein kopfloses Huhn und hat darauf bestanden, daß Bruster und Greaves mehr Zeit bräuchten, um sich von ihren Verletzungen zu erholen, und daß die beiden Damen die äh … zivilisiertere Gesellschaft dringend benötigten. Der Fahrplan ist ohnehin zum Teufel und die Vorderachse der Kutsche ebenfalls, und diese beiden Faktoren haben wohl mehr zu der Entscheidung beigetragen, als das Bombardement aus Jammern und Flehen von Lady Prudence.« Aubrey lächelte kurz und kehrte dann zu der unendlich schwierigeren Aufgabe zurück, das Oberteil des Karokleides zuzuknöpfen. Irgendwie waren ihre Finger zu dick und ungeschickt dafür, und es schien bei jedem Knopf eine Ewigkeit zu dauern, bis sie ihn eingefangen und durch die glattgestrichene Schlaufe gezogen hatte.

Christian sah ihr einen Moment lang zu und nahm dann sanft ihre Finger beiseite. »Laß mich das tun. Ich habe mich immer schon gefragt, wie es wäre, eine Frau wieder anzuziehen.«

Aubrey gab sich Mühe, seinem Blick auszuweichen, allerdings war ihr klar, daß ihre Wangen immer noch so rosig glühten wie seit dem Morgengrauen, das die beiden nackten Liebenden in ihrem abgeschiedenen Moosbett geweckt hatte. Sie hatten sich zusammen im wirbelnden Wasser gewaschen, während der Himmel flammenrot hinter ihnen aufglühte und die ferne Bergkette goldüberhaucht vor den niedrigen Wolkenbänken zu sehen war. Zögernd waren sie ans Ufer gewatet, um sich einigermaßen herzurichten, dabei hatte ihr McBride die Neuigkeiten mitgeteilt, die sie am gestrigen Tag verschlafen hatte. Vermutlich hätte er immer weiter geredet, nur, um die häufigen Pausen der Unsicherheit zwischen ihnen zu überbrücken.

Jetzt hatte er alle Versuche zur Konversation aufgegeben, hob die Hände und ließ die Finger durch ihre wirren, schwarzen Locken gleiten.

»Du siehst aus wie die Präsidentin des Anti-Alkohol-Verbandes, die sich von einem Riesenkater erholt«, sagte er seufzend. »War es denn so schrecklich, auch mal eine menschliche Schwäche zu zeigen?«

Ihre ernsten, blauen Augen begegneten seinen und blitzten einen Moment feurig auf. »Ja.« Doch daraus wurde, kaum hörbar, ein zögernd nachgegebenes: »Nein.«

»Ach so. Ja und nein. Das ergibt vermutlich einen Durchschnitt.«

»Vielleicht. Ich will nur einfach nicht darüber reden.«

Sie löste sich von ihm, aber er ließ sie nicht gehen.

»Vielleicht ist es aber höchste Zeit, daß wir miteinander reden. Irgendwie sind wir an diesen Punkt gelangt, nur weil wir uns ein paarmal heftig gestritten und eine Menge zusammen im Mondschein gesessen haben. Eine kleine Unterhaltung wäre da doch angebracht, oder?«

»Ich habe niemals etwas gegen eine Unterhaltung mit Ihnen gehabt, McBride, aber Sie scheinen nie selbst reden zu wollen – sondern nur Fragen stellen.«

»Vielleicht liegt es daran, daß ich mehr über dich erfahren will.«

»Das geht aber nur gegenseitig. Für all die Fragen, die Sie stellen und eine Antwort erwarten – ja, fordern –, haben Sie nicht viel über sich selbst verraten.«

»Ich habe dir erzählt, daß ich im Gefängnis war – das ist nicht gerade ein Zugeständnis, das man gegenüber flüchtigen Bekannten macht.«

»Flüchtig war daran wirklich nichts. Sie wollten mich damit herausfordern und schockieren.«

»Ist mir das gelungen?« fragte er sanft.

»Es war nicht gerade die Art Geständnis, die man gelassen akzeptiert, wie eine Bemerkung über das Wetter oder ein Kompliment über das Aussehen.«

»Dein Aussehen verdiente kein Kompliment – jedenfalls nicht damals«, fügte er rasch hinzu und strich zärtlich über eine Locke, die sich um seinen Finger gewunden hatte. »Und ich bin immer noch verflucht neugierig, warum du dir die Mühe gegeben hast, dich wie der Schrecken aller Männer zurechtzumachen. Möchtest du mich wohl über den Grund dazu aufklären?«

McBride starrte auf ihren Mund, der sich vorwurfsvollschmollend geschürzt hatte, und wollte ihn wieder sanft küssen, aber statt dessen zuckte er die Achseln, trat einen gezielten Schritt zurück und legte zwischen sich und andere Verlockungen oder Ablenkungen einen sicheren Abstand.

»Gut. Was wolltest du wissen?«

Aubrey betrachtete ihn mißtrauisch. »Einfach so?«

»Einfach so.«

Da wandte sie den Kopf ein wenig ab und blickte hinaus auf den Fluß, der rötliche Hauch war aus dem Himmel gewichen und durch ein helles, klares Blau ersetzt worden, das einen weiteren Tag brennender Hitze ankündigte. Der Cimarron hatte ebenfalls seine Farbe gewechselt und wirkte nun statt tintenschwarz eher grün-blau und durchsichtig wie gefiltertes Tageslicht.

»Wer bist du?« fragte sie, sich ihm wieder zuwendend.

»Woher kommst du? Was hast du verbrochen, daß du zu fünf Jahren Fronarbeit in Leavenworth verurteilt wurdest. Ich meine, du sagtest, du hättest einen Mann getötet, aber warum geschah das? Warum hast du ihn umgebracht, und was hast du gemeint, als du sagtest, du hättest den Falschen erwischt?«

Christian pfiff leise und anerkennend durch die Zähne. »Das mußt du dir aber eine ganze Weile überlegt haben.«

Darauf gab sie keine Antwort, noch wich ihr Blick von seinem Gesicht, und schließlich deutete McBride auf einen Baumstumpf, auf dem sie sich niederlassen konnten. Er begann mit seinem vollen Namen: Christian Stanfield McBride, doch er sprach ihn mit dem leisen Zynismus aus, der für ihn typisch war. Aubrey erwartete schon eine Geschichte, die mit der gleichen schwungvollen Phantasie ausgeschmückt wurde wie ein Groschenroman, aber sein Lächeln verschwand nach wenigen Augenblicken – und mit ihm seine Arroganz. Aubrey wurde von seiner Geschichte so sehr in den Bann gezogen, daß keiner von beiden bemerkte, daß unter den Bäumen hinter ihnen ein Beobachter stand.

Mit Ausnahme von ein paar bescheidenen Auslassungen berichtete McBride von einer Jugend, die so normal war wie sie in den wilden Grenzlanden von Neu-Mexiko nur gewesen sein konnte. Sein Vater war ein Rancher gewesen, einer von Zehntausenden, die in dem wilden Goldrausch von '52 in den Westen gezogen waren, aber weiter als in die üppigen Vorberge westlich von Fort Union hatte er es nicht geschafft. Er und seine Frau hatten fünf Söhne und zwei Töchter bekommen – letztere waren beide glücklich in Kalifornien verheiratet. Der älteste Sohn James war bei Shiloh gestorben, der jüngste an Gelbfieber, als er erst zwei Jahre alt war. Von Christians zwei verbliebenen Brüdern lebte der jüngere, als er das letztemal von ihm gehört hatte, als Revolverheld in Montana. Jefferson hatte die heißen, trockenen Wüsten Neu-Mexikos weder geschätzt noch sich mit ihnen abgefunden und war vor acht oder zehn Jahren in den kühlen Norden gezogen, um mit Fellen und Holz sein Geld zu verdienen. Ethan McBride war bis auf einen Tag nur neun Monate älter als Christian, und obwohl es hieß, daß sie einander so ähnlich sähen wie zwei Erbsen, hatten sich ihre Charaktere so unterschiedlich entwickelt wie Tag und Nacht.

Ethan war ernst und still und akzeptierte fraglos die Verantwortung, Träger des McBride-Namens und Verwalter des bescheidenen Erbes zu sein. Christian hingegen war wild und aufsässig und wollte ebenso wenig über Viehzucht und das Leben auf einer Ranch erfahren wie darüber, auf den Mond zu fliegen. Ethan steckte seine Nase ständig in Bücher, Christian hingegen in Probleme. Er tauchte die Zöpfe der Mädchen ins Tintenfaß und stürzte Klohäuschen um, wenn jemand drinnen saß. Ethan hatte seine Unschuld bewahrt, bis er zweiundzwanzig war, während Christian – und das trug er mit der Bescheidenheit eines Mannes vor, der sowas für selbstverständlich hält – mit seiner Lehrerin ins Bett gestiegen war, als er gerade das zarte Alter von vierzehn erreicht hatte.

»Daher fühle ich mich wohl von Lehrerinnen immer so angezogen«, fügte er ironisch hinzu. »Jedenfalls ...«

Mit achtzehn war er völlig außer Rand und Band. Er

konnte nun ziemlich geschickt mit Waffen umgehen und benutzte das, um seine anderen schlechten Angewohnheiten zu finanzieren: Glücksspiel, Frauen und guten Whiskey. Er hätte leicht mit dem Gesicht nach unten in einer Pfütze seines eigenen Bluts enden können, bei einer Schießerei oder im Streit über eine Hure, wenn der Krieg im Osten nicht alle jungen Heißsporne in die Armee getrieben hätte.

Seine erste ernste Lektion erhielt er, als er neben seinen Brüdern losritt. Beide waren in die Kavallerie eingetreten, beide hatten sich für unsterblich gehalten und für nicht unterzukriegen. James war bei Shiloh in seinen Armen gestorben, und es gab immer noch Nächte, in denen er das klebrig-heiße Blut auf seinen Händen spürte und den Gestank von explodierenden Kanonenkugeln roch. Die Wut hatte ihn noch draufgängerischer gemacht – in den Armeeberichten wurde seine Tapferkeit vor dem Feind erwähnt –, aber schließlich, als der Krieg vorüber war, sehnte er sich nach den einsamen Ebenen von Neu-Mexiko, der schrecklichen Schönheit des *Malpais*, der Lavafelder und der allgegenwärtigen Wildheit der *Sangre-de-Cristo*-Bergkette. Er hatte Heimweh, und konnte es kaum abwarten, aus der Kavallerie entlassen zu werden. Doch nachdem er das halbe Land durchquert hatte, mußte er entdecken, daß gierige Kriegsgewinnler und Profitmacher sich bereits das beste Grasland unter den Nagel gerissen hatten und darauf abzielten, sich mit den Armeestützpunkten zu arrangieren.

Außerdem war sein Vater inzwischen erkrankt, und seine Mutter lag in einem frischen Grab. Ethan war ein Mann des Friedens und hatte alle Hände voll zu tun, um mit dem Viehdiebstahl und dem damit verbundenen Blutvergießen fertig zu werden. Die Brunnen auf der Double-M-Ranch wurden vergiftet, die Flüsse umgeleitet, Vieh wurde abgeschlachtet oder von den Indianern fortgetrieben. Sie waren unbeteiligte Diebe, meinte der Sheriff, die nachts wahllos zuschlugen und tagsüber in ihre Verstecke in den Bergen zurückkehrten.

Es dauerte fast ein Jahr, bis Christian die Verantwortlichen für die Überfälle aufgespürt hatte. Inzwischen war sein Vater auf dem Weg zu Gott und hatte in einem letzten Akt der Gewissenserleichterung gestanden, daß er Jahre zuvor ein Verhältnis mit einer schönen Ute-Frau gehabt hatte. Diesem Verhältnis sei ein Sohn entsprungen – ein Sohn, der nun an der Spitze der raubenden Horde ritt.

Sun Shadow zu finden kostete McBride weitere sechs Monate; bei der schließlichen Begegnung kamen beide fast ums Leben. In dieser Zeit war der Vater gestorben, und sein Bruder Ethan hatte die Ranch übernommen. Christian kehrte mit Sun Shadow zur Double-M zurück – einerseits, um Frieden zu schließen, aber vorwiegend, um den anderen Ranchern des Tals mitzuteilen, was der Ute zu sagen hatte: nämlich, daß er und seine Bande von einem aus ihren Reihen gut bezahlt wurden, damit sie die anderen so lange belästigten und verfolgten, bis sie ihr Land und die damit verbundenen Rechte verkauften. Da das Wort eines Indianers in keinem Gerichtshof zulässig war, konnte man Gerechtigkeit nur durch eine Konfrontation erzwingen.

»Der Landbesitzer, um den es ging, war nicht der Typ, der aufsteht und seine Schuld gesteht. Statt dessen lachte er laut über Sun Shadows Anschuldigungen und beschuldigte meinen Bruder und mich, die ganze Sache erfunden zu haben, um die Wahrheit über die Seitensprünge unseres Vaters mit einer ›schmutzigen Indianerhure‹ zu übertünchen. Dann wurden Waffen gezogen, Schüsse abgegeben, und als sich der Staub wieder legte, war ein Mann tot, und das Gesetz zeigte mit dem Finger auf mich.«

Christian schwieg einen Moment und betrachtete stirnrunzelnd einen Grashalm, den er zwischen den Fingern zermalmte.

Dann blickte er auf und nickte grimmig. »Ich verfehle nicht oft mein Ziel, aber in dieser Nacht gab es viel Geschrei und Verwirrung. Jemand anderer feuerte zuerst, so daß die Lichter ausgingen, ehe er die Waffen auf Ethan und mich richtete. Ich zielte einfach auf die Stelle, wo ich Maxwell Fleming zuletzt gesehen hatte, verfehlte ihn und traf dafür einen seiner Helfershelfer – einen häßlichen Burschen, einen Albino namens Whitey Martin.«

Aubrey saß sehr still da. Genau wie in einem Groschenroman hatte sie das Ende der schrecklichen Geschichte vorausgeahnt – ein Teil in ihr hatte sogar die Preisgabe des Schurkens vorausgesehen. Maxwell Fleming. Wie sie das gewußt hatte, konnte sie weder jetzt noch später sagen, aber es war gut, daß sie es gewußt hatte oder sich zumindest auf die Möglichkeit vorbereitet hatte, andernfalls hätte sie vielleicht geschrieen, wäre ohnmächtig geworden oder hätte etwas Schlimmeres getan, um sich völlig zum Narren zu machen. Doch so überfiel sie der Schock, die vertrauten Namen zu hören, nur wie ein kalter, träger Ölschlick. Sie konnte weder die Arme noch die Beine regen, weil sie plötzlich zu schwer wurden, noch konnte sie die Lippen rühren, oder einen Befehl finden, damit ihre Zunge sich vom Gaumen löste. Sie wollte ihn fragen, ob er sicher sei, daß der Name Whitey Martin gelautet hatte, und wenn er nicht sicher sei, ob der Mann tot wäre ... aber sie konnte es nicht. Sie konnte es nicht.

Ein Beobachter hätte vielleicht eine gewisse Spannung um ihren Mund bemerkt oder daß ihr Blick starr nach vorne gerichtet war, aber McBride war in seinen Grashalm vertieft, den er immer wieder drehte und schlang, und hätte vermutlich eine neben ihm rauchende Stange Dynamit übersehen.

»Fleming schrie natürlich, ich sei der Mörder, und da überall Blut auf dem Boden war und ein paar weitere seiner Helfer die Knarren auf mich richteten, um jeden Widerspruch zu unterdrücken, gab es nicht allzuviele Zeugen, die hätten schwören können, wer zuerst geschossen hatte. Ethan suchte die besten Anwälte, die er finden konnte – oder die besten, die sich nicht vor Angst in die Hose schissen, wenn sie nachts durch eine dunkle Gasse gehen mußten. Leider hatten sowohl der Ankläger wie auch der Richter vor solchen Zwischenfällen große Angst, und als Folge verbrachte ich die nächsten fünf Jahre auf Urlaub in Leavenworth. Vermutlich hätten sie mich damals am liebsten gleich aufgeknüpft, aber der Name McBride hatte immer noch einen guten Klang in der Armee, und Fleming war nicht so dumm, zu viel Aufmerksamkeit auf seine kleine Diebesbande zu lenken. Heutzutage hätte er vermutlich solche Skrupel nicht mehr. Wenn es stimmt, was ich gehört habe, dann besitzt er heute nicht nur sämtliches Land in den Pecos-Tälern, sondern noch halb Santa Fe.«

Nach einer weiteren längeren Pause warf er den Grasfetzen fort und richtete sich auf.

»Und das war's, Miss Blue. Die Totalsumme dessen, was ich bin. Nicht sehr schön, nicht sehr vornehm. Vermutlich nach Ihren Maßstäben nicht einmal sehr zivilisiert. Und die Jahre in Leavenworth habe ich nichtmal ausführlich beschrieben.«

Aubrey stellte sich der stummen Verteidigung seines Stolzes, als er sie anblickte und auf ihre Reaktion wartete. Seltsam – sie wollte nun auf ihn zutreten und ihre Arme um ihn legen. Sie wollte mehr als alles auf der Welt, aber sie wagte es nicht. Nicht jetzt. Nicht, nachdem er alle Arroganz und Kühnheit abgelegt und ihr einen Blick auf den echten Mann dahinter gewährt hatte.

Falls sie zu ihm trat, ihn berührte und seine warmen Arme fühlte, die ihr Schutz boten, wäre sie zu versucht, zu verdammt versucht, mit der eigenen Geschichte herauszuplatzen, wie Maxwell Fleming auch in ihr Leben eingegriffen hatte. Und sie hatte das eindeutige Gefühl, wenn sie das tat – und der Himmel wußte, wie sehr sie es wünschte –, dann würden ihre Qualen irgendwie zu seinen, und er würde ihr helfen wollen, sie zu lösen, ihr die Rache abnehmen wollen.

Wenn sie ihm nun sagte, warum sie nach Santa Fe zog und was sie dort vorhatte, würde sie außerdem erklären müssen, was sie getan hatte, ehe sie in Great Bend die Kutsche bestieg. Er würde vom Mord an ihren Eltern wissen wollen, von der Flucht durch die Wüste, ihrer Rettung durch Lucius Beebee und der Erziehung unter seiner fürsorglich-leitenden Hand. Wie konnte man einem Kriegshelden und edlen Opfer der Umstände gestehen, daß sie eine Diebin war, eine Glücksspielerin und Trickbetrügerin? Wie konnte man jemandem die Jahre gestehen, die man in rauchigen Saloons verbracht hatte, wo sie tausend Methoden abgeschaut und gelernt hatte, wie man einem Mann sein Geld abknöpft? Wie konnte man eine Karriere beschreiben von einfachen Kartentricks zur Organisation von Millionen-Dollar-Lotterien für falsche Eisenbahnaktien?

Im Postkutschenbüro in Great Bends hatte sie amüsiert die Plakate der gesuchten Verbrecher betrachtet. Einen angemessen wichtigen Platz nahm dasjenige in Anspruch, mit dem zwei Trickbetrüger gesucht wurden, die man zuletzt in Louisiana gesehen hatte. Sie und Bruster waren dort mit über fünfundzwanzigtausend Dollar Regierungseigentum abgezogen. Eigentlich hatte sie es nie für falsch gehalten, ihre Rache an der Welt zu nehmen – bis jetzt. Sie war voll Wut und Bitterkeit gegenüber der gesamten Menschheit und hatte nie Skrupel gehabt, zu stehlen, zu betrügen oder jemanden auszunutzen. Die Tatsache, daß sie dies mit sehr geschickter Hand und noch schnellerem Verstand bewerkstelligte, ließ sie bei der Vorstellung lächeln, daß Männer das überlegene Geschlecht sein sollten. Und wenn ein Mann so dumm und blind sein konnte, verdiente er es, zum Narren gehalten zu werden, verdiente er es, gedemütigt und bestraft zu werden und mit eingekniffenem Schwanz statt Männlichkeit zwischen den Beinen fortzuschleichen.

McBride war allerdings weder dumm noch blind. Er hatte sie fast von Anfang an durchschaut, der Vorstellung gehöhnt, sie sei Lehrerin und kampflustig hinter ihre Brille und das Tweedkostüm geschaut. Was würde er denken, wenn er die Wahrheit erfuhr? Er hatte fünf lange Prügeljahre im Gefängnis verbracht, weil er in Notwehr einen Mann getötet hatte. Was würde er von jemandem denken, der fast jeden Tag seiner Strafe ein echtes Verbrechen begangen, aber niemals auch nur eine einzige Stunde hinter Gittern gesessen hatte? Würde er das als Ironie des Schicksals betrachten oder als eine tiefe Beleidigung seines Stolzes?

Die Antwort ließ ihr alle verbliebene Farbe aus den Wangen weichen. Sie verschlang die Hände fest im Schoß und wünschte sich mit aller Kraft, sie könnte sich jetzt einfach so fortschleichen, ohne jemals wieder diesen edlen grauen Augen zu begegnen.

»Du wolltest die Wahrheit«, sagte Christian leise, von ihrem Schweigen verblüfft. Er merkte auch beunruhigt, daß sie weder Mitgefühl noch Verständnis zu zeigen schien – nicht einmal die Erleichterung, auf die er gehofft hatte. Statt dessen war es, als hätte sie noch stärkere, dichtere Barrieren vor ihren Gefühlen herabgelassen, die sie vor jeder Art Einmischung beschützten.

Aber warum?

In der vergangenen Nacht hatte sie gewiß keinerlei Zurückhaltung gezeigt. Ihre Verletzlichkeit war so offen und ehrlich gewesen wie die pure Schönheit ihrer Leidenschaft. Sie hatte den Eindruck erweckt, als gäbe sie sich ihm vollständig hin, ohne auch nur ein einziges Mal nach einem Versprechen zu fragen oder eine Erklärung erwartend.

Warum nur?

Er gelangte zu dem Schluß, daß sie vielleicht alles schonmal gehört hatte. Die Entdeckung, daß sie nicht die vertrocknete, dürre alte Jungfer war, die sie allem Anschein nach sein wollte, hatte ihn gestern nacht überrascht, aber rückblickend war das eine gute Erklärung dafür, daß sie Männer kühl zu verachten schien. Hatte jemand ihr schonmal ein Versprechen gemacht, nur um es zu brechen, als die erste Leidenschaft verflogen war? Hatte irgendein Schurke ihr die Jungfernschaft und Unschuld genommen und anschließend über sie gelacht – und sie so verschreckt, daß sie niemals wieder offen sein konnte? Das würde erklären, warum sie bewußt ihre Schönheit versteckte, ihre Abneigung dagegen begründen, berührt und gestreichelt und in einer kalten Wüstennacht wie eine bequeme Wärmequelle behandelt zu werden. Und er, selbst so ein Schurke, hatte ihr in keinster Weise zu erkennen gegeben, daß sie für ihn etwas Besonderes bedeutete.

»Aubrey ...« Er trat auf sie zu und ließ sich vor ihr auf ein Knie nieder. »Ich werde dich nicht verlassen, wenn du dir darum Sorgen machst.«

Da! Er hatte die Worte ausgesprochen, während sie beide voll bekleidet waren und die Sonne sich hell über die Ebene ergoß. Er hatte seine Verantwortung akzeptiert und zugegeben, daß er ein Gewissen hatte – beides schwindelerregend neue Gefühle für einen Mann, der entschlossen war, beides zu vermeiden. Es war vermutlich nicht genau das, was sie hören wollte, aber das beste, was ihm einfiel – während eine Eisenklammer sich um seine Brust legte und die ritterlichen Regungen seine Hände zittern ließen.

Aubrey sah die Panik, die ihn überkam, und auf seltsame Weise half dies, eine gewisse Kontrolle über die Lage wiederzuerlangen. Etwas auszusprechen, das eindeutig und unwiderruflich nicht im Bereich der Möglichkeit lag, machte das Akzeptieren des Gewesenen viel einfacher. Es war nun möglich, ihm für das zu danken, was er für sie getan hatte, als er sie von dem Alptraum aus Schrecken und Ablehnung befreite – und das tat sie, indem sie ihm eine Hand zärtlich auf die Wange legte und ihn mit Herz und Seele auf die Lippen küßte. Es war ihr nun möglich, ihre Reaktion als Frau zu akzeptieren, die entdeckt hatte, Leidenschaft und Lust auszudrücken, und das tat sie mit einem Lächeln über die unmittelbare Welle, die ihre Brust und Schenkel durchflutete. Und es war möglich, das Lächeln beizubehalten, es fest zu bewahren, obwohl ihr Herz gerade entzwei brach und sie sicher war, daß es nie wieder heil würde ... nur, weil sie wußte, was sie tun mußte, und auch wußte, wie.

»Du süßer, lieber Mann«, sagte sie in fast perfekter Imitation von Magenta Royales verführerischem Schnurren.

»Ist das ein Heiratsantrag?«

McBride biß die Zähne so fest aufeinander, daß sie sie unter ihrer Hand mahlen hörte. »Das hatte ich nicht unbedingt beabsichtigt, aber vermutlich ...«

Schneller als ein ersterbender Herzschlag legte Aubrey zwei Finger auf seinen Mund und schnitt ihm das Wort ab. »Du denkst vermutlich, du schuldest mir eine Art Entschädigung für das ... was gestern nacht geschehen ist. Ich muß allerdings gestehen, daß du mich überraschst. Ich hätte dich nicht für einen Mann gehalten, der an Haus und Herd denkt, an Kirchenversammlungen und Kinder ...«

»Kinder!«

»Die tauchen gewöhnlich eine Weile nach der Hochzeit auf«, bemerkte sie.

»Kinder«, wiederholte er mit vor Schreck leiser Stimme. »So weit hatte ich allerdings nicht vorausgedacht.«

»Noch brauchen Sie das, Mr. McBride«, versicherte sie sanft. »Was heute nacht geschehen ist, war ebenso sehr meine Schuld wie Ihre. Ich bin sozusagen mit offenen Augen hineingetappt, daher brauchen Sie sich nicht verpflichtet zu fühlen, mir das rettende Angebot einer Ehe zu machen. Außerdem wäre ich nicht frei, es anzunehmen.«

McBride runzelte die Stirn. Er schlang seine langen Finger um ihr Handgelenk und zog ihre Hand von seiner Wange. »Wie meinst du das ... nicht frei?«

Aubrey fuhr sich über die Lippen. »Ich schätze Ihr Angebot, Mr. McBride, ganz gewiß ... aber ich kann es nicht annehmen.«

»Darf ich fragen, warum nicht?« knirschte er.

»Nein – ich meine ... wäre es besser, wenn Sie es erführen?«

»Das sage ich dir, wenn ich die Erklärung gehört habe. Du kannst auch deine Weibchenmanieren lassen, das steht dir nicht im geringsten.«

Aubrey zwinkerte. Er machte es ihr nicht gerade leicht.

»Nun gut, wenn Sie darauf bestehen. Aber ich habe Ihnen glaube ich schon gesagt, warum ich gen Westen ziehe.«

McBride legte die Stirn noch mehr in Falten, rief sich ihre verschiedenen Gespräche in Erinnerung und fragte sich, welche von denen auch wahr gewesen waren.

»Ins Land der goldenen Möglichkeiten«, fuhr sie leise

fort. »Sie haben es selbst geschildert: reiche Rancher, die Straßen sind mit Gold gepflastert. Ein Mädchen könnte Schlechteres vorhaben ... Ihre Worte, McBride.«

»Meine Worte, ja, aber ich hatte nicht gedacht ... ich meine, ich dachte, du spielst mir was vor.«

»Ein Flirt?« fragte sie sarkastisch.

Nein, dachte McBride. Nein, sie hatte nichts anderes getan, als ihm Sand in die Augen zu streuen, um ihn von ihrer Fährte abzubringen. Aubrey wandte den Blick ab, und Christian spürte, wie eine kalte Welle des Abscheus von ihm Besitz ergriff.

»Bei Gott, das war also die Wahrheit? Du bist hierhergekommen, um dir einen reichen Viehbaron zum Mann zu angeln?«

»Ich bin hier auf der Suche nach einem besseren Leben als dem, was ich hinter mir gelassen habe«, sagte sie knapp. »Und da Sie bestenfalls wohl nur ein schmutziges Hinterzimmer in irgendeiner *cantina* zu bieten haben ... nun, ich fürchte, das ist ...« Sie fegte den Sonnenaufgang, den Fluß und die Nacht der gemeinsamen Leidenschaft mit einer einzigen ungeduldigen Handbewegung beiseite. »... einfach nicht genug. Tut mir leid. Wirklich. Aber ich habe nie bewußt Ihre Aufmerksamkeit gefordert noch Sie in irgendeiner Weise ermutigt.«

Christian ließ jedes einzelne Wort auf sich wirken. Er war sprachlos, nein, es war mehr – er war wütend. Außer sich vor Zorn – verdammt, fast mörderisch. Nicht genug? Er hatte ihr sein Herz ausgebreitet, sich geöffnet, sich ihrem Mitleid und ihrem Spott ausgesetzt und ... *es war nicht genug*?

»Ich wollte nie so weit gehen«, sagte sie mit weicherer Stimme. Nun drehte sie das Messer in seiner Wunde, streute das Salz ihres Mitleids in seinen verletzten Stolz. »Ich weiß wirklich nicht, was gestern abend über mich kam. Vielleicht waren es all die Gefahren und die Angst von vorher ... und vermutlich war ich zu erschöpft, um mich weiter gegen Sie zu wehren.«

»Nein«, überlegte er. »Gewehrt hast du dich sicherlich

nicht, aber mach dir keine Sorgen. Die kleine Übung macht sich schon nicht bemerkbar. Wer immer dir gesagt hat, daß die Männer im Westen gern schlichte und anständige Frauen haben, sprach offensichtlich nicht aus Erfahrung. Da, wo du hinziehst, mußt du deine Talente zeigen, und je besser du deine Waren anpreist, umso höher deine Chancen, dir den ersten Preis zu schnappen. Und nach allem, was ich gesehen habe …« Sein Blick fiel mit bewußter Verachtung auf ihre schwellende Brust. »… solltest du keine Probleme im Wettkampf um den Ehering haben.«

Aubrey biß sich auf die Lippen, damit sie nicht noch heftiger errötete. »Danke für den Rat, Mr. McBride, allerdings … wenn man Ihre Erfahrung der letzten fünf Jahre bedenkt, bin ich nicht sicher, ob er auch brauchbar ist.«

McBride erhob sich. Er hatte genug gehört – mehr als genug. Noch ein Wort, und er könnte in Versuchung geraten, ihr die Kehle so lange zuzudrücken, bis ihre Augen herausquollen und die Adern in ihrer Zunge sich so schwarz verfärbten wie ihr Herz – oder war es grün? So grün wie das Geld, das sie offensichtlich über alles schätzte.

Er war wütend, vermutlich wütender als jemals zuvor in seinem Leben, und er konnte sich nicht zutrauen, in ihrer Nähe zu bleiben oder noch ein Wort mit ihr zu wechseln. Mit einer Beherrschung, die er keineswegs empfand, suchte er im hohen Gras seinen Hut. Da fing er eine Bewegung aus dem Augenwinkel auf: Unter den niedrigen Zweigen einer Weide stand Sun Shadow.

Es war unmöglich, daß dem Ute auch nur ein einziges Wort ihrer Unterhaltung entgangen war – nicht mit seinen scharfen Ohren. McBride errötete heftig unter einer erneuten Welle der Wut. Er blickte kurz auf Aubrey herab, und der Haß in seinen Augen war ein brutalerer Hieb als er jemals mit den Fäusten hätte austeilen können.

»Ich hoffe, Sie finden, was Sie suchen, Miss Blue«, zischte er wild. »Ich hoffe, Sie finden es, und ich hoffe, es macht Sie ebenso glücklich wie der letzte Blick, den ich jemals auf Sie werfen werde.«

Damit wandte er sich um und schritt fort. Seine Stiefel durchschnitten das Gras wie Sicheln. Als er an dem Ute vorbeikam, warnte ihn sein Blick vor jedem Wort – egal ob humorvoll, tröstend oder sonstwie. Sun Shadows Miene blieb undurchdringlich. Er wartete, bis McBrides Wut ein paar Schritte gesunde Distanz zwischen ihnen geschaffen hatte, und folgte ihm nach. Sein langes schwarzes Haar wehte in der nun kräftiger strahlenden Sonne.

Aubreys Lippen bebten. Sie stieß die Luft aus, die sie angehalten hatte, und gab sich ganz dem Schmerz hin, den sie zuvor unterdrückt hatte. Sie hatte ihn verletzt. Sie war auf seinem Stolz herumgetrampelt und hatte ihn in den Staub getreten, so daß niemand ihn jemals wiederfinden würde. Jedenfalls nicht sie.

Sie stand auf, aber ihre Beine wollten sie nicht tragen, und sie sank zurück auf den Stein. Fast hätte sie geweint, aber es gab nichts, über das sie weinen konnte. Man kann nichts verlieren, was man nie besessen hat, und sie hatte Christian McBride niemals wirklich besessen. Sie hatte eine Weile seinen Körper genossen – eine lange, bittersüße Nacht unter dem Wüstenmond.

Aber der Mond war verschwunden – ebenso wie McBride.

Als sie schließlich allen Mut zusammenfaßte, um zur Station zurückzugehen, sagte man ihr, daß der Rancher und der Ute Sir Percival Pferde abgekauft hatten und ohne einen einzigen Blick zurück weitergeritten seien.

Zweiter Teil

Ein jeder für sich selbst

Geoffrey Chaucer

13

Die letzte Etappe der Fahrt dauerte vier Tage. Jim Brody verschloß sich hartnäckig jedem weiteren Protest, Jammern und Klagen und fuhr Tag und Nacht durch. Er hielt nur noch an den eingeplanten Wegstationen an, um die Pferde zu wechseln und einen Teller mit höllenscharfen Bohnen und gebratenem Rückenspeck herunterzuschlingen. In Middle Springs hatten sie mit den besten Empfehlungen von Lord Fortesque einen Ersatzfahrer gefunden und drei zusätzliche Passagiere aufgenommen, Missionare, die von Räubern überfallen und hilflos am Ufer des Cimarron zurückgelassen worden waren.

Fünfundachtzig Meilen lang folgten sie nun dem Fluß in Richtung Südwesten, dann begann der zweihundert Meilen lange Aufstieg durch die felsigen, von Schluchten, Mesas, Canyons und Abgründen durchzogenen Vorberge. In der kleinen, staubigen Stadt Las Vegas mußten sie sich von dem bewaffneten Ersatzkutscher und den Missionaren trennen: Der erstere weigerte sich, nachts durch den gefährlichen Apache-Canyon zu fahren, und die anderen drei zogen die Gefahren der dünnen Luft und der feindseligen Indianer dem Risiko vor, zu den Schreien eines tabakkauenden, donnernd furzenden und wie Satan fluchenden Wahnsinnigen eine steile Klippe hinabzustürzen.

Aubrey hätte zwar nie behauptet, daß sie sich an Stinkefinger Jim Brody gewöhnt oder seinen Kenntnissen über den Trail vertraut hätte, aber sie und die anderen fühlten sich durch ihre gemeinsamen Erlebnisse wie benommen. Selbst Greaves, der durch die Abwesenheit von McBride und dem Ute kühner wurde, trank weniger, sah Aubrey weniger lüstern an und zwinkerte ihr nur noch gelegentlich zu, wenn er ihren Blick auffing und wußte, daß Magenta den Kopf abgewandt hatte. In Middle Springs hatte Greaves das

Pech gehabt, gerade in dem Augenblick aus dem Zimmer des indianischen Dienstmädchens zu treten, als Aubrey versuchte, unbemerkt wieder in ihr Zimmer zu schleichen. Sein verlegenes Zusammenzucken hatte sich rasch in überhebliche Verachtung verwandelt, als er die offensichtlichen Zeichen einer bewegten Nacht ohne viel Schlaf an ihr erkannte. Aubrey war ziemlich sicher, daß er ihre Begegnung und seine Schlußfolgerungen daraus für sich behalten hatte, aber sie vermochte um ihr Leben nicht zu sagen, warum.

Darby Greaves stellte aber das geringste ihrer Probleme dar, als die *Concord* durch den hölzernen Palisadenzaun von Fort Union rollte. Der Halt hier war ebenso kurz und flüchtig wie die anderen. Brody wechselte das Maultiergespann und schaufelte Essen in sich hinein, nur unterbrochen von einem gebrüllten Befehl an die Passagiere, ihre Blase zu erleichtern und einzusteigen, sonst würden sie zurückgelassen.

McBride und der Ute hatten das Fort zu Pferd wohl volle zwei Tage vor ihnen erreicht. Er hatte behauptet, dort etwas erledigen zu müssen – jedenfalls hatte er nur bis dahin eine Fahrkarte gekauft. Aber wenn er sich tatsächlich innerhalb des Palisadenzauns aufhielt – Aubrey sah kein Zeichen von ihm. Als sie das Fort in einer Staubwolke hinter sich ließen, weigerte sie sich, noch ein einziges Mal an ihn zu denken. Falls Bruster etwas vermutete, so behielt er es klugerweise für sich, und Magenta war zu sehr damit beschäftigt, den Verlust ihrer schönen Kleider zu bejammern.

Ihr Gepäck, so hatte Leutnant Faraday pflichtschuldig gemeldet, war von den Komantschen gestohlen oder vernichtet worden. Ihr war es unter Aufbietung aller Willenskraft gelungen, sich in ein von Lady Prudence abgeändertes Kleid zu zwängen, ein Gewand, daß so offensichtlich auf Formlosigkeit genäht war, daß es gut die Figur einer Frau in den letzten Stadien einer Schwangerschaft hätte verbergen können. Die einzige andere Möglichkeit wären die handgewebten Leinenschürzen gewesen, die man in allen Handelsposten entlang des Trails anbot (unter den

Siedlerfrauen gab es kaum Nachfrage nach Seide oder Satin). Beide Stoffe hatten, wie sie kreischend erklärte, nie mehr ihre Haut berührt, seit sie zum Stern von New Orleans aufgestiegen war. Der Rock ihres jetzigen Gewandes war auffallend kurz und das Oberteil aufreizend eng, aber Magenta hatte ihre Taille gnadenlos eingeschnürt, entschlossen, in einer Wolke aus Seidentüll und gelben Lokken in Santa Fe anzukommen.

Steif und verkrampft, erschöpft von den Auswirkungen der Hitze und der Reisekrankheit, schien keiner der Passagiere in der Lage, sich großartig zu begeistern, als Jim Brody verkündete, sie würden noch vor dem Mittag in Santa Fe ankommen. Diese Ankündigung erfolgte am frühen Vormittag, begleitet von einem knorrigen Finger, der auf einen Haufen winziger, heller Häuschen in der Talsohle unter ihnen deutete. Von hoch oben in den Bergen konnten sie außerdem weit über die blaue Ebene bis zu dem silbernen Band des Rio Grande blicken, der sich in der Ferne durch einen Canyon schlängelte. Weiter westlich fiel das rötliche Land ab in die Unendlichkeit, und nur noch gelegentlich ragte eine Mesa oder Felsbastion aus der weiten Ebene heraus.

Eine halbe Tagesreise bergab schien sie jedoch ihrem Ziel kaum näher zu bringen. Nur das bemerkenswerte Verschwinden der hohen Pinien-Bäume und die Rückkehr von spärlichem Gras und gegabelten Chaparrals deuteten darauf hin, daß ihre Qualen tatsächlich bald ein Ende haben würden. Aubrey spähte genau wie die anderen aus dem Wagenfenster, aber abgesehen von ein paar Lehmhütten wurde der Blick hauptsächlich durch Staubwolken verdeckt. Feiner, weißer, alkalischer Staub, der durch das feinste Gewebe drang, reizte ihre Haut wie scharfes Sandpapier.

Und dann waren sie mit einem triumphierenden Schrei von Jim Brody endlich da. Die verstreuten Lehmhäuser formten bald Reihen und Gruppen, die das Aussehen von Straßen annahmen. Diese Straßen folgten dem Verlauf von drei tiefen Flußbetten – vor Jahrhunderten von der Schneeschmelze in den Bergen ausgewaschen und dann wieder ausgetrocknet.

Nahe der Stadtmitte lagen die älteren, prächtigeren Häuser halb verborgen hinter hohen Lehmmauern, und jedes Privathaus war von den anderen durch eine schmale *calle* getrennt, die die Straßen wie Zäune durchzog. Nur wenig Grün unterbrach die Monotonie des weißen Staubs auf Straßen und Mauern. Die wenigen Pflanzen, die den Verkehr von schweren Rädern und Schritten überlebt hatten, wurden mühsam gepflegt und waren trotzig durch schädelweiß gebleichte Steinringe geschützt.

Das Herz und Geschäftszentrum von Santa Fe war die *Plaza*, eine große Fläche von etwa zwei Hektar, mit den Bogentoren der Mission von San Miguel an einem Ende und dem *Palacio de los Gobernadores* am anderen – beides mehr als zweihundert Jahre alte Lehmgebäude. Die beiden anderen Seiten des Platzes waren von Läden und Werkstätten gesäumt; in einer Ecke stand *La Fonda* – Gasthaus, Handelsposten und offizielle Endstation des Santa-Fe-Trails und der Kansas-Postkutsche, weil es einfach das älteste Geschäftshaus der Stadt war.

Aubrey blieb noch lange auf ihrem Platz sitzen, nachdem die *Concord* stehengeblieben war. Sie sah zu, wie sich die Staubwolken wieder senkten und nur noch die feinsten Körnchen in der Luft hängenblieben wie Nebel. Sie war sich nicht ganz sicher gewesen, wie sie auf den einst so vertrauten Anblick und die Geräusche von Santa Fe reagieren würde, und nun stellte sich heraus, daß sie zu erschöpft war, um mehr als bloße Erleichterung zu empfinden.

Die *Plaza* war bevölkert von Einkaufenden und Händlern. Der Steinbrunnen vor dem *Palacio* mit den einzigen beiden Bäumen und daher auch dem einzigen beschatteten Platz, war offensichtlich der beliebteste Ort, um sich zu treffen, auszuruhen und den neuesten Klatsch auszutauschen. Sanfte spanische Musik erfüllte die Luft. Bauern in weißen, wehenden Hemden und weiten Hosen priesen ihre Waren aus riesigen Strohkörben an, die müde aussehende Maultiere auf dem Rücken trugen. Ihre Frauen trugen weite, bunte Röcke mit lockeren, tief ausgeschnittenen Blusen, die jede Vorstellung von Fischbeinkorsetts und Schichten um Schichten aus erstickender Wolle und Leinen zu verlachen schienen. Einige gingen barfuß, aber die meisten trugen Sandalen aus Holz und geflochtenen Lederschnüren.

Einen Gegensatz zu diesen ärmeren Bürgern bildeten die Kaufleute und Rancher, die hier ihren Geschäften nachgingen. Sie trugen gutgeschnittene Gabardinejacketts und grobe Kordhosen. Cowboys lehnten an den Pferdestangen und flirteten augenzwinkernd mit den jungen Damen, die unter den wachsamen Augen ihrer mantillatragenden *duenas* herumspazierten. Diese ungestümen jungen Männer, immer auf der Suche nach einer Gelegenheit, bei der sie Dampf ablassen konnten, wurden wiederum aufmerksam von den reich gekleideten *caballeros* beobachtet, den Söhnen der reichen spanischen Familien, die wenig mehr zu tun hatten, als hermzustolzieren, zu prahlen und die unverschämten *Gringos* stumm herauszufordern.

Und überall waren Kinder. Kleine Bengel mit schmutzigen Gesichtern in viel zu weiten, von größeren Geschwistern abgelegten Hosen und Hemden. In Dreier- und Vierergruppen verfolgten sie die Fußgänger und rangelten ständig um das Privileg, ein paar Pennies mit dem Tragen von deren Paketen und Taschen zu verdienen. Theatralisch bettelten sie die herumflanierenden *Americanos* an und ertrugen die Schimpfwörter und Püffe der Ansässigen, wenn sie versuchten, einen Apfel oder eine Orange von einem der bis an den Rand gefüllten Körbe zu stehlen. Die Kinder hatten die Kutsche sofort umschwärmt, als die riesigen Räder holpernd zum Stillstand gekommen waren. Sie schwirrten plappernd und gestikulierend um die Passagiere herum, sobald diese ausgestiegen waren, wurden vorübergehend von Jim Brodys knallender Peitsche und seinen wilden Flüchen verscheucht, ließen sich aber in keiner Weise dadurch einschüchtern.

Aubrey lächelte, als sie sich verstreuten und sofort wieder formierten und erinnerte sich an die Zeit, als sie selbst barfuß und schmutzig mit den schwarzhaarigen, braunäugigen Kindern der *vaqueros* ihres Vaters herumgerannt war. Wegen ihrer dunklen Haare und der gebräunten Haut hatte man sie selbst oft für ein mexikanisches Kind gehalten, und obwohl in ihren Adern kastilisches Blut floß, hatte sie sich denen zugehörig gefühlt, die seit Generationen auf der trockenen Steppe Neu-Mexikos lebten und heranwuchsen.

Seufzend machte sie sich für den Ausstieg bereit. Sie trat in den talkumartigen Staub der Straße und blickte auf die *Alameda*, eine nahe Hauptstraße, die neben *La Fonda* auf die *Plaza* mündete. Hier lag eine Reihe von Saloons und Spielhallen, die sich im Gefolge der Zivilisation hier aufgetan hatten. Sie spürte den ersten Kitzel von Vorfreude, denn Straßen wie die *Alameda* waren für sie nichts Fremdes. Saloons waren überall gleich: laut, stinkend, und überfüllt, die Kunden ebenso begierig, den großen Sieg davonzutragen, wie sie für große Verluste anfällig waren.

Irgendwo in diesem Getriebe befand sich Maxwell Flemings neuester Stolz, der *Golden Eagle*. Man hatte das Casino errichtet, um die Bedürfnisse der Rancher, Cowboys, Bergarbeiter, Spieler und Kaufleute zu erfüllen, und es war inzwischen Flemings größte Einnahmequelle. Es stellte aber auch seine Achillesferse dar, der Ort, an dem er am meisten unkontrollierbaren Einflüssen ausgesetzt sein würde. Die Spieltische waren ohne Zweifel gezinkt, es gab Spitzel, die die sogenannten Glücksspiele wie Poker und Monte* kontrollierten, aber für jemanden mit einem raschen Blick und noch flinkeren Händen stellten diese nur geringe Hindernisse dar. Und Aubrey verfügte über beides – einen raschen Blick und flinke Hände. Da sie Maxwell Flemings Gier und seine arrogante Überzeugung kannte, unschlagbar zu sein, hatte sie schon genau im Sinn, welchen Weg ihre Rache nehmen würde.

---

*eine Art Hütchenspiel. Anm. d. Übers.

Jetzt überkam sie eine warme, schwindelerregende Welle von Zuversicht. Jetzt … und sie brauchte nur einen Moment, um wieder zu Atem zu kommen und ihren rasenden Puls unter Kontrolle zu bringen.

»Na!« Magenta blieb auf dem Gehsteig direkt vor Aubrey stehen und fuhr gereizt über den Staub auf ihrem Rock. »Will man bei diesem Anblick nicht geradezu in die Luft springen vor Freude?«

»Ich finde es eigentlich ziemlich charmant-rustikal«, ertönte Bruster. Er hatte sich fast völlig von seiner Begegnung mit den Komantschen erholt, und das einzige Zeichen seiner Verletzung war die saubere weiße Schlinge, in der der verletzte Arm ruhte. Er hatte sich in Middle Springs unter anderem einen Bowler-Hut gekauft, um den anderen zu ersetzen, den er draußen in der Wüste verloren hatte. Doch dieser war zu klein für seinen runden Kopf und saß wie eine umgedrehte Teetasse auf seinem kahlen Schädel.

»Ich finde es hier ekelerregend schmutzig«, erklärte Magenta. »Man kann nur hoffen, daß Santa Fe mehr zu bieten hat … als dies.«

Statt weiterer Worte wedelte sie entsetzt mit der Hand: eine Geste, die die *Plaza* und alle Anwesenden verdammte. Und dann, ohne einen Herzschlag lang auszusetzen oder die Hand zur Ruhe kommen zu lassen, änderte sie die Richtung und gab einem besonders schmutzigen Straßenbengel einen Knuff ans Ohr, der sich so nahe an sie herangeschlichen hatte, daß er ihren Rock berühren konnte.

»Sieh sich das einer an! Barfuß und bettelnd mitten auf der Straße! Mach dich aus dem Staub, du schmieriger Bengel! Darby? *Darby*! Wo in Gottes Namen ist dieser Idiot?«

»Vielleicht kann *ich* Ihnen zu Diensten sein?«

Aubrey, die immer noch hinaus auf die *Plaza* blickte, war es, als zöge eine Spinne ein Netz in ihrem Nacken. Sie hatte Maxwell Fleming noch nie zuvor gesehen, noch nie seine Stimme gehört, aber sie wußte – auch ohne die Bestätigung durch die plötzliche, völlige, Stille ringsum –, daß diese weiche Singsangstimme aus dem schattigen Eingang von *La Fonda* niemand anderem gehören konnte.

Die Straßenbengel blieben wie angewurzelt stehen. Alle Köpfe wandten sich und starrten über die *Plaza* hinweg zu ihnen herüber, und wie auf einen unausgesprochenen Befehl hin schlugen sämtliche Verkehrsteilnehmer einen weiten Bogen um den Platz vor dem Postkutschendepot. Männer schritten rascher aus und tippten sich respektvoll an die Hutkrempe. Die *duenas* schoben ihre Mündel über die Gehsteige und zischten ihnen in gedämpftem Spanisch zu, den Kopf abzuwenden und den Blick gesenkt zu halten.

Magenta behielt ihren feindseligen Gesichtsausdruck so lange bei, bis sie den gutgekleideten Gentleman angesehen hatte, der sie aus den staubigen Schatten heraus angesprochen hatte.

Er war ein hochgewachsener, schlanker Mann von Anfang vierzig. Unter seinem Hutrand quoll schwarzes Haar hervor und umrahmte ein Gesicht, das mehr Lampenlicht als Tageslicht sah. Der Mund bildete eine gerade, harte Linie unter einer Nase, die so dünn und scharf war, daß sie das Gesicht in zwei deutliche Hälften teilte – kein schönes Gesicht, aber auf grausame Weise irgendwie sinnlich. Obwohl seine Augen im Schatten der Hutkrempe lagen, sah sie das machtvolle Glitzern in ihnen – eine Mischung aus Gold und Grün und so durchdringend, daß sie das Gefühl hatte, sie zögen ihr die Kleider vom Körper.

»Miss Royale, nehme ich an?« murmelte er, zog den Hut und verbeugte sich förmlich. »Man hat uns über die Probleme auf Ihrer Reise unterrichtet. Ich hoffe, Sie selbst sind dabei nicht verletzt worden oder sonstwie zu Schaden gekommen?«

»Nein, wie durch ein Wunder nicht«, antwortete Magenta, und ihr Blick fiel auf den riesigen Brillanten in seinem Ohrläppchen. Seine Finger, ebenso lang und elegant schlank wie sein Körper, waren von zahlreichen Ringen geschmückt, und der Pferdekopf, der seine Krawatte ordentlich unter dem Kragen festhielt, war aus einem einzigen großen Goldklumpen geformt.

»Ich vergesse ganz meine Manieren ... Lassen Sie mich vorstellen ... Maxwell Fleming – zu Ihren Diensten.«

Sein Händedruck war warm und trocken, und seine Lippen berührten geübt ihren Handrücken.

»Ich ... es freut mich sehr, Sie kennenzulernen, Mr. Fleming. Sie bringen mich allerdings in Verlegenheit, denn ich ... hatte nicht erwartet, Sie gleich persönlich zu treffen ... ich ... ich ...« Hilflos flatternd senkte sie die Wimpern.

»Ich muß einen absolut scheußlichen Anblick bieten. Alle meine Sachen, meine wunderschönen, zauberhaften Kleider sind von diesen ... diesen Wilden gestohlen worden, die uns angriffen. Ich war gezwungen, diese Lumpen von der Wirtin einer Wechselstation zu borgen. Ehrlich gesagt habe ich keine Ahnung, wie es mir gelungen ist, die Knöpfe alle geschlossen zu halten.«

Flemings Lächeln und pflichtschuldiger Blick abwärts versicherten ihr, daß das nicht zutraf.

»Eine verlorene Garderobe zu ersetzen ist doch nur eine Kleinigkeit, und ich habe bereits dafür Vorkehrungen getroffen und mir die Freiheit erlaubt, Ihnen eine von Santa Fes besten Schneiderinnen zur sofortigen Verfügung zu stellen. Meine eigenen Läden mit einer Auswahl in feinen Seiden und Satinstoffen stehen Ihnen selbstverständlich ebenfalls offen.«

»Nun ... ich weiß kaum, was ich sagen soll. Natürlich werde ich Ihnen gern Ihre Auslagen ...«

»Die Auslagen, Madam, wären viel einschneidender gewesen, wenn Ihnen oder Ihren Gefährten etwas zugestoßen wäre. Das Geschenk einer neuen Garderobe ist das wenigste, was ich als Gegenleistung für die Strapazen tun kann, die Sie auf sich nehmen mußten. Ich habe mir außerdem die Freiheit erlaubt, eine Suite in meinem Hotel für Sie zu reservieren, samt einer Zofe, die sich um Ihre persönlichen Bedürfnisse kümmern wird.«

»Die Arrangements für Miss Royales Unterkunft und Personal sind immer meine Aufgabe gewesen«, schaltete

Darby Greaves sich ein und trat neben sie. »Ich bin sicher, daß Sie die Notwendigkeit für Vorsicht und Diskretion anerkennen, wenn Ihnen der Ruhm und der Ruf einer Künstlerin vom Rang Miss Royales am Herzen liegt.«

Flemings Gesichtsausdruck änderte sich unmerklich, und in den Tiefen seiner Augen tauchte einen Moment lang ein ominöses Glitzern der Abneigung auf. Er musterte Greaves' Erscheinung von der bandagierten Hand bis zu den ausgefransten Manschetten und dem verschmutzten Hemdkragen, und so wie er die Nasenflügel blähte war es sonnenklar, wie angeekelt er war – und zwar nicht nur von dem Geruch nach schalem Whiskey und Schweiß.

»Und Sie sind ...?«

»Greaves. Darby Greaves. Miss Royales Agent und enger, *persönlicher* Freund.«

Flemings Lippen dehnten sich in der Andeutung eines Lächelns. »Natürlich, Mr. Greaves. Selbstverständlich habe ich nicht die geringste Absicht, Sie zu übergehen. Ich wollte es für Miss Royale nur so schnell wie möglich so angenehm wie möglich machen. Die Zofe stammt aus einer sehr respektablen Familie, und die Schneiderin ... nun ... Sie können ihre Kunst ja selbst beurteilen.«

Magenta und Greaves drehten sich beim Geräusch leise raschelnder Seide um. Eine Gestalt, die beide noch nicht wahrgenommen hatten, trat nun aus dem düsteren Eingang von *La Fonda* und blieb neben der viel größeren, breiteren Gestalt von Maxwell Fleming stehen.

Die Frau war von ungewöhnlicher Schönheit und wirkte fast kindhaft mit ihrer zierlichen Gestalt. Ihre alabasterweiße Haut stand in scharfem Gegensatz zu dem dichten blauschwarzen Haar, welches ihr wie ein glatter, glänzender Vorhang fast bis zu den Knien fiel. Ihre Augen waren ebenso dunkel wie ihr Haar, mit dichten Wimpern und von Kajal umrahmt, was ihre orientalische Abstammung noch betonte. Ihr Gewand aus drachengrüner Seide betonte ihre Figur – und schien die herrschende züchtige Mode derart zu verachten, daß sie ebenso gut nackt hätte dastehen können, umgeben von einem bloßen Schimmer aus grünem Wasser.

»Das ist Anna Lee«, stellte Fleming sie vor. »Leider versteht und spricht sie kaum Englisch außer ein paar einfachen Sätzen, daher müssen Sie ihr Schweigen verzeihen. Sie beabsichtigt damit keine Unhöflichkeit. Mr. Greaves ... vielleicht wären Sie so freundlich und begleiten Anna Lee, während ich Miss Royale zu überzeugen versuche, daß wir hier nicht alle Barbaren und Wilde sind.«

Greaves traf dies unvorbereitet, und er zögerte einen Moment lang zwischen dem Bedürfnis, seine Autorität als Magentas Agent durchzusetzen, und seiner kaum verborgenen Faszination von Anna Lee. Ihm entging im Gegensatz zu Magenta das kurze Nicken Flemings, worauf die zierliche weiße Hand in den Arm des Agenten glitt. Und Magenta, selbst unsicher, wie sie auf diese ungewöhnliche Schönheit reagieren sollte, fand ihre eigene Hand fest in der Armbeuge Flemings.

»Meine Kutsche steht hier drüben«, sagte er und deutete auf eine schwarzglänzende Karosse mit einem Grauschimmelpaar. Der Kutscher, ein großer, schlanker Schwarzer, war mit einer Livrée ausstaffiert, die jedem englischen Lord zur Ehre gereicht hätte. Es gab viele andere Kutschen, die von Dienern gelenkt durch die geschäftigen Straßen rollten, aber keine einzige war so deutlich von der gesellschaftlichen Position und dem Reichtum des Besitzers geprägt wie diese.

»Also, wo waren wir stehengeblieben? Ach ja, ich wollte Sie gerade fragen, wann Sie mir den Tag Ihrer ersten Vorstellung nennen können. Ich will Sie ja in keiner Weise drängen, aber Ihre Ankunft wurde mit nichts weniger als allgemeiner Aufregung erwartet. Ich denke da so etwa an eine Woche, das würde Ihnen genug Zeit lassen, sich einzugewöhnen und ...«

Die beiden Paare traten auf die Kutsche zu. Flemings Stimme verschmolz mit dem Geräusch des Verkehrs auf der betriebsamen *Plaza*. Zwei stämmige Gestalten traten hinter sie, Männer mit Gesichtern wie aus gehauenem Stein und Augen, die jeden mit frühzeitigem Tod zu bedrohen schienen, der es wagen sollte, einen respektvollen Abstand zu überschreiten. Aubrey sah der Kutsche mit ihrer Eskorte bewaffneter Wächter nach. Ihr hatte sich der Magen umgedreht, und alle Muskeln und Nerven waren stark angespannt. Nun atmete sie langsam und mühsam aus, zwang Luft in ihre Lungen und spürte den bitteren, metallischen Geschmack des Blutes von dem kleinen Riß in ihrer Unterlippe.

»Das war er also«, murmelte Bruster. »Scheint recht von sich eingenommen, findest du nicht auch?«

»Dazu hat er vermutlich allen Grund«, erwiderte sie leise.

»Mmmmm, ja, nun ...« Er blickte sie mit blitzenden Augen unter den hochgezogenen Brauen an. »Schätz mal, wieviel das kleine Schmuckstück in seinem Ohr wert war.«

»Genug, um deine Meinung über den Wert unserer Reise zu ändern?«

»Mmmm. Ich gebe zu, es ergibt allmählich einen gewissen, makabren Sinn. Warum suchst du dir nicht irgendwo eine Stelle im Schatten, während ich diskret ein paar Erkundungen einziehe. Vergeudete Zeit ist nämlich auf immer entschwunden, wie du weißt.«

Aubrey wußte das nur zu gut.

Sie folgte Brusters Rat und trank ein lauwarmes Glas Limonade in der *Cantina,* während er herauszufinden versuchte, ob es in Santa Fe noch eine Dona Dolores Tules gab. Einer nach dem anderen traten drei verschwitzt und zornig wirkende Kunden vor den drahtverspannten Fahrkartenschalter der Kansas-Postkutschengesellschaft und wollten wissen, wann die Kutsche wieder bereit sei, die Reise gen Osten zu beginnen.

Stinkefinger Jim Brody, dessen Stimme von den Wänden *La Fondas* widerhallte, noch ehe er durch eine der Hintertüren hereingestampft kam, trat nun mit einem halbverspeisten Laib Brot in der einen Hand und einem Teller *Frijoles* in der anderen ein.

»Nu, Rodriguez? Hast du schon eine Knarre für mich gefunden? Ohne Knarre fahre ich nirgendwohin. Man kann doch von keinem erwarten, sechshunnert Meilen ohne Knarre und Ersatzfahrer zu kutschieren. Die verfluchte Kutsche bleibt da hocken, bist du einen für mich findest, und wenn es zwei Wochen dauert.«

Er warf einen trotzigen Blick in die Runde und genoß den Schock auf den Gesichtern der Passagiere. Dann fiel sein Blick auf Aubrey Blue, die vor dem Fenster saß, und zwinkerte ihr nach einem kurzen Moment des Nachdenkens mit einem Auge zu.

Aubrey fühlte sich versucht, zurückzuzwinkern, und als sich die Passagiere kurz darauf in die *Concord* drängten und das Gepäck auf das Dach der glänzend neuen Kutsche geschnallt wurde, erlaubte sie sich einen Moment der Trauer. Jim Brody war ihre letzte Verbindung mit dem Osten. Wenn er wieder losrollte, gab es für sie keine Rückkehr mehr.

14

Das geschnitzte Schild an dem Lehmhaus war offensichtlich vor kurzem frisch gestrichen worden. Dieses Schild war fast das einzige, durch das sich das viereckige Flachdachhaus von den Dutzenden anderer in der schmalen Straße unterschied. Das andere Kennzeichen war die hellgelbe Farbe des Schildes – ein auffallender Farbtupfer in dem sonstigen einheitlichen Grau und Weiß.

Auf der Holztafel war kein Name zu sehen, nur die Symbole von Nadel und Faden. Die Fenster waren wie alle anderen in der Straße gegen die brütende Nachmittagshitze geschlossen, aber bei näherem Hinsehen durch die schrägen Holzlatten konnte man auf der anderen Seite des Glases weitere Farben entdecken, Kleider vielleicht, die bereits fertig waren und zum Verkauf angeboten wurden.

Die Straße war verlassen – abgesehen vom Summen der Fliegen und einer gereizten Honigbiene, die in den Spalten des gelben Holzschildes Nektar suchte. Aubrey warf Bruster einen Blick zu, der ihr aus einem Eingang ein paar Häuser weiter zunickte. Sie schüttelte resigniert den Kopf und klopfte sachte an die holzgetäfelte Tür.

Nichts.

Sie wartete, während sie bemerkte, wie die Biene allmählich ungeduldig wurde – und die Feuchtigkeit zwischen ihren Schulterblättern in der erbarmungslosen Hitze zunahm.

Wieder klopfte sie, diesmal lauter, und zuckte zusammen, als die Biene beleidigt an ihrer Nase vorbeisummte. In dem Moment wurde die Tür ruckartig aufgerissen, und ein hellgrünes Auge erschien in dem Spalt.

»Warum zum Teufel hämmern Sie zu dieser Tageszeit an meine Tür? Verdammt, Mädel, hast du noch nie was von 'ner Siesta gehört?«

»Ich ... es tut mir leid, Sie gestört zu haben«, stammelte Aubrey.

»Das hast du, Mädel, aber gewaltig.« Die grünen Augen wurden zusammengekniffen und schienen einen kleinen Funkensturm durch den Spalt zu schicken. »Eine von Ritas neuen Mädels? Wenn das so ist, kannst du gleich wieder dahin zurückmarschieren, wo du hergekommen bist und ihr von mir bestellen, daß ich um Geschäfte noch nicht so verlegen bin, daß ich ihre zweitklassigen *putatas* aufnehme. Christus in grünen Stiefeln, wo hat sie dich denn aufgegabelt? Ne, gib dir nicht die Mühe zu antworten, denn es interessiert mich nicht. Geh zurück und berichte ihr, was ich gesagt habe, und bestell ihr auch noch, um es zu würzen, daß ich ihr, wenn sie nochmal einen solchen Trick versucht, direkt ins Auge spucken werde. *Adios, putata, hasta la vista ...*«

Die Tür wurde zugeknallt, und Aubrey starrte auf die abblätternde Kalkfarbe.

»Ich suche ... Dona Dolores Tules«, sagte sie zögernd.

»Die ist letzte Woche gestorben«, ertönte die gedämpfte Antwort. »Mach dich aus dem Staub.«

»Aber ich bin gerade erst mit der Postkutsche angekommen.«

»Herzliches Beileid, Schatz. In ein, zwei Tagen geht wieder eine zurück.«

Es herrschte eine Hitze wie in einem Brennofen, und Aubrey spürte, wie ihr der Schweiß den Rücken entlang zu rinnen begann und den Rockbund durchfeuchtete. Ihr Gesicht fühlte sich ölig an vor Hitze, und ihr Kopf schwer vor Hitze. Ihr Haar hatte sie im Nacken zu einem staubigen, wirren Knoten geschlungen, und die strähnigen Haare, die sich daraus gelöst hatten, klebten ihr in kleinen Löckchen an den Schläfen.

Bruster war zu weit entfernt, um den ersten Austausch mitbekommen zu haben, er machte eine wedelnde Geste mit den Händen und runzelte über ihre vermeintlich mangelnde Hartnäckigkeit die Stirn.

Aubrey blickte wieder zur Tür. »Wenn Dolores Tules, wie Sie sagen, letzte Woche verstorben ist, könnten Sie mir dann bitte mitteilen, wo ich Miss Lily Cruise Montana finden kann? Und wenn die auch nicht hier wohnt ...«, Aubrey hob ihre Stimme, »... dann muß ich Erkundigungen im örtlichen Büro der *alcaldes* einziehen.«

Die Tür öffnete sich. Dann schoß eine große, bemerkenswert starke Hand hinaus, umklammerte Aubreys Arm und zerrte sie ins Haus.

»Gut, Missy. Wer zum Teufel bist du? Wer hat dich geschickt? Und wer hat dir befohlen, an meine Tür zu hämmern?«

Aubrey zwinkerte die Lichtflecken fort, die noch vor ihren Augen herumtanzten, und versuchte mit der Antwort lange genug zu zögern, bis sie sich an den dämmrigen Innenraum gewöhnt hatte. Ihr anfänglicher Eindruck von buntem Stoff im Schaufenster wurde bestätigt. Alle vier Wände waren mit Regalen bestückt, auf denen Stoffballen in jeder Farbe und Qualität aufgereiht lagen. An den freigebliebenen Wänden hingen vergilbte Schnittmuster und Modezeichnungen, während auf den Tischen in der Mitte des Raumes Berge von Bändern und Spitze lagen, die wie Sternenstaub glitzerten.

Es dauerte eine beträchtliche Zeit, bis Aubrey den riesigen Körper der Frau vor ihr in sich aufnahm, die da stand wie eine Galleone unter vollen Segeln. Sie war fast ebenso breit wie die Tür, die sie versperrt hatte, und nur die Masse von roten Locken, die oben auf dem Kopf zusammengebunden waren, wiesen entfernte Ähnlichkeit mit Brusters begeisterter Beschreibung auf.

»Sind Sie … Lily Cruise Montana?«

Die grünen Augen zogen sich zu Schlitzen zusammen – was angesichts des runden Gesichts und der plumpen Hautfalten, die die Lider eng zusammendrückten, kaum mehr möglich war.

»Woher kennst du diesen Namen, und wer hat dir aufgetragen, damit an meine Tür zu hämmern?«

Aubrey schluckte schwer. Ihre Lippen waren trocken und ihre Haut schweißbedeckt. Die Luft hier im Laden war beträchtlich kühler als draußen auf der Straße, aber sie schien dennoch nicht genügend Luft zu bekommen.

»Beebee«, flüsterte sie. »Lucius Beebee. Er hat mir gesagt … daß ich Sie hier finde. Er sagte … ich könnte Ihnen vertrauen. Er …« Sie preßte die Lider fest zusammen, und als sie sie wieder öffnete, flogen die grünen Funken immer noch gnadenlos ohne das leiseste Zeichen von Mitgefühl auf sie herab. »Sie kennen … Lucius?«

»Ich kenne ihn. Lucius Beebee ist eine nichtsnutzige, heruntergekommene, kuhbäuchige Schlange von einem Feigling, Bastardsohn einer Mutter, die mit Koyoten Unzucht trieb. Was hast du mit ihm zu tun?«

»Er ist … ein Freund.«

»Hah! Dieses Stinktier hat keine Freunde – jedenfalls keine zweibeinigen.«

Aubrey schwankte leicht unter diesem Wortschwall der Verachtung. »Könnte ich Sie vielleicht um einen Schluck Wasser bitten?«

»Du wirst doch nicht etwa ohnmächtig, oder?«

»Ich hoffe ... aufrichtig nicht. Könnte ich nur einen Schluck ...?«

Die Frau zog ihr rundes Gesicht in Falten und donnerte an Aubrey vorbei. In ihrer Wut traten die Füßchen auf wie kleine Knüppel. Sie verschwand hinter einem Vorhang und kam einen Moment später mit einem Becher Wasser in der Faust zurück.

Stumm sah sie zu, wie Aubrey das Glas leerte und schnappte es dann gleich zurück, als befürchte sie, es könne in Aubreys Ärmeln verschwinden.

»Hast du auch einen Namen, Mädel?«

»Blue. Aubrey Blue.«

»Ich meine, einen echten Namen?«

»Ich habe den Namen, mit dem ich geboren wurde«, sagte sie leise, »aber ich ziehe diesen hier vor.«

»Und kommst mit einem falschen Namen hierher, als hättest alles Recht dazu. Na, is' ja egal. Ich will ihn eh nicht wissen. Ich will überhaupt nichts von dir wissen, Missy, und dieser Lucius sei verdammt, wenn er gedacht hat, ich wollte mit Typen wie ihm und derartigen Geschäften noch was zu tun haben – oder mit dir, wenn du mit ihm zusammenhängst. Und wenn du wissen willst, was gut für dich ist, dann gehst du besser, ehe ich wirklich wütend darüber werde, daß jemand meine Siesta gestört hat.«

»Bruster dachte ... ich meine, er wollte Sie nicht in irgendwas verwickeln, er dachte nur, Sie könnten mir ein paar Informationen geben.«

»Na, dann hat er falsch gedacht. Ich weiß nichts über gar nichts, und so hätte ich es gerne weiterhin. Und der Tag, an dem Lucius herkommt und sagt, er wolle bloß dieses oder jenes, das ist der gleiche Tag, an dem Kühen Flügel wachsen und den Gutenacht-Trail entlangfliegen. Es war nicht recht von ihm, dich herzuschicken und zu glauben, ich schulde ihm auch nur soviel wie eine Dungfliege für all die Qualen und das Herzeleid, das er mir angetan hat. Hat mir fast das Herz gebrochen, als er einfach so, ohne auch nur einen Kuß auf die Wange, fortgeschlichen ist. Und in zehn langen Jahren kein Brief und kein Sterbenswörtchen. Ich halte ihn schon seit langer Zeit für tot und habe geschworen, falls er sich jemals wieder traut, seinen mageren Arsch hier zu zeigen, dann werde ich ihn so fest treten, daß ich mir seine Eier als Ohrringe umhängen kann. So fest, daß er den ganzen Weg nach San Francisco zurückfliegt.«

»San Francisco?«

»Dahin ist er verschwunden. Dieses verfluchte, kamelnasige Schwein. Fort ohne einen Gedanken, was ich anfange oder wie ich zurechtkomme, nur um irgendeinem Traum hinterherzujagen, das große Los zu ziehen. Wie oft ...«, sie hob die keulenartigen Arme in einer Geste äußerster Wut an die Decke, »... habe ich das gehört: ›Ich spüre es, Lily, ich schmecke es Lily!‹ Paah. So ein selbstsüchtiges, hochtrabendes Maultier von einem Tagträumer, wie ich es je gesehen habe. Ich hätte mir in einem Stall einen besseren Ehemann aussuchen können, ganz zu schweigen von einem besseren Partner.«

Lily hielt inne, um eine Locke zurückzuschieben, die ihr über ein Auge gefallen war, und Aubrey starrte sie an in dem Gefühl, der Raum würde sich um sie herum drehen.

»Ehemann?« flüsterte sie heiser. »Sagten Sie Ehemann?«

»Jawohl. Wir haben genau hier geheiratet, in der Missionsstation von San Miguel, und zwar am 19. Juni im Jahre unseres Herrn Jesus Joseph Christus 1864. Drei Jahre später hat er mich verlassen und bis heute den gottgegebenen Verstand, mit dem er nicht auf die Welt gekommen war, aufgebracht, sein Gesicht und seinen Namen außer Reichweite zu halten. Hölle, und da schickt er dich her, die seinen Namen herausbrüllt, den ich in Dutzenden von Jahren nicht mehr gehört hatte, und zwar so laut, daß selbst der Gouverneur über seinen Enchiladas daran zu würgen beginnt. Dieser verdammte Nerv! Ich sage dir jetzt nochmal, es war ein Fehler, herzukommen. Es war falsch von ihm, dich herzuschicken, und du wirst aus mir auch nichts herausbekommen – weder Hilfe noch Informationen, und nichtmal ein zweites Glas

Wasser. Und jetzt raus. Raus hier! Geh zurück, von wo du gekommen bist und nimm das hier ...«, sie beugte sich vor und spuckte heftig auf den Boden, »als Gruß von mir mit.«

Lily Montana öffnete die Tür und versuchte mit einer weit ausholenden Armbewegung Aubrey in die erstickende Hitze zu scheuchen. Doch der Arm hielt mitten in der Bewegung inne, als sie die geduckte Gestalt sah, die allein mitten auf der Straße stand, mit glühendem Gesicht den Teetassenhut in der unverletzten Hand vor sich haltend.

Lily schloß die Tür mit einem lauten Knall und blieb lange wie angewurzelt stehen, ebenso wie kurz zuvor Aubrey auf die Holzpaneele starrend.

Dann drehte sich der verwuselte Lockenschopf leicht, und sie warf einen Blick zurück über die Schulter.

»Sag mir nicht, daß er das ist.«

»Ich fürchte doch.«

Zwei Atemstöße später war das runde Gesicht so dunkel angelaufen wie eine Gewitterwolke.

»Hat er dich vorgeschickt, um mich weichzukriegen?«

»Nein. Ich meine, ja, er hat mich vorgeschickt, aber er hat nicht erwähnt, daß ich Sie erweichen muß. Er hat ein paar Dinge vergessen zu sagen, unter anderem, daß er Ihr Ehemann ist.«

Wie Donner grollte es tief aus Lilys Kehle. »Und warum sollte dich das überraschen? Hast du ein Verhältnis mit ihm oder so?«

Der Raum drehte sich in einem weiteren Wirbel, und Aubrey mußte nach der Tischkante greifen, um sich abzustützen und den Schwindel zu überwinden, den das plötzlich auftosende Lachen in ihr auslöste. »Ich? Und Bruster? Himmel ...« Sie schluckte schwer und wandte den Blick ab. »Nein.«

»Du sagtest aber, ihr seid befreundet, Schatz. Das bedeutet gewöhnlich mehr als nur ›Freunde sein‹.«

»In diesem Fall ist es aber alles. Er ... hat mir das Leben gerettet und ist mehr wie ein Vater zu mir gewesen.«

»Ein Vater?« schnaubte Lily und zeigte nun das erste Anzeichen von echtem Humor. »Hölle und Verdammnis. Das hätte ich gern gesehen, Mädel.«

Dann wandte sie sich ab und spähte durch die Schlitze in den Schlagläden auf die Straße hinaus.

»Hat wohl ein paar Pfunde zugelegt, wie ich sehe. Und immer noch dieser unglaubliche Balken auf der Oberlippe.«

Im schwachen Licht vom Fenster konnte Aubrey erkennen, daß Lily selbst einen ordentlichen Schnurrbart hatte, einen feinen, rötlichen Flaum, der im gleichen Goldbraun glänzte wie ihre Brauen und Wimpern.

»Was hat er mit seinem Arm gemacht?« fragte sie leise.

»Gemacht hat er nichts. Es ist eine Schußwunde. Die Komantschen haben unsere Kutsche angegriffen, und Bruster ...«

»Schußwunde? Komantschen? Das wart ihr? Ihr beiden wart in der Postkutsche? Ich hatte gehört, daß die Kansas-Linie überfallen wurde.«

»Stimmt. Wir haben Great Bend vor sieben ... nein, acht Tagen verlassen. Vielleicht waren es auch neun«, murmelte Aubrey und rieb sich die Schläfen. »Ich bin nicht sicher und zu müde und verwirrt, um es auszurechnen. Doch ja, wir waren in der Kutsche und wurden von Komantschen überfallen, und Bruster wurde in den Arm getroffen, als wir uns verteidigten. Er ist nicht in Panik geraten und hat sich nicht wie ein Feigling verhalten, sondern ... hat sogar angeboten, allein die Wüste zu durchqueren, um Hilfe zu holen, trotz seiner Wunde, aber wir haben ihn nicht gelassen und ... schließlich blieb er zurück und hat ohne viel Unterstützung von den anderen einen zweiten Angriff abgewehrt und sich gegen die Indianer verteidigt, bis die Kavallerie kam.«

Es lag eine Menge Wahrheit in ihrer Beschreibung – auch wenn sie leicht übertrieben hatte. Lily glaubte ihr zwar nicht völlig, aber doch genug, daß sich die harten Falten um ihren Mund besorgt glätteten.

»Du siehst ja aus, als würdest du gleich umfallen, Kind. Komm mit in die Küche und setz dich hin, denn da ist es kühler.«

»Nein, danke. Ich kann Bruster nicht allein da draußen stehen lassen. Er ist genauso müde und verschwitzt wie ich … und hat vermutlich doppelt so viel Angst wie vor den Indianern.«

Lilys Lippen blieben noch einen weiteren Moment fest aufeinandergepreßt, doch dann zuckte es in den Ecken.

»Glaubst du, daß er es verdient?«

»Ehrlich gesagt … ja. Aber in ein paar Minuten wird er sich in Gelee aufgelöst haben.«

»Gut. Das gefällt mir. Ich mache selbst oft Gelee aus Minze und den Stachelbeeren, die hier wachsen.«

Aubrey gelang ein schwaches Lächeln. Die Unterhaltung hatte etwas Unwirkliches – warum auch sollte sie nicht hier stehen und zuhören, wie Lily Cruise Montana ausführlich beschrieb, wie sie Stachelbeergelee bereitete? Und nur weil der Raum immer schiefer aussah, war das kein Grund, sich zu fragen, was sie eigentlich hier tat oder warum sie plötzlich zusammengerollt auf dem Boden lag.

Sie merkte kaum, wie Lily die Tür aufriß und Bruster zuschrie, er solle ihr helfen. Das grelle Licht blendete sie, und sie schloß die Augen, um ein paar Sekunden köstliche Dunkelheit zu genießen. Als sie sie wieder öffnete, lag sie auf einem Bett mit einem wunderbar kalten, nassen Handtuch auf der Stirn, und jemand saß neben ihr und betupfte ihr mit einem weiteren nassen Tuch die Handgelenke und Arme.

»Da ist sie wieder. Sie kommt zu sich. Die Ärmste – wann hattest du zum letztenmal was Anständiges zu essen? Sie ist ja nur Haut und Knochen, und so müde, daß sie im Stehen einschläft. Weg da!« Aubrey hörte einen Klaps, zwang ihre Augen auf und sah, wie der bestrafte Bruster Beebee seine unverletzte Hand vom Bett nahm.

»Bist du sicher, daß sie keinen Arzt braucht?«

»Sie braucht Ruhe und viel Schlaf«, erklärte Lily. »Und sie braucht uns beide nicht, wenn wir wie zwei Bussarde über ihr schweben. Du kannst jetzt wegfliegen und in der Küche auf mich warten. Ich ziehe sie aus – gütiger Gott, wo hat sie nur diesen Tweed her? Und decke sie zu, und in der Zwischenzeit kannst du dir eine verdammt gute Erklärung ausdenken, Lucius Beebee. So gut, daß ich dir nicht diejenigen Körperteile abschneide, die du nie wieder brauchen wirst. Nicht, daß du sie jemals voll genutzt hättest«, fügte sie leise hinzu.

»Lily?« Bruster war in der Tür stehengeblieben, und seine Stimme klang weicher und sanfter, als Aubrey sie jemals gehört hatte.

»Lily ... du hast dich um keinen Deut geändert, mein Täubchen. Du bist immer noch genau so schön wie an dem Tag, an dem ich mein Herz an dich verlor.«

Einen Moment lang mahlte Lilys Kinnlade heftig. »Und du bist ein ebenso lausiger Lügner wie eh und je. Jetzt scher dich hier raus, ehe ich auf dumme Gedanken komme.

Aubrey war nicht sicher, wie lange sie geschlafen hatte, wußte aber noch, daß es, als sie die Augen wieder öffnete, draußen Tag war. Beim nächstenmal war es dunkel. Als sie zum drittenmal aufwachte, umrahmte ein roter Rand die breite Fensterbank, und es gelang ihr, die Beine über die Bettkante zu schwingen und den Nachttopf aus Emaille zu benutzen, der unter dem Nachttisch plaziert war. Dann stand sie eine Weile am offenen Fenster und erinnerte sich an eine ferne Zeit, wenn sie den Sonnenaufgang betrachtet hatte, der sich über dem Kamm der Sangre-de-Cristo-Berge ergoß, wenn die Gipfel und Kämme rot aufglühten, als habe man eine Reihe brennender Kohlen an ihnen entlang verteilt; wenn die Berge selbst blauneblig verhangen waren und hier und dort eine höhere Spitze das schon stärkere Licht auffing und im Gelbgold der Eschenwälder aufglühte, die sie krönten. Im Osten gab es keinen vergleichbaren Anblick, und keine Möglichkeit, urtümliche Landschaft zu beschreiben, denn man konnte nichts besseres als Vergleich heranziehen als die dünn besiedelten Verbindungswege zwischen einer Stadt und der nächsten.

Aubrey rollte sich wieder in das warme Nest aus Decken

und schloß seufzend die Augen. Sie hatte schon erwartet, daß der Traum sie wieder heimsuchte, aber das war nicht geschehen. Die einzigen Bilder hatten den Wüstenmond gezeigt, der dick und glänzend am Mitternachtshimmel hing, ein üppig grünes Moosbett am Flußufer und zwei nackte Körper, deren Leidenschaft, mit der sie sich umschlungen hielten, ebenso tosend war wie der Fluß, der neben ihnen herrauschte.

Und einmal war sie einen flüchtigen Moment lang vom vermeintlichen schwachen Duft von Tabak erwacht, der durch das offene Fenster wehte. Das hatte sie natürlich nur geträumt, und niemand hatte dort gestanden und eine dünne schwarze *Cheroot* geraucht, aber das Bild blieb, und auch der Geschmack seines Namens auf ihren Lippen.

15

»Du bist verrückt. Du bist völlig wahnsinnig geworden, und für mich bist du persönlich für die ganze Idee verantwortlich, Lucius Beebee«, sagte Lily und hielt ihm einen dicken Finger unter die Nase. »Klingt ganz genauso wie die Sachen, die du immer schon ausgekocht hast. Maxwell Fleming reinlegen? An den kommst du doch nicht mal nahe genug ran, daß du seine Stiefel riechen könntest, ganz zu schweigen davon, ihm auf den Fuß zu treten, und was diesen Hänfling von einem Mädchen da drin angeht, die würde es vor Fleming keine zehn Minuten aushalten. Mit mir hat sie es keine fünf Minuten durchgestanden, und ich bin nicht gerade der Typ, der junge Dinger zum Frühstück verspeist.«

»Lily, ich schwöre dir, du hast mich falsch verstanden«, protestierte Bruster. »Es war überhaupt nicht meine Idee, hierherzukommen. Äh ... beziehungsweise nicht allein aus dem Grund, Maxwell Fleming eins überzuziehen. Vor einem Monat hatte ich von dem Typen noch nie gehört!«

»Schonmal 'ne Kuh mit Flügeln gesehen?« wollte Lily wissen.

»Was? Ich … äh, ah … nein. Nein, das kann ich nicht gerade behaupten.«

»Ich auch nicht. Ich hab' das dem Mädel da drin auch schon gesagt, und bis zu dem Tag werde ich dir nicht ein einziges Wort glauben.«

»Ach, Lily, mein Schatz, komm schon. Mein kleines Täubchen …«

»Ich bin nicht dein kleines Täubchen, Lucius«, warnte sie ihn und ballte die restlichen drei Finger und den Daumen zu einem bedrohlichen Knäuel. »Finde mir eine Kuh, die fliegen kann, dann glaube ich, daß das Kind da drin sich die ganze Sache selbst ausgedacht hat.«

Bruster wollte gerade antworten, doch da fing er eine Bewegung aus dem Augenwinkel auf und sah mit nicht unbeträchtlicher Erleichterung, daß Aubrey in den Raum trat.

»Na, guten Morgen, du kleine Schlafmütze – oder besser guten Nachmittag. Wir haben uns schon gefragt, ob du jemals wieder aufstehst.«

Bruster strahlte, und Lily runzelte die Stirn, als Aubrey vergeblich versuchte, ein Gähnen zu unterdrücken.

»Wie lange habe ich geschlafen?« fragte sie dann.

»Na, du hast dich vorgestern etwa um drei auf den Boden gelegt, und da bist du wieder – fast sieben Uhr abends.«

Aubrey warf Bruster einen wütenden Blick zu. »So lange hast du mich schlafen lassen?«

»Lucius wollte ein paarmal hineingehen und dich wekken, aber ich habe ihn überredet, dich in Frieden zu lassen. Ich sagte, dein Körper würde dir selbst mitteilen, wenn du ausgeschlafen wärest. Es ist ja auch nicht so, als hättest du etwas Besseres zu tun gehabt, oder?« Dieser letzte Satz klang so eindringlich, daß Bruster auf seinem Stuhl zusammenzuckte.

Aubrey fiel auf, daß er die Armschlinge abgelegt hatte.

»Wie geht es deiner Hand?« erkundigte sie sich.

»Wird langsam wieder kräftiger. Etwa neunzig Prozent

geheilt, würde ich meinen, und Ende der Woche wieder hundertprozentig.«

Aubrey nickte und warf einen mißmutigen Blick auf die leeren Teller von Lily und Bruster. Beim Anblick von Brotkrumen und Resten von getrocknetem Eigelb knurrte ihr der Magen so laut, daß ihre Gastgeberin befriedigt schnaubte:

»Und das teilt dir dein Körper als nächstes mit: Er braucht Energie. Setz dich, Mädel, und ich sehe mal zu, was ich für dich auf den Teller zaubern kann. Lucius hat ja vielleicht ein paar Krumen in der Speisekammer übriggelassen. Aber eigentlich hat seine Kinnlade seit Sonnenaufgang nicht mehr zu mahlen aufgehört, daher kann ich dir kaum mehr als ein paar Kekse und Soße versprechen.«

»Ein Keks wäre schön«, meinte Aubrey sehnsüchtig. »Mit ein wenig Stachelbeergelee, wenn Sie noch welches haben?«

Nun war Lily mit dem Strahlen an der Reihe, während sie in der Küche verschwand. Bruster runzelte die Stirn und warf Aubrey einen neugierigen Blick zu.

Doch diese zuckte bloß die Schultern. »Wie lautet noch das Sprichwort, daß man mit Honig mehr Fliegen fängt als mit Essig?«

»Mein liebes Mädchen. Ich bestreiche jedes einzelne meiner Worte mit Sirup und liege seit gestern mittag dieser Frau zu Füßen – seit sie mir erlaubte, ihre geheiligte Schwelle zu überschreiten –, aber es nützt nichts. Sie ist ein Bollwerk. Uneinnehmbar.«

»Sie ist also deine Frau«, gab Aubrey sachlich zurück.

»Und war schon verdammt widerspenstig, als wir heirateten. Komisch, wie man sich nur an das erinnert, an was man sich erinnern will, an die Zärtlichkeit und Schönheit …«

»Den zarten Körper eines Schmetterlings und das Gesicht eines Engels?« beendete Aubrey seinen Satz trocken.

»Genau«, seufzte Bruster, aber ihm entging der Sarkasmus offensichtlich ebenso wie der schreiende Gegensatz seiner Beschreibung zu der wirklichen Lily Montana.

In diesem Augenblick kehrte Lily zurück und beherrschte den Raum wie ein wucherndes Unkraut in Vichy-Karo. Töpfe und Pfannen schepperten und klirrten, und unvermittelt durchzog der Duft von brutzelndem Speck und gebratenen Bohnen die kleine Küche. Eine Platte mit hoch aufgetürmten Käsestücken, Chilischoten und Tortillas wurde mitten auf den Tisch gestellt, zusammen mit so viel aufgeschnittenem kalten Hammelfleisch, daß eine zehnköpfige Familie davon satt geworden wäre.

»Lang zu, Kind. Laß es dir schmecken. Und scher dich nicht um gute Tischmanieren, denn sonst bleibst du hungrig.«

Das bezweifelte Aubrey. Nicht bei den Massen an Speisen, die auf dem Tisch standen und weiter aufgetragen wurden. Sie füllte sich den Teller randvoll und dann nochmal und zum drittenmal, und irgendwie schwand unter Essen, Zuhören und Reden alles dahin, und die Teller wurden mit einem Brotrest leergewischt.

Bruster stöhnte, rieb sich am Ende der Mahlzeit den Bauch und erklärte, er bekäme keinen Bissen mehr runter, sonst würde er platzen. Doch da tischte Lily einen Kirschkuchen auf, und Bruster schob sich sofort die Serviette wieder in den Hemdkragen, leckte den letzten Rest Soße von der Gabel und schob ihr seinen Teller hin, um das erste Stück in Empfang zu nehmen. Lily ignorierte ihn jedoch und fragte Aubrey: »Miss Blue?«

»Ich kann wirklich nichts mehr essen. Bitte nennen Sie mich Aubrey.«

Ihr war der Sarkasmus nicht entgangen, mit dem ihr Name ausgesprochen worden war, und sie fühlte sich plötzlich sehr verlegen – ein Gefühl, das nichts mit der Tatsache zu tun hatte, daß sie nichts trug außer eines der zeltartigen Nachthemden Lilys. Um die Peinlichkeit der Situation zu überspielen, zupfte sie an einem Faden am Ärmel und zog die Brauen hoch.

»Ich konnte meine Kleider nicht finden.«

»Das Hemd war schmutzig, und den Rock habe ich der

alten Mamasita am Ende der Straße geschenkt – die brauchte eine neue Decke für ihr Maultier.«

»Sie haben meinen Rock fortgegeben?«

»So ein furchtbares Ding. Das arme Maultier wird es mir vermutlich nicht mal danken.«

»Ich bin nicht sicher, ob ich das schätze.«

»Na, reg dich mal nicht so künstlich auf. Bruster wird dir eine schöne neue Garderobe spendieren, das hat er jedenfalls versprochen.«

Bruster verschluckte sich an einem Krümel und wischte sich anschließend den Kirschsaft vom Kinn. »Was ich eigentlich sagte, war, daß Aubrey ein paar neue, passende Kleidungsstücke bräuchte.« Als er den aufschäumenden Kampfesblick in Lilys Augen bemerkte, fügte er hastig hinzu: »Welche ich natürlich liebend gern finanziere.«

»In Gold. Im voraus«, sagte Lily sachlich.

»Heißt das ... daß du uns hilfst, mein Täubchen?«

»Es heißt, daß das Geschäft momentan ein wenig träge ist und ich verdammt blöd wäre, wenn wir jemand anderen für sie bestellten, oder? Es bedeutet aber auch, daß ich beim Zuschneiden und den Anproben Zeit habe, ihr diesen idiotischen Plan auszureden, den ihr beiden ausgekocht habt.«

Aubrey nahm einen Schluck von dem starken Weinpunsch, den Lily nun auf den Tisch gestellt hatte, und schnalzte anerkennend mit der Zunge. »Sie wissen ja, daß der idiotische Plan von mir stammt. Ich war es, die Bruster überredet hat, nach Santa Fe zu kommen.«

»Du hast einfach so in einem Hotelzimmer in Kansas City gesessen und beschlossen, nach Westen zu ziehen und Maxwell Fleming eins überzuziehen?«

»Es war in Wichita. Und ich ziehe niemandem eins über, Miss Montana. Ich habe vor, Fleming zu ruinieren. Ich beabsichtige, ihm jeden Penny aus der Tasche zu ziehen, den er hat, und zuzusehen, wie sein kleines Reich allmählich in Scherben zerfällt.«

Lily lächelte über den gelassenen Wagemut dieser Ankündigung, und Bruster hielt den Atem an, weil er etwas mehr hinter ihren grünen Augen entdeckte als bloße Belustigung.

»Meiner Treu, Lucius, das ist ja eine Kanone: Wo hast du sie nochmal aufgegabelt?«

»Ich habe sie nicht aufgegabelt, mein Täubchen, aber wenn du es genau wissen willst ...« Er warf Aubrey einen schrägen Blick zu und wartete auf deren Genehmigung, ehe er fortfuhr: »... ich habe sie keine zwanzig Meilen von hier entfernt gefunden.«

Lilys Lächeln erstarb. »Zwanzig Meilen?«

Dann betrachtete sie mit Kennermiene Aubreys schwarze Haarmähne und die sanft olivfarbene Haut, die zuvor vor Erschöpfung fahl gewirkt hatte. Die blauen Augen wirkten ein wenig seltsam, waren aber nicht allzu selten in Familien, deren Stammbaum auf die Zeiten der alten spanischen *grandes* zurückging.

»Vielleicht fängst du besser ganz am Anfang an«, meinte Lily langsam. »Und laß ja nicht das Geringste aus, sonst sitzt ihr beiden wieder auf der Straße mit einem Topf voller Pisse über dem Kopf.«

Eine Stunde später wußte Lily alles ... auch die paar Einzelheiten, die sie lieber nicht gewußt hätte. Die Flasche Wein war leer, und sie ging in die Speisekammer, um eine neue zu holen, doch statt sie sogleich zu öffnen, setzte sie sich mit der Flasche in der Hand hin, die Stirn in zahlreiche Falten gelegt und den Mund zu einer dünnen Linie gepreßt. Sie fragte sich, wie genau eine Kuh mit Flügeln aussehen würde, schob aber das Bild beiseite und blickte Aubrey lieber vorsichtig und mit neuem Respekt an. Um die Wahrheit zu sagen, spürte sie auch einen Hauch des alten Kitzels. Dann warf sie Bruster einen kurzen Blick zu. »Man sollte dich an den Zehnägeln aufhängen, du alter Furzer, daß du sie nicht im nächsten Waisenhaus abgeliefert hast, wo sie eine vernünftige Erziehung bekommen hätte und etwas Anständiges aus ihr geworden wäre.«

»Sie ist aber etwas Anständiges geworden, mein Täubchen. Für dich sieht sie vielleicht aus wie ein kleiner schmächtiger Hänfling, aber für mich ist sie die beste – die allerbeste, die ich jemals in diesem Geschäft erlebt habe. Und Anwesende sind davon *nicht* ausgeschlossen!«

Aubrey seufzte. »Bruster übertreibt immer ein bißchen.«

Er beugte sich vor. »Ganz im Gegenteil, sie wird in drei Staaten gesucht. Vermutlich sind es inzwischen vier, falls der Gouverneur von Louisiana plant, seiner neuen Braut die Familiendiamanten als Hochzeitsgeschenk zu verehren. Sie hat sie ihm beim Pokerspiel abgenommen, aber zweifelsohne wird der Schuft behaupten, sie hätte sie geklaut.«

Lily starrte weiter vor sich hin und dachte nach, während sie mit den Fingern leicht an der Flasche auf- und abstrich. Als sie zu einer Entscheidung gelangt war, stand sie abrupt auf und öffnete eine Schublade in einer Kommode. Einen Moment später lag ein Kartenspiel mit dem Bild nach unten vor Aubrey auf dem Tisch.

»Wenn Bruster meint, daß du so gut bist, stimmt das vermutlich, aber wenn du dir eine Vorstellung davon machen willst, wie es ist, wenn man gegen Maxwell Fleming antritt, dann mußt du mehr als nur gut sein. Und jetzt ...« Sie pochte mit einem gekrümmten Finger auf das Blatt. »Misch einmal und gib an drei Personen aus. Und denk immer daran, daß ich gerne gewinne.«

Aubrey holte tief Luft und bog die Finger durch. Als sie nach den Karten griff, fing sie Brusters Blick auf, doch als er ihr strahlend und großspurig zuzwinkerte, hätte sie ihm fast die Karten ins Gesicht geworfen Statt dessen breitete sie sie fächerförmig auf dem Tisch aus und legte sie anschließend in einer langen, ordentlichen Reihe aus. Dann nahm sie die letzte Karte und drehte damit eine nach der anderen in einer fließenden Wellenbewegung bis zum anderen Ende um. Nun lagen die Karten mit dem Bild nach oben, und sie wiederholte den Vorgang, so daß man wieder nur das Karomuster auf der Rückseite sehen konnte. Ein billiger Trick, aber er ermöglichte ihr einen raschen Blick auf die Verteilung der Karten.

Dann sammelte sie sie wieder zu einem säuberlichen Stapel und kantete sie ab. Anschließend mischte sie sie noch einmal und teilte fünfzehn Karten aus, fünf für jeden mit dem Bild nach unten.

Bruster, darauf bedacht, die Geschicklichkeit seines Protegées vorzuführen, legte seine fünf Karten um und breitete dabei die drei Asse in einer kühnen Reihe über den Tisch. Er kicherte vor Vorfreude, als er die vierte und fünfte aufdeckte und sich ein Paar Buben zeigte.

»Genau das Blatt, das sie mir in Boston gab, und damit hat sie uns den süßen Jackpot von ... wieviel waren es noch, meine Liebe?«

»Zweiundzwanzigtausend ... die du eingesetzt und noch in der gleichen Nacht verspielt hast.«

»Ein Anflug von Rheuma«, erwiderte Bruster mit einem resignierten Achselzucken. »Manchmal macht mich das einfach langsamer.«

Aubreys Blatt war nichts Besonderes – sie war besser, wenn sie Ringe trug, bemerkte sie trocken. Lily, die beim Mischen und Austeilen ihren Adlerblick nicht von Aubreys Händen genommen hatte, wirkte flüchtig überrascht, als sie ihre Karten umdrehte: Das übriggebliebene Pik-As, Pik-Zehn, Pik-Fünf, Pik-Bube und Pik-Zwei. Ein Flush. Nicht gerade ein Royal, aber gut genug, um das Spiel zu gewinnen.

»Ich habe gesehen, wie du die Asse markiert hast«, murmelte Lily, »aber den Flush habe ich ehrlich gesagt nicht mitbekommen.«

Aubrey war beeindruckt – und verärgert –, daß Lily sogar den sanften Druck bemerkt hatte, mit dem sie die Ecken der Asse beim Hin- und Herschieben leicht gebogen hatte.

»Wie schon gesagt, mit meinen Ringen bin ich besser. Haben Sie meinen Rock tatsächlich weggeben? Sie waren in einer Tasche im Saum eingenäht.« Da errötete das Knödelgesicht unerwartet, doch dann schob sich Lily auf die Beine und watschelte zu einem Schrank, unter dem der Waschtrog stand. Sie zog ein zusammengefaltetes Tweedbündel hervor und runzelte vor Verlegenheit die Stirn. »An echten englischen Tweed ist in dieser Gegend nicht leicht ranzukommen. Ich will verdammt sein, sowas für ein Maultier herzugeben.«

Aubrey tastete den gefütterten Saum entlang, bis sie drei kleine Knubbel fand; ein Schnitt mit einem Schälmesser, und sie rollten in ihre Handfläche: Jeder Goldring war klein und zierlich und die Edelsteine weder besonders glänzend noch kostbar. Alle hatten einen winzigen Abrieb auf der Rückseite, einen kleinen Punkt oder eine Scharte, mit der man Karten heimlich durchstoßen, ankratzen, aufrauhen oder sonstwie von den restlichen abheben konnte.

»Das sind immer noch bloße Kartentricks, Schatz, und Fleming kennt die alle. Außerdem spielt er nie an den Tischen. Spielt eigentlich nie, nicht mal Poker. Wenn du damit gerechnet hast, ihn selbst aufs Korn zu nehmen, dann ist dir schon jetzt das Glück ausgegangen.«

»Das bedeutet sicherlich weniger Spaß«, gab Aubrey mit schwachem Lächeln zu. »Aber es reicht nicht, mich von der Sache abzubringen. Ich nehme an, daß er manchmal Spielern von außerhalb erlaubt, einen Tisch zu übernehmen?«

Lily nickte. »Das muß er, sonst würde er nicht lange im Geschäft bleiben. Aber alles, was sie gewinnen, müssen sie ans Haus zurückgeben, und sie behalten nur einen kleinen Prozentsatz.«

»Und zweifelsohne hat er auch professionelle Spieler, die angeblich mitmachen und einen mit ein paar Münzen in der Tasche von der Straße locken, indem sie den Eindruck erwecken, man brauche bloß da hineinzugehen und könnte die Bank sprengen.«

Lily kniff die Augen zu schmalen Schlitzen zusammen. Dann blickte sie zwischen Aubrey und Bruster hin und her und ließ die Augen schließlich auf Aubrey ruhen. »Du denkst doch wohl nicht etwa, was ich denke, was du denkst …«

»Wissen Sie eine andere Methode, um in den *Golden Eagle* zu kommen?«

Lily schob das Kinn vor. »Nein, aber ich kann mir sicher eine angenehmere Methode vorstellen, wie man schnellstens in einen ein Meter siebzig langen Holzkasten kommt. Nur weil du eine Frau bist, denk ja nicht, daß er dir nicht von einem seiner Helfershelfer eins zwischen die Augen verbrät, wenn er auch nur *beginnt*, zu denken, daß du nicht ganz koscher bist.«

»Ich habe nicht die geringste Absicht, ihn mißtrauisch zu machen.«

»Er bewaffnet seine Scharfschützen bis an die Zähne, und sie beobachten jeden, der kommt und geht. Sie beobachten die Spieler und die Croupiers, und Schatz, einige dieser Jungs haben schon mit Sechsschüssigen gespielt, noch ehe sie lernten, mit sich selbst zu spielen. Für Fleming arbeitet der gemeinste, häßlichste, schlimmste Abschaum, den unser Herr noch nicht aus dem Müll gefischt hat. Kakerlaken, die versuchen, dir unter den Rock zu greifen und dein Oberteil aufzureißen, wenn du dich auch nur vorbeugst. Außerdem hast du noch nicht danach gefragt, ob er noch da ist: Scud Holwell – der mieseste, fürchterlichste Hundesohn von allen. Was wird bloß aus all deinen feinen Plänen, wenn du ihn das erstemal zu sehen bekommst?«

Aubrey erbleichte. Sie wußte, daß Lily sie schockieren wollte, aber ihr war auch klar, daß sie auf diese Frage keine Antwort wußte.

»Ich weiß nicht, was dann passiert«, erwiderte sie aufrichtig. »Ich weiß nur, was mit mir passiert, wenn ich so weit gekommen bin und davonrenne, ohne es versucht zu haben. Ich habe Fleming gesehen und bin nicht zusammengebrochen, vielleicht ...«

»Du hast Fleming gesehen? Wo? Wann?«

»Bei der Poststation, als wir ankamen. Er war dort, um Magenta Royale zu begrüßen.«

»Diesen sogenannten Opernstar, über den er soviel Gerede macht?«

»Ich weiß nicht, ob sie ein Star ist, und ich habe sie nie singen gehört, aber ja, genau die.«

»Hmmm. Ist sie dunkelhaarig wie du?«

»Wie bitte?«

»Ihr Haar: Welche Farbe hat ihr Haar?«

»Blond. Sehr helles Blond … warum?«

Aber ein weiteres kryptisches »hmmmmmm« war die einzige Antwort.

Aubrey vermutete, daß zumindest ein Teil dessen, was Bruster ihr über Lily Cruise Montana erzählt hatte, stimmte. Das feine Gespür einer Betrügerin war noch nicht völlig aus ihrem Blut verschwunden – trotz der Jahre, in denen sie respektabel geworden war und viele Pfunde zugelegt hatte. Wie auf ein Stichwort hin hob Lily nun die Karten auf und begann sie mit den patschigen Händchen zu mischen. Die Finger, die wie Würste geschwollen waren, arbeiteten rasch und geschickt, legten ab und mischten mit großer Leichtigkeit und Vertrautheit.

Bruster beugte sich vor – seine Schnurrbartenden tanzten vor Begeisterung. »Lily … meine köstliche kleine Taube … mein wunderbarer weicher Knödel von einem Täubchen … heißt das, daß du bereit bist, uns bei unserem Vorhaben zu unterstützen?«

Lily blickte unter den kastanienfarbenen Brauen hoch. »Du willst wohl, daß meine Faust dir die Nase plattdrückt, Lucius Beebee, wenn du mir weiterhin so süße kleine Namen gibst.«

»Aber … ach meine Schöne, mein Herzblatt…«

»Dolores. Ihr könnt mich beide Dolores nennen. Niemand hier nennt mich jemals bei einem anderen Namen. Und was die Unterstützung angeht – ich finde immer noch, daß du dicke Nerven hast, hier nach zehn Jahren deine Nase wieder zu zeigen und durch meine Tür zu spazieren, als hättest du dir niemals auch nur einen einzigen Gedanken darüber gemacht, daß sie dir völlig plattgedrückt werden könnte. Und jetzt willst du meine Unterstützung? Seit zehn Jahren lebe ich hier, ruhig, respektabel und allein. Ich suche nicht nach Aufregung, und niemand regt mich auf. Ich habe mir nicht gerade eine goldene Nase verdient, aber ich stehe auch nicht kurz vor dem Verhungern, und ich fahre auch nicht jedesmal aus der Haut, wann immer ein kleiner Haufen Vogelscheiße auf eine Blechbüchse fällt.«

»Andererseits …«, sie schob mit einem tiefen Seufzer den Busen vor, »verkaufe ich vielleicht ein, zwei Kleidchen pro Woche. Ich habe einmal einen Fehler gemacht – das genügt für einen *Hombre* wie euren Mr. Fleming – und Kunden, die mich regelmäßig besuchten und ihre Kleider und Froufrous von mir machen ließen, haben nun zu viel Schiß, mir auch nur von der anderen Straßenseite aus zuzunicken. Die eine oder andere schleicht sich im Schutz der Dunkelheit von einem der Bordelle her, weil sie wissen, daß sie mir einen Ballen feinste Seide für den Preis von Twopenny-Baumwolle abschwatzen können, aber ich bin es verdammt leid, zuzusehen, wie meine Ersparnisse an schmutzige Herumtreiber und geile Cowboys vergeudet werden.«

»Dann wirst du uns also helfen?« rief Bruster triumphierend.

»Nein«, erwiderte sie knapp. »Ich werde nicht einmal den kleinen Finger rühren, um dir zu helfen, du dickärschiger Windbeutel. Ich helfe dem Mädchen, aber nur so lange, bis sie den Kopf wieder in die richtige Richtung wendet. Wenn sie erst wieder unterwegs ist, will ich zehntausend Dollar in bar – tausend für jedes Jahr, das ich allein in meinem Bett geschlafen habe – und dann bin ich weg hier. Ich mache mich aus dem Staub. *Adios* und *Hasta la vista*!«

»Zehntausend Dollar?« hauchte Bruster entsetzt.

»Und da sind die Kosten nicht eingerechnet, dem Mädel anständige Klamotten zu verpassen, damit sie überhaupt in den *Golden Eagle* reingelassen wird.«

»Zehntausend …«, spuckte Bruster, »warum … das ist … das ist …«

»Mehr als fair«, warf Aubrey gelassen ein. »Und wenn du mir sagst, wohin du ziehst, wenn du hier weggehst, dann sorge ich außerdem dafür, dir zehntausend an jede Bank zu überweisen, die du dir ausgesucht hast.«

Lily richtete sich kerzengerade auf und lächelte Aubrey an.

»Na, du erinnerst mich wirklich daran, wie ich vor zwanzig Jahren war. Du hattest niemals Stil, Lucius. Talent? Ja, und einen guten Blick für ein leichtes Spiel, aber du warst immer viel zu sehr damit beschäftigt, die Pfennige zu zählen, um dich daran zu erinnern, wie man einen Dollar ausgibt. Steh auf, Kind. Man kann nicht viel über eine Figur sagen, wenn sie so kalt und schlaff ist wie ein Fisch. Lucius, scher dich hier raus und komm erst wieder rein, wenn wir dich rufen.«

»Aber Lily, meine liebste ...«

Schneller, als man bei ihrem Körperumfang vermutet hätte, streckte Lily die Hand über den Tisch und ergriff eines von Brusters Ohren. Sie zerrte ihn daran hoch, so daß er sich vor Schmerz auf die Zehenspitzen reckte.

»Ich hab' dir gesagt, daß mein Name Dolores ist«, zischte sie. »Und wenn ich dir das nochmal sagen muß, dann jammerst du wieder – aber wegen einer anderen Stelle weiter unten.«

Dona Dolores Tules führte Bruster nun auf Zehenspitzen aus der Küche und durch den dunklen Laden. Sie achtete nicht auf seine rudernden Arme und wie er vor Beleidigung quiekte. Vor der Eingangstür blieb sie stehen, hielt inne und blickte zurück zu Aubrey.

»Hast du ihm noch was zu sagen, ehe er sich für die Nacht verabschiedet?«

Aubrey biß sich auf die Lippen und versuchte, ihr Lachen zu unterdrücken. »Nein. Nein, ich bin sicher, er weiß, wie er seine Zeit in den nächsten paar Tagen zu nutzen hat.«

»Ah ... mpffff.« Dolores schnappte nach Brusters zweitem Ohr, zerrte ihren keuchenden, puterroten Ehemann an sich und drückte ihm einen dicken, nassen Kuß auf die Lippen. Dann ließ sie ihn los und schickte ihn ohne ein weiteres Wort oder eine Empfehlung aus der Tür.

»Also«, meinte sie dann und schlug die Hände zusammen, als hätte sie etwas Wichtiges erledigt. »Wo waren wir stehengeblieben, Mädel? Zieh das Nachthemd aus, und dann schauen wir mal, mit was wir es zu tun haben.«

16

Maxwell lehnte sich in seinem Sessel zurück und klickte den Deckel seiner goldenen Taschenuhr auf. Es war kurz nach zehn Uhr morgens, eigentlich seine Lieblingszeit, denn die Türen zum *Golden Eagle* waren noch geschlossen, und er konnte die Pracht und Opulenz seiner Neuerrungenschaft mit Stolz und ohne die ärgerliche Ablenkung von Menschen und Lärm genießen. Die scharlachroten Samtvorhänge waren noch vor den Fenstern mit den vielen kleinen Scheiben zugezogen, die riesigen Mahagonitische standen still und sauber da, und die Rouletteräder glänzten von einer frischen Ölung. Die Bar, die eine ganze Länge des Raumes einnahm, war an der Rückseite mit Spiegeln verkleidet. Die Regale waren mit Reihen von Flaschen und Gläsern bestückt. Von der hohen Gewölbedecke, zwei Stockwerke höher, hingen importierte Kristallüster an langen Ketten herab. Die Balustrade, die den gesamten ersten Stock umgab, war ebenfalls rotgold behangen und ausgelegt, und man konnte sie nun ohne den sonstigen dichten Nebel aus Tabakqualm gut erkennen. Die Wand gegenüber der Bar war eine riesige Samtfläche, umrahmt von einem Holzbogen, an dem schwere, goldene Quasten hingen. Hinter diesem dicken Vorhang war die Bühne, deren Parkett so glänzend gebohnert und poliert war, als freue es sich auf die vielbesprochene erste Vorstellung von Magenta Royale.

Rings um den Hauptsalon und den ersten Stock reihten sich abgeteilte Nischen, einige völlig separat – für riskante Pokerspiele mit hohem Einsatz –, andere dichter bei der Bühne als Logen für die Gäste, die mehr an der Vorstellung interessiert waren als daran, was sich an den Spieltischen tat. Fleming saß in einem dieser Alkoven, seiner Privatloge, und als es ihm gelungen war, seinen überraschend starken inneren Aufruhr wieder unter Kontrolle zu bringen, schloß er den Uhrdeckel und blickte erneut in die hinreißenden blauen Augen der jungen Frau, die ihm gegenüber saß.

Anfänglich war sein Interesse rein körperlicher Natur gewesen und daher leicht in den Griff zu bekommen, und es war aufgeflackert, als er die Frau an der Tür stehen sah, wo sie um ein Gespräch mit dem Besitzer gebeten hatte. Der Barkeeper, der sie um einen vollen Kopf samt Schultern überragte, hatte ihr in einem so unmißverständlich kehligem Ton, mit dem er das tapferste Herz zurück ins Mauseloch geschickt hätte, verständlich gemacht, daß sein Boß, Mr. Fleming, so früh am Morgen nicht gestört zu werden wünsche, aber falls sie sich um Arbeit in den Hinterzimmern bewerben wolle, so sei er mehr als bereit, sie unter die Lupe zu nehmen. Sie war nicht einmal zusammengezuckt, bei der Beleidigung nicht einmal errötet. Sie hatte direkt zu der Nische hinübergeschaut, in der Fleming saß, und so selbstbewußt eine Braue gehoben, daß er sich mehr oder minder herausgefordert fühlte, sie sich anzusehen und selbst festzustellen, ob sie eine so frühe Störung wirklich wert war.

Fleming hatte ihre stumme Herausforderung angenommen. Ihre Kühnheit hatte ihn sogar leicht amüsiert, daß sie Santa Fes größten und freizügigsten Salon in einem Gewand betrat, das direkt aus *Godey's* »Buch für junge Damen« zu stammen schien. Es war ein lavendelfarbenes Tageskleid mit einem engen Oberteil, das über einer spitz nach unten zulaufenden Taille gerüscht war. Der V-Ausschnitt war mit Spitze ausgefüllt, einem weichen Wasserfall in Hellgrau. Diese Form wurde in den sanft ausgestellten Puffärmeln wiederholt und betont. Unter dem Rock trug sie höchstens einen oder zwei Petticoats, so daß die Aufmerksamkeit auf ihre unglaublich schlanke Taille und die ausladenden Hüften gelenkt wurde. Graue Glacéhandschuhe harmonierten mit dem grauen Filzhut, der auf der glänzenden Flut ihrer ebenholzschwarzen Locken saß. Von der hinteren Krempe baumelten lila Seidenbänder, die so fein waren, daß sie auch ohne die leiseste Brise oder Bewegung flatterten.

Wie hätte er anders reagieren können, als George zu bedeuten, sie zu ihm zu führen? Seine Neugier war bereits geweckt, als sie näher trat und das Licht von den Lüstern die atemberaubende Schönheit ihres Gesichts beleuchtete.

Nicht, daß er noch nie eine so schöne Frau gesehen hätte. Eines der wohlverdienten Komplimente an den *Golden Eagle* war, daß Fleming nur die schönsten, ausgesuchtesten Frauen östlich und westlich des Rio Grande dort beschäftigte.

Jettschwarzes Haar und kornblumenblaue Augen waren allerdings ein seltenes sinnliches Angebot – doch es war die schockierende Ähnlichkeit mit einem anderen unvergeßlichen ätherischen Gesicht aus seiner Vergangenheit, die ihn nun fast aus der Fassung brachte. Er hatte solche Augen schonmal gesehen, auch den Schwung der dichten Wimpern, den sinnlich-gebogenen Mund. Er hatte es schonmal gesehen und besessen – aber wieder verloren, noch ehe ihm aufgegangen war, was er von sich gestoßen hatte.

Aubrey Blue. Der Name sagte ihm nichts, und nachdem das anfängliche Rauschen seines Blutes sich wieder gelegt hatte, konnte er erkennen, daß ihre Züge zwar in vieler Hinsicht ähnlich waren, aber auch anders. Es reichte jedenfalls, daß er dem Geschäftsvorschlag, den sie ihm da gelassen unterbreitete, mit klarem Kopf zuhören konnte.

»Miss Blue, wollen Sie etwa andeuten, daß meine Spieltische auf irgendeine Weise gezinkt wären? Daß ich keine ehrlichen Spiele hier veranstalte?«

»Ich bin sicher, daß Sie das zumindest hauptsächlich so halten, sonst würden Sie nicht lange im Geschäft bleiben. Ich schlage Ihnen bloß vor ... bestimmte ... Stops ... gegen eine zu lange, zu gute Glückssträhne einzurichten.«

»Und Sie meinen, Sie könnten so etwas steuern?«

Aubrey nickte, und Fleming stieß ein leises Lachen aus.

»Miss Blue ... verzeihen Sie mir, wenn ich da leise Zweifel anmelde, aber ... Sie wollen mir sagen, daß Sie schonmal so etwas gemacht haben?«

»Ich kann Ihnen Zeugnisse liefern, wenn Sie das wünschen. Die Namen der Etablissements, in denen ich gearbeitet habe.«

Flemings Grinsen wurde breiter. »Ich suche hier kein Kindermädchen.«

»Noch suche ich eine derartige Anstellung«, entgegnete sie kühl. »Ich verabscheue Kinder, ebenso wie kindische Wortspiele, die keinem anderen Zweck dienen, als meine kostbare Zeit zu vergeuden.« Damit erhob sie sich und strich die Falten ihres Kleides glatt. »Ich werde Ihre auch nicht weiter in Anspruch nehmen. Guten Tag, Sir.«

»Warten Sie einen Moment. Ich habe doch nicht nein gesagt, oder?«

»Sie haben nicht das Interesse an meinem Plan gezeigt, das ich erwartete. Man hatte mir gesagt, Sie seien ein geschäftstüchtiger Mann mit einem guten Auge für Profit. Man hatte mir auch gesagt, Sie seien ein guter Arbeitgeber und daß man besser auf Ihrer Seite steht ... statt auf der anderen.«

»Anderen?« Das hatte er so leise gesagt, als sei er nicht ganz sicher, ob er sie richtig verstanden hatte.

»Der *Golden Eagle* ist nicht der einzige Spielsalon in Santa Fe. Ich kann mir vorstellen, daß sich andere zumindest einmal ansehen würden, was ich für sie tun könnte, ehe sie mir die Tür weisen.«

Flemings Blick senkte sich und blieb ganz offensichtlich auf ihrem gerundeten Busen haften. »Was genau können Sie für mich tun, Miss Blue?«

»Ich kann dem *Golden Eagle* eine Menge Geschäfte zuführen, Mr. Fleming. Oder ich kann ihm eine Menge Kunden wegnehmen. Ihnen biete ich meine Dienste zuerst an.«

»Das sind recht kühne Worte ... für eine Schullehrerin, nicht wahr?«

Er hatte sie also bei der Postkutsche gesehen. Aubrey war sich nicht ganz sicher gewesen. Entweder hatte er Magenta nach den anderen Passagieren ausgefragt, oder er hatte es sich zur Aufgabe gemacht, über alles Bescheid zu wissen, was in dieser Stadt vor sich ging.

»Miss Royale ging einfach davon aus, daß ich Lehrerin sei. Eine etwas … übereilte Abfahrt aus Kansas zwang mich zu … einigen Änderungen meiner Erscheinung und, nun, ich sah ganz ehrlich gesagt keinen Nachteil darin, daß sie glauben wollte, was sie glauben zu wollen schien.«

Das entlockte ihm ein weiteres unfreiwilliges Lächeln, und ein Funken Ahnung flammte in seinen haselnußfarbenen Augen auf. »Sie sind in Kansas nicht mehr willkommen?«

Die beste Lüge war wohl die, die der Wahrheit am nächsten blieb: Brusters Devise.

»Sagen wir, ein bestimmter Gentleman von Rang sah es nicht allzugern, wie ich ihn um seine finanziellen Mittel erleichterte.«

Da lachte Fleming frei heraus und bedeutete dem Barkeeper, ihm ein Kartenspiel zu bringen. »Gut, Miss Blue. Ich gebe Ihnen die Chance, mir zu zeigen, was Sie können. Und wenn Sie gut genug sind, können Sie am Samstag anfangen. Aber Sie werden unter George arbeiten.«

Aubrey sah den Barkeeper an, der ihr zuzwinkerte und sich mit seiner schinkengroßen Hand zwischen den Schenkeln rieb. Sie setzte sich wieder und zog langsam und sorgfältig die Glacéhandschuhe aus.

Eine Stunde später saß Fleming wieder allein in seiner Loge und war tief in Gedanken versunken. Seine langen Finger fuhren durch die drei Kartenspiele vor ihm auf dem Tisch, aber er hätte um sein Leben nicht die feinen Markierungen entdecken können, die es Aubrey Blue ermöglichten, ein Blatt mit hohen Gewinnchancen nach dem anderen auszuteilen. Es war ihm sogar entgangen, wie sie die Karten gekennzeichnet hatte. Nicht einmal die Hälfte der feinen Kratzer und Scharten hatte er gefunden, die ihren Worten zufolge selbst ein Blinder finden würde. Nicht einmal, als die Kartenspiele im Pack nebeneinander lagen und er die Kanten verglich, konnte er auffallende Unterschiede feststellen. Jedenfalls keine, die einen schußfreudigen Cowboy veranlassen würden, seine Knarre zu ziehen und »Betrug« zu schreien.

Sie war cool, sie war clever, und sie war schön. Und sie würde Samstagabend hier zu arbeiten anfangen, hier in seiner Privatloge – denn das war der Preis, den er dafür zahlte, weil er sie mit einem von ihm ausgeteilten Blatt herausgefordert hatte.

Fleming kippte seinen Drink hinunter und stieß sich vom Tisch ab. Eine Stunde im stummen Austausch mit diesen klaren blauen Augen hatten ihn beunruhigt, und er fragte sich, wo Anna Lee war. Vermutlich steckte sie wieder mit Greaves zusammen, hielt ihn bei Laune und damit allen anderen aus dem Weg. Das war auch gut so. Fünf Minuten in Gesellschaft von diesem angeberischen Idioten reichten, daß es ihm in den Fingern juckte, seinen Colt zu ziehen.

Fleming lächelte wieder. Als er Aubrey nach ihren Fähigkeiten befragt hatte, mit Problemen umzugehen, hatte sie gelassen eine kleine *Derringer* aus ihrem Pompadour hervorgezaubert und auf den Tisch vor sich gelegt. Probleme?

Fleming nickte dem Barkeeper zu und stieg über die teppichbelegten Stufen zum oberen Treppenabsatz. Auf der rechten Seite befand sich hinter weiten Doppeltüren ein langer Gang, an dem Privaträume lagen, die im gleichen Stil und mit der gleichen Pracht ausgestattet waren wie der Rest des Casinos. Die Mädchen, die hier für ihn arbeiteten, waren nicht nur die besten der Stadt, sondern verlangten für ihre Dienste auch die höchsten Preise – Geld, von dem man sich in den zerwühlten Laken auf einer bequemen Federmatratze lieber trennte als in einer quietschenden eisernen Bettstatt.

Die Türen auf der linken Seite führten zu seinen Privatgemächern und dem Büro. Ein riesiger, stämmiger Mann mit brutalen Zügen stand hier Wache. Sein Gesicht sah so aus, als sei es aus Flicken zusammengesetzt. Ein Auge war blau, das andere braun. Am Kinn trug er einen dichten, langen Bart, aber nicht über der gespaltenen Oberlippe, durch die er mißmutig wirkte. Die struppigen Brauen erstreckten sich über die gesamte Breite seiner fliehenden Stirn, und eine pfeilförmige Narbe auf der Stirn deutete keck auf den Stumpf eines abgetrennten Ohrs.

Fleming suchte sich seine brutal aussehenden Leibwächter mit der gleichen Sorgfalt aus wie die Frauen – nur galt in diesem Feld Häßlichkeit als Zeichen für Brutalität, statt Schönheit für sexuelle Geschicklichkeit.

»Mr. Fleming.« Der Wächter nickte respektvoll, als sein Boß sich näherte.

»Clay. Ich hörte, es gab gestern abend ein Problemchen?«

Clay Wilson schüttelte den Kopf. »Kein Problemchen, Boß. Nur ein kleines Mißverständnis. Kid hat es in den Griff bekommen.«

Fleming folgte Wilsons Blick über das Geländer zu einem schlaksigen Jungen, der gerade zur Bar taumelte. Seine Sporen klirrten, als er einen Stiefel auf die Fußstütze stellte, und als er den Hut in den Nacken schob, sah man ein zerzaustes Gewirr aus rötlichblondem Haar, das in wilden Wirbeln abstand und sein jungenhaftes Gesicht seltsam umrahmte. Er zwinkerte mit einem hellblauen Auge einem der Mädchen zu, das vorbeirauschte, und erhielt ein verärgertes Quietschen als Antwort, als er sie durch die vielen Schichten ihres Rocks kniff.

»Er scheint sich ganz gut einzufügen.«

»Er schafft es. Immer noch ein Heißsporn, und er will nicht viel mit den anderen Jungs zu tun haben, aber der wird was.«

Der fragliche Leibwächter schien zu spüren, daß über ihn gesprochen wurde, denn er hielt sein volles Whiskeyglas in ihre Richtung und prostete ihnen über die Schulter hinweg zu, allerdings ohne sich die Mühe zu geben, sich umzudrehen.

»Frecher kleiner Bastard«, murmelte Wilson. »Wenn ich nicht genau weiß, wo er ist, juckt es mich am ganzen Körper.«

Fleming lächelte. William Bonney war ihm sehr empfohlen worden, weil er ungewöhnlich geschickt mit Waffen umgehen konnte, was ihn von den üblichen schießwütigen Halunken in den Grenzlanden deutlich unterschied. So flink die meisten von Flemings Jungs waren, Bonney war flinker, und er zog und feuerte stets mit einer einzigen fließenden Bewegung, bei denen seinen Gegnern vor Schock oder Entsetzen der Mund offen stehenblieb. Mindestens zwei ehemalige Kunden des *Eagle*, die die Schnapsidee hatten, Bonney herauszufordern, plagten sich nun mit einer verletzten Hand als Zeichen ihres Fehlurteils – für einen professionellen Spieler ein Schicksalsschlag, der schlimmer war als der Tod. Die Kunde von Bonneys stacheligem Wesen und seinem seltsamen Sinn für Humor hatte sich seit seiner Ankunft hier rasch verbreitet, so daß die meisten Männer nun entweder einen weiten Bogen um ihn machten oder, wie Clay Wilson, aufpaßten, daß sie ihn nicht allzu laut kritisierten.

»Mir gefällt er«, erklärte Fleming. »Und hier nützt er mir viel mehr als draußen in den Pecos beim Viehzählen. Was ist mit Holwell?«

»Ich habe ihm bestellt, was Sie gesagt haben, daß er sich am besten noch eine Woche bedeckt hält, bis das Theater mit dem Priester und dem Mädchen wieder abgeklungen ist. Er ist oben in den Bergen in einer Hütte, wird jeden Tag mißmutiger, schießt schon Löcher in die Bäume und frißt alle Zwei- und Vierbeiner, die in seine Nähe kommen.«

»Zeugen?«

»Keiner, der blöd genug wäre, etwas auszusagen, was sie gesehen haben.«

Fleming zog einen dünnen schwarzen Zigarillo aus einem silbernen Etui. Das war eine unangenehme Sache gewesen – und zum schlechtesten Zeitpunkt. Holwell hatte sich wieder einmal von seinen perversen Gelüsten hinreißen lassen, und zwar nicht zum ersten Mal. Das Mädchen war fast gestorben. Während ihrer Genesung hatte sie »Gott gefunden«, und als es ihr wieder gut genug ging, daß sie gehen konnte, war sie in einem unbewachten Augenblick in Flemings Büro gedrungen und hatte ein Rechnungsbuch gestohlen – zweifelsohne als Lebensversicherung. In diesem Rechnungsbuch waren Listen mit Namen gewesen – Richter, Anwälte, Gerichtsschreiber, selbst Politiker, die Bestechungen im Austausch für ein zugedrücktes Auge bei bestimmten Landüberschreibungen oder politischen Manövern nicht abgeneigt waren. Männer wie er, die gerissen genug gewesen waren, Land- und Wasserrechte in den fruchtbaren Pecos-Tälern zu erwerben. Männer, die schlechtes Grasland und verdorbene Schafweiden in Weideland für Viehzucht umwandelten. Männer, die lieber einen Kleinbauern erschossen, als auch nur einen anderen Zaun zu dulden.

Gouverneur Axtells Name stand ebenfalls in dem Rechnungsbuch – und die Namen der meisten bekannten Bürger im Bezirk.

Flemings eigene Spuren waren gut genug verwischt, aber es gab ein paar Eintragungen, die seine »Partner« vielleicht nicht begriffen oder schätzten. Selbst das Gerücht von der Existenz dieses Rechnungsbuches konnte weitreichende Folgen haben. Es gab bereits Berichte, daß die Armee ihre Nase in Dinge hineinsteckte, wo sie nicht erwünscht war: Ehemalige Soldaten, die man von dem Land vertrieben hatte, das ihnen am Ende des Kriegs versprochen worden war, rissen nun ihr Maul auf. Botschafter aus Washington untersuchten bereits Gerichtsurteile, Fälle von Schießereien und Lynchjustiz, die bei der Kontrolle der Querköpfe lebensnotwendig gewesen waren.

Holwell hatte das Mädchen in einer nahen Missionsstation aufgespürt, wo sie Schutz bei Fray Rodriguez gefunden hatte, einem selbstgerechten, selbsternannten Retter der Armen und Benachteiligten. Scud hatte das Buch gefunden und das Mädchen zum Schweigen gebracht, aber war untypisch nachlässig beim Erledigen des Priesters vorgegangen. Nur ein verkohlter Leichnam war in den Trümmern gefunden worden. Man hatte eine weitere Woche gebraucht, um den Priester aufzuspüren und zum Schweigen zu bringen. Wegen dieser Schlamperei hatte Fleming Holwell befohlen, sich von Santa Fe fernzuhalten, bis man nach ihm schickte – eine Abkanzelung, die Scud auch nicht bei bester Laune hinnehmen konnte.

»Gab es noch was, Boß?«

Fleming war sich nicht bewußt gewesen, wie seine Gedanken abgeschweift waren. »Ach so, ja. Sag Billy, ich habe einen Job für ihn. Da ist eine Frau, die er unter die Lupe nehmen soll. Sie nennt sich Aubrey Blue, und sie kam vor einer Woche mit der gleichen Postkutsche aus Kansas, in der auch Miss Royale reiste. Ich will wissen, wo sie wohnt, mit wem sie sich trifft, wo sie ißt, was sie ißt … mit anderen Worten: alles. Ich will alles über Miss Aubrey Blue erfahren, und zwar bis Samstagabend.«

17

»Meinst du, daß dir das irgendwie nützen könnte, Schatz?« Aubrey wandte sich vom Fenster ab; ihr Gesicht schimmerte weich im Laternenschein von draußen. Der gleiche Glanz funkelte auf der dünnen Stahlscheide des Messers, das ihr Dolores entgegenhielt.

»Die verdammten Mexis verstehen was von Spaß, nicht wahr?« fragte sie und spähte über Aubreys Schulter.

Die Straße draußen vor dem Laden war hell erleuchtet und voller Musik. Am Nachmittag hatte eine Hochzeit stattgefunden, und nun half halb Santa Fe dem glücklichen Paar beim Feiern. Die *caballeros* waren von Kopf bis Fuß in die prachtvollsten Kostüme gekleidet: Mit Goldfäden reich bestickte Jacketts, dazu enge *calzones*, die an den Seitennähten vor Glitter und Taft nur so glänzten. Die Frauen standen ihnen an Schmuck nicht nach, sie trugen weite, vielschichtige Röcke, unter denen die Krinolinen aus Spitze und Taft hervorschäumten. Die Oberteile waren gewagt ausgeschnitten, und das Haar hatten sie kunstvoll aufgetürmt und mit funkelnden Tiaras und berüschten *mantillas* befestigt.

Aubrey ließ den Vorhang wieder fallen und nahm den Dolch aus Dolores Hand – eine scharfe und tödliche Waffe mit einem Griff aus Abalonemuscheln, in dem sich alle Farben des Regenbogens fanden.

»Mit Messern kann ich nicht sehr gut umgehen«, gestand sie und drehte die Klinge auf der Handfläche.

»Wie kann man damit gut oder schlecht sein? Steck einem Mann ein Messer zwischen die Beine, und er tut nichts mehr, was dir nicht gefällt. Man kann sie damit auch ein bißchen, wie zufällig, verletzen, um ihnen zu zeigen, daß man es ernst meint. Es schadet nie, eins mitzunehmen, ob du es brauchst oder nicht ... außerdem ist es eher die Waffe einer Dame als diese Pfefferbüchse, die du mit dir herumträgst.«

»Na gut«, lächelte Aubrey. »Danke.«

Dolores stemmte die Hände in die Hüften. »Vermutlich heißt das, daß du wild entschlossen bist, die Sache durchzuziehen. Mir ist es also nicht gelungen, es dir auszureden?«

»Du hast dir redliche Mühe gegeben, aber nein. Ich bin wild entschlossen.«

»Hmmmpf.« Dolores schob ihr Kinn in der Art von Stinkefinger Jim vor, wenn er sich einem seiner hartnäckigeren Maultiere widmete. »Na, dann muß es ja wohl sein, du mußt es tun, und nichts kann dich davon abhalten, außer ich schlage dir mit einer gußeisernen Bratpfanne über den Kopf. Bist du untenrum fertig?«

Aubrey schlug den Morgenrock auf. Die Hosen und das Hemd von Dolores waren aus hellblauer Seide und so hauchdünn und kühl auf Aubreys Haut, daß sie fast fröstelte. Ihre schwarzen Strümpfe wurden überm Knie von blauen Samtbändern gehalten. Dolores hatte sich eine ganze Stunde lang mit Brennscheren an Aubreys Haar abgemüht, um einen Wasserfall glänzender Locken zu produzieren, die vom Scheitel bis zum Nacken fielen und ihr ein paar rabenschwarze Korkenzieher verführerisch über die Schultern gelegt.

»Halt dich mal am Türpfosten fest.«

Aubrey tat wie geheißen und hielt sich fest, während Dolores ein Fischbeinkorsett um ihre Taille legte und begann, es eng zu schnüren.

»Hätte nie gedacht, daß ich mal wieder ein Mädel sehe, daß so dürr ist wie Marita Gonzales. Ist wohl auch besser, daß sie auf und davon ist, ehe sie all die Kleider und Wäsche abholen konnte, die sie bestellt hatte. Halt die Luft an, Mädel, halt die Luft an.«

»Mach' ich ja«, stöhnte Aubrey mit zusammengebissenen Zähnen. »Noch ein bißchen mehr, und du brichst mir alle Rippen.«

Dolores kicherte. »Sie hatte eine Taille von nicht mal zwanzig Zoll und aß wie ein Pferd. So wie du, wenn ich's mir recht überlege. Und deshalb hast du vermutlich jetzt solche Probleme.«

Das Problem war, dachte Aubrey, daß Dolores Zeit, Mühe und Material sparen wollte – Bruster aber alles in Rechnung stellte –, indem sie Aubrey in Kleider aus dem Koffer quetschte, der seit sechs Monaten bei ihr herumstand. Wunderschöne Kleider, kein Zweifel, aber Aubrey hatte schon seit Jahren keine Zwanzig-Zoll-Taille mehr.

»Hoch«, befahl Dolores und tippte an Aubreys Arme.

Aubrey holte langsam Luft und versuchte, den Nebel vor ihren Augen zu durchdringen. Gehorsam hob sie die Arme, und da verschwamm der Raum kurzfristig in einer Wolke aus leinenen Unterröcken. Sie wurden mit Bändern am Korsett festgebunden, dann über dem Bauch glattgestrichen und hinten zusammengeheftet, um der Drahttournüre noch mehr Volumen zu verleihen.

»Nicht schlecht«, erklärte Dolores schließlich und trat zurück, um ihr Werk zu bewundern. Das Korsett hatte Aubreys Taille tatsächlich wespenartig zusammengeschnürt und gleichzeitig ihren Busen so hochgeschoben, daß er nun fast aus dem Ausschnitt zu platzen schien. »Hoch.«

Aubrey hob wieder die Arme und spürte den glatten Satin des Kleides über Schultern und Oberkörper. Es war saphirblau und um das tiefe Dekolletée und den Saum der kurzen, engen Ärmel waren Pailettenblüten gestickt. Der Satin umschmeichelte ihre Taille und floß in gesteckten Falten über Bauch und Hüften. Hinten war es über der Tournüre gerafft und durch weitere Blütengruppen akzentuiert.

Aubrey selbst konnte aber bloß ihre ungewohnt vergrößerten Brüste sehen.

»Marita hatte obenrum einen Hauch weniger als du«, stimmte Dolores trocken zu. »Aber das ist in Ordnung, so lange du dich nicht vorbeugst und deine Zehen berühren willst.«

Dieses Bild war so unvorstellbar, daß Aubrey loslachte. Aufregung funkelte in ihren Augen auf, und einen Moment lang spürte Lily Cruise Montana eine heiße Welle von Neid. »Verdammt, ich wünschte, ich könnte mit dir kommen. Ich wünschte ... na, ist ja egal. Ich wünschte es einfach nur. Hast du deine Ringe?«

Aubrey wedelte mit den Fingern, so daß das Gold und die Halbedelsteine im Lampenlicht aufglänzten.

»Und alles andere?«

Aubrey beugte sich vor – sehr vorsichtig – und nahm die 22er vom Tisch. Sie ließ den Lauf zurückklicken, überprüfte noch einmal, daß sie alle vier Kammern geladen hatte und ließ sie dann in die kleine Tasche gleiten, die Dolores dafür in den Kleidersaum eingenäht hatte. Auf dem Tisch lagen außerdem zwei Kartenspiele. Nachdem sie diejenigen gesehen hatte, die Fleming im *Golden Eagle* benutzte, hatte Bruster zwei »Goldblatt« gekauft, die Aubrey so sorgfältig markiert hatte, daß sie selbst unter Dolores' durchdringendem Blick jede Karte aufheben und fehlerlos bestimmen konnte.

»Vielleicht solltest du sie heute abend nicht mitnehmen«, riet Dolores. »An den ersten paar Abenden mußt du deinen Tisch so ehrlich wie möglich leiten. Ein paar von den Heißspornen könnten sich durch ein so hübsches Ding wie dich herausgefordert fühlen, weil du in ihr Gebiet eindringst. Sie könnten dich sogar auf den Kopf stellen, um zu sehen, was dir abgesehen vom Familienschmuck aus den Taschen fällt.«

»Falls irgend jemand versuchen sollte, mich auf den Kopf zu stellen, bekommt er alle vier Kammern für diese Mühe.«

Dolores kicherte und ließ ihre steifen roten Locken wippen. »Aber immerhin, je ehrlicher du aussiehst und spielst, umso größere Fische bekommst du an die Angel. Ködere sie an den ersten paar Abenden, und danach kannst du sie regelmäßig ausnehmen. Kein Mann wird heute abend auch nur ein einziges Mal höher blicken als bis zu deinem Busen. Vielleicht sollten wir vorn noch ein bißchen Spitze einstecken, damit du dir von den schweren Atemstößen nicht noch eine Erkältung holst.«

Aubrey stellte sich vor den hohen Ankleidespiegel. Da sie in den letzten Wochen immer nur bescheidene Baumwollblusen und gedeckte Farben getragen hatte, traf es sie wie ein Schock, nun ihre nackte Haut und eine üppig geformte Figur zu erblicken. Sie hob eine Hand, strich über die Rüsche aus bestickten Blumen und fragte sich einen Augenblick lang, was Christian McBride wohl denken würde, wenn er sie so sah. Als Dolores sie in den Arm kniff, starrte sie immer noch ihr Ebenbild an.

»Was ist los. Mädel? Du siehst aus, als hättest du gerade einen Mundvoll reifer *jalapenos* verschluckt.«

»Ich ... glaube, du hast recht. Ich brauche da etwas mehr Bedeckung.«

»Mmmm.« Dolores betrachtete die Röte auf Aubreys Hals und Wangen und runzelte die Stirn. »Ich glaube, ich habe genau das richtige. Rühr dich nicht von der Stelle. Bin sofort wieder da.«

Aubrey drehte sich langsam um, um sich wieder anzusehen. McBrides Gesicht war immer noch da, mit dem zynischen Halblächeln in den Mundwinkeln, dem harten, kritischen Funkeln im Blick. Auch die Wärme hielt sich hartnäckig und vertiefte sich auf ihren erröteten Wangen. Ihr Atem ging kürzer, aber das hatte nichts mit den engen Schnüren ihres Korsetts zu tun.

»Hier! Gottverdammt, du bist ja so schreckhaft wie eine Katze. Ist das nicht das Hübscheste, was du je zu Gesicht bekommen hast? Ist das einzige, auf das Lucius nie seine fetten Finger legen durfte. Das durfte er nie in den Pot werfen oder mit ein paar Würfeln verspielen.«

Dolores band eine Cameobrosche an einem tiefblauen Samtband um Aubreys Hals und trat zurück, um die Wirkung zu bewundern. »Perfekt«, verkündete sie. »Hast du auch dein Goldstück im Schuh, das Glück bringt? Dann brauchst du nur einen schnellen Drink, und *hasta la vista, vaya con dios* und so weiter. Nimm ja keine gezinkten Nickel. Heb keinen Moment den Blick vom Tisch und spiele niemals gegen ein Blatt mit einem Joker.«

Aubrey nahm das Glas Punsch entgegen und lächelte über den Rand hinweg ihrem Ebenbild im Spiegel zu. Diesmal sah sie nur ihr eigenes Gesicht, und sie sah genau so aus, wie sie sich fühlte: stark und zuversichtlich und sicher in dem Wissen, daß der Triumph endlich in Reichweite gerückt war.

Als Aubrey im Eingang zum *Golden Eagle* stand, spürte sie vor Erregung ein einziges Kribbeln und Pulsieren in ihren Adern. Der Saloon, den sie in seiner ganzen Pracht am Morgen leer gesehen hatte, brodelte nun vor Männern aus allen Schichten und Klassen: Wohlhabende, respektabel aussehende Rancher standen neben rauhen Bergarbeitern in schmutzigen alten Flanellhemden, und in ihre Decke gewickelte Mexikaner, die *Cigaritas* rauchten, standen neben spuckenden, kauenden Cowboys, die ihren Lohn verspielten. Die Vorhänge zur Bühne standen offen und wurden von dicken goldenen Kordeln gehalten. Eine Gruppe von sechs Musikern in gestreiften Hemden und roten Hosen droschen eine wilde Version von *Goldpann Annie* in den Saal.

Alle Tische waren besetzt, und die Männer schoben sich mit Ellbogen durch das Gedränge, um einen Platz zu finden, wo sie ein paar Silberdollars einsetzen konnten, mit denen sie schon unruhig in der Hosentasche klimperten. Es gab Tische für Roulette, Blackjack, Pharo und Einundzwanzig. In einigen Nischen konnte man die Münzen oder den Goldstaub in die rotweißen Spieljetons oder Chips einwechseln. Die Bar war von ungewaschenen Männern umlagert – Cowboys, die über ihrem Whiskey versuchten, den Preis der Mädchen herunterzuhandeln. Spieler erholten sich hier von der letzten Partie und nahmen sich einen Teller des kostenlosen Essens, das an langen Holztischen ausgeteilt wurde. Die Luft war vernebelt vom Tabakrauch und roch stark nach Whiskey. Die Kronleuchter funkelten. Die beschirmten Lampen in den Nischen strahlten ein gedämpftes Rot aus. Die Spiegel hinter der Bar schienen den ohnehin bereits riesigen Innenraum zu verdoppeln, während am anderen Ende des Raums ein Halbkreis aus verzierten Bodenlampen die riesigen Schatten der Musiker auf die grell bemalte Kulisse warf.

»Miss Blue?«

Aubrey zuckte leicht zusammen, als ein junger hellhaariger Scharfschütze neben sie trat. Sein Haar war säuberlich gekämmt, in der Mitte gescheitelt und mit Huföl glattgestrichen, aber ein paar widerspenstige Wirbel sträubten sich oben auf dem Kopf wie die Stacheln eines Stachelschweins. Er schien sich ganz offensichtlich in seinem weißgestärkten Hemd und dem goldbestickten Jackett unwohl zu fühlen.

»William Bonney, Ma'am. Mr. Fleming hat mich gebeten, auf Sie zu achten und Sie zu ihm in den Privatsalon zu führen.«

»Seinen Privatsalon?«

»Ja, Ma'am. Die anderen sind schon fast alle da. ... wenn Sie mir bitte folgen würden ...?«

Aubrey bewegte sich nicht vom Fleck. »Wer ist ... alle anderen?«

»Nun, Mr. Fleming hat heute abend ein paar wichtige Leute eingeladen, weil Miss Royale doch ihre erste Vorstellung gibt. Der Gouverneur ist hier, der Sheriff ...«

Aubrey hatte Magenta Royales vielbesprochenes Debüt

fast vergessen, und William Bonney sah sie an, als sei sie gerade erst aus dem Winterschlaf aufgewacht.

»Ich ... äh, ich hatte nicht damit gerechnet, in diesen ... illustren Kreis ...«

Bonney grinste, was ihn weitere fünf Jahre jünger machte.

»Na, vermutlich hat er gedacht, weil Sie doch mit Miss Royale in der gleichen Kutsche angekommen sind, daß Sie ein vertrautes Gesicht für sie wären. Um sie zu beruhigen oder so?«

Aubrey unterdrückte ein Lächeln. Sie würde zwar ein vertrautes Gesicht für Magenta sein, aber ob diese das als freundlich und entspannend empfinden würde, war eine ganz andere Sache.

Bei der Erwähnung von vertrauten Gesichtern in der Menge spähte Aubrey einen Moment lang an Bonneys Schulter vorbei über das Meer aus *Stetsons* und *Derbys*: Bruster war nirgends zu sehen.

»Ma'am?«

»Gehen Sie voran, Mr. Bonney. Ich folge Ihnen.«

Billy ging auf die Treppe zu. Mochten andere auch Schwierigkeiten haben, sich durch die dichtgedrängte Menge der Spieler zu schieben, Aubrey und Billy Bonney hatten dabei keinerlei Mühe. Sicher, ein paar Männer gaben den Weg in Respekt für den tiefen Ausschnitt frei, in den sie rasch einen Blick werfen konnten, aber die meisten traten beim Anblick von Billy rasch beiseite.

Als sie die Treppe zum zweiten Stock hinaufgingen, bemerkte Aubrey die vier weiteren Leibwächter auf der oberen Balustrade. Sie trugen Revolver im Halfter und Gewehre in der Armbeuge. Keiner von ihnen sah aus, als hätte er seit den Säuglingsjahren nur ein einziges Mal gelächelt. Alle verfolgten ihre Schritte mit unverhohlener Neugier.

Billy blieb vor einer reichgeschnitzten Tür stehen und tippte sich an die Stirn.

»Ich verlaß Sie hier, Ma'am, wenn Sie nichts dagegen haben. Mir ist unter Fremden immer etwas unwohl, und aus irgendeinem Grund ...«, hier grinste er und zwinkerte ihr mit einem Auge zu, »... geht es Fremden mit mir genauso.«

»Sie verlassen mich also hier, Mr. Bonney?«

»O nein, Ma'am. Mr. Fleming hat gesagt, ich soll den ganzen Abend auf Sie aufpassen. Ich bin unten, falls Sie mich brauchen.« Seine hellen Augen fuhren abwärts in das V ihres Ausschnitts, und dann errötete er zu seiner großen Verlegenheit. »Ich wäre Ihnen sehr verbunden, Miss Blue, wenn Sie mich einfach nur Billy nennen würden. Hölle, ich würd's Ihnen nicht mal übelnehmen, wenn Sie Kid zu mir sagten.«

»Da bin ich aber froh«, sagte sie, wieder durch sein Lächeln entwaffnet. »Aber ich meine, an Billy kann ich mich besser erinnern.«

Nur mühsam löste er den Blick von ihr und nickte dem Wächter an der Tür sehnsüchtig zu. Aubrey trat hindurch und schritt einen Gang entlang, indem sie dem Klang von Stimmen und Lachen folgte. Unterwegs kam sie an der geschlossenen Tür auf der linken Seite mit der Aufschrift BÜRO vorbei, weiter unten an einer zweiten ohne Aufschrift. Dann öffnete sich rechts eine hohe Tür zu einem großen, elegant ausstaffierten Salon mit Kamin und Kronleuchtern, einem halben Dutzend Sofas und Sesseln in gemütlicher Anordnung. Aubrey blieb an der Tür stehen, denn ihr fiel auf, daß man nicht umhin kam, an den Wächter an der Außentür vorbeizumüssen, denn es gab keinen anderen Ausgang.

»Ahhh, Miss Blue.« Fleming löste sich aus der Gruppe von Männern, mit denen er sich unterhalten hatte, und begrüßte Aubrey an der Tür. »Ich hatte mich schon gefragt, ob Sie es sich anders überlegt hatten, aber wenn Sie jeden Abend so zauberhaft aussehend in mein Casino kommen, dann dürfen Sie so spät kommen wie Sie nur wollen.«

Aubrey ließ es zu, daß er ihre Hand ergriff und an seine Lippen drückte. In seinen dunkelblauen Hosen mit passendem Jackett wirkte er beeindruckend elegant, und die silberne Brokatweste, die mit winzigen grünen Weinranken bestickt war, schmeichelte seiner schlanken Figur. Der Diamant in seinem Ohrläppchen rivalisierte mit dem Funkeln seiner kleinen weißen Zähne.

»Bitte treten Sie ein und leisten Sie uns Gesellschaft«, forderte er sie auf. »Ich fürchte, Magenta hat sich noch nicht dazu herabgelassen, uns mit ihrer Gegenwart zu beglücken, aber irgendwann vor Mitternacht erscheint sie hoffentlich.«

Seine Gäste lachten daraufhin herzhaft, als würde das von ihnen erwartet: Es waren etwa ein Dutzend Männer und fünf oder sechs Frauen, die letzteren wie für einen königlichen Empfang gekleidet und geschmückt.

»Miss Blue«, erklärte Fleming den nächststehenden Gästen, »ist eine persönliche Freundin von Miss Royale. Sie kamen in der gleichen Kutsche her und hatten das Glück, die Gefahren gemeinsam zu überstehen. Miss Blue wird ebenfalls hier für mich arbeiten, aber nicht auf der Bühne und auch nicht ...«, er zog eine Braue hoch in Reaktion auf das unvermittelt ansteigende Interesse in den Augen einiger Männer, »... auch nicht hinter der Bar.«

»Eh, Mann, was bleibt da übrig? Sicher nicht die Küche?«

Fleming wandte sich an den Sprecher, einen der Herren, mit denen er sich bei Aubreys Ankunft unterhalten hatte. »Sicher nicht, Samuel. Es dürfte dich interessieren, daß sie das coolste Poker-Gesicht hat seit ...«, er warf Aubrey einen fragenden Blick zu und fuhr fort: »... seit Lily Cruise Montana '64 an der Westküste arbeitete.«

Aubrey begegnete seinem Blick, bemerkte das feine Hochziehen seiner Brauen und wußte, daß er den Namen nicht aus reinem Zufall erwähnt hatte. Das und die Tatsache, daß Billy Bonney sie sofort erkannt hatte, machte ihr klar, daß Fleming in der Tat ein gründlich vorgehender Mann war. Es wäre interessant, zu erfahren, ob er in Kansas City telegrafisch angefragt hatte, um herauszufinden, ob ihre Geschichte, daß sie dort einigermaßen überstürzt hatte abreisen müssen, auch stimmte.

»Eine Spielerin?« Der schneeweiße Schnurrbart des Gentleman zitterte über einem Lächeln. »Wie gewagt, Maxwell.

Eine Ablenkung, die es einem leichter macht, sich von seinem wohlverdienten Baren zu trennen?«

Fleming lachte. »Und sie arbeitet unter meinem ausdrücklichen Befehl, Ihnen jeden Penny abzuknöpfen, den Sie besitzen, Samuel, und Ihnen weder aufgrund Ihres Alters noch Ihrer Position Gnade zu erweisen. Miss Aubrey Blue, darf ich Ihnen unseren Gouverneur und meinen persönlichen Freund Mr. Samuel Axtell vorstellen. Samuel ... Miss Blue.«

»Ich bin entzückt.« Der Gouverneur nahm Aubreys Hand und strich mit dem Daumen über ihre schlanken Finger. Er hatte vom ausschweifenden Leben eine fahle Haut und eine aufgedunsene wabbelige Figur. »Sie werden mir sicher gewähren, daß ich als erster von diesen hübschen Händen gefilzt werde?«

»Es wäre mir ein Vergnügen«, sagte sie und zeigte ihre Grübchen.

Fleming sah zu und spürte einen Stoß – rascher und heftiger als beim ersten Mal, als er Aubrey Blue erblickt hatte. Bei der Gelegenheit hatte sie bescheiden elegant gewirkt und ihn außer Fassung gebracht, weil sie in dieser Umgebung so anders aussah. Der lavendelfarbene Samt und die grauen Glacéhandschuhe hatten gewiß einen Eindruck bei ihm hinterlassen, der aber nun durch das glänzende, tief ausgeschnittene saphirblaue Satinkleid ausgelöscht wurde. Die Farbe ihres Gewandes brachte den Ton und das Funkeln ihrer Augen gut zur Geltung, und die sinnliche sahneweiße Haut ihrer Schultern und am Dekolletée bewirkten, daß ihm der Atem schneller ging.

Nur einmal in seinem Leben war ihm derart köstliche Perfektion begegnet, nur ein einziges Mal: Eine Frau, die in Lumpen ebenso schön aussah wie in Seide und Pelzen. Fleming hatte sie fast geliebt – so weit er überhaupt zur Liebe fähig war – aber seine Leidenschaft für sie war von der Gier nach Landbesitz, Reichtum und Macht überwältigt worden. Sie hatte diese Neigung nicht verstanden, noch seine Unternehmen gebilligt, ihr Feuer und ihr Geist waren daher für ihn verblichen und hatten sich als zu schwach für ihn erwiesen.

Aubrey Blue hatte gewiß Feuer – und Temperament. Genug jedenfalls, daß seine Hand leise zitterte, als er auf einen Tisch wies, auf dem zahlreiche Flaschen Brandy und Wein standen.

»Darf ich ihnen eine Erfrischung anbieten? Etwas Leichtes vielleicht? Champagner?«

»Nur ein wenig Limonade, wenn es keine Umstände macht. Ich trinke nicht bei der Arbeit.«

»Dann sollen Sie Limonade bekommen.«

Ein dunkelhaariger Mann hatte sich bei Flemings Worten umgedreht. Sein Blick überflog Aubrey zunächst, doch dann sah er noch einmal schärfer und forschender hin. Seine Augen betrachteten sie von oben bis unten und glitten dann langsam und bewußt wieder an ihr hoch.

»Na, ich glaube, ich bin mein eigener Onkel«, sagte er dann grinsend. »Da ist ja die Schulmamsell!«

18

»Mr. Greaves«, sagte Aubrey mit gepreßter Stimme. »Welche Überraschung!«

Seine Kohleaugen glitten unverschämt über ihre nackten Schultern und verharrten über den Halbmonden ihres Dekolletées.

»Miss Blue! Ich habe Sie ja kaum erkannt. Darf ich annehmen, daß Sie sich von den kleinen Strapazen draußen in der Wüste inzwischen gut erholt haben?«

»Ich gewöhne mich langsam ein.«

Greaves selbst wirkte elegant in seinem dunkelgrauen Tuchanzug. Er sah gebräunt und gesund aus und war bemerkenswert nüchtern für halbzehn Uhr abends. An seinem Arm hing die orientalische Schönheit, die Aubrey in der Postkutschenstation mit Fleming gesehen hatte, und sie konnte nur annehmen, daß man ihm ein neues Spielzeug gegeben hatte, damit er Fleming in Ruhe ließ.

»Haben Sie Magenta schon gesehen?« fragte Greaves, ohne sich die Mühe zu geben, Anna Lee vorzustellen.

»Nein«, antwortete Aubrey. »Das Vergnügen wurde mir noch nicht zuteil.«

»Vergnügen?« Sein Grinsen verbreiterte sich. »Das Vergnügen wird ganz meinerseits sein, glauben Sie mir. Ich … äh, vermutlich ist es ein wenig verspätet, das jetzt zu fragen, aber … was unterrichten Sie eigentlich, Miss Blue?«

»Greaves«, sagte Fleming leise. »Warum schauen Sie nicht mal nach, wo Magenta so lange bleibt? Sie läßt meine Gäste bereits seit zwei Stunden warten.«

Greaves lachte und schüttelte den Kopf. »Ich habe es zu meiner Devise gemacht, die süße Clara niemals zu stören, wenn sie sich auf eine Vorstellung vorbereitet. Besonders bei einer Premiere. Sie ist bekannt dafür, daß sie ein Niggermädchen einmal fast zu Tode gebrüllt hat, weil ihr Badewasser zu heiß war, und der Teufel habe Mitleid mit der Seele, die ihr heute abend zu viel Zitrone in ihr Gurgelwasser spritzt.«

Das markante Kinn versteifte sich, und Aubrey hatte den Eindruck, daß Fleming die Allüren der »süßen« Clara nicht zum erstenmal auf die Nerven gingen.

»Dennoch möchte ich vorschlagen, daß Sie …«

Was immer er hatte sagen wollen wurde von plötzlich aufrauschendem, donnerndem Applaus übertönt. Alle Blikke im Raum waren auf die Tür gerichtet, wo eine goldhaarige Vision in hellroter Seide erschien … Jeder Zoll der beinahe durchsichtigen Seide war mit Pailletten und Perlen durchsetzt. Das Oberteil war in einer tiefen Kurve bis fast zur Taille ausgeschnitten, und man konnte sich unmöglich vorstellen, daß sie irgend etwas darunter trug. In einer glitzernden Tunika schmiegte sich der reichbestickte Stoff um ihre Hüften und Schenkel und war bis zum Knie in einer entsprechend kühnen Kurve hochgeschlitzt – notwendigerweise, damit sie überhaupt einen Schritt tun konnte. Die blonden Locken waren hoch aufgesteckt und wurden von Straußenfedern überragt, die im gleichen schockierenden Rotton eingefärbt waren wie ihr Kleid.

Magenta Royale, der Stern von New Orleans, streckte die Hand aus wie eine Königin und wartete, bis Fleming den Salon durchquert hatte, um sie zu begrüßen. Die Gäste klatschten immer noch, und Magenta nahm den Applaus mit einem königlichen Kopfnicken entgegen. Sie legte ihre Fingerspitzen auf Flemings Arm und wogte in die Raummitte – und die Pailletten blitzten bei jedem Schritt auf. Ihre Augen überflogen die hingerissenen Gesichter mit freundlicher Herablassung, die andeutete, daß sie überall in der Welt hätte sein können, sich aber statt dessen entschieden hatte, diese paar Sterblichen hier mit ihrer Gegenwart zu beglücken. Genau wie Greaves glitt Magenta zuerst an Aubrey vorbei und widmete sich lieber den geilen Blicken der Männer. Gerade wurde sie dem Gouverneur vorgestellt, als Aubrey bemerkte, wie sie die Bernsteinaugen aufriß und langsam zu der Ecke zurückblickte, in der sie stand.

Ungläubigkeit. Schock. Neugier. Und schließlich Wut – jede einzelne Reaktion war Magentas Zügen deutlich abzulesen, und letztere verharrte am längsten und trieb ihr eine langsame Hitzewelle in die Wangen. Allerdings ließ sie sich nicht erkennbar aus der Fassung bringen, denn sie begrüßte jeden Gast, der ihr vorgestellt wurde, der Reihe nach und schenkte jedem ihr charmantestes Lächeln! Sie nahm strahlend die gestammelten Komplimente entgegen und vergaß Namen und Rang, sobald sie zum nächsten überging. Als sie den Raum durchquert hatte, war ihre heiße Wut in frostige Kälte übergegangen, und sie konnte Aubrey mit einer gewissen Beherrschung entgegentreten.

»Natürlich kennen Sie Miss Blue bereits«, sagte Fleming, als er die beiden Frauen zusammenführte.

»Natürlich. Die Lehrerin …«

Aubrey lächelte. »Ich fürchte, ich … wie ich bereits Mr. Fleming gestanden habe … habe ich mich da einer kleinen

Täuschung schuldig gemacht. Bei der Abreise aus Kansas war ich in ziemlicher Eile und hielt es für angebracht, nicht allzuviel Aufmerksamkeit auf mich zu lenken. Die Rolle als Lehrerin schien harmlos, obwohl ich glaube, daß Sie meine Verkleidung ziemlich bald durchschaut haben, und ich muß Ihnen danken, daß Sie mein kleines Geheimnis nicht ausgeplaudert haben.«

Magentas Gift hatte in der Schmeichelei über ihre scharfe Wahrnehmung ein wirksames Gegenmittel gefunden. Es war allerdings auch den kleinen Biß auf die Unterlippe wert, als Aubrey den Gesichtsausdruck der Sängerin sah, nachdem sie hinzugefügt hatte: »Und da wir jetzt zusammen hier arbeiten, weiß ich genau, daß wir bessere Freundinnen sein werden als unterwegs in der Kutsche.«

»Zusammen arbeiten? Maxwell ... was soll das bedeuten ... zusammen arbeiten?«

»Sie meint, daß ich ihr hier im Casino eine Stelle angeboten habe. Sie ist Croupier an einem der Spieltische. Sie hat versprochen ...«, dabei blickte er Aubrey an, und seine Stimme wurde seltsam sanft, »... daß sie bald unentbehrlich für mich sein wird.«

Es war eigentlich unmöglich für Magenta, sich noch mehr zu entrüsten als sie es ohnehin tat. Dunkle Fleckchen tauchten in den Tiefen ihrer Augen auf, und ihr Teint wurde unter den dicken Schichten Bühnenmakeup aschfahl. Flemings Augen blitzten ebenfalls auf – vor Überraschung und Beunruhigung. Er hatte einen solchen Kampf zwischen den Frauen nicht vorausgesehen und wollte die Debütvorstellung seines Stars nicht durch einen Eifersuchtsausbruch gefährden.

»Meine Damen und Herren – darf ich einen Moment um Ihre Aufmerksamkeit bitten, ehe wir uns nach unten begeben? Wie Sie wissen ...«, hiermit nahm er Magentas Arm und führte sie vorsichtig in die Raummitte. »Ich habe der Ankunft von Miss Magenta Royale mit nicht geringem Stolz und Vorfreude entgegengesehen. Ein solches Talent in den tiefen Westen zu locken war auch keine Kleinigkeit, wenn ich das sagen darf, und angesichts der Gefahren eines Indianerangriffs, der zu den üblichen Strapazen einer Reise auf dem Western-Trail hinzukam, fühlen wir uns in der Tat außerordentlich geehrt und beeindruckt von Miss Royales aufopfernder Hingabe an ihren Beruf. Schon im ersten Augenblick war mir klar, daß Miss Royale fraglos zum krönenden Schmuckstück der Bühne des *Golden Eagle* werden würde, eine strahlende, einzigartige Persönlichkeit, und deshalb ...«, hier griff er in eine Innentasche seines Rocks und zog ein kleines Lederetui hervor, »... verdient sie ein krönendes Juwel ganz für sich.«

Er öffnete das schmale Kästchen, und Magentas Seufzer war diesmal nicht gespielt. Auf einem Bett aus reinweißem Samt lag eine Brosche, deren Mittelpunkt ein viereckiger Smaragd bildete, gerahmt von einem Heiligenschein aus Brillanten, jeder schwerer als ein Karat. Sie war an einem schwarzen Samtband befestigt, das Fleming nun aus dem Kästchen nahm und Magenta um den Hals legte. Es war eine der größten Herausforderungen in Magentas Karriere, in diesem Augenblick nicht in die Hände zu klatschen und vor Freude aufzujuchzen, aber es gelang ihr – mit geröteten Wangen und einem Busen, der vor Anspannung wogte. Aubreys Wangen hatten sich ebenfalls gerötet, waren aber dann ebenso plötzlich blutleer und wächsern geworden, als sie die Brosche erblickte. Es war die gleiche Brosche – *und ein Irrtum war völlig ausgeschlossen* –, die ihre Mutter bei besonderen Gelegenheiten aus dem Filigrankästchen genommen hatte, um sie mit ihr gegen die Sonne zu halten und die Funken aus grünem Feuer in den Tiefen des Edelsteins zu bewundern. Es war dieselbe Brosche, für die Luisa Granger gestorben war, als sie versucht hatte, das Juwel für ihre Tochter zu verteidigen. Jene Brosche, die Aubrey zuletzt gesehen hatte, als sie in die schmutzige Hosentasche von Scud Holwell wanderte.

Aubrey überfiel ein Schauder. Die süße Limonade, die sie getrunken hatte, wurde im Magen bitter und stieg ihr vor Ekel wieder hoch. Sie stellte rasch das Glas ab, während alle anderen sich dichter um Magenta scharten, um das schöne Schmuckstück zu bewundern. Aubrey eilte zur Tür.

»Miss Blue?«

Das war Flemings Stimme.

Sie blieb stehen, schloß flüchtig die Augen und zwang ihre Miene zur Ausdruckslosigkeit. »Das ist der wahre Spielergeist«, murmelte er. »Angst, den Tiger zu reiten, oder?«

»Ich ... bin etwas beunruhigt wegen der fortgeschrittenen Zeit, Mr. Fleming. Spielen ist immerhin mein Beruf, und ich muß am Ende der Woche meine Miete bezahlen.«

»Ach ja, Lily Montana. Oder sollte ich sie Dona Dolores nennen? Eine seltsame Wahl für ein möbliertes Zimmer, das muß ich schon sagen.«

Aubrey reagierte mit einem, wie sie hoffte, gleichgültigen Achselzucken. »Ein gemeinsamer Freund im Osten gab mir ihre Adresse und schlug vor, mich bei ihr zu melden. Es ist kein ideales Arrangement, das muß ich zugeben, aber es ist ruhig dort, und die Miete ist niedrig.«

»Warum beziehen Sie nicht ein Zimmer in meinem Hotel?« schlug Fleming vor. »Ich kann Ihnen zusichern, daß die Miete dort mehr als nur anständig ist, und Sie brauchen nicht durch die halbe Stadt zu laufen, um zur Arbeit zu gelangen.«

»Warum warten wir nicht erst einmal ab, ob wir miteinander auskommen? Wer weiß, ob Sie mich nicht schon nach ein paar Tagen feuern. Vielleicht werfen Sie mich schon heute abend hinaus, wenn ich nicht bald nach unten gehe und anfange, mein Brot zu verdienen.«

Fleming streckte eine Hand nach ihr aus, als sie sich zum Gehen wandte. Sein Griff um ihren Arm war fester als notwendig, aber er lockerte sich sofort wieder und verwandelte sich eher in eine zärtliche Geste.

»Ich bezweifle sehr, ob ich Sie jemals hinauswerfe, Miss Blue. Jedenfalls erst, wenn ich eine Menge mehr über Sie in Erfahrung gebracht habe.«

Aubrey riskierte einen Blick in seine seltsam hypnotischen Augen. Sie hoffte, daß er nicht ihren Ekelschauder spürte, als seine Finger ihren Arm entlang strichen, aber wenn er etwas gemerkt hatte, dann sah er in ihrer Reaktion sicherlich nicht den unendlichen, grenzenlosen Haß.

Fleming wollte, daß sie mit dem Dreikarten-Monte begann – nicht, weil er nicht davon überzeugt war, daß sie Pokerspieler anziehen oder einen großen Tisch mit Pharospielern leiten könnte, sondern weil er das Gleichgewicht unter seinen Croupiers nicht stören wollte. Neulinge begannen in der Regel mit dem Monte-Tisch, und wenn sie es eine Woche dort aushielten, ohne erschossen oder als Zinker geteert und gefedert zu werden, dann wurden sie wohlwollend und mit guten Wünschen für künftiges Glück in die Runde der anderen aufgenommen. Zuweilen gab es Unvereinbarkeiten unter den Profispielern, weil jeder glaubte, der beste zu sein, aber solche Meinungsverschiedenheiten wurden rasch entweder in einem Marathonspiel beigelegt, das vier, fünf Tage dauerte – oder mit einer Kugel.

Aubreys geübtes Auge konnte die Profis an jedem Tisch sofort ausmachen, und nach ein paar Minuten Beobachtung entdeckte sie auch deren bestimmte Methode. Der Mann, der eindringlich auf die Rückseiten der Karten der anderen starrte, brachte vermutlich heimliche Zeichen dort an, um die Farben und Werte zu erkennen. Andere Zinker tasteten beim Austeilen kaum wahrnehmbar die Kanten der Karten ab und suchten nach den feinen Markierungen, mit denen sie die höherwertigen gekennzeichnet hatten. Ihre Fingernägel waren so stark gefeilt, daß sie fast bluteten, damit ihnen auch nicht ein einziger Punkt oder Kratzer entging. Wiederum andere benutzten Verstecke, etwa im Ärmel, für ein Extra-As oder hatten sie unter der Tischkante verborgen.

Aubrey erkannte diese Methoden so deutlich, und es erschien ihr wie ein Wunder, daß es neunundneunzig Prozent der Spieler in den Casinos nicht auffiel. Selbst Bruster, der mit den meisten gängigen Betrugsmethoden vertraut war, hatte beim Pharo nie die leiseste Ahnung. Wenn seine Taschen sich von den Gewinnen beim Poker und Einundzwanzig schon fast ausbeulten, wurde er ausgenommen wie eine Weihnachtsgans, wenn er sich an einem Pharotisch niederließ. Das Glücksspiel lag ihm im Blut, und er hätte ohne es ebensowenig leben können wie ohne Luft, während Aubrey niemals ohne einen bestimmten Zweck spielte. Und sie würde wunschlos glücklich sein, wenn sie nie wieder ein Kartenspiel in die Hand zu nehmen brauchte.

Fast erwartete sie Bruster schon am Pharotisch zu sehen, aber sie hatte sich geirrt. Er stand an der Bar und probierte die verschiedenen Leckerbissen, die er sich auf einen Teller geladen hatte. Er hatte gesehen, wie sie die Treppe herabkam, und ihr leises Nicken erwidert, indem er sich das große Dreieck der Serviette fest in den Kragen schob.

Aubrey rieb sich die Hände, währen sie auf ihre Nische zutrat. Die Begegnung mit Greaves und Magenta, ganz zu schweigen vom Anblick der Smaragdbrosche ihrer Mutter am Hals einer anderen Frau, hatten ihren Mageninhalt aufgelöst. Ihre Hände fühlten sich kalt und klamm an, ihr Mund war trocken von der ungewohnten Nervosität. George, der Barkeeper, reichte ihr ein frisches Blatt und starrte ihr unverhohlen in den Ausschnitt. Der Tisch war leer, aber der sanfte Glanz ihres Satinkleides zog neugierige Blicke auf sich, und schon bald traten die ersten Spieler heran.

Sie begann sehr langsam, weil sie wußte, daß die Männer eher von der Seltenheit eines weiblichen Croupiers angezogen waren als von der Chance, ihr Glück zu versuchen. Sie lachten gutmütig, als sie die Karten mischte und sie in ihrer Unruhe über den Tisch verstreute. Sie lachten wieder, als sie ein schlechtes Blatt austeilte und aus Ungeschick zwanzig Dollar verlor.

Der Vorfahre des Dreikarten-Monte war das Hütchenspiel, das man mit drei Walnußhälften und einer Erbse spielte. Der Spielleiter legte die Erbse auf den Tisch, bedeckte sie mit einer der halben Nußschalen und stellte zwei weitere daneben. Dann bewegte er die Schalen hin und her, nach oben und unten, und tauschte die Positionen, so rasch seine Hände sich bewegen konnten, gegeneinander aus.

Zum Schluß forderte er die Zuschauer auf zu wetten, unter welcher Schalenhälfte die Erbse wohl lag.

Dreikarten-Monte funktionierte nach dem gleichen Prinzip, allerdings benutzte man hier zwei niedrige Karten und einen »Sieger«, auf den die Wetten gesetzt wurden.

»Sie werden mir verzeihen, meine Herren, wenn ich ein wenig nervös bin. Es ist mein erster Abend hier im Casino, und man hat mir gesagt, ich müsse einen guten Eindruck machen.«

»Auf mich haben Sie bereits einen guten Eindruck gemacht, meine Kleine«, kicherte einer der Zuschauer, den Blick fest auf ihr Oberteil geheftet. »Aber das heißt nicht, daß ich dir nicht auch gern Geld abknöpfen würde.«

Aubrey seufzte und versuchte, das Grummeln in ihrem Magen zu ignorieren. Dann begann sie aufs neue. »Meine Damen und Herren, hier haben Sie die Herzkönigin, die Siegerin in diesem Spiel. Schauen Sie genau hin, verfolgen Sie sie mit den Augen, wenn ich sie auf dem Tisch herumbewege. Hier ist sie ...« Sie brach das Herumschieben der Karten ab und deckte eine auf. »Und dann wieder hier.« Sie deckte die Karte rechts auf. »Und jetzt ... oh!« Sie drehte erneut die linke Karte um in der eindeutigen Erwartung, die Königin zu sehen, und errötete tief, als lautes Lachen die Pik-Zwei begrüßte.

Ihre nächste Runde verlief besser und schneller, aber sie verlor die Königin dennoch aus den Augen, und ihre Achtlosigkeit kostete sie weitere zehn Dollar. Das unbarmherzige Gelächter, das ihre Ungeschicklichkeit begleitete, begann an ihren Nerven zu zerren – es zog auch bald die unerwünschte Aufmerksamkeit des Barkeepers und die weiterer Fleming-Männer auf sich, die die Vorgänge kritisch betrachteten. Lachen und Zehndollarwetten würden ihr an einem Abend kein Lob einbringen.

»Gut«, sagte sie und leckte sich über die Lippen. »Wer wettet diesmal zwanzig gegen mich?«

»Zwanzig? Schätzchen, du kannst dir deine zwanzig besser verdienen, wenn du mit mir ins Hinterzimmer kommst.«

Aubrey warf dem frechen Spieler einen scharfen Blick zu und lächelte gepreßt. »Ich muß um zwanzig Dollar spielen. Wenn Sie die richtige Karte finden, haben Sie mich geschlagen. Wenn nicht, schlage ich Sie und nehme Ihr Geld. Zwanzig Dollar, Sir. Zwanzig für diese Chance.«

Da schob sich Brusters stämmige Gestalt vor. Er wischte sich gerade Schnurrbart und Mund mit einer großen weißen Serviette sauber. »Ich nehme die Wette an, meine Liebe. Ich habe nichts dagegen, heute abend schnelles Geld zu verdienen. Zwanzig ist gebongt. Laß die schöne Königin tanzen.«

Aubrey manövrierte die Karten herum und verlor wieder.

Bruster winkte das Zwanzigdollarstück zu sich, das sie aus der Tasche zog, und ließ es zusammen mit dem auf dem Tisch, das er vorher gewonnen hatte. Aubrey schob die Karten hin und her und ließ Bruster aussuchen, was er für die Herzkönigin hielt, doch ehe er die Karte aufdecken konnte, schlug sie ihm mit der Hand auf die Finger und lächelte trotzig: »Ich danke für Ihre Teilnahme, Sir, aber vielleicht verdoppeln Sie Ihren Einsatz, ohne nachgeschaut zu haben?«

Die Männer tauschten Blicke aus und grinsten einander an, und zum erstenmal begannen sie, dem Geld, um das es ging, mehr Aufmerksamkeit zu schenken als dem samtigen Tal zwischen ihren Brüsten.

»Abgemacht«, sagte Bruster und deckte die Karte auf. Beim Anblick der Herzkönigin krähte er entzückt und suchte in den Taschen nach mehr Geld.

Aubrey runzelte die Stirn und starrte wütend auf die Karten. »Ich verstehe es nicht«, murmelte sie dann. »Ich habe schonmal von Pechsträhnen gehört, aber das hier ist lächerlich.«

»Na, ehe sich das Glück wieder wendet«, kicherte Bruster, »möchte ich nochmal den Einsatz verdoppeln ... wenn Sie einverstanden sind, natürlich.«

Aubrey blickte scharf hoch. Dann warf sie einen Seitenblick auf den Barkeeper und kämpfte deutlich zwischen Aufhören und Einpacken oder Bleiben und ihre Ungeschicklichkeit einem gnadenlosen George erklären zu müssen.

Bruster nutzte derweil ihre Ablenkung aus und bewegte seine Hände fast zu rasch, als er mit dem Daumennagel über die Herzkönigin fuhr und sie für alle am Tisch deutlich sichtbar markierte. Mit einem auffallenden Augenzwinkern zu seinen Mitverschwörern räusperte er sich anschließend und lenkte Aubreys Aufmerksamkeit wieder auf die Karten.

»Nun, meine Liebe ...? Spielen wir? ... Wie diese Gentlemen schon vorgeschlagen haben, gibt es einen leichteren Weg, seinen Lebensunterhalt zu verdienen und die großen Spiele den großen Jungs zu überlassen.«

Aubrey preßte die Lippen zu einer harten Linie zusammen. »Ich nehme Ihre Wette an, Sir. Achten Sie gut auf die Karten – falls es möglich ist.«

Diesmal war die Herzkönigin deutlich gekennzeichnet, und auf Aubreys Verlust folgte eher Schweigen als Spott. Neid und Gier begannen alle Spuren von Mitgefühl auszulöschen, das die Männer vielleicht für die schöne Spielerin empfunden hätten. Sie war offensichtlich eine Amateurin, und man konnte sicher einen guten Schnitt machen, ehe der Barkeeper das Zeichen gab, sie zu entfernen oder zu ersetzen.

»Wieviel hast du denn in dem hübschen Täschchen noch übrig?« fragte ein Spieler ruppig.

Aubrey mußte den Blick von dem beträchtlichen Turm aus Goldmünzen abwenden, der gerade in Brusters Tasche verschwand.

»Wie bitte?«

»Ich sagte ... wieviel haben Sie den noch übrig für den Einsatz?«

»Ich ... weiß es nicht genau«, flüsterte sie.

Da grinste der Mann und griff in seine Tasche. »Na, ich habe hier sechzehnhundert in Gold ...« Er klatschte ein Bündel Banknoten auf den Tisch. »Fünfzehn für eine Wette, und weitere hundert, um dich über den Rest des Abends zu bringen.«

Aubreys Hand zitterte sichtlich, als sie an die Cameobrosche am Hals fuhr.

»Nun?« Er zog die Brauen hoch. »Wie du schon sagtest, ich suche die falsche Karte – du gewinnst. Ich finde die richtige Karte, und ich gewinne das Geld und du … bekommst eine dicke Empfehlung an deinen Boß von mir.«

Die anderen Spieler lachten neidisch mit dem Sprecher. Aubrey riß sich energisch zusammen und griff nach den Karten. Ihre Handbewegungen waren nun rascher und wütender, aber es machte keinen Unterschied für den Spieler, der der kaum merklich angeritzten Karte mit den Augen in die Mitte folgte, nach links, nach rechts …

Als sie fertig war, holte er tief Luft und deutete mit einem triumphierenden Zeigefinger auf die gekennzeichnete Karte.

Aubrey drehte sie um, schloß die Augen und murmelte ein paar Worte – halb Gebet, halb Fluch. Als sie sie wieder öffnete, konnte sie den leisen Schrei der Erleichterung nicht unterdrücken, als die aufgedeckte Karte sich als Kreuz-Vier erwies.

Der Spieler riß ihr die Karte aus der Hand. »Warte mal! Das ist die falsche Karte! Das ist nicht die gleiche, die …« Er hielt gerade noch inne, ehe er zugab, daß er gesehen hatte, wie Bruster die Karte markiert hatte und daß er diesen Vorteil ausnutzen wollte. Als er auf die beiden anderen Karten blickte, konnte er erkennen, daß beide den feinen Kratzer aufwiesen.

»Die falsche Karte?« Aubrey blinzelte ihn an – ganz Unschuld und Verwirrung. »Aber Sie selbst haben Sie doch ausgesucht. Sie haben die Bedingungen für die Wette gesetzt, und Sie haben die Karte gewählt.«

Der Spieler betrachtete die Karte in seiner Hand und blickte dann in die Gesichter der Männer um ihn herum. Der kleine, fette Händler war nirgends zu sehen, noch las er Mitgefühl oder Unterstützung in den Blicken der anderen. Diesmal richtete sich das Lachen gegen ihn, und da er Aubrey kaum des Betrugs bezichtigen konnte, wenn er sie selbst hatte betrügen wollen, hatte er keine andere Wahl, als stumm seine sechzehnhundert Dollar auszuzahlen.

Aubrey begegnete dem wütenden Blick des Mannes mit einer leicht erhobenen Braue. Sie steckte das Geld in ihr Täschchen und legte die drei markierten Karten mit leiser Verachtung beiseite. Dann mischte sie das verbliebene Blatt mit einer Geschicklichkeit, die den anderen Spielern ein Lächeln abrang. Sie breitete drei neue Karten auf dem Tisch aus: Eine Zehn, eine Drei und ein Joker.

»Oh, eine Unglückskarte«, lachte sie. »Sollen wir nochmal mischen?«

Sie wollte die drei Karten gerade ablegen, als sich eine große gebräunte Hand ausstreckte und ihr Handgelenk umfing.

»Ich finde Joker immer äußerst glückbringend, Ma'am. Würden Sie für mich eine Ausnahme machen?«

Aubrey erstarrte beim Laut des vertrauten Baritons. Ihr Blick glitt zögernd den Weg von der Hand zum Ellbogen, zur Schulter bis zum Gesicht. Dabei fiel ihr auf, daß er kein Lederhemd trug, keine glänzenden *Peacemakers* und keinen breitkrempigen Hut mit schweißdurchtränktem Band aus geflochtenen Lederschnüren.

Dieser Christian McBride, der ihren Blick erwiderte, trug einen geschneiderten Anzug und sah so elegant und gut aus in seinem dunkelbraunen Rock und hellbeigen Hosen, daß er die lächelnden Blicke mehrerer geschminkter Schönheiten im Saloon auf sich zog.

19

»Überrascht?« fragte McBride, offensichtlich amüsiert über ihre schockierte Reaktion.

Irgendwann zwischen dem Wiederkennen und der Erinnerung an ihre letzte Begegnung hatte Aubrey ihre Stimme verloren. Ihr wurde abwechselnd heiß und kalt, schwindlig und übel. Sie rang nach mehr Luft, aber das Fischbeinkorsett verhinderte, daß sie mehr als nur kurze Züge nahm. Seine Hand lag warm und fest um ihre Finger und löste eine Reihe widersprüchlicher Empfindungen aus: Angst, Panik, Mißtrauen, Unsicherheit und – am verstörendsten von allen: Erregung.

Sie spürte, wie sich die Röte in ihren Wangen festsetzte, während sie sich weiter anstarrten. Sein helles Haar war von einer Schere gezähmt worden und wellte sich weich um die Biegung seines Halses. Seine Augen blickten sie klar und hell an, und niemals war sein Lächeln verführerischer und charmanter gewesen. Die Kleidung, die er nun trug, betonte seine breiten Schultern und die schlanke Taille: Sein Hemd war ebenso weiß wie die aufblitzenden Zähne, und Manschetten und Hemdbrust bildeten einen eleganten Gegensatz zu der dunklen Haut.

Aubrey öffnete die Lippen zu einem hilflosen Seufzer, denn was sie sah, war nicht der McBride in dieser Aufmachung, sondern wie er am mondüberfluteten Ufer des Cimarrons vor ihr gestanden hatte: nackt, männlich und über alle Vorstellung hinaus bedrohlich.

»Ich hätte mir denken sollen, daß Sie nicht den Anstand besitzen würden, mir vom Leib zu bleiben, McBride«, sagte sie schließlich.

»Wie in Teufels Namen hätte ich das bewerkstelligen sollen, Miss Blue?«

»Hey!« Die anderen Spieler wurden langsam ungeduldig. »Spielen wir Karten, oder findet hier ein Wiedersehensfest statt?«

Christians Grinsen blieb entspannt, als er sich lässig zu dem Sprecher wandte. »Ich war doch gerade dabei, eine Wette auf den Joker abzuschließen, aber wenn Sie das statt meiner übernehmen wollen?«

Der andere spürte den subtil-drohenden Unterton in McBrides Lächeln und machte klugerweise einen Rückzug. »Können wir dann weitermachen und mit dem Anstarren aufhören?«

McBride wandte sich wieder an Aubrey. »Miss Blue? Ich sagte, ich würde gern auf den Joker setzen, falls Sie nichts dagegen haben.«

Aubrey entwand ihm sanft ihr Handgelenk. »Mir ist es eigentlich egal, wie Sie Ihr Geld verlieren wollen, *Sir*. Bitte den Einsatz.«

McBride legte ein Fünfzigdollar-Goldstück auf den Tisch. Aubrey plazierte den Joker zwischen die Karo-Zehn und die Herz-Drei. Dann schob sie die drei Karten so lange hin und her, bis sie sicher war, sie genügend vermischt zu haben.

McBride streckte immer noch lächelnd eine Hand aus, deutete auf die linke Karte und zuckte gutmütig die Achseln, als Aubrey triumphierend die Herz-Drei aufdeckte.

Ein weiteres Goldstück fiel auf den Tisch, Aubrey mischte erneut die Karten und nahm zufrieden McBrides Geld, als er zum zweitenmal auf die falsche tippte. Sein dritter und vierter Versuch waren kaum erfolgreicher, und beim fünften Mal wurde aus Aubreys Siegessicherheit Wut, weil ihr klar wurde, daß er absichtlich die falsche Karte wählte. Ein sechstes und siebtes Goldstück gesellte sich zu ihrem Schatz, ehe sie mit einem Seufzer die Geduld verlor.

»Gibt es kein anderes Spiel, das Sie versuchen möchten, Sir?«

»Ist mein Geld an diesem Tisch nicht gut genug?«

Aubrey sah sich empört um. Die anderen Spieler hatten sich fast alle verzogen, denn die ernsthafteren unter ihnen waren an Tische abgewandert, wo das Geschehen nicht von einem einzigen Spieler beherrscht wurde.

»McBride ...«

»Ja, Miss Blue?«

Er sah sie auf eine Weise an, daß ihr die Glieder schwach wurden. Sein Blick ruhte fest, fragend und vorwurfsvoll auf ihr, gab sie aber schließlich mit einem Wimpernschlag frei.

»Fünfzig Dollar sind mein Einsatz«, sagte er leise.

»Nein.«

»Wie bitte?«

Sie schnappte die drei Karten und warf sie in den Papierkorb zu den übrigen. »Ich mache jetzt eine kurze Pause. Sie werden sich ein anderes Spiel suchen müssen, das Sie bei Laune hält.«

Sie stand auf und schob sich durch die Menge zur Bar. Ihr Herz raste, und ihre Rippen fühlten sich an, als würden sie langsam nach innen gebogen. Wenn sie nicht sofort frische Luft bekam, würde sie vermutlich ohnmächtig.

George stellte aus reiner Gewohnheit ein kleines Schnapsglas Brandy vor sie auf die Theke. Aubrey starrte es einen Moment an, hob es dann hoch und trank es mit einem einzigen Zug leer. Ihr Magen hieß das Feuer willkommen, das sich sofort süß in ihm ausbreitete. Sie bedeutete ihm, nachzuschenken und leerte es ebenso schnell – sich der drohenden Gegenwart McBrides hinter ihr wohl bewußt, weil sie sein Abbild in dem vergoldeten Spiegel hinter der Bar genau erkennen konnte.

»Warum machen Sie das?« zischte sie. »Warum können Sie nicht einfach verschwinden und mich in Ruhe lassen?«

»Ich habe doch schon gesagt, daß ich ein neugieriger Mensch bin. Du warst so scharf darauf, nach Santa Fe zu kommen, so wildentschlossen, aus deinem Leben etwas zu machen ...«

McBrides Augen trafen im Spiegel auf ihre. »... und hier finde ich dich, in dem wohl unfeinsten Etablissement, in einem Kleid – wenn ich das so nennen darf –, das allem anderen dient, nur nicht, deine Stellung im Leben zu verbessern.«

»Was ich tue oder lasse und wo ich das tue oder lasse geht Sie überhaupt nichts an.«

»Vor zwei Wochen«, fuhr er ungerührt fort, »wäre das nicht so gewesen. Aber jetzt ... denk doch einmal daran, daß du vielleicht mein Kind trägst?«

Aubrey spuckte den Inhalt ihres dritten Glases fast über die halbe Theke. Sie hustete und würgte und hörte McBrides leises Lachen, während er ihr freundlich auf den Rücken klopfte und um ein Glas Wasser bat. Der Brandy war über ihr Kinn getropft und verlief nun in einem dünnen Rinnsal in die tiefe Kluft zwischen ihren Brüsten, aber als McBride versuchte, es mit einer Leinenserviette abzutupfen, schlug sie seine Hand beiseite und starrte ihn wütend an.

»Was? Was haben Sie gerade gesagt?«

»Willst du, daß ich es nochmal lauter wiederhole?«

»*Nein*! Nein, ich will, daß Sie überhaupt nichts wiederholen. Ich würde nur gern wissen, warum Sie denken ... wie Sie es wagen können, zu denken ...«

»Du hast es doch als erste erwähnt, wenn du dich recht erinnerst, in Verbindung mit Kirche, Küche ...«

Sein Lächeln machte sie verrückt, und vor Wut verschluckte sich Aubrey fast noch einmal.

»Das habe ich doch nicht ernst gemeint. Und Sie auch nicht, wie *ich* mich erinnere. Sie wurden so weiß wie ein Laken, und bei der bloßen Erwähnung von Vaterschaft und ehelichen Pflichten brach Ihnen der kalte Schweiß aus.«

»Seitdem hatte ich viel Gelegenheit, darüber nachzudenken. Ich glaube, ich könnte das jetzt viel besser akzeptieren als ...«, jedwede Belustigung schwand aus seinem Blick, als er den Raum mit einem kalten Blick überflog, »... als dies hier.«

»Na, da können Sie ganz beruhigt sein, Mr. McBride, daß Sie weder daran noch an das andere zu denken brauchen. Ich habe Ihnen damals gesagt und wiederhole es jetzt, so ungewöhnlich das vielleicht für ihr männliches Selbstbewußtsein klingen mag: Ich will nichts mit Ihnen zu tun haben! Wir sind beide erwachsene Menschen und haben einen schönen Abend miteinander verbracht – können wir es nicht dabei belassen?«

Diesmal schaffte sie es bis zum Haupteingang, ehe eine neue Welle Kunden das Casino betrat und sie zurückschob. Sie war gezwungen, zu einer der Privatlogen zurückzuweichen und keuchte überrascht auf, als sich eine Hand sehr fest und entschlossen um ihren Oberarm legte – fest genug, daß ihre zarte Haut wohl blaue Flecken bekommen würde. McBride zerrte sie in die nächste samtverhangene Nische, drehte sie herum und preßte sie mit dem Rücken gegen den Vorhang.

»Wie können Sie es wagen!« schrie sie. »Lassen Sie mich sofort los!«

»Nicht um dein Leben, Lady! Nicht, bis ich ein paar Antworten bekomme.«

»Ich habe weder Ihnen Antworten zu geben noch irgend jemand anderem!« Sie versuchte, sich an ihm vorbeizuschieben, aber er umklammerte ihre Schultern und drückte sie mit soviel Kraft gegen die Wand, daß ihr das bißchen Atemluft und Fassung, das sie behalten hatte, auszugehen drohte.

»Als ich damals am Cimarron sagte, du solltest den Tweed und die matronenhafte Haltung ablegen, hatte ich keine Ahnung, daß du meinen Rat so gründlich befolgen würdest.«

»Sie waren auch kaum in der Position, mir Ratschläge zu geben.«

Christian lachte. »Das sehe ich. Du scheinst dich ganz allein hübsch angepaßt zu haben.«

Aubrey stieg heiße Röte in die Wangen, als sein Blick lange und direkt auf ihrem nackten Dekolletée verharrte.

»Ich brauchte einen Job«, schleuderte sie ihm entgegen.

Seine Brauen schossen in die Höhe. »Und hier hast du sofort zugeschlagen?«

Aubrey schob sich vor, wurde aber wieder zurückgestoßen. Als sie hochblickte, sah sie die Empörung in seinen Augen.

»Lassen … Sie … mich … gehen!«

»Dieses Spielchen, das du da draußen betreibst – sah mir nicht so aus, als hättest du das erst in der letzten Woche gelernt.«

»McBride …« Wo war Billy? Ein Wort an ihn, und man würde den Rancher hinausbefördern – mit oder ohne Gewalt.

»Ich möchte einfach nur wissen, ob du noch weitere Überraschungen im Ärmel hast?«

»Falls ich das hätte«, antwortete sie giftig, »dann werden Sie das als letzter erfahren.«

»Das fürchte ich auch.«

»Sie haben kaum etwas von mir zu befürchten, McBride.«

»Im Gegensatz zu dir?«

Aubrey öffnete den Mund, um ihn dann gleich wieder zu schließen. Er stand zu verdammt nahe, war zu verdammt groß und den Brandy hatte sie zu verdammt schnell heruntergestürzt, so daß sie kaum noch klar denken konnte, ganz zu schweigen davon, in dem Austausch von Spitzen und Beleidigungen mit ihm Schritt zu halten. Seine Stimme klang zwar so ruhig wie ein See an einem windstillen Tag, aber sie spürte die verräterische Strömung unter der Oberfläche. Sie vermutete, daß er nur eine Haaresbreite vor der Explosion stand: Wut glühte in seinen Augen und ließ die glatten Muskeln seines Kinns so fest anspannen, daß sie wie Leder wirkten. Der Druck seiner Hände hatte nicht merklich nachgelassen, und in ihren Armen war vom Ellbogen abwärts kaum noch Gefühl.

»Ich habe die Angst vor Ihnen vor einer Weile abgelegt«, sagte sie tonlos. »Und wenn Sie nichts dagegen haben, möchte ich jetzt gern …«

Sie begann sich freizuwinden, aber ein lauter Applaus vom Saloon her bewirkte, daß sie beide überrascht herumfuhren. Maxwell Fleming schritt auf die hell erleuchtete Bühne, die Hände erhoben, um das Publikum anzufeuern und die bereits gespannte Erwartung noch weiter anzuheizen.

»Ladies und Gentlemen, wie Sie wissen, haben wir heute abend eine besondere Überraschung für Sie.« Sein Lächeln verharrte während der folgenden Applauswelle, und dann versuchte er, den Lärm mit einer Handbewegung zu dämpfen. »Ohne weitere Vorreden: der *Golden Eagle* ist stolz, Ihnen direkt von den besten Opernhäusern in New York, Boston, Savannah und New Orleans den strahlendsten Stern der Künstlerwelt zu präsentieren … *Miss Magenta Royale*!«

Der Jubel und der Applaus stiegen zu einem Crescendo

an, während Fleming sich umwandte und einen Arm zur rechten Bühnenseite hin ausstreckte. Aus den scharlachroten Samtfalten erschien ein noch strahlenderes und atemberaubendes Hellrot, als Magenta langsam die Bühne betrat, sich verbeugte und die Begeisterung des Publikums mit einem Kopfnicken entgegennahm. Selbst die hartgesottensten Spieler, die kaum jemals den Blick vom grünen Filz auf den Tischen hoben, hielten inne und sahen Magentas wogendem Auftritt zu. Im ganzen, riesigen Saloon schlugen die Herzen schneller und wurden die Augen aufgerissen, als die blonde Chanteuse sich tief verbeugte. Die hellen Locken glänzten auf, die Federn wippten, und ihre üppigen Kurven fingen den Schein der messingen Bodenlampen auf.

»Wenn Sie sich unbedingt in das Leben von anderen einmischen möchten, McBride«, sagte Aubrey über den Lärm hinweg, »warum suchen Sie sich dann nicht Magentas aus? Ich bin sicher, sie würde alles für Sie sein, gleich, was Sie wollen, und so lange Sie es wünschen.«

»Aber ich will Magenta nicht«, erwiderte er leise. »Ich wollte dich, Aubrey, und Gott allein weiß warum, aber ich will dich immer noch.«

Aubrey starrte ihn mit den Augen an, die ihm nicht einen winzigen Augenblick Frieden gegeben hatten. Seine Hände fuhren hoch, umfaßten ihr Gesicht und hielten es fest, während er den Mund auf ihren senkte und sie mit seiner ganzen aufgestauten Wut und Frustration küßte. Anfangs versteifte sie sich gegen die sich in ihrem Körper ausbreitende Lust, aber seine Zunge hatte bereits ihre Lippen auseinandergezwungen und erinnerte sie nun, daß der Schauer, den sie empfand, nichts war ... nichts im Vergleich zu der hinreißenden Ekstase, die ihre beiden Körper entfachen konnten. Hilflos stöhnte sie auf und umkrallte mit den Fingern das Revers seines Jacketts. Sein Körper drängte sich enger an sie: Sie spürte seine Kraft und Stärke, die Hitze und die Intensität seiner Leidenschaft.

»Geh weg von hier«, murmelte er. »Komm mit mir.«

Ihr leiser, verzweifelter Schrei verlor sich unter seinen besitzergreifenden Lippen, und sie spürte, wie sie weich und schwach wurde unter dem Angriff seines Mundes und seines Körpers.

»Ich schwöre bei Christus, daß ich keine einzige Frage mehr stelle, und du brauchst mir nichts zu sagen, was du mir nicht sagen willst ... nur ... komm jetzt mit aus diesem Loch!«

Aubrey öffnete langsam die Augen. Ihre Augen brannten vor ungeweinten Tränen. Ihre Lippen bebten und pulsierten von seiner Zärtlichkeit. Aber sie löste die Finger von seinem Jackett, spreizte sie auf seiner Brust und stieß ihn fest und unwiderruflich von sich.

»Das ist ein verlockendes Angebot, McBride«, gestand sie leise. »Aber vergeblich, fürchte ich, denn ich will hier nicht fort. Nicht mit Ihnen und mit keinem anderen. Sie können das als Wahrheit akzeptieren oder nicht, ganz, wie Sie wollen, aber das ist der Grund, warum ich nach Santa Fe kam. Das hier ist mein Beruf. Das bin ich. Sie verdienen etwas Besseres, McBride, und das meine ich ehrlich.«

Christian starrte sie lange und eindringlich an, doch schließlich ließ er die Hände fallen. So blieb er stehen, und Aubrey verharrte vor dem zerdrückten Samt an der Wand. Ihr Herz tat weh, und ihre Sinne schwankten unter der zunehmenden Kälte in seinen silbergrauen Augen.

»Ach so. Du hast Spaß an dieser Art Leben, oder? Du hast Spaß an diesen Leuten. Findest Gefallen an ihrer Gesellschaft? Sag mir ... hast du sie alle gleich gern, oder genießt du es mehr mit denen, die dir mehr zahlen?«

Aubrey schüttelte den Kopf mit so weit aufgerissenen, so blauen und klaren Augen, daß er in ihnen ertrinken wollte. »Dein Freund da drüben hat dir hundert Dollar für einen Trip nach oben geboten. Gehört das auch zu deinem Job?«

Aubrey hätte ihn am liebsten für diese Beleidigung geohrfeigt. Sie sah auch, daß er es halb erwartete – halb hoffte? –, und als sie nicht reagierte, wußte sie nicht mehr, ob es seine Wut war oder eine unangenehme Welle der Selbstverachtung, die ihn weiter zurückweichen ließ.

»Gütiger Gott«, stieß er heiser hervor. »Als ich dich ein Chamäleon nannte, wußte ich nicht, wie gut du wirklich warst.«

»Warum gehen Sie nicht einfach fort, McBride. Gehen Sie und lassen Sie mich in Ruhe!«

Er wollte schon folgen, aber ein Einfall zwang ihn, stehenzubleiben und in seinen Taschen nach einer Hundertdollarnote zu fischen. »Hier, ich schulde niemandem gern etwas. Besonders nicht für eine Gunst.«

Aubrey wandte den Blick ab. Sie sah, wie seine starken Finger das Geld zerknüllten, wie er vortrat und es hinter die Seidenrüsche an ihrem Ausschnitt steckte.

»Seien Sie nicht so bescheiden, Miss Blue. Sie haben das ehrlich verdient.«

Sie drehte sich um, nahm den Geldschein aus dem Ausschnitt und hob die Faust, um sie ihm ins Gesicht zu stoßen. Dann bemerkte Christian, wie ihr Blick über seine Schulter zuckte, wie sich ihre Miene in kürzester Zeit von äußerster Wut in leidenschaftslose Kühle verwandelte, und wirbelte überrascht herum, um den Grund dafür herauszufinden.

Hinter ihnen stand, das Gesicht eine Maske aus Haß und Verachtung, Maxwell Fleming.

Fleming hatte Magenta dem Publikum und den Musikern überlassen und war, erfreut über den Erfolg, durch das Casino geschritten, um nach seiner neuesten Attraktion zu schauen. Magenta, die gerade mit erstaunlich süßer Stimme »Annie Laurie« sang, hielt das Publikum im Bann, und ihm fiel auf, daß sich an Aubreys Tisch kein einziger Spieler aufhielt – noch entdeckte er eine Spur der schlanken, dunkelhaarigen Spielerin.

Er blickte hoch zu einem der Wächter auf dem Balkon im zweiten Stock, der mit einem gezielten Blick auf die Nische am Haupteingang deutete, als habe dieser die Frage des Chefs erraten. Fleming erkannte einen Streifen dunkelblaue Seide hinter dem roten Vorhang und versuchte, Aubreys Blick aufzufangen, aber sie war in eine Unterhaltung mit einem hochgewachsenen, blonden Mann vertieft, dessen breite Schultern Aubreys Sicht in den Raum fast gänzlich versperrten.

Mehr als nötig – wie Fleming fand. Sein Besitzerinstinkt war geweckt, und er bahnte sich einen Weg durch das applaudierende Publikum auf die Nische zu und kam gerade rechtzeitig, um zu sehen, wie der Hundertdollarschein in Aubreys Ausschnitt gesteckt wurde. Fleming hatte auch das Profil des Mannes erkannt – und dabei seine Schritte verlangsamt und seine Fäuste so fest geballt, daß die Knöchel durch die Haut schimmerten.

Er hatte gehört, daß man Christian McBride aus Leavenworth entlassen hatte. Er hatte nur nicht erwartet, daß der Bastard den Mut aufbringen würde, sein Gesicht so bald schon wieder in Santa Fe zu zeigen.

Die Luft knisterte vor Spannung, als die beiden Männer sich zum ersten Mal seit fünf Jahren gegenüber standen. Sie waren gleich groß, so daß sie sich direkt in die Augen blicken konnten. McBride hatte den Vorteil, muskulöser und kräftiger zu sein, aber Fleming glich das Körpergewicht durch eine machtvolle Haltung und tödliche Autorität aus. Keiner von beiden schien eine Waffe zu tragen, beide glühten stumm und bedrohlich vor explosiver Gewalt.

Christian zwang sich zu einem lockeren Lächeln. »Hallo, Max. Nettes Lokal hier.«

»McBride. Ich müßte mich eigentlich geschmeichelt fühlen. All die Jahre in Leavenworth ... du mußt da große Sehnsucht nach Luxus verspürt haben.«

»Fünf Jahre und zehn Tage, um genau zu sein. Und in punkto Luxus habe ich eine Menge nachzuholen. Ich versuchte gerade, hier bei Miss Blue anzufangen, aber sie scheint ein wenig unfreundlicher geworden zu sein, seit wir zusammen hierher unterwegs waren.«

Flemings Blick glitt von McBride zu Aubrey und wieder zu McBride. »Die Kutsche muß aber sehr voll gewesen sein.«

»Und ganz und gar nicht langweilig«, meinte McBride und zog eine *Cheroot* aus der Tasche. »Zigarre?«

»Nicht, wenn es die gleichen Halskratzer sind, die du auf der Büffeljagd immer geraucht hast.«

»Genau die«, grinste Christian. »Sie scheinen einem das Ungeziefer gut vom Leib zu halten. Ich hatte gedacht, das klappt hier auch.«

In Flemings Augen glitzerte es bösartig auf. »Habe ich euch irgendwie unterbrochen?«

»Nein«, warf Aubrey rasch ein. »Nein, Mr. McBride wollte gerade gehen.«

Fleming blickte auf den Hundertdollarschein in ihrer Hand.

»Allein?«

Ihre Röte vertiefte sich, und McBride lachte. »Leider ja. Es scheint, Miss Blue schätzt meine Gesellschaft nicht so wie du, Max.«

»Dann zeigt sie äußerst guten Geschmack.«

»Allerdings wird sie sich wohl an viel unangenehmere Typen gewöhnen müssen, wenn sie weiterhin für dich arbeiten will. Und hundert Dollar einfach so abzulehnen … tz, tz. Nicht sehr geschäftstüchtig.«

»Mr. McBride, Sie werden langweilig«, sagte Aubrey seufzend. Sie steckte den Hundertdollarschein in seine Jackentasche, fand dann ebenso kühl wie er vor ein paar Minuten zuvor in ihrem Täschchen ein Zweidollarstück und drückte es ihm in die Hand.

»Hier. Ich denke, das hilft Ihnen, etwas Passendes für Ihren Geschmack zu finden. Geht auf meine Rechnung.« Fleming lachte und ließ den Arm um Aubreys Taille gleiten. »Du lernst es nie, McBride, nicht wahr? Du steckst immer noch deine Nase dorthin, wo sie nicht erwünscht ist.«

McBride starrte auf Flemings Hand, die besitzergreifend auf Aubreys Hüfte lag, und seine Stimme klang wie ein Eisblock:

»Vielleicht sollte ich deine Methode probieren … mir einfach nehmen, was ich will, und alle Folgen mißachten. Ethan sagte mir, du hast bald keine Höfe mehr, die du niederbrennen kannst und beschäftigst dich jetzt mit den Missionsstationen. Ich hätte nicht gedacht, daß man mit dem Rösten von Padres viel verdienen kann.«

Aubrey spürte das Zittern in Flemings Arm, obwohl der Mann äußerlich gelassen blieb, so, als ob er sich mit einem alten Freund unterhielte.

Fleming kniff die Augen zusammen. »Du hättest in Kansas bleiben sollen. Oder weiter in den Osten ziehen. Ich habe das Gefühl, daß du mir wieder im Weg stehen wirst.«

»Na, wenn das so ist … kannst du ja versuchen, mich aus dem Weg zu räumen … wieder mal.«

»McBride … wenn du mir im Weg bist, dann werde ich dich wegräumen. Nur werden es diesmal keine lächerlichen fünf Jahre. Es wird auf immer sein.«

»Stehe dir jederzeit zur Verfügung, Max – in der Annahme, daß du nicht vergessen hast, wie man mit einer Waffe umgeht.«

»Das habe ich keineswegs vergessen. Und auch nicht, daß du deine Feinde am liebsten im Dunkeln mit einer Kugel in den Rücken erledigst.«

Christian beobachtete Fleming über das Streichholz hinweg, mit dem er seine Zigarre anzündete. Seine Zähne glänzten weiß durch die Rauchwolke, und sein Grinsen war ebenso sarkastisch wie die hochgezogenen Brauen. »Wenn ich hinter dir herkomme, Max, dann wird es von Angesicht zu Angesicht sein. Das kann ich dir versprechen.«

»Ist das eine Drohung? Vor Zeugen?«

»Es ist ein Versprechen.« Christian wandte sich an Aubrey – sein Blick war teilnahmslos und unversöhnlich. »Guten Abend, Miss Blue. Viel Glück bei der Arbeit hier. Das haben Sie bitter nötig.«

Dann biß er auf seine Zigarre und schritt hinaus. Fleming sah ihm nach, wie er sich ohne irgend welche Rückendeckung durch die Menge schob.

»Ich muß mich entschuldigen.« Fleming wandte sich wieder Aubrey zu. »Das ist eine Privatfehde, und es war nicht fair, unsere schmutzige Wäsche vor Ihren Augen zu waschen.«

»Keine Sorge. Ich muß aus eigener persönlicher Erfahrung sagen, daß McBride recht unangenehm werden kann, wenn er will.«

»Noch ist er der Typ Mann, mit dem Sie – gleich unter welchen Umständen – Umgang haben sollten. Er war in den letzten fünf Jahren im Gefängnis. Wegen Mordes.«

»Ja«, erwiderte Aubrey vorsichtig. »Ich weiß. Er schien recht stolz darauf zu sein. Als sei es eine besondere Leistung. Wenn Sie mich fragen, dann ist es eine größere Leistung, sich aus dem Gefängnis herauszuhalten und trotzdem das zu bekommen, was man will.«

Fleming blickte sie an und lächelte. Diese Einstellung gefiel ihm offensichtlich.

»Wissen Sie«, fuhr sie mit leisem Lachen fort, »er hat mir hundert Dollar geboten, damit ich mich nicht weiter an den Spieltischen zu *erniedrigen* brauche. Rückblickend war es vielleicht dumm von mir, es abzulehnen – Sie wären von meinem ersten Abend hier viel beeindruckter gewesen. Eigentlich ist es noch meine erste *Stunde.*«

Sie öffnete das Täschchen und nahm das Bündel Geldscheine heraus, das sie am Monte-Tisch gewonnen hatte. Fleming war in der Tat beeindruckt und bestätigte es ihr.

»Leider …«, sie warf einen Blick zur Bühne, wo Magenta gerade eine anzügliche Ballade trillerte, begleitet von rüden Begeisterungsrufen, »… scheint es heute abend zu viel Ablenkung zu geben.«

Fleming nahm das Bündel Geldscheine und zog zweihundert Dollar heraus.

»Für die Belästigung«, murmelte er, »und weil Sie sich in der Situation so tapfer geschlagen haben. Sie werden es mir sofort mitteilen, falls er Sie wieder belästigt?«

»McBride?« Sie blickte zur Tür und atmete leicht aus.

»Irgendwie habe ich den Eindruck, daß das nicht nochmal vorkommt.« Sie bemerkte Flemings fragenden Blick, lachte auf und schob die Hand in seine Armbeuge. »Nicht, solange er das Zweidollarstück spürt, das an seinem Stolz reibt.«

Flemings Miene entspannte sich. Sie war gerissen, schön und unabhängig. Eine Frau, die sicher ihrer Fähigkeit vertraute, sein Interesse an ihr zu fesseln – und zwar über die anfängliche Herausforderung hinaus, sie ins Bett zu locken.

Dieser Gedanke nahm in seinem Hinterkopf Gestalt an, seit er sie zuerst im Eingang des Casinos gesehen hatte, und wurde bei jeder Begegnung ausgeprägter. Inzwischen hielt er es ohne den leisesten Hauch eines Zweifels für undenkbar, daß irgendein anderer außer ihm eine so perfekte Schönheit besitzen sollte: Strahlend und anmutig hatte er sich die Frau oft vorgestellt, die sein Reich mit ihm teilte. Nun hatte sie ein Gesicht bekommen – ein ungewöhnlich schönes, umrahmt von einer Flut mitternachtsschwarzer Locken.

20

»Ich will sie hier raushaben«, erklärte Magenta und stampfte wütend in Flemings Büro auf und ab. »Sie ist ein Ärgernis und eine Ablenkung, und ich kann mich mit Ärgernissen und Ablenkungen in meiner Umgebung nicht konzentrieren.«

Fleming saß hinter seinem Schreibtisch. Seit Magenta vor einer Viertelstunde in sein Büro gerauscht war, hatte er nicht viel gesprochen – dazu hatte er keine Gelegenheit gehabt. Sie war mit der Beschwerde über die ungehörigen Kunden erschienen, über zuviel Qualm in der Luft, die schlechte Beleuchtung, die fürchterlich unzulängliche musikalische Begleitung, den Mangel an Anerkennung für ihr Gesangstalent und die ständigen Forderungen des Publikums nach schlüpfrigen, geilen Liedern, die nichts weiter bewirkten als einen ständigen Strom nach oben in die Zimmer. Das war für jemanden mit ihrem hochentwickelten Talent sehr störend und entehrend. Sie war daran gewöhnt, in Theatern aufzutreten, wo das Publikum respektvoll schwieg und sich mit der Würde und dem Anstand benahm, die ihr zustanden. Sie war nicht an Betrunkene gewöhnt, die ständig nach mehr Titten schrieen, oder daran, Spieler zu übertönen, die lauthals ihren Einsatz ankündigten.

»Ich zahle Ihnen aber das Doppelte von dem, was Sie bei Ihrem letzten Engagement verdient haben.«

»Geld ist nicht alles«, verkündete sie herrisch. »Ich habe Maßstäbe und einen Ruf zu wahren.«

Flemings Blick tastete sie langsam von dem wütend stampfenden Fuß bis zum Kopf ab. Sie hatte das scharlachrote Kleid gegen einen gerüschten, federbesetzten Morgenrock ausgetauscht unter dem sie – wie er vermutete – nicht viel trug. Ihr Haar war immer noch hoch und steif aufgesteckt, das Gesicht immer noch grell geschminkt und gepudert. Die Smaragdbrosche funkelte an ihrer Kehle – wie kaltes, grünes Feuer mitten in den lila Rüschchen und Federn.

»Und wie genau lautet Ihre Beschwerde gegen Miss Blue? Ich bin nicht ganz sicher, ob ich Sie recht verstanden habe.«

Magenta blieb vor Flemings Schreibtisch stehen. »Ich kann sie nicht leiden. Ist das deutlich genug? Sie ist eine Schlange und spielt nicht mit offenen Karten. Sie hätten sie mal in ihrer prüden Verkleidung auf dieser entsetzlichen Reise hierher erleben sollen. Tag und Nacht hat sie mich mit ihrem Hochmut und Anstand beleidigt. Sie hatte sogar die Stirn, mich eine billige Saloonhure zu nennen.«

»Nun …« Fleming spreizte besänftigend die Hände. »Da haben Sie ja vielleicht recht. Ich würde den *Golden Eagle* kaum einen billigen Saloon nennen.«

Magenta blies verächtlich die Luft aus und richtete sich auf. »Ich will sie hier raus haben. Bei ihrem bloßen Anblick wird es mir übel … und ich bezweifle sehr, ob ich mich durchringen kann, jeden Abend hier aufzutreten, wenn ich über das Publikum hinwegsehe und merke, wie sie mich aus den Mundwinkeln verächtlich auslacht.«

Fleming schürzte die Lippen und spielte mit einem Briefbeschwerer auf dem Schreibtisch. »Ich setze sie weiter nach hinten, so weit, daß Sie sie nicht zu sehen brauchen.«

»Ich weiß aber, daß sie da ist«, erwiderte Magenta eisig. »Ich erkenne es daran, wie viele Rücken der Bühne zugekehrt sind.«

Fleming mußte unfreiwillig lächeln. Aubrey Blues Tisch hatte den ganzen Abend die meisten Spieler angezogen. Die Männer waren beinahe übereinander gestiegen, um ihren Einsatz auf ihren Tisch zu werfen, hatten geschrieen und um einen Platz gerangelt, in der Hoffnung, ihr ein Lächeln abzuringen. Als er das letztemal nachsah, hatte sie schon über achttausend Dollar eingenommen. Das war mit Abstand der profitabelste Monte-Tisch im ganzen Casino. Wenn sie das an sechs Abenden in der Woche beibehielt, würden seine Schulden, die sich mit jedem vergoldeten Kristallüster aus dem Ausland in noch schwindelerregendere Höhen geschraubt hatten, innerhalb eines Jahres abgetragen sein, ohne daß er sich drastischerer Maßnahmen bedienen mußte.

»Nun?« verlangte Magenta.

»Nun?«

»Werden Sie sie hinauswerfen?«

»Nein«, erwiderte er gleichmütig. »Das werde ich nicht.«

Magenta erstarrte. »So. Dann wollen Sie also, daß ich gehe?«

»Nein. Ich möchte keinesfalls, daß Sie gehen ... außer vielleicht nach nebenan.«

»Nebenan?« Sie blickte auf die Zwischentür, die in seine Privatsuite führte. »Was zum Teufel soll ich da denn?«

»Was Sie vermutlich am besten können.«

»Wie bitte?«

Fleming stand auf und trat langsam vor den Schreibtisch. Das Lampenlicht fing sich in seinem Brillantstecker im Ohr, der ebenso hart und kalt aufglitzerte wie seine Augen.

»Sie haben mich sehr gut verstanden. Ebenso gut, wie der Rest Ihres Körpers, daher können wir uns die kleinen Spielchen und Tricks ersparen und gleich zur Sache kommen. Sie paradieren doch seit Ihrer Ankunft in den verschiedenen Stadien des An- und Auskleidens vor mir herum. Was erwarten Sie eigentlich? Daß ich Sie umschmeichle wie ein Schuljunge? Sie sind eine schöne Frau, Clara, aber die schönen Frauen hängen hier fast schon von den Deckenbalken. Schöne, willige, ehrgeizige Frauen, die durch diese Tür mit geschlossenem Mund und gespreizten Beinen kommen, wann immer ich sie will. So gefallen mir meine Frauen, und so erwarte ich auch Ihr Benehmen von heute an.«

Magenta drehte sich unvermittelt um, um ihm das Grinsen vom Gesicht zu fegen, aber er hatte die Bewegung vorausgesehen und fing mit heiserem Kichern ihr Handgelenk ab. »Ich glaube nicht, daß Sie das wirklich beabsichtigen, oder?«

Magenta öffnete den Mund, um ihm eine Antwort entgegenzuspucken, aber da er seinen Griff um ihre Hand unerwartet straffte, keuchte sie vor Schmerz auf. Sie versuchte, sich ihm zu entwinden, aber er drückte nur fester zu und verstärkte den Druck so sehr, daß ihre Haut schmerzhaft brannte.

Dann lockerte er mit der anderen Hand den Gürtel um ihren Morgenrock. Er hatte recht gehabt mit seiner Annahme, daß sie darunter fast nackt war. Ein dünnes Spitzenhemd konnte kaum ihre Brüste verbergen, die so reif und voll waren wie zwei Melonenhälften. Der Saum reichte kaum bis an die Oberschenkel.

»Ich sehe, Sie haben sich für die Verhandlungen gut vorbereitet.«

Fluchend gelang es Magenta, ihre Fingernägel in seinen Hals zu graben. Obwohl sie ihn kaum verletzte, war er nun in seiner kalten Ruhe erschüttert, und im nächsten Augenblick wurde sie brutal auf den Schreibtisch geschleudert.

Fleming fegte die Akten auf eine Seite. Er ignorierte ihre Schreie und ihr panisches Zucken und stieß sie flach auf die Holzplatte. Ohne mehr als nur seine Hose zu öffnen und das Tuch beiseite zu zerren, schob er sich zwischen ihre Schenkel und drang in sie ein.

»Runter, du Bastard! Du hast kein Recht ...«

Fleming lachte und schlug ihre Hände beiseite. Dann krallten sich seine Finger um ihre Taille und zogen sie wieder und wieder an sich. Immer tiefer bohrte er sich stöhnend in sie hinein. Er fing ihre Arme ab, als sie wieder auf ihn eindreschen wollten, preßte sie auf die Holzplatte und hielt ihre Hände hoch über dem Kopf fest. Magenta bog den Rücken durch und wand sich. Sie versuchte, ihm die Fersen in die Seite zu treiben, aber es war vergebliche Mühe, denn das verstärkte nur seine Lust. Schlimmer war, daß auch *ihre* Lust geweckt wurde, und irgendwann zwischen einem Fluch und einem Schrei hörten ihre Beine auf, nach ihm zu schlagen und wanden sich gierig um seinen Leib. Sie folgte nun jeder seiner Bewegungen, statt sich dagegen zu wehren. Dann schloß sie die Augen, und ihre kurzen Atemzüge drückten unvergleichliches Entzücken aus. Er schob sich wieder und wieder in das heiße, nachgiebige Fleisch, und nun wiegten und bogen sich ihre Körper im Gespann: Papiere flogen durchs Zimmer, und Tinte spritzte aus dem Kristalltopf.

Magenta stieß einen heiseren Schrei aus, als die ersten Andeutungen der Ekstase sie durchzuckten. Sie schrie einmal, noch einmal, halb lachend, halb schluchzend.

Ebenso unvermittelt, wie er sie genommen hatte, gab Fleming sie nun frei und schob sich von ihr. Sie blieb keuchend und bebend auf dem Durcheinander des Schreibtisches liegen. Er starrte einen Moment lang auf sie herab, und eine leise Röte in seinen Wangen war das einzige Zeichen dafür, daß er an dem sexuellen Akt Spaß gehabt hatte.

Gelassen knöpfte er seine Hose zu und strich sich das Hemd und die Weste glatt.

»Nicht schlecht«, sagte er dann sachlich. »Für eine Hure.«

»Sie haben … kein Recht, so zu mir zu reden«, keuchte sie mit trockenem Mund. Ihr Körper war geschwächt und zitterte.

»Lies deinen Vertrag mal genau durch, Miss Royale. Ich habe alle Rechte, die ich brauche. Ich kann in den *nächsten zwei Jahren* sagen und tun, was immer mir Laune macht. Du gehörst mir mit Leib und Seele, und wenn du mir nicht glaubst, dann frag doch deinen Mr. Greaves, was er mir zusammen mit deinem Gesangstalent noch alles verkauft hat.«

»Nein. Nein, Darby würde nie …«

»Dein Darby ist ein geldgieriger Mann. Ich bin überzeugt, der würde seine eigene Mutter für einen Nickel an ein Bordell verscherbeln – für einen Nickel und eine gute Flasche Whiskey. Sag mir ruhig, wenn ich da falsch liege.«

Magenta konnte dazu nichts sagen. »Ich werde abreisen. Ich nehme die nächste Postkutsche und …«

»Und wie weit würdest du da kommen? Wo würdest du dann wohl enden, nachdem meine Männer dich zurückgebracht haben?« Er streckte die Hand aus und strich über ihren üppigen Busen, und sein Daumen rieb die samtigen Knospen bis sie sich hart durch die Spitze schoben. »Du hast meine Hinterzimmer gesehen. Ich bin sicher, eine Menge Kunden würden hübsch zahlen, um den Stern von New Orleans zu besteigen. Zehn, zwanzig, dreißig Männer pro Nacht wären ein Leichtes. Hölle, ich könnte so mit dir vermutlich mehr verdienen als dich nur auf der Bühne zu beschäftigen.« Magenta blieb der Mund offen stehen. »Das würden Sie nicht wagen.«

Da lachte er und kniff sie in die Brustwarze.

»In dieser Stadt tue und lasse ich ungefähr genau das, was ich will«, sagte er. »Und ich bin eigentlich überrascht, solltest du immer noch Zweifel daran haben.«

»Ich bezweifle keine Sekunde, daß Sie ein Schwein sind. Ein kaltes, gefühlloses, herzloses Schwein«, stimmte sie zu, und der Laut aus ihrer Kehle klang sehr nach einem Schluchzen. So hatte das alles nicht ausgehen sollen. Sie war nicht dazu bestimmt, hier unwürdig ausgestreckt zu liegen und auf die Lust – oder den Schmerz – zu warten, je nachdem, wie ihm zumute war.

Fleming hatte wohl genau erraten, was sie dachte, denn er seufzte und richtete sich wieder auf, aber erst, als er ihr die Smaragdbrosche vom Hals genommen hatte.

»Tut mir leid, wenn du das denkst, Clara. Ich dachte, wir

stünden kurz davor, eine gesunde, anständige Arbeitsbeziehung aufzubauen.«

Er ließ sie auf dem Schreibtisch liegen. Ihre Beine hingen schlaff über die Kante, die Hände griffen an die nackte Kehle. Sie blieb ganz still liegen, unsicher, was sie als nächstes zu erwarten hatte, und als er nach langem Schweigen nicht in ihrem Blickfeld auftauchte, schob sie sich unbeholfen hoch und blickte sich im Zimmer um.

Er stand an der gegenüberliegenden Wand, und in dem Moment schwenkte ein Teil der Täfelung beiseite. Dahinter glänzte im schwachen Lampenschein das stumpfe Metall eines Safes. Sie hörte das Knirschen des Kombinationsschlosses, dann ein schweres, solides *Tschunkk*, als das Schloß beiseite glitt und die Tür sich öffnete.

Magenta kletterte geschickt vom Schreibtisch, zuckte aber lautlos fluchend zusammen, als sie über die gequetschte Haut an der Hinterseite ihrer Schenkel strich. Morgen früh würden dort sicher blaue Flecken auftauchen. Ihre Haut war vom rauhen Stoff seiner Hose gereizt, und Bauch und Brüste zeigten Kratzer von den Metallkanten seiner Westenknöpfe.

Fleming hatte einen großen, lackierten Kasten aus dem Safe genommen und schien es weder zu bemerken, noch sich darum zu scheren, als Magenta stumm hinter ihn trat. Ein zweites Schloß wurde mit einem kleinen goldenen Schlüssel geöffnet, und als der Deckel aufschnappte, sah sie darin mehrere Fächer – jedes für ein Lederetui, ähnlich dem, das die Smaragdbrosche enthalten hatte.

»Willst du mal ein wahres Schmuckstück sehen?« fragte Fleming. Magenta zuckte zusammen und wich einen Schritt zurück.

Ohne ihre Antwort abzuwarten, rückte er den Kasten ins Licht und nahm eines der Etuis heraus. Er öffnete es zusammen mit einem weiteren und stellte sie nebeneinander in den Schein der Lampe.

Magenta quollen die Augen über, und ihre Kinnlade sackte herab.

Auf einem Bett aus dickem rotem Samt lagen zwei Halsbänder – beide aus großen Edelsteinen, gehalten von Fassungen aus reinem Goldfiligran. Ein drittes Etui – ebenso ehrfürchtig aufgebaut wie die ersten beiden und größer als beide – enthielt ein Set: Halsband, Armband, Ohrringe und Ring – alle aus glitzernden, blendend-weißen Brillanten. Ihr Funkeln und Strahlen war kaum auszuhalten.

»Das ist Schönheit, Clara. Das ist etwas Seltenes, Exquisites ... und eine Menge wert ..., um es zu erwerben und zu behalten.«

Magenta streckte auf seine Aufforderung hin eine Hand aus und strich mit den Fingerspitzen über den Schliff der Edelsteine. Es war ihrer Schätzung nach ein Vermögen an Juwelen, und in dem schwarzen Lackkasten lag mindestens ein Dutzend weitere ungeöffnete Schatullen.

»Was haben Sie gemeint, als sie von ... einer anständigen Arbeitsbeziehung sprachen?« fragte sie. Ihre Kehle war so trocken, daß sie kaum ein Wort herausbekam.

Fleming lächelte und schloß die drei Kästchen wieder. Er wartete mit seiner Antwort, bis er den Deckel des großen Kastens ebenfalls wieder geschlossen und versperrt hatte und dieser selbst wieder im Safe lag. Er drehte das Metallschloß mit einer raschen Bewegung, um die Kombination zu verstellen, schloß das Paneel und wandte sich Magenta zu.

»Ich meine genau das, was ich gesagt habe. Ich bin kein kleinlicher oder ungerechter Mensch, Clara, aber ich fordere dafür absoluten Gehorsam und absolute Loyalität. Diejenigen, die ... eine exklusivere Position bei mir einnehmen wollen, sagen wir ... müßten natürlich erst beweisen, daß sie auch eine Sonderbehandlung verdienen. Nicht, indem sie vor mir oder meinen Männern herumstolzieren. Nicht, indem sie Forderungen und Ansprüche vorbringen und in Wut ausbrechen. Sicher nicht, indem sie halbnackt hier eindringen und von mir erwarten, daß mir der Speichel im Mund zusammenläuft beim Anblick von etwas, das ich schon Tausende von Malen gesehen und genossen habe. Du bist zweifelsohne die üppigste Schönheit, die mir seit einiger Zeit begegnet ist – daher habe ich dich ja auch unter Vertrag genommen. Ich hatte die Absicht, diese Schönheit zu betonen, indem ich sie mit Pelzen und Schmuck behängte und ihr die umwerfendsten Kleider machen ließ, die man mit Geld kaufen kann. Aber ich muß leider sagen, daß du mich bisher kaum mit deiner Begeisterung beeindruckt hast.«

»Und wenn ich das tue?« Magenta befeuchtete ihre Lippen. »Sie beeindrucken, meine ich.«

Fleming lächelte. »Na, dann wärst du nicht mehr als der Stern von New Orleans bekannt, meine Liebe, sondern als die Königin von Santa Fe. Und wenn du mir weiterhin gefällst …«, er streckte die Hand aus und strich mit dem Fingerrücken über eine silberblonde Locke, die auf die üppige Rundung ihres Busens fiel. »… würdest du in der Tat zum krönenden Juwel meiner Schmucksammlung werden, mit allem Reichtum und Ruhm, den du verdienst.«

Seine Hand glitt tiefer und hielt am zerrissenen Spitzensaum ihres Hemdes inne. »Ich bitte um Entschuldigung für meine Methoden, aber du verstehst, es kann hier keinen Kompromiß geben. Ich besitze dich entweder vollständig – oder überhaupt nicht. Und dann kannst du deine Abmachungen mit George treffen.«

»Nein, nein«, warf Magenta rasch ein. Ihre Augen waren immer noch von dem glänzenden Schmuck geblendet. »Nein, ich … ich will nichts mit George zu tun haben.«

»Sondern lieber mit mir?«

»Ja«, hauchte sie. »O ja.«

»Und du glaubst, du könntest mir gefallen?«

Magenta erkannte an den klebrigen Spuren auf ihren Schenkeln und der Farbe in seinen Wangen, daß sie ihm bereits mehr gefallen hatte, als er zugeben wollte. Diese Erkenntnis, verbunden mit der Tatsache, daß er eigentlich keine Ahnung hatte, zu welcher Begeisterung sie fähig war, wenn es um Schmuck, Pelze und Seidenkleider ging, zauberten ein echtes, werbendes Lächeln auf ihre Lippen. Sie trat dichter an ihn heran und ließ die glatte, lila Seide ihres

Morgenmantels von den Schultern gleiten. Ihre Hände, die sie flach auf seine Brust legte, glitten an seinem Körper abwärts und öffneten Knöpfe und Schnallen, bis er vom Bauch bis zu den Schenkeln nackt war. Sie versenkte ihren Blick tief in seinen und sank auf die Knie – und nach ein paar Augenblicken geschickter Zuwendung hieß sie ihn mit leise gurrendem Lachen auf dem Boden willkommen.

»Ob ich dir zu Gefallen sein kann?« murmelte sie, und ihre Lippen schwebten diesmal über seinen. »Ha, bis du um Gnade schreist, Liebster. Bis du um Gnade bettelst.«

21

Aubrey zog ihren Schal enger um die Schultern und beschleunigte den Schritt auf der dunklen Straße. Irgendwann hatte sie genug gehabt – genug von der schalen, verqualmten Luft, von den geilen, sie begrapschenden Spielern, die sie bei jedem Blick innerlich auszogen und in Besitz nahmen. Sie hatte sich von niemandem verabschiedet, sondern war einfach gegangen. Das Casino war noch voller Gäste, und das würde so bleiben, bis der Barkeeper sie am nächsten Morgen mit dem Müll hinausfegte.

Für ihren ersten Abend war sie überraschend erfolgreich gewesen – wenn man einmal alle Unterbrechungen und Ablenkungen berücksichtigte. Außer den zweihundert Dollar Bonus von Fleming hatte sie fast vierhundert Dollar an Prozenten verdient – ganz hübsch für einen einzigen Abend. Nicht so hübsch wie die Gesamtsumme, aber ein wohlverdienter Anteil war eine sichere Sache, während sie im Alleingang das Casino vielleicht nur ein- oder zweimal hätte besuchen können, ehe Flemings Croupiers sie als Zinkerin entlarvt und mit herzlichen Grüßen an die Postkutsche begleitet hätten.

Mitten in eine Konfrontation zwischen McBride und Fleming zu geraten war eine Überraschung gewesen, die sie nicht vorausgesehen hatte. Beide Männer hatten ein unberechenbares Temperament, und obwohl sie McBride dankbar war, daß er sich nicht weiter über ihre »Freundschaft«, ausgelassen hatte, wußte sie doch genau, daß sie seinem Zorn nur knapp entgangen war. Die Beleidigung mit der Zweidollarhure hatte gewirkt wie ein rotes Tuch auf einen Bullen, und sie konnte ihre Tollkühnheit nur auf die beiden Brandys schieben, die sie auf leeren Magen heruntergestürzt hatte.

Aber sie hatte den Abend überlebt und Flemings Mißtrauen – hoffentlich – abgelenkt. Sie mußte sich noch eine ganze Weile sehr vorsichtig bewegen, und das bedeutete auch, keinesfalls die Eifersucht von zwei mächtigen Feinden zu wecken. Sie hatte McBride nicht so bald in Santa Fe erwartet und sicherlich nicht damit gerechnet, daß er kühn genug war, Flemings Casino zu betreten. Das war genau so arrogant, dumm und stolz, als wenn er geradewegs vor Maxwell Fleming getreten wäre und versucht hätte, ihn zu erschießen – abgesehen davon, daß er dafür wieder ins Gefängnis wandern oder ein schlimmeres Schicksal erleben würde.

Aubrey genoß die frische, kühle Nachtluft. Noch besser wäre es gewesen, wenn sie sie hätte tief einatmen können, und so gab die Vorstellung, endlich die Eisenklammer um ihre Rippen aufzuschnallen, ihren müden Füßen neuen Schwung. Sie hatte die *Alameda* schon lange hinter sich gelassen und schlug gerade eine Seitenstraße in ein Wohngebiet ein, als sie merkte, wie jemand etwa zwanzig Schritte hinter ihr folgte.

Als sie stehenblieb, um den Schal zurechtzuziehen, blieb der andere ebenfalls stehen. Sie drehte sich um und starrte herausfordernd in die Dunkelheit, aber wer immer es war, zog sich in den Schatten eines Hauseingangs zurück.

Aubrey tätschelte den beruhigenden Knauf ihrer 22er *Derringer*. Es war kurz nach Mitternacht, und wenn sie schrie oder feuerte, würde sie sicher jemand hören und ihr zu Hilfe eilen. Sie ging also weiter, lauschte aber so angestrengt auf die sporenlosen Stiefelschritte hinter ihr, daß sie, als sie um eine Ecke bog, gegen einen Mann stieß, der an der Seite einer Haciendaumfriedung lehnte.

»Oh! Bitte verzeihen Sie ... Tut mir leid ... ich hatte Sie nicht gesehen, und ich ...«

Das schwache Licht von der Hauptstraße fiel auf helles Haar, das ebenso unirdisch glänzte wie die Zähne, die sich weiß von dem gebräunten Gesicht abhoben.

»*McBride* ... Sie sind es?«

»Sind Sie unterwegs, um jemand anderen zu treffen?«

»Ich bin zu niemandem unterwegs. Ich ...« Sie wirbelte besorgt herum, als sie das Geräusch heranrennender Stiefelschritte hörte. McBride runzelte die Stirn, folgte ihrem Blick und schlang, ohne auf ihr Einverständnis zu warten, einen Arm um ihre Taille und schob sie weiter in den Toreingang. Das Tor selbst stand halb offen. Er drückte sie gegen die Lehmmauer dahinter und preßte sich selbst flach neben sie. Wer immer ihr gefolgt war, rannte vorbei und blieb am anderen Ende der kurzen Gasse stehen. Sie hörte, wie er fluchte und mehrere Schritte in eine Richtung ging, ehe er zurückkam und die andere versuchte. Etwas wurde wütend auf die Erde geschleudert – sein Hut vermutlich –, und dann rannte er mit einem weiteren Fluch zurück zur Hauptstraße.

McBride hielt Aubrey fest gegen die Mauer gepreßt, bis die wütenden Schritte in der Ferne verhallten. Dann befahl er ihr, sich nicht zu rühren, während er nachsah, ob der Mann auch wirklich verschwunden war.

Nach einem Augenblick kam er wieder – so rasch, daß Aubrey kaum das Pochen in ihren Schläfen unter Kontrolle bringen konnte.

»War das wieder einer Ihrer Bewunderer?« flüsterte er heiser.

Sie ignorierte die Frage und den darin enthaltenen Sarkasmus.

»Was machen Sie hier, McBride. Warum folgen Sie mir?«

»Falls das Ihrer Aufmerksamkeit entgangen ist, Miss

Blue, waren Sie es, die in vollem Lauf gegen mich stieß. Ich sollte daher eigentlich diese Frage stellen, nicht Sie.«

»Ich? Ihnen folgen? Sind Sie völlig verrückt geworden? Welchen Grund könnte ich denn dazu wohl haben?«

Er verschränkte die Arme vor der breiten Brust. »Nun, da ich mir nicht vorstellen kann, daß Sie Ihre Meinung über mich geändert haben, würde ich annehmen, es hätte etwas mit einer unerledigten Angelegenheit zu tun?«

»Unerledigt ...? Zwischen uns ist nichts unerledigt, McBride. Es gibt nichts Unerledigtes zwischen uns. Nicht jetzt, nicht in Zukunft, und wenn Sie mich nicht noch in diesem Augenblick in Ruhe lassen, dann werde ich ...«

»Was?« fragte er, senkte die Arme und schob sie gegen die Mauer. »Schreien? Versuchen Sie's doch. Auf den Straßen von Santa Fe schreit jede Nacht jemand, die Einwohner sind daran gewöhnt.«

»Ich warne Sie, McBride, ich ...«

»... mich erschießen?« Auflachend umfaßte er ihr Handgelenk und entwand ihr mit spöttischer Leichtigkeit die *Derringer.* »Das haben Sie doch schonmal probiert – erinnern Sie sich? Aber wenn Sie es nochmal versuchen, ist das vielleicht nicht so lustig. Ich könnte mich vielleicht darüber ärgern, und das würde verdammt unangenehm für Sie werden ...«

»Wie grob«, schleuderte sie ihm entgegen. »Sie überraschen mich überhaupt nicht.«

»Es könnte aber wehtun.« Er steckte ihre Waffe in die Tasche, beugte sich vor und stützte die Hände an beiden Seiten ihres Kopfes an die Mauer. »Und sicher würden Sie mir am Ende alles erzählen, was ich hören will.«

»Ich habe nicht die geringste Absicht, Ihnen etwas zu erzählen, McBride – weder jetzt noch irgendwann. Ich habe nichtmal die Absicht, jemals wieder mit Ihnen zu sprechen, wenn ich es vermeiden kann. Und wenn Sie nichts dagegen haben ...«

Sein Arm fiel herab und schnitt ihr den Weg ab. Sie wehrte sich und versuchte, in die andere Richtung zu entwischen, aber seine Linke war ebenso schnell und hielt sie an der Mauer fest.

»Ich will genau wissen«, sagt er tonlos, »wie freundschaftlich Ihr Verhältnis zu Maxwell Fleming wirklich ist.«

»Genau? Sie wollen das genau wissen?« Es lag ihr verlockend auf der Zunge, damit herauszuplatzen, daß sie ein Liebespaar waren, aber etwas hielt sie davon ab. Etwas in ihr hatte das Ausmaß von McBrides Wut erkannt und respektierte sie. Und auf der anderen Seite hätte sie so etwas niemals aussprechen können, nichtmal, um ihn zu verletzen. »Ich arbeite für ihn. Er hat mir einen Job gegeben.«

»Als Hure?«

Aubreys Wut brachte das Korsett fast zum Platzen. »Das ist nicht Ihre Sache!«

»Sie haben es zu meiner Sache gemacht, Mylady. Als Sie sagten, ich sei nicht gut genug für Sie, wurde es zu meiner Angelegenheit.«

»McBride ...«

Da drückte er fester zu und zwang ihren Kopf zurück an die Mauer. »Christian, verdammt! Mein Name ist Christian. Du hast ihn oft genug ausgesprochen – und laut genug dazu –, als ich zwischen deinen Schenkeln lag. Sag ihn. Sag ihn mit deiner süßen kleinen Zunge und wiederhole es, sonst, bei Gott ...«

»Christian ... bitte ... du tust mir weh ...«

»Nochmal«, schnaubte er.

»Christian.«

»Nochmal!«

»C-hristian ...«, hauchte sie.

Dann bedeckte sein Mund ihre Lippen, dämpfte ihren Schrei und erstickte ihre Bemühungen, sich gegen ihn zu wehren. Er küßte sie tief und wild.

»Nochmal«, beharrte er.

»Christian«, flüsterte sie.

Dann bog er ihren Kopf nach oben und vergrub seine Lippen in ihrer Halsbeuge. »Nochmal«.

Aubrey schwamm es vor Augen. Ihr Körper stand in

Flammen, und ihre Fähigkeit zu denken und sich gegen die machtvolle erotische Anziehung seines Mundes und seines Körpers zu wehren, verschwand in einer heißen Welle. Seine Hände hielten sie fest umfangen, und sein Mund ... lieber Gott, sein Mund versengte ihre Haut, brannte sich in sie ein, verbrühte sie an der Stelle, an der er sie berührte ...

»Christian«, schluchzte sie. »Christian ...«

Als sein Mund sich wieder auf ihre Lippen preßte, gaben Aubreys Knie nach.

»Sag mir, daß du keine Hure bist. Sag mir, daß du nicht *seine* Hure bist!«

»Das bin ich nicht«, schluchzte sie leise. »Ich bin nicht seine Hure. Lieber Gott, ich bin niemandes Hure, ich schwöre es.«

Doch er küßte sie nur fester, tiefer und quälte ihre Lippen mit einer solchen Intensität, daß sie Angst bekommen hätte, wenn nicht ein noch stärkerer Alptraum sie mit seiner Schwärze fast ausgelöscht hätte.

»Christian! Christian! ... bitte, ich bekomme keine Luft mehr. Ich kann ...«

Die Schwäche in ihren Knien nahm nun überhand, und sie sackte in seinen Armen zusammen.

»Was zum Teufel ...?«

»Ich ... bekomme ... keine Luft mehr.«

Diese Worte wurden gegen seine Lippen gehaucht, und plötzlich hielt er eine reglose Frau im Arm. Fluchend wirbelte er sie herum. Mit einem Arm stützte er sie ab, mit der anderen Hand nestelte er an dem Kleiderverschluß am Rükken.

»Nein«, brachte sie heraus.

»Sei still. Ich habe nie begriffen, warum ihr Frauen euch in sowas einschnüren laßt.«

Die Bänder des Kleides gaben unter seinen ungeduldigen Fingern nach, ebenso wie die engen Schnüre des Korsetts. Aubrey keuchte auf und schnappte gleich nochmal nach Luft, berauscht von dem Gefühl, endlich wieder Sauerstoff in die Lungen zu bekommen, und sog die frische, kühle Luft in tiefen Zügen in sich ein. Sie beugte sich vor, stützte sich an der Mauer ab und preßte die Wange an den kühlen Lehm – und stellte sich das lächerliche Bild vor, das sie dem Besitzer der Hacienda boten, wenn er zufällig auf die Terrasse trat.

»Besser?« fragte Christian hinter ihr.

Langsam öffnete Aubrey die Augen. Die Welt drehte sich immer noch, aber immerhin stand sie aufrecht – wie er.

»Dolores war ... ein wenig zu optimistisch, als sie mir heute abend beim Ankleiden half. Ich konnte den ganzen Abend nicht richtig atmen.«

Christian tastete durch ihr Seidenhemd nach den gemarterten Rippen und massierte mit dem Daumen sanft die Striemen fort, die das Korsett auf ihrem Rücken hinterlassen hatte.

»Wie gesagt, ich habe es nie begriffen, warum eine Frau sich in eine solche Eisenklammer einbinden läßt. Besonders, wenn sie keinen Grund hat, irgend etwas einzuschnüren oder überhaupt etwas an ihrem Körper zu ändern.«

»Gütiger Gott, war das ein Kompliment?« murmelte sie trocken.

Seine Daumen arbeiteten sich langsam an ihrer Wirbelsäule herab. Er zog eine Grimasse. »Das war es wohl, oder?«

»Sie verderben sich Ihr Image, McBride ...« keuchte sie, »... Christian.«

Seine Finger nahmen die sanfte streichelnde, knetende Bewegung wieder auf, und Aubrey genoß es mit geschlossenen Augen. Es gefiel ihr ein wenig zu sehr, ebenso wie ihm, und nach ein paar Augenblicken richtete sie sich auf und zog züchtig den zerknüllten Satin vor die Brust. Diese Bewegung brachte sie jedoch wieder dichter an seinen warmen Körper und verlockte gleichzeitig seine Hände, sich nach vorn unter das gelöste Korsett zu schieben. Verdutzt spürte sie seine Finger und seine Handflächen, die mit der gleichen Zärtlichkeit wie zuvor den Rücken nun mit kreisenden Bewegungen ihre Haut durch das dünne Hemd hindurch streichelten.

»Christian … ich glaube …«

Seine Hände zogen am Ausschnitt des Seidenhemdes, fanden drei winzige Schleifen und lösten sie mit einer Geübtheit, der sie sich nicht verweigern konnte. Aubrey legte den Kopf wieder in die Beuge seiner Schultern – wohl wissend, daß es falsch war, dies zuzulassen und daß sie ihn hindern mußte, falls er weiter ging.

»Christian …« Ihr sanftes Flehen verwandelte sich in noch sanfteres Stöhnen, als sie seine schwieligen, rauhen Hände auf der sensiblen Haut ihrer Brüste spürte.

»Es könnte jemand vorbeikommen …«

»Ja, das stimmt«, gab er zu, »aber im Haus selbst sind alle Lichter gelöscht, und wenn wir ganz leise sind …«

»Das kannst du nicht ernst meinen!« keuchte sie entsetzt. Sie versuchte, sich umzudrehen, versuchte, seine Hände fortzuschieben, doch seine Küsse in ihrem Nacken wurden nur noch leidenschaftlicher und verführten sie gnadenlos mit einer Flut der Erinnerungen an ihre letzte gemeinsame Nacht.

»Laß die Arme fallen«, befahl er ihr heiser.

Noch einen Moment wehrte sie sich gegen die sinnlichen Berührungen seiner Hände und Lippen, ließ aber dann ihre Hände, dem kehligen Ton seiner Stimme gehorchend, herabgleiten. Selbst seine geübten Hände brauchten eine Weile, um ihr die Ärmel und das Oberteil abzustreifen und den Rock und die Unterröcke zu lösen, bis das Gewusel aus Leinen, Spitze und glänzendblauem Satin in einem Haufen um ihre Knie fiel.

»Dreh dich um«, murmelte er an ihrer Kehle.

Aubrey schluckte und schüttelte den Kopf. Sie klammerte sich verzweifelt an die Eisendrähte, die ihre Finger in der Lehmmauer gefunden hatten. Sie hörte seinen Seufzer und spürte, wie seine Hände sich diesmal unter die bebende Seide ihres Höschens schoben.

Vergeblich versuchte sie, ihm zu entweichen – dennoch konnte sie das sinnlose Murmeln und Flüstern nicht entziffern, das sich über ihre Lippen stahl. Seine Hand schob sich in das weiche Tal ihrer Schenkel, und seine Finger neckten und quälten sie in verderbter Geübtheit, um die erste Welle der Ekstase durch ihren Körper auszulösen.

Sie blickte herab und schämte sich, war entsetzt über die antwortenden Bewegungen ihrer Hüften und drückte sich enger an ihn.

»Wie widerspenstig und egoistisch von dir, es nicht zu teilen«, murmelte er, als ihre Lustkrämpfe so stark wurden, daß sie sich kaum noch auf den Beinen halten konnte. Dann lachte er plötzlich auf, obwohl das Zittern in seinen Armen kaum auf Humor schließen ließ, und Aubrey spürte, wie sie leicht angehoben wurde, um sie aus dem verwickelten Kleiderhaufen zu ihren Füßen zu lösen und auf seine harten Schenkel zu setzen. Ihr Hände wedelten wild durch die Luft, aber außer der Lehmmauer gab es nichts, an dem sie sich festhalten konnte. Er ließ sie herab, senkte sie auf seine gebeugten Knie, und nun waren es nicht mehr seine Finger, die sich in ihre feuchte Höhlung drängten, sondern etwas viel Entschiedeneres, das ihre vollständige Hingabe suchte.

Aubrey spürte, wie er in sie hineinglitt, und keuchte vor Überraschung auf. Seine Männlichkeit war fest und ungeduldig, und er schob sich so tief in sie hinein, daß es keinen Raum mehr gab für Bewegungen oder Manöver, keine andere Wahl, als ihn so tief wie er nur wollte in sich hineinzulassen.

Sie senkte den Kopf und stöhnte leise auf, denn die Lust besiegte sie, zwang sie nieder. »Christian … bitte …«

Wieder stieß er zu, sie bog den Kopf nach hinten, preßte die Handflächen gegen die Lehmmauer und stemmte sich ab, um ihn noch tiefer in sich aufzunehmen. Sie zitterte, bebte, schauderte und schmolz unter den heißen, drängenden Stößen, die sie an die Grenzen ihrer Vorstellung trieben.

»Warum … tust du mir das an?« hauchte sie.

Christian preßte die Stirn zwischen ihre Schulterblätter, und schlang die Arme enger um sie. Er wünschte, er könnte darauf antworten, wünschte, er wüßte die Antwort. Aber er konnte sie nur festhalten und beten, daß er bei Verstand blieb.

Die Spannung in Christians Armen nahm langsam ab. Er hielt sie immer noch fest, aber ohne die Felsenhärte und Dringlichkeit, die ihn getrieben hatte, so schnell und ungestüm wie ein Schuljunge zum Höhepunkt zu gelangen. Aubrey keuchte in seinen Armen. Ihr Rücken lehnte an seiner Brust, Knie und Schenkel ruhten geschlossen neben ihm. Sie trug immer noch ihre Strümpfe an den Bändern, bemerkte er mit belustigter Aufmerksamkeit. Ihr Hemd stand über den Brüsten offen, ihr Schlüpfer lag in einem traurigen, zerfetzten Haufen auf dem Boden neben ihnen. Ein paar gelockerte Korkenzieher fielen ihr über die Schultern wie ausgelaufene Tinte und klebten auf ihrer feuchten Haut und dem Ärmel seines Tuchjacketts.

Er hatte sich nichtmal ausgezogen.

Sie hatte es nicht bemerkt … oder es war ihr egal gewesen. Und sie merkte es jetzt, weil sie seine Wärme in sich beben und pulsieren spürte und sich wünschte, die Hitze seiner Haut am Rest ihres Körpers zu empfinden. Sie wollte seine Haut spüren, die Kraft seiner Muskeln mit den Fingerspitzen abtasten.

»Es tut mir leid«, flüsterte er. »Das hatte ich nicht beabsichtigt. Es ist … einfach so geschehen.«

»Du mußtest ja deine zwei Dollar loswerden«, sagte sie zögernd.

Seine Arme gaben nach, und er hob den Kopf aus ihrer Schulterbeuge, aber nur einen Moment lang, und nur so lange, um ihr einen leisen Fluch in den Mund hineinzumurmeln.

»Das hattest du verdient.«

»Ja. Du auch.«

»Es hat mich einfach völlig verrückt gemacht, dich mit Fleming zu sehen. Euch beide zusammen!« Er stöhnte und beugte die Stirn in die Flut schwarzer Locken an ihrem Hinterkopf. »Bitte ... sag mir nicht, daß er es war. Sag mir nicht, daß du in der Hoffnung hergekommen bist, ihn in die Kirche zu locken.«

Aubrey mußte lächeln. »Nein, er war es bestimmt nicht.«

»Gottseidank«, keuchte er und stieß die Luft aus, die er angehalten hatte. »Das war die einzige andere Erklärung, die mir einfiel und an die ich in den letzten zwei Stunden gedacht habe, als ich darauf wartete, bis du endlich aus dem Rattenloch herauskamst.«

»Du bist mir also doch gefolgt!«

Er war klug genug, zu schweigen und sich nicht mit einer Ausrede zu drücken.

Aubrey schloß die Augen und genoß die köstliche Hitze in sich.

»Fleming hätte dich fast erschossen.«

»Kann sein.«

»Er hatte alle Leibwächter in Position. Beim leisesten Zeichen hätte dich einer von ihnen sofort abgeknallt.«

»Vermutlich.«

»Warum bist dann hineingegangen? Was wolltest du durch die Konfrontation erreichen?«

»Na, Miss Blue.« Er beugte den Kopf auf eine Seite, um ihr ins Gesicht zu sehen. »Spüre ich da ein wenig Sorge? Ich hätte schwören können, daß du gesagt hast, dir sei völlig egal, was mir zustößt, wohin ich ginge und was ich täte ... oder mit wem.«

Aubrey spürte sein Lächeln und seinen Sarkasmus und schob sich brüsk aus seinen Armen. »Es ist mir auch egal. Ich war nur ... neugierig. Das ist alles.«

Das Stehen fiel ihr noch schwer, und sie griff taumelnd nach den niedrigen Zweigen einer nahen Pappel, um sich aufzurichten. Ihre Beine und Schenkel zitterten von der letzten Anstrengung. Einen ihrer zierlichen Satinschuhe hatte sie irgendwie unter dem Vulkan ihrer Kleider verloren, und aus irgendeinem unlogischen Grund war es nun vorrangig, zuerst danach zu suchen.

»Du weißt ...« Seine Stimme im Dunkeln erschreckte sie,

und sie richtete sich so rasch auf, daß ihr die Haare ins Gesicht fielen. »Ich glaube nicht, daß du nur annähernd so zäh bist, wie du tust.«

»Oh?«

»Sicher, eine gute Schauspielerin bist du. Verdammt gut, das muß man zugeben, aber ich glaube – und das habe ich dir schonmal gesagt, daß du es gewöhnt bist, die meiste Zeit die Leute auf den Arm zu nehmen.«

»Aber nicht dich.«

»Nicht mich, nein, nicht völlig jedenfalls. Aber ich muß zugeben, am Anfang hast du mich ganz schön an der Nase herumgeführt.«

»Doch jetzt weißt du genau über mich Bescheid.«

Christian grinste und schob seine kräftigen Schultern aus dem Rock. »Noch lange nicht. Nicht alles. Weißt du …« Er reckte den Hals vor, um den obersten Knopf seines Hemdes zu öffnen. »Ich glaube, man sieht alles in den Augen. Du sprichst zwar die passenden Worte zu den passenden Gesten, aber das, was du ausdrücken willst, liegt nicht im Blick. … nun, du mußt die Worte auch mit den Augen unterstreichen, damit man dir glaubt.«

»Welche Worte?« fragte sie mißtrauisch.

»Oh … daß du mich aus deinem Leben heraushalten willst. Daß du willst, daß ich dich in Ruhe lasse und du mich nie wieder sehen willst … oder anfassen … oder daß ich dich anfasse …«

McBrides Hemd fiel zum Jackett, das über dem Pappelast hing, und dann zog er an einem seiner Lederstiefel.

»Was machst du eigentlich?«

Er blickte an sich herab. »Ich dachte, das wäre klar. Ich ziehe mich aus.«

Sie riß beunruhigt die Augen auf. »Wozu?«

»Ich dachte, auch das wäre ziemlich klar«, meinte er leise.

Aubreys Hände fielen schlaff herab, und sie spürte eine heiße Welle in ihrem Bauch auflappen, die sich dorthin fortsetzte, wo sie bereits heiß und feucht war.

»Ich weiß«, murmelte er. »Du denkst vermutlich, ich sollte mich damit zufrieden geben, was du gerade für mich getan hast, und unter anderen Umständen wäre ich das vermutlich auch. Die Spannung ist verschwunden, der Druck hat nachgelassen. Mir ist nicht mehr danach zumute, die ersten zehn Männer, denen ich begegne, umzubringen. Hölle, meine Hände zittern sogar fast nicht mehr ...«, er streckte ihr die Hände mit nach oben gehalten Flächen und gespreizten Fingern entgegen, »... bis ich dich ansehe, und dann ...«, er brach ab, und ihre Blicke trafen sich. Sie sah, wie seine Finger sich nach innen ballten. »Nun, dann reicht es einfach nicht mehr, Miss Blue. Es reicht ganz und gar nicht.«

Aubrey schüttelte den Kopf, aber die Schwäche abzustreiten, die sie in ihm erkannte, war ebenso schwer wie ihre Schwäche abzustreiten.

»Ich ... wollte das alles nicht«, mahnte sie ihn leise.

»Denkst du vielleicht, ich? Denkst du nicht, ich hätte das Gefängnis mit dem Entschluß verlassen, für den Rest meines Lebens ein freier Mann zu bleiben? Aber ich bin nicht frei, und ich glaube nicht, daß ich je wieder frei sein werde, bis ich entweder herausfinde, was du mir ins Blut gegeben hast oder eine Möglichkeit finde, dich daraus wieder zu vertreiben.«

Aubrey wich einen Schritt zurück. Da stand er einfach, die Hose offen und herabhängend, mit seinen vom Sternenlicht bestäubten breiten Schultern, und forderte sie zu dem Geständnis heraus, wie schön er war, wie atemberaubend stark ein jeder seiner kräftigen, gemeißelten Muskeln war, und wie sehr sie sich danach sehnte, mit den Händen über jeden Zoll von ihnen zu streicheln.

Sie waren ein schönes Paar – wie sie da in dem fremden Garten standen. McBride bedrohlich, halbnackt und herausfordernd, Aubrey in Strümpfen und Strumpfbändern und einem Hauch von einem Seidenhemd, das sie als einziges vor seinem heißen Blick schützte. Über ihnen zwinkerten Myriaden von Sternen wie Edelsteinsplitter, und zwischen den beiden verharrenden Körpern wehte eine Brise mit dem schweren Duft von Oleander und Geißblatt. Aubrey hätte schwören können, daß die Wüstenluft sie verspottete, und sie spürte den feinen Staub der Stadt, der ihre Knöchel streichelte.

»Das würde nichts ändern«, flüsterte sie.

»Ahhh, aber darin hast du Unrecht.« Er trat gefährlich nahe an sie heran und verkleinerte den Abstand zwischen ihnen.

»Es würde ändern, wie du dich fühlst, wenn du heute abend einschläfst, und auch dein Gefühl, wenn du morgen früh wach wirst. Das ist alles, was ich dir im Moment anbieten kann, Aubrey Blue. Die Frage ist nur, ist es genug?«

Er berührte sie nicht – nicht ganz. Aber er hätte sie ebensogut anfassen können, so sehr erschauderte und zuckte ihr Körper in Erwartung der Berührung. Es war genug, dachte sie und schloß die Augen, als er vortrat. Es war genug, die Worte gegen seine Fingerspitzen zu hauchen und dann zu spüren, wie die gleichen Fingerspitzen einen langsamen, zielstrebigen Weg von ihrem Kinn am Hals entlang zur bebenden Fläche ihres Bauches glitten.

In seinem Körper brannte ein Feuer, und als er sie berührte, flammte auch sie unter diesem Feuer der Begierde und des Begehrtwerdens auf. Ein solches Gefühl hatte sie noch nie zuvor auch nur geahnt: Wenn die Lust alles wird und die Welt um einen her zu Sternenstaub explodiert. Sie hätte es wissen müssen. Auf ihrer Inselbastion in der Wüste war sie fast zum Teil dieses Sternenstaubs geworden, und später, am moosgrünen Ufer des Cimarrons hatte sie kaum noch etwas auf der Erde zurückgehalten.

Das Feuer glitt weich in die zarten Falten zwischen ihren Schenkeln, und Aubrey griff nach ihm. Sie strich mit der Handfläche über die Seiten seines Glieds, über die Muskeln, die sich verspannten und unter der gleichen Hitze bebten, die auch sie verzehrte. Sie beugte sich vor und drückte die Lippen auf seine Haut, erstickte die Worte, die sie sagen, aber nicht einmal sich selbst zugestehen wollte.

Er umfaßte ihr Kinn und hob ihren Mund hoch zu einem Kuß, der berauschend vor Leidenschaft und Gefühl war. Sie schmeckte sein heiseres Stöhnen, als er seine Hosen abstreifte. Aubrey ließ sich von ihm auf das Bett aus zerknüllten Röcken und Unterwäsche führen, und als er neben ihr lag, drang er in sie ein. Seine starken Muskeln verspannten sich, sein Atem erfolgte nur noch rauh, stoßweise und heiß an ihrem Hals, während er wieder und wieder in sie eindrang – hart, tief und verzehrend, sie verschlingend und über alle Grenzen der Vorsicht hinaus. Sie umklammerte ihn und bog den Kopf zurück in ihr weiches Bett. Ekstase durchflutete sie in einer schmelzenden Welle nach der anderen. Sie konnte es kaum aushalten, wußte, daß sie es nicht stumm erdulden konnte, und ihre Schreie erzitterten wie dünne Tonsicheln durch die Dunkelheit. Ihr gesamter Körper verspannte sich süß und anhaltend – ihre Beine hoben sich zur Umarmung – die Hände krallten sich in seine Schultern – ihre Nägel kratzten die bereits narbigen Hautflächen. In dem Tumult gab es keinen Anfang und kein Ende.

Christian rollte sich herum, ohne sich von ihr zu lösen, und ihr dichtes Haar umwickelte ihn und band sie zusammen. Seine Hände blieben hart um ihre Mitte gespannt, führten sie, hielten sie fest, kämpften um eine Kontrolle, die längst nicht mehr vorhanden war.

Er fluchte vor Hilflosigkeit und rollte sich wieder herum. Diesmal bedeckte sein Mund ihre leisen scharfen Schreie, und ihre Leiber warteten hungrig und drängend nach dem bebenden Entzücken, das nur noch einen Atemzug vor ihnen lag. Aubrey spürte, wie ihr Körper in einer schmelzenden Woge hinweggetragen wurde. Sie fragte sich, ob man von solcher Lust sterben konnte. Sie hätte geschworen, daß sie wirklich starb, einen prachtvollen, glückseligen Tod, und als er alles genommen hatte, was sie hatte, sie alles gegeben, was sie geben konnte, da spürte sie, wie fließende Dunkelheit sie umschlang. Sie ergab sich mit einem leisen, kehligen Laut, und ihre Befriedigung war so unendlich und umfassend, daß sie weiterhin ihren Körper durchrann – noch lange, nachdem sie beide unter der glitzernden Sternenmaske erschlafft lagen.

22

Die lange Reihe von Lehmhäusern tauchte verschwommen im allerersten Morgenlicht auf, und nur das Bellen eines vorbeistreifenden Kojoten in der Ferne unterbrach das lastende Schweigen. Aubrey stand unter der Bogentür zum Laden und sah Christian McBride nach, der allmählich mit den Schatten verschmolz. Ihr Mund war noch warm von seinem Abschiedskuß. Ihr Körper fühlte sich angenehm lokker an, aber eigentlich war sie überrascht, daß sie den Rückweg in die Altstadt von Santa Fe aus eigener Kraft geschafft hatte. Christian hatte natürlich darauf bestanden, sie bis zu Dolores' Laden zu begleiten und den Vorschlag entrüstet und spöttisch von sich gewiesen, daß sie sich schon vor dem Garteneingang verabschiedeten.

»Wenn dich jemand so sehen würde, wie du jetzt aussiehst, würde das wie eine offen ausgesprochene Einladung an jeden *caballero* wirken, der auf der Suche nach etwas ist.«

Aubrey hatte an sich herabgeblickt. Ihr Rock und das Unterzeug waren so zerknittert, daß alles Glattstreichen kaum etwas genützt hätte. Das Haar fiel ihr wirr um die Schultern, und ihr Oberteil war nur teilweise zugeknöpft, weil er ihr Korsett nicht richtig wieder an Ort und Stelle hatte schnüren können – oder wollen.

»Es hat dich kaum was geschert, wie wir beide vor ein paar Stunden ausgesehen haben«, erinnerte sie ihn mit einem eindeutigen Blick zu den dunklen Fenstern, die auf den Garten hinausgingen.

Christian hatte bloß darauf gelächelt und ihr den Schuh gereicht, nach dem sie schon gesucht hatte. »Vor ein paar Stunden konnte ich nicht so klar denken.«

»Und jetzt kannst du das?«

»Sagen wir, ich muß jetzt an andere Dinge denken.«

»Zum Beispiel?«

»Zum Beispiel ...« Er sah zu, wie sie hin- und herschwankte, während sie den Schuh überstreifte. »Zum Beispiel, was als nächstes passiert.«

»Jetzt?«

»Ja, jetzt. Heute. Morgen. Was geschieht morgen? Spielen wir weiterhin Spielchen miteinander, oder ist es uns nun endlich gelungen, das hinter uns zu lassen?«

Aubrey zögerte mit ihrer Antwort. Sie versuchte, Zeit zu gewinnen, indem sie sich mit den Fingern durch das Haar strich, aber er erkannte ihre Taktik und schüttelte den Kopf, als wolle er andeuten, daß er *sie* lieber bei den Schultern ergreifen und ordentlich durchschütteln wollte.

»Sag mir bitte«, bat er leise. »Gibt es einen einzigen Menschen, dem du vertraust?«

Aubrey blickte hoch, und er erkannte verblüfft die Qual in ihren Augen. »Nein. Niemand hat mir jemals einen Grund zu vertrauen gegeben. Jedenfalls nicht vollständig«, fügte sie hinzu, denn selbst Bruster, der so viel für sie getan hatte, als sie jünger war, hatte auch immer daran gedacht, was für ihn dabei heraussprang, ehe er ihr half.

Daher war ein Teil in ihr auf der Hut geblieben – so warm und sicher sie sich in Christians Armen auch gefühlt hatte. Etwas in ihr war vorsichtig genug geblieben, um ihn zu einem falschen Türeingang in der falschen Straße zu führen, um zu warten, bis er außer Sichtweite war. Dann würde sie durch ein Gäßchen zu Dolores' Laden zurückhuschen.

Als Aubrey sah, wie in einem nahen Fenster Lampenlicht aufglühte, seufzte sie resigniert und betrat den Laden so leise sie konnte. Auf Zehenspitzen trat sie um die überladene Theke herum und blieb einen Moment vor dem Vorhang stehen, der zu den Hinterzimmern führte. Dolores war in einem Sessel eingeschlafen. Ihr Kopf war nach vorn gesunken, und ihre Lippen bebten unter ihrem Schnarchen.

Aubrey raffte ihren Rock zusammen und schob sich an der schlafenden Gastgeberin vorbei, denn sie wußte, daß sie weder körperlich noch seelisch in der Verfassung war, ein eindringliches Verhör auszuhalten, das sicher erfolgen würde. Sie schaffte es bis in ihr Zimmer, wo es ihr gelang, ohne das leiseste Seiden- oder Leinenrascheln die Tür zu schließen; sie wollte gerade ein kurzes Dankgebet ausstoßen, als sie hinter sich im Dunkeln ein Scharren hörte.

»Aubrey?«

Es war der bloße Hauch eines Flüsterns, aber sie war sofort hellwach; vor Schreck fiel alle Müdigkeit wie in einer Welle von ihr ab.

»Bruster? Bist du das?«

»Ja, in Fleisch und Blut ... Oder das, was von mir übrig ist.«

Die Schlagläden vor dem Fenster waren geschlossen, und das Zimmer war stockdunkel. Die Luft roch nach Schweiß und Angst. Aubrey tastete sich an der Wand entlang bis zum Nachttisch und fand dort ein Streichholz. Sie zündete es an, hielt es hoch über den Kopf und führte das gelbe Licht in die Ecke, aus der sie das Flüstern gehört hatte.

Bruster saß auf dem Boden zusammengesunken mit dem Rücken zur Wand; die Beine hatte er vor sich ausgestreckt. Selbst in dem tanzenden Licht wirkte er totenbleich, und als Aubrey das Streichholz höher hielt, sah sie den schmalen, verschmierten Blutstreifen an der Wand, der seiner Schulter abwärts gefolgt war.

Das Streichholz flackerte auf und versengte ihre Fingerspitze, ehe sie es ausschwenkte und ein neues anzündete. Der Schwefelgeruch lenkte ihre Gedanken auf die Öllampe, die sie bald fand, und sie hielt die Flamme an den Docht.

»Bruster ... lieber Gott ... was ist geschehen?«

»Kleiner Rückschlag für unsere Pläne, fürchte ich. Und ein Schütze mit böser Absicht.«

»Oh, Bruster.« Aubrey hockte sich neben ihn und griff vorsichtig nach seinem blutdurchtränkten Jackett. »Was hast du nur wieder angestellt?«

»Es ging eigentlich ganz gut, dachte ich«, begann er, und seine Augen blitzten kurz auf. »Mit deinem Erfolg am Monte-Tisch und meinem bei einem recht scharfäugigen Pharo-Croupier ...«

»Pharo!« Aubrey ließ ihn los und starrte ihn bloß an – so wütend, daß sie besser schwieg. Zuerst war McBride unerwartet aufgetaucht und hatte ihren Plan im Casino fast vereitelt, und jetzt die Sache mit Bruster …

»Ich sehe schon, wie du alle möglichen falschen Schlüsse ziehst«, sagte er mit leicht zitternder Unterlippe, »weil ich nämlich gewonnen habe. Ich habe gewonnen. Schau mal … da drüben auf dem Bett.«

»Bruster … was ist … passiert?«

Er schluckte mühsam und befeuchtete seine Lippen. »Wie gesagt, ich habe gewonnen. Ich habe sogar eine ganze Menge gewonnen, muß ich sagen, obwohl der Croupier so gerissen und geschickt war, wie man sich nur denken kann. Ich habe mich aber wie ein Panther an ihn herangeschlichen und bin in genau dem richtigen Moment zugesprungen. Er hatte mich aufs Korn genommen, um mich gehörig auszunehmen – genau wie wir vorher den Idioten scharfgemacht hatten, und daher wußte ich genau, was als nächstes kommen würde.« Doch da sah Bruster den Sturm in Aubreys Augen heraufziehen und beeilte sich mit den nächsten Worten ohne weitere Ausschmückungen: »Um meinen Triumph zu feiern … äh … beschloß ich, mir etwas zu gönnen. Fast den ganzen Abend saß diese phantastische Schönheit neben mir. Ganz weich und sanft und zärtlich. Sie hat mir Glück gebracht – davon bin ich fest überzeugt, und sie war so süß und aufmerksam …«

Wie die meisten Huren, dachte Aubrey, besonders wenn ein Mann eine Glückssträhne hat …

»Wie hätte ich ihrem Charme widerstehen können?«

Aubrey hätte ihm die Antwort darauf gern klipp und klar gegeben, aber er blickte zu ihr hoch wie ein Kind, das man gerade in dem Moment erwischt, wenn es einen Finger in den Pudding steckt. Sein Kinn zitterte, sein Schnurrbart hing schlaff herab, und sie wußte, sie war die letzte, die ihm Vorhaltungen über mangelnde Beherrschung machen konnte.

»Und dann sind wir … nun ja … nach oben gegangen«, fuhr er vorsichtig fort. »Und das war seinen Preis wert, das kann ich dir sagen. Die süße Florinda. Sie gab mir ein Gefühl … nun, wie soll ich sagen … ich fühlte mich wieder wie ein Mann. Ich bin auch nur ein Mensch, und mit all den Gefahren und Aufregungen der letzten Wochen … und dem Wiedersehen mit Lily … nun … kannst du verstehen, was mich so unvorsichtig gemacht hat? Ich meine …« Er hielt inne und wischte sich mit dem Handrücken über die Stirn. »Ich meine, ich bin kein Adonis oder direkt vom Olymp herabgestiegen, doch ich bin auch nicht der vollständige Versager, als den Lily mich gern hinstellt. Ich bin auch nicht völlig unfähig.«

»Das habe ich nie gedacht«, sagte Aubrey sanft.

»Vielleicht nicht. Vielleicht nicht. Aber heute abend hatte ich eine so kleine Rolle zu spielen, und ich muß ehrlich gesagt zugeben, ich habe mich richtig an den Rand geschoben gefühlt, so wie Lily dich die ganze Zeit mit Beschlag belegt hat.«

»Bruster …«

»Laß mich ausreden. Ich weiß, es war albern, sowas zu denken, aber ich habe es nunmal gedacht, und nachdem ich mit oder ohne Florinda so viel gewonnen hatte, dachte ich … nun, … ich dachte, ich könnte mir selbst beweisen, daß ich genau so vital und nützlich bin, wie ich denke.«

Aubrey hob eine zitternde Hand an die Schläfe. »Aber du bist sehr nützlich, Bruster. Du warst ein wesentlicher Bestandteil meines Plans. Ich wünschte nur …«

»Ich habe herausgefunden, daß Fleming keiner Bank traut – nicht mal seiner eigenen. Es scheint, daß man ihn irgendwann einmal ausgeraubt hat, und … nun … er hat sein Geld und seine Wertsachen lieber da, wo niemand es anzufassen wagen würde.«

Aubrey senkte langsam die Hand und blickte ihn scharf an.

»Er hat einen Safe in seinem Büro. Dort bewahrt er sein Bargeld auf und – Florinda zufolge – eine eindrucksvolle Schmucksammlung: Juwelen und Edelsteine, die er als Pfänder gegen die ebenso beeindruckenden, enorm hohen Kredite eingesetzt hat, um sein Prachtcasino auszustaffieren. Das meiste seines persönlichen Besitzes ist für den Bau und die Ausstattung des *Golden Eagle* entweder verkauft oder bis zum Anschlag beliehen worden. Seine eigene Bank hat die Kredite genehmigt – und das ist vermutlich nicht ganz mit rechten Dingen vor sich gegangen. Außerdem hat er sich großzügig anderer Konten bedient, die ihm anvertraut wurden, vermutlich in der Absicht, alles zurückzuzahlen, ehe jemand davon erfährt. Der Gouverneur würde sich zum Beispiel sehr dafür interessieren, daß sein Bankkonto nur auf dem Papier besteht, ebenso wie die Konten von mehreren wichtigen Geschäftsleuten, die unseren gierigen Saloonbesitzer schon scharf beobachten. Aber da ist noch etwas«, fuhr Bruster fort. »Da war diese kleine Sache mit dem Mädchen und dem Priester und einem Rechnungsbuch, in dem alles über Flemings Schulden, Bestechungsgelder und legale und illegale Transaktionen aufgezeichnet war. Der Versuch, es zu stehlen, hat das arme Ding ihr Leben gekostet, und der Versuch, dieses Rechnungsbuch den Behörden zu übergeben, den armen Priester seines. Und der einzige Grund, warum ich dir das alles erzähle ist, daß Florinda Scud Holwell als den Mann identifiziert hat, der das Mädchen schlug und verstümmelte und dann die Missionsstation niederbrannte. Fleming hat ihm befohlen, sich in die Berge zu verziehen, bis sich der Staub wieder gelegt hat, aber heute abend hörte Florinda, daß der Befehl widerrufen wurde. Fleming hat ein paar Männer losgeschickt, um Holwell zurück nach Santa Fe zu holen ... um eine unerledigte Sache abzuschließen. Mein erster Gedanke war natürlich, daß du diese unerledigte Angelegenheit bist. Daß er dich irgendwie erkannt hat. Hältst du das für möglich?«

Aubrey schüttelte den Kopf, aber nicht so zuversichtlich, wie es ihr lieb gewesen wäre. »Nein, nein. Ich glaube nicht, daß er nach all den Jahren eine Verbindung erkennen würde. Er ist davon ausgegangen, daß ein verletztes Kind draußen in der Wüste niemals die Hitze, die Kojoten und die Geier überlebt hätte. Nein«, sagte sie mit mehr Überzeugung, »er hat keinen Grund, mir gegenüber mißtrauisch zu sein.«

»Dennoch ... ich dachte ... wenn ich nur in sein Büro gelangen und Zugang zu seinem Safe bekäme, dann könnte ich alle Wertsachen rauben, und du brauchtest dich nicht mehr in eine so riskante Lage zu begeben.«

»Du hast versucht, in Flemings Büro einzubrechen?« fragte Aubrey ungläubig.

»Ja, genau ...« Seine Miene verfinsterte sich. »*Versucht* war der richtige Ausdruck. Florinda hat mir eine geheime Treppe gezeigt, die von der Bühne in Flemings Suite führt, aber als ich versuchte, sie zu betreten, hat mir ein Riese von einem Kerl mit nur einem Ohr und absolut Null Persönlichkeit nicht geglaubt, daß ich mich verirrt hätte. Außerdem wartete der Pharo-Croupier auf mich, als ich Florindas Zimmer verließ, und, nun ja, da blieb mir kaum eine andere Wahl als aufs nächste Fenster zuzuschießen. Ich sprang, und sie schossen, und hier bin ich, nur noch am Leben, weil ich das Glück hatte, daß ein mit Heu gefüllter Eiswagen direkt unter dem Fenster in der Gasse stand. In der Zeit, die der Riese brauchte, um auf konventionellere Weise nach unten zu gelangen, war ich schon drei Blocks weiter und raste, als würden die Höllenhunde selber nach meinen Fersen schnappen – ein nicht unpassender Vergleich übrigens, wenn ich das mal so sagen darf.«

Aubrey starrte ihn an, zum zweiten Mal in diesen wenigen Minuten völlig sprachlos.

»Ich wagte nicht, in mein Hotelzimmer zurückzukehren, daher bin ich vor etwa einer Stunde hier angelangt. Du warst natürlich noch nicht da, aber ich konnte mich verständlicherweise nicht dazu durchringen, mich Lily zu zeigen. Ich dachte, das beste wäre es, hier auf dich zu warten.«

Dann schloß er die Augen und lehnte den Kopf an die Wand – erschöpft von dieser ausführlichen Erklärung und erleichtert, die Last seines Wissens Aubreys fähigen Händen übertragen zu haben. Sie würde einen Ausweg aus dieser Zwickmühle für ihn finden – wie immer.

Aubrey starrte auf ihre ach so fähigen Hände und sah das verschmierte Blut. Alles geriet langsam aber sicher außer Kontrolle. Sie hatte das Gefühl, ihr Ziel aus den Augen zu verlieren. Nichts verlief so, wie es sollte. Früher hatte sie immer ihre Wut und Entrüstung zur Verfügung gehabt, die die sanfteren Gefühle verdrängen konnten. Jetzt schien alles zu schmerzen, alles schien sie zum Weinen zu bringen. Alle Gefühle, die nach so vielen Jahren der Vereisung aufgetaut waren, forderten sie auf, wegzurennen: und zwar direkt in die starken Arme von Christian McBride.

Aber das ging natürlich nicht. Sie mußte einen Ausweg aus diesem Chaos finden – für sie beide, sich selbst und Bruster.

»Ich sollte nicht nur Lily herholen«, sagte sie langsam, »sondern ihr auch erzählen, wo du gewesen bist und was du gemacht hast, daß du so stark nach billigem Parfüm riechst. Vermutlich kannst du ihr nicht so schnell entkommen wie dem einohrigen Riesen mit der mangelnden Persönlichkeit.«

»Aubrey … mein liebes Kind … das würdest du nicht tun …«

Sie erhob sich unter seinem mißtrauischen Blick und wusch sich die Hände in der Porzellanschüssel. Dann zog sie vorsichtig ihr Satinkleid aus und legte es außer Reichweite auf eine Bettdecke. Dabei fiel ihr Blick auf das dicke Bündel Geldscheine, das Bruster auf das Deckbett geworfen hatte.

»Achtzehntausendfünfhundertundzweiundzwanzig Dollar«, sagte er stolz, als er ihren Blick bemerkte.

»Achtzehntausend! Kein Wunder, daß der Pharo-Croupier auf dich wartete!«

»Ein schlechter Verlierer«, stimmte Bruster zu. »Und ein schlechter Zinker.«

Aubrey biß sich auf die Lippen. »Du mußt Santa Fe verlassen, das ist dir wohl klar, oder?«

»Und dich allein dem Lumpenpack überlassen? Niemals!«

Aubrey ignorierte seinen schwachen Protest und trug die Waschschüssel zu ihm herüber. »Bisher ist die einzige bekannte Verbindung zwischen uns, daß wir mit der gleichen Postkutsche hier ankamen. Und ich glaube nicht, daß uns heute abend jemand zusammen sah, aber wenn sie wirklich zwei und zwei zusammenzählen, bist du schon lange verschwunden und außer Reichweite für alle, die dir zuviele Fragen stellen wollen.«

Bruster sah sie beleidigt an. »Ein glühendes Kohlenstück unter meiner Zunge würde keine belastenden Informationen aus mir herausbringen.«

»Ich fände es aber besser, wenn wir das Risiko nicht eingingen«, erwiderte sie trocken.

»Du kommst natürlich mit, oder?«

Aubrey beugte sich über ihn und begann, den blutigen Ärmel seines Rocks abzuziehen. »Nein. Ich bleibe hier und führe die Sache bis zum Ende. Ich will nicht wieder fortrennen, nicht, wo ich so nahe am Ziel bin.«

Bruster hatte sich bisher auf seine eigene Lage konzentriert und schien erst jetzt zu bemerken, wie zerzaust sie aussah: Ihr Haar war zerwuselt und die Haut um ihre Lippen leicht geschwollen und gereizt. »Nahe am Ziel? ... an welchem nur? Oder soll ich fragen, bei wem? Gütiger Gott, du hast doch nicht etwa ... du hast dich doch nicht etwa auf *die* Weise eingeschmeichelt, nicht mit ...?«

»Nicht mit Fleming, nein!« warf Aubrey rasch ein. »So tief bin ich noch nicht gesunken – um Himmels willen!«

»Aber mit wem ...?«

»Bruster ...!« Ihr entrüsteter Seufzer stieß auf stählerne Entschlossenheit, und sie wußte, daß es keine Möglichkeit gab, Brusters Verhör zu entgehen, ob sie nun log oder auswich. »McBride ist hier. Er war heute abend im Casino ... du hast ihn nicht bemerkt?«

»Zu meiner unendlichen Bestürzung – nein. Wenn ich unseren unerschrockenen Helden der Wüste erblickt hätte, hätte ich mich nicht so hastig verabschiedet. Aber was ... ?«

»Wenn du mich noch weiter ausfragst«, warnte sie ihn

mit zusammengebissenen Zähnen, »dann könnte ich in Versuchung geraten, dich in den anderen Arm zu schießen.«

Er wog diese Drohung gegen seine Neugier ab und schloß nach einem Moment fest den Mund. Er blieb wohl besser stumm, während Aubrey das Blut von seiner Schulter tupfte und den Schaden begutachtete. Es war eine saubere Wunde, so weit sie es erkennen konnte. Ein sauberer Einschuß, ein glatter Ausschuß. Die Kugel hatte bloß Muskeln durchfahren und Knochen und Hauptadern verfehlt. Er hatte allerdings eine Menge Blut verloren und war zweifelsohne zu schwach, um allein weit zu kommen.

»Leider werden wir Lily aber Bescheid sagen müssen. Sie kennt sich aus, wie wir dich am sichersten aus der Stadt herausschaffen.«

Bruster seufzte tief. Sein Gesicht und Hals schwitzten vor Anstrengung bei dem Versuch, Aubrey zu helfen, das Jakkett von seiner Schulter zu ziehen, und er wußte, daß sie recht hatte. Dabei fürchtete er schon die bloße Vorstellung.

»Sie braucht doch nicht alle Einzelheiten zu erfahren, oder?«

»Ich meine, das eine oder andere können wir ihr ersparen.«

»Lieber Gott, nach all den Jahren der Gnade dieser Frau ausgeliefert zu sein …« Er schauderte und spürte, wie er die Zehen in den Schuhen eingerollt hatte. »Ein schrecklicher Gedanke. Einfach schrecklich. Sie findet bestimmt eine Möglichkeit, mich an Händen und Füßen anzuketten – darauf kannst du Gift nehmen. Unser Herr hat vielleicht gesagt: Die Rache ist mein, aber da hatte er noch nicht Lily Cruise Montana auf die Welt losgelassen.«

Aubrey gab sich erfolglos Mühe, nicht zu lächeln. »Wäre das denn wirklich so schrecklich? Du hast achtzehntausend Dollar, zusätzlich zu den zwanzigtausend, mit denen Lily hier fortzieht – das reicht doch, würde ich sagen, für einen Neuanfang für euch beide. Vergessen und verzeihen?«

»Lily? Bah! Die vergißt nie etwas. Und was die Vergebung angeht … aua!«

»Entschuldige.«

»Was die Vergebung angeht«, fuhr er fort, »da ist sie so störrisch wie ein Maultier – nur vergleichbar mit einer anderen Frau aus meiner Bekanntschaft.«

Aubrey nahm ein blutdurchtränktes Tuch ab und legte ein neues auf. »Maxwell Fleming war verantwortlich für den Tod meiner Mutter, meines Vaters und meiner beiden Brüder. Er wollte unser Land, und weil mein Vater nicht verkaufen wollte, ließ er sie ermorden und ihr Haus niederbrennen. Er hat alles vernichtet, was mir teuer war. Er hat mich selbst fast vernichtet. Willst du vielleicht andeuten, daß ich ihm dafür vergeben soll oder einfach nur vergessen, mich irgendwie an ihm zu rächen?«

»Ich will einfach nicht, daß dir etwas zustößt«, sagte Bruster aufrichtig. »Und ich habe einfach Angst, daß das passiert, wenn du deinen Plan weiter verfolgst. Du sagtest, daß McBride in der Stadt ist? Nutz das aus! Ein Wort von dir, und er würde dir nur allzugern helfen, die Welt ein für alle Mal von dieser Kakerlake zu befreien.«

»Ich will das aber nicht ausnutzen. Falls überhaupt, dann muß ich mir etwas einfallen lassen, um ihn aufzuhalten.«

»Aufhalten?«

»Er hat kein Geheimnis aus der Tatsache gemacht, daß er nichts lieber tun würde, als Fleming umzubringen, aber aus eigenen Gründen.«

»Na, lieber Gott, Mädchen, dann brauchst du doch nur beiseite zu treten und ihm den Schuß freizugeben. Du bist doch nicht ruiniert. Du hast mehr als genug beiseite gelegt, um euch beiden einen Neuanfang zu ermöglichen – irgendwo, wo das Gesetz nicht so neugierig ist.«

»Er ist aber nicht die Art Mann, der wegläuft und sich versteckt«, sagte sie leise. »Er ist zurückgekommen, um Gerechtigkeit zu bekommen, nicht Rache.«

»Es wäre aber gerecht, wenn Maxwell Fleming umgebracht würde«, erwiderte Bruster ernst. »Und es wäre noch gerechter gewesen, wenn ich dich einem Waisenhaus übergeben hätte. Dann steckten wir beide nicht in diesem Schlamassel, und du hättest gelernt, Spitze zu klöppeln, statt ein gutes Blatt auszuteilen.«

Aubrey streckte die Hand aus und berührte ihn an der Wange. »Nein, aber es wäre kaum halb so aufregend gewesen, nicht wahr? Komm, hilf mir nun, dich ins Bett zu kriegen, ehe wir beide sentimental werden und uns beieinander ausweinen.«

Bruster mußte sich sehr anstrengen und stöhnte vor Schmerz, aber es gelang ihm, sich mit dem gesunden Arm um Aubreys Schultern aufzurichten und zum Bett zu wanken. Aubrey schlug die Decke auf, zog ihm die Stiefel aus und legte seinen kostbaren Derby auf den Nachttisch – neben das dicke Bündel Banknoten.

Bruster ließ sich dankbar in die weichen Kissen fallen, und noch ehe sie ihn ordentlich zudecken konnte, hatte er die Augen geschlossen und war in erschöpften Schlaf gesunken. Aubrey brach auf einem Sessel zusammen und legte die Arme auf den Frisiertisch vor sich. Ihr war klar, daß sie Lily wecken mußte, aber sie wußte genau, daß sie damit einen Sturm von chaotischen Fragen und Anschuldigungen auslösen würde, dem zu stellen sie nicht die Kraft hatte. Bruster brauchte einen vertrauenswürdigen Arzt, der Aufenthalt und Identität des Verletzten geheim hielt. Er brauchte zudem einen sicheren, schnellen Weg aus Santa Fe heraus, am besten im Schutz der Dunkelheit, also mußte sie ihn den Tag über gut verborgen halten.

Aubrey senkte den Kopf und legte ihn auf die Arme. Die ersten Strahlen der Morgensonne glitten an den Ritzen der Schlagläden hoch und fielen auf eine Spinne, die sich damit abmühte, die Schäden an ihrem Netz auszubessern. Es war die gleiche Spinne und das gleiche Netz, das Aubrey jeden Morgen wegfegte. Wahrscheinlich steckte eine verborgene Weisheit darin über Hartnäckigkeit und Ausdauer … Aber sie konnte nicht weiter nachdenken, sie war zu müde. Früher am Abend war sie so zuversichtlich gewesen, so sicher, daß sie alles schaffen würde – doch jetzt war sie sich überhaupt nicht mehr sicher. Der Verlust von Bruster war ein

Rückschlag, den sie vielleicht kaum ausgleichen konnte. Obwohl er sich nicht vollwertig gefühlt hatte, wäre doch seine Rolle in den kommenden Tagen sehr wichtig gewesen. Sie brauchte ihn im Casino. Sie brauchte *irgend jemanden* im Casino, der sich mit ihrem Plan auskannte und wußte, daß es an dem Abend, an dem sie beschloß, die Bank zu sprengen, um den Gewinn seines Lebens ging. Das war ihr Plan gewesen: Nach den Regeln Flemings zu spielen, bis er sein Mißtrauen verlor, und dann Bruster das Zeichen zu geben, solange zu gewinnen bis Flemings goldenes Kartenhaus in sich zusammenstürzte.

Aber Bruster war nun nicht mehr dabei, und sie war auf sich gestellt. Allein. Zu müde, um sich zuzugestehen, daß sie Angst hatte. Das würde sich später einstellen. Bruster hatte gesagt, Scud Holwell würde wieder in der Stadt zurückerwartet: Der Alptraum käme in aller Lebendigkeit so dicht auf sie zu, daß sie ihn berühren konnte.

Aubrey vergrub das Gesicht in der Armbeuge. War es erst eine Stunde her, daß sie sich in McBrides Arm so sicher, warm und beschützt gefühlt hatte? Wo er wohl jetzt war? Wohin war er gegangen, nachdem sie sich verabschiedet hatten? Warum hatte sie ihm nicht gesagt, was er wissen wollte – ihm alles erzählt? Er würde bloß Verachtung für sie empfinden, Verachtung für das, was sie war, aber Bruster hatte vermutlich Recht. Er würde Maxwell Fleming ohne einen weiteren Gedanken erschießen, und dann wäre sie frei.

FREI.

Sie war aber zu müde, um auch nur den Geschmack dieses Wortes zu kosten. Zu müde, um darüber nachzudenken, was noch alles schiefgehen konnte.

Eine knappe Meile weit entfernt lief inzwischen eine Menge schief. Christian McBride spürte die Bewegung hinter sich, ehe er etwas sah, aber so ungewöhnlich scharf seine Sinne sonst waren, seine Reflexe waren durch die Stunden der Liebe abgestumpft. Die kalte Revolvermündung preßte sich in seinen Nacken, ehe er eine Ausweichbewegung machen konnte. Das Klicken des Hahns ertönte so laut wie ein Kanonenschlag, und er wappnete sich schon in Erwartung der wohl folgenden Explosion. Fleming hatte sein Versprechen offensichtlich nicht auf die leichte Schulter genommen und einen seiner Komplizen losgeschickt, um die Bedrohung durch ihn auszuschalten, ehe sie zur Realität wurde.

Doch der erwartete Knall im Nacken blieb aus.

Statt dessen schob sich die Mündung tiefer in seine Haut, begleitet von dem gezischten Befehl, in den Schatten zwischen zwei Gebäuden zu treten. McBride spreizte die Finger, während er dem folgte. Seine *Peacemakers* hatte er im Hotelzimmer zurückgelassen, und die *Derringer* hatte er Aubrey zurückgegeben, als er sie nach Hause begleitet hatte. Er hatte ein Messer in der hinteren Hosentasche – außer Reichweite angesichts der gespannten Waffe im Nacken, bereit, bei jeder unvorsichtigen Bewegung abgedrückt zu werden. Man hatte ihn erwischt wie einen Anfänger – weil er nur an das schöne, warme Gefühl in seinen Lenden gedacht hatte, an ihre Brüste und ihre weichen, weißen Schenkel.

Immerhin war Aubrey in Sicherheit.

Die Waffe löste sich von seinem Nacken. »Du kannst dich jetzt umdrehen, du Trottel«, zischte die Stimme. »Aber halt die Hände ja in der Luft. Wenn du sie nur um Haaresbreite absinken läßt, liegst du mit dem Gesicht nach unten im Dreck und hast ein Loch zwischen den Augen.«

Christian drehte sich langsam um, und Wut färbte sichtlich sein Gesicht, als er den hellhaarigen Jungen erblickte, der lässig an der Mauer lehnte. Himmel – ein bloßer Junge hatte ihm aufgelauert, dessen Grinsen fast ebenso breit war wie sein gespannter 45er, den er lässig in der Linken hielt.

»Hallo, McBride. Habe gehört, man hat dich ein paar Monate zu früh aus Leavenworth rausgelassen.« William Bonneys hellblaue Augen fuhren herausfordernd an Christians Gestalt auf und ab. »Siehst aber gut aus für einen lebendigen Toten.«

»Ich fühle mich auch ziemlich fit, danke. Vierundzwanzig Stunden im Steinbruch halten die Muskeln gut in Form.«

»Und all die netten Jungs, die da neben dir schuften – die halten die anderen Teile auch fit?«

McBride grinste ihn kalt an. »Na, hab' gedacht, ich warte lieber und sehe zu, ob du inzwischen erwachsen genug bist, um mit mir fertig zu werden.«

Billy wedelte hochmütig mit dem Colt durch die Luft. »Scheint so, oder?«

»Scheint so. Aber du arbeitest jetzt für Fleming. Da kannst du dich ja im Abknallen von hinten gut üben.«

Billys jungenhafter Gesichtsausdruck änderte sich nicht; das plötzliche harte Glänzen in seinen Augen ließ ihn von einem Moment zum anderen Jahre älter wirken.

»Du hast kein Recht, mich so zu beleidigen. Ich habe noch nie jemanden in den Rücken geschossen – und werde das auch nie tun, wenn er das nicht verdient.«

»Na, das ist doch ein schöner Spruch für deinen Grabstein, nicht wahr? ›Hier liegt Billy. Der Junge, der niemals jemanden erschoß, der es nicht verdiente‹.«

Billy seufzte und schob sich den Hut in den Nacken, bis er an dem Band um seinen Hals baumelte. »Ach, Scheiße. Du und Ethan geht mir manchmal wirklich auf den Zeiger. Ein Mann muß doch auch mal seinen Spaß haben.«

Christian senkte die Hände – vorsichtig – und lachte auf.

»Ein Mann ist erst ein Mann, wenn er sich mehr als einmal im Monat rasiert.«

»Ich rasiere mich jede verdammte Woche, du Bastard!« Das Zwinkern kehrte in Billys Blick zurück, und er sicherte seine Waffe und steckte sie in den Halfter. Dann schlug er die Arme um Christian und umarmte ihn herzlich. »Wie zum Teufel geht's dir eigentlich? Du siehst verdammt so aus, als hättest du mit den verfluchten Steinen zwanzig Jahre zugelegt!«

»Manchmal fühlt es sich auch an wie zwanzig Jahre. Du trägst ja sogar Sporen, Jesus, und ich habe dich trotzdem nicht gehört!«

»Wenn ich es gewollt hätte, lägst du jetzt tot vor mir«, stimmte Billy fröhlich zu.

»War das nicht Flemings Befehl?«

Billy zuckte die Achseln. »Kann sein. Weiß nicht. Hab, seit gestern abend nicht mehr mit ihm geredet.«

»Und warum bist du mir gefolgt?«

Billy verzog das Gesicht und kratzte sich das dicke, blonde Haar. »Nun, das bin ich eigentlich nicht. Nicht am Anfang jedenfalls ... ich sollte ... äh ... ein Auge auf jemand anderen halten ... aber ich ... äh ... hab, sie im Dunkeln einfach verloren ... Hab' später herausgefunden, daß sie in eine der Haciendas unterwegs abgetaucht sein muß. Hat sich wohl mit jemandem in den Büschen getroffen – so hörte sich das jedenfalls an, als ich später nochmal nachsah.«

Christians Gesicht umwölkte sich bedrohlich. »Da hast du wohl deinen Spaß gehabt, oder?«

»Hölle, bin doch nicht pervers. Bin nicht lange geblieben. Außerdem ...«, sein Grinsen strahlte wieder auf, »... weiß ich doch, wo sie wohnt, daher habe ich einfach abgewartet, um zu sehen, wer sie zurückbringt. Stell dir meine Überraschung vor, als ich sah, daß *du* sie in der Tür abknutschtest. Wo wir gerade davon sprechen, – küßt du Frauen immer so lange? Ich meine, geht dir nicht nach einer Weile ein bißchen die Luft aus?«

»Nur, wenn du am Schluß noch gute Nacht sagen willst.«

»Yeah, nun, sie konnte dich wohl nicht reinlassen, oder? Besonders nicht, wenn sie gar nicht da wohnt.«

Christians Kinn verspannte sich. »Was meinst du?«

»Was ich sagte. Sie wohnt gar nicht da. Sie wohnt nichtmal in der gleichen Straße.«

Christian holte tief Luft und atmete wieder aus, ehe er Billys offensichtliche Belustigung nicht länger ertragen konnte. »Hast du was dagegen, wenn du mir sagst, wo sie wirklich wohnt?«

»In der nächsten Straße, fast in der Mitte. Im Laden von einer Näherin. Gehört einer Frau, die sich Dolores Tules nennt, aber ihr richtiger Name ist Montana. Lily Cruise

Montana, genauer gesagt, und sie hat nicht immer Kleider genäht. Sie und ihr Mann – der soll inzwischen tot sein, wie ich hörte – haben in den Saloons bei Taos gearbeitet, bis Fleming sie schließen ließ. Können sich nicht leiden, die beiden.«

»In welchem Fall ich sie schon sehr gut leiden kann.«

»Yeah, und ganz plötzlich scheint sie sehr beliebt zu sein. Ich habe auch den Händler gesehen, wie er in eines ihrer Fenster hintenraus kletterte.«

»Den Händler?«

»Den kleinen, dicken, der gestern abend am Monte-Tisch mit Miss Blue gespielt hat. Ist vor einer Stunde durch das Hinterfenster gestiegen, ehe Miss Blue kam. Der sah auch nicht so gesund aus. Hat gehumpelt und sich die rechte Schulter gehalten, und als ich mich heranschlich, um ihn näher zu betrachten, sah ich Blut auf dem Boden und auf der Fensterbank.«

Christian verdaute diese Neuigkeiten ohne jeden Humor. Er hatte Bruster Shillingsworth im Casino gesehen, aber seiner Anwesenheit dort keinerlei Bedeutung zugemessen. Man konnte jedem beibringen, in einem gezinkten Monte-Spiel mitzumischen, und Aubrey und Bruster hatten sich unterwegs schon miteinander angefreundet. Aber angeschossen zu werden ... und anschließend Aubrey um Hilfe zu bitten?

Was zum Teufel ging hier eigentlich vor?

»Also ...« fragte Billy sanft, »wie kommt's, daß du jetzt wieder hier bist? Hast du nicht gedacht, daß Fleming irgendwie nervös wird, wenn du in der Nähe bist?«

»Das hatte ich gehofft. Wir beide haben noch etwas miteinander zu erledigen – genauer gesagt fünf Jahre, wenn du mich verstehst. Und du?«

»Ich? Hölle, ich brauchte einfach einen Job. Hat nichts zu bedeuten. Ich knalle ab und zu im *Eagle* ein paar Köpfe aneinander, spiele ein bißchen mit den *senoritas* ...« Er zuckte die Achseln. »Leichte Arbeit. Gute Bezahlung.«

»Und ein leichter Job, um dir einen Ruf zu erlangen.«

»Yeah, man kann sich nicht beklagen. Du kannst Gott danken, daß *ich* deiner Freundin gestern abend gefolgt bin und nicht jemand, der, ohne sich auch nur Zeit für einen Furz zu nehmen, zu Fleming zurückgerannt wäre, um es ihm zu erzählen.«

Christian erkannte die Wahrheit in Billys Worten mit einem trockenen Grinsen an.

»Außerdem«, fuhr Billy fort, »schulde ich dir was. Du hast mir mal einen Gefallen getan, und jetzt war eine gute Gelegenheit, das zurückzuzahlen.«

»Ich würde es kaum als Schuld bezeichnen, wenn ich dir mal ein bißchen Essen und ein trockenes Bett gegeben habe.«

»Doch, würdest du, wenn du zwölf Jahre alt wärest und dich von Wurzeln und Beeren ernährt hättest und zwei Wochen lang jede Nacht bis auf die Knochen naß geworden wärest.«

»Dann erinnere mich doch bitte daran, mal wieder ein Lagerfeuer mit dir zu teilen.«

»Es war mehr als nur das Feuer. Du hast mich über einen Monat lang mitgenommen.«

»Ja, und wenn ich mich recht erinnere ...«, Christian kniff die Augen zusammen. »... hast du meine Großzügigkeit erwidert, indem du mitten in der Nacht mit meinem besten Pferd durchgebrannt bist.«

»Ich habe es zurückgeschickt, sobald mein Weg frei war.«

»Dafür könnte ich dich aber trotzdem als Pferdedieb hängen lassen.«

»Yeah ... nun ...« Billy verzog das Gesicht und trat gegen einen Erdklumpen. »Dann schulde ich dir also doppelt. Scheiße ... war ein so leichter Job.« Er seufzte tief und spreizte die Hände. »Vermutlich habe ich gerade die Seite gewechselt.«

»Vielleicht aber nicht«, meinte Christian nachdenklich.

»Meinst du, daß du meine Hilfe nicht brauchst?«

»Ich sage ... daß ich dich vielleicht wieder im Casino will, als wäre überhaupt nichts passiert.«

»Du willst, daß ich Fleming hinterherspioniere?«

»Ich will, daß du für mich ein Auge auf ihn hältst. Laß mich wissen, ob er Pläne hat, die mich vielleicht interessieren.«

»Ich soll dir den Rücken decken, meinst du?«

»So ähnlich. Es sei denn, du hast was Besseres vor.«

Billy grinste. »Hölle, nein. Allmählich dachte ich schon, daß es hier ziemlich langweilig wird.«

»Ich kümmere mich darum, die Dinge ein bißchen aufzumischen. Nur für dich.«

»Hast du schon«, versicherte ihm Billy. »Und wo Scud Holwell jeden Tag in der Stadt zurückerwartet wird ...«

Christian hob die Brauen und stieß einen leisen Pfiff aus. »Das wollte ich dich schon fragen ... habe seine häßliche Fratze nämlich noch nirgendwo gesehen.«

»Wirst du aber bald. Fleming braucht ihm gar keinen Befehl zu geben, dir nachzustellen und dich zu erledigen. Der und der Albino waren so ...«, er kreuzte zwei Finger, »... und er ist nunmal ein Mann, der seinen Groll lange, lange behält. Ein richtiger Bastard mit den Frauen. Kommt nicht zum Höhepunkt, ohne sie erst zu verletzen. Fleming setzt ihn manchmal ein, um die Mädchen bei der Stange zu halten – noch sowas, über das du vielleicht nachdenken willst ... vielleicht gibst du den Rat auch weiter, du verstehst mich.«

Christian stellte sich Aubrey und Holwell vor, und sein Magen krampfte sich zusammen. »Es gibt ein paar Dinge, die ich gern mit Miss Blue besprechen würde. Du kannst sicher sein, daß das auch dazu gehört.«

Billy blickte sich um, als ein Sonnenstrahl das Tor am Ende der Gasse erreichte. »Aber du wirst mit niemandem was besprechen, wenn wir noch lange hier rumstehen. Ich zähle bis fünfzehn, dann bist du besser verschwunden.« Er streckte die Hand aus und kicherte. »Und mach dir keine Sorgen um deine Rückendeckung. Dafür sorge ich schon.«

»Danke, Billy.« Christian erwiderte den festen Handschlag. »Und nächstes Mal, wenn du dich an einen Mann heranschleichst ...« Er zog Billy heran und hob die andere

Hand, die nun ein Messer in die weiche Grube im Bauch des schlanken Jungen drückte. »Sorg dafür, daß du ihm alle Waffen abnimmst, ehe du deine Knarre sicherst.«

Billy fluchte gutmütig und sah zu, wie McBride in den hellen Morgen hinaustrat. Eine fette, glänzende Fliege surrte vorbei, und ohne den Blick von der Straße zu nehmen, schoß Billys Hand vor und schnappte das Insekt aus der Luft. Er hielt sie in der Faust und drückte die Finger zusammen, dann murmelte er: »Fünfzehn«, und schlenderte auf den Gehsteig hinaus. Er wischte sich die Hand an der Hose ab und warf einen sorgfältigen Blick nach rechts und links die Straße entlang. Um diese Zeit waren die einzigen Lebenszeichen auf der *Alameda* die Betrunkenen, die in den Hauseingängen ihren Rausch ausschliefen, und ab und zu ein dösendes Pferd, vom Besitzer zurückgelassen, der sein Glück an den Spieltischen versuchte.

Die Hitze verstärkte sich mit jedem Stoß des staubigen Windes. Billy schob sich den Hut auf den Kopf und wühlte in seiner Tasche nach einem Tabakpfriem. Dann schlenderte er in die entgegengesetzte Richtung, die McBride eingeschlagen hatte. Weder er noch McBride bemerkten das Gesicht im Fenster auf der gegenüberliegenden Straßenseite. Noch fiel ihm auf, wie der Vorhang wieder herabfiel, von der gleichen leicht zittrigen Hand gehoben, die nun ein volles Glas Whiskey an die Lippen setzte.

»Nanana«, meinte Darby Greaves. »Und wie finden wir das? Kid und der Rancher um diese Tageszeit, lachend und plaudernd wie alte Freunde.«

Er wandte sich vom Fenster. Sein nackter Körper glänzte vor Schweiß. Er blickte aufs Bett und kippte den Inhalt des Glases herunter. Dann setzte er das leere Glas ab und ging durch den Raum.

Anna Lee sah seinem Näherkommen ohne Freude oder Verachtung entgegen – eigentlich ohne jedwede Gefühlsregung. Das Opium, das sie geraucht hatte, verlieh ihr ein schweres, träges Gefühl, als hinge ihr Körper in einer durchsichtigen, dicklichen Flüssigkeit. Sie hatte nichts dagegen, daß man sie Greaves übergeben hatte. Er sah besser aus als die meisten der schwabbeligen, dicken Geschäftspartner Flemings, und war nicht allzu anspruchsvoll im Bett, besonders nicht, wenn er viel getrunken hatte. Wenn er trank, redete er viel. Redete, und redete und redete …

Anna Lee rekelte sich und gähnte. Die Bettfedern gaben neben ihr nach, aber er berührte sie nicht, noch nicht, und sie wußte, daß sie weiteres Gerede über sich ergehen lassen mußte, ehe er sich wieder für sie interessierte.

»Der denkt, er sei cleverer als ich, oder?« meinte Greaves. »Denkt, er ist reich und clever und mächtig genug, um alles zu wissen. Aber er weiß nicht alles. Es gibt bestimmte Dinge, die er über Clara nicht weiß, nicht über mich und nicht über die Lehrerin, und wenn er das wüßte, dann würde ihm ganz schön mulmig.«

Greaves drehte sich um und betrachtete Anna Lee, aber er rechnete nicht mit einer Reaktion. Ihr Gesicht war ausdruckslos und undurchdringlich wie immer, die Augen leer und verständnislos.

»Was meinst du, würde er tun, wenn er wüßte, daß sein guter Freund McBride schon ein paarmal an dem Brunnen genascht hat? Und zwischen Kansas und hier hat er sie fast jeden Abend vernascht.« Er grinste verschlagen und zwickte Anna Lees Kinn, so daß sie ihn ansehen mußte. »Was meinst du, Schätzchen? Meinst du, er interessiert sich dafür, daß die McBride-Frau für ihn arbeitet?«

Er suchte in den verhangenen braunen Augen nach einem Zeichen von Humor und gab dann ihr Kinn mit einem milden Fluch frei.

Dann griff er in ihr glänzendes Haar und lenkte ihren Kopf hinab zu seinen Lenden.

»Schätzchen … mit dir ist es, als würde ich mit einer Wand reden. Es gibt nur eins, was du besser kannst als zuhören, Honey, die einzige Sprache, die du verstehst. Genau, Baby, so, Baby, das ist es. Jetzt redest du, und ich denke nach und vielleicht gelangen wir zu einem Schluß, was wir mit diesem Wissen anfangen.«

23

Aubrey schreckte hoch. Irgend jemand klapperte mit Töpfen und Pfannen und summte dabei eine Melodie, die aus drei oder vier Liedern zusammengewürfelt war. Sie blinzelte zu Bruster herüber, der ausgestreckt auf dem Bett lag, und mußte ein paar Minuten lang angestrengt nachdenken, ehe ihr wieder einfiel, wie sie in die jeweilige Position gelangt waren. Nachdem sie aufgestanden und langsam einen Arm ausgestreckt hatte, der vom Ellbogen abwärts eingeschlafen war, griff sie nach dem behelfsmäßigen Verband über Brusters Verletzung. Die Blutung schien aufgehört zu haben, aber die Wundränder wirkten rot und abstoßend wie rohes Fleisch. Sie suchte ihre schmutzigen Sachen zusammen und leerte die Waschschüssel aus dem Fenster, ehe sie allen Mut zusammenfassen konnte, um Dolores hereinzurufen. Dem Sonnenstand nach schien es zwischen zehn und elf Uhr zu sein und sie legte rasch die Schlagläden wieder vor, um die bereits drückende Hitze und das staubige Licht wieder auszuschließen.

Aubrey hatte die Hand auf der Türklinke, als sie die Klingel an der Ladentür hörte. Dolores' Summen verließ die Küche, es wehte durch den Laden und brach ab, um in einen Begrüßungsschwall für denjenigen überzugehen, der vor der Tür stand. Aubrey warf einen Blick auf Bruster, der tief und reglos schlief, dann auf ihr verschwommenes Abbild in dem fliegenverschmutzten Spiegel. Sie trug immer noch das nur locker geschnürte Korsett und die Unterröcke. Ihr Haar hing als wilde Mähne aus zerzausten Strähnen um ihre Schultern, und ihre Augen waren vor Schlafmangel geschwollen und gerötet.

Ihre Hand löste sich von der Türklinke. Es würde nicht gerade helfen, wenn sie in den Laden trat und aussah, als hätte sie die Nacht in einem Bordell verbracht. Dolores würde wohl genug mit Bruster zu tun haben, ohne ihre überschäumende Neugier auch noch auf Aubreys Aussehen richten zu müssen.

Ein Auge auf Bruster gerichtet und ein Ohr auf die Geräusche vor der Tür, legte Aubrey ihr Korsett und die elegante Unterwäsche ab und ein schlichtes Leinenhemd an, ehe sie ein Karokleid über den Kopf zog. Das Haar brauchte eine heftige Attacke ihrer Bürste und ein paar hastig eingesteckte Kämme, um die Locken zu zähmen, aber als sie fertig war, sah sie recht anständig aus – allerdings ein wenig zu rosig für ihren Geschmack.

Sie wagte sich im gleichen Moment hinaus in die Küche, als Dolores gerade wieder durch den Vorhang hineinfegte. »Da bist du ja! Hölle und Teufel, Mädel, es ist fast Mittag, und ich habe mir schon alle Finger- und Fußnägel beim Warten darauf abgekaut, daß du endlich auftauchst und mir alles erzählst. Himmel, du siehst ja aus wie der leibhaftige Zorn Gottes!«

»Dolores ...«

»Nicht, daß *ich* etwa eine Gelegenheit gehabt hätte, den ganzen Morgen zu verschlafen. In meinem Laden geht es seit dem ersten Hahnenschrei wie in einem Bienenhaus zu, und alle wollen entweder wissen, was ich von dem eleganten neuen Singvogel im *Golden Eagle* halte oder von der wun-der-schö-nen neuen Croupeuse, die ihr fast alle Aufmerksamkeit geraubt hat. Ich hatte drei Damen hier und zwei Huren – nicht, daß man auf deren Meinung viel geben kann! – mit dem Auftrag, genau das Kleid, das du getragen hast, zu kopieren. Ich sag' dir, meine Tür hat nicht so viel Verkehr gesehen, seit die Frau des Gouverneurs herausfand, daß seine Geliebte all ihre Froufrous bei mir bestellte ...«

»Dolores, ich muß dir was sagen ...«

»Ich hoffe beim Hades, daß du mir was zu erzählen hast, Mädel, und – verflucht! Da geht schon wieder diese elende Glocke!«

Dolores strahlte von einem Ohr zum anderen und verschwand wieder hinter dem Vorhang. Aubrey rieb sich die pulsierenden Schläfen und goß sich ein Glas kühle, frische Milch aus dem Krug ein. Sie hatte es halb ausgetrunken, als Dolores zurückkam. Sie zeigte immer noch ihr breitestes Lächeln, und ihre roten Locken wippten hin und her, als sie den Kopf schüttelte.

»Na, Kind, das ist doch kein vernünftiges Frühstück«, schalt sie. »Setz dich hin, und ich brate uns ein paar von diesen Tortillas auf ...«

»Dolores ... Bruster ist in meinem Zimmer. Er ist gestern abend angeschossen worden und wußte nicht, wo er sich sonst verstecken konnte. Er hat eine Menge Blut verloren, und ...«

Dolores ließ die Pfanne fallen, die sie gerade in die Hand genommen hatte. Das *Klanggggg* dröhnte mehrere Sekunden lang durch das Schweigen und übertönte fast das Klingeln der Ladenglocke.

»Lucius ist angeschossen worden?«

Aubrey warf einen Blick auf den Vorhang. »In die Schulter. Ich habe die Wunde ausgewaschen und ihn ins Bett gebracht, aber ich weiß nicht ... er braucht vielleicht einen Arzt, und ich ...«

Schwere, gleichmäßige Schritte waren auf dem Holzboden des Ladens zu hören, und Dolores starrte nun genau wie Aubrey auf den Vorhang.

»Sieh du nach, wer es ist«, zischte sie, schon auf dem Weg ins Schlafzimmer. »Tisch ihnen irgendeine Ausrede auf und riegel dann hinter ihnen ab. Ich kümmere mich um Lucius. Und kneif dir um Himmels willen die Wangen, damit du ein bißchen Farbe bekommst. Wenn's der Sheriff ist, haben wir nichts davon, wenn du so schuldbewußt aussiehst wie ein Geist.«

Aubrey war verdutzt. Sie hatte nicht einmal entfernt an die Möglichkeit gedacht, daß ein Sheriff Bruster suchen könnte. Aber Dolores hatte ihnen zuvor in aller Ausführlichkeit erklärt, daß in Santa Fe Maxwell Fleming und sein Kumpane die Sheriffs waren – und das konnte eine komplizierte Lage nur verschlimmern.

»Aber solltest du nicht lieber ...«

»Nein.« Dolores streckte ohne Vorwarnung die Hand aus und öffnete die oberen Knöpfe an Aubreys Kleid. »Was du ihnen erzählst, werden sie viel schneller schlucken als alles, was ich ihnen sagen könnte. Geh schon. Und lächle. Wir können uns beide nicht leisten, jetzt zusammenzuklappen.«

Aubrey wartete, bis Dolores hinter der Schlafzimmertür verschwunden war, ehe sie sich mit einem tiefen Atemzug wappnete und in den Laden trat. Ihre Panik zerstob wie ein platzender Luftballon, als sie sah, wie zwei Frauen sich über einen Tuchballen beugten und eifrig miteinander flüsterten. Die Panik kehrte aber mit der wütenden Hitze eines Buschfeuers zurück, als sie sah, über wen die beiden so heftig tuschelten.

Im Türeingang stand Christian McBride. Seine breiten, lederumhüllten Schultern hoben sich deutlich vor dem hellen Licht von der Straße her ab.

»*Buenos dias, Senorita*«, murmelte er, zog seinen breitkrempigen Hut und wandte sich an die beiden Kundinnen. »*Senoras.* Ein wunderschöner Morgen zum Einkaufen, nicht wahr?«

Aubrey atmete geräuschvoll aus. »Was zum Teufel machst du hier?«

McBride lächelte unschuldig und sah sich um. »Nun, ich hoffe, daß ich diesmal im richtigen Haus gelandet bin. Man sagte mir, daß Senora Dolores Tules die beste Auswahl an eleganten Kleidern in ganz Neu-Mexiko habe. Sind Sie vielleicht … äh … Dona Dolores?«

Aubrey merkte, wie ihr die Röte in die Wangen stieg und wie totenstill es auf der anderen Ladenseite geworden war.

»Dona Dolores ist momentan beschäftigt. Kann ich Ihnen vielleicht helfen?«

»Nun, das wäre sehr nett, Ma'am. Sehen Sie, meine kleine Schwester hat bald Geburtstag – sie wird fünfzehn und hält sich für ganz erwachsen. Daher dachte ich, ich könnte ihr hier etwas … nun, etwas … erwachsenes … finden. Ich gestehe, ich werde immer ein wenig verlegen, wenn es um Geschenke für eine junge Dame geht. Ich kann Ihnen die Maße und die Größe geben – sie ist ungefähr so gebaut wie Sie –, aber wenn es darum geht, ob es angemessen und anständig ist, dann machen mich die vielen Federn und Bänder immer ganz konfus.«

Die Frauen kicherten und bestätigten ihm rasch, daß Männer hoffnungslos seien, wenn es um Geschenke für eine Dame ging.

Nun waren sie sicher, daß er den Laden nicht betreten hatte, um Unruhe zu stiften oder ihnen mit den riesigen Pistolen um seine Hüfte Löcher in die Hauben zu schießen. Daher beugten sie die Köpfe wieder über die Tuchballen und drängten Aubrey, den Herrn doch zuerst zu bedienen.

Aubreys Gesicht war heiß und rot, und ihre blauen Augen drohten, ihn körperlich zu verletzen, aber sie war gezwungen, mitzuspielen, und so steuerte sie ihn zu einem Tisch, auf dem mehrere Mantillas aus handgearbeiteter Spitze lagen.

McBride schenkte ihnen kaum einen Blick.

»Guck zumindest so, als wolltest du wirklich etwas kaufen«, zischte sie verhalten.

»Das habe ich doch«, erwiderte er und blieb hier und dort stehen, um ein Stück Seide oder Satin zu befingern. Dann trat er, wie Aubrey hätte wissen sollen, zu dem besonderen Regal mit der feinen Unterwäsche und schaffte es auch, das dünnste, durchsichtigste Stück herauszufischen, das dort ausgestellt lag.

»Was ist das denn?« fragte er mit dem schlüpfrigen, roten Seidending zwischen den Fingern.

Aubrey riß es ihm aus der Hand. »Ein Nachthemd. Und ganz und gar nicht das Richtige für Sie.«

»Da haben Sie recht«, stimmte er zu. »Die Farbe ist falsch. Und dies hier …« Nun hielt er fast das gleiche Gewand in Blau hoch. »Das würde zu ihren Augen passen, bis zu dem Funkeln darin, wenn sie wütend ist. Genau wie bei Ihnen übrigens, wenn Sie nichts dagegen haben.«

Ehe Aubrey eine Antwort geben konnte, hielt er das Nachthemd an ihren Körper. Es war ganz durchsichtig, auch in der doppelten Lage, so daß man jede Falte in Aubreys Karokleid deutlich erkennen konnte, und an seinem Blick konnte sie sehen, daß er sich die Wirkung auf ihrer nackten Haut sehr gut vorstellen konnte.

»Das nehme ich. Was kostet es?«

Sie fegte es ihm aus der Hand. »Für Sie, Sir? Zwanzig Dollar.«

»Zwanzig Dollar!« Er pfiff leise durch die Zähne. »Für den Preis könnte ich ein gutes Lederhemd erstehen.«

»Dann würde ich vorschlagen, sich anderswo umzusehen. Sie werden hier kaum etwas Preiswerteres finden.«

Sie faltete das Nachthemd zusammen und wollte es wieder auf das Regal legen, hielt aber inne, als er einen glänzenden goldenen Doppeladler herauszog.

»Für den Preis wird es doch wohl hübsch eingewickelt?«

Aubrey warf einen Blick zu den beiden anderen Frauen und dann zurück zu McBride.

»Gut. Ich wickle es für Sie ein.« Dann senkte sie die Stimme zu einem wütenden Flüstern und fügte hinzu: »Und dann gehst du?«

Sie holte ein Stück braunes Papier, faltete das Nachthemd, wickelte es ein und band das Päckchen zusammen – alles unter Christians bohrenden Blicken. Als sie fertig war, schob sie ihm das Paket über die Theke zu und achtete darauf, ja seine Finger nicht zu berühren.

»Ich muß mit dir reden«, sagte er leise.

»Du redest doch mit mir.«

»Privat.«

»Das finde ich keine so gute Idee.«

»Dann redest du lieber hier mit mir? Vielleicht im Hinterzimmer? Ich hätte nur gedacht, daß es da inzwischen ein bißchen eng wird.«

Aubreys Augen begegneten seinem stahlgrauen Blick. Sie hatte sich nicht verhört. Er wußte, daß Bruster dort war. Sie hatte keine Ahnung, wie, aber er wußte es.

»Wann können wir uns sehen«, fragte er tonlos.

»Ich ... habe den ganzen Tag zu tun.«

»Dann heute abend.«

»Ich muß arbeiten.«

»Bevor du zur Arbeit gehst!«

»Wirklich, ich weiß nicht, was das alles soll ...«

»Am Stadtrand gibt es eine Schmiede – Ortegas. Kennst du sie?«

»Nein.«

»Ich bin sicher, du bist gescheit genug, das herauszufinden. Sei um genau sieben Uhr dort.«

Aubrey wehrte sich gegen den Befehlston. »Und wenn ich das nicht bin?«

Da lehnte er sich lächelnd über die Theke zu ihr. »Dann muß ich herkommen und dich holen.«

Damit legt er zwei Finger an den Hutrand und trat zurück. Dolores hatte sich genau diesen Augenblick ausgesucht, um durch den Vorhang zu rauschen. Als sie die beiden Frauen sah, blieb sie abrupt stehen. Dann sah sie den hochgewachsenen Rancher und riß die Augen so weit auf, daß sie ihr fast aus dem Kopf sprangen.

»Na, wenn das nicht der verrückteste Morgen voller Überraschungen ist«, murmelte sie. »Christian McBride. Ich dachte, den hätten schon lange die Bussarde geholt.«

Christians Lächeln war höflich und verblüfft. »Wie bitte Ma'am. Kennen wir uns?«

»Hölle, nein. Sie kennen mich nicht, es sei denn, Sie haben hier mal Kleider anprobiert. Aber ich kenne Sie so sicher wie das Amen in der Kirche. Gibt wohl keinen einzigen Warmblüter in ganz Santa Fe, der nicht den verfluchten Narren kennt, der Maxwell Flemings Lieblingsalbino erschoß. Nicht, daß ihm diese Kugel auch nur ein einziger Mensch mißgönnt hätte, weil er einer der miesesten, ekelerregendsten Küchenschaben war, die jemals auf zwei Beinen herumliefen. Niemand fand das sehr gerecht, daß der Richter Sie zu fünf Jahren verknackte, weil Sie uns allen einen Gefallen getan hatten, aber so ist es nun mal. Wenn man nur gut genug schmiert, könnte man selbst den Papst wegen Unzucht verknacken, und Schmiere hatte Fleming immer mehr als genug. Was zum Teufel denken Sie sich nur, hier im hellen Tageslicht herumzulaufen? Und warum ...« Sie sah sich um, als würde ihr erst jetzt die Umgebung bewußt, »... was führt Sie in meinen Laden?« Christian hielt das Päckchen hoch. »Miss Blue war so freundlich, mit bei der Auswahl eines Geschenks zu helfen.«

Dolores warf einen Blick auf Aubrey und sah den Doppeladler auf der Theke. »Muß aber ein Mordsgeschenk gewesen sein.«

»Jeden Penny wert, meine ich«, grinste er. Nach einem langen, letzten Blick auf die errötende Aubrey tippte er wieder an die Hutkrempe und schritt zur Tür hinaus. Dolores folgte ihm bis zum Fenster und blickte hinter ihm her, wobei sie den Hals so gut es ging reckte, um durch die Schlitze in den Läden etwas zu erspähen.

»Jesus Christus, wenn das nicht allem die Krone aufsetzt. Zwischen ihm und diesem verdammten Narren von seinem Bruder ...« Sie wandte sich um und trat zu den beiden Kundinnen, die dem Wortwechsel stumm und neugierig zugehört hatten. »Nun? Haben Sie vor, etwas zu kaufen, oder stehen Sie einfach nur herum und nehmen anderen den Platz weg?«

Die Frauen keuchten entrüstet auf und eilten zur Tür. Dolores schloß sie mit einem so lauten Knall hinter ihnen, daß sie wohl den Rest des Tages an dieser Beleidigung zu arbeiten hatten. Dann schob sie den Riegel vor, um jede weitere Störung zu verhindern. Sie sah nicht sehr glücklich aus, und Aubrey beschloß, daß Vermeidungstaktik wohl die beste Strategie war.

»Wie geht es Lucius?«

»Er wird's überleben, wie jammerschade. Ich kam nur heraus, um eine Nadel und einen starken Faden zu holen, um ein Loch in seiner Haut zuzunähen. Hatte ja keine Ahnung, daß hier ein Kongreß stattfand. Und du hast sicher nie erwähnt daß du Christian McBride kennst.«

»Er saß in der gleichen Postkutsche aus Kansas wie ich«, gestand Aubrey. »Aber er ist nur bis zum Cimarron mitgefahren. Ich war ebenso so überrascht wie du, ihn gestern abend im *Golden Eagle* zu treffen.«

»Er war im *Eagle*? Er und Fleming unter dem gleichen Dach?« Dolores kniff ihre hellgrünen Augen zusammen, weil ihr auffiel, daß Aubreys Wangen und Hals immer noch leicht gerötet waren. »Was macht dir zu schaffen, Mädel? Heraus damit.«

Aubrey schüttelte den Kopf. »Nichts besonderes. Ich bin nur müde, das ist alles.«

»Hmmpf. Und ich wette jede Falte und jeden Grasflecken in deinem schönen Satinkleid, daß ich den Grund dafür weiß. Ist wohl in Ordnung«, sagte sie dann und hielt eine patschige Hand hoch. »Du brauchst mir nicht mehr zu erzählen, als du willst, und ich bin die letzte, die meine Nase in Dinge reinsteckt, die mich nichts angehen, aber wenn du dich bitte erinnern willst, weiß ich schon viel mehr als mir eigentlich lieb ist, daher wird meine Welt nicht zusammenbrechen, wenn ich alles erfahre. Außerdem, Kind ...« Ihre Stimme wurde weicher, und ihre Brauen hoben sich ein wenig nachdenklich. »Du siehst eigentlich so aus, als würdest du darauf brennen, es jemandem zu erzählen, und ob dir das gefällt oder nicht, ich bin der einzige Mensch, den du außer Lucius hast – und der ist momentan so nutzlos wie eine Meise beim Stierkampf. Selbst wenn er in der nächsten Stunde wieder zu sich kommt, werde ich dafür sorgen, daß er wieder ohnmächtig wird, um mir sein Gejammere zu ersparen.«

»Bist du sicher, daß er keinen Arzt braucht?«

»Bah! Der alte Doktor Langtry würde nichts tun, was ich mit Nadel und Faden und einem gesunden Schluck Whiskey nicht auch fertigbrächte. Komm, Schätzchen, du kannst es mir erzählen, während ich nähe, und wenn wir fertig sind, können wir uns hinsetzen und überlegen, wie wir den alten Windbeutel aus der Stadt schaffen. Hier ist er vermutlich ziemlich sicher bis zum Abend, aber danach ... nun, dann werden Flemings Hunde immer erst richtig scharf. Außerdem habe ich heute morgen erfahren, daß Flemings bester Bluthund keine zehn Meilen vor der Stadt gesehen wurde.«

In dem Moment, als Dolores diese Worte aussprach, trabten drei Reiter durch eine Straße am Stadtrand von Santa Fe. Sie ritten nebeneinander und in der Mitte, die Hufe ihrer Pferde wirbelten Wolken aus feinem, weißem Staub hinter ihnen auf.

Der Reiter in der Mitte war ein stämmiger Mann in groben Kleidern und über alle Maßen häßlich. Er war ein so vertrauter Anblick hier, daß die Anwohner sofort in die Häuser und hinter Mauern stoben, um nicht von ihm gesehen zu werden. Sein Gesicht war ein Meer von Pockennarben, seine Nase ein geschwollener, grotesker Knubbel, so oft gebrochen, daß es zwischen den weit auseinanderstehenden Augen keinen Sattel mehr gab. Sein Kinn war kantig und borstig, die Schultern abfallend. Er trug einen hohen, schwarzen Filzhut, dessen Krempe auf einer Seite eingedrückt und zerdellt war. Der Stumpen war zerknittert und abgeknickt wie ein altes Ofenrohr. Ein Auge zierte eine wulstige Narbe, die das Lid halb geschlossen hielt, und der Augapfel war von einem wäßrigen weißen Film überzogen, der auf diesem Auge allmählich die Sicht zu verschwommenen Farben und Formen getrübt hatte.

Der stärker werdende Graue Star beeinträchtigte allerdings nicht seine Fähigkeit als Scharfschütze oder seine allgemeine Bösartigkeit gegenüber dem Rest der Menschheit. Er verlangte weder Mitgefühl noch Mitleid und brachte gewöhnlich alle um, die dumm genug waren, so etwas für ihn zu empfinden. Rasch reagierte er auf jede Beleidigung, ob tatsächlich oder eingebildet, und trug ein Gewehr, dessen Lauf sechs Zoll kürzer gesägt war, über den Rücken wie ein *bandolero.* Zwei Revolver hatte er um die Schenkel geschnallt, und in einer Sattelschlaufe hing ein Sharp-Karabiner. Weitere Waffen waren in die Falten seiner Kleidung gebunden oder gesteckt. Ein Paar Messer, ein messingner Totschläger, ein Stück geknoteter Draht, mit dem man leicht jemanden garrottieren konnte – aber im Nahkampf benutzte er am liebsten seine Fäuste. Es erregte ihn, wenn er einen Mann oder eine Frau schreien hörte, und es schenkte ihm ein Gefühl von Macht, wenn sich die Augen des Opfers mit schierem Entsetzen füllten.

Scud Holwell lenkte sein Pferd in die *Alameda* und richtete sein gesundes Auge auf den vergoldeten Bogen über der Tür zum *Golden Eagle*. Es war zehn Tage her seit der Episode mit dem Priester und dem Mädchen, und Holwell spürte, wie ihm ein kalter Schauder der Vorfreude in die Lenden fuhr. So sehr er sich auch dagegen wehrte, so grausam und brutal er es bei jeder Hure in Santa Fe zu widerlegen versuchte – er konnte nun einmal die Begierde und die würgende Sehnsucht nicht verdrängen, die er jedesmal empfand, wenn er in die gutgeschnittenen Züge von Maxwell Fleming blickte. Fleming hatte davon natürlich keine Ahnung. Niemand hatte eine Ahnung, daß Scud Holwells besessene Loyalität auf etwas anderem beruhen könnte als auf der blinden Anhänglichkeit eines dummen Tiers gegenüber seinem Herrn. Aber die zehn Tage weit weg von Fleming waren für ihn eine schlimmere Qual gewesen, als sich irgendeiner vorstellen konnte. Und sein Bedürfnis, sich wieder in den Augen seines Herrn zu sonnen, war so überwältigend, daß er die letzten paar Meilen in die Stadt an Tempo zugelegt hatte.

Er war froh, daß Fleming ihn aus einem bestimmten Grund zurückgerufen hatte, und er freute sich fast kindlich, daß dieser Grund Christian McBride hieß. Nur ein einziges Mal in seinem Leben hatte er seinem perversen Trieb nachgegeben, sich ins Fleisch eines anderen Mannes zu bohren, und das auch nur, weil dieser andere eine ebenso abartige Lust nach Scud Holwells brutaler Häßlichkeit verspürt hatte. Whitey Martin hatte abgewartet, bis Scud betrunken genug und schwach genug war in seiner Lust auf Fleming, und sklavisch die Hure gespielt. Er hatte seinen weißen Körper in so speichelleckerischer Ergebenheit angeboten, daß es Scud jedesmal übel wurde.

Holwell hatte den überfüllten Raum und das Durcheinander ausgenutzt, um diese verräterischen Augen dauerhaft zu schließen. Und da dieser Mord McBride hinter Gitter gebracht hatte, hatte Fleming nicht mal danach gefragt, ob es nötig gewesen sei, einen guten Mann dafür umzubringen.

Die Jagd auf McBride würde diese Erinnerungen nun ein für allemal zur Ruhe bringen. Seinen Schrei zu hören und zu spüren, wie sein Blut heiß und dampfend über seine Hände floß, würde den sauberen, schnellen Schuß ausradieren, der das elende Leben des Albinos beendet hatte.

Holwell zügelte sein Pferd und brachte es vor dem *Golden Eagle* zum Stehen. Die beiden Männer, die ihn begleitet hatten, bemerkten seine Erektion beim Absitzen, schoben es aber auf den Mangel an Frauen draußen in den Bergen. Holwell grunzte nur und fragte sich abwesend, ob die neue Monte-Spielerin, von der sie ihm erzählt hatten, auch nur halb so gut aussah wie alle behaupteten.

24

Aubrey erreichte die Schmiede kurz vor sieben Uhr. Sie war entschlossen, die Begegnung so kurz und so wenig emotional wie möglich zu halten. Leider ging es ihr nicht allzu gut, denn sie hatte einen unruhigen Nachmittag damit zugebracht, sich jegliche Komplikation auszudenken, die eine lebhafte Phantasie sich nur ausmalen konnte. Zwischen Dolores' mitleidlosem »Das habe ich dir ja gleich gesagt« und ihrem eigenen zunehmenden Gefühl, ein Scheitern stünde unmittelbar bevor, war sie ausgesprochen gereizt geworden und überhaupt nicht mehr sicher, ob es klug war, sich mit McBride zu treffen.

Die Tür zur Schmiede stand offen, und das Innere war dunkel und leer – abgesehen vom Blasebalg, der Feuergrube und einigen Werkzeugen, die zu einer Schmiede gehörten. Hinten heraus lag ein kleiner Stall, und dahinter, keine zwölf langen Schritte weiter, ein kleines Lehmhaus mit einer niedrigen Tür und einem Schornstein, aus dem sich im lila Zwielicht eine dünne Rauchsäule kräuselte.

Die Tür stand offen, und sie sah Christian, der vor der Kochstelle stand – einen Fuß auf einer niedrigen Bank abgestützt. Er stocherte mit einem Eisen in den Kohlen. Mit ihm ins Gespräch vertieft war ein älterer Mexikaner, den sie nicht erkannte. Er war klein und sein Gesicht eine Fläche aus wettergegerbten Falten und Gruben, die aber überwiegend von einem riesigen, buschigen Schnurrbart verborgen waren. Beide Männer hatten sie noch nicht erblickt, und so blieb sie stehen und sah ihnen zu.

Sie konnte nicht abstreiten, daß die Wärme, die sie wie eine Welle durchströmte, vom Anblick McBrides ausgelöst wurde. Er trug nun wieder das vertraute Büffelleder – aber auch gestern abend in dem eleganten Tuch und Leinen verriet jeder Zug seines Körpers Stolz, Kraft und Sinnlichkeit und wirkte kühn und unnachgiebig. Er sah fast unanständig gut aus und erschien unerträglich edel – aber auch arrogant und zynisch, mutig und zärtlich ... und verletzlicher und weniger gleichgültig den Gefühlen gegenüber, als er zugestehen wollte, die sie aus irgendeinem Grund in ihm auslöste.

»... ich bin nicht frei, und ich glaube nicht, daß ich jemals wieder frei sein werde, bis ich entweder herausfinde, was du mir ins Blut gegeben hast oder wie ich es zum Teufel wieder loswerde ...«

Seine Worte – aber sie hätte sie ebensogut selbst sprechen können. Sie wußte nicht, ob die Beklemmung in ihrer Brust und die hilflose Benommenheit in ihrem Körper Liebe war, aber es kam diesem Gefühl so nahe wie nur irgend etwas. Als sie da draußen in der Dämmerung und der leichten Wüstenbrise stand, wünschte sie sich, sie wäre anderthalb Wochen früher zu diesem Zugeständnis gelangt. Vor anderthalb Wochen, am Ufer des Cimarron, war Rache das einzige beherrschende Gefühl gewesen, das ihre Entscheidungen beeinflußte und ihr Leben durchdrang. Rache war auch hier in den kühler werdenden Schatten der *Sangre-de-Cristo*-Berge immer noch wichtig, aber nicht mehr so stark, seit sie seinen Schwur gehört hatte, sie nie mehr zu verlassen.

Liebe, dachte sie, war zu viel verlangt, aber wenn er sie

bitten würde, in diesem Moment mit ihm fortzureiten, wenn er ihr nur die Wärme und die Sicherheit seiner Arme und seines Körpers anbieten würde, nähme sie das gern an und würde sich nicht einmal die Zeit nehmen zurückzublicken.

Aubrey wurde durch eine Bewegung neben ihr aus ihren Gedanken aufgeschreckt. Sie blickte auf und sah im Lampenlicht, das nun aus der offenen Tür fiel, Sun Shadows gemeißelte Züge. Seine Miene war ebenso undurchdringlich wie sein flächiges Gesicht: Weder stand Überraschung, noch Wut oder Freude in den dunkelbraunen Augen. Angesichts seiner Reaktionen hätte sie eine völlig Fremde sein können.

»Christian sagte, Sie freuten sich darauf, ihre Frau bald wiederzusehen«, sagte Aubrey. »Ich hoffe, es geht ihr und dem Baby gut.«

Ein leises Runzeln furchte die königliche Stirn, während er überlegte, ob ihn das Ausmaß ihrer Kenntnisse über sein Privatleben beleidigte oder nicht. Doch dann wurde schockierte Überraschung daraus, als ihm aufging, daß sie ihn in seiner Muttersprache angeredet hatte.

»Manche Frauen«, entgegnete er trocken, »sind viel zu clever, als ihnen gut tut. Und sie bewahren viel zu viele Geheimnisse vor den falschen Leuten.«

Aubrey lächelte. »Ich habe den Eindruck, das wird sich bald ändern.«

Christian trat zur Tür, als er ihre Stimmen hörte.

»Ich bin froh, daß du dich durchgerungen hast, mich zu sehen«, sagte er zu Aubrey.

»Hatte ich denn die Wahl?«

Die grauen Augen verharrten einen Moment auf ihrem Gesicht; dann schickte er Sun Shadow mit einem leichten Nicken zurück in die Schatten. Er forderte Aubrey auf, in das Haus zu treten, das aus nur einem Raum bestand, und deutete auf einen Platz am Feuer. Der Mexikaner wurde als »Manuelo« vorgestellt; er verbeugte sich mit einem höflichen *Senorita* und ging hinaus, um sie alleinzulassen.

Aubrey lehnte den angebotenen Stuhl ab und wartete, bis

sich die Tür hinter Manuelo geschlossen hatte, ehe sie den Raum genauer betrachtete: Abgesehen von dem Stuhl gab es eine grob gezimmerte Bank, einen Tisch und eine schmale, geflochtene Pritsche in einer Ecke. Ein großer schwarzer Kessel hing dampfend über dem Feuer, und ein Bord neben dem Kamin enthielt die spartanischen Bestandteile einer bescheidenen Junggesellenexistenz: Eine Schale, Teller und Tasse und ein paar Küchenutensilien. An einem Haken neben dem Bett hingen ein weites weißes Hemd und Baumwollhosen zum Wechseln, ähnlich denen, die Manuelo trug. Das Bett war sauber und praktisch und sah vermutlich seit mehreren Generationen von Ortegas genau so aus – gleich ob sie verheiratet waren oder nicht.

»Nun?« Sie wandte sich an McBride. »Jetzt hast du mich hier – was gab es denn so Wichtiges zu besprechen?«

»Ich hatte gehofft, das würdest *du* mir verraten.«

»Ich? Was könnte ich dir wohl zu sagen haben?«

»Oh … für den Anfang vielleicht … wer du bist. *Was* du bist bedarf auch weiterer Erklärungen, ebenso wie deine genaue Beziehung zu Armbruster Shillingsworth. Aber am meisten möchte ich eigentlich herausfinden, was zum Teufel du hier in Santa Fe suchst, und warum du jedesmal, wenn ich denke, ich habe etwas über dich herausgefunden, verschwindest und dich rasch wieder verwandelst, so daß ich wieder mal mit offenem Mund dastehe.«

Er war wütend. Wütender, als sie ihn jemals zuvor gesehen hatte, und sie trat instinktiv einen Schritt zurück zur Tür.

»Das wird dir nichts nützen«, schnaubte er. »Die Tür ist versperrt, und Manuelo und Sun Shadow haben den Auftrag, sie verschlossen zu halten, bis sie von mir das Gegenteil hören.«

Aubrey wich einen weiteren Schritt zurück, wirbelte ungläubig herum und rannte zur Tür. Der Holzriegel gab ihrem wütenden Klappern zwar nach, aber die Tür selbst bewegte sich nicht. Jemand oder etwas versperrte sie von außen.

»Wie kannst du es wagen!« schrie sie und fuhr zu ihm herum. »Du kannst mich hier nicht gegen meinen Willen einschließen. Das ist … Entführung!«

Christian verschränkte kämpferisch die Arme vor der Brust und lehnte sich gegen die Wand. »Das ist eine Warnung, Madam. Eine Warnung, daß ich ans Ende meiner Geduld gelangt hin … und meines Humors.«

Aubrey starrte ihn an – alle warmen, sentimentalen Gefühle, die sie vor einem Moment noch empfunden haben mochte, verflogen in ihrer Wut. »*Du* bist am Ende deiner Geduld? Entschuldige bitte, aber ich scheine diejenige zu sein, die kaum um eine Ecke biegen kann, ohne in dich hineinzurennen! Du bist nicht mein Besitzer, McBride. Ich schulde dir keinerlei Erklärungen, und ich verlange, daß du sofort diese Tür öffnest, sonst … sonst …«

»Sonst was? Schreist du? Mach schon. Niemand wird dich hier hören. Willst du mich wieder kratzen? Versuch es, und du liegst mit zwei blauen Augen auf dem Boden … für den Anfang.«

»Es würde mich nicht im geringsten überraschen, wenn du eine Frau schlagen würdest«, erwiderte sie kalt. »Nach fünf Jahren Gefängnis ist vermutlich Brutalität die einzige Reaktion auf Hilflosigkeit.«

»Wir können aber auch einfach hier stehenbleiben und uns gegenseitig anbrüllen«, fuhr er ungerührt fort. »Ich bin nicht sicher, wo *du* in den letzten fünf Jahren gewesen bist, aber in Anbetracht deiner Vorstellungen mit und ohne Kleider kann ich mir das denken.«

Aubrey stampfte zur Tür und ratterte wieder an dem Riegel, aber eher aus Frustration statt in irgendeiner Hoffnung, sie würde sich auf zauberische Weise auftun. Sie war auch wütender als sie sich seit langem erinnern konnte und schlug den Kopf in einer Geste unendlicher Frustration gegen die Tür.

»Wenn du dich selbst zuschanden schlägst, trägt dir das weder Mitleid ein, noch öffnet es die Tür«, bemerkte er lässig.

Da sackten Aubreys Schultern herab, und sie schüttelte

resigniert den Kopf. »Gut, McBride. Du hast gewonnen. Was genau willst du von mir?«

»Ein bißchen Wahrheit. Nur ein bißchen Wahrheit. Vielleicht auch ein wenig Vertrauen.« Er sah, wie sie ihre Hände zu Fäusten ballte und sie an die Tür preßte, und fügte mit weicherer Stimme hinzu:

»Du hast mir gesagt, du hattest noch nie einen Grund, jemandem zu trauen ... aber habe ich dir jemals einen Grund gegeben, mir *nicht* zu vertrauen?«

In dem gespannten, langen Schweigen, das auf diese Frage folgte, sah Christian, wie sie die Fäuste öffnete und die Finger flach auf dem Holz spreizte – und dann wieder zusammenbog und verspannte, als würde ihr die Antwort körperliche Schmerzen bereiten.

»Du hast mir jetzt einen gegeben«, flüsterte sie.

»Das kannst du als die Tat eines Verzweifelten bezeichnen«, entgegnete er. »Habe ich dir jemals einen *anderen* Grund gegeben, mich so zu behandeln, als hättest du mich gerade von deinem Schuh abgestreift?«

Aubrey wandte den Kopf, hielt aber den Rücken an die Tür gepreßt. »Du würdest das nicht verstehen.«

Es bedurfte einer ungeheuren Anstrengung, die Wut, die in ihm hochflammte, unter Kontrolle zu bringen, während er langsam auf sie zuschritt. »Ich kann nicht verstehen, was ich nicht weiß und was du mir nicht sagen willst.«

Unter diesem Ansturm sackte Aubrey zusammen und glitt seitlich an der Wand entlang. Der Stoff ihrer Bolerojacke fing sich an den rauhen Stellen der weißgetünchten Mauer. Er schnitt ihr mit einer raschen, fransenschwingenden Bewegung des Lederarms den Weg ab, so daß sie nicht weiter ausweichen konnte.

»Ich bin zu keinen Spielen mehr aufgelegt, Aubrey«, warnte er sie. »Weder zu Wortspielen noch zu anderen.«

Aubrey hielt seinem stahlgrauen Blick stand und spürte, wie ihr das Herz in die Magengrube sank. »Die Antworten würden dir aber nicht gefallen.«

»Laß mich das selbst beurteilen.«

Sie senkte die Wimpern, holte tief Luft und hob sie dann wieder. »Was willst du wissen?«

»Bruster Shillingworth. Was bedeutet er dir?«

»Er ist ein Freund.«

»Was meinst du damit ... ein Freund?«

»Nun, er ist kein Verwandter. Er ist nicht mein Onkel oder mein Bruder oder ein Neffe oder ein Vetter. Er ist weder mein Vater noch mein Geliebter. Da bleibt nur ... ein Freund.«

Christian knirschte mit den Zähnen. »Gut, er ist ein Freund. Aber du bist ihm nicht erst in Great Bend begegnet, oder?«

»Ich weiß wirklich nicht, wohin das führen soll.«

»Es führt ...«, er stützte sich stärker auf seine Hände und schob sein Gesicht und den Oberkörper dichter an Aubrey heran, »... zu folgender Tatsache: Wenn ich herausfinden kann, daß dich und Bruster mehr verbindet als eine zufällige Reisebekanntschaft, dann können andere das auch – besonders Maxwell Fleming.«

»Warum sollte es ihn interessieren, ob ich Bruster schon vor Great Bend kannte?«

»Du gibst also zu, daß du ihn kanntest.«

»Nein. Ich frage nur, warum es Fleming interessieren würde, wenn das der Fall wäre.«

Ihr Blick war fest auf seine Augen gerichtet: kühl und tief und so blau. Als er auf ihren Mund blickte, dachte er daran, wie dieser schmeckte und sich anfühlte, hielt sich aber zurück.

»Es würde Fleming interessieren, mein kleines Chamäleon, aus dem einfachen Grund, daß er sich für jeden interessiert, der ihn um achtzehntausend Dollar betrügt.«

»Mit den achtzehntausend hatte ich nichts zu tun«, versicherte sie, brachte es aber mit solcher Bitterkeit hervor, daß es McBride ein leises Lächeln entlockte.

»Entgegen deinem Befehl, oder?«

»Ich erteile Bruster keine Befehle«, erwiderte sie hochmütig.

»Da du sie aber auch nicht gern entgegennimmst, muß diese Freundschaft zuweilen verdammt interessant verlaufen. Das bringt uns wieder auf meine ursprüngliche Frage: Wie lange kennst du Armbruster Shillingsworth schon?«

»Seit wir die Kutsche in Great Bend bestiegen«, erwiderte sie wahrheitsgemäß. Einen Herzschlag später, als sie sah, wie sich eine dünne weiße Linie um seine Lippen bildete, fügte sie gelassen hinzu: »Lucius Beebee kenne ich allerdings seit zehn Jahren – mehr oder minder.«

»Lucius Beebee?«

»Lucius Armbruster Beebee, um genau zu sein. Er wechselt seinen ersten und den letzten Namen, je nachdem, wo wir sind und was wir tun, aber er behält gern seinen Spitznamen, damit wir beide nicht unfreiwillig Fehler machen.«

Christians Stirnrunzeln vertiefte sich. Er wirkte nun wie ein Mann, der gerade ins Dunkle geschossen und einen Volltreffer erzielt hat.

Aber was hatte er getroffen?

Und warum fühlte er sich plötzlich so, als sei ihm gerade eine Binde von den Augen gerissen worden?

»Der Hurensohn«, murmelte er und richtete sich langsam auf.

»Der verdammte Hurensohn!«

»Wenn du immer nur fluchst ...«

»Nein!« Er hielt eine Hand hoch und richtete den Zeigefinger drohend auf sie. »Kein weiteres Wort. Du bleibst jetzt ganz still da stehen und ... vielleicht bringen wir es hinter uns, ohne daß dir ein Haar gekrümmt wird.«

Er trat zurück und fuhr sich mit den Fingern durchs Haar. Dann schritt er zum Kamin, blieb stehen, öffnete den Mund zum sprechen und schloß ihn wieder, als hätte er Angst, seine Worte klängen einfach zu unglaubwürdig.

»Was ist für dich so schwer zu begreifen, McBride?« fragte sie trocken. »Die Tatsache, daß Bruster und ich zusammenarbeiten – oder daß wir so gut zusammenarbeiten?«

»Offensichtlich nicht gut genug«, bellte er. »Bruster hat doch gestern abend eine Kugel abbekommen, nicht wahr?«

»Woher weißt du das?«

»Aus der gleichen Quelle, aus der ich weiß, daß du bei der Näherin wohnst und er gestern abend durch ein Hinterfenster einstieg und dort eine Stunde vor dir ankam. Ist er jetzt noch da?«

»Wie nett, dich nach seiner Verletzung zu erkundigen«, sagte sie spöttisch. »Leider war sie so schlimm, daß wir meinten, ihn bis heute abend dort zu lassen, bis es dunkler und sicherer wäre.«

»Wer ist ›wir‹?«

Aubrey lächelte gepreßt. »Seine Frau und ich.«

Wieder glitt ein Puzzle-Teilchen an seinen Platz, als Christian sich erinnerte, was Billy ihm am Morgen erzählt hatte. Aber nur Gott allein wußte, wie das ganze Bild aussah, wenn alle Teile an ihrem Platz lagen.

»Lily Cruise Montana ... ist Brusters Frau? Und da glaubst du immer noch, daß Fleming hier keine Verbindung erkennen wird?«

Es lag ihr auf der Zungenspitze, zu fragen, woher er über Lily Bescheid wußte, aber sie weigerte sich, nach diesem Köder zu schnappen. »Warum sollte er? Ich selbst habe auch erst hier erfahren, daß sie Mann und Frau sind.«

»Ahhh, und so kommen wir zu den nächsten Fragen: Warum seid ihr beiden eigentlich hierhergekommen, und warum mußtet ihr euch, als hättet ihr nichts miteinander zu tun – als Lehrerin und Korsettverkäufer verstellen? Mir scheint es komisch, daß es euch notwendig erschien, in einer Postkutsche voller fremder Leute eine andere Identität anzunehmen.«

Aubrey biß sich auf die Lippen und wich seinem Blick aus – ein Zug, der McBride allmählich vertraut genug war, um sich die Frage noch einmal zu überlegen und aus einem anderen Blickwinkel zu stellen.

»Euch ging es nicht darum, in der Postkutsche eine Verbindung zwischen euch zu vermeiden«, spekulierte er langsam, »sondern eher, daß euch niemand bei der Abfahrt in Great Bend erkannte.«

Sie blickte ihn mit einem mißmutigen Stirnrunzeln von unten her an. »Du bist schrecklich, wenn du so schadenfroh bist, weißt du das.«

»Und du siehst aus wie eine Zehnjährige, wenn du schmollst. Beantworte mir die Frage.«

»Ich wußte nicht, daß du eine gestellt hattest. Ich dachte, du würdest jetzt alles begreifen.«

»Sei ja lieb zu mir. Hast du wirklich versucht, jemandem in Great Bend aus dem Weg zu gehen?«

Aubrey flüchtete sich hinter den dichten Vorhang ihrer Wimpern. »Es war niemand Wichtiges.«

»Aubrey«, sagte er warnend.

»War er wirklich nicht. Ist er auch nicht. Nicht hier in Neu-Mexiko jedenfalls. Immerhin glaube ich nicht, daß er gesetzliche Schritte ...«

»Gesetzliche Schritte ...?«

Sie hob die Wimpern einen Bruchteil. »Er ist ein Partner bei Alan Pinkerton.«

»Dem Detektiv?«

»Und enger Freund des Gouverneurs von Louisiana – wie wir zu spät erfuhren.«

Christian schüttelte den Kopf. Für jeden Zoll, den der bei der Wahrheitssuche dazugewann, verlor er fünf.

»Warum«, fragte er nun mit unendlicher Geduld, »ist ein Pinkerton-Detektiv hinter euch her?«

Da trafen ihre kühlen, dunkelblauen Augen kühn die seinen. »Weil er etwas an unserer Arbeit auszusetzen hat.«

»Und die wäre?«

Sie seufzte ärgerlich. »Wirklich, McBride ... muß ich das so genau sagen? Wenn das so ist, dann laß es mich so schlicht wie möglich erklären. Bruster ist ein Gauner und Betrüger. Ich bin eine Gaunerin und Betrügerin. Wir betrügen im Duett, in Spielhallen, auf Schiffen, in Hotels und Saloons – überall, wo es Karten gibt und jemanden, dem man das Fell über die Ohren ziehen kann. Wir haben Lotterien veranstaltet und falsche Eisenbahnaktien erschwindelt. Wir können bei mehr Glücksspielen wetten, betrügen und spielen, als du vermutlich kennst, und in Dürrezeiten knacken wir das Schloß von jedem Safe und dringen in Zimmer ein und verlassen sie wieder, ohne auch nur ein Staubkörnchen anzurühren.«

Christian starrte sie reglos an. Alle Farbe wich aus Aubreys Wangen, um dann dunkler und heißer wieder zurückzuschießen.

»Ich habe dir doch gesagt, daß dir die Antworten nicht gefallen werden«, sagte sie gepreßt. »Bist du jetzt froh, oder gibt es sonst noch was, was du nicht ganz begreifst?«

»Nur noch eins«, fragte er leise. »Warum?«

»Weil wir es gut können«, schnappte sie zurück. »Weil es Brusters Beruf war, als ich ihn kennenlernte und ... und damals schien es völlig in Ordnung, jemanden zu betrügen, der gierig und dumm genug war ...«

Christian schien einen weiteren langen Moment zu benötigen, um die volle Wirkung dessen zu verdauen, was sie gerade gesagt hatte. Während dieser Erklärung hatte bei ihm kein Muskel gezuckt, und er stand immer noch so reglos da wie eine Statue. Sein Haar wirkte vom Feuerschein hell erleuchtet wie der Heiligenschein eines selbstgerechten Erzengels.

»Du sagst, du kennst Bruster seit zehn Jahren«, murmelte er dann. »Wie alt bist du jetzt?«

»Das ist kaum eine höfliche Frage für eine Dame.«

Er lächelte genauso wie damals, als er vor dem Komantschenkrieger stand. »Mir ist jetzt nicht nach Höflichkeit zumute, und außerdem finde ich, daß du die Definition für eine Dame ziemlich weit faßt.«

»Dreiundzwanzig«, sagte sie knapp.

»Dieser Hurensohn läßt dich also schon in den Saloons arbeiten, seit du ... dreizehn warst?«

»Nein. Er hat mich niemals für sich arbeiten lassen, nicht am Anfang. Ich war verwaist, und er hat sich so gut er konnte um mich gekümmert.«

»Bitte.« Christian holte tief Luft. »Erspar mir deine Unglücksgeschichte – die von dem armen kleinen Waisenkind, das ein großzügiger alter Narr aus der Gosse gerettet hat, um sie in eine anständige, gebildete junge Dame zu verwandeln – und der dabei jämmerlich und zu seinem allergrößten Bedauern gescheitert ist.«

Stumpfe Hitze kroch an Aubreys Hals entlang in die Wangen. »Geh zum Teufel, McBride.«

»Dahin bin ich zweifelsohne bereits im Expreßzug unterwegs. Aber es geht um *deine* Seele, die wir hier retten wollen.«

»Und wie kommst du auf die Idee, daß ich gerettet werden will?«

»Nenn es eine dumme Ahnung«, erwiderte er trocken. »Oder den Wunsch, dich die nächsten zehn Jahre nicht hinter Gittern versauern zu lassen. Ich bin da gewesen, und ich kann mit Überzeugung sagen, daß die Hölle viel verlockender wirkt als das.«

Aubrey widersetzte sich der heftigen Eindringlichkeit seiner Augen so lange sie konnte, aber schließlich mußte sie den Blick abwenden. »Warum konntest du mich nicht einfach in Frieden lassen?« fragte sie leise. »Warum kannst du mich nicht jetzt in Ruhe lassen, damit ich das zu Ende bringen kann, was ich tun muß?«

»Und was genau mußt du tun?«

Aubrey biß sich auf die Unterlippe. »Das ist meine Angelegenheit und nicht deine.«

»Das ist es zum Teufel nicht!«

»Zum Teufel aber doch!« Wutfunken sprühten nun wieder in ihren Augen, als sie ihn erneut anblickte. »Ich bin doch nicht den ganzen Weg hierhergekommen, damit mir irgendein Bengel von einem Rancher sagt, was ich zu tun habe. Ich kann und werde mein Leben ohne jede Hilfe von dir weiterleben.«

»Ich habe dir doch verflucht nochmal überhaupt keine Hilfe angeboten!«

»Gut.«

»Gut!«

»Dann gehe ich jetzt – falls du nichts dagegen hast.«

»Lady, du hast ja keine Ahnung, was ich alles dagegen habe. Und wenn du noch einmal an dieser Tür ratterst, dann schwöre ich, wirst du flach auf dem Rücken landen.«

Aubrey zerrte und riß an dem Türschloß, aber eher aus Auflehnung gegen seinen befehlenden Ton, als um es auf die Probe zu stellen, und hämmerte an das Holz, bis ihre Faust von hinten umklammert und auf den Rücken gedreht wurde. Aubrey wirbelte herum, um ihm zu entkommen, aber die Hand, die sie balancesuchend dabei ausstreckte, traf ihn an der Schulter. Seine Geduld war nun langsam am Ende; er schwang sie fluchend hoch und legte sie erst übers Knie, dann flach auf den Boden. Er hockte sich mit gespreizten Knien über sie, während Aubrey versuchte, sich aus dem Durcheinander an Unterröcken zu befreien. Doch McBride hielt ihre Hände fest über ihrem Kopf zusammen.

»Laß mich los!« schrie sie.

»Erst, wenn ich mit dir fertig bin, und fertig werde ich mit dir – und wenn ich dich mit Händen und Füßen am Boden fesseln muß!«

Sie war gescheit genug, ihn nicht zum zweitenmal herauszufordern, und blieb nach einem letzten Aufbäumen still liegen. Ihre Wangen waren vor Wut flammendrot, die Augen von einem so dunklen, tiefen Blau, wie Christian es noch nie gesehen hatte.

»Und jetzt sagst du mir genau, was du hier zu erledigen hast. Ich dachte, du und Bruster, ihr arbeitet als Team zusammen.«

»Tun wir auch … meistens jedenfalls.«

»Meistens?«

»Meistens stimmen wir über das Ziel überein. Diesmal aber nicht. Bruster wollte nicht mal nach Santa Fe kommen, er ist …«

»In Panik. Das sagtest du bereits. Und dieses sogenannte Ziel, über das ihr nicht einer Meinung wart … da braucht der Bengel von einem Rancher nicht viel zu raten, denn es ist Maxwell Fleming, nicht wahr?«

»Genau.«

»Und die achtzehntausend Dollar, die Bruster gestern abend gewonnen hat?«

»Ein bloßer Tropfen im Ozean«, erwiderte sie kalt.

Christian atmete geräuschvoll aus und beugte den Kopf vor. Dann zählte er langsam und stumm bis zehn. Als er glaubte, sie wieder ansehen zu können, ohne sie zu würgen, mußte er die Worte immer noch eins nach dem anderen durch die zusammengebissenen Zähne pressen.

»Ich habe eigentlich nichts dagegen, dich selbst Pinkerton auszuliefern. Hast du eine Ahnung, was Fleming mit dir anfängt, wenn er dich schnappt?«

»Du tust mir weh.«

»Ich stehe kurz davor, dir den Hals zu brechen«, warnte er.

»Aber das wäre milde im Vergleich zu dem, was Fleming vermutlich mit dir anfängt, wenn er erkennt, was du vorhast. Er wird zwar eine Weile mit dir spielen und dir gerade genug Leine geben, daß du dich aufhängen kannst, aber er wird dich umbringen, vertu dich nicht, und zwar so, daß er damit jedem eine Lektion erteilt, der dumm genug sein könnte, ihn übers Ohr zu hauen. Du glaubst mir nicht? Eine Woche vor deiner Ankunft hat er eines seiner Mädchen dabei erwischt, wie sie etwas tat, was er nicht sonderlich amüsant fand, und er hat einen seiner Männer hinter ihr hergeschickt, um sie zu strafen. Ein Tier mit Namen Scud Holwell.«

Aubrey rollte den Kopf zur Seite und zuckte vor dem Namen ebenso stark zusammen wie vor dem Abscheu in McBrides Stimme.

»Als er mit ihr fertig war, war sie innerlich so verletzt, daß er sie gar nicht mehr zu schlagen brauchte, um sie umzubringen, aber er tat es dennoch. Aus reinem Vergnügen.«

Er ergriff ihr Kinn und drehte ihren Kopf herum, so daß sie ihn ansehen mußte. »Das sind deine Gegner, Aubrey. Das ist die Art von ›Ziel‹, das du mit deinen kleinen Spielchen und Mätzchen auszutricksen versuchst. Er ist kein Narr wie ich. Ihn kann man nicht leicht mit einem zärtlichen Lächeln und einem Paar großer blauer Augen hereinlegen.«

»Ich habe niemals versucht, dich zu manipulieren«, flüsterte sie. »Und für einen Narren habe ich dich auch niemals gehalten.«

Christian ergab sich der Verlockung, auf ihren Mund zu blicken, und bedeckte ihn rasch und heftig mit seinen Lippen.

»Ich wäre nur zu glücklich gewesen, *querida*«, sagte er, »wenn du mich nur ein einziges Mal als Mann betrachtet hättest – und nicht als Feind.«

Dann erhob er sich und trat zurück zum Feuer. Er überließ es ihr, aufzustehen und ihre Röcke glattzustreichen, und wandte ihr den Rücken zu, bis aus dem Rascheln ihrer Kleider ein unruhiges Hin- und Herscharren wurde.

»Ich habe veranlaßt, daß Sun Shadow dich in ein Dorf im Norden bringt.«

»Was?«

»Du hast mich richtig verstanden.« Seine Stimme klang tonlos und gleichmütig. »Ich werde auf die eine oder andere Weise dafür sorgen, daß du Fleming nicht einmal so nahe kommst, um auch nur ein Pferdehaar von seinem Jackett zu zupfen. Du kannst Bruster mitnehmen – und seine Frau, wenn sie gescheit genug ist.« Damit zuckte er die Achseln, als hielte er das Thema für beendet.

»Das kannst du nicht machen. Du kannst mich doch nicht zwingen, irgendwohin zu gehen – oder mit irgend jemandem.«

Christians Grinsen wirkte nun gefährlich. »Ich würde Sun Shadows Geduld nicht auf die Probe stellen, wenn ich du wäre. Er hat mit Frauen nämlich keine. Außerdem ist ihm ein wenig unbehaglich dabei, eine Aufgabe zu übernehmen, die eines Ute-Häuptlings schlichtweg unwürdig ist, und er ist willens genug, dich an den ersten besten Büffeljäger zu verkaufen, der einen guten Preis für dich bietet.«

»Warum tust du das?«

Sein Grinsen verschwand, und sein Blick nahm einen

grübelnden, nachdenklichen Zug an. »Das gleiche hast du mich gestern nacht gefragt ... allerdings unter anderen Umständen, aber da wußte ich die Antwort nicht, und jetzt weiß ich sie auch nicht, außer vielleicht ...«

Da ertönte ein einzelner, lauter Schlag an der Tür.

Schneller als Aubrey hätte reagieren können, wurde sie in eine Ecke hinter ihm geschoben. Christian hatte sich blitzschnell auf ein Knie gestützt und hielt beide *Peacemakers* gezückt und gespannt.

Es war Sun Shadow.

»Männer. Fünf.«

»Flemings?«

Die hochgezogene Braue des Ute wollte diese Möglichkeit nicht ausschließen.

Dann erschien Manuelo hinter Sun Shadow, das Gesicht angespannt und besorgt. »Warum sollten sie hierherkommen? Warum suchen sie hier?«

»Wenn sie sicher etwas wüßten, wären es viel mehr als fünf. Ich vermute, daß fünf Suchtrupps aus je fünf Mann unterwegs sind. Das heißt, daß wir unsere Pläne ändern müssen, aber nicht wesentlich. Manuelo, mein alter *amigo* ...«

»Si, patròn?«

Christian drehte die Kammern seiner Waffen, aber eher aus Gewohnheit statt aus Notwendigkeit. »Kannst du die *Senorita* hier rausbekommen, ohne daß euch jemand sieht?«

»*Si, si*, in Ordnung.«

»Dann geht. Bring sie wieder zum Laden der Näherin und halt sie dort fest, bis du etwas anderes von mir hörst. Halt sie mit einem Revolver in Schach, falls das nötig ist. Leg sie zu Boden, wenn sie den Mund nicht hält, aber sie bleibt dort, und du läßt sie keinen Moment aus den Augen – *entiende*?«

Manuelo nickte. »*Si, patròn.* Sie wird dort sein, wenn du sie kommen holst.«

»Und du ...« Christian wandte sich an Aubrey. »Sorgst dafür, daß Bruster reisefertig ist. Tu genau das, was Manuelo dir sagt, und halt dich um Himmels willen bedeckt. Falls Flemings Männer dich hier finden, wärest du um eine gute Erklärung verlegen, was du hier mit mir gemacht hast – in einem heruntergekommenen Stall am falschen Ende der Stadt.«

»Aber was ist mit dir? Du bleibst doch nicht etwa hier und verteidigst dich gegen sie?«

»Wir halten sie hier ein Weilchen beschäftigt, bis du in Sicherheit bist. Denk ja nicht, daß du mir leicht entwischen kannst ... ich bin in einer Stunde in dem Klamottenladen, Miss Blue, und dann bist du besser reisefertig.«

»Christian ... bitte ... komm jetzt mit uns.«

Er berührte ihre Wange mit einer Fingerspitze. »Immerhin sagst du jetzt meinen Namen. Geh. Raus hier. Manuelo ...!«

Der Mexikaner legte eine kräftige Hand auf Aubreys Arm und zog sie zur Tür. Jeder instinktive Widerstand, den sie ihm entgegensetzte, wurde so grob abgewehrt, daß sie keinen Zweifel hatte, er würde McBrides Befehl buchstabengetreu ausfahren – falls das nötig war.

Bei der Tür drehte sie sich noch einmal um, aber Christian war damit beschäftigt, sich Munition in die Taschen zu stecken.

»Sei bitte vorsichtig,« flüsterte sie, und da ihr das Herz in der Kehle saß und nicht ihr Stolz, fügte sie hinzu: ›Ich liebe dich‹, aber so leise, daß sie nicht mal sicher war, es laut ausgesprochen zu haben.

25

Schießereien waren auf den Straßen Santa Fes nichts Besonderes, nicht mal an einem Sonntagabend. Die Cowboys, die sich den Staub vom Viehtrieb aus den Kehlen gewaschen hatten, scherten sich keinen Deut darum, welcher Wochentag es war – und wußten es oft nicht einmal. Die Glücksspieler gingen ihrem Trieb sieben Tage in der Woche nach, die Trinker tranken, Diebe klauten, und die Anwohner hatten gelernt, Augen und Ohren zu verschließen, ihre Türen zu verriegeln und den Blick vom Fenster zu halten.

Christian klappte den qualmenden Lauf seiner Winchester auf und lud weitere sechzehn Patronen nach. Einen Mann hatte er mit Sicherheit getroffen und einen anderen gestreift, aber sie hatten sich gegenüber der Schmiede gut verschanzt, und da eine dünne Wolkendecke die Sterne überzog, war es schwer, ein Ziel deutlich auszumachen.

Hinter ihm ertönten weitere Schüsse, und er wußte, solange er das hörte, war Sun Shadow in Ordnung. Mit seinen Adleraugen hielt er sich mehr als tapfer, denn Christian vermutete, daß die Verstärkung bereits eingetroffen war. Fünf Männer – jetzt nur noch vier – waren ärgerlich, aber wenn es mehr wurden, konnten die anderen sie leicht umzingeln und vom Fluchtweg durch das Flußbett abschneiden.

Er schob den Kopf gerade über den Pferdetrog und gab rasch hintereinander fünf Schüsse über die Straße hinweg ab. Das Mündungsfeuer würde seine Stellung verraten, daher rollte er sich sofort in den weißen talkumfeinen Staub zurück und huschte zur Seite unter der untersten Stange der Koppel hindurch, um dem Feuer von einem Revolver und einem Karabiner zu entgehen das nun den Trog durchsiebte.

Es waren eindeutig mehr als vier Männer.

Er stöhnte kurz auf, als ein Holzsplitter ihm in die Wange drang, sprang auf die Beine und rannte gebückt hinter die Schmiede. Dort duckte er sich hinter zwei große Fässer und merkte nach einer halben Sekunde, daß er nicht allein war. Jemand hatte sich von der anderen Seite her hinter die Fässer geduckt und lud nun hektisch nach. Ohne auch nur ein bedauerndes Kopfnicken richtete sich Christian auf, und da es in der Enge schwierig war mit der Winchester zu schießen, ließ er sie fallen und zog die beiden *Peacemakers,* die er gleichzeitig über die Fässer hinweg abdrückte.

Der Schütze auf der anderen Seite wurde von den beiden

Schüssen aus nächster Nähe zurückgeschleudert, während Christian gerade rechtzeitig über den Hof blickte, wo Sun Shadow in Deckung ging, um erneut abzufeuern. Grinsend duckte sich Christian hinter die Fässer und ließ seine ausgetrocknete Zunge über die Lippen fahren. Bisher hatte er den häßlichen Balg von Scud Holwell noch nicht unter den schattenhaften Gestalten erkannt, die zwischen den Gebäuden herumschlichen. Er hätte den Bastard gern mit einem einzigen Schuß erledigt – um der alten Zeiten willen.

Dann hielt er den Atem an und lauschte.

Da war es wieder, das Geräusch: Das Scharren eines Stiefels auf dem Lehmboden der Schmiede. Jemand war eingedrungen und schlich sich nun zur Hintertür.

Bitte, laß es Holwell sein, betete Christian böse. Laß es sein kantiges, ekelhaftes Gesicht sein, das sich gleich um die Ecke schiebt.

Er wartete mit angehaltenem Atem, die Waffen auf den schwarzen Schlitz des Türspalts gerichtet. Dann sah er die glänzende Mündung einer 45er aus der Tür herausragen und wollte gerade schon abdrücken, als er Billy Bonneys struppiges blondes Haar erkannte.

»Verdammt, Billy.« Christian ließ den Hahn los. »Dich hätte es beinahe doppelt erwischt, weißt du das!«

»Vor dir hatte ich keine Angst«, zischte Billy und zog beim Anblick des erschossenen Kollegen eine Grimasse. »Ich dachte an die verdammte Rothaut, die sich mit Feuerwasser oder sonstwas vollgepumpt hat.«

»Wo ist Holwell?«

»Ich wollte dir Bescheid geben, daß er dich sucht, aber das hast du vermutlich schon selbst erfahren. Falls mich nicht alles täuscht ...«

Christians Blick folgte Billys Zeigefinger, und dann geschahen drei Dinge sehr rasch hintereinander: Er sah, wie Scud Holwell aus dem Schutz der Latrine heraustrat und mit seinem abgesägten Gewehr zielte. Er sah, wie Sun Shadow wild und verzweifelt hinter dem dreigabligen Kaktus hervorsprang, der ihn geschützt hatte, und einen markerschütternden Schrei ausstieß, um Holwells Feuer in der letztmöglichen Sekunde auf sich zu lenken. Und er sah von hinten das Aufblitzen von bläulich-schwarzem Stahl, das auf seine Schläfe zuschoß.

Der Knall des Gewehrs, der tödliche Schrei Sun Shadows und der grellweiße Schock des Schmerzes in seinem Schädel hielten sich ein paar langsame Sekunden vor Christians innerem Auge, bis er sich umdrehen und Billy überrascht ansehen konnte. Er sah, wie der Junge die Lippen bewegte, aber die Worte verklangen, als er zu Boden stürzte. Er fiel mit dem Gesicht nach unten auf den blutdurchtränkten Lehmboden, und dann gab es keine anderen Gedanken mehr als die tiefe, schwarze Leere der Bewußtlosigkeit.

Die verabredete Stunde kam und verstrich, und Aubrey, Dolores und Manuelo saßen immer noch am Küchentisch – alle stumm, angespannt und schreckhaft auf den geringsten Laut horchend, der von den bedrückend stillen Straße hereindringen mochte. Aubrey war immer noch erregt von der plötzlichen Flucht aus der Schmiede und schockiert, wie rasch alles passiert war. Dolores saß neben ihr und Manuelo ihr gegenüber. Das Gewehr hatte er demonstrativ auf den Tisch vor sich gelegt. Er war offensichtlich genau so angstvoll gespannt, was sich in der Schmiede bei dem längeren Schußwechsel wohl abgespielt hatte, hatte aber genügend Respekt vor Christians Befehl, um zu bleiben und zu warten. Dolores war von den dreien am ruhigsten, und sie verhielt sich, als sei es für sie an der Tagesordnung, einen verletzten Mann im Schlafzimmer und einen wild aussehenden Mexikaner mit dickem Schnurrbart in der Küche zu haben, der sie dort mit entsicherter Waffe als Geiseln hielt.

Sie starrte Manuelo böse an und blickte dann in das blasse, ernste Gesicht Aubreys. Und dann schlug sie mit einem Schnauben, daß ihre Härchen auf der Oberlippe tanzten, auf die Tischplatte, worauf die beiden anderen vor Schreck fast vom Stuhl fielen.

»Also, wir erreichen absolut nichts, wenn wir weiter hier

herumsitzen und wie Hühner darauf warten, daß die Axt auf unseren Hals herabsaust. Manuelo – du gehst los und schaust nach, was sich in der Schmiede abgespielt hat.«

»Aber der *patròn* ...«

»Mach dir keine Sorgen um den Patron. Er hat dir gesagt, du sollst hier bleiben und dafür sorgen, daß die Senorita nicht in Schwierigkeiten gerät ... aber Jesus und Maria sehe ich *loco* genug aus, als würde ich sie auch nur für ein Zwinkern aus den Augen lassen? Ich habe von ihrem wirren Plan nie was gehalten, und ich kann dir sagen, es würde mir ein Vergnügen sein, ihr eins auf den Kasten zu geben und ihr ein bißchen Vernunft einzubläuen, bis der Schuft McBride zurückkommt und sie selbst abholt – und dazu wünsche ich ihm viel Glück. *Vaya con dios*, also, und so weiter. Du verpißt dich von hier und tust was ich dir sage, sonst werde ich dir eins übers Ohr ziehen. Und sei gefälligst in fünf Minuten wieder da – *Tschinque momentos pronto* – sonst grinst du mit deinem Gesicht da hinten. *Comprende*?«

Für den Fall, daß er nicht gehorchen würde, half sie nach, indem sie ihn am Hemdkragen packte, vom Stuhl hob und durch den Laden zur Tür schob. Aubrey hörte das leise Klicken des Riegels, der wieder vorgeschoben wurde, und war sofort auf den Beinen.

»Und wohin denkst du, willst du jetzt gehen, Missy?«

»Raus. Ich muß wissen, was passiert ist.«

»Habe ich nicht gerade eben Manuelo losgeschickt, genau das zu tun?«

»Ich kann nicht länger hier herumsitzen und nichts tun. Er ist vielleicht erschossen worden. Vielleicht ist er verletzt. Er könnte ...«

»... gerade am nächsten Baum aufgeknüpft werden«, ergänzte Dolores herzlos. »Aber ich sehe nicht, was es nützen sollte, wenn du dahinrennst und zusiehst, Mädel. Ich weiß, es ist schwer für dich, einfach so dazusitzen und nichts zu tun, während dein Mann Probleme hat, aber du mußt jetzt an ihn denken und nicht an dich. Wenn du da rausgehst und Flemings Männer dich sehen...? Ging es dir besser, wenn du wüßtest, daß dein Bursche als letztes sieht, wie du von einem Typen wie Clay Wilson oder …« Sie beherrschte sich, ehe sie Scud Holwells Namen aussprach, aber sie sah in Aubreys Augen, daß sie begriff. »Einen alten vorbeischleichenden Mexikaner beachtet niemand. Überlaß das Nachschauen ruhig Manuelo. Der wird uns schon sagen, was los ist.«

Aubrey ließ sich wieder auf den Stuhl sinken. Sie verschränkte die Finger eng im Schoß und blickte Dolores hilflos an.

»Alle Heiligen, Mädel, dich hat's aber ganz schön erwischt!«

»Es ist alles meine Schuld. Er ist dageblieben, damit Manuelo eine Chance hatte, mich rauszubringen. Er hat sich und Sun Shadow geopfert, nur damit ich in Sicherheit bin.«

Dolores zog eine Grimasse. »Lob ihn nicht zu sehr, wenn ich das so sagen darf. Der alte Franklin McBride hat allerdings nicht gerade eine Brut von Idioten gezeugt, weißt du. Er hat einen jüngeren Bruder im Norden, der seit einem halben Dutzend Jahren bei den Schwarzfuß lebt – und keinem weißen Mann ist sowas je gelungen. Und Ethan McBride … nun, der ist vielleicht mehr aus dem Holz eines Predigers oder Anwalts geschnitzt, aber er hat sich gegen Fleming und seine Bande die gleichen fünf Jahre lang gehalten, als dein junger Bursche seine *cojones* in Leavenworth abkühlte. Unter denen ist keiner, dem ich den Rücken zukehren würde, wenn er Hilfe brauchte, und keiner, den ich nicht gern hinter mir hätte, wenn ich welche brauchte.«

»Aber an wen wenden sie sich, wenn sie selbst Hilfe brauchen?«

Dolores runzelte die Stirn. Doch eine glaubwürdige Antwort wurde ihr erspart, als es laut und dringlich an die Ladentür klopfte.

Dolores erhob sich mit erstaunlichem Tempo, dicht gefolgt von Aubrey, die den zuvorigen Befehl, das Haus dunkel zu halten, ignorierte und die Öllampe im Vorbeigehen vom Tisch riß.

Konnte es Christian sein? War genug Zeit verstrichen, daß Manuelo es zur Schmiede und wieder zurück geschafft hatte?

Nein – er war erst seit wenigen Minuten fort.

Aubrey hielt die Lampe hoch, und die heruntergedrehte Flamme ließ die Schatten von den überhäuften Tischen und Regalen gespenstisch über den Boden tanzen. Ein dicker, energischer Arm zog zwei Männer hastig durch die Tür, und Aubrey keuchte entsetzt auf, als sie das blasse, wächserne Gesicht Sun Shadows erkannte. Manuelo stützte ihn unter dem rechten Arm; die linke Brustseite und der Ärmel waren blutdurchtränkt.

»Handtücher«, befahl Dolores mit scharfer Stimme. »Auf der Kommode. Und hol heißes Wasser vom Herd.«

Aubrey war bereits auf dem Weg in die Küche und trug das Licht vor ihnen her.

»Was ist passiert?« fragte Dolores, als Manuelo Sun Shadow sanft auf einen Stuhl gleiten ließ.

»Ich war nur ein paar Häuser weit gekommen«, antwortete der Schmied, »als ich ihn auf der Straße fand.«

»Flemings Männer«, stöhnte Sun Shadow. »Sie kamen von allen Seiten. Es waren zu viele, und wir waren nicht genug. Wir hatten keine Chance.«

Aubrey erstarrte, den dampfenden Wasserkessel in der Hand.

»Keine Chance …?«

Sun Shadow blickte sie an. »Sie haben ihn.«

»Sie haben ihn?« hauchte sie.

»Mach schnell mit dem Wasser, Mädel«, rief Dolores. »Und hol die Handtücher, ehe der Arme hier verblutet.«

»Kümmert euch nicht um mich«, erklärte der Ute und wehrte sich heftig gegen Dolores' Versuche, die Reste seines Lederhemdes abzustreifen. »Ich bin nur gekommen, euch zu warnen. Ich muß wieder los, McBride suchen.«

»Du findest überhaupt nichts außer ein Grab, wenn du versuchst, loszuziehen, ehe ich dich zusammengeflickt habe«, beharrte Dolores, schlug seine Hand beiseite und beendete die Diskussion mit ein paar raschen Schnitten des Küchenmessers, um die Überreste seines Hemdes zu entfernen.

»Christian lebt noch?« wagte Aubrey zu fragen und stieß endlich die Luft aus, die sie angehalten hatte. »Er lebt?«

»Natürlich lebt er«, schalt Dolores. »Warum sonst ist diese verdammte Rothaut wohl hergekommen und hat uns halb zu Tode erschreckt? Um Himmels willen, Junge ... wer hat dir das angetan?«

Die Wunde bedeckte fast seinen gesamten linken Brustkorb, Fleisch klaffte von der Schulter bis unterhalb der Brustwarze. Kleine rote Rinnsale zogen sich über seinen festen, bronzefarbenen Bauch. Und mittendrin blitzte der königliche silberne Donnervogel auf – blutbefleckt, aber ebenso trotzig und kühn wie der Mann, der ihn trug.

»Meine Wunde ist nichts, Frau. McBrides Wunde ist hier.« Er ballte eine Faust und hielt sie über sein Herz.

Aubrey spürte, wie alle Kraft in ihr verebbte. »Er ist angeschossen?«

Die stolzen Kriegeraugen richteten sich auf sie. »Er ist verraten worden. Von einem der *vaqueros*, denen er vertraute.«

»Von wem?« fragte Dolores.

»William Bonney.«

»Billy?« Aubrey wollte kaum ihren Ohren trauen. Er hatte so jung und freundlich gewirkt.

»Er wird dafür zahlen müssen«, versprach der Ute mit mörderischer Stimme.

»Christian ... wohin haben sie ihn gebracht? Was haben sie mit ihm vor?«

»Einige wollten ihn an Ort und Stelle erledigen, aber andere ... darunter William Bonney, sagten, Fleming hätte mehr Spaß daran, wenn er hängt. Man hat ihn ins Gefängnis geschleppt, um den Tag abzuwarten.«

»Wie wollen sie denn das rechtfertigen? Selbst Fleming hat nicht die Macht, einen Mann hängen zu lassen, der kein Verbrechen begangen hat.«

»Morgen früh wird der Sheriff dafür sorgen, daß man eine Mordklage gegen ihn hat.«

»Mord!«

»In der Schmiede liegen drei Tote. Es wird so gezinkt, daß McBride die Schuld daran trifft.«

Dolores warf ein blutdurchtränktes Tuch beiseite und griff nach einem frischen. »Hol mir Nadel und Faden. Diesen Schnitt muß ich vernähen.«

»Ich habe keine Zeit, Frau«, grollte Sun Shadow.

»Du hast noch weniger, wenn du verblutest!« warnte Dolores. »Und überhaupt keine mehr, wenn ich auf dir sitzen muß, damit du still hältst.«

»Ich würde auf sie hören, Mr. Sun Shadow«, meinte ein sehr blasser und schwacher Bruster, der plötzlich im Türrahmen zum Schlafzimmer lehnte. »Ich versichere Sie, die Folgen würden sonst höchst unangenehm sein.«

Dolores stemmte die Hände in die Hüften. »Noch eine verflucht dumme Bemerkung. Was im Namen aller Heiligen suchst du hier?«

Bruster schwankte ein wenig, löste sich aber von dem stützenden Balken und begab sich langsam in die Küche. Sein Arm hing in einer Schlinge, und auf seiner Stirn zeigte sich die leise Röte des Fiebers, aber er begegnete Dolores' vernichtendem Blick mit einem Lächeln.

»Ich konnte nicht umhin, all das mitzubekommen. Ich bin natürlich hier, um all meine Hilfe anzubieten, die ich nur geben kann.«

»Herr, gib mir Flügel«, murmelte Dolores und rollte die Augen himmelwärts. »Ist denn die ganze Welt von allen guten Geistern verlassen? Was zum Teufel denkst du, kannst du tun?«

Bruster warf einen Blick zu Aubrey, ehe er eine Antwort gab. »Hängt davon ab, meine Liebste, was zu tun ist.«

»Wenn er im Gefängnis ist«, sagte Aubrey, »müssen wir ihn herausbekommen.«

»Und wie genau hast du das vor?« wollte Dolores wissen.

»Wir haben nur dich und mich, Manuelo, einen halbverbluteten Indianer und einen Narren. Nicht gerade eine starke Armee.«

»Du beleidigst mich«, begehrte Bruster auf. »Was ich getan habe, tat ich für uns, mein Täubchen. Für einen Neuanfang für uns beide.«

»Scheißdreck«, schnaubte sie, aber nicht mehr so bestimmt wie zuvor. Auf ihren Wangen zeigte sich ein rosiger Hauch von Unentschiedenheit.

»Wie bist du entkommen?« fragte Aubrey Sun Shadow.

»Sie haben mich für tot gehalten und sich nicht die Mühe gegeben, nachzusehen, bis sie mit McBride fertig waren. Aber da war es schon zu spät.«

»Weiß Christian, daß du lebst?«

»Nein.« Der Ute spannte das Kinn an. »Er hat mich nur fallen gesehen.«

»Manuelo ...« Aubrey kaute nachdenklich auf der Unterlippe. »Glaubst du, du kannst uns ein paar schnelle Pferde besorgen?«

»Si, senorita«

»Gibt es in Nähe des Gefängnisses einen Platz, wo du sie verstecken kannst, bis wir sie brauchen?«

»Die Missionsstation hat einen sehr großen, sehr dunklen Garten«, versicherte er ihr ernst.

»Wir brauchen irgendeine Ablenkung. Etwas, das die Aufmerksamkeit vom Gefängnis lenkt.«

»Nichts weniger als ein Brand in Flemings Hose würde das schaffen«, behauptete Dolores. »Und er muß selbst drin stecken.«

»Und wenn wir etwas anderes niederbrennen? Sein kostbares Casino zum Beispiel?«

Dolores fädelte stumm die Nadel ein.

»Das könnte reichen«, gab sie schließlich zu. »Das könnte gerade eben reichen.«

»Bruster, du sagtest, hinter dem Casino stünde ein mit Heu beladener Wagen?«

»Gestern abend stand er da, ja, aber der ist inzwischen sicher fort.«

»Aber er könnte noch da sein?«

»Möglich.«

»Und mit etwas Glück und ein bißchen Paraffin und einem Streichholz ...«

»Könnte es klappen«, murmelte Dolores. »Es könnte klappen, und noch besser wäre es, wenn der Wind den Brand auf das Haus nebenan wehte.«

»Flemings Hotel? Ich glaube nicht, daß ich viele Tränen darum vergießen würde, du vielleicht?«

»Hmmm. Aber es muß so geschehen, daß Fleming und die meisten seiner Helfershelfer beschäftigt bleiben. Sonny – willst du einen Holzlöffel, auf den du beißen kannst?«

Dolores hatte die Frage an Sun Shadow gerichtet, dessen Gesicht starr und fahl geworden war, als eine Nadel durch seine Haut fuhr. Er schüttelte den Kopf und hielt den Blick fest auf Aubrey gerichtet.

»Das *calabazo* ist ein gutes, starkes Gebäude«, stieß er mit zusammengebissenen Zähnen hervor. »Wir brauchen mehr als ein Feuer, um da einzubrechen.«

»Ich brauche nur fünf Minuten drinnen«, gab Aubrey gleichmütig zurück. »Wenn ich in das Gefängnis hineinkomme, kann ich es schaffen.«

»Falls du hineinkommst«, wiederholte Dolores zynisch. »Fleming wird aber nicht sämtliche Wachen abziehen, um ein kleines Feuerchen zu löschen.«

»Nein, doch wir haben eine gute Chance, daß er die meisten wegruft. Die anderen ... mit denen müssen wir irgendwie fertig werden.«

»Wie denn?«

»Das weiß ich nicht. Aber mir fällt schon etwas ein. Wir müssen einfach!«

Aubrey stürmte in ihr Zimmer und schloß die Tür hinter sich. Sie brauchte fünf Minuten allein für sich, sonst würde sie losschreien und auf jemanden einschlagen. Sie schritt ein paarmal in dem kleinen Raum auf und ab, bis sie sich den Zeh am Bettpfosten stieß und auf die Matratze sank. Nachdem sie den Fuß solange gerieben hatte, daß sie wieder etwas fühlen konnte, erblickte sie ihr Spiegelbild, das ihr spöttisch entgegenstarrte.

»Du willst immer so clever sein«, zischte sie. »Denk dir was Cleveres aus.«

Als kein Hallelujah-Chor ertönte und keine feurigen Blitze sie umzuckten, schweifte ihr Blick auf die ordentlichen Locken, die sie früher am Abend eng hinter die Ohren gebürstet hatte. In einer hing noch ein Strohhalm, und sie zog ihn heraus. Die Locke löste sich und schlängelte sich über den recht bescheidenen Kragen ihrer enggeschnittenen Bolerojacke. Sie hatte sich für das Treffen mit McBride sorgfältig zurechtgemacht, damit nichts ihre Unterhaltung störte und sie beide an die leidenschaftlichen Nächte erinnerte, die sie nackt und in wilder Umarmung miteinander verbracht hatten.

Aubrey starrte vor sich hin.

Dann streckte sie plötzlich die Hand aus und griff nach dem anderen Band, das ihr Haar hielt. Anschließend schüttelte sie den Kopf, daß die schwarze, wilde Mähne um ihre Schultern fiel. Ein rascher Blick durch die Tageskleider, die Dolores ihr gegeben hatte, verschaffte ihr einen kurzen, bunten Rock und eine lockere Baumwollbluse, ähnlich denen, wie sie die Bauernmädchen trugen.

Aubrey zog den engen Reitrock und die hochgeschlossene Bluse aus und behielt nur das Hemd mit den schmalen Trägern und den Schlüpfer an. Dann streifte sie den bunten Rock und die Bauernbluse über, zupfte an den Puffärmeln und zog den Ausschnitt so tief sie konnte. Dann warf sie die Schuhe von sich, wirbelte herum und überprüfte die Wirkung des bunten Stoffes über ihren wohlgeformten Beinen. Fast richtig, dachte sie. Fast.

Dann suchte sie ihre Bürste und strich sich damit übers Haar, bis die glänzenden Locken knisterten und in alle Richtungen flogen. Sie malte sich einen kühnen, sinnlichen Kohlestrich um die Augen und bürstete Ruß über die Wimpern, so daß sie aussahen wie Rabenflügel. Ein Hauch Rouge auf den Wangen und Lippen, sowie ein großzügiger Spritzer

Parfüm ... Dann trat sie zurück und betrachtete gelassen die Verwandlung im Spiegel.

»Alle Heiligen beschützen uns«, betete Dolores, als Aubrey wieder in die Küche trat. »Du siehst aus wie eine ...«

»Wie eine von Rositas *putas*?«

Dolores preßte die Lippen fest aufeinander.

»Kannst du mir einen Korb geben? Irgendeine Mahlzeit, die ich ins Gefängnis bringen kann?«

Dolores kniff die Augen zusammen und sah aus, als wollte sie gleich wieder losschimpfen, aber Bruster gab ihr einen kleinen Klaps aufs Hinterteil und schob sie damit in die Küche.

»Du kannst aber keine Waffen in dem Korb verstecken«, sagte er überflüssigerweise.

Aubrey hob den Rocksaum und pochte auf das Lederhalfter, das sie mit der *Derringer* sicher an den Schenkel geschnallt hatte. Dann streckte sie einen Arm aus und streifte das breite Silberarmband, das sie trug, zum Handgelenk, schnappte mit einer flinken Daumenbewegung den Verschluß los und ein vier Zoll langes Messer schnellte heraus.

»McBride hat eine gute Wahl getroffen«, murmelte Sun Shadow in seiner Muttersprache. Dann fügte er in Englisch hinzu: »Wir dürfen uns keinen Fehler erlauben. Wir haben nur eine einzige Chance.«

Dolores packte Käse, Brot und eine Flasche Wein in den Korb. Dann wischte sie sich die Hände am Rock ab und schien äußerst mißmutig, daß die Situation ihrer Kontrolle entglitten war. Sofort ergriff sie wieder das Kommando.

»Lucius und ich werden einen Spaziergang über die *Alameda* unternehmen und zusehen, ob wir etwas Trockenes finden, aus dem man ein hübsches Feuerchen zaubern kann. Manuelo, du verziehst dich und organisierst die Pferde. Immer nur eines auf einmal, bitte, sonst könntest du gleich ein Schild aufstellen, daß da bald ein Ausbruch stattfindet.«

»Das weiß er doch, Frau«, knurrte Sun Shadow und mühte sich auf die Beine. »Er ist ein guter Mann.«

»Und wo in aller Welt willst du jetzt hin?«

»Ich komme mit Blauauge. Sie kann nicht allein gehen.«

»Der kleinste Windstoß wird dich umhauen, wenn du dich nicht tüchtig dagegen stemmst.«

»Dann werde ich das tun«, versprach er.

Dolores baute sich kampfbereit vor ihm auf, aber etwas im Blick des Ute siegte.

»Aber du kannst nicht hier raus, wenn du aussiehst wie eine Patchworkdecke. Warte, bis ich was für dich gefunden habe.«

Einen Moment später kehrte sie mit einem sauberen Hemd aus dem Laden zurück, das verdächtig wie eine Frauenbluse aussah, und mit einem zeltartigen Poncho aus brauner, beiger und grünlicher Wolle. Als sie ihn über Sun Shadows Schultern legte, war nicht nur der dicke Verband um seine Schulter völlig verdeckt, sondern auch das geladene Henry-Gewehr, das Dolores aus dem Schlafzimmer geholt hatte. Dann bekam er noch eine letzte Gabe – eine halbe Flasche Schnaps – in die Hand gedrückt, ohne daß er eine Chance hatte, sie abzulehnen.

»Ein paar Schluck davon, und dein Atem wird jedes Schwanken rechtfertigen.«

Sun Shadow roch mißtrauisch an dem Inhalt und zuckte mit wehenden schwarzen Haaren den Kopf zurück. »Ein paar Schluck davon, Frau, und ich bin nicht mehr fähig zu schwanken.«

»Beklag dich nicht, du verdammte Rothaut. Das ist mein letzter Vorrat. Und hab ja ein scharfes Auge auf das Kind hier. Wenn ihr auch nur ein Härchen gekrümmt wird, rupfe ich dich wie ein Huhn und stecke dich auf einen Bratspieß.«

»Keine Sorge, alte Hexe. Falls Blauauge etwas zustößt, wird von mir nicht viel übrig sein, wenn McBride mich in die Finger bekommt.«

26

Die Luft im Gefängnis roch faulig. Es stank nach altem Schweiß und Erbrochenem; die Mauern waren fleckig, der Lehmverputz zerkratzt und mit groben Flüchen übersät. Christian lag auf einer Pritsche in der einzigen, dunklen Zelle. Er starrte an die Decke, und seine Zunge spielte an der Lücke hinten im Mund, wo eine übereifrige Faust ihm einen Zahn ausgeschlagen hatte.

Seine Rippen schmerzten, als habe man ihn zu allem Überfluß heftig getreten. Der Blutgeschmack in seinem Mund erinnerte ihn an Sun Shadow, doch der Verlust seines Freundes war noch zu frisch und zu schmerzlich. Jetzt mußte er sich zu gelassener, kalter Logik zwingen. Er würde Holwell, den Schweinehund, kriegen. Er würde Rache an dem Ute nehmen – aber zuerst mußte er einen Weg aus dieser verfluchten Zelle finden. Christian schwang seine langen Beine über den Rand der Pritsche und probierte aus, ob er sich gerade halten konnte. Die verletzten Rippen bereiteten ihm scharfe Schmerzen, und würgende Übelkeit kroch seine Kehle hoch, aber er kämpfte gegen beides an. Dann stand er auf und trat langsam zur Zellentür. In Erinnerung an seinen letzten Besuch in Santa Fes ältestem Gebäude lächelte er grimmig. Die zahlreichen Verbrechen, die gewaltsame Kaufleute, Fallensteller und Cowboys begingen, hatten den Bau eines starken Gefängnisses erforderlich gemacht, und bei Gott, heute war er ein ebenso solider Bau wie vor fünf Jahren. Die Eisenstangen waren oben und unten fest in den Mörtel eingelassen und die Mauern zwei Fuß dick. Es gab kein Fenster, nur eine Reihe von Lüftungsschlitzen hoch oben unter der Decke.

Das Büro davor maß knapp fünf Schritte im Quadrat. Kein Gewehrschrank. Kein Ofen. Kein Schlüsselhaken in verführerischer Nähe. An der gegenüberliegenden Seite stand ein alter Schreibtisch mit einer Anschlagtafel dahinter. Jemand hatte eine Lampe stehenlassen, die vor sich hin blakte. Der Docht war zu tief geschraubt, um mehr zu bewirken als nur die Luft zu verpesten.

Stirnrunzelnd kehrte er zu seiner Pritsche zurück. Mit einem heftigen Tritt gegen den Holzrahmen bestätigte er sich selbst, daß es hier nichts gab, das auch nur im entferntesten als bedrohliche Waffe oder Werkzeug dienen konnte.

Er saß in der Falle.

Das war also aus seinen sorgfältigen Plänen geworden. Sein Bruder Ethan hatte versucht, ihm die Rückkehr nach Santa Fe auszureden, besonders, weil er nur ein paar Tage auf der Doppel-M-Ranch verbracht hatte. Ethan hatte gehofft, fünf Jahre hinter Gittern hätten Christians Ungeduld etwas besänftigt oder ihn zumindest gelehrt, erst gründlich nachzudenken, bevor er handelte.

Was Ethan aber nicht begriff, war, daß Christian genau diese fünf verdammten Jahre mit kaum etwas anderem zugebracht hatte als mit Nachdenken. Er hatte an Fleming gedacht und wie er dem Spieler jeden einzelnen Hieb zurückzahlen würde, den er in Leavenworth einstecken mußte.

Jetzt würde Fleming bezahlen … allerdings nur eine Runde Freibier für seine Häscher.

Maxwell Fleming würde am Morgen zusehen, wie man ihn aufhängte, und es schien gottverdammt nichts zu geben, was er dagegen ausrichten konnte.

Man hatte den Heuwagen aus der Gasse hinter dem *Golden Eagle* fortgefahren, aber da lag etwas anderes, ironischerweise ebenso passend für ihre Aufgabe: Feuerholz. Bruster goß die Flasche mit dem Paraffin, die er aus dem Laden mitgebracht hatte, über den hohen Stapel und spritzte zusätzlich noch etwas an die hohe, weiß gekalkte Holzwand des Saloons. Während das Öl sich in das Holz saugte, ging Bruster auf Zehenspitzen von einer Ecke des Gebäudes zur nächsten und zog die Stopfen aus den Fässern mit Regenwasser, die alle paar Fuß an der Mauer entlang standen. Als er fertig war, war sein Hemd schweißgetränkt, und die Gasse war von kleinen Schlammbächen durchzogen. Der Boden war so trocken, daß die meisten Pfützen von dem Wasser, das aus den Fässern spritzte, sofort wieder aufgesaugt wurden, aber wie das Pech es wollte, blieb eine einzige Pfütze stehen, und in ausgerechnet diese ließ Bruster sein Päckchen Streichhölzer fallen.

Er probierte ein Holz nach dem anderen, aber nichts geschah. Langsam geriet er in Panik, weil er wußte, was Dolores sagen und tun würde, wenn er bei dieser einfachen Aufgabe versagte.

Außerdem brannte in den Hotelzimmern über ihm Licht, und er konnte sich kein längeres Bleiben hier erlauben. Seine Schultern sackten herab, und er wollte sich gerade sein Scheitern eingestehen, als er hinabsah und ein einziges Streichholz erblickte, das von den anderen entfernt zu Boden gefallen war.

Mit einem leisen Gebet schlug er es an einer rauhen Stelle an und ließ es fast fallen, als der Schwefel in einer blendend blauweißen Flamme aufging.

Bruster zündete die paraffingetränkten Holzscheite mit seinem verletzten und pochenden Arm an und trat einen Schritt zurück, um dem Aufzischen der Flammen zu entgehen.

Dolores wartete am Ausgang der Gasse, und dann schlenderten sie zusammen wieder hinaus auf die Straße. Sie spazierten gemächlich zur *plaza* und bogen gerade um die Ecke von *La Fonda*, als einer der Musiker aus der Hintertür des *Golden Eagle* trat, um sich zu erleichtern, und statt dessen in einen zwei Stockwerk hohen Scheiterhaufen aus goldorangenen Flammen trat.

Aubrey hielt sich dicht an einer Mauer nahe dem *palacio* und hielt den Kopf gesenkt, falls ein paar späte Verliebte zu nah an ihr vorbeiflanierten. Von dieser Stelle aus hatte sie einen guten Überblick über die *plaza* und das Gefängnis, das direkt gegenüber lag. Sie sah Bruster und Dolores an der Ekke von *La Fonda* und ein paar Augenblicke später hörte sie die Feuersirene. Dann raste der von Pferden gezogene Löschwagen in die *Alameda*. Die *plaza* leerte sich rasch, und alle eilten in die gleiche Richtung, um zu sehen, wo das Feuer ausgebrochen war oder um sich an der Eimerkette zu beteiligen. Da die meisten neuen Häuser aus Holz gebaut wurden, war Feuer eine ernste Bedrohung.

Acht Wächter hatten auf dem Gehsteig vor dem Gefängnis herumgelungert. Sechs zogen nun ab in Richtung der Feuersirene, und die beiden verbliebenen schritten auf dem Gehsteig auf und ab und beobachteten neugierig, was sich wohl auf der anderen Seite abspielte.

Aubrey trommelte ungeduldig mit der Hand auf den Korbhenkel. Sie konnte es sich nicht erlauben, länger zu warten. Wenn das Feuer zu schwach war und zu rasch unter Kontrolle gebracht wurde, würden die Wächter zurückkehren und ihre Aufmerksamkeit verdoppeln, damit sich keine weiteren »Unfälle« ereigneten. Hinter ihr tauchte eine einsame Gestalt aus der Dunkelheit auf und taumelte auf unsicheren Beinen zum Steinrand des Brunnens. Aubrey hörte das Klirren der Flasche auf dem Stein und sah die ponchoverhüllte Gestalt wie betrunken zusammensinken, den Kopf nach vorn auf die Brust gerollt. Sie betete, daß Sun Shadow nicht wirklich bewußtlos geworden war, holte mehrmals tief Luft und trat ihren Weg über die *plaza* an. Sie hatte ihr Tuch keck um die Hüften geschlungen und schwenkte den Korb lässig hin und her. Dabei summte sie vor sich hin, als hätte sie keine einzige Sorge in der Welt.

Als sie sicher war, daß die Wächter sie bemerkt hatten, verlangsamte sie ihre Schritte, schwenkte die Hüften provozierend und zog bedeutungsvoll und demonstrativ den Ausschnitt ihrer Bluse tiefer. Dann wirbelte sie ihre wilde schwarze Mähne nach hinten und trat die letzten paar Schritte aufs Gefängnis zu.

»*Buenos noches, senorita*«, rief einer der Wächter und pfiff leise, als er die wohlgeformten nackten Waden, ihre schmale Taille, und die üppigen weichen Brüste unter dem dünnen Stoff mit den Blicken verschlang. »Was tut denn ein so hübsches kleines Ding so ganz allein hier um diese Stunde?«

Aubrey lächelte und flatterte mit den Wimpern. »Ich bringen Essen für Gefangenen«, antwortete sie in gebrochenem Englisch. »Brot ... und Käse ... und ...«

»Essen für den Gefangenen?« Der zweite Wächter trat vor.

»Niemand hat hier was bestellt.«

»Aber er ... ich bringen Essen jeden Tag. Und wenn es keinen Gefangenen gibt.« Ihr Lächeln verbreiterte sich, und sie beugte kokett den Kopf. »Dann freut sich Sheriff über das, was Maria bringt.«

»Wer hat dich geschickt?« fragte der zweite Wächter mißtrauisch.

»Meine Kusine ... Rosita Morales. Sie schickt jeden Abend ein anderes Mädchen, aber Sheriff mag mich am liebsten ...«

»Der geile alte Bock«, murmelte der erste Wächter. »Jeden Abend das beste. Findest du das vielleicht gerecht, Charlie?«

»Zum Teufel, nein. Klingt aber verdammt gerissen.«

Aubrey tat gelangweilt und tanzte eine zierliche Pirouette im Staub. Dabei ließ sie die Röcke gerade hoch genug auffliegen, daß ihr Murmeln sofort abbrach.

»Na, wenn niemand was aus meinem Korb will«, seufzte sie, »muß ich zurück in die *cantina* und mir einen anderen Spaß suchen.«

»Wow, du kleine Hexe.« Jetzt beugte sich Charlie vor und griff spielerisch nach ihrem Haar. »Wer hat denn gesagt, daß wir deinen Korb nicht teilen wollen?«

»Ahhh, Charlie ...«

»Halt die Klappe, Hank. Willst du wirklich eine wegschicken, die so süß und reif ist wie dieser Leckerbissen? Außerdem haben wir doch kaum was zu tun bis zum Morgen.«

»Und wenn die anderen zurückkommen?«

»Wenn die anderen zurückkommen ... teilen wir sie vielleicht.« Sein Arm schlang sich um Aubreys Taille, und er grinste den anderen an. »Vielleicht aber auch nicht. Wie heißt du noch, Liebling?«

»Maria Rodriguez«, gurrte sie langsam und sinnlich. »Und du, mein tapferer Gringo?«

»Charlie Boon, Schatz, und ich würde gern deinen Korb mit dir teilen.«

Er führte sie über den Gehsteig auf das Gefängnistor zu.

»Du nimmst sie mit rein?« fragte Hank mit einem nervösen Blick über den Platz.

»Wohin soll ich sie denn sonst bringen? In die Latrine vielleicht?«

»Aber was ist mit ... du weißt schon?«

»Dem großen Hund da drin? Der ist vermutlich noch bewußtlos, und wenn nicht, wird er mich nicht abhalten. Willst du mitmachen oder nicht?«

Hank blickte in den tiefen, weichen Abgrund zwischen Aubreys Brüsten und dann auf ihre Zunge, die langsam und feucht ihre Lippen umspielte.

»Yeah«, murmelte er. »Yeah, in Ordnung. Aber mach schnell, damit ich drankomme, ehe Wilson zurückkommt.«

Charlie lachte und schob Aubrey durch die Tür. Ihr Atem ging rascher, als sie hörte, wie der Riegel vor das Holz geschoben wurde, aber sie hatte kaum Zeit, sich rasch in dem dämmrig beleuchteten Raum umzusehen, ehe seine Hände schon ihre Brüste begrapschten und sein Mund ihre Schultern abknutschte. Sie gab ein paar passende leise Laute von sich, lehnte sich an seinen Körper und rieb sich an der wachsenden Schwellung in seinen Lenden.

Der Schreibtisch war das einzige Möbelstück, das sie außerhalb der Zelle sah. Der Rest – der Boden, die Wände – waren auffallend leer. Kein Zeichen von einem Schlüssel, keine Waffen.

Der Wächter wurde nun zielstrebiger, und sie richtete ihre Aufmerksamkeit auf die Zelle selbst. Da lag er, auf der Pritsche, und in einem Moment echter Panik fragte sie sich, ob er wirklich bewußtlos war und wie in aller Welt sie ihn dann hier herausschaffen konnte.

»Langsam, alter Bursche«, lachte sie nun und entwand sich den Händen des Wächters. »Meine Bluse ist neu, und ich nicht wollen, daß grobe Hände sie abreißen.«

»Dann zieh sie aus«, grunzte er.

»Der Sheriff, der macht das gern selbst ...«

Charlie Boon griff gierig nach ihr, aber Aubrey entkam hinter den Schreibtisch und lachte, als sie ihn fluchen hörte. Da sah sie eine Bewegung in der Zelle, und ihr Herz tat einen riesigen Sprung in ihre Kehle, als sie Christians massige Schultern und sein helles Haar erkannte.

»Da ist Wein im Korb, *senor*«, sagte sie hastig und blickte wieder den Wächter an. »Vielleicht du Durst?«

Er grinste und ließ die Hände auf die Schnalle seines Patronengürtels fallen. »Ich wollte dich gerade das gleiche fragen, Schätzchen.« Er legte seine Waffen auf den Schreibtisch und griff nach dem nächsten Gürtel um seine Hosen. »Du siehst aus wie ein Mädchen mit gesundem Durst, das weiß, wie man ihn löscht.«

»*Si, senor*«, hauchte sie heiser. »Ich weiß sogar mehr als *eine* Weise, das zu tun.«

Sie hob den Rock, um ihm ein langes, weißes Bein zu zeigen, und der Wächter trat um den Schreibtisch herum und knöpfte sich die Hose auf. Sein Glied stach steif und ungeduldig hervor. Immer noch grinsend griff er nach ihren Brüsten, als er den unerwarteten Druck von kaltem Metall in den Lenden spürte. Verdutzt blickte er an sich herab und sah die *Derringer*, die sich in sein dickes, krausiges Haar preßte.

»Tritt zurück«, befahl sie ihm knapp, »und versuch ja nicht, deinen Freund zu rufen.«

Charlie Boons Augen waren nun zu bloßen Schlitzen zusammengekniffen, aber er folgte der Anweisung. Die Waffe wurde, wie ihm auffiel, mit gewohnheitsmäßiger Leichtigkeit gehandhabt, und obwohl die Ladung in den vier Kammern wenig war, konnte man aus dieser Nähe damit doch beträchtlichen Schaden anrichten.

»Die Schlüssel ... wo sind sie?«

»Die hat einer der anderen«, höhnte er. »Sollen wir auf sie warten?«

Christian war an das Gitter getreten. »Sieh in der Schublade nach. Vielleicht gibt es ein Doppel. Gib mir eine Waffe. Ich halte ihn in Schach, während du nachsiehst.«

Sie gab ihm einen von Charlie Boons zerdellten *Remingtons* und rannte zum Schreibtisch zurück. Die Hoffnung auf einen zweiten Schlüssel war nur von kurzer Dauer, aber sie fand ein Jagdmesser und steckte es in den Rockbund.

»Irgendwas?«

»Nein, aber ich habe für den Fall das hier dabei.« Sie zog eine lange Haarnadel hervor und bog sie zu einer kantigen Schlaufe. Christian sah ihr zweifelnd zu, als sie sie in das Schloß steckte und langsam herumdrehte. Es war eine lächerliche Zeitverschwendung, und das wollte er gerade sagen, als das Schloß scharf klickte und die Zellentür aufschwang.

»Wie konnte ich daran zweifeln?« meinte Christian. »Ich habe vergessen, wo du zur Schule gegangen bist.«

Er trat aus der Zelle und bedeutete dem Wächter, hineinzutreten.

»Mit 'ner Haarnadel kommt ihr an Hank aber nicht vorbei«, zischte er.

»Das gleiche hat er vermutlich über dich gesagt«, entgegnete Christian und schlug ihm mit dem Knauf der *Remington* auf den Hinterkopf. Dann fing er den schweren Körper auf und ließ ihn auf die Pritsche gleiten.

»Wie viele stehen draußen? Klang 'ne Weile so, als hätten sie die halbe Stadt da postiert.«

»Hatten sie auch. Jetzt ist nur noch einer da. Die anderen sind … anderweitig beschäftigt, aber ich weiß nicht, wie lange noch.«

Er warf ihr einen Blick zu, in dem Bewunderung aufglänzte.

»Bei Gott, ich dachte, ich sehe nicht richtig, als du durch die Tür gewalzt kamst. Ich hatte fast schon vergessen, wo ich war, als du deine kleine Schau abzogst.«

»Dann erinnere dich bitte schleunigst wieder«, erwiderte sie, »es sei denn, du willst hier weiter mit mir plaudern, bis die anderen zurückkommen.«

»Es wird dich überraschen, zu erfahren, was ich in diesem Moment am liebsten täte.«

»Und du hast zu mir gesagt, ich suchte mir immer die schlechtesten Gelegenheiten aus!«

»Tust du auch, nur diese hier hast du übersehen.«

»Sun Shadow aber nicht. Noch ein paar Minuten, und er schießt die ganze Straße wach.«

»Sun Shadow!« Christian umklammerte ihren Arm. »Er ist noch am Leben?«

»Und wartet draußen.« Sie schob ihn sanft in Richtung Tür. »Diesen Teil des Plans haben wir nicht genau abgesprochen. Falls du also eine gute Idee haben solltest ...?«

»Setz einfach deinen Charme ein«, antwortete er und fuhr ihr durchs Haar, »und lock den armen Bastard hier rein.« Dann hielten seine Hände inne. Er umschloß ihr Gesicht einen Moment lang und küßte sie fest auf den Mund.

»Wozu das jetzt?« fragte sie atemlos.

»Du mußt doch echt wirken. Und jetzt ... stimmt es fast.«

Er küßte sie wieder, diesmal mit verzehrenden Lippen und in hungriger Sehnsucht. Dann preßte er ihren Körper an sich, und sie erkannte schockiert, wie rasch und intensiv sie trotz der riskanten Lage auf ihn reagierte.

»So ...«, murmelte er, und seine Augen glänzten silbern im Lampenschein auf. »So stimmt's. Jetzt siehst du genau so aus, wie ich mir dich in den letzten zwei Stunden vorgestellt habe. Du weißt das vermutlich nicht, aber so ein Blick verrät einem Mann, daß du ...«

Dann schob er den Riegel beiseite und öffnete die Tür. Aubrey drehte sich leicht benommen um und runzelte die Stirn, als der zweite Wächter auf die Füße sprang.

»Ich ... brauche Hilfe ...« flüsterte sie atemlos. »Dein Freund ist völlig erschöpft, kommst du ihn ablösen?«

Hank holte scharf Luft. Dann schob er sich eifrig durch die Tür und sackte ebenso stumm wie sein Partner auf dem Boden zusammen.

Christian steckte die Waffe in seinen Hosenbund und zerrte den zweiten Mann in die Zelle.

»Kannst du das genau so wieder zusperren?«

»Weiß ich nicht. Ist eigentlich nie nötig.«

»Verstehe.« Dann löschte er die Lampe, schnallte sich Charlie Boons Patronengürtel um, warf sich den von Hank über die Schulter, öffnete die Tür und spähte hinaus auf die verlassene *plaza*. Ein rascher Spurt brachte sie zum Brunnen, wo Sun Shadow zusammengesackt auf sie wartete und sich ihnen anschloß, und dann verschmolzen die drei mit der Dunkelheit … und keiner von ihnen erweckte auch nur den leisesten Anschein, als habe er am Überleben des anderen gezweifelt.

»Die Pferde sind hier«, zischte Sun Shadow und führte sie auf den steinernen Bogengang der Missionsstation zu. Dort stand Manuelo mit Bruster und Dolores und sechs tänzelnden Pferden.

Die knorrigen Hände des Schmieds umklammerten Christians Schultern, und sein Grinsen spiegelte tiefe Erleichterung.

»Ich wußte, daß sie dich nicht lange hinter Gittern halten würden, *senor*.«

»Dann wußtest du mehr als ich, *amigo*. Machen wir uns aus dem Staub. Ich denke, die beiden da drin wachen so schnell nicht wieder auf, aber es könnte jemandem auffallen, daß keine Wächter mehr draußen stehen. Wenn Fleming erfährt, daß ich verschwunden bin, brauchen wir jede Sekunde Vorsprung. Bruster, kannst du reiten?«

»Der Arm ist etwas hinderlich, aber ich schaffe es schon.«

»Dolores?«

Sie blickte die Pferde ebenso mißtrauisch an wie diese sie.

»Der Herr habe Gnade, ich habe seit einem Dutzend Jahren nicht mehr im Sattel gesessen, aber wenn der fette alte Bussard das kann, dann kann ich es auch. Außerdem lasse ich ihn nicht mehr aus den Augen. So wertlos er auch ist, er schuldet mir zehn Jahre Fragen, wo er sich nachts herumgetrieben hat und welche Flittchen all den Schmuck und den Schnickschnack tragen, den er mir bei unserer Hochzeit versprochen hat. Eine Frau hat ihren Stolz, weißt du. Sie braucht etwas, das sie an ihre Enkel weitergeben kann.«

»Ach, mein Täubchen, wir haben doch nicht mal Kinder«, meinte Bruster zaghaft.

»Und dafür gibst du vermutlich mir die Schuld«, wollte Dolores wissen und stemmte die Hände in die Hüften. »Ich wollte Kinder. Eine Frau sollte Kinder haben, wenn auch nur aus dem Grund, daß die die Fehler in ihrem Leben wieder ausgleichen. Alle Ungerechtigkeiten wieder gutmachen. Schulden bezahlen!«

Christian runzelte die Stirn. »Ich mische mich zwar nicht gern in einen Familienstreit ein, aber wir sind ein bißchen in Zeitdruck.«

»Na, zum Teufel, dann sag doch einfach, ich soll die Klappe halten und meinen fetten Arsch auf das Pferd hieven.«

Christian öffnete gerade den Mund, um zu gehorchen, überlegte es sich aber anders und wandte sich statt dessen Aubrey zu. »Nimm das Pony. Das ist am kleinsten, und du bist die leichteste.«

Aubrey stand etwas abseits. Das Echo von Dolores' Worten drang ihr in die Haut wie schwerer Nebel. Der Mann, den sie liebte, stand nur eine Armlänge von ihr entfernt. Sie konnte nicht viel von seinem Gesicht erkennen, aber jede einzelne kastanienfarbene Wimper war ihr vertraut, jeder dunkle Bartstoppel, jede Falte um Mund und Augen und selbst die winzige Narbe, die eine Braue durchschnitt. Sie kannte ihn nackt und kühn, als er wie ein bronzener Neptun aus den Fluten stieg, und sie kannte ihn heiß, verstaubt, und verwegen genug, um ihr mitten in einem Indianerangriff einen Kuß zu rauben. Sie kannte seine Wut und sein Gefühl für Gerechtigkeit. Er würde zurückkommen und Fleming umbringen, weil der Mann ihn um fünf Jahre seines Lebens betrogen hatte. Aber Aubrey und ihre Familie hatte er um viel mehr betrogen.

»Ich gehe nicht mit«, sagte sie leise.

»Wie meinst du das, du gehst nicht mit? Natürlich kommst du mit. Steig aufs Pferd.«

»Ich kann nicht. Christian ...« Sie wich zurück auf das

Tor zu. »Es tut mir leid. Ich kann nicht. Ich habe etwas vergessen. Etwas sehr wichtiges, und ohne das kann ich nicht gehen.«

»Etwas *vergessen*? Was immer das ist, so wichtig kann es nicht sein. Nicht so wichtig wie dein Leben!«

»Schsch. Da kommt jemand«, warnte Sun Shadow.

Zwei lange Schritte brachten Christian neben Aubrey, und dann schlang er einen Arm um sie, um sie in eine Mauernische zu zerren. Die Schritte gingen dicht vor ihnen vorbei, aber sie waren fest und ohne Hast, nicht verstohlen oder suchend. Im nächsten Augenblick waren sie außer Hörweite.

»Es reicht«, beschloß Christian. »Steig auf das verdammte Pferd. Wir können deine Flausen später ausdiskutieren.«

»Ich habe nein gesagt!« Aubrey spannte den Hahn der *Derringer* und richtete sie auf Christians Herz.

Überraschung, Wut und dann feindseliger Trotz ließen seine Züge anspannen, während er die Arme vor der Brust verschränkte und sie anstarrte. »Wir müssen etwas gegen deine Neigung unternehmen, ständig eine Waffe auf mich zu richten.«

Aubrey befeuchtete ihre Lippen und umklammerte die Pistole fester. »Wenn du mich zwingst, abzudrücken, wird die ganze Stadt von dem Knall wach.«

»Madam, wenn du das Ding abziehst, bezweifle ich sehr, ob mich das noch kümmert.«

Aubrey ignorierte seinen Sarkasmus und hielt die Waffe auf seine Brust gerichtet. »Ich habe gesagt, daß ich nicht mitkomme, und dabei bleibe ich.«

»Gut. Ich habe dich verstanden. Und nun?«

»Jetzt … sitzt ihr auf und reitet aus Santa Fe heraus.«

»Und lassen dich hier zurück?« fragte er sanft.

»Ja. Ihr laßt mich hier.«

Christian machte eine rasche Geste mit der Hand, und dann sah Aubrey, wie Sun Shadows Poncho in einen Lichtstrahl trat. Der Ute hatte sich von hinten an sie heranschleichen wollen, aber McBride hielt ihn zurück.

»Ich kann nicht für die anderen reden«, sagte Christian, »aber ich für meinen Teil bin neugierig, was du hier noch willst, während wir anderen aus der Stadt reiten.«

»Mach dir darum keine Sorgen. Ich komme schon zurecht. Sag mir nur, wo ich dich treffen kann, und ich komme nach. Ich schwöre es.«

Christian senkte leicht den Kopf und hob ihn dann wieder. Ein leises Lächeln zuckte in seinen Mundwinkeln.

»Und was, wenn ich fragen darf, bringt dich auf die Idee, daß ich mich mit dir treffen will?«

Da schwankte Aubrey und riß vor Wut die Augen weit auf.

»Christian, bitte«, flüsterte sie. »Du verstehst das nicht.«

»Nein«, erwiderte er grob. »*Du* verstehst das nicht. Du kommst entweder jetzt mit mir, oder ich reite hier weg und du siehst mich nie wieder.«

Das sagte er leise, aber mit völliger Überzeugung und Entschiedenheit, so daß sie wußte, daß er ihr nicht einfach nur ein Ultimatum stellte. Er teilte ihr lediglich eine Tatsache mit.

»Es tut mir leid«, rief sie leise. »Christian ... es tut mir so leid ...«

Da griff eine Hand über ihre Schulter, und ein Finger glitt geschickt zwischen den Hahn und die Sicherung, so daß sie die Pistole unmöglich abziehen konnte. Ein zweiter Arm schlang sich um ihre Taille und drückte ihr fast die Luft ab.

»Haben wir ein Problemchen?«

Aubrey erkannte die Stimme und keuchte. »Du!«

»Kein Problem, Billy«, warf Christian ungerührt ein. »Ich wollte nur herausfinden, wo ich ein für allemal stehe.«

»Yeah, aber zu lange würde ich nicht hier herumstehen.«

Billy wand die Waffe aus Aubreys Händen und setzte sie wieder ab. Sobald ihre Füße den Boden berührt hatten, wurde sie heftig beiseite geschoben – diesmal von Sun Shadow, der aus dem Dunkeln auf sie zugesprungen war, ein glitzerndes Skalpiermesser in der Faust. Er stürzte sich auf Billy, und die beiden Männer fielen in einem Knäuel aus ineinander verwickelten Gliedern und einer Staubwolke zu Boden.

»Was zum Teufel ...?« Christian sprang vor.

»Sun Shadow sagte, es war Billy, der dich in der Schmiede verraten hat!« rief Dolores. »Er sagte, es war Billy, der Flemings Männer zu dir führte!«

»Shit! Nein, Sun Shadow ...!« Christian sah das Messer zum Stoß erhoben und stürzte sich in den Kampf. Die Klinge fuhr bereits in tödlichem Schwung abwärts, als er das Handgelenk des Ute umklammern und sie vom Ziel ablenken konnte. »Nein, Sun Shadow. Es war nicht Billy. Es war nicht Billy! Wenn überhaupt, dann hat Billy verhindert, daß ich eine Kugel in den Kopf bekam. Hörst du mich? Verstehst du, was ich sage?«

Er wiederholte es noch einmal in Schoschonisch, um ganz sicher zu gehen, und ganz, ganz langsam löste sich der Ute aus der todbringenden Haltung, und seine gekrallten Finger gaben Billys Kehle frei.

Billy rollte rasch zur Seite und schnappte panisch nach Luft.

Er spuckte, würgte und rang nach Luft. Er hörte, wie das Herz in seiner Brust pumpte, und spürte die Erde, die an dem Schweiß auf seiner Stirn kleben geblieben war.

»Jesus!« keuchte er und schob sich hoch, als Christian ihm aufhelfen wollte. »*Jesus*!«

Sun Shadow mühte sich ebenfalls, seinen Atem unter Kontrolle zu bringen, aber aus einem anderen Grund. Die Schulterwunde hatte sich geöffnet, und frisches Blut sickerte durch den Verband und durchweichte sein Hemd. Aber es fiel niemandem auf. Ihr Interesse war ganz auf den jungen berüchtigten Scharfschützen gerichtet, dem beinahe die Kehle durchschnitten worden wäre.

»Billy, bist du in Ordnung?« fragte Christian und kniete sich neben ihn.

Billy rieb sich den Hals und schob das Kinn hin und her, bis die Gelenke wieder an Ort und Stelle saßen. »Yeah. Yeah, ich werd's überleben. Aber wenn du mich nächstesmal einlädst, dein Feuer zu teilen ... dann muß ich leider darauf verzichten, wenn du nichts dagegen hast.« Dann brach er ab und blickte mißtrauisch zu Sun Shadow hoch. »Bist du sicher, daß er auf deiner Seite steht.«

McBride grinste. »Soweit ich weiß, ja. Sun Shadow ... bist du in Ordnung?«

»Es ginge mir besser, wenn du mir sagtest, warum ich den Kerl hier nicht umbringen sollte.«

»Billy war dabei, als Fleming seinen Männern befahl, uns zu suchen. Er wußte, daß wir bei Manuelo sein würden, und schlich sich nach hinten, um uns zu warnen, aber die Schießerei hatte bereits angefangen. Er wußte, daß wir umzingelt waren, und auch, daß ich meine Waffen niemals niederlegen würde ... daher gab er mir aus Liebe den kleinen Hieb ...«, er rieb sich den Kopf, »... und sagte, ich solle das nicht persönlich nehmen, er würde sich was einfallen lassen, wenn sich die Dinge beruhigt hätten.«

Sun Shadow spähte durch die Dunkelheit zu Billy. »Ich wußte nicht. Ich dachte ...«

»Ich kann mir denken, was du dir gedacht hast«, erwiderte Billy grimmig. »Hölle, ich dachte, du wärest tot, glaubte Holwell hätte dich richtig erwischt.«

»Nur ein Kratzer«, gab der Ute verächtlich zurück, die Wunde und alle weiteren Fragen danach mißachtend.

Christian stand auf und sah sich um.

»Hurensohn«, murmelte er. »Aubrey?«

»Sie war ... gerade noch ... hier«, sagte Bruster und deutete hilflos auf den leeren Platz neben ihm. »Sie muß bei der Balgerei geflohen sein.«

»Gottverdammt! Ich gebe ihr mehr als nur eine Balgerei, wenn ich sie erwische«, schnaubte Christian und trat wieder hinaus auf die *plaza*.

»Bleib hier«, riet Billy und griff nach seinem Arm. »Die ganze Stadt weiß, daß du im Gefängnis sitzt. Sie erschießen dich, sobald sie dich sehen.«

Christian blieb an der Mauer der Missionsstation stehen und schlug mit dem Handballen dagegen. »Etwas Wichtiges, sagte sie. Was zum Teufel kann denn so wichtig sein? Bruster?«

Bruster schluckte mühsam, als der Rancher ihn anrief, aber außer einem unverständlichen Gestammel und hilflosen Gesten brachte er nichts heraus.

»Sie würde es nicht wagen, zu Fleming zurückzugehen«, fragte McBride, »oder?«

Bruster wich etwas zurück, aber Christian schob sich hinter ihm her, die Fäuste immer noch um das Skalpiermesser geballt, das er Sun Shadow bei dem Angriff auf Billy abgerungen hatte.

»Warum sollte sie in den *Eagle* zurückgehen? Was gibt es da so verdammt Wichtiges? Was geht hier eigentlich vor, von dem ich nichts weiß?«

»Oh, mein Herr«, hauchte Dolores. »Oh, du süßer Jesus.«

Christian wirbelte herum. »Was? Was ist es?«

»Nun ... ich bin nicht sicher, aber ... es gibt etwas, das für sie wichtiger ist, und verdammt, wenn ich es nicht war, die sie daran erinnert hat. Mein großes Maul, wie ich über Enkel gequatscht habe und Erbe und sowas. Aber vielleicht habe ich unrecht ... doch sie schien richtig aufgebracht, als sie mir erzählte, daß sie sie gestern abend gesehen hat.«

Die Adern an Christians Hals und Schläfen schollen an. »*Was* gesehen hat?«

»Die Brosche ihrer Mama.«

»Was?«

»Die Brosche ihrer Mama. Sie sah, wie Fleming sie der verrückten Opernsängerin schenkte. Ich fragte sie, woher sie wüßte, daß es die gleiche war, aber sie sagte, es gäbe keine zwei davon in der ganzen Welt. Smaragde und Brillanten, sagte sie. Gehörte ihrer Mama und davor ihrer Oma und ... an die zehn Omas vor der.«

»Und wie in Jesu Namen hat Fleming sie bekommen?«

»Seine Männer haben sie geklaut. Haben sie der toten Mama aus der Hand gerissen, nachdem sie sie umgebracht und ihr das Haus über dem Kopf angezündet haben.«

Christian taumelte stumm einen Schritt zurück. Er blickte

von Dolores tränenerfüllten Augen zu Brusters gesenktem Kopf und spürte, wie sein Magen sich umstülpte.

»Welche Puzzleteilchen fehlen mir jetzt noch?« wollte er mit heiserer Stimme wissen.

»Etwa zehn, Schatz«, schluchzte Dolores. »Aber das einzige, was jetzt zählt, ist, daß das Mädchen dich liebt; doch sie wird diese Stadt nicht ohne die Brosche ihrer Mama verlassen, selbst auf das Risiko hin, dafür zu sterben. Ihre Mama ist dafür gestorben, und sie schleppt diesen Alptraum schon seit mehr als zehn Jahren mit sich herum.«

»Zehn Jahre?«

Das muß ein wahnsinniger Alptraum gewesen sein, fügte er für sich hinzu.

»Ist es jedesmal.«

»Jedesmal? Hast du ihn schon mal erlebt?«

»Meine Eltern wurden ermordet, als ich dreizehn war, und ich habe das ganze mitangesehen.«

»Jesus Christus«, flüsterte er. »Warum hat sie mir das nicht erzählt?«

»Das wollte sie wohl, Schatz. Sie wußte nur nicht, wie.«

Christian stampfte hin und her, mit kurzen abgehackten Schritten, die Hände zu Fäusten geballt.

»Wie?« fragte er und blieb stehen. »Wie will sie sie zurückholen? Woher weiß sie überhaupt, wo sie sie finden kann?«

»Die Sängerin trägt sie heute abend nicht«, warf Billy ein. »Jedenfalls nicht, als ich sie vor 'ner Stunde oder so jodeln sah. Sie hatte was Funkelndes am Hals, aber nicht das gleiche Ding wie gestern abend. Fleming hat sie vermutlich ausgetauscht. Das tut er oft, um die Frauen zu beeindrucken.«

»Aubrey weiß das aber nicht, oder? Und wenn sie Magentas Zimmer durchsucht und sie nicht findet ... wo würde sie als nächstes suchen?«

Da räusperte sich Bruster. »Ich ... ich könnte ihr unfreiwillig diese Information gegeben haben.«

Christian starrte ihn stumm und wütend an.

»Ich ... äh, scheine erwähnt zu haben, daß Fleming in seinem Büro einen Safe hat und dort die meisten Wertsachen aufbewahrt.«

»Einen Safe?« knirschte Christian. »Sie kann einen verdammten Safe knacken?«

Bruster strahlte stolz auf und wollte gerade ausführlich beschreiben, wie geschickt Aubrey Schlösser und alle möglichen Safes öffnen konnte, aber nach einem warnenden Blick von Christian schwächte er seine Ausführungen zu einem bescheidenen »Ja, ja« ab.

Dann trat Christian zum nächststehenden Pferd und zog ein Gewehr aus der Satteltasche. »Manuelo!«

Der Schmied trat einen Schritt vor. »*Si patròn*.«

»Glaubst du, du kannst bei Nacht den Weg über die Berge finden?«

»Zur Doppel-M? *Si*, sogar mit verbundenen Augen.«

»Dann mach dich auf den Weg. Nimm Bruster und Dolores mit, und wenn sie irgendwie nicht mitkommen, erschieß sie.«

Der Mexikaner zog fragend die Brauen hoch. »*Si patròn*. Wie weit dürfen sie zurückbleiben?«

»Etwa so weit, wie du sie werfen kannst.«

Manuelo hielt das für eine gute Antwort und nickte.

Sun Shadow suchte noch zwei weitere Gewehre und alle Munition zusammen, die er tragen konnte. Billy sah ihnen zu und kratzte sich am Kinn. Dann starrte er zweifelnd auf die Mondsichel, die sich über das Kuppeldach der Missionskirche schob.

»Wer immer das Feuer im *Eagle* gelegt hat, hat seine Sache gut gemacht. Die halbe Rückwand ist abgebrannt, ehe sie auch nur einen Tropfen Wasser hatten. Sollte jetzt ziemlich leer sein da, mit dem Rauch und so. Aber Fleming ist irre geworden wie ein Bulle, dem eine Klette in der Nase sitzt. Mir scheint aber, daß die meisten seiner Halunken drinnen sitzen. Also ist es unser Problem, wie wir sie nun wieder raus kriegen.«

Er reckte den Hals, um über die Mauer der Missionsstation zu blicken, und schnalzte dann mit gespielter Entrüstung die Zunge. »Na. Sieht so aus, als würde sich niemand um den Gefangenen kümmern. Vielleicht sollte ich mal rüberschlendern und Mr. Fleming mitteilen, daß jemand die Tür offengelassen hat.«

»Kannst du Sun Shadow und mir etwa eine Viertelstunde geben, um in Position zu gehen?«

»Geritzt. He ...?«

McBride warf einen Blick über die Schulter.

»Meinst du wirklich, daß sie es schafft?«

»Bring einfach Fleming und seine Männer da raus«, knurrte Christian. »Was sie in den fünf Minuten, ehe ich sie finde und ihr den Hals umdrehe, nicht schafft, geht mich nichts mehr an.«

Billy grinste. »Hölle, gib ihr lieber zehn Minuten. Ich möchte gern das Gebrüll hören, wenn er merkt, daß eines seiner Schmuckstückchen verschwunden ist. Und mach dir keine Sorgen. Ich bin immer bei ihr.«

»Soll mich das vielleicht trösten?«

Billy kicherte und sah dem beeindruckenden Paar nach, das in Richtung des *Golden Eagle* verschwand.

27

Das Feuer im *Golden Eagle* war gelöscht. Heiß und strahlend hell war es an der Rückwand des Spielsaloons hinaufgelodert, hatte sich aber dank der vollen Blase des Musikers weder auf die Nachbarhäuser ausgebreitet, noch das Dach ergriffen. Das weißgekalkte Holz war nun rußig geschwärzt und angekohlt und qualmte immer noch. Die Brigade mit der Eimerkette von den Pferdetrogen an der Vorderseite hatte ununterbrochen Wasser an die Mauern gespritzt. Den Stapel Feuerholz hatte man zerstreut, und nun lagen unzählige qualmende, schwelende Scheite in der Gasse verstreut. Die Männer stocherten in ihnen herum, um auch die letzte Glut zu löschen, und tasteten mit langen Eisenstangen alles ab, was noch verdächtig aussah. Fleming war außer sich vor Rage. Große, schwarze Rauchwolken waren über die Bühne gerollt und hatten das Casino wie beißender Nebel durchzogen. Magenta Royale hatte, mitten in einem Lied, den Alarm mit einem so lauten Kreischen ausgelöst, daß fast jedes Glas und jeder Spiegel im Saloon zersplittert wäre. Sie verschwendete keine Minute bei ihrer Flucht und schlug dabei einem armen Trottel die Faust ins Gesicht, weil sie fand, er spränge ihr nicht rasch genug aus dem Weg.

Die anderen Mädchen hatten ebenfalls angefangen zu schreien und trugen mit ihrer Panik zu der allgemeinen Verwirrung und dem Lärm bei. Die Croupiers, die gut auf alle möglichen Notlagen vorbereitet waren, vergaßen alles, was sie gelernt hatten und eilten auf die Straße. Die Spieler und Huren folgten kaum einen halben Schritt hinter ihnen – die kurze Pause hatten sie genutzt, um alles Kleingeld und zurückgelassene Spieljetons einzusammeln, ehe sie sich unter die Menge mischten, die auf den Ausgang zueilte. Tische wurden umgestoßen, Stühle zerschlagen. Ein Croupier hatte begeistert angefangen, die Bahnen des roten Samtvorhangs herabzureißen, ehe er von der allgemeinen Panik ergriffen wurde.

Es würde Tage dauern, bis alles wiederhergestellt war, und vermutlich viel länger, um den Verlust an den Spieltischen wieder auszugleichen.

Fleming ähnelte nun kaum noch dem kühlen, eleganten Besitzer des größten und reichsten Casinos in Santa Fe. Sein normalerweise ölig-glatt zurückgestrichenes Haar war zerzaust und fiel ihm in fettigen Strähnen in die Stirn. Sein gefälteltes Hemd aus feinster Merinowolle war rußfleckig und am Hals aufgerissen. Er trug kein Jackett, und die Ärmel hatte er bis zum Ellbogen hochgerollt.

Er stand im leeren Saloon, umgeben von Chaos und der unheimlichen Stille seiner grimmig aussehenden Männer. Sie waren alle verschmutzt und verschwitzt, einige hatten Brandwunden, andere aber waren damit beschäftigt, ihren verwundeten Stolz zu pflegen.

»Ich will wissen, wie das geschehen konnte«, sagte Fleming leise. Seine Worte klangen sehr entschieden und sehr deutlich. »Ich will wissen, wer in der Gasse war, wie er dort hingelangt ist und warum ihn niemand gesehen hat. Am meisten aber will ich, daß er gefunden wird und daß man ihn hierher bringt. Lebendig.«

Er hielt inne und schwenkte eine unangezündete Zigarre – eine Geste, die die ungeteilte Aufmerksamkeit aller Anwesenden forderte.

»Mir ist egal, ob ihr dafür die verdammte Stadt auseinandernehmen und auf den Kopf stellen müßt. *Irgend jemand* muß etwas gesehen haben. Fragt die Mädchen aus, deren Zimmer nach hinten raus gehen. Fragt die Gäste im Hotel, die die Gasse überblicken konnten. *Irgend jemand* muß etwas wissen, und ich will, daß das Schwein, das das verbrochen hat, gefunden wird – auch wenn ihr ein paar Hälse umdrehen müßt, um jemanden zum Reden zu bringen.«

Dann brach er ab, und sein Blick wanderte langsam durch den Raum. »Seht euch das an«, zischte er. »Seht euch das an!«

»Keine Sorge, Boß«, sagte Clay Wilson. »Wir finden schon heraus, wer das angestellt hat. Wir brauchen nur herauszufinden, wem das hier gehört …« Sein schwieliger Finger deutete auf einen Gegenstand auf der Theke: Es war eine dünne Silberkette mit einer angesengten Hasenpfote daran. Die meisten Glücksspieler trugen irgendeinen Talisman bei sich, auch diejenigen, die angeblich nicht abergläubisch waren. Die Hasenpfote selbst war kein Beweis, besonders, da sie stark angesengt und schlammverkrustet war, aber die Kette. Am anderen Ende hing ein Silberwürfel. Die Punkte bestanden aus winzigen bunten Glassplittern. Es war ein wertloses Stück – außer für den Besitzer, und so ungewöhnlich, daß es vielleicht jemandem aufgefallen war. Man hatte die Kette direkt vor der Hintertür gefunden, zwischen dem Holzstapel und einer Pfütze mit verstreuten Streichhölzern. Da fiel Fleming zum erstenmal etwas anderes auf.

»Wilson ... solltest du nicht vor dem Gefängnis Wache stehen?« Dann überflog er die anderen Gesichter und sah, wie einige erstarrten und unruhig von einem Fuß auf den anderen traten.

»Wir hörten, daß ein Feuer im *Eagle* ausgebrochen war und daß man unsere Hilfe brauchte.«

»Ihr habt das Gefängnis ohne Wachen gelassen?«

»Nein, Boß, Hank und Charlie sind noch da. Und wir sind erst vor zwanzig Minuten hergekommen.«

Fleming öffnete den Mund, um dem beschränkten Idioten zu erzählen, was man alles in zwanzig Minuten erreichen konnte, aber das brauchte er nicht. Sein Blick fuhr statt dessen zum Eingang, wo Billy Bonney gerade die Schwingtür auftrat und einen halb bewußtlosen Hank Dunn hereinschleppte.

Was an Farbe in Flemings Gesicht verblieben war, verschwand nun, und man sah ihm jedes einzelne seiner vierundvierzig Jahre an. Er brauchte die Frage eigentlich nicht zu stellen, tat es aber dennoch:

»Was ist passiert?«

»Konnte nicht viel aus ihm herausbekommen, Boß«, keuchte Billy und übergab seine Last erleichtert zwei stämmigeren Männern. »Ich kam gerade über die *plaza* – auf dem Weg hierher – als ich sah, daß das Gefängnis irgendwie verlassen wirkte. Als ich nachsah, war die Zelle aufgeknackt, und Hank und Charlie lagen mit dem Gesicht nach unten ohnmächtig da.«

»McBride?«

»Weg.«

»Weg? Was zum Teufel meinst du mit ›weg‹?«

Flemings Finger spreizten sich um die unangezündete Zigarre und zerquetschten sie zu einer formlosen Masse aus Tabakblättern. Er warf sie zu Boden und schritt in kalter Wut in dem Chaos des Casinos auf und ab. Dann verließ er türenschlagend den Saloon, und seine Männer erhoben sich hastig und folgten ihm die Straße entlang zum Platz.

Flemings wütende Schritte gaben das Tempo für die beträchtliche Horde Leibwächter an, als sie die Ecke der *Alameda* umrundeten und über die *plaza* zum Gefängnis marschierten. Scud Holwell und zwei andere folgten Fleming in das Lehmgebäude hinein, während ein Dutzend anderer einem knappen Befehl folgten, sich zu verstreuen und die Umgebung abzusuchen, obwohl sich niemand der Täuschung hingab, daß Christian McBride sich noch in der Nachbarschaft befand. Ein paar Augenblicke später tauchte Fleming wieder auf – sein Hemd ein weißer Fleck vor dem dunklen Eingang. Das Gaslicht an beiden Enden des Gehsteigs vor dem Gefängnis tauchte ihn in gedämpftes gelbes Licht und warf seinen langen, tanzenden Schatten an die Mauer. Drei andere Silhouetten gesellten sich hinzu, als man Charlie Boons halb ohnmächtigen Körper auf die hölzerne Plattform davor schleppte und ihn neben den vierschrötigen, knolligen Schatten legte, der Scud Holwells Bewegungen spiegelte.

»Wie?« wollte Fleming wissen. »Wie ist es passiert?«

»War nicht unsere Schuld, Boß«, keuchte Boon. »Sie ... hat uns überrascht.«

»Sie?«

»Eine Frau. Eine Hure. Sie brachte Essen ins Gefängnis. Sie hatte eine Waffe, hielt mich in Schach, und McBride hat mich ausgeknockt ... und an mehr erinnere ich mich nicht.«

»Das ist alles?« fragte Fleming sanft. Sein Blick fiel auf Boons offene Hose. »Ich habe den Eindruck, da fehlen ein paar Einzelheiten. Scud ...?«

Holwell trat vor Boon und griff mit der Faust nach dem Hemd des Mannes, um den heftigen Schlag besser landen zu können, den er ihm gegen das Kinn versetzte. Sein Kopf flog scharf zur Seite. Ein zweiter Hieb sorgte für einen abgebrochenen Zahn, ein dritter riß Boons Kiefer mit hörbarem Knacken aus dem Gelenk und löste einen tierartigen Schmerzschrei aus.

Fleming hielt die Hand hoch.

»Du sagtest, eine Hure brachte Essen ins Gefängnis. Welche Hure? Wer war sie? Wie hieß sie? Hast du sie vorher schonmal gesehen?«

»Nein. Noch nie … Sie sagte, sie hieße Maria.«

Fleming ballte die Fäuste vor Abscheu und blickte zu Holwell. Zwei weitere Volltreffer landeten im Bauch des Kumpanen.

»Die Hälfte aller Huren in Santa Fe heißt Maria«, sagte Fleming mit gepreßter Stimme. »Wenn dir nichts besseres einfällt, muß ich dich Scud übergeben, bis …«

»Rodriguez«, schrie Boon heiser. »Sie sagte … sie heißt Maria Rodriguez und … sie arbeitet bei Rosita. Mehr weiß ich nicht. Mehr hat sie mir nicht gesagt. Ich schwöre es.«

Fleming holte tief Luft, um sich zu beruhigen. Dann bedeutete er zweien seiner Männer, sich auf den Weg zu Rositas *cantina* zu machen, aber Fleming setzte nicht viel Hoffnung darauf, daß sie dabei Erfolg hatten. McBride war nicht lange genug in der Stadt, um die Loyalität einer Hure zu erlangen, obwohl er bei Frauen in gutem Ruf stand. Wen kannte er hier? Wichtiger noch war, wen kannte er, der das Risiko einging, sich gegen Flemings mächtige Autorität aufzulehnen? Und wo würde er eine Frau finden, die gerissen, kühl und verwegen genug war, sich als Hure auszugeben und den Bastard aus dem Gefängnis zu befreien – direkt unter seiner Nase? Er schritt auf dem Gehsteig auf und ab und blieb dann neben einem der Holzbalken stehen, die das Vordach stützten. Er starrte in den glimmenden Kern des Gaslichts, und seine Augen spiegelten die Flamme mit unheiligem Glänzen. Ohne jede Vorwarnung schlug er an den Pfosten, hieb mit dem Handballen so fest dagegen, daß die Glasscheiben klirrten.

»Der Hurensohn! Er hat das Feuer im *Eagle* gelegt. Er hat jemanden losgeschickt, mich auszuräuchern, während seine Hure ihn aus dem Gefängnis befreite. Der Hurensohn!« Er drehte sich um und starrte auf die zusammengesackte, stöhnende Gestalt von Charlie Boon. »Diese … Maria. Wie sah sie aus?«

Boons Kopf war nach vorn gerollt, aber Holwell griff in seinen Haarschopf und zerrte ihn mit einem Schmerzensschrei zurück.

»Mr. Fleming hat dich gefragt, wie sie aussah«, knurrte Holwell. Seine Stimme klang wie eine rostige Achse.

»Sch ... schwarze Haare.« Seine Worte waren von einer blutigen Schleimblase begleitet. »Hübsch.«

Fleming fluchte. Die andere Hälfte aller Huren in Santa Fe hatte schwarze Haare und war hübsch. So kam er nicht weiter – was in bezug auf McBride vermutlich nicht galt, und Fleming wollte Holwell gerade auftragen, ihn von Boons Anblick zu befreien – auf Dauer –, als ein weiterer gurgelnder Laut die Stille unterbrach.

»Blaue Augen ... Yeah ... yeah ... sie hatte ... ganz blaue Augen. Und ihre Waffe ...«

Fleming hatte das Gefühl, als gleite etwas über seinen Nacken: etwas Kaltes, Eisiges und ekelhaft Unangenehmes. »Was für eine Waffe war es?«

»Es war ein ... Ding, wie sie Spieler haben. Vierschüssig. 22er.«

Fleming verharrte reglos wie eine Statue.

Schwarzes Haar. Blaue Augen. Spielermontur ...

Das war nicht möglich. Das konnte nicht sein. Und dennoch ...

Er versuchte, die Idee innerlich zu verwerfen, als Zufall abzutun, aber er wußte, die Chancen standen dagegen, daß es zwei schwarzhaarige, blauäugige Schönheiten gab, die auf gutem Fuß mit Christian McBride standen, die gelassen und gerissen genug waren, um eine Flucht und eine so tollkühne Ablenkung zu planen – zwei Schönheiten, die eine vierschüssige 22er *Derringer* trugen ...

Aubrey Blue kannte Christian McBride. Sie waren zusammen von Kansas die halbe Strecke in der gleichen Postkutsche gereist, und obwohl sie ihm gestern abend im Casino einen Korb gegeben zu haben schien, hatte sich in beiden Gesichtern etwas gespiegelt, das den Eindruck erweckte, sie hätten die Feindseligkeit nur ihm zuliebe gespielt.

Aubrey Blue war cool und gerissen. Sie hatte die Nerven, sich einem Indianerangriff draußen in der Wüste zu stellen, und sie hatte die Nerven, sich für einen Job im Casino bei ihm persönlich zu bewerben. Fleming hatte ihre Zeugnisangaben tatsächlich überprüft und herausgefunden, daß es einen Pinkerton-Detektiv gab, der sich sehr für ihren Aufenthaltsort interessieren würde. Es war nicht schwer, sich vorzustellen, daß sie die beiden Idioten ganz leicht hereinlegen konnte, die ihr Gehirn zwischen den Beinen hatten.

Und Aubrey Blue trug eine vierschüssige 22er *Derringer*. Sie hatte sie ihm an dem Tag gezeigt, als sie sich um die Stelle bewarb.

Drei Zufälle?

Drei Zufälle zuviel.

Da hörte Fleming einen Schrei von der anderen Seite der *plaza* und sah, wie einer der Männer seines Suchtrupps mit drei gesattelten Pferden aus dem Tor der Missionsstation trat. Er hatte noch etwas anderes in der Hand, aber erst unter der Lampe erkannte Fleming das gefaltete, blutdurchtränkte Tuch. Scud Holwell trat vom Gehsteig und riß dem Mann das Tuch aus der Hand.

»Ich sagte doch, ich habe die Rothaut getroffen. Und mit dem hier …« Er preßte das Tuch, bis das Blut zwischen seinen Fingern hindurch auf den staubigen Boden tropfte. »… und mit dem, was der heute verloren hat, kommt der nicht viel weiter als bis zu seinem Grab.«

Fleming stand reglos da; seine Züge zeichneten sich im schwankenden Licht der Gaslaterne deutlich ab. Seine Wut hatte ein derart heftiges Ausmaß angenommen, daß sie stromartig durch seinen Körper raste.

»Verteilt euch und sucht sie. Jede Straße, jedes Haus, wenn es sein muß. Ich will, daß sie gefunden werden. Ich will, daß sie gefunden und vor mich gebracht werden … falls nötig tot – aber lebendig, wenn es geht.«

Er kniff die Augen zusammen, und seine Zähne glänzten in einer wilden Grimasse auf. »Besonders die Frau, ja … ja …«, fügte er zischend in unheiliger Vorfreude hinzu. »Ich will sie lebendig, damit sie um den Tod fleht, ehe ich mit ihr durch bin.«

28

Es war fast zu leicht für Aubrey gewesen, das Casino durch die Hintertür – oder was davon übrig war – zu betreten. Da so viele Mädchen aus dem Hotel und dem Casino gerannt kamen, als das Feuer noch bedrohlich war, hatte niemand mehr als einen flüchtigen Blick auf die eine geworfen, die kühn wieder hinein ging, als suche sie noch etwas. Von den Bühnenvorhängen verborgen hatte sie Flemings Toberei über das Feuer mitangehört. Sie konnte außerdem die Treppe deutlich erkennen, von der Bruster ihr erzählt hatte, aber sie befand sich zwanzig Schritte von ihr entfernt und war nicht von Vorhängen verborgen. Ungeduld hatte sie getrieben, das Risiko einzugehen, einen einzigen Blick hinaus in den Salon zu werfen, aber dieser eine Blick hatte sie fast das Spiel gekostet.

Am Geländer unten an der Treppe hatte lässig Scud Holwell gelehnt. Sein Anblick und seine rasselnde, heisere Stimme hatten sie wie ein Fausthieb getroffen und sie mit der Kraft eines tatsächlichen Schlags zurückgeworfen. Sie hatte einen Schock verspürt, der über alle Vorstellung hinausging: Eine wirbelnde Collage aus Erinnerungen und Empfindungen, verschärft noch durch den Gestank des Rauchs und von verbranntem Holz.

Sie war wieder dreizehn Jahre alt und versteckte sich in dem Flußbett. Die Stimmen der fremden Männer ertönten rings um sie her: suchend, jagend, drohend. Die Flammen von ihrem brennendem Elternhaus loderten hell, und wirbelnde Rauchsäulen spiralten sich in den Nachthimmel.

Sie hatte sich stets gefragt, wie sie reagieren würde, wenn und falls sie diesem lebendigen Schrecken ihrer Alpträume von Angesicht zu Angesicht begegnen würde. Jetzt wußte sie es.

Zwischen ihren Rockfalten, die unter den Gefühlen, die sie durchtobten, sichtlich zuckten, hielt sie in einer Hand den glatten, gutgeölten Armeerevolver, den sie aus Hank Dunns Halfter gerissen hatte, während McBride damit beschäftigt war, Billy und Sun Shadow zu trennen. Die voll geladene Waffe wog über vier Pfund – mehr als sie mit einer Hand heben konnte, um genau zu zielen. Sie ergriff sie fest mit beiden Händen und legte beide Daumen auf den Eisenhahn, zwang ihn zurück, bis er zweimal klickte, und erhob die Waffe.

Sie brauchte jetzt nur hinter dem Vorhang hervorzutreten und abzuziehen. Verfehlen würde sie ihn nicht, nicht aus dieser Entfernung, nicht bei einem so deutlichen Ziel. Die anderen Männer Flemings waren alle geübte Scharfschützen mit ausgezeichneten Reflexen und einer instinktiven Reaktion auf eine Bedrohung. Sie würden das Feuer vermutlich erwidern, noch ehe sie die mögliche Quelle erkannt hatten. Ein rascher Tod, dachte sie. Ein angemessenes Opfer für das Vergnügen, Scud Holwells Brust in Fetzen zu sehen.

Dann wappnete sie sich und spähte noch einmal um den Vorhang, um die Entfernung richtig abzuschätzen. Er hatte sich nicht bewegt, hatte nicht die unmittelbar bevorstehende tödliche Drohung erkannt.

Da fiel ihr seltsamerweise auf, daß er nicht annähernd so groß war, wie sie ihn in Erinnerung hatte. Er war allerdings genau so häßlich … häßlicher sogar mit dem milchweißen Film über seinem vernarbten Auge. Aber das massige, hoch aufragende Monster aus ihren Alpträumen war kaum größer als der Durchschnitt und weit weniger beeindruckend als etwa der einohrige Goliath Clay Wilson. Auf ein verschrecktes dreizehnjähriges Mädchen mußte er jedoch ungeheuerlich und einschüchternd gewirkt haben, umso mehr, als seine Hände an ihrem Körper rissen und er seinen schmutzigen, verschwitzten Wanst zwischen ihre Schenkel schob.

Aubrey schloß die Augen und wollte die Bilder vor ihren Augen verjagen, aber sie hatten sich geformt und zwangen sich ihr auf. Er hatte ihr damals wehtun wollen, und das war ihm gelungen. Er hatte sie vergewaltigen wollen, aber sie war zu trocken und eng gewesen, und er hatte sich damals nur auf die Finger gespuckt und sie tief genug in sie hineingeschoben, um ein anderes unbequemes Hindernis zu beseitigen. Als sie vor Schmerzen aufschrie, hatte er gelacht und das rosa Blut an ihren Brüsten abgewischt, ehe er ihre Beine weiter auseinandertrat, um den Akt zu vollenden, aber da hatten ihn die Zwillinge unterbrochen. Sie waren schreiend hinter den Pferden hergerannt, hatten Stöcke geschwungen und Steine geworfen und die Tiere in alle Winde zerstreut, die bereits nervös vom Feuer mit den Augen rollten.

Und Aubrey war entkommen. Sie war entkommen und so weit und schnell sie ihre Beine tragen konnten, geflüchtet und …

»Weg? Was zum Teufel meinst du mit ›weg‹?«

Aubrey wurde durch Flemings Wut und Ungläubigkeit zurück in die Gegenwart gerissen. Im nächsten Moment verließ er das Casino, und Scud Holwell war kein stehendes Ziel mehr, sondern bewegte sich schnell auf den Ausgang zu.

Aubrey hob die *Remington*, aber es war zu spät. Ein Schluchzen preßte sich aus ihrer Kehle; sie wußte, sie würde ihn nicht kaltblütig umbringen können.

Die Waffe hielt sie jedoch im Anschlag, denn jemand anderer befand sich noch im Casino und hatte das Aufblitzen ihres bunten Rocks gesehen, als sie hinter dem Vorhang vortrat.

Billy hatte das Casino nicht mit den anderen verlassen, sah Aubrey, sah die Waffe … und zwinkerte ihr zu.

»Na«, sagte er dann zu dem Leibwächter, der zusammengesunken in einem Sessel saß. »Sollen wir dir einen Drink besorgen, Alter. Könnte gut sein für das Dröhnen in deinen Ohren. Scheint, wir haben den Salon für uns heute abend, *das sollten wir ausnutzen.*«

Aubrey senkte die Waffe.

Billys Botschaft war laut und deutlich. Viel Zeit hatte sie nicht.

Während Billy Hank Dunn ablenkte, lief Aubrey barfuß

und geräuschlos über die Bühne und wagte erst wieder zu atmen, als sie oben an der Treppe angekommen war und auf dem Absatz stehenblieb. Ein Lichtschimmer rahmte eine Tür, und sie prüfte vorsichtig die Klinke, nicht wissend, was sie auf der anderen Seite finden würde.

Es war Flemings Schlafzimmer. Schwere, dunkle Möbel, darunter ein riesiges Himmelbett, beherrschten das Zimmer, in dem aller Schnickschnack fehlte, was den feineren Geschmack einer Frau verraten hätte. Doch es gab Anzeichen für die Anwesenheit von Frauen. Parfümflaschen und Kosmetika lagen verstreut auf dem eichenen Ankleidetisch. Die Laken waren zerwühlt, und das Nachthemd einer Frau lag zerknittert über einer Sessellehne neben einem Morgenmantel aus durchsichtiger, wasserblauer Seide.

Aubrey schob die Tür weiter auf. Der Raum war leer. Auf den beiden Nachttischen brannten Lampen und fügten ihren schalen Geruch von Paraffinöl zu dem Gestank von verkohltem Holz. Sie trat weiter ins Zimmer und schloß vorsichtig die Tür hinter sich. Dabei merkte sie, wie geschickt diese als Mahagonipaneel in der Wandtäfelung eingepaßt war. Die Tür vor ihr stand halb offen, und sie konnte den eleganten Salon erkennen, in dem Fleming am Vorabend seine Gäste empfangen hatte. Sein Büro lag auf der anderen Flurseite.

Aubrey konnte sich nun besser orientieren, und ihre Nerven beruhigten sich. Auf Zehenspitzen huschte sie über den dicken Plüschteppich und trat auf den Frisiertisch zu. Sie hatte das kleine Ebenholzkästchen erkannt, das Magenta in der Postkutsche so eifersüchtig bewacht hatte. Aber eine rasche, enttäuschend verlaufende Suche durch den Haufen billiger Schmuckstücke brachte die Smaragdbrosche nicht zutage.

»Du solltest hier nicht herumschnüffeln«, flüsterte jemand heißer aus dem anderen Raum. »Fleming könnte jeden Moment heraufkommen.«

Aubrey erstarrte und richtete sich langsam gegen die starke Spannung in ihrem Rückgrat auf. Sie wollte sich umdrehen. Der Puls raste ihr in den Schläfen, die Hand um den

Pistolenknauf wurde feuchtklamm, und es dauerte mehrere angespannte Sekunden, in denen sie auf die offene Tür starrte, ehe sie merkte, daß die Stimme … Stimmen … aus dem Zimmer nebenan drangen.

»Ich will dich doch nur trösten«, kicherte Greaves. »Also laß mich dich trösten.«

»Darby … um Himmels willen, hör auf.«

»Er interessiert sich momentan nicht für dich, liebe Clara, trotz allen Charmes, mit dem du ihn in letzter Zeit überhäufst.« Greaves' Lachen wurde vom Geräusch des Whiskeys begleitet, der in ein Glas gegossen wurde. »Sein kostbares Casino ist heute abend fast in Rauch aufgegangen, und ich wäre überrascht, wenn er sich überhaupt daran erinnerte, daß du hier bist.«

Aubrey trat rasch von dem Frisiertisch fort und preßte sich eng an die Wand neben der Tür. Sie hörte, wie Magenta einen langen Seufzer ausstieß. »Dann gieß mir auch einen ein. Gott, den Rauchgestank in meinen Kleidern werde ich wohl nie wieder los.«

Darby gehorchte und reichte ihr ein Glas Whiskey.

»Also … wie geht es dir – abgesehen von dem Drama unten?«

»Gehen? Wie es mir geht?«

»Nun, da du dich in dieser Suite ja ganz schön zu Hause zu fühlen scheinst, nehme ich doch an, daß du ihn endlich aufs Kreuz gelegt hast.«

Nun erblickte Aubrey durch den Spalt zwischen den Türangeln Darby und Magenta. Die Sängerin hatte ihr Bühnenkostüm abgelegt und sah nun so aus, als hätte sie Fleming persönlich erwartet, um ihr Trost zu spenden. Ihr aufreizendes Negligé ließ nicht den geringsten Zweifel daran, daß die aufgebrachte Diseuse darunter nackt war. Darby hatte zwar Mühe, seinen Blick von den kaum bedeckten Brüsten abzuwenden, doch Aubreys Aufmerksamkeit war auf deren Hals gerichtet. Statt der Smaragdbrosche trug die Frau ein Brillanthalsband, von dem ein riesiger, tränenförmiger Anhänger hing.

»Es geht alles so, wie wir es erwartet haben, Schatz«, schnurrte Magenta. »Er hält dich für einen Vollidioten und mich … na, für das beste, was er im Bett hatte, seit seine Mammie ihn entwöhnt hat.«

Darby streckte eine Hand aus und fuhr mit dem Fingerrücken über ihre vollen Brüste. »Das bist du vermutlich auch, mein Schätzchen.«

»Besser als deine kleine chinesische Schlampe?«

Greaves kippte das Glas herunter und lächelte. »Sie ist gut. Sie ist sogar verdammt gut. Ein richtiges Gelbfieber zwischen den Laken.«

Magentas Katzenaugen funkelten ihn an. »Du hast Spaß an ihr, nicht wahr?«

»Jeden Tag und jede Nacht. Und auf alle vorstellbaren Weisen, von denen sogar ich einige nicht kannte. Und kein einziges Jammern. Nicht eine einzige Klage.«

»Wirklich!« Das Wort klang frostig. »Ich freue mich, zu hören, daß deine Zeit hier nicht völlig verschwendet ist. Ich würde es hassen, wenn ich denken müßte, du würdest dich langweilen während ich … die Erniedrigungen eines grausamen, kaltherzigen Mannes erdulden muß.«

»Du siehst aber nicht so aus, als hättest du viel zu leiden«, erwiderte er trocken. »Mein lieber Schatz, wenn es nicht erniedrigend war, dir mit dem Maultierburschen bei der Wechselstation die Zeit totzuschlagen, dann kann ich mir nicht vorstellen, daß Fleming viel schlechter wegkäme, selbst wenn er einen Besenstiel benutzte.«

Magenta schrie auf und schüttete ihm den Inhalt ihres Glases ins Gesicht. Darby hatte diese Reaktion allerdings vorausgesehen und duckte sich rechtzeitig, so daß er nicht viel abbekam, aber ein paar Tropfen der bernsteinfarbenen Flüssigkeit trafen ihn an der Schulter und befleckten seine Hemdbrust.

»Raus hier«, befahl sie und schleuderte das Glas hinterher. »Geh mir aus den Augen. Geh zurück zu deiner kleinen gelben Hure und laß dich von ihr auspumpen, das ist mir egal. Ich brauche dich nicht mehr. Ich habe dich noch nie gebraucht. Noch nie!«

»Nein«, überlegte Darby und zog einen Mundwinkel ironisch lächelnd hoch. »Das hast du wirklich nicht … es ging dir ja so gut in der Nacht, als du an der Hintertür dieses Quacksalbers fast verblutet bist. Und es wäre dir einfach wunderbar gegangen, wenn ich dich in das Eindollarhurenhaus zurückgebracht hätte, wo du ab und zu mal ein Liedchen geträllert hast, wenn du nicht gerade anderweitig beschäftigt warst.« Er hielt inne um den Whiskey von seinem Revers zu wischen, und seine Augen glitzerten vielversprechend. »Ich werde gehen … wenn du das wirklich willst. Aber wenn ich durch diese Tür trete, Baby, dann wird es das letzte Mal sein.«

Sie schwieg, und er steckte sein Taschentuch zurück in die Brusttasche. Dann tippte er sich in einer gespielten Abschiedsgeste an die Stirn und schritt auf die Salontür zu.

Er war fast dort angekommen, als Magentas starre Maske zerbrach. Sie stieß scharf und geräuschvoll die Luft aus und stoppte ihn auf der Schwelle.

Langsam kam er zurück – mit einem schiefen unverschämten Lächeln, die schwarzen Brauen in träger Gleichgültigkeit hochgezogen.

»Du bist ein Schweinehund, das weißt du«, zischte sie.

»Und du eine Preishure. Hure aller Huren.«

Magenta streckte die Finger mit ihren blutroten Krallen aus, aber Darby zuckte nicht einmal zurück. Er spürte, wie ihre Nägel tief in seine Kopfhaut über den Ohren drangen und nach unten schießen wollten, aber er lachte bloß, griff sie um die Taille, zog sie an sich und bedeckte ihren Mund besitzergreifend mit seinen Lippen.

Magenta reagierte mit einem wilden Biß, von dem seine Lippen zu bluten anfingen. Als er sie hochhob und ins Schlafzimmer trug, fluchte sie um sich tretend. Ineinander verschlungen fielen sie auf die zerwühlten Laken, und Aubrey, das Geräusch von reißendem Tuch und gemurmelten Flüchen im Ohr, konnte ungesehen hinter der Tür hervorschießen und in den Salon rennen.

Sie fröstelte vor Erregung über diese knappe Flucht,

schlich hinaus auf den Gang und glitt in Flemings Büro. Die *Remington* hatte sie fest in der Hand, auf jede weitere unerwartete Überraschung vorbereitet, aber das Büro war leer und die Stille dort fast ohrenbetäubend.

Bruster hatte gesagt, Fleming bewahre seine Wertsachen in einem Safe in diesem Büro auf. Er war wohl vernünftig genug, die Brosche nach Magentas großartigem Debüt wieder wegzuschließen, nachdem er sie für die Vorstellung heute abend mit dem Brillanthalsband ersetzt hatte.

Sie wußte, daß ihr die Zeit davonlief, und begann an den gängigsten Stellen zu suchen, an denen ein Safe oft verborgen war: im Schreibtisch, im Schrank, unter dem Teppich, hinter Bildern, Regalen ...

Nichts.

Dann fiel ihr ein, daß sich die süße Florinda vielleicht geirrt oder Bruster absichtlich irregeführt hatte. Vielleicht hatte sie sich mit einer Kenntnis gebrüstet, die sie nicht besaß. Mit geballten Fäusten stützte Aubrey sich auf eine Kommode. Ihre Augen brannten unter dem deprimierenden Gefühl des Scheiterns.

Blinzelnd untersuchte sie die Wände mit den Augen. Die Täfelung bestand aus dem gleichen Mahagoni wie im Schlafzimmer.

Mit neuerwachtem Schwung begann sie nun in einer Zimmerecke und ließ die Finger über jedes einzelne Paneel gleiten. Ab und zu klopfte sie leise daran und lauschte nach einem veränderten Ton. Sie entdeckte das falsche Paneel an der Wand neben der Kommode, fand den versteckten Schnapphahn, und ihn zu lösen war ein Kinderspiel. Dann erlaubte sie sich eine kleine Welle des Triumphes, als die Tür aufschwang und sie die stumpfmetallische Tür des Safes sah.

Es war ein *Wells & Fargo*, eines der neuesten Modelle und am schwierigsten zu öffnen. Die Tür maß vierundzwanzig Zoll im Quadrat und war drei Zoll dick. Die Zahlenkombination, mit der der Schloßmechanismus des Rades zu öffnen war, mochte aus einer unendlichen Anzahl von Möglichkeiten bestehen.

Aubrey legte die *Remington* auf die Kommode und wischte sich die Handflächen am Rock ab. Dann drehte sie den Zylinder mehrere Male herum, um ein Gefühl für die Bewegung und das Geräusch zu bekommen.

Einen Augenblick lang sah sie Bruster neben sich, nikkend, ihr einen Vortrag haltend, sie scharf zurechtweisend, wenn er einen methodischen Fehler feststellte. Safes knakken war ein Talent, das sie beide nicht über das Grundwissen hinaus entwickelt hatten, aber Aubrey verscheuchte hartnäckig ihre Zweifel, beugte sich vor und legte das Ohr an das kalte Metall.

Dann drehte sie das Schloß ein paarmal ruckartig nach rechts und begann bei der dritten Umdrehung auf das leise Klicken zu lauschen, wenn die Zähne an ihren Platz rasteten. Drei weitere Umdrehungen lang hörte sie nichts Bedeutsames, aber beim vierten vernahm sie bei Nummer 43 deutlich das unregelmäßige Kratzen.

Sie verschwendete keine Zeit mit einem Lob und wirbelte das Rad sofort nach links. Wieder bei 0 beginnend, tastete sie sich entgegen des Uhrzeigersinns eine ganze Umdrehung weiter, ohne etwas zu hören.

Dann trat sie einen Schritt zurück, schüttelte die Hände, um die Spannung in den Fingern zu lockern, und begann aufs Neue. Rechts 43, links ... 7 ... wieder rechts. Und noch einmal ... Sie drehte das Rad mehrere Male heftig herum und blieb bei 43 stehen, ging zurück zur Sieben und kurbelte wieder vor. Die Finger fest auf dem Schloß, drehte sie die Zahlen sanft weiter an dem kleinen schwarzen Pfeil vorbei. Dann hörte sie das Gestänge sehr leise unter der 22 klicken und drehte den Hebel in der Erwartung, daß die Tür sich nun öffnen würde. Sie blieb fest verschlossen.

Da schlug sie mit dem Handballen gegen die Metalltür und wünschte sich, sie hätte eine Ladung TNT. Noch einmal wählte sie die ersten beiden Zahlen, und als die 22 unüberhörbar klickte, schwang die Tür lautlos auf.

Aubrey starrte einen Moment in den Safe und wartete, bis ihr Herz wieder an seinen Platz rutschte. Der Innenraum bestand aus mehreren Fächern. In einigen lagen fein säuberlich aufgerichtete Bündel Bargeld und Dokumente. Im größten Fach stand ein Kasten aus lackiertem Holz, dem Aussehen und der Anlage nach offensichtlich orientalischen Ursprungs. Er war verschlossen, aber eine geschickte Bewegung mit dem Haarnadel-Schlüssel gab das Schloß frei, und sie hatte nun die Lederetuis in verschiedener Größe und Form vor sich.

Aubrey nahm eines heraus und löste den kleinen goldenen Verschluß. Es enthielt ein Set mit Rubinen – Halsband, Armband und Ohrringe. Ein zweites Etui bewahrte lose Edelsteine auf, alle in säuberlichen Reihen in ihrem Nest aus dickem Samt: Perlen, Brillanten, Saphire aller Formen und Größen. Ihre suchenden Finger fanden eine leere Schatulle, die bisher das Brillanthalsband enthalten haben mußte, und darunter den kantigen schwarzen Kasten, den sie am Vorabend in Flemings Händen gesehen hatte.

Sie ließ den Verschluß aufschnappen – und da lag sie:

Grünes Feuer und strahlender Diamantenglanz: Die Brosche, das Erbe ihrer Mutter und ihr Erbe – wenn auch nur als Symbol für Gerechtigkeit und Rache.

Aus Furcht, wieder von dem Schmuckstück getrennt zu werden, nahm Aubrey die Brosche aus dem Kästchen und ließ sie in ihre Tasche gleiten. Dann schloß sie das Lederetui und legte es in den Kasten zurück. Doch dann fiel ihr die Stille und völlige Leere des Büros wieder ein, und ihr Blick wanderte zurück in den offenen Safe mit den dicken Geldbündeln. Da lag es. Alles. Jeder Cent von Flemings Vermögen. Sein Stolz und seine Leidenschaft. Sein Untergang und sein Sturz. War sie deshalb nicht hergekommen?

Aubrey suchte einen Moment im Zimmer herum und fand dann zwei dicke Kissen in einem der Sessel. Mit dem Jagdmesser, das sie aus dem Gefängnis mitgebracht hatte, verstreute sie die Federn wie einen schweren Schneefall über Möbel und Boden. Dann rannte sie zurück zum Safe und leerte den gesamten Inhalt in den Bezug hinein. Die Lederetuis, in denen sich Flemings unschätzbare Schmucksammlung befand, wanderten ebenfalls hinein. Nur den lackierten Holzkasten ließ sie zurück.

Draußen auf dem Gang blieb Aubrey stehen. Sie starrte auf die Tür zu Flemings Salon und verfluchte Darby und Magentas Anwesenheit dort. Dann schritt sie auf die Doppeltür am Ende des Ganges zu – den einzigen anderen Ausweg – und setzte ihre Hoffnung darauf, daß Billy sich um Hank Dunn kümmerte.

Sie öffnete die Tür und spähte vorsichtig über das Geländer. Billy trank immer noch mit Dunn, aber zu ihnen hatten sich zwei weitere Leibwächter gesellt, die offensichtlich gerade von der ergebnislosen Suche in Rositas Bordell zurückgekehrt waren. Zu allem Überfluß saß Charlie Boon zusammengesunken an einem der Tische, verletzt – aber wie ein verwundeter Grizzlybär – nicht weniger bedrohlich.

Aubrey hatte gehört, daß Billy schnell war, hatte aber keine Ahnung, wie schnell, noch konnte sie es verantworten, einen bloßen Jungen von siebzehn, achtzehn Jahren gegen vier altgediente Scharfschützen auszuspielen. Sie wich zurück durch die Doppeltür und schlich den Gang entlang. Die Fenster in Flemings Büro gingen auf die Straße, das wußte sie, aber diejenigen im Salon führten auf einen schmalen Balkon, der die gesamte Seite entlang verlief. Sie war nicht sicher, was sich darunter befand oder wie sie auf die Straße klettern konnte, aber ihr gingen allmählich die Alternativen aus.

Sie schloß die Salontür hinter sich und blieb einen Moment lauschend stehen. Sie würde am Schlafzimmer vorbeigehen müssen, aber von dort her hörte man immer noch Stöhnen und andere Laute; also konnte sie hoffen, daß die beiden zu beschäftigt waren, um sie zu bemerken. Sie trat zum nächsten Fenster und schob den Samtvorhang beiseite. Der Fensterladen war schwer und ließ sich nur einen Zoll breit hochschieben, und so rannte sie fluchend zum nächsten Fenster, das sich ebenfalls eine Handbreit aufschieben ließ, ehe auch dies festklemmte.

»Er nagelt sie zu, damit hier niemand einbricht – oder ausbricht – und dann die Scheibe zerschmettern muß.«

Aubrey erstarrte. Das war Magentas Stimme, die schrill und hochmütig von der Schlafzimmertür her ertönte.

»Darby! Darby! Komm schnell her! Ich sagte doch, ich hätte etwas gehört, und Gott weiß, was sie um diese Nachtzeit hier zu suchen hat. Spionierst mir wohl nach, oder? Ist es so? Dreh dich um, du falsche kleine Schlampe, ich rede mit dir. Hat Fleming dich hierher geschickt, um hinter mir herzuspionieren?«

Aubrey drehte sich langsam herum, um sich den wütenden Anklagen der Sängerin zu stellen. Diese hatte ihren verschwitzten Körper rasch mit dem Morgenmantel bedeckt, und hinter ihr sah Aubrey, wie Darby Greaves auf einem Fuß hüpfend seine Hosen hochzog.

»Wer zum Teufel bist du?« Magentas brennende Augen fielen auf den prallen Kissenbezug. »Was hast du da? Was hast du hier zu suchen? Wo ist Consuela?«

Aubreys Blick zuckte zum Fenster. Die Scheibe war nicht sehr dick, sie konnte sie mit dem schweren Kissenbezug zertrümmern und hoffen, die Lücke würde groß genug für sie sein, um hinauszuspringen.

In diesem Moment kam Greaves in den Salon gerannt und nahm mehr als nur den bunten Rock, die Baumwollbluse und die schwarze Haarmähne wahr.

»Jesus Christus … es ist die Lehrerin!«

»Wer …?« schrillte Magenta.

»Es ist die verdammte Schulmamsell!« rief Greaves. »Wenn diese Verkleidung nicht alles übertrifft! Ah!« Er sah, wie Aubrey einen Schritt zum Fenster trat und versperrte ihr rasch den Weg. »Nicht so eilig, Miss Blue. Wir haben noch etwas zu bereden.«

Aubreys Hand, die die *Remington* umklammerte, fuhr hoch, aber Greaves blockierte auch dies, indem er ihr Handgelenk ergriff und es so fest herumdrehte, daß ihr die Waffe aus der Hand sprang, die er sofort auffing.

»Und jetzt«, knurrte er, »hören wir mal mit den Spielchen auf und sagen, was hier eigentlich vorgeht.«

»Nichts geht hier vor«, zischte Aubrey. »Nichts, das euch beide etwas angeht.«

»Nichts?« Greaves beäugte den Kissenbezug. »Sieht aber aus, als würdest du eine ganze Menge Nichts da herumtragen. Clara …« Er entwand ihr den Sack und warf ihn hinter sich.

»Sieh nach, was da drin ist.«

Magenta hockte sich neben den Kissenbezug und blickte einen Moment später mit schockiert aufgerissenen Augen hoch.

»Darby! Darby … sieh doch!«

»Sag's mir einfach, um Himmels willen. Wenn ich mich umdrehe, verwandelt sie sich vermutlich in eine Fledermaus und fliegt aus dem Fenster.«

»Aber Darby … es ist hier«, flüsterte Magenta ehrfürchtig.

»Alles da: Das Geld, die Juwelen …«

Darby war so verdutzt, daß er selbst nachsehen wollte, aber zuerst preßte er Aubrey vorsichtshalber gegen die Wand und drückte ihr die Waffe unters Kinn. Magenta begrüßte ihn mit einer Handvoll Geld in der einen Hand und einer Schmuckschatulle in der anderen. »Ist alles hier … alles, was ich in dem Safe gesehen habe … alles, von dem ich dir erzählt habe … acht oder neun solche Etuis und … Papiere … und Geld. Gott im Himmel, das müssen an die fünfzigtausend in bar sein.«

Ihre Blicke trafen sich, und dann wandten sich beide an Aubrey.

»Ich wußte, daß mit dir was nicht stimmt«, zischte Darby.

»Ich wußte es von der ersten Minute an, als ich dich gesehen habe.«

»Darby …?«

»Clara, halt den Mund. Ich muß nachdenken.«

»Aber Darby …«

»Halt die Klappe, gottverdammt! Das könnte unsere Fahrkarte aus diesem Loch heraus sein, und verdammt früher, als wir es geplant hatten.«

Aubrey blickte von einem zum anderen, und Verständnis blitzte in ihren Augen auf. »Ihr wart also auch dahinter her, oder? Ihr hattet selbst vor, Fleming auszunehmen?«

Darby schaute sie wütend an und zog die Mundwinkel herab. »Du bist doch nicht etwa zur Erholung in dieses Loch gekommen, oder?«

»Darby«, warnte Magenta ihn, aber Greaves lachte nur. »Was soll's? Sie wird doch nicht losrennen und es ihm erzählen, oder?«

»Aus dem gleichen Grund werden Sie diese Waffe nicht gegen mich richten«, sagte Aubrey gelassen. »Warum legen Sie sie nicht hin, und wir kommen zu einer Art Kompromiß?«

»Was macht dich denn so sicher, daß ich sie nicht benutzen würde?« Er stieß ihr die Mündung tiefer in den Hals und grinste. »Mir scheint, das würde eine Menge Probleme lösen.«

»Es würde auch im nächsten Moment die halbe Straße hier rauf locken.«

»Sie hat Recht, Darby«, zischte Magenta und blickte zu Boden. »Fleming könnte jeden Moment zurückkommen, und dann müßten wir ihm alles wiedergeben.«

Greaves kniff die Augen zusammen. »Du hast völlig recht, meine Liebe. Ich mache mich am besten aus dem Staub, solange die Luft rein ist.«

»Du? Du wolltest doch ›wir‹ sagen, oder?«

»Ich habe genau das gemeint, was ich gesagt habe. Nur einer von uns hat die Chance, durchzukommen.« Er trat zu Magenta, die noch auf dem Boden hockte, und hob den Kissenbezug auf.

»Wir treffen uns in Mexiko City … sobald du hier fortkannst.«

»Fortkannst?« keuchte sie.»Er wird mich umbringen! Er wird herausfinden, daß du es warst und mich umbringen!«

Greaves zuckte die Achseln, warf einen raschen Blick auf die Straße unten, nahm dann eine schwere Messinglampe von einem Tisch, und zerschlug die Fensterscheibe. Er hatte ein Bein bereits über die Brüstung geschwungen, als eine kreischende Magenta sich auf ihn stürzte und aus dem Gleichgewicht brachte.

»Du Schweinehund, Du schmutziger, betrügerischer Schweinehund! Du gehst hier nicht ohne mich fort!«

»Geh mir aus dem Weg«, fauchte er und riß sich aus ihren Fängen. »Das wäre früher oder später sowieso passiert, Schätzchen. Deine Nummer wird langweilig, und dein Körper wird auch nicht jünger. Ich bin nur so lange geblieben, um zu sehen, ob sich diese Sache hier lohnt, und gelohnt hat sie sich, Clara, meine Liebe. Sie hat sich gelohnt.«

»Nein!« schrie sie und warf sich auf ihn, als er sich wieder aus dem Fenster beugte. Er brüllte vor Wut und Schmerz auf, als ihre Fingernägel ihm tiefe Risse in Wangen und Hals gruben. Er ließ den Kissenbezug fallen und holte mit beiden Fäusten aus. Einer traf Magenta am Kinn, der andere an der Schulter, und sie fiel in einem heftigen Aufprall auf den Boden.

»Du Hure!« Er befühlte die Kratzer auf seinem Gesicht und starrte auf seine blutverschmierten Finger. »Dafür könnte ich dich umbringen, bei Gott. Dafür könnte ich dich umbringen.«

»Du bringst hier niemanden um, Greaves!«

Ein vertrauter, tiefer Bariton durchschnitt die Spannung.

Darby Greaves war vor Überraschung wie gelähmt, und Magenta und Aubrey keuchten beide vor Schreck auf, als sie zur Tür herumwirbelten.

29

»Maxwell!« Magenta löste sich sofort in Tränen auf. »Oh, Maxwell, Gott sei Dank, daß du endlich da bist! Er wollte mich umbringen! Die beiden wollten mich umbringen!«

Max Fleming stand im Türrahmen, das Gewehr lässig unter den Arm geklemmt. In der anderen Hand hielt er den leeren Holzkasten. Seine Augen funkelten, als er der Reihe nach die Anwesenden im Salon betrachtete – und wurden größer, als sie auf Aubrey fielen, aber er blieb stumm.

»Oh ... Maxwell ...« Magenta begann, auf allen Vieren auf ihn zuzukriechen. »Darby und die Lehrerin ... sie hatten es von Anfang an geplant. Ich hatte dir doch gesagt, daß du ihr nicht trauen kannst. Ich hatte dich gewarnt, sie nicht ins Vertrauen zu ziehen, aber du hast ja nicht auf mich gehört. Und jetzt sieh dir an, was sie gemacht haben. Sie haben dich ausgeraubt und wollten mich zum Narren machen.«

»Du verlogene Hure ...«, begann Greaves.

»Es reicht, Greaves«, sagte Fleming leise. »Du kommst schon an die Reihe.«

»Sie lügt! Es war allein ihre Idee, hierherzukommen, sich beim Boß schön einzuschmeicheln und ihn dann auszunehmen, sobald er das erste Mal den Rücken kehrt. Wenn Sie mir nicht glauben, dann fragen Sie doch an den letzten vier oder fünf Orten nach, wo sie gearbeitet hat. Ein paar tausend hier, ein paar tausend da ... alles Klimpergeld, Vorübungen für den großen Coup. Und der sind Sie.«

Magenta keuchte auf und schüttelte den Kopf. »Nein, nein. Er ist derjenige, der hier lügt. Er hat alles genau geplant, von Anfang an. Wozu er mich alles gezwungen hat! Ich wollte dich warnen, ich wollte dir sagen, was sie geplant hatten, aber ich hatte Angst. Sie ... sie haben mir gedroht, mich umzubringen, falls ich ein Sterbenswörtchen verrate!«

Darby wollte gerade auf sie zustürzen, aber Fleming hob das Gewehr und richtete es auf seine Brust.

»Zurück, Greaves. Und zwar hübsch langsam.«

Magenta kam nun vor Flemings Füßen an und zog an dessen Hosenbein. »Maxwell, du mußt mir einfach glauben. Ich würde niemals etwas tun, das dir schadet ... Das weißt du. Ich ... liebe dich, Max.«

Fleming lächelte ausdruckslos. »Dessen bin ich sicher, solange es bequem und profitabel ist. Und was meinen Schaden angeht, schmeichle dir nicht. Du hast nichts getan, was mich überrascht hätte. Ehrlich gesagt ist die einzige Überraschung in diesem Spiel ...«, er richtete seine kalten, harten Augen auf Aubrey, »... Sie, Miss Blue. Aber dann wiederum scheinen Sie einem eine Überraschung nach der anderen zu bereiten. Ich nehme an, dies hier ...« Er deutete auf den leeren Kasten.

»... war Ihre Arbeit?«

»Es war alles ihre Arbeit«, zischte Greaves. »Sie war es, die in Ihr Büro einbrach und den Safe ausräumte. Es ist alles in diesem Beutel, das Geld, der Schmuck – alles! Sie wollte sich nach Mexiko-City verziehen, hat sie uns gerade erzählt. Übrigens war sie nicht allein. Sie hat sich mit dem Rancher zusammengetan, dem McBride. Hölle, und er war mehr als nur ihr Partner. Er war ihr Liebhaber. Schon die ganze Strekke von Kansas hierher ...«

»Es reicht!« schrie Fleming. Er warf den lackierten Kasten mit einem lauten Krachen beiseite und spannte den Hahn des Gewehrs mit einer einzigen Bewegung.

»Ein weiteres Wort, Greaves, und ich schwöre, ich schieße dir das Hirn aus dem Kopf!«

Greaves wich zurück und blieb taumelnd neben dem Fenster stehen.

»Und was Sie angeht ...« Fleming richtete das Gewehr auf Aubrey. »So möchte ich es von Ihren eigenen Lippen hören. Sind Sie mit diesem McBride im Gespann?«

»Das hier ist allein meine Sache«, erwiderte sie gelassen. »McBride weiß nicht einmal, daß ich hier bin.«

»Aber Sie waren es, die ihm beim Ausbruch aus dem Gefängnis half?«

»Ich habe ... nur eine Schuld beglichen.«

»Wo ist er jetzt?«

Aubrey schüttelte den Kopf. »Ich weiß es nicht. Sie hatten Pferde vor dem Gefängnis, und er ist inzwischen vermutlich zwanzig Meilen weit fort. Wie schon gesagt, das hier war meine Idee, mein Plan – von Anfang an. Und trotz allem, was diese beiden Ihnen erzählen wollen ... ich arbeite immer alleine.«

Fleming betrachtete die violetten Augen eindringlich

nach einem Anzeichen für Schwäche, aber er entdeckte nichts dergleichen, und unter anderen Umständen hätte er sie großartig gefunden. Dann fiel sein Blick auf die weiche Rundung ihrer Brüste, die die Bauernbluse straff spannten ... zu ihren Händen, die locker an den Seiten herabhingen ... und zu den nackten, zierlichen Füßen. Selbst wenn sie wie eine gemeine Hure gekleidet war, strahlte sie ungewöhnliche Schönheit und Eleganz aus.

»Ich wußte vom ersten Augenblick an, daß Sie außergewöhnlich sind«, murmelte er. »Und ich hatte so großartige Pläne. Für Sie. Für uns.«

»Für uns?«

»Dich und mich, meine Liebe. Zusammen wären wir unschlagbar gewesen. Deine Schönheit und Begabung, mein Reichtum und meine Stellung. Wir hätten ganz Santa Fe beherrscht. Wir hätten hier geherrscht wie ein König und eine Königin.« Er brach ab, um die Leidenschaft in seiner Stimme unter Kontrolle zu bringen. »Wenn es ... ein anderer gewesen wäre als McBride ... hätte ich dir alles vergeben können.«

»*Mir* vergeben?« Aubrey riß ungläubig die Augen auf. »Sie ... wollen *mir* vergeben können?«

Das Gewehr zitterte leicht und verriet Flemings Anspannung.

»Ich wollte dich zu meiner Frau machen. Ich hätte dir all das hier gegeben ...« Sein Kopf nickte heftig in Richtung Kissenbezug. »... und noch mehr! So viel mehr! Ein Heim, eine Familie ... Respekt!«

»*Respekt*?« keuchte sie. »Als Ihre Frau? Sie blinder, arroganter Narr! Sie haben immer noch keinen Schimmer, nicht wahr? Nie werden sie in der Lage sein, über die eigene Wichtigkeit hinauszusehen und zu erkennen, wer ich bin und warum ich zurückgekommen bin.«

»Zurückgekommen?« Fleming kniff die Augen zu Schlitzen zusammen und betrachtete sie eindringlicher. »Was meinst du mit ... zurückgekommen?«

In der Frage lag zum erstenmal ein Zeichen von Zweifel, und Aubrey trat einen kleinen, abgemessenen Schritt vor.

»Ist das alles, was Sie gedacht haben – daß ich außergewöhnlich bin? Haben Sie nicht ein einziges Mal gedacht, daß ich Sie an jemanden erinnere?«

Flemings Haltung wurde sichtlich unsicher. »Ich ... weiß nicht, von was Sie reden ...«

»Nein? Vielleicht hilft das hier.«

Aubrey streckte ihm die Hand entgegen. Als sie die Finger auseinanderbog, zog das gedämpfte grüne Funkeln der Smaragdbrosche Flemings Blick unfreiwillig nach unten.

»Die haben Sie jemandem gestohlen, den ich sehr, sehr liebte«, sagte sie leise. »Jemand, der einmal den fatalen Fehler beging, zu denken, Sie wären fähig, etwas anderes mehr zu lieben als Ihre eigene Gier und Ihren Ehrgeiz.«

Flemings Blick schoß zurück zu Aubreys Gesicht. Seine Züge hätten ebensogut aus Granit gemeißelt sein können, so ausdruckslos wirkten sie, aber plötzlich wich alle Farbe aus diesem Granit, und sein Körper schien nur noch eine leere Hülse ohne jegliche Energie.

Es war ihm eigentlich von Anfang an aufgefallen. Diese Augen, das Gesicht ... selbst das Lächeln ließ ihm die Härchen im Nacken zu Berge stehen. Aber ... Luisa war tot! Und das Kind ...

»Nein!« röchelte er und taumelte einen Schritt zurück. »Nein! Sie haben mir gesagt, du seist tot.«

Langsam schüttelte Aubrey den Kopf. »Nein. Deine Männer haben die Sache nicht bis zu Ende gebracht, wie man ihnen aufgetragen hatte. Sie haben meinen Stiefvater umgebracht. Sie haben meine Mutter vergewaltigt, dann getötet und meine Brüder hinaus in die Wüste gejagt, wo sie umkamen. Sie haben ihr bestes versucht, auch mich zu erledigen, aber mir gelang die Flucht.«

»Alicia ...« Die Mündung des Karabiners senkte sich, als sei die Waffe plötzlich viel zu schwer geworden. »Alicia?«

Aubrey lächelte gepreßt. »Hallo, Vater.«

30

»Das ist unmöglich!« keuchte Fleming. Sein Gesicht wirkte nun eingefallen und grau. »Du bist tot! Holwell hat mir geschworen, daß die ganze verfluchte Familie tot sei.«

»Da hat er offensichtlich gelogen – Vater –, weil ich noch sehr lebendig bin.«

»Nenn mich nicht so! Nenn mich nie wieder so!«

»Aber es ist die Wahrheit. Ich bin deine Tochter. Ich bin dein eigenes Fleisch und Blut.«

Fleming taumelte zu einem Tischchen, goß Brandy in ein Glas, kippte den Inhalt mit einem einzigen Zug herunter und schauderte, als der Schnaps sich seinen Weg in den Magen brannte.

Mein Gott … Luisa!

Er füllte das Glas wieder und starrte Aubrey an – jetzt sah er aber nur die stolze, feurige Schönheit ihrer Mutter. Die Verbindung war nun hergestellt, und er konnte offen zugeben, was er seit dem Morgen, als Aubrey sein Casino betreten hatte, um kühn eine Stelle zu verlangen, innerlich geleugnet hatte. Er hatte Luisa in ihr gesehen, er hatte die gleiche Schönheit, Eleganz und ihr Feuer in der Tochter erkannt, die er fünfundzwanzig Jahre zuvor in der Mutter gesehen hatte. Er hatte sogar gehofft, sie wieder für sich zu gewinnen.

Fleming nahm noch einen Zug; seine Knöchel zeichneten sich weiß auf dem Glas ab, als er vor Aubrey trat und sie mit ganz anderen Augen betrachtete.

Mein Gott … Luisa!

»Und so bist du also nach all den Jahren zurückgekommen … in welcher Erwartung wohl? Um Ansprüche an mich zu stellen?«

»Ansprüche?« Aubrey lachte. »Lieber würde ich an den Teufel einen Anspruch stellen, als an meinen Vater.«

»Dein Vater?« höhnte er mit gleichem Sarkasmus. »Ich habe diese Lüge nie geglaubt, als sie es mir sagte. Das Kind konnte doch von einem Dutzend Männern stammen.«

»Es gab aber nur dich.«

»Das hat sie dir wohl erzählt? Und was war mit Granger? Sie ist so schnell in sein Bett gesprungen, kaum war es zwischen uns aus.«

Aubrey schüttelte den Kopf. »Du konntest einfach nicht die Tatsache akzeptieren, daß sie einen anderen heiratete. Einen anderen liebte. Jonathan Granger fand sie auf der Straße und hat sie aufgenommen. Er hat ihr das Leben gerettet. Er hat ihr das Gefühl zurückgegeben, ein Mensch zu sein, nicht nur ein Stück Fleisch. Er liebte sie und respektierte sie und bot ihr das Glück und den Frieden, den sie bei dir nie haben konnte.«

»Ich wollte ihr die ganze Welt zu Füßen legen, aber sie konnte nicht warten.«

»Du hast sie mit Versprechen überredet und dann versucht, sie zu einer Klasse-Hure zu machen.«

»Sie hat sich nie beklagt.«

»Weil sie dich liebte. Am Anfang hat sie dich geliebt, und sie war zu geblendet, um zu sehen, wie du sie zerstört und in deinen eigenen Schmutz herabgezogen hast.«

Fleming warf den Kopf zurück und lachte. »Die Tochter des Granden. Direkt aus der Klosterschule, aber sie kam bereitwillig zu mir, obwohl ihre Familie sie enterbte. Du siehst genau so aus wie sie. Der gleiche Stolz, die gleiche Arroganz – immer da, immer herausfordernd. Wie ich diesen Blick haßte. Sie dafür haßte, daß sie ihn nie verlor.«

»Außer in Jonathan Grangers Armen?«

Da hob Fleming den Arm und schlug ihr heftig mit der flachen Hand ins Gesicht. Aubrey taumelte zurück, starrte ihn aber weiterhin mit offener Verachtung an.

»Du bist nicht meine Tochter«, knirschte er. »Du bist *ihre* Tochter, aber nicht meine.«

»Der einzige Vater, den ich je gekannt habe, ist tot«, stimmte sie zu. »Du bist nichts als ein böser Irrtum, der vor langer Zeit begangen wurde.«

Fleming schlug sie wieder – und wieder hielt sie stand und trotzte ihm.

»Du bist ganz Grangers Balg«, zischte er. »Ich sollte hier und jetzt den Hahn abziehen und einen Job erledigen, der vor zehn Jahren schiefging.«

»Und warum tust du das nicht, Vater ...?«

Er ballte die Faust, um sie erneut zu schlagen, aber etwas in ihrem Blick hielt ihn davon ab. Er wich ein paar Schritte zurück und rang um Beherrschung.

»Nein«, knirschte er dann bösartig. »Nein, das wäre zu leicht. Und da du dir solche Mühe gegeben hast, dieses kleine Wiedersehen zu arrangieren, kann ich doch zumindest dafür sorgen, daß unser letzter Abschied erinnerungswürdig wird.«

Er trat noch weiter zurück, ging zur Tür und schrie kaum den Kopf wendend auf den Gang hinaus: »Bonney, Bonney, hierher!«

Einen Moment später schlenderte Billy zur Tür herein, und sein Blick zuckte einmal durch den Raum, ehe er auf Aubrey fiel und das breite Rinnsal Blut sah, das ihr von der aufgeplatzten Lippe herabrann.

»Brauchen Sie ... Hilfe, Boß?« fragte er.

»Bring diese ... Frau ... nach unten. Ich will, daß du sie im Lagerraum einsperrst und eine Wache vor die Tür stellst. Wenn die anderen McBride einholen und zurückbringen, können wir dann etwas sehr Interessantes für ihn arrangieren.«

»Klar, Mr. Fleming«, antwortete Billy und trat auf Aubrey zu.

»Wenn Sie Miss Blue ihm übergeben, werden Sie beide wohl nie wiedersehen«, höhnte Greaves. »Nicht, wenn Sie sie einem Freund von McBride anvertrauen.«

»Was meinst du, du Teufels ...?«

»Ich sah sie heute morgen auf der Straße miteinander reden ... lachen, spaßen. Ich sah auch, wie sie einander die Hände schüttelten, als hätten sie zwischen sich was abgemacht.«

Fleming wirbelte einen Sekundenbruchteil vorher zu Billy herum, ehe Greaves auf die *Remington* zusprang, die er in dem Gerangel mit Magenta fallengelassen hatte. Er zielte auf Fleming, aber die Größe und das Gewicht der Waffe waren ihm unvertraut, und so fuhr der erste Schuß in die Wandtäfelung hinter dem Kopf des Casinobesitzers. Ehe er den zweiten abdrücken konnte, hatte Billy seine Waffe aus dem Halfter gerissen und zwei Schüsse abgegeben, die beide mitten auf Darbys Stirn landeten: Eine dunkle Blüte aus Blut quoll aus den nebeneinanderliegenden Einschüssen und rann träge zwischen seinen verdutzten Augen herab.

Billy feuerte noch zweimal und schob dabei Aubrey aufs Fenster zu. Fleming duckte sich hinter einen Ohrensessel, aber eine Kugel traf seinen Gewehrlauf, riß ihm die Waffe aus der Hand und jagte einen Schuß über ihre Köpfe hinweg. Was vom Fenster übrig geblieben war, zersplitterte nun in einem glitzernden Regenschauer aus tausend Scherben. Rasch stieß Billy Aubrey über die Fensterbank und warf den dicken Kissenbezug hinter ihr her. Dann leerte er die letzten beiden Kammern seines Revolvers in Flemings Richtung und begann mit seiner zweiten Waffe auf die Lampen hinter dessen Sessel zu zielen. Das zwang Fleming, unter dem Schauer aus Glasscherben und brennendem Öl nach vorn auszuweichen.

Ein ungezieltes Feuer übersäte ihn mit Rauch und Holzsplittern. Scherben flogen durch den Raum. Mittendrin stand Magenta – starr vor Schreck, umgeben von dem Pandämonium aus sengenden Spritzern des heißen Lampenöls. Sie hielt sich die Ohren mit den Händen und schrie. Sie schrie und schrie und schrie immer weiter. Ihr Schrei folgte Billy noch, als er sich aus dem Fenster schwang und hinter Aubrey her ans Ende des Balkons rannte. Dort hob er sie auf einen Ruf von unten her über die Brüstung und ließ sie in ein Paar wartende Arme gleiten.

Fleming schüttelte sich die Glassplitter vom Anzug und rannte zum Fenster. Magenta, deren Schreie noch ebenso durchdringend wie betäubend waren, stellte sich ihm in den Weg und krallte sich in seine Schultern. Ihr Griff war todesstarr in seiner Weigerung, ihn vorbeizulassen.

»Aus dem Weg, du blöde Kuh!« schrie Fleming. »Aus dem Weg sonst helfe mir …«

Billy landete wie eine Katze in der Gasse unten, und Christian, der die Schreie und das Toben aus dem oberen Stock des Casinos gehört hatte, erwiderte sein Grinsen mit einem derben Fluch.

»Hast dir aber verdammt viel Zeit gelassen, da rauszukommen.«

Während Billy die leeren Patronenhülsen aus der Waffe schlug und nachlud, hatte er Zeit für ein listiges Augenzwinkern zu Aubrey. »Hab, dir doch gesagt, daß du dir keine Sorgen zu machen brauchst. Wir hatten alles unter Kontrolle.« Ein besonders lauter Knall setzte Magentas Schreien ein unvermitteltes Ende, und Billy und McBride starrten hinauf zu den Fenstern im zweiten Stock. Im nächsten Augenblick erfolgte das Feuer aus dem Erdgeschoß, und Billy rollte sich in den Staub unter einem nahen Pferdetrog. McBride duckte sich. Die dröhnenden Schüsse aus seinem Gewehr folgten den dunklen Gestalten vor den hellen Fenstern. Billy hatte nachgeladen und war wieder bereit, um auf eine Bewegung nahe der Schwingtüren zu feuern. Einen Moment später schwankte der bullige Körper von Charlie Boon nach draußen. Er wirbelte unter dem Einschuß einer weiteren Kugel herum, kippte vornüber und fiel, alle viere von sich gestreckt, durch die Panzerglasscheibe des *Eagle*.

Beim ersten Schuß hatte sich die Straße vor dem *Golden Eagle* geleert. Die Passanten hatten sich hastig in alle Richtungen verstreut wie ein Schwarm Fische, der vor einem ins Wasser geworfenen Stein auseinanderstiebt. Die Schreie der fortrennenden Bürger in Verbindung mit dem Schußwechsel zwischen Straße und Casino würden Flemings Männer sicher zurückrufen, und auf ein gezischtes Kommando von Christian hin richtete sich Billy auf und rannte auf eine dunkle Gasse auf der anderen Straßenseite zu. Dort stand eine einsame Gestalt in einem zu großen Poncho und feuerte Schuß auf Schuß auf alles, was sich hinter Türen und Fenstern des Casinos bewegte.

Aubrey rannte einen Schritt hinter McBride her, die Hand fest in seiner; ihr wurde fast der Arm aus dem Schultergelenk gerissen, als er sie in die Gasse hineinzerrte. Billy lud wieder nach, und Sun Shadow wirbelte auf einen Ruf hin um und gab McBride Rückendeckung. Ein zweiter Ruf und zwölf leere Kammern später jagte Billy die Gasse entlang. Er schloß mit McBride und Sun Shadow auf, und nun rannten sie mit geübter Perfektion von einem Haus zum nächsten, von Straße zu Straße und hielten bei jeder Möglichkeit inne, um auf ihre Verfolger zu feuern.

»Wir haben fast keine Munni mehr!« schrie Billy. »Meine ist fast alle.«

Da fuhr ein Schuß an seinem Kopf vorbei und riß ihm den Hut ab. Der Junge fluchte, richtete sich auf und feuerte ausdruckslos mit beiden Waffen zurück. Zehn, zwölf Schüsse fuhren rauchend in die dunkle Nische, wo der Schütze sich deckte. Ein erstickter Schrei und eine Gestalt, die hervortaumelte und mit dem Gesicht nach unten in den Schmutz fiel, beendeten das Feuer, und mit einem befriedigten Grunzen fiel ein Hagel aus leeren Patronenhülsen in den Staub zu Billys Füßen.

»Ich freue mich, daß du so sparsam mit dem Rest umgehst«, bemerkte Christian trocken.

Billy runzelte die Stirn. »Er hat in meinen Hut geschossen! Gerade jetzt, wo er bequem wird und richtig eingetragen ist.«

»Das ist wahrhaftig ein schweres Verbrechen«, stimmte Christian zu. »Komm, wir können uns nicht erlauben, daß sie uns hier festnageln.«

Aubreys Hand lag wieder fest in seiner, und sie wurde weiter durch das Straßengewirr geführt. Hinter sich hörten sie noch Rufe und Schüsse, aber in immer größerer Ferne.

»Das dauert nicht lange«, meinte Christian.

»Falls wir stehenbleiben, springen sie wie die Flöhe auf uns. Wo zum Teufel steckt Sun Shadow?«

Sun Shadow taumelte einen Moment später aus der Gasse. Er hielt den Arm eng an die Brust gepreßt, und sein Gesicht war von kaltem Schweiß überzogen. Er sackte auf die Knie, als Christian zu ihm trat, und ließ es sich gefallen, als der Rancher ihn halb tragend, halb ziehend hinter eine Mauer brachte.

Der Schein des schmalen Viertelmondes und der paar verhangenen Sterne war nur schwach, aber er reichte, um den großen, dunklen Blutflecken zu erkennen, der das Hemd des Ute auf der Vorderseite durchweichte.

»Christus!« McBride war echt erschrocken. »Warum hast du denn nichts gesagt?«

Aubrey blickte ihn an. »Hast du es nicht gewußt?«

»Er sagte, es sei nur ein Kratzer. Ein höllischer Kratzer, du blöder Kerl!«

Sun Shadow hatte die Augen geschlossen gehabt. Jetzt öffnete er sie und lächelte gepreßt. »Ich erinnere mich an den Kratzer, mit dem du einmal von den Bergen gekommen bist, *yanqui*. Da standest du dichter am Grab als ich jetzt.«

Christian folgte dem Blick des Ute in seinen Hemdausschnitt, wo die schwach sichtbare Linie der Narbe in einem Bogen Brust und Bauch überzog.

»Damals war ich noch jung und dumm und wollte beweisen, daß ich ein ebenso guter Krieger war wie du«, sagte er leise in Schoschonisch. »Du brauchst mir nichts zu beweisen, Bruder.«

»Ich habe aber viel gutzumachen.« Sun Shadows Kopf sank zurück auf den kühlen Stein. Er erwiderte Christians Blick noch einen Moment lang und gab erst dann seinen schweren Lidern nach.

Aubrey zog ihren Unterrock aus und begann, ihn in Streifen zu reißen. »Weit wird er nicht mehr gehen können, sonst verblutet er.«

»Ich habe auch Augen«, bellte Christian. »Das sehe ich auch.«

Aubrey zuckte vor der Verachtung in seiner Stimme zurück. Sie fühlte sich hilflos und nutzlos und von größerer Schuld belastet als sie möglich tragen konnte. Christian verband die Wunde an Sun Shadows Schulter und war zu wütend auf sich selbst, um zu merken, wie sie mit den Tränen kämpfte. Und beide hatten nicht gemerkt, daß Billy sich verzogen hatte, bis er zurückkam und mit einem triumphierenden Grinsen über einen Zaun sprang. In jeder Hand hielt er eine Schachtel mit 45er Munition, und in beiden Hosentaschen steckten so viele Gewehrpatronen, wie nur hineinpaßten.

»Ich sehe das so«, sagte er schlicht, während er die Hälfte seiner Beute Christian in die Hand drückte. »Wenn wir es bis zum Fluß schaffen, haben wir eine gute Chance, dort ein paar Pferde zu finden, mit denen wir uns aus dem Flußbett schleichen.«

»Wie dicht sind Flemings Männer hinter uns her?«

»Nahe genug, um uns mit ihren Rotznasen riechen zu können … Verzeihung, Madam.«

»Dann ziehen wir besser weiter. Hier, nimm das …« Er reichte Billy Sun Shadows Gewehr und legte Aubrey nach einigen Sekunden innerer Debatte einen von Charlie Boons schweren Revolvern in die Hand. Ohne ein weiteres Wort hievte er sich Sun Shadow auf die Schultern, umfaßte einen Arm und ein Bein des Ute, rückte die Last zurecht und rannte los. Am nahen Fluß fanden sie Pferde, die für die Nacht dort angebunden waren, und trieben sie – Christian mit dem vornübergesunkenen Sun Shadow vor sich und Aubrey vor Billy im Sattel – zu einem schnellen Galopp an. Sie hielten auf die Brücke und den Fluß zu, der aus der Altstadt Santa Fes herausführte.

Flemings Männer warteten schon auf sie. Sie hörten die donnernden Hufe und eröffneten das Feuer. Es waren mehr, als McBride erwartet hatte, und er und Billy wurden gezwungen, mit den Pferden auf den Hinterbeinen kehrtzumachen und in eine andere Gasse auszuweichen. Einige der Verfolger waren ebenfalls beritten und jagten ihnen nach. Billy feuerte vom Sattel aus, einen Arm um Aubreys Taille geschlungen, den anderen nach hinten gestreckt, und jagte Schuß um Schuß in die Gruppe der Verfolger.

An einer schmalen Biegung des Flusses spritzten sie hindurch. Als sie auf dem anderen Ufer ankamen, rasten sie auf den Canyon zu. Da merkte Aubrey, wie ihr Pferd bedrohlich auf dem rechten Vorderbein stolperte.

»Billy!« schrie sie.

Er drehte sich um, umschlang sie mit den Armen und schleuderte sie beide aus dem Sattel – Sekunden, ehe das aufwiehernde Tier sich überschlug und in einer hohen Staubwolke zu Boden krachte. Billy war fast sofort wieder auf den Beinen und zerrte Aubrey rennend auf die tiefe Narbe des Flußbetts zu. Von Christian vor ihnen war nichts zu erkennen, auch kein Anzeichen, ob er gesehen hatte, wie sie stürzten.

»Lauf!« schrie Billy und stieß sie die mit Büschen bestandene Böschung hinab. »Renn los. Ich gebe dir solange Dekkung, wie ich kann!«

Aubrey kroch den verkrusteten harten Abhang hinab. Ihr Rock verfing sich an Dornbüschen, die nackten Füße rutschten auf den rasiermesserscharfen Steinsplittern der ausgetrockneten Erde aus. Sie rannte mit wehendem Haar, die Augen verschwommen vor Angst. Ihr Herz raste, und die Angst zerrte an ihren Lungen.

Dann waren sie überall, auf beiden Seiten des Flußbetts, schrieen einander zu bei der Suche, fluchten, wenn sie versuchten, dem tödlichen Feuer Billys auszuweichen. Da stieß etwas gegen ihr Bein, wie der Tritt eines wütenden Kindes, und sie fiel vor Schmerzen längs hin und riß sich die Haut an Armen, Ellbogen und Knien auf.

Panisch ihren Colt umklammernd mühte sie sich wieder auf die Beine, aber etwas war mit ihrem Bein geschehen. Sie humpelte nun leicht und stürzte bald darauf in ein Gewirr aus Dornbüschen.

»Da ist die Hure!«

»Ihr nach!«

»Fangt sie!«

»Laßt sie nicht entkommen!«

Aubrey stolperte wieder, als der Schreck ihr in die Glieder fuhr. Es war die Stimme! Die gleiche Stimme wie im

Traum! Und er war direkt hinter ihr, sprang durch das Gebüsch wie ein angreifender Stier ... *lachend*!

Aubrey rannte weiter. Sie achtete nicht mehr auf die Schmerzen in ihrem Fuß und den heißen, klebrigen Blutstrom, der ihr am Bein herabrann. Die Wirklichkeit verschmolz mit dem Alptraum, und sie spürte, wie sie in die Rolle glitt, die sie im Traum so oft gespielt hatte. Die Schüsse und Rufe verebbten, und nun hörte sie nur noch das Hämmern ihres Herzens und ihren mühsamen, stoßweisen Atem in den Ohren. Er war irgendwo hier draußen. Er kam hinter ihr her. Er streckte die Hände aus, um sie zu fangen, und diesmal würde sie nicht aufwachen!

Da explodierte etwas neben ihr in der Luft: Eine Kugel hatte das Gerippe einer abgestorbenen Pappel knapp einen Fuß neben ihr getroffen – und sie jagte hinaus in die Mitte des Flußbetts. Sie ließ den dürftigen Schutz der Büsche und des Unterholzes hinter sich, um das Becken des Flußbetts zu erreichen.

Da stürzte sich ein Mann vor ihr aus dem Unterholz: Aubrey wechselte mitten im Lauf die Richtung und rannte zurück, von wo sie gekommen war. Ein zweiter Schatten tauchte aus dem Gebüsch auf und versperrte ihr den Weg, und ein dritter erhob sich aus der Dunkelheit und lachte mit der rauhen, einschneidenden Stimme, die ihr Angst und Schrecken in jeden Winkel des Körpers jagte.

Seine Hand fuhr auf sie zu und erwischte sie an den Haaren. Sie wirbelte herum, aber er war trotz seines Umfangs schneller und schaffte es mit einem zweiten Griff, sie aus dem Gleichgewicht zu bringen, so daß sie flach auf die glatte Böschung stürzte. Dann schob sich sein harter, stinkender Körper auf sie, drehte ihr die Arme schmerzhaft nach hinten, so daß ihr sämtliche Luft aus den Lungen wich.

»Na, wen haben wir denn hier.« Scud Holwell grub seine Faust tiefer in ihr Haar und hielt ihr Gesicht ins Licht. »Mr. Fleming hat mir gesagt, du seist wiedergekommen. Natürlich habe ich ihm zuerst nicht geglaubt, aber jetzt ...« Sein Auge glitzerte bösartig, als er eine Hand ausstreckte und ihr über die Brüste und Schenkel strich. »Yeah ... yeah ... ich weiß noch, was für ein süßes kleines Ding du warst, Mädchen, und wie ich mich gefreut hatte, mich lange, lange mit dir zu befassen. Und als wir gerade anfingen, da bist du auf und davon.«

Wieder fuhren seine Hände über ihre Brüste, aber so grob, daß der Stoff an den Nähten aufriß.

»Is' das nich' schön, daß wir eine zweite Chance kriegen, uns besser kennenzulernen?«

Aubrey zwang sich, ihn anzublicken. Eine zweite Chance? Ja, die hatte sie – oder etwa nicht? Sie verschloß sich gegen das Entsetzen, das seine grapschenden schmutzigen Finger in ihr auslösten, und umklammerte den Colt fester, den sie auf dem Rücken verborgen hielt. Sie hatte ihn im *Golden Eagle* im Visier gehabt, aber zu lange gewartet und zuviel darüber nachgedacht. Jetzt hörte sie auf zu denken. Sie wartete bloß ab.

»Scud. He, Scud. Sie haben den anderen. Den Jungen. Fleming will, daß du das Mädchen rüber bringst. He, brauchst du Hilfe?«

»Dabei brauch' ich keine Hilfe«, grinste Holwell und riß die Bluse weiter auf, um mit seiner schwieligen Handfläche Aubreys Brüste zu drücken und zu quetschen. »Ich habe hier das süßeste Fleisch unter den Händen, das man im ganzen Land findet, und das laß' ich mir nich' ein zweites Mal nehmen.« Die Zähne, die er in lüsternem Grinsen entblößte, waren abgebrochen und lückenhaft und schwarz verfault. Der saure Gestank seines Atems wehte ihr heiß ins Gesicht, so daß Aubreys Gedanken glasklar blieben und sich auf nichts anderes konzentrierten, als den Hahn des Colts zu spannen. Sie ignorierte die Schmerzen und ihren Ekel, weigerte sich, ihm die Befriedigung zu geben, daß sie vor Schwäche nachgab, während seine Finger an ihr herumfummelten – und sich schmerzhaft in ihre Haut gruben.

»Holwell!«

Das war Flemings Stimme, begleitet vom rasch näherkommenden Geräusch seiner Schritte, und ein seltsamer

Ausdruck erschien auf Holwells Gesicht, als er zurücktrat, nein, zurücksprang und sich suchend nach Flemings Silhouette umdrehte – begierig auf dessen Lob.

»Ich hab' sie für Sie gefangen, Boß. Ich habe diese diebische Hure geschnappt.«

Aubrey schob sich gerade eben so weit vor, um den Colt hinter dem Rücken vorzuziehen. Holwell sah es nicht erst, als sich der nickelbeschlagene Lauf in seinen dicken Bauch drückte. Sie zog ab, und der Hahn donnerte gegen den Deckel der Patrone. Der Schuß gab vierzig Gran Schwarzpulver frei und drang horizontal in seinen Bauch.

Der Rückschlag riß Aubrey fast den Arm aus dem Schultergelenk, aber sie spannte den Hahn wieder und schoß noch einmal. Die zweite Kugel traf ihn in seine Lenden. Sie hätte noch ein drittes Mal abgedrückt, aber da war Fleming neben ihr. Seine Faust schlug auf den Colt und bog den Lauf seitlich ab, so daß der Schuß harmlos im Boden landete.

Holwell war schon von der ersten Kugel zur Seite geschleudert worden; bei der zweiten zuckte er vor und fiel ausgestreckt auf die Böschung. Er rutschte langsam abwärts, den Arm über den Bauch gepreßt, das Gesicht verzerrt in ungläubiger Agonie.

Als er den Schaden sah, den Aubrey verursacht hatte, stieß er einen erstickten Jammerlaut aus. Er hob die Hände und starrte ungläubig auf seine Wunden. Dann fuhr sein Blick höher, und er richtete sein gutes Auge auf Flemings von einer Fackel erleuchtete Züge.

»Die kleine Hexe«, keuchte er. »Sie hat mich getroffen.«

»Das hat sie in der Tat«, erwiderte Fleming und zuckte beim Anblick des sich ausbreitenden Flecks zwischen Holwells Beinen unwillkürlich zurück. »Das war vermutlich früher oder später fällig. Schade. Du warst nützlich, trotz deiner … Eigenheiten.«

Holwell schnappte nach Luft und streckte flehend eine Hand aus. »Ich werde wieder okay, Boß. Wenn Sie mir bloß eben hochhelfen …«

Fleming dachte über diese Bitte nach und betrachtete ausdruckslos die ausgestreckte, blutverschmierte Hand.

»Natürlich war Whitey Martin auch ein guter Mann, nicht wahr? Vermutlich hast du das damals nicht gewußt, aber alles, was Whitey tat … und ich meine *alles*«, fügte er mit schiefem Lächeln hinzu, »geschah auf meinen Befehl. Nicht wie einige andere, die dachten, sie könnten sich Freiheiten erlauben, ohne daß ich es erfuhr …«

»Aber, B-b-boß, ich …«

»Ich wollte, daß die Frau lebendig zu mir gebracht wurde. Granger wollte ich tot sehen, aber die Frau wollte ich lebendig und *unberührt*. Und wenn es stimmt, was ich heute abend erfahren habe, dann hast du da nicht nur einen Befehl von mir mißachtet, sondern beide.«

Holwells Auge zuckte wild von seinem Herrn, den er unmäßig verehrte, zu der blassen, zitternden Frau neben ihm. Dann verzog er seinen Mund vor Haß … doch das ging in ein winselndes Flehen über, als Fleming seine Waffe hob und ihm dem letzten tödlichen Schuß versetzte. Holwells Körper zuckte einmal hoch und sackte dann langsam die Erdböschung herab.

»Das war für dich, meine Liebe«, murmelte Fleming zu Aubrey gewandt. »Es war das mindeste, was ich tun konnte. Aber nun müssen wir leider die andere Schuld begleichen.«

Ohne die leiseste Veränderung in seiner Miene drückte er die Mündung seiner Waffe gegen ihre Schläfe. Sein Daumen zog den Hahn durch …

… und drückte ab.

31

Christian hatte Aubreys Schrei gehört und sich gerade noch rechtzeitig umgedreht, um zu sehen, wie ihr Pferd stürzte und die beiden absprangen. Sein eigenes Reittier, das mit seinen Hilfen nicht vertraut war und sich gegen das Gewicht von zwei Männern im Sattel sperrte, weigerte sich nun, auf seine Kommandos zu reagieren. Es trampelte bokkend durch einen kleinen Garten und riß dabei einen Pfahl um, der das strohgedeckte Vordach eines niedrigen Lehmhauses stützte.

Christian schaffte es, aus dem Hof herauszugelangen, und ritt hinab in die Senke des Flußbetts, aber zwischen dieser Stelle und der Schießerei hinter ihnen lag ein höchst anstrengender Ritt von mehreren hundert Metern, und als er sah, wie stark das Pferd auf dem Gebiß kaute, hielt er schließlich an. Er warf sich aus dem Sattel und schlug dem Tier auf die Kruppe, damit es weiterrannte und Sun Shadow aus der Gefahrenzone heraustrug.

Mit dem Gewehr in der Hand rannte er nun zurück, aber nach knapp zwanzig Metern begann der Boden unter ihm zu beben und zittern. Es waren Reiter im Flußbett – dem Geräusch der watend donnernden Hufe nach zu urteilen mindestens ein Dutzend Männer, und Christian duckte sich fluchend in Deckung, weil er wußte, hier würde es zur Entscheidung kommen.

Hier würde das Ende sie ereilen. Sun Shadow war vermutlich mitten in sie hineingeritten. Billy und Aubrey saßen in der Falle.

Er rollte sich ins Gebüsch und richtete sich mit gespanntem Gewehr wieder auf. Da kam schon der erste in Sicht, eine hochgewachsene, schlanke Gestalt in einem weiten Mantel, auf einem Grauschimmel. Christian zielte und wollte den Hahn gerade abziehen. Doch etwas an dem Pferd wirkte sehr vertraut, und so riß er die Mündung hoch: Zu spät, um den Schuß aufzuhalten, aber gerade noch rechtzeitig, um den überraschten Reiter nicht zu treffen.

Ethan McBride zügelte sein Pferd in einer hochwirbelnden Staubwolke. Er erkannte seinen Bruder und rief seinen Männern zu, nicht zu schießen.

»Wo zum Teufel kommst du her?« fragte Christian wie vom Donner gerührt.

»Ich habe mir gedacht, daß du bis zum Hals in Schwierigkeiten steckst, kleiner Bruder, daher haben die Jungs und ich uns aufgemacht, dich zu suchen. Ein paar Meilen weiter oben sind wir Manuelo begegnet, und er schlug vor, in scharfem Galopp weiterzureiten.«

Christian grinste durch den Schweiß und den Staub, die sein Gesicht verkrusteten. »Ich hätte mir denken können, daß du deinen eigenen Rat, allem immer schön aus dem Weg zu gehen, nicht folgen würdest.«

»Liegt wohl im Blut, eh?« gab Ethan grinsend zurück. »Ist es Fleming?«

Christian schwang sich hinter seinem Bruder in den Sattel. »Er hat Billy und ... eine Freundin ... etwa eine Meile weiter vor uns.«

»Du solltest dir deine Freunde besser aussuchen.«

Christians Antwort wurde vom Echo dreier Schüsse übertönt. Ein vierter, einzelner, spornte Ethan und seine Männer an, ohne daß ein weiteres Wort gewechselt wurde.

Aubrey hörte den Knall und fühlte, wie heißes Pulver ihr Schläfe und Hals versengten und wie die Beine unter ihr nachgaben. Schwerfällig sackte sie auf die Knie und hob instinktiv die Hände vors Gesicht, in der Erwartung, daß kaum etwas davon übrig geblieben war. Sie versuchte zu schreien, weil ihre Kehle trocken schmerzte, aber der einzige Laut war ein dünnes Vibrieren, das von sehr weit her zu rühren schien.

Fleming spannte seine Waffe erneut. Erst als sie sich offensichtlich bewußt wurde, daß sie durch seine Gnade im letzten Augenblick verschont geblieben war, setzte er ihr erneut die Mündung an die Schläfe.

»Du hast etwas von mir«, sagte er ausdruckslos, »das ich wiederhaben will.«

Aubrey hörte nichts als gemurmelte Laute und nahm die Hände von den Ohren. Das eine war noch taub vom Widerhall des Schusses, und sie spürte etwas Nasses am Hals herabrinnen – aber sie war noch am Leben!

Jemand hatte einen dürren Holzscheit als Fackel angezündet, und nun versammelten sich fünf oder sechs Männer um sie her. Vom Flußbett hörte man die Stimmen anderer, die einen halb bewußtlosen Billy Bonney zwischen sich schleppten. Eine Seite seines Gesichts und der Hals waren blutüberströmt von einem Streifschuß, der in seinem strubbeligen, blonden Haar eine hellrote Spur hinterlassen hatte. Seine Augen rollten vor Anstrengung, das Bewußtsein nicht völlig zu verlieren. Er kämpfte instinktiv um sein Leben und darum, der Schlinge um den Hals zu entgehen, die nun auf ihn warten würde.

»Ein erstaunlicher junger Mann«, bemerkte Fleming, der Aubreys Blick folgte. »Ich habe noch nicht genau nachgezählt, aber ich schätze, daß ich wegen dir und deinem ...«, er strich mit dem Gewehrlauf über Aubreys Wange, »... und deinem fehlgeleiteten Sinn für Rache mindestens ein Dutzend gute Männer verloren habe.«

»Komisch, nicht wahr?« fuhr er dann fort. »Wie es am Ende immer die kleinen, sentimentalen Dinge sind, die uns ein Bein stellen. Du zum Beispiel. Du bist ganz offensichtlich in allem, was du tust, hervorragend. Dabei hättest du viel weiter kommen und sehr viel mehr erreichen können – aber nein. Du vergeudest deine Talente an ein Erinnerungsstück. An etwas so Triviales ...« Er hielt die Smaragdbrosche hoch und bewunderte sie im Schein der Fackel. »Ich hätte sie dir vielleicht sogar geschenkt, wenn du mich darum gebeten hättest.«

Dann seufzte er und schloß die Faust um das Schmuckstück. »Wo ist denn der andere Schmuck? Das Geld und die Papiere, die du aus dem Safe geräumt hast ... Wo ist es?«

Aubrey runzelte die Stirn und blickte Billy an. Sie erinnerte sich, wie er ihr den Kissenbezug in die Hand gedrückt hatte, als er sie aus dem Fenster schob ... und daran, wie sie ihn bei ihrer wilden Jagd durch Santa Fe umklammert hatte.

Vielleicht hatte sie ihn noch gehabt, als er sie aufs Pferd hob, aber danach ...?

»Nun? Ich warte.«

Wenn sie zugab, daß sie es nicht wußte, würde er sie und Billy nicht mehr brauchen. Wenn sie andererseits sagte, sie wisse es, würde er sie im gleichen Augenblick umbringen, wenn er die Lüge entdeckte.

Und wo war Christian? Fleming würde sicher vor Freude strahlen, wenn er ihr seine Leiche zeigen könnte.

»Wo … sind … die Sachen?«

Aubrey erwiderte seinen Blick voller Ruhe. »Ich weiß es nicht.«

Flemings Gesichtsausdruck veränderte sich nicht. Die zwei raschen, heftigen Schläge mit der flachen Hand trafen sie überraschend im Gesicht, und sie schrie unwillkürlich auf, als der neue Schmerz den bereits bestehenden überdeckte. Sie spürte mehrere Schmerzwellen hintereinander, so daß ihr übel wurde.

Dann wurde ihr Hals brutal zur Seite gerissen, weil Fleming ein Büschel ihres Haars ergriff und ihr Gesicht dicht vor seins zerrte. »Treib keine Spielchen mit mir. Diesmal wirst du nicht gewinnen. Wo ist mein Schmuck?«

»Ich weiß es nicht«, keuchte sie.

Sein Griff wurde fester.

»Raus damit, du kleine Hure. Raus damit, oder beim Teufel, ich gebe dich jedem einzelnen dieser Männer und biete ihnen hundert Dollar für jeden Schrei, den sie dir entlocken. Ein paar von denen sind ganz schön einfallsreich, besonders, wenn der Preis stimmt.« Wieder riß er an ihrem Haar. »Na?«

»Suchst du das hier, Fleming?«

Fleming wirbelte herum und suchte nach der Quelle des trockenen Lachens. Aubreys Sicht war versperrt, aber auch sie blickte sich suchend um. Die Stimme klang irgendwie vertraut, aber nur irgendwie. Sie sah, wie Flemings Männer gleichzeitig nach den Waffen griffen und hörte das begleitende *tschik-tschok* der fast zwanzig Winchester-Karabiner, die gespannt und in Anschlag gebracht wurden. Sie waren völlig umzingelt: Auf beiden Seiten der Böschung standen Männer breitbeinig aufgepflanzt, andere traten aus den Schatten des Flußbetts.

Der Mann, der gesprochen hatte, stand auf der Böschung über ihnen, und Aubrey mußte die Augen zusammenkneifen, ehe sie einen zweiten Blick wagte. Er war schlanker und stattlicher als Christian McBride, aber sein Gesicht war vom gleichen, kühnen Schnitt, das Haar eine Schattierung dunkler und ordentlich geschnitten. Er trug einen langen Reitmantel und hielt in einer Hand eine Winchester mit verziertem Knauf. An der anderen hing der prallgefüllte Kissenbezug.

»Ethan McBride«, schnaubte Fleming. »Du kommst ein bißchen spät. Die Party ist schon vorbei.«

»Klang für mich so, als wolltet ihr gerade anfangen.«

»Das geht dich nichts an. Du hast keinen Grund, dich hier einzumischen. Das hier betrifft nur deinen Bruder und mich.«

»Christian?« rief Aubrey leise. »Wo ist er?«

»Hier, *querida*«, antwortete Christian leise und trat lautlos aus den Schatten hinter ihnen. Er richtete eine Waffe auf Fleming und konnte ihn entwaffnen, ehe dieser Zeit hatte zu reagieren. Er steckte sich die erbeutete Waffe in den Gürtel und schulterte das Gewehr, ehe er Aubrey eine Hand reichte, um ihr hochzuhelfen. Als er die blau angelaufenen Prellungen auf ihrer Wange und die aufgeplatzte, geschwollene Lippe sah, verhärteten seine Züge.

»Deine Schuld wird immer größer, Max«, sagte er leise und eiskalt.

»Meine Schuld? Sie war es doch, die in mein Casino einbrach und mich ausraubte. Ich versuche bloß, das zurückzubekommen, was mir gehört.«

Christian fuhr mit einer zitternden Hand durch Aubreys seidige, weiche Locken und blickte ihr eine kleine Ewigkeit in die Augen, ehe er sich schließlich wieder umdrehte und Fleming ansah. »Ich habe etwas ganz anderes gehört.«

Dann beugte er sich vor, entwand Fleming die Smaragdbrosche aus der Hand und drehte sie im Licht der Fackel, damit die Edelsteine dunkelgrün unter der Flamme auffunkelten. Er betrachtete sie einen Moment bewundernd und hielt sie dann Aubrey hin.

»Ich glaube, die gehört dir, nicht wahr?«

Aubrey schloß die Finger um die Brosche und spürte, wie die Wärme des Smaragdes ihren Arm hochkroch und sich in ihrem ganzen Körper ausbreitete.

»Danke«, flüsterte sie.

»Mit Vergnügen.«

»Das ändert nichts an der Tatsache, daß sie immer noch des Raubs schuldig ist«, meinte Fleming mit gepreßter Stimme. »Und des Mordes. Ich sah, wie sie die Waffe auf einen Mann richtete und ihn kaltblütig und bewußt abknallte – das kannst du selbst sehen. Seine Waffen stecken noch im Halfter.«

Ethan McBride, der seit seiner Ankunft keinen Muskel bewegt hatte, wandte nun den Kopf und blickte zuerst auf den blutüberströmten, leblosen Körper von Scud Holwell und dann auf Aubrey. »Stimmt das, Ma'am? Haben Sie diesen Mann erschossen?«

Aubrey fühlte sich von zwei Paar McBride-Augen gemustert und schwankte vor Schwäche, die aber nichts mit ihren Verletzungen zu tun hatte. Doch dann richtete sie sich auf und schob das Kinn energisch vor. Ihre Hand umklammerte die Brosche so fest, daß sich deren Facetten in ihre Haut schnitten.

»Ja«, gab sie zu. »Es stimmt.«

»Es stimmt auch«, fuhr Fleming fort, »daß sie heute abend einen Mann aus dem Gefängnis befreite …« Er warf einen bösen Blick zu Christian.

»Einen Ex-Sträfling mit einer langen Vergangenheit gewalttätiger Verbrechen, der, wie ich hinzufügen möchte, aufgrund seines eigenen Geständnisses eingesperrt wurde, einen Mord begangen zu haben.«

»Du warst aber fleißig«, murmelte Ethan mit einem Blick auf seinen Bruder.

»War ein hektischer Tag«, gestand Christian fröhlich zu.

»Und was Billy angeht …« Fleming deutete mit dem Daumen zu Billy Bonney, der sich gerade mühsam auf die Knie schob.

»Der wird vermutlich als Vogelfreier erschossen, weil er

die schöne, wehrlose Magenta Royale, den Stern von New Orleans, umbrachte.«

Billys Kopf fuhr hoch, und er versuchte sich auf einen von Flemings drei Köpfen zu konzentrieren. »Umgebracht? Ich habe sie nicht erschossen! Sie jaulte ja noch wie ein gestochenes Schwein, als ich sie zuletzt sah!«

»Ich habe Zeugen, die aussagen werden, wie du Darby Greaves kaltblütig ermordet hast und dich dann in eifersüchtiger Wut gegen Magenta wandtest – eine Wut, die auf den Straßen von Santa Fe ein Gemetzel auslöste.« Fleming lächelte aalglatt.

»Es gibt wohl im ganzen Land keine Jury, die länger als fünf Minuten bräuchte, um ein eindeutiges Urteil zu fällen.«

»Sie war am Leben, als ich sie zuletzt sah«, beharrte Billy. »Und Greaves ...«

»Greaves hat zuerst gezogen«, sagte Aubrey und legte eine Hand auf Christians Arm. »Es war Notwehr. Magenta war wirklich noch am Leben, als wir flohen. Sie war lebendig und schrie ... und ... und ...« Sie blickte Fleming an und mußte sich den Irrtum eingestehen, daß sie geglaubt hatte, nun würde sie keine weiteren Schrecken mehr erleben. »Du«, flüsterte sie. »Du mußt sie umgebracht haben.«

Fleming zog eine Braue hoch. »Na, wer würde das denn glauben? Sie war doch meine Hauptattraktion. Ich habe eine ungewöhnlich hohe Summe dafür gezahlt, sie den ganzen Weg von Kansas hierher reisen zu lassen. Außerdem würde mein Wort gegen deines stehen, ob sie noch am Leben war, als du dir den Weg aus meinen Casino freigeschossen hast. Mein Wort ... gegen das einer Lügnerin, einer Diebin und einer Mörderin.«

»Du gibst uns verdammt viele Gründe, dich hier an Ort und Stelle zu erledigen«, warnte ihn Christian.

»Dann müßtest du jeden einzelnen meiner Männer ebenfalls umlegen«, erwiderte Fleming. »Bist du dazu bereit?«

»Wenn es sein muß, ja.«

»Ich ... ah ... weiß nicht, ob wir so drastisch vorgehen müssen.« meinte Ethan nun beschwichtigend. »Nicht, wenn wir, sagen wir, den Inhalt dieses Sacks hier als Gegenleistung für ihr Schweigen anbieten?« Er hob den prallen Kissenbezug hoch und leerte ihn auf dem Boden aus.

Ein paar Bündel Bargeld fielen über die Böschung und zogen die gierigen Blicke der Männer auf sich, die im Lichtkreis der Fackel gefangen standen. Ein Lederetui sprang ebenfalls auf und verstreute seinen glitzernden Inhalt einzelner Edelsteine auf der trockenen Erde. Unter Flemings Männern regte sich das Interesse nun ein wenig lebhafter – denn sie waren alles angeheuerte Scharfschützen, die in ihrem ganzen Leben nicht das verdienen würden, was sich da vor ihnen auf den Boden ergoß.

»Was meint ihr, Jungs?« fragte Ethan. »Hundert Dollar im Monat für eure Loyalität – oder zigtausend, damit ihr aufsitzt und euch von hier aus dem Staub macht?«

»Nein!« brüllte Fleming. »Das könnt ihr nicht machen! Das ist mein Eigentum! Es ist alles meins – ihr könnte das nicht einfach so weggeben!«

Ethan lächelte bloß. »Nun, Jungs?«

Ein paar Männer hielten sich noch einen Moment zurück, aber die meisten stürzten nun vor und begannen, im Schmutz herumzugrapschen, um sich das Geld und den Schmuck zu raffen, den Ethan die Böschung hinabstieß.

Fleming kreischte auf und stürzte sich in seiner Wut auf den Colt, den Aubrey vorher fallen gelassen hatte. Er wirbelte herum und zog sofort ab. Aber Christians Hand hatte sich so rasch wie ein Blitz bewegt, gezuckt und rasch hintereinander vier Schüsse abgegeben, ehe Flemings erste Kugel die Kammer verlassen hatte. Alle vier Kugeln trafen ihn in der Brust und schickten ihn mit gespreizten Armen zu Boden. Dort blieb er benommen und mit offenem Mund liegen – dann rollte sich sein Körper vor Schmerz langsam zusammen. Die Waffe in seiner Hand zuckte, und er versuchte, noch einen ungezielten Schuß abzugeben, aber irgendwo draußen im Dunkeln dröhnte ein Gewehr auf. Dieser Schuß traf Flemings Schädel.

In dem Flußbett breitete sich völlige Stille aus.

Mit lautlosen Schritten trat Sun Shadow in den bernsteinfarbenen Kreis aus Fackellicht. Eine bleistiftdünne Rauchsäule kräuselte sich noch aus der Mündung seines Karabiners. Als er ins Licht getreten war, suchten seine Augen Christians. Dann nickte er knapp und zufrieden, und sein edles Kriegergesicht verzog sich zu einem Lächeln, ehe er bewußtlos zusammenbrach.

32

Aubrey kämpfte mit den Tränen und mußte in der sie unvermittelt überwältigenden Erschöpfung das Gewimmel und den Fackelschein hinter sich lassen; sie ging zurück zum Fluß. Sun Shadow und Billy waren in guten Händen. Ethan McBride hatte sofort das Kommando übernommen und Männer nach einem Wagen losgeschickt, der die beiden Verletzten zum Arzt brachte, und einen weiteren, um die Leichen zum Bestatter zu fahren. Flemings Söldner waren in der Nacht verschwunden, und Christian, der sich davon überzeugt hatte, daß die Verletzung an Aubreys Bein nur eine Fleischwunde war, hatte sie kurz allein gelassen, um mit seinem Bruder zu sprechen. Diese kurze Unterhaltung entwickelte sich zu langwierigen Erklärungen, und Aubrey vermutete, sehr bald würde sie zum Gegenstand dieses Gesprächs, wenn nicht sogar zum Hauptthema. Man brauchte ihr nicht zu sagen, wie das Ergebnis dieser Diskussion ausfallen würde. Es gab sicher eine Menge Aufregung über die Schießerei und die Opfer. Flemings Freunde und Geschäftspartner würden eine Untersuchung erwarten und höchstwahrscheinlich einen Sündenbock suchen, um ihre Verluste abzudecken, wenn bekannt würde, daß Maxwell Fleming sie betrogen hatte.

Man brauchte ihr nicht erst zu sagen, daß sie Santa Fe verlassen mußte – je früher, umso besser –, noch wollte sie Christians Blick sehen, wenn er es ihr mitteilen würde.

Sie konnte unbemerkt verschwinden und ging den gleichen Weg zurück, den sie in ihrem wahnsinnigen Lauf vom Fluß hergekommen war. Am Ufer fand sie eine breite, flache Stelle, wo sie sich hinsetzen konnte, um ihr Bein zu baden und ihre aufgerissenen, brennenden Fußsohlen zu kühlen. Das Wasser war frisch und kalt, so wie es aus den Bergen herabkam, und sie trank es so durstig wie nur ein ausgedörrter Wüstenwanderer. Sie spülte sich Arme und Nacken ab und benetzte die Verletzungen auf ihrer Wange und am Mund. Ihre Bluse war zerrissen und voll Blut – von wem es stammte, wußte sie nicht –, und da ihr egal war, wer sie hier sah, zog sie sie aus und wusch sie. Sie spülte und wrang sie so lange aus, bis die Flecken kaum noch sichtbar waren.

Ehe sie sie ausschütteln und wieder anziehen konnte, legte ihr jemand ein fransenbesetztes Lederhemd um die Schultern. »Ist nicht viel sauberer, aber immerhin noch aus einem Stück.«

Sie hatte nicht gehört, wie Christian hinter sie getreten war, und ganz sicher hatte sie ihn nicht gesehen. Sie wurde verlegen und unsicher und fühlte sich überrascht, zog sich das Hemd eng um die Schultern und stand auf.

»Ich … dachte, du wärest bei Sun Shadow geblieben.«

»Er ist in Ordnung und in guten Händen.« Dann hielt er inne und blies leise und empört die Luft aus. »Ich dachte, du wärest dageblieben, so, wie ich dir gesagt hatte. Zweimal in einer einzigen Nacht davonrennen – das tut meinem Ruf als Frauenheld ganz schön Abbruch.«

Aubrey mußte lächeln, aber ein wenig traurig, und blickte an dem großen, halbnackten Rancher hoch, in dessen Haaren der Wind spielte, und der sie mit dem überwältigenden Geruch von Kraft mehr als je zuvor an einen goldhaarigen Erzengel erinnerte – leicht verwittert zwar, aber immer noch ein edleres Wesen, als sie es für ihre Rettung verdient hatte.

»Es tut mir leid«, sagte sie. »Es war alles nur meine Schuld. Ich hätte dir … alles … erzählen sollen … von Anfang an.«

»Na ...«, er streckte die Hand aus und löste sanft ihre Finger, die das Hemd zuhielten, »... vielleicht nicht alles. Und vielleicht auch nicht ganz am Anfang.« Er ließ ihre Arme einen nach dem anderen in die Ärmel gleiten, als helfe er einem kleinen Kind beim Anziehen. »Geheimnisse sind nur halb so herausfordernd, wenn man die meisten Antworten im voraus weiß, und du, Miss Aubrey Blue, warst beides: Ein Geheimnis und eine Herausforderung. Eines, wie ich fürchte – und hoffe –, das ich niemals vollständig lösen werde.«

Aubrey blickte mit ihren riesigen, unendlich blauen Augen zu ihm hoch. Ihr Gesichtsausdruck war ebenso ernst wie seiner abwartend wurde.

»Es gibt ... noch eine wichtige Einzelheit, die du wissen mußt«, flüsterte sie.

»Wissen *muß*?«

»Wissen solltest«, verbesserte sie sich. »Und du solltest sie von mir hören und niemand anderem.«

»Gott steh mir bei«, seufzte er, und die Hände, die so kraftvoll kämpfen konnten, fuhren in die seidige Fülle ihres Haars und zitterten vor Bedürfnis, sich auch zu unendlicher Zärtlichkeit fähig zu erweisen. »Muß es heute abend noch sein? Ich weiß nicht, wie viele Enthüllungen ich von euch dreien – dir, Bruster und Dolores – heute noch verkraften kann.«

Da senkte sie die Lider und biß sich auf die Lippen. »Ich habe mich gefragt, woher du von der Brosche erfahren hast.«

»Sie haben es mir nicht gern verraten«, versicherte er. »Und sie warnten mich auch, daß noch mehr dahinter steckt, aber ...« Er wartete einen Moment, und als sie immer noch nicht aufgeblickt hatte, hob er ihr Kinn sanft mit einem Finger an. »Du brauchst mir nichts zu erzählen, was du mir nicht sagen willst – das hast du eh nie, obwohl ich dich immer so hartnäckig gedrängt habe. Ich wollte eigentlich immer nur – damals und heute –, daß das, was du mir sagtest, die Wahrheit war. Wenn dir an jemandem liegt – und wenn du willst, daß du für jemanden wichtig bist, dann muß man ihnen vertrauen. Man versteckt nichts und lügt auch nicht, egal, wie sehr man auch glaubt, daß der andere diese Wahrheit nicht aushalten kann. Und da ich dir nun diesen Vortrag gehalten habe ...« Er ließ die Hand fallen, als habe er bereits zu viel gesagt. »... können wir irgendwo anders hingehen? Mir ist es egal, aber ehrlich gesagt, ich möchte alles mögliche mit dir machen, nur nicht reden. Und um absolut die Wahrheit zu sagen, ich will dich in einem Zimmer ohne Uhren und ohne Fenster, damit wir nicht mehr wissen, ob es Tag ist oder Nacht, und ich will, daß wir beide so nackt sind, daß uns das völlig egal ist.«

Christian sah eine einzige, helle Träne in ihrem Augenwinkel und fluchte leise.

»Na, gut«, murmelte er und zog sie in die Arme. »Na gut, *querida*. Sag's mir. Sagt mir, was dich so quält.«

Dann schloß er die Augen und erwartete das Schlimmste, hatte aber eigentlich keine Ahnung, was dieses Schlimmste sein konnte. Er spürte, wie sich ihre Wange an seine nackte Brust drängte und sich einzelne Haare in seinen Bartstoppeln verfingen. Er spürte, wie ihre Lippen sich bewegten und hörte die Worte, die sie sprach, aber als er die Augen wieder öffnete und über das schwarze, gewellte Band des Flusses hinausstarrte, gestand er sich beschämt, daß er sich gegen den Drang wehren mußte, sie von sich zu stoßen.

»Was ... hast du gesagt?«

Aubrey spürte den Schock der ihn durchfuhr, und hörte, wie sein Herz einen Schlag aussetzte, ehe es ihr wieder laut in den Ohren dröhnte. Sie löste sich aus seinen Armen – was nicht ganz so schwer war, wie sie erwartet hatte, hob die Arme, die sich in den Wildlederärmeln völlig verloren, und legte sie locker auf seine Brust.

»Maxwell Fleming war mein Vater.«

Christian sah, wie sich ihre Lippen bewegten und dachte tausend Gedanken gleichzeitig, doch keiner spiegelte sich in dem geschmolzenen Silber seiner Augen. Was Aubrey sah, veranlaßte sie jedoch, den Kopf zu senken und einfach das zu sagen, was gesagt werden mußte: Die harte, schlichte Wahrheit, die er verlangt hatte.

»Meine Mutter war sechzehn, als sie Fleming kennenlernte. Sie war in einem Kloster zur Schule gegangen, von der Familie und der Kirche behütet. Maxwell Fleming war das völlige Gegenteil von allem, was sie kannte: Verwegen, gutaussehend ehrgeizig … ein *Anglo*, der sich nicht einen Heller um Tradition und altmodische Sitten scherte. Sie war so naiv, ihm zu glauben, als er sagte, er liebe sie und würde den Rest ihres Lebens bei ihr bleiben. Sie glaubte ihm, als er versprach, sie zu heiraten und das Kind, das sie trug, zu seinem zu machen. Sie glaubte auch nicht die Gerüchte, die sie über ihn gehört hatte: Viehdiebstahl, Raub, Mord. Noch glaubte sie ihren Eltern, als sie ihr mitteilten, daß Fleming sie aufgesucht und angeboten habe, sie zu einem bestimmten Preis zu heiraten, um den Del Fuegas weitere Schande zu ersparen. Als meine Mutter ihn zur Rede stellte, lachte Fleming und sagte, sie sei nicht besser als eine Hure und solle dankbar sein, wenn er sie überhaupt bei sich behielt. Sie hatten einen schrecklichen Streit, und schließlich warf er sie hinaus auf die Straße, wo er sie sich selbst überließ. Kennst du Silver City?«

»Ich kenne es«, antwortete Christian grimmig.

»Dann weißt du auch, welche Möglichkeiten einer Frau dort bleiben, um allein zu überleben. Sie hätte ihren Stolz überwinden und nach Hause gehen können, aber …« Sie blickte auf, und Christian sah die Züge ihrer Mutter deutlich in das trotzige Gesicht der Tochter geprägt. »… sie wußte, daß die Schande sie zerstört hätte. Da war sie auch schon sichtbar schwanger, krank und kurz vor dem Verhungern … und so desillusioniert, daß es ihr egal war, ob sie überlebte oder starb.

So hat Jonathan Granger sie gefunden. Er war zum Viehkauf in Silver City, und als er wieder fortritt, hat er sie mitgenommen. Er hat sie nicht angefaßt. Nicht ein einziges Mal. Erst sollte sie gesund werden und das Gefühl bekommen, daß sie ein eigenständiger Mensch war und nicht eine

Sklavin, die von einer Hand an die andere weitergereicht wird. Unter seiner Obhut blühte sie auf. Sie war immer noch jung und schön, und er war sehr stolz auf sie und so liebevoll und sanft, daß es unmöglich gewesen wäre, wenn sie sich nicht in ihn verliebt hätte. Sie heirateten, und er nahm die Tochter, die sie trug, als sein eigenes Kind an. Fünf wunderbare Jahre lebten wir in Glück und Frieden, und es gab keinen Grund zur Annahme, daß sich etwas ändern würde.«

Tränen hatten sich auf Aubreys Wimpern gesammelt und glitzerten dort wie Edelsteine. »Aber die Dinge änderten sich. Und zwar an dem Tag, an dem Fleming in Santa Fe auftauchte. Er war in diesen fünf Jahren reich geworden und hatte mehr Geld, mehr Macht und genug habgierige Freunde in hohen Stellungen, die bereit waren, ein Auge zuzudrücken, während er und seine Helfershelfer die Täler eroberten. Er fand heraus, daß Luisa dort lebte, denn er hatte von der schönen Mrs. Granger gehört. Jonathan war ein angesehener Rancher, seine Gattin eine charmante Frau, von allen geliebt und bewundert. Sie war glücklich und zufrieden und sehr in ihren Mann verliebt, und ... ich weiß es nicht ... vielleicht hat Fleming das am meisten geärgert. Er setzte es sich jedenfalls in den Kopf, sie zurückzuerobern. Er hat alles versucht und sie fast entführt, um sie ihrem Zuhause und ihrer Familie zu entfremden. Als sie sich standhaft weigerte, verwandelte sich seine Besessenheit in Haß, und eines Nachts ... schickte er sechs Männer aus, um mit Jonathan Granger abzurechnen.«

Christian hörte ihr zu, ohne sie zu unterbrechen, als sie ihm von den Ereignissen in dieser Nacht vor zehn Jahren erzählte. Er erinnerte sich lebhaft an das Entsetzen in ihrem Traum, aus dem er sie am Ufer des Cimarrons geweckt hatte, und hörte es nun noch einmal von ihrer wachen Stimme, als sie ihm von der brutalen Vergewaltigung und dem Mord an ihrer Mutter und Jonathan Granger erzählte, vom Verlust ihrer beiden kleinen Brüder und ihrer vergeblichen Suche nach ihnen.

»Ich konnte nichts tun. Ich war ganz allein und völlig verschreckt. Die Wunde an meinem Arm entzündete sich, und ich irrte tagelang im Fieber herum, bis Bruster mich fand. Und dann ... war ich einfach nur dankbar, in Sicherheit zu sein und mit jeder Meile weiter von den Schrecken entfernt, die hinter mir lagen. Mir war egal, daß Bruster ein Dieb und Betrüger war. Es war egal, daß seine Moral sich von der anderer Menschen unterschied. Er brachte mich zum Lachen und lehrte mich zu erkennen, wie leicht Habgier einen Menschen zerstören kann. Daher kam ich zurück nach Santa Fe. Ich wußte, daß ich Fleming nicht einfach kaltblütig umbringen konnte, obwohl ich ihn so sehr haßte, aber ich wußte, daß ich fähig war, ihn zu ruinieren, ja, ihn vielleicht sogar zu vernichten.«

»Hattest du keine Angst, daß er dich erkennen konnte?«

»Ich glaube nicht, daß er mich jemals gesehen hat. Zu meiner Überraschung habe ich heute abend gemerkt, daß er sich damals wohl die Mühe gemacht hat, meinen Namen herauszufinden.«

Christian blickte auf.

»Ich heiße Alicia«, sagte sie mit gepreßtem Lächeln. »Ich habe diesen Namen schon seit Jahren nicht mehr benutzt, denn er scheint zu einem anderen Leben und einer anderen Person zu gehören.«

Er nickte und senkte wieder den Kopf. Seine Finger spielten abwesend an einem Holzsplitter in seiner Handfläche. Nun kannte er alle Puzzleteilchen, und vieles war erklärt und klar ... außer vielleicht, wie sie es ertragen konnte, wenn ein Mann – Männer – sie berührten. Er hatte Vergewaltigung vorher nie als Verbrechen betrachtet und bloß für eine Tat dummer, feiger Männer gehalten, die keine andere Möglichkeit haben, ihre Männlichkeit zu beweisen. Aber jetzt, mit dem Wissen, was Aubrey von einem solchen Tier hatte erdulden müssen, wurde ihm schlecht vor Wut, wenn er nur daran dachte. Sein Blut brannte wie Säure in seinen Adern und machte ihm heftig bewußt, welches Leid seine eigene Grobheit und Ignoranz bei ihr verursacht haben mußte. Bei der Wechselstation, in der Wüste, beim Fluß … jedesmal hatte er sie verspottet und herausgefordert und sie später sogar … lieber Gott, beschuldigt, Flemings Hure zu sein!

Christian stöhnte auf und ballte die Finger zu Fäusten, weil er auf etwas einschlagen wollte. Sie beobachtete ihn.

Wartete. Aber was konnte er bloß sagen, um ihre Vergebung zu verdienen?

»Es tut mir leid!« rief sie leise. »Ich weiß, ich hätte es dir früher sagen sollen, aber … ich wußte nicht, wie. Und … später … hatte ich Angst, du würdest mich hassen wegen Fleming. Das konnte ich dir nicht mal zum Vorwurf machen – weder damals noch jetzt.«

Christians Kopf fuhr hoch. »Du meinst, ich hasse dich … wegen ihm?«

»N-nein?« fragte sie mit bebender Stimme.

Er löste die Fäuste und umklammerte ihre Schulter, fürchtete aber, sie zu hart anzufassen und ihr wehzutun – oder sie nicht eng genug zu halten und zu verlieren.

»Du albernes kleines Ding«, flüsterte er heiser. »Du gehörst nicht zu Maxwell Fleming. Das hast du niemals und wirst es auch niemals. Du gehörst jetzt zu mir, verstehst du? Du bist ein Teil von mir!«

»Du … willst mich noch immer?« stammelte sie.

»Dich wollen?« Seine Hände glitten in ihr Haar. Er wußte nicht, ob er lachen oder weinen sollte. »Glaub ja nicht, ich habe das hier alles mitgemacht, um dich wieder freizulassen!«

»Oh …«

»Natürlich …« Nun spielte er ein so strenges Stirnrunzeln, wie es ihm unter den Umständen gelang – und diese Umstände waren, daß er sie dringend küssen wollte, bis sie nicht mehr stehen konnte, um dann den fensterlosen Raum zu finden. »… du mußt dich natürlich schon bessern. Ich habe nicht viel Lust, mich am heimischen Herdfeuer hinter Gefängnisgittern aufzuwärmen.«

»Herdfeuer?«

»Und ich hätte ganz bestimmt auch entschieden etwas

dagegen, wenn Pinkerton-Detektive hinter meiner Frau herschnüffeln.«

»Deine … Frau? Du willst … mich heiraten?«

Christian lächelte und spürte ein heißes Gribbeln in der Bauchgegend. »Für eine so gerissene Frau kannst du ganz schön dumme Fragen stellen. Doch das ist in Ordnung, denn es gibt nur eine einzige Frage, die momentan wichtig ist, und nur eine einzige Antwort, von der abhängt, wie lange und fest ich dich küsse.« Er hielt inne, um die Wirkung seiner Worte abzuwarten, und senkte dann die Stimme zu einem rauhen Flüstern: »Hast du das ernst gemeint, was du heute nachmittag in der Schmiede zu mir gesagt hast?« Aubrey öffnete den Mund und riß fragend die Augen auf.

»Daß du mich liebst«, erinnerte er sie sanft.

»Ich … dachte, das hättest du nicht gehört.«

»Ich habe Ohren wie ein Habicht, Madam«, sagte er und zog sie enger an sich. »Und ich habe ganz deutlich gehört, wie du sagtest, daß du mich liebst. Stimmte das, oder versuchtest du einfach nur wieder auszubügeln, daß du mich einen … Bengel von einem Rancher genannt hast.«

»Du bist ein Bengel von einem Rancher«, sagte sie atemlos, »und ich liebe dich von ganzem Herzen.«

Christian schob seinen Mund dichter an ihren. »Das … verschafft dir den tiefsten, längsten feurigsten Kuß, den ich dir geben kann, solange du noch was am Körper hast.«

»Und wenn ich mich ausziehe?« fragte sie ganz leise.

Er kniff die Augen zusammen. »Kannst du mit der Antwort warten, bis wir im Hotel sind?«

Aubrey schlang die Arme um seinen Hals. Bei dieser Bewegung öffnete sich das Lederhemd und ihre nackten Brüste berührten seine behaarte Brust. »Nein«, hauchte sie. »Nein, das kann ich nicht.«

Grinsend senkten sich seine Lippen herab. »Dann wird das ja ein verdammt kurzweiliger Weg in die Stadt.«

Epilog

Es dauerte eine Woche, bis sich der Sturm um die Schießerei gelegt hatte, eine Woche, in der Christian McBride und Aubrey sich nur selten aus ihrem Hotelzimmer entfernten. Neugierige Besucher hörten eine Menge Lachen hinter der Tür, aber auch andere Geräusche …

Der erwartete Aufruhr über den Skandal, der in Maxwell Flemings Tod seinen Höhepunkt fand, schlug nicht so hohe Wellen, wie man vielleicht hätte denken können. Der Grund dafür lag in dem gebundenen Büchlein, das Ethan McBrides Neugier in dem Kissenbezug aufgestöbert hatte. Flemings Absicht, sich gegen seine korrupten Geschäftspartner abzusichern, lieferte auch Ethan genügend Beweise, um mögliche Klagen und Beschwerden vom Sheriff bis hinauf zum Gouverneur zum Schweigen zu bringen. Man konnte allerdings nicht voraussehen, wie weit und wie schnell sich die Kunde von Flemings Tod verbreiten oder ob die Rolle einer schönen Glücksspielerin dabei die Aufmerksamkeit von Detektivagenturen im Osten erregen würde. Wieder war es Ethan, der ausgedehnte Flitterwochen empfahl, einen Besuch beim jüngeren Bruder in Montana vielleicht, wo die beiden lange genug außer Reichweite waren, während Ethan versuchen würde, die verletzte Eitelkeit des Gouverneurs von Louisiana zu besänftigen.

Dolores und Bruster kehrten nach Santa Fe zurück, wo Dolores ihre Habe auf einen Pritschenwagen packte und Anweisungen gab, sie nach San Francisco zu bringen. Bruster folgte ihr demütig und unterwürfig – eine seltsame Wendung, wie Aubrey später erfuhr, die daran lag, daß Dolores die von Bruster am Pharo-Tisch gewonnenen achtzehntausend Dollar in Besitz genommen hatte.

Billy, inzwischen arbeitslos und in kaum größeren

Schwierigkeiten mit dem Gesetz als sonst auch, erklärte seine Absicht, Santa Fe zu verlassen und nach Süden zu ziehen, wo man Scharfschützen suchte. Dort war gerade ein Krieg zwischen verschiedenen Ranchern in Gang, und er glaubte, es sei interessant, den Sommer so zu verbringen. Er versprach halbherzig, im Winter der Doppel-M-Ranch einen Besuch abzustatten, aber weder Ethan noch Christian glaubten ernsthaft daran.

Sun Shadow, dick verbunden, aber auf dem Wege der Besserung, bestand darauf, in sein Dorf in den Bergen zurückzukehren, aber er versprach, rechtzeitig zur Hochzeit wieder auf der Doppel-M zu erscheinen. Und zuverlässig wie er war, erschien er auch wenige Stunden vor der Zeremonie. Der stolze Anführer eines kleinen Trupps, der unter anderem aus seiner Frau, seiner neugeborenen Tochter und vier strammen Söhnen bestand.

Es war ein feierlicher Augenblick und eine große Ehre, Sun Shadows Familie kennenzulernen – und durch die Heirat in sie aufgenommen zu werden. Stolz trug Aubrey das prachtvolle silbern und türkise Halsband, das er ihr als Hochzeitsgeschenk überreichte. Mit diesem und der Smaragdbrosche an ihrem schlichten weißen Kleid stand Aubrey neben ihrem strahlenden Rancher und gelobte den Eheschwur vor einem kleinen Kreis aus frischgewaschenen Viehhirten, Ute in ihrer offiziellen Festtracht, einem Glücksspieler mit dichtem Schnurrbart und einer recht rundlichen Schneiderin, die unaufhaltsam schluchzte und weinte, obwohl ihr Ehemann sie des öfteren während der Zeremonie in die Rippen stieß.

Als die Gäste einander zuprosteten und Braut und Bräutigam alles Gute wünschten, beugte sich Christian vor und flüsterte Aubrey etwas ins Ohr.

»Ich habe noch ein kleines Geschenk für dich.«

Aubrey errötete schüchtern bis zu den Zehenspitzen. Gerade erst hatte sie vor der versammelten, schockierten Gesellschaft das hauchzarte durchsichtige Nachthemd ausgepackt, das er in Dolores' Laden gekauft hatte, und war nicht allzu sicher, was sich hinter dem rauchgrauen Blick in seinen Augen nun verbarg.

Er wandte sich an Sun Shadow und nickte. Der Ute hob den unverletzten Arm und bedeutete zwei Mitgliedern seiner Gruppe, vorzutreten, die sich bislang diskret im Hintergrund gehalten hatten.

»Du weißt, daß ich keine Geheimnisse vor Sun Shadow habe«, erklärte Christian nun leise auf Schoschonisch. »Und wenn mir was Sorgen bereitet, dann spreche ich offen mit ihm darüber.« Er brach ab, weil er merkte, wie still Aubrey neben ihm plötzlich geworden war. »Ich habe ihm deine Geschichte erzählt, und als ich fertig war, gab er mir die Antwort auf eine Frage, die mich am meisten beunruhigt hatte.«

Aubrey spürte, wie ihr die Knie weich wurden. Zwei junge Männer waren neben Sun Shadow stehengeblieben und reagierten verlegen auf die auf sie gerichtete Aufmerksamkeit. Aus der Nähe wirkten sie nicht so alt wie zuerst, und man konnte auch erkennen, daß ihre Haut eher durch die Sonne so bronze gefärbt und nicht von Geburt an dunkel war. Außerdem hatten sie verblüffend blaue Augen in bemerkenswert ähnlichen Gesichtern. Das dunkle Haar trugen sie lang nach Ute-Sitte, aber es glänzte im hellen Sonnenschein kupferrot auf.

»Jason?« flüsterte Aubrey. »Jeremy?«

Die beiden jungen Krieger blieben verdächtig ungerührt und sahen die Frau stirnrunzelnd an, deren Lippen sich wortlos bewegten. Sie waren überrascht gewesen, als Sun Shadow ihnen befohlen hatte, ihn zu der großen Rancho zu begleiten, waren aber entschlossen, weder Verwirrung noch Schwäche zu zeigen, aber … wer war diese Frau?

Sun Shadow half ihnen aus ihrem Dilemma, indem er beiden einen derben Schlag auf die Schulter versetzte. »Erkennt denn keiner von euch eure Schwester?«

Da verschwand die mühsam aufrechtgehaltene Männlichkeit, und sie starrten Aubrey so vom Donner gerührt an wie zwei verdutzte Kinder.

»Alicia?«

Aubrey konnte bloß nicken, denn Tränen brannten in ihren Augen. Einen Moment lang glaubte sie, sie könnte sich ohne Christians stützenden Arm nicht bewegen, aber das erwies sich als Irrtum, als die beiden Jungen sich in ihre ausgebreiteten Arme stürzten.

Christian blickte seinen indianischen Bruder in stummer Dankbarkeit an. Er hatte sich daran erinnert, wie Sun Shadow ihm einmal die Geschichte von den Zwillingsbrüdern erzählt hatte, die man vor zehn Jahren in den Bergen nahe ihrem Dorf gefunden hatte. Sie waren völlig ausgehungert und halb tot vor Erschöpfung gewesen, und ihre Geschichte klang so wirr, daß niemand sie zusammenreimen konnte, außer, daß ihr Haus niedergebrannt und die Familie ermordet worden war, und das war damals keine Seltenheit. Christian hatte die Verbindung erst hergestellt, als Aubrey ihm ihren Alptraum geschildert und erwähnt hatte, daß die Brüder Zwillinge waren. Da paßte plötzlich alles zusammen.

Er beobachtete, wie seine Frau und ihre wiedergefundenen Brüder sich umarmten, lachten und alle gleichzeitig zu reden versuchten, und spürte ein seltsames, tiefes Gefühl der Zufriedenheit. Er sah, wie Sun Shadow und Ethan in der Ecke miteinander sprachen und wie Dolores so rot wie ihr Haar anlief, als Bruster sie in den Arm nahm und ihr einen raschen Kuß auf die Wange gab.

Er trat hinaus auf die breite Holzveranda und tastete seine Rocktasche nach einer Zigarre ab, weil er das Brennen in den Augen auf die Explosion des Streichholzes schieben wollte. »Zu viel Heim und Herd für dich?«

Christian lächelte und warf die *cheroot* weg, ohne daß sie seine Lippen berührt hatte. Er wandte sich um und nahm statt dessen Aubrey in die Arme und küßte sie lange und gefühlvoll, während hinter ihnen das scharlachrote Auge der Sonne ein letztes Mal zwinkerte, ehe sie hinterm Horizont versank.